Joseph Conrad

Lord Jim

M

Colección Millenium
las 100 joyas del milenio

Una colección publicada por **EL MUNDO**,
UNIDAD EDITORIAL, S. A.
c/ Pradillo, 42
28002 Madrid

Lord Jim
Título original: *Lord Jim*
Traducción de Javier Franco

Licencia editorial para BIBLIOTEX, S. L.
Traducción cedida por Ediciones
Gaviota, S. A.
© 1999 UNIDAD EDITORIAL, por
acuerdo con Bibliotex, S. L. para esta
edición

Diseño cubierta e interiores:
ZAC diseño gráfico
Ilustración:
Elsa Suárez

Impresión y encuadernación:
Printer, Industria Gráfica, S. A.
ISBN: 84-8130-122-1
Dep. Legal: B. 26.963-1999

De venta conjunta e inseparable con
EL MUNDO

Joseph Conrad

Lord Jim

Traducción de Javier Franco

Prólogo de Manuel Hidalgo

MILLENIUM
las 100 joyas del milenio

Prólogo

Manuel Hidalgo

Jim, Lord Jim, Tuan Jim, es el héroe más gigantesco de toda la narrativa de Joseph Conrad. De eso no hay duda, y tampoco de que sea el más popular. Su estatura ronda el metro ochenta. El autor, desde el principio, le adorna con las cualidades físicas de un individuo excepcional y llamativo: corpulento, vestido de pies a cabeza de blanco, «te hacía pensar en un toro que embiste».

Todas las novelas de Conrad, situadas frecuentemente en aguas lejanas y procelosas o en países en guerra, son pródigas en acontecimientos, en gestas y aventuras relatadas con gran detalle. Algunos han llegado a pensar que con demasiado detalle.

Conrad, gran admirador de Gustave Flaubert y Henry James, y aunque también escribiera narraciones breves, entronca perfectamente con el concepto de novela propio del siglo XIX, novela bien nutrida por el autor y, consecuentemente, nutricia para el lector, novela efervescente en lances, minuciosa en descripciones de lo externo y también incansable indagadora del alma de sus muchos personajes.

En Lord Jim *(1895), publicada en forma serializada, Conrad, que escribía con gran sufrimiento y dificultad, se vació en la creación de su protagonista.*

La grandeza de Jim no viene sólo de la enormidad y abundancia de las empresas que, con la inevitable hostilidad de las circunstancias, aborda. Otros héroes conradianos, marineros o militares, también se enfrentan a grandes empeños o afrontan difíciles reveses.

En Lord Jim *cuenta de una manera especial la motivación, la tortuosa razón que gobierna los denodados esfuerzos de Jim, la palanca interior que guía sus pasos.*

La historia de Jim representa la lucha de un hombre contra su pasado, el deseo llameante de restaurar su biografía, el ímpetu incansable por restituirse el amor propio, el buen concepto de sí mismo, como señala Conrad, desde la conciencia acendrada del honor perdido.

Jim fue responsable, sobre todo se siente responsable, de una tragedia que costó muchas vidas. La culpa ennegrece su pensamiento y llena de ti-

nieblas su espíritu atormentado. Es un hombre en pelea consigo mismo, en pelea con uno que fue una vez y que necesita borrar con una gran reparación, una reparación de la que los demás serán testigos, pero que, sobre todo, habrá de ser operativa para él.

Esta dimensión moral implacable y lacerante, que no está ausente en otras obras de Conrad, alcanza en Lord Jim su máxima expresión. Y no hay mayor combate que el de un hombre contra sí mismo. Conrad navegó, como es sabido, durante veinte años con la marina mercante francesa e inglesa. Así conoció los mares y las tierras que aparecen en muchos de sus libros, especialmente el archipiélago malayo, y vivió o escuchó los episodios que vetean sus novelas. Pero lo que diferencia a Conrad de otras grandes figuras de la narrativa de la experiencia aventurera es, tal vez, ese sustrato de humanismo atribulado por las exigencias de la conciencia, fruto, se podría decir, de su genética cultural.

Polaco de nacimiento, el catolicismo y el pesimismo fueron la región espiritual de su formación, adensada por una pronta iniciación intelectual a cargo de su padre y por una prematura vivencia del infortunio al conocer muy temprano la muerte de sus progenitores y la dureza del exilio, ya que su familia fue severamente represaliada por la militancia nacionalista y anti-rusa.

Más tarde, él mismo vivió bajo los embates constantes de las enfermedades, tanto las suyas propias como las de su mujer, Jessie George, necesitada de frecuentes operaciones. Su hijo primogénito, Borys, también sufrió al menos una grave enfermedad. Y la carencia de dinero, pese a sus éxitos, fue otro factor fijo de su vida.

Ha trascendido que Conrad tuvo siempre un temperamento agónico e hipocondríaco, que rara vez abandonaba un permanente estado de agitación lindante con frecuentes manifestaciones de ira.

Envueltos en peripecias colectivas regidas por la acción, y aun acompañados por un coro abundante de secundarios, como sucede particularmente en Lord Jim, *donde un ancho tronco narrativo sujeta otras ramas bien robustas, los personajes de Conrad viven con furia y ruido su ineludible condición individual bajo múltiples asechanzas, entre las que no son menores los oleajes de su turbulento y neblinoso universo interior, conocedor de que el destino personal siempre se dibuja en un horizonte de muerte.*

Pocos libros hay tan generosos con el lector como este Lord Jim, *narrado, al igual que* Juventud *y* El corazón de las tinieblas, *por el capitán Marlow, que bien pudiera tener del propio Conrad todo lo que falte en su protagonista principal como sucedió después, precisamente en* El corazón de las tinieblas, *con el mismo Marlow y el agente colonial Kurtz.*

A Jim y a Kurtz les competen por igual estas palabras, escritas por Marlow con su letra picuda y angulosa, destinadas a definir al primero: «lo veo pasar como un espíritu desencarnado que anda perdido entre las pasiones de este mundo, a la espera de acudir puntualmente a la llamada de su propio mundo de sombras».

Joseph Conrad

Lord Jim

*Es cierto que mi Convicción
crece de manera infinita
tan pronto como otra alma
cree en ella.*

NOVALIS

*Al señor y la señora G. F. W. Hope
con afectuosa gratitud
tras muchos años de amistad*

Nota del autor

Cuando esta novela apareció por primera vez en forma de libro, se esparció por ahí la idea de que me había dejado devorar por la historia. Algunos críticos mantenían que la obra, planteada originalmente como narración breve, se le había ido de las manos al autor. Uno o dos de ellos descubrieron pruebas de ese hecho en el texto mismo, lo que pareció divertirles. Señalaron entonces las limitaciones a que está sujeto el formato de la narración. Argumentaban que nadie podía pretender que un hombre no parara de hablar, mientras otros no cesaban de escucharle. No resultaba, según decían, muy creíble.

Tras llevar dándole vueltas a la cuestión durante algo así como dieciséis años, pienso que yo no estaría tan seguro. Se sabe de personas, tanto en los trópicos como en la zona templada, que han estado despiertos media noche «intercambiando cuentos». En este caso, sin embargo, se trata de un solo cuento, aunque con interrupciones que permiten ciertos respiros; y, en cuanto a la resistencia de los oyentes, se tendrá que aceptar el postulado de que la historia sí era interesante. Se trata de una suposición preliminar necesaria. Si yo no hubiera creído que *sí* era interesante, nunca habría podido empezar a escribirla siquiera. En lo que respecta a la mera posibilidad física, todos sabemos que algunos discursos parlamentarios han precisado casi seis horas para ser pronunciados; mientras que toda la parte del libro que constituye la narración de Marlow se puede leer en voz alta de punta a cabo en, diría yo, menos de tres horas. Además, aunque he excluido de la novela todos los detalles irrelevantes de ese tipo, podemos presumir que debieron consumirse algunos refrescos esa noche: un vaso de agua mineral, o algo por el estilo, que le facilitara la tarea al narrador.

Pero, ahora hablando en serio, la verdad del caso es que mi primera idea fue la de escribir una narración breve, centrada únicamente en el episodio del barco de los peregrinos, y nada más. Y se trataba de un planteamiento perfectamente legítimo. Tras escribir unas pocas páginas, sin embargo, me sentí descontento por alguna razón y las dejé a un lado. No volví a sacarlas del cajón hasta que el malogrado señor William Blackwood me sugirió que volviera a entregarle algo para su revista.

Sólo entonces fue cuando me di cuenta de que el episodio del barco de peregrinos era un buen punto de partida para una narración libre y móvil; de que se trataba, además, de un suceso que se prestaba bien a dar el tono de todo el «sentimiento de la vida» de un personaje sencillo y sensible. Pero todos aquellos estados de ánimo y agitaciones espirituales preliminares resultaron bastante oscuros en su momento, y no aparecen más claros ante mí ahora, después del lapso propio de tantos años como han pasado.

Las escasas páginas que había dejado de lado no carecían de peso en cuanto a la elección del tema. Pero volví a escribirlas todas deliberadamente. Cuando me senté para hacerlo sabía que iba a ser un libro largo, aunque no acerté a prever que iba a extenderse a lo largo de trece números de «Maga».

A veces me han preguntado si no era éste el libro mío que más me gustaba. Soy enemigo declarado de los actos de favoritismo en público, en privado, e incluso en la delicada relación que mantiene el autor con sus obras. Por principio me niego a tener favoritos; pero no llego hasta el punto de sentirme agraviado o enojado por la preferencia que algunos otorgan a mi *Lord Jim*. No voy a decir siquiera que «No acierto a comprender...». ¡No! Pero en una ocasión tuve la oportunidad de sentirme confuso y sorprendido.

Un amigo mío que volvía de Italia había hablado allí con una dama a la que no le gustaba el libro. Para mí, eso era lamentable, por supuesto, pero lo que me sorprendió fue la razón en que se fundaba aquel rechazo. «¿Sabe usted? —dijo la señora—, es todo tan morboso.»

Aquel pronunciamiento me dio pie para estar una hora entera sumido en ansiosos pensamientos. Finalmente, llegué a la conclusión de que, haciendo todas las salvedades necesarias debido a que el propio tema está bastante alejado de la sensibilidad normal de las mujeres, aquella dama no podía haber sido italiana. Y me pregunto si era europea siquiera. En cualquier caso, un temperamento latino no podía haber detectado nada de morboso en la aguda conciencia del honor perdido. Una conciencia de ese tipo puede ser equivocada, o acertada, o se la puede condenar por artificial, y, tal vez, mi Jim no sea un arquetipo de los más comunes. Pero, sin posibilidad de error, les puedo asegurar a mis lectores que no se trata del producto de un pensamiento frío y pervertido. No es tampoco una figura procedente de las Nieblas del Norte. Una mañana soleada, en el ambiente vulgar de una rada oriental, lo vi pasar: conmovedor, relevante, envuelto entre sombras y absolutamente silencioso. Como debe ser. Me correspondía a mí, con toda la comprensión y afecto de los que fuese capaz, buscar las palabras apropiadas para lo que él representaba. Era «uno de los nuestros».

JOSEPH CONRAD
1917

Capítulo I

Le faltarían una o quizá dos pulgadas para alcanzar los seis pies[1] de altura, era de constitución fuerte, y avanzaba hacia uno directamente, con una ligera inclinación de hombros, adelantando la cabeza con una mirada intensa y profunda que recordaba a un toro cuando embiste. Tenía una voz grave y potente, y en su porte mostraba una especie de aplomo obstinado que no tenía nada de agresivo; parecía tratarse más bien de una necesidad que, en apariencia, rezaba tanto para sí mismo como para cualquier otro. Era de una pulcritud intachable, vestía de un blanco inmaculado de pies a cabeza, y en los diversos puertos orientales en los que se ganó la vida como corredor de proveedores de barcos se hizo muy popular.

Un corredor de los de este tipo no precisa aprobar ningún examen, ni fácil ni difícil, pero debe poseer habilidad natural y ser capaz de demostrarla en la práctica. Su trabajo consiste en hacer regatas, a vela, vapor o remo, con los otros corredores a fin de llegar el primero hasta cualquier barco a punto de fondear; ha de darle una cordial bienvenida al capitán haciéndole aceptar una tarjeta —la tarjeta comercial del proveedor—, y, si se trata de su primera visita al puerto, lo conducirá, con firmeza pero sin ostentación, hasta una enorme tienda con aires de caverna que está llena de las cosas que se comen y beben a bordo del barco; un lugar en el que se puede conseguir todo lo necesario para hacerlo más marinero o hermoso, desde un juego de garfios para la cadena de fondeo hasta un librillo de oro para los relieves de la popa, y un sitio en el que el capitán es objeto de un recibimiento de hermano por parte de un proveedor al que no ha visto jamás en la vida. En el establecimiento hay una sala donde estar fresco, sillones, botellas, puros, material para escribir, una copia de las ordenanzas del puerto y una bienvenida tan cálida que derrite la sal acumulada en el corazón del marino a lo largo de una tra-

---

[1] *Pulgada* y *pie:* unidades de medida. Una pulgada equivale a 2,54 cm y un pie a 30,48 cm. *(N. del T.)*

vesía de tres meses. Las relaciones así comenzadas se mantienen, mientras el navío permanezca en puerto, por medio de las visitas diarias del corredor. Con el capitán se muestra fiel como un amigo, considerado como un hijo, con toda la paciencia del santo Job, el abnegado afecto de una mujer y la jovialidad de un alegre camarada. Más tarde, se le envía la cuenta. Se trata de una labor hermosa y muy humana. Por ello, los buenos corredores son muy escasos. Cuando un corredor que posee habilidad natural cuenta también con la ventaja de haberse educado en las artes del mar, vale para su patrón mucho dinero y merece ciertos mimos. Jim siempre contó con buenos salarios y con unos mimos suficientes como para comprar la fidelidad del mismo demonio. Sin embargo, con la más negra de las ingratitudes, solía abandonar de repente su empleo para marchar a otro lugar. A sus jefes, las razones que daba les parecían injustificadas por completo. Así, lo llamaban «¡Maldito imbécil!» tan pronto como volvía la espalda. Ése era el comentario que les merecía su exquisita sensibilidad.

Los hombres blancos relacionados con las actividades del puerto y los capitanes de los navíos lo conocían simplemente como Jim... y nada más. Sí tenía, por supuesto, un apellido, pero le angustiaba que alguien lo fuese a pronunciar. El incógnito, que mantenía con más agujeros que un colador, no estaba pensado para ocultar una personalidad, sino un hecho. Cuando el hecho se abría paso a través del incógnito, se marchaba repentinamente del puerto en que estuviera en aquel momento para irse a otro, habitualmente más al este. Elegía siempre puertos porque era un marino exiliado del mar, y porque tenía habilidad natural, algo que no sirve para otra cosa que no sea el trabajo de corredor. Se fue retirando de forma ordenada hacia el sol naciente, y el hecho le fue siguiendo de modo fortuito pero inevitable. Así, a lo largo de los años, le fueron conociendo sucesivamente en Bombay, Calcuta, Rangún, Penang, Batavia... y en todas y cada una de dichas escalas lo llamaban simplemente Jim, el corredor. Después, cuando su aguda sensibilización frente a lo intolerable lo *alejó* de una vez para siempre de los puertos y del trato de los hombres blancos, incluso en la selva virgen, en la que había decidido ocultar su deplorable facultad, los malayos de las aldeas de la jungla le añadieron una palabra al monosílabo que constituía su incógnito. Lo llamaban *Tuan* Jim; o, por así decirlo, Lord Jim.

Su infancia se desarrolló en una parroquia. Muchos de los capitanes de los barcos mercantes proceden de estos hogares, morada de la piedad y la paz. El padre de Jim poseía un conocimiento de lo incognoscible cortado a la medida del sentido que tenían de la justicia los habitantes de las granjas, de modo que no supusiera problemas para la tranquilidad de espíritu de aquéllos a los que la infalible providencia permite habitar en las mansiones. La pequeña iglesia de la colina presentaba el gris musgoso de una roca cuando la contemplamos a través de una cortina desgarrada de follaje. Llevaba siglos allí levantada, pero los árboles que la rodeaban recordarían probablemente la colocación de la primera piedra. Más abajo, la roja fachada de la rectoría brillaba con un tono cálido en medio de cuadros de césped, parterres de flores y abetos, con un huerto en la parte de atrás, el patio empedrado de una cuadra a la izquierda y los cristales inclinados de los invernaderos que se alineaban a lo largo de una pared de ladrillo. Era un beneficio eclesiástico que había pertenecido a la familia desde hacía varias generaciones; pero Jim tenía otros cuatro hermanos y cuando, tras una temporada leyendo libros de aventuras y evasión, se reveló su vocación marinera, lo enviaron de inmediato a un «buque escuela para oficiales de la marina mercante».

Allí aprendió un poco de trigonometría y cómo cruzar los juanetes sobre las gavias. En términos generales, todos tenían un buen concepto de él. Ocupaba el tercer lugar en la jerarquía de navegación y tenía también funciones de remero en el primer cúter. Gracias a su serenidad y excelente condición física, realizaba una gran labor en la arboladura. Su puesto estaba en la cofa del trinquete; y desde allí solía dirigir la mirada, con el desdén propio de alguien destinado a brillar entre mil peligros, hacia la tranquila multitud de tejados a los que dividía en dos grupos la ocre corriente del río, mientras que, esparcidas por los extremos de la llanura circundante, las chimeneas de las fábricas se elevaban perpendiculares contra un cielo severo, todas esbeltas como lapiceros y todas vomitando humo como volcanes. Podía ver zarpar a los grandes barcos, contemplar los anchos transbordadores siempre en movimiento, o los botes, flotando a lo lejos bajo sus pies, con el brumoso esplendor del mar en la distancia y la esperanza de una vida emocionante en el mundo de la aventura.

En la cubierta inferior, rodeado por el babel que provocaban doscientas voces sonando a un tiempo, solía abstraerse, y en su imaginación comenzaba a vivir de antemano la vida marinera propia de la literatura de evasión. Se veía a sí mismo salvando a la gente de barcos que se hundían, cortando los mástiles en pleno huracán, halando un cabo a través de unas rompientes que cruzaba a nado o, como náufrago en solitario, descalzo y medio desnudo, andando sobre arrecifes pelados en busca de crustáceos con los que paliar el hambre. Se enfrentaba a los salvajes en playas tropicales, sofocaba motines en alta mar y mantenía alta la moral de hombres sin esperanzas a bordo de un pequeño bote a merced del océano: siempre un ejemplo de cumplimiento del deber y tan resuelto como el héroe de un libro.

—Pasa algo. Vamos.

Se puso en pie de un salto. Los muchachos se precipitaban escaleras arriba. En la cubierta principal se oía a la gente corriendo y gritando. Cuando cruzó la escotilla se quedó parado, como perplejo.

Era un día de invierno que llegaba a su crepúsculo. El vendaval había refrescado a mediodía, interrumpiendo la navegación por el río, y ahora soplaba con la fuerza de un huracán, con rachas irregulares que tronaban como salvas disparadas por grandes cañones sobre el océano. La lluvia caía en trombas casi transversales que oscilaban y amainaban, y, por momentos, Jim tenía atisbos amenazadores de la revuelta marejada, de las pequeñas embarcaciones agitándose en desorden a lo largo de la costa, de los edificios inmóviles entre la niebla creciente, de los anchos transbordadores fondeados cabeceando pesadamente, de los vastos embarcaderos flotantes subiendo y bajando cubiertos de espuma. La racha siguiente pareció barrerlo todo. El aire estaba lleno de partículas de agua que volaban en todas las direcciones. El temporal tenía una feroz determinación, un furioso ardor que se manifestaba en el aullido del viento, en el brutal tumulto que tenía lugar entre tierra y cielo, una determinación que parecía estarle dirigida a él y que le hacía contener la respiración asombrado. Se quedó quieto. Le parecía estar dando vueltas en un torbellino.

Le dieron un empujón.

—¡La tripulación al cúter!

Los muchachos pasaban corriendo a su lado. Un barco de cabotaje en busca de abrigo había pasado por ojo a una goleta fondeada, y uno de los instructores del buque escuela había visto el accidente. Una multitud de muchachos treparon por la barandilla y se agruparon alrededor del pescante.

—Ha habido una colisión justo delante de nosotros. El señor Symons la ha visto.

Un empellón lo arrojó tambaleante contra el palo de mesana y se sujetó a un cabo. El viejo buque escuela, encadenado a su fondeo, temblaba de arriba abajo, balanceándose suavemente, con la proa al viento, y tarareando en su escaso aparejo, en un tono muy grave, la silenciosa canción de su juventud en el mar.

—¡Arriad!

Vio cómo el bote, con una tripulación completa, descendía rápidamente por debajo de la barandilla y se lanzó tras él corriendo. Oyó un chapoteo.

—¡Largad las amarras!

Se asomó sacando medio cuerpo por encima de la barandilla. El río bullía a su lado con rachas de espuma. En la oscuridad creciente se podía ver el cúter bajo el hechizo del viento y la marejada, que por un instante lo tuvieron en su poder haciéndole dar sacudidas al costado del buque escuela. Desde el bote le llegó, débil, una voz que gritaba.

—¡Todos a un tiempo, granujas, si es que queréis salvar a alguien! ¡Todos a un tiempo!

Y, de repente, elevó la proa y, saltando con los remos levantados por encima de una ola, rompió el hechizo con que lo tenían paralizado el viento y la marejada.

Jim sintió que lo agarraban fuertemente por el hombro.

—Demasiado tarde, jovenzuelo.

El capitán del barco alargó la mano para contener a aquel muchacho, que parecía estar a punto de saltar por la borda, y Jim levantó la vista con el dolor de una derrota consciente reflejado en los ojos. El capitán sonrió comprensivo.

—Otra vez será. Esto te enseñará a andar más listo.

Un grito estridente dio la bienvenida al cúter. Volvía balanceándose lleno de agua hasta la mitad, y con dos hombres desfallecidos a los que zarandeaba el agua sobre las tablas del fondo. El tumulto y la amenaza del mar y del viento le parecían ahora en extremo desdeñables a Jim, aumentando con ello el pesar que le causaba su asombro reverencial ante lo fútil de la amenaza. Ahora sabía a qué atenerse. Le pareció sentir indiferencia hacia el temporal. Podía enfrentarse a peligros mucho mayores. De hecho, lo haría... mejor que nadie. No le quedaba ni un átomo de miedo. No obstante, estuvo dándole vueltas por su cuenta aquella noche, mientras el proel del cúter, un muchacho con cara de niña y con grandes ojos grises, se había convertido en el héroe de la cubierta inferior. Ansiosos, le interrogaban formando una piña a su alrededor. Él iba narrando:

—No vi más que una cabeza agitándose y entonces metí el bichero rápidamente en el agua. Se le enganchó en los pantalones y casi salgo disparado por la borda, y, de hecho, eso pensé que me iba a pasar, pero el viejo Symons soltó el timón y me agarró por las piernas... el bote casi se va a pique. El viejo Symons es un gran tipo. No me importa ni lo más mínimo que sea tan gruñón con nosotros. Me estuvo soltando palabrotas durante todo el tiempo que me tuvo sujeto por la pierna, pero no era más que su manera de decirme que no soltara el bichero. El viejo Symons se excita con una facilidad pasmosa, ¿verdad? No, no el rubio pequeñajo, el otro, el grandote de la barba. Cuando lo subimos no paraba de gemir: «¡Ay, mi pierna, ay, mi pierna!» y ponía los ojos en blanco. Quién iba a decir que un tipo tan grande se desmayaría igual que una niña. ¿Acaso alguno de vosotros se podría desmayar por un pinchazo con el bichero...? Yo no. Le entró en la pierna un tanto así —mostró el bichero, que se había traído consigo con ese propósito, y provocó una pequeña conmoción—. ¡No, hombre, no seas tonto! No estaba sujeto por la carne, sino por los pantalones. Lo que sí había, claro, era sangre por todas partes.

Jim consideraba aquello un penoso despliegue de vanidad. El temporal había dado lugar a un heroísmo tan espurio como su propio terror ficticio. Estaba furioso con el tumulto brutal de tierra y cielo por haberlo pillado sin previo aviso y por poner a prueba injustamente lo que en él era una disposición generosa para las situaciones en las que uno sólo se puede salvar por los pelos. Por lo demás, casi se alegraba de no haber ido en el cúter, ya que con una hazaña menor había bastado para resolver la situación. Había incrementado sus conocimientos más que los que habían intervenido en el salvamento. Cuando todos se acobardaran, entonces —y estaba seguro de ello— sólo él sabría cómo enfrentarse a la espuria amenaza del viento y el mar. Sabía a qué atenerse. Considerándolo desapasionadamente todo aquello era desdeñable. No podía detectar huella alguna de emociones en su interior, y el efecto último de una experiencia que le podía haber hecho tambalear fue que, inadvertido y separado de la ruidosa marabunta de muchachos, resplandecía con nueva certidumbre sobre su avidez de aventuras y el valor multifacético que presentía en sí mismo.

Capítulo II

Tras dos años de prácticas comenzó a navegar, y al penetrar en regiones que tan bien conocía en su imaginación las descubrió extrañamente yermas de aventura. Realizó numerosas travesías. Conocía la mágica monotonía de la existencia entre mar y cielo: tuvo que sufrir las críticas de los hombres, las exigencias del mar y la severidad prosaica de la tarea cotidiana que nos da el pan... pero cuya única recompensa se encuentra en un amor absoluto al trabajo. Una recompensa que se le escapaba. Sin embargo, no podía volverse atrás, pues no hay nada más seductor, ni que desilusione o esclavice más, que la vida en el mar. Y, además, tenía buenas perspectivas de futuro. Era caballeroso, firme, afable y poseía un profundo conocimiento de sus tareas; y con el tiempo, siendo aún muy joven, llegó a ser piloto de un barco excelente, sin siquiera haberse visto probado por ningún acontecimiento de los que en el mar muestran a las claras lo que vale un hombre por dentro, el límite de su temple y la sustancia de la que está hecho; esos acontecimientos que revelan su capacidad de resistencia y la verdad secreta que subyace en sus apariencias, algo que se revela no sólo ante los demás, sino también ante uno mismo.

Durante aquella época sólo tuvo en una ocasión un atisbo de lo serio que es el furor del mar. Se trata de una verdad que no se hace presente con la frecuencia que muchos piensan. Existen muchos matices en el peligro provocado por temporales y aventuras, y los hechos sólo muestran de vez en cuando un rostro en el que aparezca una violencia siniestra e intencionada, ese algo indefinible que penetra por la fuerza en la mente y en el corazón de un hombre haciéndole pensar y sentir que esta acumulación de accidentes o aquellas furias elementales le están llegando con un fin malicioso, con una fuerza fuera de control, con una crueldad a rienda suelta que pretende arrancarle sus esperanzas y sus temores, el dolor de sus fatigas y su añoranza del descanso; lo que, dicho de otro modo, significa aplastar, destruir, aniquilar todo aquello que ha visto, conocido, amado, disfrutado u odiado; todo lo que es inapreciable y necesario: la luz del sol, los recuerdos, el futuro; algo que significa barrer de un plumazo por entero un mundo que le es precioso poniéndolo completamente fuera de su alcance por medio de un acto sencillo y espantoso: quitarle la vida.

Jim, impedido por una verga que le había caído encima a principios de una semana de la que luego su capitán, un escocés, solía decir: «¡Pero hombre!, ¡sí que es un verdadero milagro para mí que el barco la resistiera!», pasó muchos días tendido boca arriba, confuso, zarandeado, sin esperanzas y atormentado como si se encontrara en el fondo de un abismo de desasosiego. No le importaba cuál pudiera ser el fin de aquello, y en sus momentos de lucidez sobrevaloraba su indiferencia. El peligro, cuando no lo vemos, presenta la imperfecta vaguedad propia del pensamiento humano. El miedo se hace borroso, y la imaginación, la enemiga del hombre, la madre de todos los terrores, huérfana de estímulos, se diluye para descansar en la monotonía de una emotividad exhausta. Jim no vio más que el desorden de su agitada cabina. Allí estaba tumbado, asegurado a su lecho, en medio de un pequeño caos, y en el fondo estaba contento de no tener que subir a cubierta. Pero de vez en cuando se apoderaba físicamente de él una incontrolable oleada de angustia que le hacía boquear y retorcerse bajo las mantas, y en esos momentos la brutalidad irracional de una existencia susceptible de sufrir la agonía de sensaciones así le llenaba de un desesperado deseo de escapar a cualquier precio. Después reapareció el buen tiempo, y no volvió a acordarse de ello.

Su cojera, sin embargo, persistió, y cuando el barco arribó a un puerto oriental tuvo que ir a un hospital. La recuperación fue lenta y el barco zarpó sin él.

Sólo había otros dos pacientes en la sala para hombres blancos: el contador de una cañonera, que se había roto una pierna al caerse por una escotilla, y una especie de contratista de ferrocarriles de una provincia cercana, afectado por una misteriosa enfermedad tropical, que calificaba de asno al doctor y consumía específicos aberrantes para la medicina oficial que le traía a hurtadillas su criado tamil[1] con una devoción incansable. Se contaban sus vidas, jugaban un poco a las cartas o, bostezando y en pijama, estaban todo el día repantigados en sillones y sin abrir la boca. El hospital estaba sobre una colina, y recibía una brisa suave que entraba por las ventanas, siempre abiertas de par en par, introduciendo en la desnuda habitación la suavidad del cielo, la languidez de la tierra y el aliento hechicero de los mares de Oriente. Había perfumes en él, sugerencias de reposo infinito, el don de los sueños sin fin. Jim miraba todos los días por encima de los matorrales del jardín, más allá de los tejados de la población, sobre las copas de las palmeras que crecían en la costa, hacia esa rada que en Oriente constituye una vía pública... esa rada punteada de guirnaldas de islotes, iluminada por un sol festivo, con barcos como juguetes, con una actividad brillante que se asemeja a una cabalgata en tiempo de fiestas, con la eterna serenidad del cielo oriental allá arriba y la paz sonriente de los mares de Oriente poseyendo el espacio hasta la línea del horizonte.

En cuanto pudo caminar sin bastón bajó a la ciudad en busca

---

[1] *Tamil:* miembro de un pueblo que habita en el sur de la India y en Ceilán. *(N. del T.)*

de una oportunidad para volver a casa. En aquel preciso momento no había ninguna oferta y, mientras esperaba, se relacionó de un modo natural con aquellos que había en el puerto de su mismo oficio. Los había de dos clases. Algunos, muy pocos y que aparecían muy de vez en cuando, llevaban vidas misteriosas, habían preservado una energía sin desfigurar y mantenían un genio de bucaneros y una mirada de soñadores. Parecían vivir sumidos en un descabellado laberinto de planes, esperanzas, peligros y empresas, por delante de la civilización, en los lugares oscuros del mar; y su propia muerte era el único acontecimiento que en su fantástica existencia parecía contar con una certidumbre razonable en cuanto a su cumplimiento. La mayoría eran hombres que, como él mismo, arrojados allí por algún accidente, habían permanecido en calidad de oficiales de barcos del país. Sentían horror ahora ante la idea de servir al suyo propio, con la dureza de sus condiciones, la severa concepción del deber y el peligro de océanos tormentosos. Se habían acomodado a la eterna paz del mar y el cielo de Oriente. Amaban las travesías cortas, los buenos sillones de cubierta, las tripulaciones numerosas de nativos y la distinción de ser blancos. Les entraban escalofríos sólo de pensar en el trabajo duro y llevaban vidas de una facilidad precaria, siempre al borde del despido, siempre al borde de un nuevo empleo, sirviendo a chinos, árabes, mestizos... hubieran servido al propio diablo si se lo hubiese puesto lo suficientemente fácil. Hablaban eternamente de los golpes de fortuna: cómo Fulano de Tal había conseguido el mando de una embarcación en la costa de China... un trabajo cómodo; cómo éste tenía una colocación fácil en alguna parte de Japón, y cómo a aquél le iban bien las cosas en la armada de Siam; y en todo lo que decían —en sus acciones, en sus miradas, en sus personas— cabía detectar un punto de blandura, un núcleo de decadencia: la determinación de repantigarse a salvo durante toda su existencia.

A Jim aquella multitud de cotillas, en tanto que marinos, le parecía más insustancial que si fueran sombras. Pero, a la larga, acabó por encontrar fascinante la visión de aquellos hombres y la apariencia que daban de irles tan bien con una cuota tan escasa de peligros y esfuerzo. Con el tiempo, junto al desdén original fue creciendo lentamente otro sentimiento; y de repente, abandonando la idea de volver a casa, se colocó como piloto en el *Patna*.

El *Patna* era un vapor local más viejo que Matusalén, tan magro como un galgo y más comido por el orín que un depósito de agua inservible. Era propiedad de un chino, lo había alquilado un árabe y el mando lo ostentaba una especie de renegado alemán de Nueva Gales del Sur, el cual no desperdiciaba ninguna ocasión para maldecir a su país natal, pero que, apoyándose aparentemente en lo victorioso de la política de Bismarck, trataba a puntapiés a todos aquéllos a los que no temía y andaba con aires de «hombre de hierro» combinados con una nariz púrpura y un bigote. Tras haberlo pintado por fuera y blanqueado por dentro, metieron a ochocientos peregrinos (más o menos) a bordo del barco cuando éste se encontraba con las calderas encendidas junto a un pantalán de madera.

Entraron en tropel por tres pasarelas, entraron en tropel estimulados por la fe y la esperanza de alcanzar el paraíso, entraron en tropel entre un continuo arrastrar de pies desnudos, sin una palabra, ni un murmullo, ni una mirada atrás; y una vez salvadas las barandillas se extendieron por todos los rincones de cubierta, fluyeron a proa y a popa, se derramaron por unas escotillas abiertas como para lanzar un bostezo, llenaron las partes más recónditas del navío... como agua llenando una cisterna, como agua fluyendo hasta las grietas y resquicios, como agua que sube silenciosamente hasta nivelarse al llegar al borde. Ochocientos hombres y mujeres con fe y esperanzas, con afectos y recuerdos, se habían reunido allí, procedentes del norte y del sur, y de los extremos más orientales, tras hollar los senderos de la jungla, descender ríos, surcar las costas en praos superando los bajos, navegar de isla en isla con pequeñas canoas, sufrir penalidades, encontrar visiones extrañas; asaltados por extraños temores y sostenidos por un único deseo. Procedían de chozas solitarias de la jungla, de populosos campamentos, de aldeas junto al mar. Convocados por una idea habían abandonado sus bosques, sus claros, la protección de sus jefes, su prosperidad, su pobreza, los lugares en que se desarrolló su juventud y la tumba de sus padres. Llegaban cubiertos de polvo, de sudor, de mugre, de harapos; los fuertes a la cabeza de los grupos familiares, los viejos enjutos incitando al avance sin esperanzas de retorno, jóvenes muchachos con ojos desprovistos de miedo que lo miraban todo con curiosidad, muchachitas recatadas de largos cabellos descuidados; las tímidas mujeres tapadas hasta arriba y apretando contra sus pechos, cubiertos por tiras de sucios turbantes, a sus bebés dormidos, con los peregrinos inconscientes de una creencia tan exigente.

—Fíjate «a» este ganado —le dijo el patrón alemán a su nuevo piloto.

Un árabe, el líder de aquel piadoso viaje, llegó el último. Subió a bordo lentamente, grave y elegante, enfundado en su túnica blanca y un enorme turbante. Le seguían una fila de sirvientes, cargados con su equipaje; el *Patna* largó amarras y se alejó del muelle.

El buque pasó entre dos pequeños islotes, cruzó en diagonal el fondeadero destinado a los veleros, viró ciento ochenta grados en la sombra de una colina y luego bordeó de cerca una línea de rompientes en los que saltaba la espuma. El árabe, de pie en la popa, recitó en voz alta la oración de los que viajan por mar. Invocó el favor del Altísimo para el viaje, imploró su bendición sobre el esfuerzo de los hombres y los secretos anhelos que habitaran sus corazones. En el crepúsculo, el vapor iba cortando las tranquilas aguas del estrecho; y, a lo lejos, a popa del barco de peregrinos, un faro giratorio instalado por infieles sobre un bajo traidor parecía hacerles guiños con un ojo de fuego, como mofándose de su mandato de fe.

El barco salvó el estrecho, atravesó la bahía y continuó su camino por el paso de «Un Grado». Siguió recto en dirección al mar Rojo, bajo un cielo sereno, bajo un cielo ardiente y sin nubes, envuelto en el fulgor de un sol que aniquilaba todo pensamiento, que oprimía el corazón, que marchitaba todo amago de fuerza y energía. Y bajo el siniestro esplendor de aquel cielo, el mar, azul y profundo, se mantenía en calma, sin la más mínima agitación, la más mínima ola, la más mínima arruga: viscoso, estancado, muerto. El *Patna*, con un ligero silbido, pasaba sobre aquella llanura, luminoso y suave, desenrollaba un negro lazo de humo a través del cielo e iba dejando tras de sí, en el agua, un blanco lazo de espuma que se desvanecía en seguida, como el fantasma de un sendero dibujado sobre un mar sin vida por el fantasma de un barco de vapor.

Todas las mañanas, el sol, como si en sus revoluciones buscara seguir el paso de la peregrinación, nacía con una silenciosa explosión de luz exactamente a la misma distancia a popa del barco, se ponía a su altura a mediodía, derramando el fuego concentrado de sus rayos sobre los piadosos propósitos de los hombres, se les adelantaba deslizándose en su descenso y se hundía en el mar misteriosamente, tarde tras tarde, preservando la misma distancia frente a la proa que avanzaba. Los cinco blancos de a bordo vivían en la parte central del barco, aislados del cargamento humano. El buque estaba cubierto de toldillas que formaban un blanco techado de proa a popa, y sólo un leve zumbido, un sordo murmullo de voces tristes, revelaba la presencia de una muchedumbre sobre la gran hoguera del océano. Así eran los días, calmos, sofocantes, pesados; iban desapareciendo uno tras otro en el pasado, como si fueran cayendo en un abismo siempre abierto en la estela del navío; y éste, solitario bajo una espiral de humo, mantenía inquebrantable su camino, negro, ardiendo sin llama en una inmensidad de luz, como abrasado por el fuego que le lanzara un cielo inmisericorde.

Las noches caían sobre el buque como una bendición.

Capítulo III

El mundo estaba poblado de una maravillosa quietud, y las estrellas, junto con la serenidad de sus rayos de luz, parecían impregnar la Tierra con la garantía de una seguridad perpetua. La luna creciente, curva y baja, brillaba en el oeste como una fina viruta arrojada sobre un lingote de oro; y el mar Arábigo, suave y fresco como una capa de hielo ante la mirada, desplegaba un nivel perfecto hasta alcanzar el perfecto círculo de un horizonte oscuro. La hélice giraba sin una sola vacilación, como si su ritmo formara parte de los planes de un universo seguro, y a ambos lados del *Patna* dos profundos pliegues de agua, permanentes y sombríos sobre el trémulo resplandor sin mácula, abarcaban entre sus rectos y divergentes surcos unos pocos remolinos blancos de espuma que reventaban con un suave silbido, unas pocas olitas, unas pocas crestas, unas pocas ondulaciones que, al ir quedando atrás, agitaban la superficie del mar por un instante tras el paso del navío, luego se iban aposentando con un ligero chapoteo y finalmente se calmaban hasta fundirse con la quietud circular del cielo y mar, en cuyo centro permanecía eternamente el punto negro del barco en marcha.

En el puente, Jim se sentía invadido por la enorme certidumbre de una paz y seguridad sin límites que se podía leer en el silencioso aspecto de la naturaleza con la misma facilidad con que podría leerse el amor en la plácida ternura del rostro de una madre cuidando a su hijo. Bajo el techado de toldillas, entregados a la sabiduría y al coraje de los blancos, confiados en el poder de aquellos infieles y en el casco de hierro de su barco de fuego, los peregrinos de una fe tan exigente dormían sobre esterillas, sobre mantas, sobre las tablas desnudas, en todas las cubiertas, en todos los rincones oscuros, envueltos en telas teñidas, tapados hasta arriba con sucios harapos; descansando la cabeza sobre pequeños hatillos, apretando el rostro contra unos antebrazos recogidos: los hombres, las mujeres, los niños, los viejos con los jóvenes, los decrépitos con los fuertes... todos iguales ante el sueño, el hermano de la muerte.

Una corriente de aire, impulsada desde proa por la velocidad del barco, pasaba con regularidad a través del largo espacio lóbrego que se extendía entre las altas bordas y soplaba sobre las filas de cuerpos tendidos; algunas tenues llamas protegidas por globos colgaban en corto aquí y allá bajo las parhileras; y en los borrosos círculos de luz, ligeramente temblorosos debido a la incesante vibración del buque, aparecía una barbilla apuntando hacia arriba, unos párpados cerrados, una mano oscura con anillos de plata, un miembro escuálido enfundado en andrajos, una cabeza echada hacia atrás, un pie descalzo o un cuello desnudo y estirado, como ofreciéndose al filo de un cuchillo. Los prósperos habían fabricado para sus familias refugios con pesadas cajas y polvorientas esterillas; los pobres descansaban hombro con hombro, y todas sus posesiones terrenales iban envueltas en un trapo que se colocaban bajo la cabeza; los viejos solitarios dormían con las piernas encogidas sobre las mismas alfombras en las que rezaban, y mantenían las manos sobre los oídos y los codos a ambos lados del rostro; un padre, con la cabeza bajo los hombros y la frente apoyada en las rodillas, dormitaba de mala manera junto a un niño que dormía boca arriba con el pelo desordenado y un brazo extendido en actitud de mando; una mujer cubierta de pies a cabeza con un trozo de sábana blanca, igual que un cadáver, tenía un niño desnudo en cada brazo; las propiedades del árabe, apiladas a popa del todo, formaban un pesado montículo de rotos perfiles, con un farol balanceándose encima y una gran confusión de vagas formas detrás: atisbos de panzudas cazuelas de cobre, los apoyaderos para los pies de una de las sillas de cubierta, puntas de lanzas, la recta vaina de una vieja espada sobre un montón de almohadones, el pico de una cafetera de latón... La corredera del coronamiento de popa hacía sonar periódicamente un solo tañido tintineante por cada milla dejada atrás en aquel mandato de fe. Sobre la masa de seres dormidos flotaba a veces un tenue y paciente suspiro, la exhalación de un mal sueño; y en las profundidades del barco resonaban a veces súbitos y breves chasquidos metálicos, el roce brusco de una pala, un portazo violento dado en el fogón de la caldera, ruidos que estallaban con brutalidad, como si los hombres que allá abajo manejaban objetos tan misteriosos tuvieran el pecho lleno de una ira feroz; entretanto, el fino y alto casco del vapor continuaba regularmente su camino, sin un solo balanceo de sus desnudos mástiles, hendiendo continuamente aquel mar llano como un plato bajo la inaccesible serenidad del cielo.

Jim paseaba de una a otra banda del barco, y los pasos que daba en medio de aquel vasto silencio resonaban con fuerza en sus propios oídos, como si las vigilantes estrellas les sirvieran de eco; con los ojos vagando por la línea del horizonte parecía estar buscando ansiosamente lo inalcanzable; pero no vio la sombra del acontecimiento inminente. La única sombra que había sobre el mar era la del humo negro que surgía pesadamente desde la chimenea formando una inmensa serpentina cuyo extremo se disolvía constantemente en el aire. Dos malayos, silenciosos y casi inmóviles, llevaban el timón, uno a cada lado de la rueda, cuyo reborde de cobre brillaba parcialmente en el óvalo de luz que arrojaba la bitácora. De vez en cuando, aparecía en la zona iluminada una mano de dedos negros, soltando y cogiendo alternativamente las cabillas en su rotación, mientras los eslabones de los guardines chirriaban pesadamente en las estrías del tambor. Jim le echaba una mirada al compás, o al horizonte inalcanzable, o bien se desperezaba hasta que le crujían los miembros, con un placentero giro del cuerpo en el más absoluto exceso de bienestar, y, como si se sintiera pletórico de audacia por el aspecto invencible de aquella paz, pensaba que nada podía importarle lo que le sucediera desde entonces hasta el final de sus días. De cuando en cuando lanzaba una ojeada a una carta de navegación clavada con cuatro chinchetas a una mesita de tres patas que estaba a popa del gobernalle. Aquel folio que describía las profundidades del mar presentaba una superficie brillante bajo la luz de la lámpara de un ojo de buey que habían ligado a un candelero, una superficie tan nivelada y suave como la refulgente superficie del mar. Sobre la carta había unas paralelas y un compás de puntas; la posición del barco en la anterior meridiana estaba marcada con una crucecita negra, y la línea recta fuertemente marcada a lápiz que llegaba hasta Perim representaba el rumbo del barco —el sendero de las almas hacia el santo lugar, hacia la promesa de salvación y la recompensa de vida eterna—, mientras que el lápiz mismo tocaba la costa de Somalia con la punta y reposaba allí, redondo y quieto, como el mástil desnudo de un barco que flotara en las aguas de un puerto abrigado. «Qué bien navega», pensó Jim con asombro, con algo parecido a gratitud hacia aquella elevada forma de paz que reinaba en mar y cielo. En momentos así se le llenaba el pensamiento de valerosas hazañas: amaba aquellos sueños y el éxito de sus logros imaginarios. Constituían la mejor parte de su vida, su verdad secreta, su realidad oculta. Contenían una virilidad magnífica y el encanto de lo ambiguo; pasaban frente a él marcando un paso heroico, le sustraían el alma y la embriagaban con el filtro divino de una confianza ilimitada en sí misma. No había nada a lo que no se pudiera enfrentar. Le gustó tanto la idea que sonrió descuidando la mirada al frente y, cuando casualmente miró hacia atrás, vio el blanco surco de la estela trazado por la quilla del barco sobre el mar, tan recto como la línea negra trazada por el lápiz en la carta.

Los cangilones que recogen la ceniza resonaban con gran estrépito al subir y bajar por los ventiladores de la caldera, y aquel sonido como de latas entrechocando le advirtió de que se acercaba el final de su guardia. Suspiró con satisfacción, pero también con pesar por tener que separarse de la serenidad que favorecía a la libertad aventurera de sus pensamientos. Tenía también un poco de sueño y sentía una placentera languidez que le recorría todos los miembros, como si la sangre del cuerpo se le hubiera convertido en cálida leche. El capitán había subido sin ruido, en pijama y con la chaqueta completamente desabrochada; con el rostro enrojecido, aún medio dormido, con el ojo izquierdo parcialmente cerrado y el derecho mirando de un modo estúpido y vidrioso. Dejó colgando su gran cabezota sobre la carta y se rascó somnoliento el costado. Había algo de obsceno en la contemplación de su carne desnuda. El pecho descubierto le relucía, blando y grasiento, como si expulsase su propia gordura sudando mientras dormía. Hizo una observación profesional con voz áspera y muerta, parecida al ruido del roce de una lima de madera sobre el canto de una tabla; el pliegue de su doble papada le colgaba como una bolsa de tres senos muy cerca de la mandíbula. Jim se sobresaltó, pero su respuesta estuvo llena de respeto; sin embargo, aquella detestable y carnosa figura se le fijó en la memoria, como si la hubiera visto por primera vez en un momento de revelación, encarnando lo más vil y despreciable, aquello que está al acecho en el mundo que amamos; pues en el fondo de nuestros corazones confiamos para nuestra salvación en los hombres que nos rodean, en las visiones que nos llenan la mirada, en los sonidos que nos llenan los oídos y en el aire que nos llena los pulmones.

La fina viruta de oro que formaba la luna flotando en su lento descenso se había perdido sobre la oscurecida superficie de las aguas, y la eternidad que existía más allá del cielo pareció descender acercándose a la Tierra, acompañándose de un incremento en el brillo de las estrellas y de una melancolía más profunda en el lustre de la cúpula semitransparente que cubría el disco plano formado por un mar opaco. El barco se movía con tanta suavidad que su movimiento hacia adelante era imperceptible para los sentidos humanos, como si se tratara de un atestado planeta que se deslizase veloz por los oscuros espacios del éter tras un enjambre de soles, allá, en las espantosas y calmas soledades que esperan el aliento de creaciones futuras.

—Decir calor es quedarse corto para lo que hay abajo —dijo una voz.

Jim sonrió sin darse la vuelta para mirar. El capitán no movió un ápice sus anchas espaldas; uno de los trucos de aquel renegado consistía en ignorar intencionadamente la existencia de alguien, a menos que se le antojara girarse para devorarlo con la mirada antes de dar rienda suelta a un torrente de jerga rabiosa e insultante que salía como un chorro de inmundicia de una cloaca. Ahora sólo emitió un gruñido malhumorado. El segundo maquinista, que se encontraba en lo alto de la escala del puente amasando con manos húmedas un sucio trapo, continuó impávido contando la historia de sus males. Los marineros sí que se lo pasaban bien allí arriba, y se moriría del susto si algún día llegara a entender para qué servían. Los maquinistas, unos pobres desgraciados, tenían que conseguir que el barco siguiera funcionando como fuese, y, ya que estaban, también podrían hacer todo lo demás; bien sabía Dios...

—¡Cierra el pico! —rugió con aire estúpido el alemán.

—¡Sí, claro! «Cierra el pico»... y cuando algo sale mal, entonces se nos echa encima, ¿verdad? —continuó diciendo el otro.

Estaba ya más de medio cocido, se imaginaba; pero bueno, en cualquier caso ahora ya no se iba a preocupar por cuánto pecase, porque durante aquellos últimos tres días había asistido a un excelente curso de preparación para el lugar al que van los chicos malos cuando se mueren... bien sabía Dios que así era... eso sin contar el haberse quedado medio sordo por el maldito escándalo de allá abajo. Aquella asquerosa máquina de vapor condensado, aquella combinación de chatarra que armaba un ruido de todos los demonios allá abajo, igual que si fuera un viejo chigre de cubierta, sólo que todavía con más estrépito; y qué era lo que le impulsaba a jugarse la vida todos los días y las noches de Dios, allí, entre los desechos de un cementerio de chatarra que giraba a cincuenta y siete revoluciones era algo que por lo menos a *él* le resultaba un absoluto misterio. Debió nacer temerario, bien lo sabía Dios. Él...

—¿De dónde has sacado la bebida? —inquirió el alemán con gran brutalidad, pero inmóvil a la luz de la bitácora, como la torpe efigie de un hombre esculpido a partir de un bloque de grasa.

Jim siguió sonriéndole a un horizonte en retirada; tenía el corazón lleno de impulsos generosos, y en el pensamiento contemplaba su propia superioridad.

—¡Bebida! —repitió el maquinista en un tono de amable desdén. Estaba colgado de la barandilla con ambas manos; era una figura sombría con piernas flexibles—. No será porque usted me haya convidado, capitán. Es usted demasiado agarrado para eso, bien lo sabe Dios. Dejaría que un buen hombre muriese antes de darle ni una gota de aguardiente. Eso es lo que los alemanes llaman economía. Así es, ahorrarse un penique aunque hacerlo le cueste una libra.

Se puso entonces sentimental. El jefe le había dado un traguito de unos cuatro dedos a eso de las diez.

—¡Sólo uno, Dios me libre!

El bueno del jefe, pero en cuanto a sacar al viejo cascarrabias de la litera... ni con una grúa de cinco toneladas. Ni así. Al menos no esta noche. Estaba durmiendo dulcemente, como un angelito, con una botella de brandy de primera bajo la almohada. De la gruesa garganta del comandante del *Patna* salió un tenue retumbar en el que el sonido de la palabra *Schwein*[1] revoloteaba de arriba abajo como una pluma caprichosa en una leve corriente de aire. Él y el jefe de maquinistas llevaban siendo compinches un buen montón de años; habían servido al mismo viejo chino, astuto y jovial, con sus gafas de montura de cuerno y unos cordones de seda roja trenzados en los venerables cabellos grises de su coleta. La opinión en los muelles del puerto base del *Patna* era que aquellos dos, en lo que respecta a malversaciones descaradas, «habían hecho juntos prácticamente todo lo que a uno se le pueda ocurrir». Exteriormente, no combinaban bien: el uno, de mirada apagada, malévolo y lleno de blandas y carnosas curvas; el otro, enjuto, todo ángulos, con una cabeza alargada y huesuda como la de un caballo viejo, con las mejillas hundidas, con las sienes hundidas, con la mirada indiferente y vidriosa que partía de unos ojos hundidos. Había embarrancado en algún lugar del Extremo Oriente, en Cantón, Shanghai, o quizá en Yokohama; probablemente no tenía ningún interés en recordar la localización exacta, ni tampoco siquiera la causa del naufragio. En consideración a su juventud lo habían expulsado del barco sin escándalo hacía veinte años o más, y le podía haber ido peor, pues el recuerdo del episodio se había convertido en apenas una desgracia. Luego, con la navegación a vapor en expansión por aquellos mares y dada la escasez al principio de hombres de su profesión había conseguido «salir adelante» en cierto modo. Estaba ansioso por decirles a los extraños, mascullándolo

---

[1]   *Schwein:* en alemán, «cerdo». *(N. del T.)*

lúgubremente, que él era «un perro viejo por aquellos parajes». Cuando se movía, daba la impresión de que un esqueleto se balanceara sin sujeción dentro de sus ropas; la forma de caminar que tenía era un puro vagabundeo, y le daba por vagar de este modo alrededor de la escotilla de la sala de máquinas fumando, sin fruición, cierto tabaco adulterado en el cuenco de cobre de una pipa que tenía un cañón de madera de cerezo de cuatro pies de largo, y lo hacía con la gravedad idiota propia de un pensador que desarrollase un sistema filosófico a partir del confuso atisbo de una verdad. Normalmente, lo último que mostraba era generosidad con su almacén privado de alcohol, pero aquella noche había traicionado sus principios, de modo que su segundo, un retrasado mental infantiloide procedente de Wapping[1], ante lo inesperado del convite y los grados del licor se había alegrado mucho, volviéndose descarado y parlanchín. La furia del alemán de Nueva Gales del Sur era extrema; resoplaba como un tubo de escape, y Jim, apenas divirtiéndose con la escena, se sentía impaciente por que llegara la hora en que pudiese retirarse abajo. Los últimos diez minutos de la guardia fueron tan irritantes como un arma de fuego que retrasa indefinidamente el disparo; aquellos hombres no pertenecían al mundo de la aventura; y sin embargo, no eran malos tipos. Incluso el propio capitán... La garganta se le hinchaba por la masa de carne jadeante de la que surgían murmullos en plena ebullición: un confuso desgranar de palabrotas; pero Jim sentía una languidez demasiado placentera como para que le disgustara especialmente cualquier cosa. La calidad humana de aquella gente carecía de importancia; vivían en gran proximidad los unos de los otros, pero a él no podían tocarlo; respiraba el mismo aire que ellos, pero él era diferente... ¿Se le echaría el capitán encima al maquinista?... La vida era fácil y estaba demasiado seguro de sí mismo... demasiado seguro de sí mismo como para... La frontera que separaba sus meditaciones de un quedarse dormido de pie subrepticiamente era más fina que el hilo de una telaraña.

El segundo maquinista iba llegando, mediante asociaciones fáciles, al repaso de sus finanzas y su valentía.

—¿Borracho? ¿Yo? ¡No, no, capitán! Eso no puede quedar así. A estas alturas debería usted saber ya que el jefe no es lo suficientemente desprendido ni como para emborrachar a un gorrión, bien

---

[1] *Wapping:* barrio popular de Londres donde antiguamente ahorcaban a los piratas. (N. del T.)

lo sabe Dios. En mi vida me he sentido mal a causa del alcohol; no han inventado un licor que me pueda emborrachar a *mí*. Sería capaz de beber fuego líquido mientras usted se bebía su whisky, trago por trago, bien lo sabe Dios, y seguiría tan fresco como una lechuga. Si yo creyera que estoy borracho, me tiraría por la borda... acabaría conmigo mismo, bien lo sabe Dios. ¡Lo haría! ¡Ahora mismo! Y no me pienso mover del puente. ¿Dónde se supone que tengo que tomar el aire en una noche así, eh? ¿En cubierta entre la canalla de ahí abajo? ¡Por qué no... claro! Y no me da miedo lo que usted pueda hacerme.

El alemán elevó dos pesados puños hacia el cielo y los agitó un poco sin pronunciar una palabra.

—No conozco el miedo —prosiguió el maquinista, con un entusiasmo producto de la más sincera convicción—. No me asusta ser el que hace todo el trabajo sucio en este podrido barco, ¡bien lo sabe Dios! Y bien que le viene a usted que haya personas como yo, que no tienen miedo de perder la vida, porque si no, ya me contará qué iba a hacer usted... usted y esta carraca vieja con planchas como papel de lija... papel de lija, ¿me lo quiere decir? Para usted todo es muy fácil... Usted le saca un montón de dinero esté como esté; pero yo... ¿qué saco yo? Unos ridículos ciento cincuenta dólares al mes, y luego ya me puedo tirar por un barranco si quiero. Me gustaría preguntarle respetuosamente, fíjese que digo respetuosamente, ¿quién no mandaría a freír espárragos un trabajo tan asqueroso? Es peligroso, líbreme Dios si no lo es, ¡vaya si lo es! Lo que pasa es que yo soy uno de esos tipos temerarios...

Soltó la barandilla y comenzó a realizar ampulosos gestos en el aire, como demostrando la forma y el tamaño de su valor; su voz aguda salía expulsada en prolongados chorros que iban a parar al mar, caminaba de puntillas de un lado a otro para conseguir un mayor énfasis en lo que decía, y de repente se desplomó cayendo de cabeza, como si lo hubieran aporreado por detrás.

—¡Maldita sea! —dijo mientras caía.

Sus chillidos fueron seguidos de un instante de silencio. Jim y el capitán se tambalearon hacia delante de común acuerdo y, al recuperar el equilibrio, se quedaron muy quietos y rígidos escudriñando, asombrados, la superficie tranquila e inmutable del mar. Luego miraron hacia arriba, a las estrellas.

¿Qué había sucedido? El traqueteo asmático de las máquinas continuaba con normalidad. ¿Había parado de girar la Tierra? No podían entender nada de aquello; y, de repente, el mar tranquilo, el cielo sin nubes, les parecieron enormemente inseguros en su inmovilidad, como al filo de una destrucción incipiente. El maquinista rebotó verticalmente cuan largo era y se desplomó de nuevo quedando en el suelo como un bulto amorfo. Y aquel bulto preguntó: «¿Qué ha sido eso?» en un tono amortiguado por una profunda congoja. Un sonido trémulo, como el de un trueno, un trueno infinitamente lejano, menos que un sonido, apenas algo más que una vibración, atravesó lentamente el barco, y éste tembló a modo de respuesta, como si el trueno hubiera retumbado en las profundidades marinas. Las miradas de los dos malayos que estaban a la rueda relampaguearon al mirar hacia los hombres blancos, pero las manos oscuras permanecieron asidas a las cabillas. El agudo casco, que seguía abriéndose camino, pareció elevarse unas pocas pulgadas en progresión siguiendo la línea de eslora, como si se hubiera vuelto flexible y luego se hubiese aposentado rígidamente de nuevo para continuar en su tarea de ir cortando la lisa superficie del mar. Dejó de temblar, y el tenue sonido del trueno cesó de repente, como si el barco hubiera atravesado una estrecha franja de agua en vibración y de aire lleno de zumbidos.

Capítulo IV

Aproximadamente un mes después, cuando Jim, en respuesta a preguntas llenas de intención, trataba de contar honestamente la verdad de su experiencia, decía hablando del barco:

—Pasó con tanta facilidad por encima de lo que fuera como una serpiente que se arrastra por encima de un palo.

El símil era bueno; las preguntas apuntaban a los hechos, y la investigación oficial tenía lugar en el juzgado de un puerto oriental. Estaba de pie, en alto, sobre la plataforma destinada a los testigos; le ardían las mejillas en aquella fresca sala de elevados techos; el gran armazón de *punkahs*[1] se balanceaba suavemente muy por encima de su cabeza, y desde abajo se centraban en él muchas miradas procedentes de rostros oscuros, de rostros blancos, de rostros rojos, rostros atentos, hechizados, como si toda aquella gente que se sentaba en filas ordenadas sobre estrechos bancos estuviera esclavizada por la fasci-

---

[1] *Punkahs:* grandes abanicos de hoja de palma o de tela que se colocaban en un armazón y se movían a mano mediante cuerdas o mecánicamente. *(N. del T.)*

nación de su voz. Ésta era poderosa, hasta el punto de sobresaltarle a él mismo; era el único sonido audible en el mundo entero, pues las preguntas, terriblemente nítidas, que le arrancaban las respuestas, parecían formarse angustiosa y dolorosamente dentro de su propio pecho; le llegaban afilada y silenciosamente como el interrogatorio terrible de la conciencia. Fuera de la sala ardía el sol, dentro estaba el viento creado por los grandes *punkahs* que le hacían temblar a uno, dentro estaba la vergüenza que le hacía sonrojarse a uno, dentro estaban los ojos atentos cuya mirada era como una puñalada. El magistrado que presidía, pulcro, afeitado e impasible, le miraba con una palidez mortal sentado en medio de los rostros rojos de dos asesores náuticos. La luz procedente de una amplia ventana junto al techo caía sobre las cabezas y hombros de aquellos tres hombres, que resaltaban de un modo feroz contra la media luz de la gran sala de juicios, en la que la audiencia parecía estar compuesta por sombras que miraban con fijeza. Querían hechos. ¡Hechos! Le exigían hechos, ¡como si los hechos pudieran explicar algo!

—Tras deducir que habían colisionado con algún objeto que flotaba a la deriva, digamos, por ejemplo, los restos llenos de agua de un navío, su capitán le ordenó que fuera a proa para comprobar si existían daños. ¿Le pareció que esto era probable a causa de la fuerza del golpe? —preguntó el asesor que se sentaba a la izquierda.

Éste lucía una fina barba en forma de herradura, tenía unos pómulos sobresalientes y, con ambos codos sobre la mesa, apretaba las manos contra el rostro mientras miraba a Jim con unos pensativos ojos azules. El otro, un hombre corpulento y desdeñoso, estaba echado para atrás en su asiento y, con el brazo izquierdo completamente extendido, golpeaba delicadamente el papel secante con la punta de los dedos. En el centro, el magistrado, erguido en su espacioso sillón, con la cabeza ligeramente inclinada sobre un hombro, tenía los brazos cruzados sobre el pecho, junto a unas cuantas flores en un jarrón de cristal que estaba al lado del tintero.

—Me pareció que no —replicó Jim—. Se me dijo que no avisara a nadie y que no hiciera ruido por temor a provocar un pánico generalizado. Pensé que la precaución era razonable. Cogí una de las lámparas que colgaban bajo la toldilla y me dirigí a proa. Tras abrir la escotilla del pañol de proa oí un chapoteo dentro. Bajé entonces la lámpara todo lo que daba el cabo al que estaba atada y vi que el pañol de proa tenía ya agua hasta más arriba de la mitad. Comprendí entonces que debía haber un gran boquete por debajo de la línea de flotación.

Jim hizo entonces una pausa.

—Sí —dijo el asesor corpulento, dirigiendo una sonrisa abstraída al papel secante. No cesaba de juguetear con los dedos tocando el papel sin hacer ningún ruido.

—No pensé en el peligro en ese momento. Es posible que estuviera un poco sobresaltado; todo había sucedido de un modo muy silencioso y repentino. Sabía que el barco no contaba con más mamparos que el de colisión, que separa el pañol de proa del resto de la bodega. Volví sobre mis pasos para contárselo al capitán. Me encontré con el segundo maquinista, que se estaba incorporando junto a la escala del puente; parecía aturdido y me dijo que creía haberse roto el brazo izquierdo; había resbalado en el escalón superior intentando bajar mientras yo estaba en proa. «¡Dios mío! Ese mamparo podrido va a ceder de un momento a otro y esta maldita bañera se hundirá como un plomo con nosotros dentro», exclamó el maquinista. Me apartó de un empujón con el brazo derecho y subió la escalera corriendo por delante de mí y gritando mientras lo hacía. El brazo izquierdo le colgaba inerte. Le seguí, llegando a tiempo para ver cómo el capitán se le echaba encima corriendo y lo derribaba de un puñetazo. No le volvió a golpear; se quedó de pie, doblado sobre él y hablándole con enfado, pero bastante bajo. Me imagino que le estaba preguntando por qué diablos no bajaba a parar las máquinas en lugar de armar un escándalo en cubierta. Le oí decir: «¡Levántate! ¡Corre! ¡Venga, volando!». También dijo algunas palabrotas. El maquinista se deslizó por la escala de estribor y giró corriendo alrededor de la escotilla hasta llegar a la sala de máquinas, que estaba a babor. Iba gimiendo mientras corría...

Hablaba lentamente. Los recuerdos acudían veloces y con una intensidad extrema. Podría haber reproducido como un eco los gemidos del maquinista para mejor información de aquellos hombres que sólo querían hechos. Tras su primer impulso de rebelión había pasado a pensar que sólo una precisión meticulosa en sus declaraciones sacaría a la luz el verdadero horror que subyacía bajo la espantosa faz que presentaba la cuestión. Los hechos que aquellos hombres estaban tan ansiosos por conocer habían sido visibles, tangibles, asequibles para los sentidos; habían ocupado su lugar en el tiempo y en el espacio, habían precisado para su existencia de un vapor de catorce toneladas y de veintisiete minutos contados; constituían un conjunto dotado de rasgos, matices expresables, un aspecto complicado que la mirada podía recordar, y algo más, algo invisible, un intencionado espíritu de perdición que los habitaba por dentro, como un alma malévola dentro de un cuerpo detestable. Ponía un gran empeño en dejar claro esto último. No se había tratado de un asunto ordinario; todo en él había tenido la mayor importancia y, afortunadamente, se acordaba de todo. Quería seguir hablando para que triunfara la verdad, quizá para que él mismo saliera también triunfante; y aunque su declaración era consciente, su cerebro no hacía más que girar una y otra vez en torno a aquel apretado círculo de hechos que había aflorado a su alrededor con el propósito de apartarlo del resto de sus semejantes; era como una criatura que, al descubrirse presa dentro de una cerca de altas estacas, corre dando más y más vueltas, despistada por la oscuridad de la noche, intentando encontrar un punto débil, una grieta, un lugar por donde escalar, alguna abertura por la que se pueda escapar encogiéndose. Aquella terrible actividad mental le hacía vacilar a veces mientras hablaba.

—El capitán seguía moviéndose por el puente de aquí para allá; parecía bastante tranquilo, salvo que tropezó varias veces, y en una ocasión, mientras le estaba hablando, se dio de bruces conmigo, como si estuviera completamente ciego. No daba respuestas claras a lo que yo le decía. Hablaba para sí entre dientes; todo lo que pude oír fueron unas cuantas palabras sueltas que sonaban algo así como: «¡maldito vapor!» o «¡vapor infernal!»... algo referente a vapores. Pensé que...

Su narración se estaba haciendo irrelevante; una pregunta concreta le cortó en seco, como si le hubieran infligido una punzada de dolor, y se sintió tremendamente descorazonado y fatigado. Estaba a punto de decir eso, estaba a punto de hacerlo... y ahora, interrumpido brutalmente, tenía que contestar con un sí o con un no. Contestó honestamente diciendo: «Sí, lo hice»; y, hermoso el rostro, fornido el cuerpo y jóvenes y melancólicos los ojos, mantuvo los hombros erguidos sobre el banco de los testigos mientras se le retorcía el alma por dentro. Tuvo que responder a otra pregunta, igualmente concreta e igualmente inútil; luego esperó de nuevo. Tenía la boca seca hasta el punto de no sentir nada en ella, como si hubiera tragado polvo, y luego la sintió salada y amarga como después de beber agua del mar. Se secó la sudorosa frente, pasó la lengua por sus labios resecos y sintió un temblor que le recorría la espalda. El asesor corpulento había cerrado los párpados y seguía tamborileando sin emitir ni un solo sonido, indiferente y lúgubre; los ojos del otro, por encima de los dedos bronceados y prietos, parecían brillar con bondad; el magistrado se había echado hacia delante, su pálido rostro se agitaba cerca de las flores, para luego, dejándose caer lateralmente sobre el brazo del sillón, apoyar la sien en la palma de la mano. La corriente que producían los *punkahs* se arremolinaba en torno a las cabezas, en las de los nativos de oscuros rostros que iban enfundados en voluminosos ropajes, en las de los europeos que se sentaban juntos pasando mucho calor, con sus trajes de dril que parecían llevar pegados a la piel y con sus redondos sombreros de nito que sostenían sobre las rodillas, mientras que, deslizándose a lo largo de las paredes de la sala, los ujieres, con sus largas túnicas blancas abotonadas hasta arriba, se desplazaban veloces de aquí para allá, corriendo con los pies desnudos, con su fajín rojo, su rojo turbante en la cabeza, tan silenciosos como fantasmas, siempre ojo avizor, como si de perros de caza se tratara.

Los ojos de Jim vagaban por la sala en los intervalos entre sus respuestas, y se detuvieron en los de un hombre blanco que estaba sentado apartado de los demás, con el rostro ajado y sombrío, pero con ojos tranquilos que miraban de frente, con interés y claridad. Jim contestó a otra pregunta y estuvo tentado de gritar: «¡De qué sirve esto!, ¡de qué sirve!». Dio unos ligeros golpecitos con el pie, se mordió el labio y apartó la mirada dirigiéndola por encima de aquellas cabezas. Se encontró con los ojos del hombre blanco. La mirada que éste le lanzaba no era de fascinación como les sucedía a los demás. Era un acto de voluntad racional. Entre dos preguntas, Jim llegó a abstraerse lo suficiente como para disponer del tiempo necesario para formular un pensamiento. «Este tipo —pensaba— me mira como si pudiera ver a alguien o algo detrás de mí.» Se había encontrado con él antes, quizá en la calle. Estaba seguro de que no habían hablado nunca. Durante días enteros, durante muchos días, no le había hablado a nadie, sino que había mantenido una conversación silenciosa, incoherente e interminable consigo mismo, como un prisionero solo en su celda o como un caminante perdido lejos de la civilización. En aquel momento estaba contestando a preguntas sin importancia aunque no careciesen de propósito, pero dudaba de que volviese a hablar en voz alta en lo que le quedaba de vida. El sonido de sus propias y honestas declaraciones confirmaba su resuelta opinión de que el habla había dejado de tener utilidad alguna para él. El hombre de allí enfrente parecía consciente de su insuperable dificultad. Jim lo miró, y luego desvió la mirada con determinación, como tras una despedida definitiva.

Y más tarde, en muchas ocasiones, en distantes lugares del mundo, Marlow se mostraba dispuesto a recordar a Jim, a recordarlo largamente, en detalle y de un modo audible.

Podía ser después de una comida, en una galería rodeada por un follaje inmóvil y coronada de flores, en la profunda oscuridad punteada por las ardientes brasas de los puros. El bulto alargado de cada sillón de caña de bambú daba cobijo a un oyente silencioso. De vez en cuando una de las brasas rojas se movía bruscamente, y extendía la luz por los dedos de una mano lánguida, o por parte de un rostro en profundo reposo, o bien relampagueaba con un brillo rojizo en un par de ojos pensativos, sombreados en exceso por el fragmento de una frente sin arrugas; y desde la primerísima palabra el cuerpo de Marlow, extendido en reposo en el asiento, se quedaba muy quieto, como si su alma se alejara volando hacia atrás en el tiempo y hablase por sus labios desde el pasado.

Capítulo V

Ah, sí. Asistí al interrogatorio —decía—, y todavía hoy sigo preguntándome por qué fui. Estoy dispuesto a creer que todos tenemos un ángel guardián, siempre y cuando ustedes admitan que también todos tenemos un demonio familiar. Quiero que lo reconozcan porque no me gusta sentirme excepcional en ningún sentido, y sé que yo lo tengo, el demonio, quiero decir. No lo he visto nunca, claro, pero me baso en pruebas circunstanciales. Existe, sin duda alguna, y, al ser malicioso, me conduce a esa clase de cosas. ¿Qué clase de cosas, preguntan? Bueno, ésas de los interrogatorios, las de los perros chinos, no se lo creerían si les digo que a uno de esos perros sarnosos indígenas se le permite hacer tropezar a la gente en la galería de un tribunal, ¿verdad?; la clase de cosas que por caminos retorcidos, inesperados, verdaderamente diabólicos en suma, me hace tropezar con gente con puntos débiles, con puntos fuertes e incluso con puntos que son como la peste, ¡por todos los...!, y que hacen que se les suelte la lengua nada más verme para deshacerse de sus infernales confidencias, como si, en realidad, no tuviera yo ninguna confidencia que hacerme a mí mismo, como si, ¡Dios me libre!, no tuviera suficiente información confidencial sobre mí mismo como para atormentarme el alma hasta el último de los días que me toque vivir. Y lo que me gustaría saber es qué he hecho yo para verme favorecido de este modo. Afirmo estar tan absorto en mis propias preocupaciones como el que más, y tengo tantos recuerdos como cualquier otro peregrino medio de este valle de lágrimas, así que, como pueden comprobar, no estoy especialmente indicado como receptáculo de confesiones. Entonces, ¿por qué? No sabría decirles... a menos que fuera para hacer pasar el tiempo de sobremesa. Charley, mi querido amigo, tu comida ha sido excepcionalmente buena, y en consecuencia estos hombres aquí presentes piensan que una tranquila partidita resultaría una ocupación demasiado tumultuosa. Se revuelcan en tus magníficas sillas y piensan para sí: «Al diablo con todo lo que suponga hacer un esfuerzo. Que hable ese Marlow».

¡Que hable! Sea, pues. Y no es demasiado difícil hablar del joven Jim después de un banquete, a doscientos pies por encima del nivel del mar y con una caja de buenos puros a mano en esta bendita noche, tan llena de frescura y de la luz de las estrellas, una noche que haría que el mejor de entre nosotros olvidara que estamos aquí sólo para sufrir y que tenemos que encontrar el camino sin pistas fidedignas, vigilantes en todo momento y atentos a todo paso irremediable, con la confianza de que aún con todo nos las arreglaremos para despedirnos decentemente cuando todo esto se acabe —pero, al fin y al cabo, no muy seguros de lograrlo—, y con la conciencia de que podemos esperar bien poca ayuda de aquéllos con los que estamos codo con codo, tanto a derecha como a izquierda. Por supuesto, hay hombres aquí y allá para los que la vida entera no es más que una sobremesa con café, copa y puro: fácil, placentera, vacía, quizá animada por la fábula de alguna ardua empresa que es mejor olvidar antes incluso de que la narración toque a su fin —antes de que la narración toque a su fin—, incluso si se diera el caso de que tuviese un fin.

Nuestras miradas se encontraron por primera vez en el interrogatorio. Deben saber que todo el mundo que tuviera alguna relación con el mar estaba allí, porque el asunto llevaba siendo notorio durante bastantes días, desde que aquel misterioso mensaje cablegrafiado llegó de Adén para ponernos todos a cotillear. Digo misterioso porque lo era en el sentido de que contenía un hecho desnudo, tan desnudo y feo como pueda serlo un hecho. En toda la costa no se hablaba de otro tema. Por la mañana, antes que nada, mientras me estaba vistiendo en mi camarote, podía oír cómo Dubash, mi *parsi*[1], charloteaba con el camarero acerca del *Patna*, mientras recibía, en calidad de favor, una taza de té en la despensa. Nada más bajar a tie-

---

[1] *Parsi:* pueblo de origen persa que habita en la India. *(N. del T.)*

rra me encontraba con algún conocido, y la primera observación era: «¿ha oído alguna vez una historia parecida?», y, según la clase de persona que fuese, sonreía cínicamente, adoptaba un semblante triste o soltaba un par de tacos. Absolutos desconocidos se abordaban familiarmente sólo por darse el gusto de expresar sus opiniones sobre el tema; todos los holgazanes de la ciudad acudían a recibir su parte en la cosecha de tragos a que dio lugar el asunto; se oía hablar de ello en la oficina del puerto, en los almacenes de los proveedores, en el despacho de tu propio agente, en boca de blancos, en la de nativos, en la de mestizos, hasta en la de los mismísimos barqueros que estaban sentados en cuclillas en los escalones de piedra por los que uno iba subiendo... ¡por todos los...! Había una buena dosis de indignación, no pocos chistes y un sinfín de discusiones en cuanto a lo que habría sido de ellos, ya saben. La cosa siguió así, y la opinión común, según la cual lo que quiera que fuese misterioso en el asunto acabaría por ser también trágico, comenzó a prevalecer, cuando una radiante mañana, estando yo de pie a la sombra de la oficina del puerto, percibí a cuatro hombres caminando hacia mí a lo largo del muelle. Estuve un rato preguntándome de dónde habría salido aquel curioso grupo cuando, de pronto, se podría decir que grité para mí: «¡Aquí están!».

Y allí estaban, sin duda alguna, tres de ellos de tamaño natural, y el cuarto de un tamaño mucho mayor del que un ser humano tiene derecho a tener, recién desembarcados de un vapor de la línea Dale que estaba de paso y que había entrado en el puerto aproximadamente una hora después del amanecer. No había error posible; reconocí al simpático patrón del *Patna* al primer vistazo: el hombre más gordo de todo el bendito cinturón tropical que rodea a esta querida Tierra nuestra. Además, unos nueve meses antes ya me lo había encontrado en Samarang. Su vapor estaba cargando en la rada, y él se dedicaba a lanzar insultos contra las tiránicas instituciones del imperio alemán y a empaparse de cerveza durante todo el día, día tras día, en la parte de atrás de la tienda de Jongh, que cobraba un florín por botella sin pestañear, y el cual, indicándome que me acercara, con aquella carita curtida completamente arrugada y ceñuda, me decía confidencialmente: «El negocio es el negocio, pero este hombre, capitán, me hace venir muchas náuseas, ¡aj!».

Yo le estaba viendo desde la sombra. Él iba deprisa, un poco adelantado, y la luz del sol, que le daba de lleno, hizo que apareciera de un modo que me sobresaltó. Me hizo pensar en un bebé de elefante entrenado para caminar sobre las patas traseras. Iba, además, vestido con una espléndida extravagancia... con un pijama sucio, verde claro, con listas verticales de un naranja chillón, un par de destrozadas sandalias de paja en los pies desnudos, y un sombrero de nito que alguien había tirado, muy sucio y dos tallas demasiado pequeño, que llevaba atado sobre la coronilla con un trozo de cuerda de abacá. Como comprenderán, un tipo así no tiene ni la más mínima oportunidad a la hora de pedir ropa prestada. En fin. Por allí venía, con gran prisa, sin una mirada ni a derecha ni a izquierda, pasó a menos de tres pies de mí, y, con toda la inocencia del mundo, subió trotando las escaleras, camino de la oficina del puerto, para hacer su declaración o informe, o como quieran ustedes llamarlo.

Según parece, se dirigió en primera instancia al funcionario encargado de contratar a las tripulaciones. Archie Ruthvel acababa de llegar y, tal como él mismo cuenta, estaba a punto de dar comienzo a un día agotador echándole un rapapolvo a su escribiente principal. Puede que algunos de ustedes lo hayan conocido, un mestizo portugués, pequeño y servicial, con un cuello largo y enjuto, y siempre pensando en sacarles algo de comer a los capitanes de barco —un trozo de cerdo salado, un paquete de galletas, unas cuantas patatas... todo le valía—. Recuerdo que en un viaje le regalé una oveja viva, del remanente de las provisiones de aquel viaje; no es que yo pretendiera que me hiciese ningún favor —él tampoco tenía poder para hacérmelo, aunque quisiera—, sino porque la infantil creencia que tenía en el sacrosanto derecho a las propinas me llegó al corazón. Era una creencia tan firme que resultaba casi hermosa. La raza —más bien las dos razas—, y el clima... En fin, no importa. Sé dónde tengo un amigo para toda la vida.

Bien, Ruthvel cuenta que estaba pronunciando un severo sermón —sobre la moralidad en la administración, supongo—, cuando a sus espaldas oyó una especie de conmoción en sordina, y al darse la vuelta vio, dicho con sus propias palabras, una cosa redonda y enorme, semejante a un gran tonel envuelto con una franela a rayas y en posición vertical en medio del amplio suelo de la oficina. Afirma que le pilló tan de improviso que durante un lapso de tiempo apreciable no acertó a darse cuenta de que aquella cosa estaba viva, y que se quedó allí sentado preguntándose con qué propósito y con qué medios habían transportado aquel objeto hasta allí, frente a su escritorio. La arcada del vestíbulo estaba atestada; tipos de los que mueven los *punkahs,* barrenderos, policías de la más ínfima graduación, patrones de barcas y la tripulación de la lancha de vapor del puerto, todos estirando el cuello y casi subiéndose los unos encima de las espaldas de los otros. Todo un motín. A esas alturas aquel tipo se las había arreglado para, a tirón limpio, arrancarse el sombrero de la cabeza, y avanzaba hacia Ruthvel haciendo pequeñas reverencias; éste me contó que el espectáculo era tan desconcertante que durante algún tiempo se limitó a escuchar, absolutamente incapaz de descubrir lo que quería aquella aparición. Hablaba con una voz áspera y lúgubre, pero audaz, y, poco a poco, fue penetrando en la mente de Archie que se trataba de una continuación del caso del *Patna*. Dice que tan pronto comprendió quién era la persona que tenía delante, comenzó a sentirse bastante indispuesto —Archie es extremadamente comprensivo y se sobresalta fácilmente—, pero consiguió reunir de nuevo las fuerzas y gritar:

—¡Alto! Yo no puedo atenderle. Debe ir a hablar con el director encargado. Yo no puedo atenderle de ningún modo. El hombre que le interesa es el capitán Elliot. Sígame, por aquí, sígame.

Se levantó de un salto, corrió alrededor de aquel largo mostrador y comenzó a darle tirones y empujones a aquel hombre, el cual se dejó hacer, sorprendido y obediente al principio, y sólo cuando llegaron a la puerta del despacho privado se detuvo a causa de algún tipo de instinto primario que le hizo mugir como un buey asustado:

—¡Oiga! Pero ¿qué pasa? ¡Suélteme! ¡Oiga!

Archie abrió la puerta de par en par sin llamar antes siquiera.

—El patrón del *Patna*, señor —gritó—. Pase usted, capitán.

Vio cómo el viejo director levantaba la cabeza de unos papeles en los que estaba escribiendo con tanta brusquedad que se le cayeron los lentes; entonces cerró de un portazo y huyó a la carrera hacia su mesa, en la que tenía unos papeles esperando su firma. Pero cuenta que el jaleo que se armó allí dentro era tan terrible que fue incapaz de tener la calma suficiente para recordar cómo se escribía su propio nombre. Archie es el encargado de contratas más sensible del mundo entero. Afirma que se sintió como si hubiera arrojado a un hombre a las fieras. No hay duda de que el escándalo fue mayúsculo. Yo lo oía desde abajo, y tengo todo tipo de razones para creer que se oía al otro lado de la explanada, hasta el sitio donde toca la banda de música. El viejo Elliot tenía un buen surtido de palabras y sabía gritar —además de no importarle a quién le gritara—. Le hubiese chillado al propio virrey. Como él mismo solía decirme:

—Ya no puedo ascender más; tengo la pensión asegurada, y unos pocos ahorros para tiempos peores. Si no les gustan mis nociones del deber, me daría exactamente igual tener que marcharme a casa. Soy un hombre viejo y siempre he dicho lo que pienso. Lo único que me preocupa ahora es ver a mis hijas casadas antes de que me muera.

En lo tocante a esto último estaba un poco desquiciado. Sus tres hijas eran muy agradables, aunque se le parecían asombrosamente, y en las mañanas en que se despertaba con una visión pesimista de sus perspectivas matrimoniales, toda la oficina podía verlo en su mirada y se echaba a temblar, porque, decían, era seguro que se iba a desayunar a alguien. Sin embargo, aquella mañana no se comió al renegado, sino que, si se me permite prolongar la metáfora, lo masticó hasta hacerlo picadillo y lo volvió a escupir después.

Así pues, tras unos pocos minutos, vi cómo aquella masa monstruosa descendía apresuradamente y se quedaba parada en los escalones de entrada. Se había detenido cerca de mí con el fin de meditar profundamente: las enormes mejillas purpúreas le temblaban. Se estaba mordiendo el pulgar cuando, tras unos instantes, se dio cuenta de mi presencia con una irritada mirada de soslayo. Los otros tres tipos que habían desembarcado con él formaban un grupito que esperaba a cierta distancia. Uno de ellos era un ruin hombrecillo de mejillas hundidas que llevaba un brazo en cabestrillo; otro, un individuo alto enfundado en un abrigo de franela azul, tan seco como un palo y más debilucho que el palo de una escoba, de caído bigote gris, miraba a su alrededor con aires de marcada imbecilidad. El tercero era un joven robusto, de anchas espaldas, que tenía las manos en los bolsillos y les daba la espalda a los otros dos, que parecían estar ocupados en una acalorada conversación. Tenía la mirada centrada en la vacía explanada. Un desvencijado carruaje nativo, todo polvo y persianas, se paró a corta distancia del grupo, y el conductor, poniendo el pie derecho sobre la rodilla, se dispuso a realizarse un examen crítico de los dedos de los pies. El joven, sin hacer ningún movimiento, ni siquiera para mover la cabeza, alzó la mirada hacia el sol. Ésta fue la primera vez que vi a Jim. Parecía tan despreocupado e inaccesible como sólo lo pueden aparentar los jóvenes. Allí estaba, limpio, afeitado, asentado firmemente sobre los pies, un muchacho tan prometedor como no puede haber otro; y, al mirarle, sabiendo todo lo que él sabía y un poco más, me sentí furioso como si lo hubiera sorprendido intentando sacarme algo por medio de engaños. No tenía ningún derecho a parecer tan intachable. Y entonces pensé para mis adentros: «Bueno, si los de este tipo se pueden malear de ese modo...» y sentí deseos de tirar mi sombrero al suelo y patearlo de pura rabia, como vi hacer una vez al patrón de un bergantín italiano porque el tonto de su segundo se hizo un lío con las anclas al intentar fondear en movimiento en una rada llena de barcos. Al verlo allí, aparentemente tan tranquilo, me pregunté: «¿Es que es tonto?, ¿acaso es un insensible?». Parecía dispuesto a empezar a silbar una melodía. Y que conste que no me importaba un comino el comportamiento de los otros dos. Sus personas encajaban de algún modo en la historia que había trascendido a la opinión pública y que iba a ser objeto de una investigación oficial.

—El viejo granuja de allá arriba me ha llamado canalla —dijo el capitán del *Patna*.

No sabría decirles si me reconoció o no, yo diría que sí; en cualquier caso nuestras miradas se encontraron. Él me miró con ferocidad... yo sonreí; canalla era el más suave de los epítetos que habían llegado a mis oídos a través de la ventana abierta.

—¿De verdad? —dije, impulsado por una extraña incapacidad para callarme.

Él asintió, se volvió a morder el pulgar, lanzó un juramento en voz muy baja y luego irguió la cabeza y me miró con un descaro ceñudo y colérico:

—¡Bah! El Pacífico es muy grande, amigo mío. Ustedes, los condenados ingleses, pueden, si quieren, hacerme todo el mal del mundo; sé dónde hay mucho sitio para un hombre como yo; soy muy bien reconocido en Apia, en Honolulú, en...

Pensativo, hizo una pausa, mientras yo, sin esfuerzo, me imaginaba el tipo de gente por la que era muy bien «reconocido» en aquellos lugares. No es ningún secreto que yo también había sido bien «reconocido» por algunos tipos de esa clase. Hay momentos en que un hombre debe actuar como si la vida fuese igualmente dulce en compañía de cualquiera. He vivido momentos así, y, lo que es más, no voy a poner ahora caras largas para disimular mi necesidad, porque muchos de los que se consideran malas compañías por falta de un... ¿cómo decirlo?... de un posicionamiento moral, o por alguna otra causa igualmente profunda, son el doble de instructivos y veinte veces más entretenidos que el habitual y respetable ladrón comercial al que le pedís que se siente a vuestra mesa sin verdadera necesidad, sino por hábito, por cobardía, por agradar, por cientos de razones inadecuadas y rastreras.

—Ustedes, los ingleses, son todos unos granujas —siguió mi patriótico australiano de Flensburgo o de Stettin. Realmente no recuerdo ahora cuál era el decente puertecito del Báltico al que se le solía atribuir la condición de nido de aquel inapreciable pájaro—. ¿Quiénes se han creído ustedes para gritarle a la gente, eh? ¿Me lo quiere decir? Ustedes mejores que la otra gente no son; y aquel viejo granuja que me hizo todo ese condenado escándalo... —todo su grosor le tembló sobre las piernas, que eran como un par de columnas; le tembló de pies a cabeza—. Eso es lo que los ingleses siempre hacen, hacer un condenado escándalo, por cualquier cosilla, porque no nací en su condenado país. Quitarme el nombramiento. Pues quítenmelo. No quiero el nombramiento. Un hombre como yo no necesita su *verfluchte*[1] nombramiento. Le escupiría encima. —Y, efectivamente, escupió—. Yo en un ciudadano americano me convertiré —gritó, lamentándose y bufando de cólera, mientras agitaba los pies como para liberar los tobillos de algo invisible y misterioso que hacía presa en ellos y que no le permitía alejarse del sitio.

Lo que me impedía a mí dejar aquel lugar no era nada misterioso: la curiosidad es el más obvio de los sentimientos, y fue ella la que me mantuvo allí para ver cuál era el efecto que tendría una información completa sobre aquel joven que, con las manos en los bolsillos y dándole la espalda a la acera, miraba, más allá de los cuadros de césped de la explanada hacia el pórtico amarillo del Hotel Malabar, con el aspecto de alguien que está a punto de irse a dar una vuelta tan pronto como esté preparado su amigo. Ése es el aspecto que tenía, y era odioso. Esperé para verlo desbordado, confuso, atormentado de pies a cabeza, retorciéndose como un insecto al que hubieran atravesado con un alfiler —y al mismo tiempo tenía también miedo de verlo así—, si entienden lo que quiero decir. No hay nada más horrible que observar a un hombre al que se ha puesto en evidencia, no ya por un crimen, sino por una debilidad más grave que la criminal. La más vulgar de las enterezas evita que nos convirtamos en criminales en un sentido legal; la razón por la que ninguno de nosotros está a salvo es una debilidad ignorada, aunque quizá sospechada, del mismo modo que en algunas partes del mundo se sospecha de la existencia de una serpiente detrás de cada arbusto; la causa es una debilidad que puede estar oculta, vigilada o no, combatida con plegarias o desdeñada virilmente, reprimida o tal vez obviada durante más de media vida. Mediante trampas nos vemos obligados a hacer cosas por las que nos insultan, y cosas por las que nos cuelgan, y, a pesar de todo, el alma es capaz de sobrevivir... sobrevivir a la condena, a la soga, ¡por todos los...! Y, sin embargo, hay cosas, y parecen bien pequeñas a veces, por las que acabamos total y completamente destruidos. Yo observaba a aquel joven. Me gustaba

---

[1] *Verfluchte*: en alemán, «maldito». *(N. del T.)*

su aspecto; lo conocía; procedía del lugar adecuado: era uno de los nuestros. Encarnaba a todos los de su clase, hombres y mujeres en absoluto inteligentes ni divertidos, pero cuya misma existencia se basa en una fe sincera en el instinto y en el valor. No me refiero al valor militar, ni al civil, ni a ningún tipo especial de valor. Me refiero tan sólo a una capacidad innata para mirar de frente a las tentaciones —una disposición nada elaborada racionalmente, bien lo sabe Dios, pero libre de fingimientos—, una fuerza para resistir, no sé si ven lo que digo, nada elegante, si quieren, pero inapreciable —una bendita rigidez no premeditada frente a los terrores externos y los internos, frente al poder de la naturaleza y la seductora corrupción de los hombres—, apoyada por una fe invulnerable en la fuerza de los hechos, en la capacidad contagiosa del ejemplo, en las exigencias de las ideas. ¡Que se hundan en el infierno las ideas! ¡No son más que zánganos, vagabundos que llaman a la puerta trasera de la mente para irte quitando la esencia, para irse llevando, grano a grano, la creencia en unas cuantas nociones a las que uno se debe agarrar si quiere vivir decentemente y morir tranquilo!

Todo esto no tiene nada que ver con Jim directamente, salvo en que, exteriormente, era un representante típico de esa clase de gente, buena y estúpida, a la que nos gusta sentir caminando por la vida a nuestro lado, esa clase que no se ve turbada por los caprichos de la inteligencia ni por las perversiones de... digamos que de los nervios. Era de la clase de personas a la que, basándose en su aspecto, uno dejaría al mando en cubierta —en un sentido tanto figurativo como profesional—. Digo que yo lo haría y a estas alturas debería ser un buen juez. ¿Acaso en otro tiempo no les he enseñado yo a muchos jóvenes, al servicio de nuestra bandera, el arte de navegar, el arte cuyo secreto entero se podría expresar en una sola breve frase, y que, sin embargo, hay que estar metiendo cada día en aquellos jóvenes cerebros hasta conseguir que se convierta en la antesala de todo pensamiento..., hasta lograr que esté presente en todos y cada uno de sus jóvenes sueños? El mar ha sido bueno conmigo, pero cuando recuerdo a todos los muchachos que han pasado por mis manos, algunos ya adultos y otros ahogados, pero todos material de primera para el mar, no creo que me haya portado mal con el mar yo tampoco. Si me fuera mañana a casa, estoy seguro de que antes de que pasaran dos días aparecería un piloto alto y bronceado que me abordaría a la entrada de un muelle y que, con una voz fresca y grave, me preguntaría: «¿No se acuerda de mí, señor? ¡Cómo! El joven Fulano de Tal. Del barco Cual. Fue mi primera travesía». Y me acordaría de un rapazuelo confuso, no más alto que el respaldo de esta silla, con una madre y quizá una hermana mayor en el muelle, muy silenciosas pero demasiado conmovidas como para agitar los pañuelos a un barco que se deslizaba suavemente por entre los espigones del puerto; o recordaría quizá a un honrado padre de mediana edad que había acudido temprano con su hijo para poder despedirse, y que se quedaba toda la mañana porque aparentemente estaba interesado en los molinetes, y que se quedaba demasiado tiempo, y que al final tenía que apresurarse para bajar a tierra, ya sin tiempo para decir adiós. El piloto de río entonaría arrastrando la voz desde la toldilla: «Trinque la amarra un momento, señor piloto. Aquí hay un caballero que quiere bajar a tierra... Allá vamos, señor. Casi se lo llevan a Alcahuano, ¿verdad? Ahora, no pierda tiempo... Con cuidado... Ya está. Amolle de nuevo la amarra de proa». Los remolcadores, echando tanto humo como en el infierno, se adueñan del barco y agitan y revuelven el río hasta hacerlo bullir; el caballero que ha bajado a tierra se está desempolvando las rodilleras, el camarero, benevolente, le ha lanzado el paraguas olvidado. Todo muy formal. Acaba de ofrecerle su granito de sacrificio al mar y ahora puede volver a casa y fingir que no le da la menor importancia, y la pequeña víctima voluntaria se sentirá muy mareada antes de que llegue la mañana siguiente. Con el paso del tiempo, cuando haya aprendido todos los pequeños misterios y el gran y único secreto del oficio, estará preparado para vivir o morir, según decrete el mar; y al hombre que ha jugado una baza en este juego de locos, en el que el mar gana todas las partidas, le encantará que una mano joven le dé una palmadita en la espalda mientras oye la voz de un cachorro de lobo de mar que le dice: «¿Se acuerda de mí, señor? El joven Fulano de Tal».

Y les aseguro que sienta bien; le indica a uno que, al menos una vez en la vida, ha hecho bien su trabajo. He recibido palmadas como las que he descrito, y no sin pestañear, pues la mano que las daba era pesada, y me he sentido rebosando satisfacción todo el día y me he acostado sintiéndome menos solo en el mundo gracias a un porrazo cordial. ¡Vaya si me acuerdo de los jóvenes Fulano de Tal! Por eso les digo que debería saber cuál es el aspecto adecuado. Le hubiera confiado la cubierta a aquel jovenzuelo al primer vistazo, y me hubiera ido a dormir sin la más mínima inquietud... y, ¡válgame Dios!, no hubiera sido una medida segura. Siento horror al pensarlo. Parecía tan bueno como un soberano de oro nuevo, pero el metal contenía una aleación infernal. ¿En qué proporción? La mínima... una gota ínfima de algo extraño y maldito; ¡una gota ínfima!, pero allí de pie, con aquel aire de no importarle nada un comino, hacía que uno se preguntara si acaso no sería en realidad algo tan poco extraño como el latón.

Me era imposible creerlo. Les digo que quería verlo retorcerse por el honor del oficio. Los otros dos tipos sin importancia notaron la presencia de su capitán y comenzaron a acercársenos lentamente. Iban charlando mientras caminaban, y no me habrían importado menos ni aun siendo invisibles. Iban sonriéndose... por lo que yo sé, quizá estuvieran contándose chistes. Vi que uno de ellos debía tener un brazo roto; y en cuanto al individuo alto de bigote gris, se trataba del maquinista jefe y era un tipo con una personalidad notoria en varios sentidos. Eran unos don nadie. Se nos acercaron. El patrón miraba sin ver hacia un punto situado entre sus pies. Parecía haberse hinchado hasta alcanzar un tamaño antinatural a causa de una enfermedad terrible, a causa de la acción misteriosa de un veneno desconocido. Levantó la cabeza, vio a aquellos dos esperando frente a él, abrió la boca con una extraordinaria contorsión sardónica de su hinchado rostro —imagino que para hablarles—, y entonces pareció pensar algo. Aquellos labios, gruesos y purpúreos, se volvieron a juntar sin emitir un solo sonido. Se dirigió con un contoneo lleno de determinación hacia el carruaje, y comenzó a tirar del pomo de la puerta con una impaciencia tan ciega y brutal que ya veía yo cómo iba a volcar el vehículo entero, jaca incluida. El cochero, al que arrancó de sus meditaciones en torno a la planta de su pie, mostró de inmediato todos los síntomas de un intenso terror y sujetó las riendas con ambas manos, mirando desde su asiento hacia la enorme masa que estaba entrando por la fuerza en su vehículo. El pequeño coche se agitaba y balanceaba tumultuosamente, y el rojo cogote de aquel cuello inclinado, el tamaño de aquellos muslos en tensión, el inmenso esfuerzo desplegado por aquella sucia espalda a rayas verdes y naranjas, el conjunto del empeño de penetración de aquella masa ostentosa y sórdida, hacía que la concepción de lo posible se tambaleara con un efecto extraño y temible, como una de esas visiones nítidas y grotescas que, en un delirio enfebrecido, le asustan y fascinan a uno. Desapareció. Yo casi esperaba que el techo se partiera en dos, que aquella cajita sobre ruedas reventara y se abriese al modo de una cápsula de algodón madura, pero sólo se hundió con el chasquido de unos muelles aplastados, y, de repente, se abrió una de las persianas con estrépito. Reaparecieron los hombros, apretados contra la pequeña apertura; la cabeza le colgaba por fuera, distendida y agitándose, como un globo cautivo, sudando, furioso, farfullando. Amenazó al cochero del carruaje nativo haciendo unos ademanes malignos con un puño tan regordete y rojo que parecía un pedazo de carne cruda. Le aulló para indicarle que arrancase, que se pusiera en marcha. ¿Adónde? Al Pacífico, quizá. El cochero usó el látigo, la jaca resopló, echó el cuerpo hacia atrás por un instante y se lanzó al galope. ¿Adónde? ¿A Apia? ¿A Honolulú? Tenía seis mil millas de cinturón tropical para entretenerse, y no pude oír la dirección exacta. Una jaca que resoplaba se lo llevó hacia la tierra del Nunca Jamás en un abrir y cerrar de ojos; y no lo he vuelto a ver; lo que es más, no sé de nadie que lo viera ni de refilón después de que se alejara de mí sentado en un desvencijado cochecito nativo que giró en la esquina a toda velocidad levantando una nube de polvo blanco tras de sí. Se marchó, desapareció, se desvaneció, huyó; y, aunque parezca absurdo, era como si se hubiese llevado el carruaje consigo, pues no volví a cruzarme nunca más con aquella jaca rojiza que tenía una oreja partida, ni con un cochero tamil que tenía un pie malo. El Pacífico es efectivamente muy grande, pero, encontrara o no en él un lugar donde desarrollar sus múltiples talentos, lo cierto es que había desaparecido volando, cual bruja montada en su escoba. El pequeñajo del brazo en cabestrillo comenzó a correr tras el carruaje gritando, casi con balidos de oveja: «¡Capitán! ¡eh, capitán! ¡eh-eh-eceh!», pero se detuvo en seco a las pocas zancadas, dejó caer la cabeza y regresó caminando lentamente. Al oír el fuerte estrépito que produjeron las ruedas, el joven se volvió sin cambiar de sitio. No hizo ningún otro movimiento, ningún gesto, ninguna señal, y se quedó mirando en la nueva dirección después de que el cochecillo girara alejándose de la vista.

Todo sucedió en mucho menos tiempo del que se tarda en contarlo, pues estoy tratando de traducir, con la lentitud del habla, el efecto instantáneo de las impresiones visuales. Unos pocos segundos después, apareció en escena el escribiente mestizo, al que había enviado Archie para cuidar un poco a los pobres náufragos del *Patna*. Salió corriendo, solícito y con la cabeza descubierta, mirando a derecha e izquierda, metido de lleno en su misión. En lo que respecta al protagonista estaba destinado a ser un fracaso, pero se acercó a los otros con aires de gran importancia y, casi inmediatamente, se vio envuelto en un violento altercado con el tipo del brazo en cabestrillo, que resultó estar empeñado en pelearse con alguien. Nadie le iba a dar órdenes, «faltaría más, ¡bien lo sabe Dios!». Él no se iba a asustar por un montón de mentiras que soltara un mestizo engreído, un chupatintas. A él no le iba a venir con bravatas «gentecilla de esa calaña», incluso aunque la historia que contaba fuese verdad «en lo más mínimo». Berreó su deseo, sus ganas, su determinación de descansar en una cama. «Si no fueras un portugués abandonado de la mano de Dios», le oí gritar, «sabrías que el sitio que me conviene es el hospital». Puso el puño de su brazo bueno bajo la nariz del otro; comenzó a acudir una multitud de curiosos; el mestizo se puso nervioso, pero, haciendo todo lo posible por no perder la dignidad, intentó explicar cuáles eran sus intenciones. Yo me marché sin esperar a ver en qué acababa aquello.

Pero resultó que yo tenía a uno de mis hombres en el hospital en aquella época, y el día antes de que diera comienzo la investigación oficial estuve por allí para interesarme por su salud. En la sala para hombres blancos vi al pequeñajo con el brazo entablillado agitándose inquieto, tendido boca arriba, y casi sin saber lo que decía. Para enorme sorpresa mía, el otro, el individuo alto de blancos bigotes caídos, había conseguido también abrirse paso hasta allí. Recordé haberle visto alejándose a hurtadillas durante la pelea, haciendo extrañas cabriolas y arrastrando los pies, e intentando a toda costa no aparentar temor. No era en absoluto nuevo en el puerto, según parece, y, en su aflicción, fue capaz de dirigir sus pasos directamente hacia la sala de billares y taberna de Mariani, cerca del bazar. Mariani, ese indescriptible vagabundo, conocía a aquel hombre y le había servido de proveedor para sus vicios en otros puntos del globo, y, por así decirlo, besaba la tierra que el otro pisaba; de modo que lo encerró con una partida de botellas en una de las habitaciones del piso de arriba de su infame antro. Parece ser que albergaba confusos temores en cuanto a su seguridad y quería que lo escondieran. Sin embargo, Mariani me dijo mucho después (un día que vino a bordo para apremiar a mi camarero sobre el pago de unos puros), que le hubiera ayudado mucho más sin hacer preguntas, todo por gratitud hacia algún favor infernal del que había sido objeto hacía muchos años... o eso al menos es lo que pude entender. Se golpeó dos veces el pecho, revolvió unos enormes ojos blancos y negros llenos de lágrimas y dijo: «¡Antonio nunca olvidar..., Antonio nunca olvidar!». Nunca he sabido cuál era la naturaleza exacta de aquella deuda inmortal, pero, fuera cual fuese, se le dieron todo tipo de facilidades para poder permanecer encerrado bajo llave con una silla, una mesa, un colchón en uno de los rincones y una capa de yeso caído en el suelo, en un irracional estado de terror y manteniendo el ánimo alto con la clase de tónicos que suministra Mariani. La cosa duró hasta últimas horas de la tarde del tercer día, cuando, tras lanzar unos cuantos chillidos horribles, se vio obligado a huir para salvarse de una legión de ciempiés. Abrió la puerta violentamente de par en par, se lanzó de un salto por aquellas angostas y descabelladas escaleras, como si le fuera en ello la vida, aterrizó literalmente sobre la barriga de Mariani, se levantó y salió a escape por la calle, como un conejo asustado. La policía lo sacó de un vertedero a primera hora de la mañana. Al principio tenía la idea de que se lo llevaban para colgarlo, y luchó heroicamente por su libertad, pero cuando yo me senté junto a su cama llevaba dos días muy tranquilo. Aquella cabeza enjuta y bronceada, con su bigote blanco, tenía un aspecto excelente y tranquilo sobre la almohada, como la de un soldado que, castigado por la guerra, conservara el alma de un niño, excepto por la insinuación de una suerte de alarma fantasmagórica que se ocultaba tras el brillo vacío de su mirada, semejante a una forma indescriptible de terror que se agazapara silenciosamente detrás de un cristal. Estaba tan extraordinariamente tranquilo que comencé a albergar excéntricas esperanzas de escuchar una explicación del famoso asunto desde su punto de vista. La razón por la que deseaba seguir desenterrando los lamentables detalles de un suceso que, al fin y al cabo, no me concernía más que como miembro de una oscura agrupación humana unida por la comunión en una lucha nada gloriosa y por la fidelidad a ciertos valores, es algo que no sabría explicar. Pueden calificarla de curiosidad malsana, si así lo desean; pero yo tengo la firme convicción de que quería descubrir algo. Quizá esperaba inconscientemente poder encontrar ese algo: una causa profunda y redentora, una explicación misericordiosa, la mera sombra de una excusa convincente. Ahora sé bien que esperaba lo imposible: hallar los cimientos de lo que constituye el más obstinado fantasma de cuantos ha creado el hombre, de la duda molesta que aflora como la niebla, tan secreta y con tanta capacidad para irnos royendo como un gusano, y más espeluznante que la certidumbre de la muerte, la duda en torno al poder soberano que encuentra su trono en un patrón fijo de conducta. Es lo peor con que podemos tropezarnos; es lo que se cría aullando su pánico y alguna que otra bajeza oculta; es la verdadera sombra de la calamidad. ¿Acaso creía yo en los milagros?, ¿y por qué los deseaba tan ardientemente? ¿Era por mi propia conveniencia por lo que deseaba descubrir la sombra de una excusa para aquel joven al que no había visto nunca antes, pero cuyo mero aspecto le añadía un toque de compromiso personal a los pensamientos que me sugerían la conciencia de su debilidad —algo que convertía a ésta en una historia de terror y misterio—, como la insinuación de un destino destructor dispuesto para todos aquellos cuya juventud —en su momento—, se había asemejado a su actual juventud? Me temo que ésa era la motivación secreta de mi fisgoneo. Estaba, sin duda alguna, buscando un milagro. Lo único que, con todo el tiempo pasado por medio, me sigue pareciendo milagroso es la magnitud de mi imbecilidad. Tenía verdaderas esperanzas de sacarle a aquel inválido apaleado y brumoso algún tipo de exorcismo contra la sombra de la duda. Debo, además, de haber estado bastante desesperado por lograrlo, porque, sin la más mínima pérdida de tiempo, tras algunas frases amistosas e indiferentes a las que contestó con lánguida disposición, como lo haría cualquier otro enfermo que se precie, saqué a relucir la palabra *Patna* envuelta en una pregunta llena de delicadeza, como en un manojo de filamentos de seda natural. Fui delicadamente egoísta; no quería sobresaltarlo; no me sentía solícito con él; no me provocaba ni enfado ni pena: su experiencia carecía de importancia, su redención no me hubiera resultado de ningún interés. Se había hecho viejo entre vilezas de menor calibre y ya no era capaz de inspirar ni aversión ni piedad.

—¿*Patna*? —repitió y pareció hacer un breve esfuerzo por recordar—. Sí, claro. Yo ya soy un perro viejo por estos parajes. Vi cómo se hundía.

Yo estaba a punto de dar rienda suelta a mi indignación ante una mentira tan estúpida cuando añadió suavemente:

—Estaba lleno de reptiles.

Aquello me hizo callar. ¿Qué quería decir? El inestable fantasma de terror que subyacía bajo su vidriosa mirada parecía estar quieto mirándome a los ojos con ansiedad.

—Me sacaron de la litera a mitad de la guardia para que lo viera hundirse —continuó en un tono pensativo.

Su voz resonaba de repente con una potencia preocupante. Me arrepentí de mi necedad. Desde aquel lugar de la sala no se podía ver la blanca cofia alada de ninguna hermana enfermera; pero, a cierta distancia, a mitad de la larga fila de varios armazones de camas, había un accidentado procedente de uno de los barcos de la rada que se incorporó en su lecho, moreno y demacrado y con un vendaje puesto de medio lado en la frente. De repente, mi interesante inválido extendió rápidamente un brazo delgado como un tentáculo y, arañándome, me agarró por el hombro.

—Sólo mis ojos fueron lo suficientemente agudos para verlo. Soy famoso por mi buena vista. Ésa es la razón por la que me llamaron, supongo. Ninguno de ellos era lo suficientemente rápido como para verlo irse al fondo, pero ellos vieron que ya no estaba, sin posibilidad de error, y entonaron juntos una canción... así.

Un aullido lobuno me penetró hasta alcanzarme en lo más hondo del alma.

—¡Haga que cierre el pico! —gimió el accidentado con irritación.

—Supongo que no me cree —continuó el otro con unos aires de inefable vanidad—. Le aseguro que no hay una vista como la mía a este lado del Golfo Pérsico. Mire debajo de la cama.

Por supuesto, me agaché de inmediato. Desafío a cualquiera que diga que no lo habría hecho.

—¿Qué ve? —me preguntó.

—Nada —dije, sintiéndome terriblemente avergonzado de mí mismo.

Me escrutó el rostro con un desprecio salvaje y mordaz.

—¿Se da cuenta? —dijo—, pero si mirara yo, podría verlos... no hay vista como la mía, se lo aseguro.

Me clavó las uñas de nuevo, tirando de mí hacia abajo en su ansiedad por desahogarse de sus confidencias.

—Millones de sapos de color rosa. No existe vista como la mía. Es peor que ver hundirse un barco. Podría estar viendo barcos hundirse todo el día y seguiría fumando tranquilamente en mi pipa. ¿Por qué no me devuelven la pipa? Podría fumar un poco mientras vigilaba a los sapos. El barco estaba lleno de ellos. Y hay que vigilarlos, ¿sabe?

Entonces, me hizo un guiño malicioso. El sudor le goteaba encima desde mi frente, el abrigo de dril se me pegaba a una espalda mojada: la brisa vespertina soplaba impetuosa sobre la fila de lechos, los rígidos pliegues de las cortinas se agitaban perpendicularmente sacudiendo con un ruido sordo las varillas de latón, los cobertores de las camas vacías se levantaban sin ruido cerca del suelo, a lo largo de toda la fila; y a mí me estremecían temblores hasta la médula. El suave viento de los trópicos era en aquella sala desnuda tan desolador como un temporal de invierno en un granero inglés.

—No le deje empezar otra vez con los aullidos —me gritó desde lejos el accidentado con ira y congoja en una voz que resonaba por las paredes igual que una trémula llamada desde el otro extremo de un túnel.

La garra me dio otro tirón; me miró de soslayo, con complicidad.

—El barco estaba lleno de ellos, de verdad, y tuvimos que marcharnos en el más absoluto de los secretos —me susurró, con una extraordinaria rapidez—. Todos de color rosa. Todos... y tan grandes como mastines, con un ojo en la parte de arriba de la cabeza y garras alrededor de sus feas bocas. ¡Aj!

Unas sacudidas rápidas, como de corriente galvánica, recorrieron el cobertor mostrando los perfiles de unas piernas flacas y agitadas; me soltó el hombro e intentó alcanzar algo en el aire; el cuerpo le temblaba con violencia, como la cuerda vibrante de un arpa, y, mientras yo le seguía mirando, el horror fantasmal que había en él se abrió paso a través de su vidriosa mirada. Al instante, el rostro de viejo soldado, con sus nobles y tranquilos perfiles, se descompuso ante mi vista como por la corrupción de una astucia furtiva, de una abominable cautela y de un terror desesperado. Entonces, reprimió un grito:

—¡Psss! ¿Qué hacéis ahora ahí abajo? —preguntó.

Y señaló al suelo con enormes precauciones en la voz y en los gestos, precauciones cuyo significado se me hizo claro en un momento espeluznante y que me hizo sentir náuseas de mi propia inteligencia.

—Están todos dormidos —contesté, observándole fijamente.

Eso era. Eso es lo que él quería oír; eran las palabras exactas para calmarlo. Inspiró profundamente.

—¡Pss! Silencio, quieto. Yo ya soy perro viejo aquí. Las conozco bien a esas bestias. Un palo en la cabeza a la primera que se mueva. Hay demasiadas, y no va a estar a flote más de diez minutos —jadeó de nuevo—. ¡Daos prisa! —gritó de repente, y siguió chillando—, están todos despiertos... los hay a millones. ¡Se me están echando encima! ¡Esperad! ¡Esperadme! Los aplastaré a montones como si fueran moscas. ¡Esperadme! ¡Socorro! ¡Socorro!

Un aullido interminable y sostenido acabó por completar el desconcierto que sentía. Vi cómo, en la distancia, el accidentado se llevaba las manos hasta la cabeza vendada con un lamento; un celador, con la bata abrochada hasta arriba, apareció a la vista, como al final de un telescopio invertido. Reconocí mi derrota y, sin más ni más, pasando por uno de los grandes ventanales, huí hacia la galería exterior. El aullido me persiguió como una venganza. Doblé una esquina y llegué a un descansillo desierto y, de repente, a mi alrededor todo fue tranquilidad y silencio; bajé por la escalera desnuda y brillante sumido en una ausencia de ruidos que me permitió recuperar el control de mis caóticos pensamientos. Abajo me encontré con uno de los cirujanos que estaba cruzando el patio y que me abordó:

—¿Ha venido a ver a su hombre, capitán? Creo que le podremos dar el alta mañana. Pero estos necios no tienen la menor idea de cómo cuidarse. A propósito, tenemos al jefe de máquinas de aquel barco de peregrinos. Un caso curioso de *delirium tremens* de la peor especie. Ha estado bebiendo como un cosaco en la taberna de ese griego, o italiano, durante tres días. ¿Qué otra cosa podría haber pasado? Me han dicho que bebía cuatro botellas al día de esa especie de coñac. Por otra parte, es maravilloso, sin duda. Debe estar recubierto con planchas de hierro por dentro, creo yo. La cabeza... bueno, la cabeza se le ha ido por completo, claro; pero lo curioso es que su delirio tiene algún tipo de lógica. Estoy intentando descubrirla. Es de lo más extraño... ese hilo de coherencia que mantiene en un delirio de esa naturaleza. Tradicionalmente debería ver serpientes, pero no es así. Las viejas tradiciones han entrado en decadencia hoy día. Sus... visiones giran en torno a batracios. ¡Ja, ja! No, en serio, no recuerdo haber estado nunca tan interesado en un caso de delirios de borracho. Debería estar muerto, ¿sabe?, después de una experiencia tan festiva. No hay duda de que es un tipo duro. Veinticuatro años en los trópicos, además. Realmente debería echarle una ojeada. Un viejo borracho con aspecto de patricio. El tipo más extraordinario que yo haya conocido... médicamente hablando, por supuesto. ¿No quiere verlo?

Mientras estuvo hablando, yo había mostrado todas las señales habituales que indican un amable interés, pero ahora, adoptando un aire pesaroso, me excusé murmurando que iba con prisas, y le di la mano rápidamente.

—¡Oiga! —me gritó mientras me iba—; no puedo asistir a esa investigación. ¿Cree usted que su testimonio es importante?

—Ni lo más mínimo —le repliqué desde la puerta de la verja.

Capítulo VI

Era evidente que las autoridades compartían mi opinión. Así pues, la investigación no se aplazó. Tuvo lugar en el día señalado, para satisfacer a la ley; y la asistencia fue nutrida; sin duda a causa de su interés humano. No existía ningún tipo de incertidumbre en cuanto a los hechos, en cuanto al único hecho fundamental, quiero decir. La causa por la que el *Patna* sufrió los daños era imposible de descubrir; la sala no esperaba descubrirla; y en toda la audiencia no había ni un solo hombre al que le importara. Sin embargo, tal como les he dicho, asistieron todos los marinos que había en el puerto, y todas las actividades relacionadas con el mismo contaban con una completa representación. Fueran o no conscientes de ello, el interés que los atraía hasta allí tenía un carácter puramente psicológico: la esperanza de ser testigos de alguna revelación esencial en cuanto a la fuerza, el poder, el horror de las emociones humanas. Naturalmente, no era posible revelar nada de esa naturaleza. El examen del único hombre capaz y dispuesto a enfrentarse a ello giraba fútilmente en torno al hecho conocido, y la serie de preguntas que le hacían era tan reveladora como si alguien se dedicara a dar martillazos a una caja de hierro para así descubrir qué objeto escondía en su interior. Sin embargo, una investigación oficial no podía ser de otro modo. Su objetivo no era el porqué fundamental, sino el cómo superficial.

Aquel joven se lo podría haber explicado y, aunque era exactamente eso lo que interesaba a la audiencia, las preguntas planteadas lo apartaban necesariamente de lo que para mí, por ejemplo, constituía la única verdad que valía la pena conocer. Uno no puede esperar que las autoridades constituidas se interesen por el estado del alma de una persona... ¿o se trataba tan sólo del hígado? Su función consistía en desentrañar las consecuencias y, con franqueza, un magistrado provisional y dos asesores náuticos no sirven para nada más. No pretendo insinuar que fueran unos estúpidos. El magistrado era muy paciente. Uno de los asesores era patrón de un velero, de roja barba y piadosas inclinaciones. El otro era Brierly. El gran Brierly. Alguno de ustedes debe haber oído hablar del gran Brierly... el capitán del mejor barco de la línea *Blue Star*. Ése mismo.

Parecía extremadamente aburrido por el honor que le había sido conferido. En toda su vida no había cometido ni un solo error, ni siquiera había tenido un solo accidente, ni un contratiempo, ni un solo paréntesis en su firme ascenso; parecía uno de esos tipos afortunados que desconocen la indecisión, por no hablar de la falta de confianza en sí mismos. Con treinta y dos años era titular de uno de los mejores mandos que había en el comercio de Oriente... y, lo que es más, estaba convencidísimo de su importancia. No existía otro mando como aquél en el mundo entero, y supongo que si alguien se lo preguntara a bocajarro, hubiese confesado que, en su opinión, no existía el capitán que le llegara a él a la suela del zapato. La elección había recaído sobre el hombre adecuado. El resto de la humanidad, los que no tenían el mando de aquel vapor de diecisiete nudos, el *Ossa*, eran criaturas desgraciadas. Había salvado vidas en el mar, había rescatado navíos en peligro, tenía un cronómetro de oro que le habían regalado las compañías aseguradoras, y unos prismáticos, con una inscripción adecuada, regalados en esta ocasión por un gobierno extranjero, por los servicios prestados. Era intensamente consciente de sus méritos y de las recompensas que éstos le habían granjeado. A mí no me disgustaba su persona, aunque sé de algunos —hombres humildes y amigables por otra parte— que no podían soportar su mera presencia. No tengo la menor duda de que se consideraba infinitamente superior a mí —de hecho, aunque fueses el emperador del Este y del Oeste, hubiese sido imposible ignorar la propia inferioridad en su presencia—, pero a mí aquello no me resultaba ofensivo. No me despreciaba por nada que yo pudiera evitar, por nada que yo fuera... ¿saben?, yo era un cero a la izquierda sencillamente porque no era *el* hombre más afortunado de la Tierra, Montague Brierly, el que tenía el mando del *Ossa*, el propietario de un cronómetro de oro con una inscripción y de unos prismáticos con montura de plata que confirmaran la excelencia de mis habilidades marineras y mi valor indomable; ni siquiera contaba con una clara conciencia de mis propios méritos, ni de las recompensas recibidas; eso por no hablar del amor y adoración que le profesaba un negro perro de caza, el más maravilloso de su raza, pues jamás hubo un hombre como Brierly que fuera amado de un modo tan absoluto por un perro como aquél. Indudablemente, tener que aguantar todo eso era suficiente para exasperar a cualquiera; pero cuando pensaba que compartía todas aquellas terribles desventajas con aproximadamente otros mil doscientos millones de seres humanos, descubría que era capaz de soportar la parte que me tocaba de alegre y desdeñosa conmiseración, aunque sólo fuera por algo indefinible y atractivo, pero había momentos en que le tenía envidia. El aguijón de la vida no tenía más poder sobre aquella alma satisfecha de sí misma que el arañazo de un alfiler sobre la cara lisa de una roca. Eso era envidiable. Cuando lo veía allí sentado, a un lado del magistrado de pálido rostro y sin pretensiones que presidía la investigación, la suficiencia de que hacía gala aparecía, para mí y para el mundo entero, tan dura como el granito. Se suicidó poco tiempo después.

No era extraño que el caso de Jim le aburriera; y mientras yo pensaba con algo cercano al miedo en la inmensidad de su desprecio por aquel joven puesto a examen, él estaba sometiendo probablemente su propio caso a una investigación silenciosa. El veredicto debió de ser de culpabilidad sin atenuantes, y se llevó consigo el secreto de las pruebas cuando saltó al mar. El asunto, si mi concepción de la naturaleza humana no va muy desencaminada, debió sin duda estar revestido de la máxima importancia: una de esas tonterías que hacen aflorar ideas, que introducen en la vida un pensamiento al que un hombre no está habituado y en cuya compañía le resulta imposible vivir. Estoy en una posición que me permite saber que no era un problema de dinero, ni de bebida, ni una cuestión de faldas. Saltó por la borda apenas una semana después de zarpar de aquel puerto, como si se hubiera dado cuenta, exactamente en aquel lugar en medio del mar, de que las puertas del otro mundo se habían abierto de par en par para recibirlo.

Y, sin embargo, no se trató de un impulso repentino. Su canoso piloto, un marinero de primera y un tipo amistoso con los extraños, pero el oficial más arisco que yo haya conocido en las relaciones con su superior, contaba la historia con lágrimas en los ojos. Según parece, cuando, de madrugada, subió a cubierta, vio que Brierly había estado escribiendo algo en la sala destinada a las cartas náuticas.

—Eran las cuatro menos diez —decía— y, por supuesto, el segundo cuarto de guardia aún no había recibido el relevo. Me oyó hablar con el segundo piloto en el puente y me llamó. Fui de mala gana porque, la verdad sea dicha, capitán Marlow, no podía soportar al pobre capitán Brierly, se lo digo avergonzado; uno nunca conoce la verdadera naturaleza de un hombre. Lo habían promocionado por encima de demasiadas personas, yo una de ellas, y, no sé cómo, se las arreglaba para hacerte sentir pequeño, simplemente por la forma de decir «buenos días». Yo nunca lo abordaba, salvo para cuestiones relacionadas con la profesión, e incluso en esos casos lo máximo que era capaz de hacer era mantener la cortesía.

(En ese punto exageraba sus propias habilidades. Siempre me he preguntado cómo podía soportar Brierly aquellos modales durante media travesía siquiera.)

—Tengo mujer e hijos —continuó—, y llevo diez años en la Compañía, siempre a la espera del siguiente mando... no sé cómo puedo ser tan necio. Y entonces él me dijo, palabra por palabra y con aquella voz suya tan de fanfarrón: «Venga usted aquí, señor Jones», y entré. «Vamos a hallar la posición», dijo él, inclinándose sobre la carta con un compás en la mano. El oficial que saliera de guardia tendría que haberlo hecho al final de ésta, en cumplimiento de las órdenes. Sin embargo, no dije nada y me limité a mirar mientras señalaba la posición del barco con una crucecita y apuntaba la hora y la fecha. Aún ahora lo sigo viendo escribir con su pulcra caligrafía: diecisiete, ocho, cuatro A. M. El año ya iba escrito con tinta roja en la parte superior de la carta. Él nunca usaba la misma carta durante más de un año, para eso era el capitán Brierly. Aún conservo esa carta. Una vez que hubo acabado, se quedó mirando la señal que había dibujado y sonrió para sí; entonces me miró: «Treinta y dos millas con el mismo rumbo», dijo, «y entonces estaremos libres de peligro, y en ese momento puede alterar el rumbo veinte grados más al sur». En aquella travesía pasamos al norte del Banco de Héctor. Yo dije: «Muy bien, señor», preguntándome a cuento de qué venía tanta alharaca, ya que le tenía que avisar de todos modos antes de alterar el rumbo. En ese momento sonaron ocho campanadas, y el segundo piloto, antes de salir de guardia, mencionó del modo habitual las millas recorridas: «Setenta y una marca la corredera». El capitán Brierly miró al compás y luego alrededor del barco. La noche era oscura y despejada, todas las estrellas brillaban con tanta claridad como en una noche de helada en las latitudes altas. De repente dijo con una especie de pequeño suspiro: «Me voy a popa; yo mismo le pondré la corredera a cero para que no haya posibilidad de error. Treinta y dos millas más manteniendo el mismo rumbo y estará libre de peligros. Veamos, la corrección de la corredera es de un seis por ciento, positiva; digamos, pues, que le quedan treinta por el indicador, y entonces podrá corregir el curso veinte grados a estribor; hágalo de golpe. No tiene mayor sentido hacer millas de más, ¿verdad?». Nunca le había visto hablar tanto tiempo seguido, y, según me parecía, tan sin propósito. No dije nada. Bajó las escaleras, y el perro, al que tenía siempre en los talones fuera a donde fuese, día y noche, le siguió, hocico en tierra. Oí el taconeo de sus zapatos según andaba por la cubierta de popa. Entonces se detuvo y le habló al perro: «Vuelve, Rover. ¡Vuelve al puente! ¡Venga... vamos!». Luego, me dijo ya desde la oscuridad: «Encierre al perro en la sala de cartas, señor Jones, por favor». Fue la última vez que escuché su voz, capitán Marlow. Fueron las últimas palabras suyas que sonaron en oídos humanos.

En ese momento la voz de aquel hombre se hizo bastante trémula.

—Tenía miedo de que el pobre animal saltase tras él, ¿se da usted cuenta? —prosiguió con un temblor—. Sí, capitán Marlow. Me puso la corredera a cero; incluso, ¿quién podría creerlo?, le introdujo una gota de aceite. Allí cerca estaba la aceitera, donde él la dejó. A las cinco y media el ayudante del contramaestre se fue a popa para limpiar con la manguera, un poco después lo dejó todo y vino corriendo al puente: «¿Podría usted venir a popa, señor Jones?», me dijo. «Hay algo raro, y no quiero tocarlo.» Era el cronómetro de oro del capitán Brierly, que estaba cuidadosamente colgado de la barandilla por la cadena. En cuanto lo vi sentí una premonición y lo entendí todo. Me fallaron las piernas. Era como si lo hubiese visto saltar, y sabía también a qué distancia estaba detrás de nosotros. La corredera de popa señalaba dieciocho millas y tres cuartos, y faltaban cuatro cabillas de hierro que debían estar en torno al mástil. Se las metería en los bolsillos para ayudarse en el descenso, supongo; pero, ¡Dios mío!, ¿de qué le sirven cuatro cabillas de hierro a un hombre tan corpulento como lo era el capitán Brierly? Quizá la confianza en sí mismo se le tambaleó un poco al final. Es la única señal de vacilación que dio en toda su vida, creo yo; pero estoy dispuesto a rebatirle a cualquiera que, una vez en el agua, no dio ni una sola brazada, igual que afirmaría que hubiese tenido suficientes redaños para mantenerse a flote el día entero si se hubiera dado el improbable caso de que se cayese por la borda accidentalmente. Sí señor. No había nadie que lo superara, aunque fuese él mismo quien lo dijera, como le oí hacerlo en una ocasión. Había escrito dos cartas durante el segundo cuarto de guardia, una para la Compañía y la otra para mí. Me daba muchas instrucciones para la travesía, yo ya estaba en la profesión cuando él aún no había nacido, y un sinfín de pistas en cuanto a cuál debería ser mi conducta con los nuestros en Shanghai, de modo que pudiese hacerme con el mando del *Ossa*. Me escribía como lo haría un padre a su hijo predilecto, capitán Marlow, y yo era veinticinco años mayor que él y ya había probado el agua del mar antes de que él fuera capaz de ponerse los pantalones por sí mismo. En su carta a los propietarios, estaba abierta para que yo la pudiera leer, decía que siempre había cumplido con su deber para con ellos, hasta entonces, y que incluso entonces no estaba traicionando su confianza, pues dejaba el barco en manos de un marino de la máxima competencia, y se refería a mí, señor, ¡se refería a mí! Les decía que si el último acto de su vida no le privaba de toda credibilidad ante ellos, deberían tener en cuenta mis años de servicio fiel, así como su calurosa recomendación a la hora de llenar la vacante a la que daba lugar su muerte. Y muchas más cosas por el estilo, señor. No podía creer lo que veían mis ojos. Me hacía sentir un temblor que me recorría de pies a cabeza —prosiguió aquel viejecito, enormemente turbado y frotándose algo en una esquina del ojo con la punta de un pulgar ancho como una espátula—. Se podría llegar a pensar que había saltado por la borda sólo para darle a un hombre sin suerte una última oportunidad de salir adelante. Entre la conmoción que me produjo su forma terrible e imprevista de desaparecer y la idea de que aquel suceso me había convertido en un triunfador, casi perdí la cabeza durante una semana. Pero ni por ésas. Transfirieron al capitán del *Pelion* al *Ossa* en Shanghai. Era un petimetre pequeñajo, señor, con un traje gris a cuadros y la raya del pelo en mitad de la frente. «Eh... soy... eh... su nuevo capitán, señor... eh... señor Jones.» Estaba empapado de perfume; en justicia, apestaba, capitán Marlow. Diría que fue la mirada que le dirigí la que le hizo balbucir. Murmuró algo sobre lo natural de mi desilusión, sería mejor que supiera en seguida que un primer oficial era el que se había hecho con la promoción en el *Pelion*, él, por supuesto, nada tenía que ver con aquello, suponía que la oficina sabía lo que se hacía, lo sentía mucho... Y entonces, dije yo: «No se preocupe por el viejo Jones, señor; maldita sea mi suerte; ya estoy acostumbrado a estas cosas.» Me di cuenta de inmediato de que acababa de molestar a sus delicados oídos, y mientras estábamos sentados comiendo juntos por primera vez a bordo, comenzó, de un modo muy desagradable, a enumerar fallos de esto o aquello en el barco. En mi vida oí una voz así, tan de marioneta. Apreté los dientes y bajé la mirada al plato manteniendo la calma todo el tiempo del que fui capaz; pero, al final, tuve que decir algo. Se levantó de puntillas, con las plumas erizadas, igual que un pequeño gallo de pelea: «Se dará usted cuenta de que va a tener que tratar a una persona bastante diferente del difunto capitán Brierly». «Ya me he dado cuenta», dije yo muy sombrío, pero tratando de fingir un enorme interés por mi filete. «Es usted un viejo granuja, señor... eh... Jones, y lo que es más, en la profesión se sabe que es usted un viejo granuja», me dijo con un chillido como de rata. Los malditos pinches de cocina andaban por allí, escuchando con una sonrisa de oreja a oreja. «Tal vez yo sea un caso difícil», contesté yo, «pero aún no estoy tan desesperado como para soportar verle a usted sentado en la silla del capitán Brierly.» Y, dicho eso, dejé los cubiertos en la mesa. «Lo que pasa es que querría ser usted el que se sentara en ella; ahí es donde le aprieta el zapato», y soltó una risita de desprecio. Me marché del comedor, reuní mis andrajos y me encontré en el muelle con todos mis bártulos alrededor antes de que los estibadores hubieran vuelto a su trabajo tras el descanso para la comida. Sí. A la deriva... en tierra, después de diez años de servicio, y con una pobre mujer y cuatro hijos a seis mil millas de distancia que dependen de mi media paga para comer. ¡Sí señor! Lo dejé todo antes que escuchar cómo se insultaba al capitán Brierly en mi presencia. Me dejó sus prismáticos, aquí están, y me pidió que cuidara de su perro, aquí está. Hola, Rover, pobrecito. ¿Dónde está el capitán, Rover?

El perro lo miró con sus tristes ojos amarillentos, lanzó un ladrido desolador y se arrastró hasta esconderse debajo de la mesa.

Todo esto tenía lugar, más de dos años después, a bordo de ese despojo náutico, el *Fire-Queen,* del que Jones había conseguido el mando —de un modo curiosamente accidenta, que le confirió Matherson —el loco Matherson, como solían llamarlo—, el mismo que solía andar por Hai-Fong, ya saben, antes de la época de la ocupación.

El viejo Jones prosiguió con voz gangosa:

—Sí, señor, nosotros recordaremos aquí al capitán Brierly, aunque seamos los únicos seres sobre la faz de la Tierra que lo hagamos. Le escribí a su padre contándoselo todo, y no recibí ni una sola letra en respuesta, ¡ni gracias, ni váyase al infierno!, ¡nada! Tal vez hubieran preferido no saberlo.

El espectáculo de un lacrimoso y viejo Jones frotándose la calva con un pañuelo rojo de algodón, el lastimoso aullido del perro, lo miserable de aquel cochambroso camarote que constituía el único mausoleo alzado a su memoria, arrojaban en conjunto un velo de patetismo inexpresablemente mezquino sobre la figura recordada de Brierly: la venganza póstuma del destino por aquella creencia en su propio esplendor que casi priva a la vida de sus legítimos terrores. ¡Casi! Tal vez por completo. ¿Cómo saber qué halagüeña explicación le llegaría a dar a su propio suicidio?

—¿Por qué cometería un acto tan impetuoso, capitán Marlow?, ¿se le ocurre a usted una posible razón? —preguntó Jones juntando las manos—. ¿Por qué? ¡Es algo que supera mi entendimiento! ¿Por qué? —se dio una palmada en aquella estrecha y arrugada frente—. Si hubiera sido un pobre viejo lleno de deudas y sin la menor oportunidad, o si hubiera estado loco. Pero no era de los que se vuelven locos; él no. Puede creerme. Lo que un piloto no sepa de su patrón es que no vale la pena saberse. Era joven, sano, con una posición desahogada y sin preocupaciones de ninguna índole... A veces me siento aquí y me pongo a pensar y a pensar, hasta que la cabeza me empieza *talmente* que a zumbar. Hubo alguna razón.

—Puede estar seguro, capitán Jones —dije yo—, y no era nada que nos hubiese molestado demasiado ni a usted ni a mí.

Y entonces, como si se le hubiera encendido una lucecita en medio del caos mental que tenía, el bueno del viejo Jones dio por fin con una frase de una profundidad asombrosa. Se sonó la nariz asintiendo tristemente:

—¡Así es, sí!, ni usted ni yo nos hemos creído nunca tan importantes!

Por supuesto, el recuerdo que tengo de mi última conversación con Brierly está influido por el conocimiento de su fin, que le siguió tan de cerca. Hablé con él por última vez durante el proceso de investigación. Fue tras el primer aplazamiento, y nos encontramos en la calle. Estaba irritado, lo que observé con sorpresa, pues, cuando condescendía a conversar, su comportamiento habitual era de una perfecta tranquilidad, con ligeras trazas de una tolerancia divertida, como si la existencia de su interlocutor fuera un chiste bastante bueno.

—Me han metido por la fuerza en esa investigación, ¿sabe usted? —comenzó diciendo, y estuvo un buen rato quejándose de los inconvenientes derivados de una asistencia diaria al juzgado—. Y sólo Dios sabe cuánto va a durar. Supongo que tres días.

Lo escuché todo en silencio, lo que, según pensé entonces, era una buena forma de ponerme de su lado.

—¿Para qué sirve todo esto? Es el montaje más estúpido que quepa imaginarse —continuó con vehemencia.

Observé que no quedaba otra opción. Él me interrumpió con una especie de violencia reprimida.

—No puedo dejar de sentirme como un necio todo el tiempo.

Le miré. Estaba yendo demasiado lejos —para Brierly— hablando de Brierly. Se paró en seco y, agarrándome por la solapa del abrigo, me dio un pequeño tirón:

—¿Por qué estamos atormentando a ese joven? —preguntó.

La pregunta armonizaba tan bien con el tono de un cierto pensamiento mío que, con la imagen del renegado huyendo fija en mi imaginación, contesté de inmediato:

—Que me muera si lo sé, a menos que sea porque él les permite hacerlo.

Me asombró verlo entrar por el aro, por así decirlo, aceptando aquel dictamen, que debería haberle resultado bastante críptico.

—Claro, eso es. Pero ¿es que no ve que ese asqueroso patrón suyo lo ha dejado en la estacada? ¿Qué espera que suceda? No existe nada que pueda salvarle. Está acabado.

Seguimos caminando unos pasos en silencio.

—¿Para qué tragarse toda esa basura? —exclamó, con una energía expresiva completamente oriental, prácticamente el único tipo de energía de la que uno puede encontrar huellas al este del meridiano cincuenta.

Me sorprendió enormemente la dirección que tomaban sus pensamientos, pero ahora tengo la firme sospecha de que encajaban rigurosamente en su carácter: en el fondo, el pobre Brierly debía estar pensando en sí mismo. Le señalé que se sabía que el patrón del *Patna* había sabido protegerse la retaguardia con gran habilidad, y que se podía procurar casi en cualquier lugar los medios para escapar. El caso de Jim era distinto; el gobierno lo mantenía en el Hogar del Marino de momento, y probablemente no tenía ni un penique. Huir sale caro.

—¿Sí? No siempre —dijo, con una risa amarga; y luego, ante otra observación mía—: ¡Bueno, pues entonces que se esconda a veinte pies bajo tierra y que se quede allí! ¡Por todos los santos! Eso es lo que yo haría.

No sé por qué me provocó el tono que usaba, y dije:

—Existe una suerte de valor al enfrentarse a todo ello como él lo hace, sabiendo muy bien que si se escapara nadie se iba a preocupar por salir corriendo detrás de él.

—¡Que se vaya al infierno el valor! —gruñó Brierly—. Esa clase de valor no sirve para mantener a un hombre en el buen camino, y no me importa un comino por eso mismo. Si en cambio usted dijera que era una especie de cobardía... de debilidad. Le diré una cosa. Pondré doscientas rupias si usted pone otras cien y se compromete a hacer que ese vagabundo desaparezca mañana por la mañana a primera hora. Ese tipo es un caballero, aunque no sea digno de que lo toquen ni con un palo... lo entenderá. ¡Tiene que hacerlo! Esta publicidad diabólica es demasiado terrible. Se sienta allí mientras todos esos malditos nativos, esos *láscares, serangs*[1] y contramaestres, aportan pruebas que bastarían para fulminar a cualquiera de vergüenza. Todo esto es abominable. Vamos, Marlow, ¿no cree, no siente usted que es abominable?; no me diga que no, venga, hombre, ¿ni como marino? Si se marchara, todo esto se acabaría de inmediato.

Brierly dijo aquello con una animación en extremo inusual e hizo un gesto como de echar mano a la cartera. Yo le disuadí, y afirmé con frialdad que la cobardía de aquellos cuatro hombres no me parecía un asunto que revistiera tanta importancia.

---

[1] *Láscar, serang*: los *láscares* son los tripulantes nativos, cuyo patrón, si es igualmente indígena, recibe el nombre de *serang*. (N. del T.)

—Y usted se califica a sí mismo de hombre del mar —dijo con enfado.

Repliqué que eso era lo que me consideraba, y que, además, confiaba en que así fuera. Me escuchó y con aquel gran brazo suyo hizo un ademán que pareció privarme de mi individualidad, alejarme hasta fundirme con la multitud.

—Lo peor —dijo—, es que todos ustedes no tienen ningún sentido de la dignidad; no se dan cuenta de la importancia de lo que, supuestamente, deberían representar.

Habíamos estado caminando lentamente durante la conversación, y ahora nos detuvimos frente a la oficina del puerto, a la vista del punto exacto a partir del cual el inmenso capitán del *Patna* se había desvanecido de un modo tan absoluto como si se hubiera tratado de una ligera pluma barrida por un huracán. Sonreí. Brierly continuó hablando:

—Es una desgracia. Hay entre nosotros gente de todas clases, algunos de ellos sinvergüenzas convictos y confesos, pero eso es lo de menos; debemos preservar la decencia profesional o no seremos mejores que otros tantos pícaros sueltos. Gozamos de confianza. ¿Me entiende?... ¡Confianza! Con franqueza, no me importan un comino todos los peregrinos de Asia juntos, pero un hombre decente no se hubiera portado así ni con un cargamento completo de andrajos. No somos un grupo humano organizado, y lo único que nos une es la idea de esa clase de decencia. Un asunto así socava la confianza de cualquiera. Un hombre puede pasarse prácticamente toda su vida de marino sin necesidad de demostrar su valor. Pero cuando esa necesidad se presenta... ¡Ah!... Si yo... —entonces cambió de tono—, le voy a dar doscientas rupias ahora, Marlow, y usted hable con ese tipo. ¡Dios lo confunda! Ojalá nunca hubiese aparecido por aquí. El hecho es que creo que algunos de mis parientes conocen a los suyos. Su padre es párroco, y recuerdo haberlo conocido cuando estuve en Essex con mi primo el año pasado. Si no recuerdo mal, aquel viejo parecía sentir bastante cariño por su hijo marino. Es horrible. Yo no lo puedo hacer, pero usted...

Así, gracias a Jim, pude tener un atisbo del Brierly real unos pocos días antes de que encomendara tanto su realidad como su impostura al cuidado del mar. Por supuesto, me negué a entrometerme. El tono de aquel último «pero usted...» (el pobre Brierly no podía evitarlo), que parecía dar a entender que yo tenía una entidad equiparable a la de un insecto, me hizo contemplar la propuesta con indignación; y, a causa de aquella provocación, o por algún otro motivo, llegué a la firme conclusión de que la investigación constituía un severo castigo para el tal Jim, y que el hecho de que se enfrentara a ella —de un modo prácticamente voluntario— tenía un carácter redentor en su abominable caso. No había estado tan seguro hasta entonces. Brierly se marchó enfadado. En aquel momento su estado mental se me presentó como un verdadero misterio, aunque ahora ya no lo es tanto.

Al día siguiente, habiendo llegado tarde a la sala, me senté sin compañía. Evidentemente, no podía olvidar mi conversación con Brierly, y ahora los tenía a ambos a la vista. El semblante de uno sugería un sombrío descaro, y el del otro un desdeñoso aburrimiento; y, sin embargo, ninguna de las dos actitudes tenía demasiados visos de autenticidad; y yo era consciente de que al menos una no lo era. Brierly no estaba aburrido; estaba exasperado. Y, siendo así, parecía posible que Jim no fuera un descarado. Según mi teoría, no lo era. Pensé que tenía que estar desesperado. Fue entonces cuando se encontraron nuestras miradas. Se cruzaron, y la que él me dirigió desaconsejaba cualquier intención que yo hubiera podido tener de hablarle. En cualquiera de las dos hipótesis —insolencia o desesperación—, creí que no podría serle de ninguna utilidad. Era el segundo día del proceso. La investigación se aplazó de nuevo hasta el día siguiente muy poco después del intercambio de miradas. Los hombres blancos comenzaron a salir desfilando en seguida. A Jim se le había indicado que bajara del banco de los testigos un poco antes, y pudo marcharse entre los primeros. Vi aquellos anchos hombros y su cabeza al contraluz junto a la puerta, y mientras yo salía lentamente conversando con alguien —un extraño que me había abordado fortuitamente—, lo pude ver desde dentro de la sala, con ambos codos apoyados sobre la barandilla de la galería, dándole la espalda a la pequeña riada de gente que iba dispersándose tras bajar unos pocos escalones. Se oía un murmullo de voces y un arrastrar de botas.

El caso siguiente giraba en torno a un asalto con agresión sufrido por un prestamista, creo. El acusado —un venerable anciano de recta barba blanca— estaba sentado en una esterilla justo a la salida, al lado de la puerta, con sus hijos, hijas, yernos, nueras y, según parecía, también con la mitad de la población de su aldea, todos de pie o en cuclillas a su alrededor. Una delgada mujer de piel oscura, con parte de la espalda y uno de los hombros descubiertos y con un fino anillo de oro en la nariz, comenzó de repente a hablar, con voz chillona y en tono de disputa. El hombre que iba conmigo le dirigió la mirada instintivamente. En aquel momento acabábamos de cruzar el umbral y pasábamos por detrás de la corpulenta espalda de Jim.

No sé si aquellos aldeanos se habían traído al perro chino consigo. Sea como fuere, el perro estaba allí deslizándose por entre las piernas de la gente a hurtadillas y en silencio, como lo hacen los perros nativos, y mi acompañante tropezó con él. El perro se apartó de un salto, sin hacer ningún ruido; el hombre, levantando un poco la voz, dijo con una risita:

—Fíjese, ése sí que es un perro sarnoso.

Inmediatamente después nos separó un montón de gente que entraba atropelladamente. Yo me eché contra la pared un momento, mientras que el extraño se las arregló para bajar los escalones y desapareció. Vi cómo Jim se giraba. Dio un paso adelante y me cerró el paso. Estábamos solos. Me miró fijamente con aires de obstinada determinación. Me di cuenta de que me estaba acorralando como si se tratara, por así decirlo, de una emboscada en la maleza. La galería estaba ya vacía, el ruido y el movimiento procedentes de la sala habían cesado: cayó un gran silencio sobre el edificio, en cuyo interior, a gran distancia, una voz oriental comenzó a gimotear miserablemente. El perro, a punto de colarse por la puerta, se sentó apresuradamente para buscarse las pulgas.

—¿Me hablaba usted? —me preguntó Jim en voz muy baja, inclinándose no tanto hacia como contra mí, si es que me explico.

—No —contesté yo de inmediato.

Algo en el sonido de aquella voz tranquila me había puesto a la defensiva. Lo observé. La situación era muy parecida a un encuentro en la maleza, sólo que más incierta en cuanto a su desenlace, puesto que era seguro que no pretendía quitarme ni la bolsa ni la vida —en suma, nada que yo pudiera simplemente darle o, si no, defender con la conciencia tranquila.

—Dice usted que no —afirmó, muy sombrío—. Pero yo le he oído.

—Debe tratarse de un error —contesté, completamente perplejo y sin quitarle los ojos de encima.

Mirarle a la cara era como observar al cielo oscurecerse antes del estallido de un trueno, acumulándose una sombra sobre otra imperceptiblemente; en este caso, un aire sombrío que aumentaba con una misteriosa intensidad en la calma de una violencia que iba madurando.

—Que yo sepa, no he despegado los labios en su presencia —afirmé con absoluta sinceridad.

Estaba, además, empezando a enfadarme ante lo absurdo del encuentro. Ahora me doy cuenta de que nunca he estado tan al borde de recibir una paliza —literalmente hablando—: una paliza física, con puños y demás. Supongo que sí tenía algún tipo de brumoso presentimiento en el sentido de que se trataba de una posibilidad que flotaba en el aire. No era que me estuviese amenazando de una forma explícita. Al contrario, su actitud era extrañamente pasiva... ¿saben?, pero estaba descendiendo sobre mí y, aunque no era de una corpulencia excepcional, en líneas generales parecía capaz de tirar una pared abajo. El síntoma más tranquilizador que pude observar fue una suerte de vacilación lenta y laboriosa, que interpreté como tributo ante lo evidentemente sincero de mi actitud y tono. Nos miramos cara a cara. En la sala, estaba teniendo lugar el caso de asalto. Pude entender algunas palabras: «Bueno... búfalo... palo... a causa de mi enorme miedo...».

—¿Por qué me ha estado mirando de ese modo toda la mañana? —dijo Jim finalmente, y levantó la vista para volver a bajarla después.

—¿Acaso pretendía que nos quedáramos todos sentados mirando al suelo por respeto a su susceptibilidad? —repliqué bruscamente.

No estaba dispuesto a someterme humildemente a aquella necedad. Volvió a levantar la mirada, y esta vez la mantuvo centrada en mi rostro.

—No. Eso es verdad —dijo, con aspecto de estar juzgando en su interior la justeza de mi afirmación—, eso es verdad. He decidido pasar por ello. Pero —y ahora habló un poco más rápido— no voy a permitir que nadie me insulte fuera de la sala. Había un tipo con usted. Estaba hablando con él, sí, claro, perfecto. Le hablaba a él, pero quería que yo les oyese cuando...

Le aseguré que se confundía por completo, que no tenía ni idea de lo que podía haber pasado.

—Usted pensó que tendría miedo de protestar —dijo, sin la más leve traza de amargura en su voz.

Yo estaba lo suficientemente interesado como para percibir los más ligeros matices de expresión, pero seguía sin comprender nada en absoluto; sin embargo, no sé qué vi en aquellas palabras, o tal vez simplemente en la entonación que usó, que me indujo de pronto a otorgarle todos los beneficios de la duda. Aquella situación dejó de irritarme. Se trataba de un error por su parte; estaba metiendo la pata hasta el fondo, pero tuve la intuición de que aquella metedura de pata suya era de una naturaleza odiosa y desafortunada. Por razones de decencia, yo estaba empeñado en acabar con aquella escena, igual que cuando uno se empeña en cortar de raíz una confidencia no requerida y abominable. Lo más gracioso era que en medio de todas aquellas consideraciones tan elevadas, era consciente de sentir una cierta inquietud debido a la posibilidad —no, la probabilidad—, de que aquel encuentro acabara en una vergonzosa riña callejera sin explicación posible y que me dejaría en ridículo. No ansiaba de ningún modo una gloria de varios días por ser el hombre al que el piloto del *Patna* le puso un ojo morado o algo por el estilo. A él, con casi completa seguridad, no le importaba hacer lo que fuese, o, en cualquier caso, se sentiría plenamente justificado ante sí mismo. No hacía falta ser adivino para saber que estaba extraordinariamente enfadado por algo, a pesar de su comportamiento tranquilo, incluso apático. No niego que estaba extremadamente deseoso de pacificarlo a toda costa; el problema era saber cómo hacerlo. Y yo no lo sabía, como bien pueden suponer. Me sentía en la más completa oscuridad en cuanto a las razones de todo aquello. Nos miramos en silencio. Él hizo un alto el fuego que pudo durar unos quince segundos, luego se adelantó un paso más; yo me preparé para rechazar un ataque, aunque creo que ni pestañeé siquiera.

—Si fuera usted el doble de grande y seis veces más fuerte —me dijo muy suavemente—, le diría lo que pienso de usted. Es usted...

—¡Basta ya! —exclamé.

Aquello pareció detenerlo por un instante.

—Antes de decirme todo lo que piensa de mí —continuó rápidamente—, ¿sería tan amable de comunicarme qué es lo que he dicho o hecho?

Durante la pausa subsiguiente me examinó con indignación, mientras yo hacía esfuerzos sobrenaturales para recordar, a lo que no me ayudaba la voz oriental que dentro de la sala protestaba con apasionada locuacidad contra una acusación de falsedad. Entonces, hablamos casi al mismo tiempo.

—Ya verá qué pronto le enseño que no lo soy —dijo, con un tono que sugería una próxima crisis.

—Repito que no sé de qué me habla —protesté enérgicamente casi a la par.

Intentó aplastarme con el menosprecio que imprimió a su mirada.

—Ahora que se da cuenta de que no tengo miedo intenta escurrir el bulto como sea —dijo—. ¿Quién es ahora el perro, eh?

Entonces, por fin, lo entendí todo. Él, por su parte, me había estado examinando, como buscando el lugar al que dirigir sus puños.

—No voy a permitir que nadie... —dijo entre dientes, amenazador.

Se trataba, efectivamente, de un terrible error. Se había puesto absolutamente en evidencia. No les puedo dar ni una idea aproximada de la conmoción que sentía yo en aquel momento. Supongo que vio en mi rostro un reflejo de los sentimientos que me recorrían, porque su expresión sufrió un ligero cambio.

—¡Por Dios! —balbucí—, no pensará que yo...

—Pero estoy seguro de haberlo oído —persistió, alzando la voz por primera vez desde el inicio de aquella deplorable escena. Y luego, con un ligero matiz de desprecio, añadió—: ¿Entonces no fue usted? Muy bien. ¡Ya daré con el otro!

—¡Pero hombre, déjese ya de tonterías! —grité yo ya en el colmo de la exasperación—, no era en absoluto lo que usted piensa.

—Lo he oído —repitió, con inquebrantable y lúgubre perseverancia.

Los hay que se podrían haber reído de su pertinacia. Yo no lo hice. ¿Cómo podría hacerlo? Nunca ha habido un hombre tan implacablemente puesto en evidencia debido a sus propios impulsos naturales. Una sola palabra lo había privado de su discreción... de esa discreción que es más necesaria para la decencia interior que lo son las ropas para el decoro corporal.

—No diga tonterías —repetí.

—Pero el otro hombre lo dijo, ¿no irá a negármelo? —dijo, pronunciando las palabras con nitidez y mirándome a los ojos sin pestañear.

—No lo niego —dije, devolviéndole la mirada.

Finalmente dirigió los ojos hacia donde yo señalaba con el dedo extendido. Al principio pareció no comprender, luego confuso y, por último, asombrado y temeroso, como si el perro hubiese sido un monstruo y fuese el primer perro que veía en su vida.

—Nadie ha tenido, ni por asomo, la intención de insultarle —dije.

Contempló a aquel asqueroso animal, que seguía tan inmóvil como una esfinge. Estaba allí sentado, con las orejas aguzadas y el afilado hocico señalando hacia la puerta, y, de repente, intentó cazar una mosca con la boca con un rápido movimiento, como el del resorte de un mecanismo.

Miré a Jim. El tono rojizo de su bronceada tez se intensificó de repente en la parte inferior de las mejillas, le invadió la frente y se extendió hasta las raíces de su rizado cabello. Las orejas se le pusieron de un rojo intenso e incluso el azul claro de los ojos se le oscureció debido a la sangre que le afluía a la cara. Hizo con los labios una especie de puchero, temblando como si hubiera estado a punto de romper a llorar. Me di cuenta de que era incapaz de pronunciar ni una sola palabra debido a lo excesivo de su humillación. Y de su desencanto también. ¿Quién sabe? Tal vez tenía puestas sus ilusiones en aquella paliza que me iba a dar, quizá para rehabilitarse, o bien para apaciguarse. ¿Cómo saber qué clase de desahogo esperaba obtener de aquella oportunidad de pelearse? Era lo suficientemente ingenuo como para esperar cualquier cosa; pero en aquella ocasión se había puesto en evidencia de balde. Había sido franco consigo mismo —por no añadir que en mi presencia—, con la loca esperanza de abrirse camino hacia una suerte de refutación eficaz; e, irónicamente, las estrellas no le habían sido propicias. Emitió un sonido inarticulado con la garganta, como un hombre al que no aturdiera del todo un golpe recibido en la cabeza. Resultaba penoso.

No conseguí alcanzarle de nuevo hasta después de pasada la verja. Incluso tuve que corretear un poco al final, pero cuando, ya codo con codo y sin aliento, le reproché que huyera, dijo:

—¡Jamás!

E inmediatamente se dio la vuelta para enfrentárseme. Le expliqué que no pretendía decir que estuviera huyendo de *mí*.

—De ningún hombre... no huiría de un solo hombre sobre la faz de la Tierra —afirmó con aspecto obstinado.

Renuncié a señalarle la única y obvia excepción que sería siempre buena incluso para el más valiente; pensé que lo descubriría por sí mismo muy pronto. Me miró pacientemente mientras yo pensaba en algo que decir, pero no se me ocurría nada en aquel preciso instante, y él reanudó su marcha. Yo mantuve el paso y, ansioso por no perderlo, dije a bote pronto que no podía permitir que le quedara una falsa impresión de mi... de mi... y me quedé atascado. La estupidez de la frase me horrorizó antes de acabarla, pero la fuerza de las expresiones no tiene nada que ver ni con su sentido ni con la lógica de su construcción. Mi balbuceo idiota pareció gustarle. Lo cortó en seco con una cortesía plácida que indicaba o bien un poder inmenso de autocontrol, o bien una maravillosa elasticidad de estados de ánimo:

—El error ha sido sólo mío.

Aquella expresión me dejó maravillado. Tal como hablaba podía estar refiriéndose a cualquier malentendido sin importancia. ¿Acaso no había comprendido su deplorable significado?

—Le ruego que me disculpe —dijo, y luego prosiguió con un tono ligeramente irritado—, toda aquella gente mirándome fijamente en la sala parecía tan necia que... que bien podría haber sucedido la cosa tal como yo me la figuraba.

Aquello, para mi asombro, me daba una nueva visión de él. Lo miré con curiosidad y me encontré con unos ojos imperturbables e impenetrables.

—No puedo permitir este tipo de cosas —dijo con mucha sencillez—, no pienso hacerlo. En la sala todo cambia. Eso sí que lo tengo que soportar... y, además, soy capaz de aguantarlo.

No voy a fingir que le entendiera. Las miradas que me dejaba lanzar a su interior eran como los atisbos que se tienen a través de los desgarrones siempre cambiantes en una niebla espesa: pequeños detalles vívidos que se desvanecían al momento siguiente y que no daban una idea coherente del aspecto general de una cosa. Alimentaban la curiosidad sin satisfacerla; no eran de ninguna utilidad si uno pretendía orientarse a partir de ellos. En conjunto, desencaminaban más que otra cosa. Ésa es la conclusión que saqué de él cuando me dejó ya avanzada la noche. Me había instalado para varios días en el Hotel Malabar y, ante mi insistencia, aceptó la invitación que le hice para cenar allí conmigo.

Capítulo VII

Aquella misma tarde había llegado de paso un barco correo. El gran comedor del hotel tenía más de la mitad de las mesas ocupadas por personas portadoras de billetes, de los de cien libras, para dar la vuelta al mundo. Había parejas casadas que parecían aburrirse y domesticarse el uno al otro aun en medio de sus viajes; había grupos grandes y pequeños, y también individuos solitarios que cenaban solemnemente o se deleitaban en un bullicioso banquete; pero todos pensaban, conversaban, bromeaban o fruncían el entrecejo del mismo modo en que solían hacerlo en casa, y con una receptividad hacia las nuevas sensaciones exactamente igual de inteligente que la de los baúles que guardaban en las habitaciones, de tal modo que lo único que iban a sacar eran rótulos que indicasen que habían pasado por tal o cual sitio, igual que las etiquetas de su equipaje. Valorarían altamente la distinción propia de personas tan importantes y conservarían las etiquetas adhesivas sobre sus maletas en tanto que prueba documental, en tanto que única huella permanente de los progresos de su empresa. Los criados de oscuros rostros andaban con ligereza y sin hacer el menor ruido sobre aquel enorme suelo encerado; de vez en cuando se oía la risa de una muchacha, tan inocente y vacía como su propio cerebro, o, en una de las pausas repentinas del ruido de la vajilla entrechocando, se podía entender la voz de algún tipo ingenioso que arrastraba las palabras con tono de afectación e iba trenzando, en honor de una mesa repleta de rostros sonrientes, el último chiste escandaloso sobre la vida de a bordo. Un par de viejas solteronas con vocación de nómadas, vestidas como para asesinar a cualquiera, repasaban el menú con acritud, entre susurros mutuos con labios marchitos, rostros impávidos y extraños, como los pomposos espantapájaros.

Un poco de vino le abrió el corazón y le soltó la lengua a Jim. Observé, además, que tenía buen apetito. Parecía haber olvidado el episodio que dio inicio a nuestra relación. Era como una cosa que había dejado de merecer comentario alguno. Y lo que tuve ante mí durante todo el tiempo fueron aquellos ojos azules, infantiles, que miraban de frente a los míos, aquel joven rostro, los anchos hombros, la frente abierta y bronceada con una línea blanca bajo las raíces de una mata de pelo rubio: una apariencia que a primera vista daba pie a que aflorasen todo tipo de simpatías; un aspecto franco, una sonrisa sin dobleces, una seriedad juvenil. Era de los buenos, uno de los nuestros. Hablaba con sobriedad, con una especie de falta de reservas llena de serenidad y con un porte tranquilo que podría haber sido el resultado de un autocontrol maduro, o de descaro, o de la insensibilidad, o de una inconsciencia colosal, o incluso de una gigantesca capacidad de engaño. ¿Quién sabe? Por el tono de nuestras voces podríamos haber estado hablando de otra persona, o de un partido de fútbol, o del tiempo durante el año pasado. Yo flotaba mentalmente en un mar de conjeturas, hasta que un giro de la conversación me permitió, sin resultar ofensivo, observar que, en conjunto, la investigación le debía estar resultando bastante dura. Extendió rápidamente el brazo a través de la mesa y, agarrándome la mano junto al plato, me miró fijamente. Aquello realmente me sobresaltó.

—Debe ser terriblemente duro —conseguí balbucir, confuso ante aquel despliegue de silenciosa emoción.

—Es peor que el infierno —replicó vehemente con una voz ahogada.

La agitación y las palabras pronunciadas hicieron que dos elegantes trotamundos de una de las mesas vecinas levantaran la vista de su budín helado para mirarnos alarmados. Me levanté y pasamos a la galería exterior para pedir allí el café y los puros.

Sobre mesitas de forma octogonal ardían velas protegidas por globos de cristal; grupos de plantas de hojas rígidas separaban los conjuntos de cómodas sillas de mimbre, y, entre las parejas de columnas, cuyos rojizos fustes capturaban en larga hilera el reflejo procedente de los altos ventanales, la noche, parpadeante y oscura, parecía estar suspendida en lo alto, como un espléndido tapiz. Las luces de fondeo hacían guiños desde la distancia, igual que estrellas cuando se ponen, y las colinas que había al otro lado de la rada se asemejaban a las grandes masas negras y redondeadas que forman los nubarrones quietos que amenazan tormenta.

—Yo no podía huir —comenzó Jim—. El patrón lo hizo; allá él. Yo ni podía ni quería hacerlo. Se han librado todos de la Investigación, de un modo u otro; pero, como solución, a mí no me valía.

Le escuchaba con gran concentración, sin atreverme siquiera a revolverme en la silla; quería saber —e incluso hoy sigo sin saber nada, apenas adivinando—. Era capaz de mostrarse seguro y deprimido en un mismo instante, como si una convicción de inocencia congénita reprimiera la verdad que se retorcía en su interior a cada palabra. Comenzó diciendo, en el tono en que un hombre admitiría su incapacidad para saltar por encima de una pared de veinte pies de alto, que ya nunca podría volver a casa; y aquella afirmación me recordó lo que Brierly había dicho: «El viejo párroco de Essex parecía tenerle no poco cariño a su hijo marino».

No les sabría decir si Jim era consciente de ser objeto de un «cariño» especial, pero el tono en que hacía las referencias a «papá» estaba pensado para darme la idea de que el bueno del viejo párroco rural venía a ser el mejor hombre que jamás se haya visto entre las preocupaciones derivadas de tener una numerosa familia desde que el mundo es mundo. Aunque nunca lo afirmara literalmente, lo dejaba ansiosamente implícito, de forma que no pudiera haber ningún error de interpretación, lo que sin duda era muy cierto y tenía gran encanto, pero que añadía un elemento patético compuesto por vidas demasiado alejadas de los otros componentes de la historia.

—A estas alturas ya lo sabrá todo por los periódicos —dijo Jim—. Nunca podré mirarle a la cara al pobre hombre.

No osé levantar los ojos hasta que le oí añadir:

—Yo nunca sería capaz de explicarme, ni él de entenderlo.

Levanté entonces la mirada. Estaba pensativo, fumando, y tras unos instantes, animándose, comenzó a hablar de nuevo. Dejó claro en seguida su deseo de no ser confundido con sus compañeros de... de crimen, llamémosle así. No era como ellos; era completamente distinto. Yo no hice ningún signo de disensión. No tenía ni la más mínima intención, en aras de una verdad estéril, de privarle ni de la más ínfima partícula de toda gracia redentora que se pudiera cruzar en su camino. Tampoco sabía en qué medida lo llegaba a creer él mismo. No conocía su juego —si es que tenía alguno—, y sospecho que él también lo ignoraba; pues opino que nadie conoce sus propias y astutas maniobras para escapar de la torva sombra que se esconde detrás del hecho de conocerse a sí mismo. No abrí la boca durante todo el tiempo que estuvo preguntándose qué podría hacer después de que «aquella estúpida investigación se hubiera acabado».

En apariencia, compartía la desdeñosa idea que Brierly se hacía de los procedimientos ordenados por la ley. No sabía qué camino tomar después, me confesó, evidentemente pensando en voz alta más que hablándome. Sin nombramiento, con la carrera destrozada, sin dinero para marcharse, sin posibilidades de encontrar trabajo por lo que él sabía. En casa quizá pudiera obtener algún empleo; pero eso significaba pedir ayuda a su familia, y era algo que no estaba dispuesto a hacer. No veía otra solución que enrolarse de marinero de a pie; quizá pudiera conseguir un puesto de contramaestre en algún vapor. «Yo valdría para contramaestre...»

—¿De verdad cree lo que está usted diciendo? —pregunté sin piedad.

Se levantó de un salto y se dirigió hacia la balaustrada de piedra, desde donde contempló la noche. Estuvo de vuelta en un momento, alzándose como una torre por encima de mi silla, con aquel rostro juvenil nublado aún por el dolor de una emoción que había podido dominar. Había comprendido perfectamente que yo no ponía en duda su capacidad para llevar el timón de un navío. Con una voz un poco trémula me preguntó por qué había dicho aquello. Había sido «amable hasta decir basta» con él. Ni siquiera me había reído de él cuando —y aquí comenzó a hablar entre dientes– había cometido «ese error, ya sabe, el que me hizo parecer un completo idiota». Le interrumpí diciendo en un tono bastante cálido que para mí un error así no era cosa de la que reírse. Se sentó y se concentró en beber su taza de café, que apuró hasta la última gota.

—Eso no significa que admitiese ni por un solo instante que el insulto pudiera estar justificado —declaró, pronunciando las palabras con nitidez.

—¿No? —dije yo.

—No —afirmó con tranquila resolución—. ¿Acaso sabe lo que *usted* habría hecho en mi caso? ¿Lo sabe? Y usted no se considera a sí mismo... —entonces tragó saliva—, usted no se considera a sí mismo un... un perro, ¿verdad?

Y dicho esto —¡les prometo por mi honor que es cierto!—, me miró inquisitivo. Parece ser que no era una pregunta retórica, ¡sino una hecha de buena fe! Sin embargo, no esperó a la respuesta. Antes de que pudiera recuperarme siguió hablando, con la mirada fija hacia delante, como si leyera algo escrito en la noche:

—Todo consiste en estar preparado. Yo no lo estuve; no en aquel momento. No quiero justificarme; pero me gustaría explicarlo, me gustaría que alguien lo entendiera, alguien, ¡una sola persona al menos! ¡Usted! ¿Por qué no usted?

Resultaba solemne, también un poco ridículo, como siempre lo es un individuo que trata de salvar de la quema la idea de lo que debería ser su identidad moral, la idea inapreciable de una convención, de una sola de las reglas del juego, nada más, pero, a pesar de todo, tan terriblemente efectiva por su asunción de la existencia de un poder ilimitado sobre los instintos naturales, así como por los terribles castigos a los que da lugar fracasar en su cumplimiento.

Comenzó muy tranquilo a contar su historia. A bordo del vapor de la línea Dale, que había recogido a aquellos cuatro flotando en un bote en medio de un mar que reflejaba el discreto brillo de una puesta de sol, les habían mirado con desconfianza ya desde el segundo día. El grueso patrón había contado un cuento, los otros habían callado, y, al principio, todos lo creyeron. No es costumbre organizar careos entre pobres náufragos a los que se ha tenido la suerte de salvar, si no de una muerte cruel, sí al menos de crueles padecimientos. Más tarde, tras habérselo pensado con tiempo, a los oficiales del *Avon-dale* se les pudo haber ocurrido que había «gato encerrado» en aquel asunto, pero, por supuesto, se guardarían muy mucho de expresar sus dudas. Habían recogido al capitán, al piloto y a dos maquinistas del *Patna,* un vapor que se había hundido, y eso, con toda propiedad, les bastaba. No le pregunté a Jim en cuanto a la naturaleza de sus sentimientos durante los diez días que pasó a bordo de aquel navío. Por la forma en que contaba el episodio me sentí capacitado para deducir que, en parte, estaba aturdido por el descubrimiento que había hecho —el descubrimiento sobre sí mismo— y, por otra parte, estaba sin duda ocupado en intentar explicarse ante el único hombre capaz de apreciarlo en toda su enorme magnitud. Deben saber que en ningún momento intentó minimizar su importancia. De eso estoy seguro; y en ello estriba la distinción que lo caracterizaba. En lo que respecta a lo que sintió cuando llegó a tierra y se enteró del imprevisto desenlace de la historia en la que había jugado un papel tan lamentable, no me contó nada en aquel momento y resulta difícil de adivinar.

Me pregunto si sentiría que se lo tragaba la tierra. Quizá. Pero sin duda se las arregló para encontrar un nuevo apoyo muy pronto. Estuvo en tierra durante una quincena entera, esperando en el Hogar del Marino, y dado que en aquel momento había otros seis o siete hombres albergados allí, yo ya había oído hablar un poco de él. Su nada vehemente opinión era que, aparte de sus otros fallos, era un bruto lleno de resentimiento. Se había pasado todos aquellos días en la galería, sepultado en un gran sillón, y saliendo de su sepultura sólo para las comidas o a altas horas de la noche, que era cuando se dedicaba a vagar por los muelles solo, desconectado de lo que le rodeaba, indeciso y silencioso, como un fantasma sin una casa que hechizar.

—No creo haber hablado tres palabras seguidas con nadie durante todo ese tiempo —dijo, haciéndome sentir mucha pena por él, para añadir inmediatamente—: Seguro que uno de aquellos tipos hubiera salido con algo que estaba decidido a no dejar pasar por alto, y no quería pelearme. ¡No! En aquel momento lo evitaba. Estaba demasiado... demasiado... No me sentía con ánimos.

—Así que el mamparo aguantó firme contra todo pronóstico —observé alegremente.

—Sí —murmuró él—, aguantó. Y sin embargo le juro que lo sentí ceder cuando lo toqué.

—Es sorprendente la tensión que el hierro viejo puede soportar a veces —dije.

Retrepado en su asiento, con las piernas en rígida extensión y los brazos colgando, asintió ligeramente varias veces. Era imposible imaginar un espectáculo más triste. De repente levantó la cabeza, se irguió en el asiento y se dio una palmada en el muslo.

—¡Ah! ¡Menuda ocasión desperdiciada! ¡Dios mío! ¡Menuda ocasión desperdiciada! —gritó con furia; pero el sonido del último «desperdiciada» se asemejaba más a un grito transido de dolor.

Guardó silencio de nuevo, con una mirada fija en la distancia, una mirada de feroz añoranza por aquella ocasión desperdiciada; con las aletas de la nariz dilatadas durante un momento, inspirando el aliento embriagador de aquella oportunidad perdida. ¡Si creen que aquello me sorprendió o me chocó están siendo muy injustos conmigo! ¡Resultó ser un pobre soñador! Y estaba dispuesto a ponerse en evidencia, a entregarse. Pude ver en la mirada que dirigía a la noche cómo se proyectaba todo su ser interior, cómo se lanzaba de cabeza hacia el reino imaginario de unas aspiraciones audazmente heroicas. No tenía tiempo suficiente para lamentarse de lo que había perdido, de tan completa y naturalmente preocupado como estaba por lo que no había sido capaz de obtener. Estaba muy lejos de mí, que le observaba a tres pies de distancia. A cada instante penetraba más profundamente en el mundo imposible de las hazañas románticas. ¡Y por fin llegó al núcleo de aquel mundo! Un extraño aire de beatitud le invadió el rostro, los ojos le refulgían a la luz de la vela que ardía entre nosotros; ¡y sonreía! Había penetrado hasta el núcleo... hasta el mismísimo núcleo. Era una sonrisa de éxtasis que nunca adornará vuestros rostros —ni el mío tampoco—, mis queridos amigos. Me lo traje de golpe de vuelta diciendo:

—¡Si no hubiese huido del barco, claro!

Se giró para encararme; tenía la mirada llena de asombro y dolor, el rostro con una expresión perpleja, de sobresalto y sufrimiento; como si se acabara de caer de la luna. Ni ustedes, ni yo tampoco, miraremos nunca así a un hombre. Se estremeció profundamente, como si un dedo helado le hubiera tocado el corazón. Finalmente, suspiró.

Yo no estaba de un humor compasivo. Me sentía provocado por sus indiscreciones contradictorias.

—¡Qué desgracia que no lo supiera de antemano! —dije, con la más cruel de las intenciones.

Pero aquella pérfida puñalada no alcanzó su objetivo, cayó a sus pies como sin fuerzas para penetrar en él; y no se le ocurrió recogerla. Tal vez, ni siquiera la vio. Al poco tiempo, repantigado cómodamente, dijo:

—¡Maldita sea! Le digo que se movía. Estaba sosteniendo la lámpara, iluminando los ángulos de hierro que servían de apoyo en la cubierta inferior cuando un pedazo de herrumbre, del tamaño de la palma de mi mano, se cayó solo de la plancha —se pasó la mano por la frente—. Durante todo el tiempo que lo estuve inspeccionando el mamparo se estuvo agitando y saltando como si estuviera vivo.

—Eso le hizo sentirse bastante mal —observé casualmente.

—¿Acaso cree —dijo— que pensaba en mí mismo cuando tenía a ciento sesenta personas detrás de mí, todas durmiendo, tan sólo en la cubierta del entrepuente, y más a popa, y más aún en cubierta, durmiendo, sin la menor idea de lo que estaba pasando, una cantidad de gente que triplicaba la capacidad de los botes, incluso aunque hubiera habido tiempo para desalojar el barco? Lo que creía que iba a ver de un momento a otro era cómo se abría el mamparo de hierro y cómo entraría el agua corriendo por encima de aquellas personas acostadas... ¿Qué podía hacer yo? ¿Qué?

Me lo puedo imaginar fácilmente en la oscuridad habitada que constituía aquel lugar cavernoso, con la luz de la lámpara iluminando una pequeña porción del mamparo que contenía todo el peso del océano por el otro lado, y, además, en los oídos, la respiración de personas que dormían inconscientes de todo el peligro. Lo puedo ver mirando airadamente hacia aquellas planchas de hierro, sobresaltado por la herrumbre que caía, desbordado por la conciencia de una muerte inminente. Ésta, según pude entender, fue la segunda vez que aquel patrón suyo lo había mandado a proa, pues, según creo, lo quería mantener alejado del puente. Me dijo que su primer impulso fue el de gritar y, directamente, hacer que toda aquella gente se despertara y se levantara para ser testigos del terror; pero le sobrevino una sensación de impotencia tan abrumadora que no fue capaz de emitir ni un solo sonido. Eso debe ser, supongo, a lo que se refiere la gente cuando dicen que la lengua se les pega al paladar. «Demasiado seca» fue la concisa expresión que utilizó para expresar su estado. Sin un solo ruido, pues, subió como pudo a cubierta a través de la escotilla número uno. Una manga de ventilación que había allí se balanceó chocando contra él accidentalmente; y recordaba que el ligero contacto de la lona sobre el rostro casi lo tiró escaleras abajo.

Me confesó que las rodillas le temblaron mucho cuando contempló otra multitud de durmientes en la cubierta de proa. Las máquinas llevaban paradas algún tiempo y la presión del vapor iba disminuyendo. Aquello provocaba un profundo retumbar que hacía vibrar el aire de la noche como el bordón de un contrabajo. El barco se estremecía siguiendo aquel ritmo.

Vio, aquí y allá, cómo una cabeza se levantaba de su esterilla, o cómo una forma vaga se erguía sentándose para escuchar adormilada un instante y hundirse de nuevo en la ondulante confusión de cajas, chigres de vapor y ventiladores. Era consciente de que toda aquella gente carecía de los conocimientos necesarios para interpretar los extraños ruidos. El barco de hierro, los hombres de blancos rostros; todo lo que podían ver y oír, todos los objetos de a bordo, para aquella ignorante y piadosa multitud se trataban de cuestiones igualmente extrañas, así como dignas de toda confianza en tanto en cuanto iban a seguir siendo siempre incomprensibles. Le vino a la mente la idea de que esto constituía una circunstancia afortunada. Y, sin embargo, era una idea sencillamente terrible.

Deben recordar que creía, como lo hubiera hecho cualquiera en su lugar, que el barco se iba a ir a pique de un momento a otro; las planchas comidas de herrumbre se iban deformando en su esfuerzo por impedir el paso del océano; era ineludible que acabaran cediendo, de repente, como un dique horadado en su base, dando así entrada a una instantánea y desbordante inundación. Se quedó quieto contemplando aquellos cuerpos yacentes. Un hombre condenado consciente de su destino que observaba a la silenciosa compañía de los muertos. ¡Estaban *ya* como muertos! ¡Nada los podía salvar! Había suficientes botes para, quizá, la mitad, pero no había tiempo. ¡No había tiempo! ¡Ninguno en absoluto! No parecía que valiese la pena despegar los labios, mover ningún miembro. Antes de poder gritar tres palabras seguidas, o dar tres pasos, se encontraría forcejeando en un mar espantosamente cubierto de espuma por los esfuerzos desesperados de los seres humanos, repleto de clamores por la desolación de los gritos pidiendo socorro. Y no había socorro posible. Se imaginaba perfectamente lo que iba a suceder; lo repasó mentalmente, inmóvil junto a la escotilla, con la lámpara en la mano; lo vivió hasta el último y desgarrador detalle. Creo que lo volvió a vivir mientras me contaba aquellas cosas que no podría decir en la sala del juzgado.

—Estaba tan seguro como de que está usted aquí de que no podía hacer nada. Parecía como si me hubiera quedado sin fuerzas en los miembros. Pensé que daba igual y que podía quedarme donde estaba y esperar. No creía que me quedaran demasiados segundos...

De repente, el vapor dejó de salir. El ruido, observó, le había distraído; pero el silencio se le hizo, de inmediato, intolerablemente sofocante.

—Creí que me iba a asfixiar antes de ahogarme —dijo.

Me aseguró que no pensó en salvarse. El único pensamiento explícito que se le formaba, que se desvanecía y se le volvía a formar en la mente era: «Ochocientas personas y siete botes; ochocientas personas y siete botes».

—Alguien hablaba en voz alta dentro de mi cabeza —dijo, con

la mirada un poco extraviada—. Ochocientas personas y siete botes... ¡y no hay tiempo! Imagínese.

Se inclinó hacia mí por encima de la mesita, y yo traté de evitar aquella mirada fija en mí.

—¿Cree que le tenía miedo a la muerte? —me preguntó con una voz baja y feroz. Dio sobre la mesita una palmada tan fuerte que hizo temblar las tazas de café—. Estoy dispuesto a jurarle que no lo tenía. Que no... ¡Por Dios que no!

Se volvió a erguir y cruzó los brazos mientras dejaba caer la barbilla sobre el pecho.

Los suaves ruidos de la vajilla entrechocando nos llegaron suavemente a través de los altos ventanales. Hubo una explosión de voces y varios hombres salieron muy animados a la galería. Intercambiaban jocosos recuerdos sobre los burros de El Cairo. A un joven pálido y ansioso que caminaba suavemente sobre unas largas piernas le estaba tomando el pelo un trotamundos rubicundo y pagado de sí mismo por las compras que el joven había hecho en el bazar.

—No, de verdad... ¿cree usted que me han engañado hasta ese punto? —preguntó, pausada y muy seriamente.

El grupo se alejó, dispersándose poco a poco por las sillas; flamearon cerillas, iluminando por un instante rostros sin la más mínima expresión y blancas pecheras lustrosas; el zumbido de aquellas conversaciones, animadas por el calor del banquete, me llegaba absurda e inmensamente remoto.

—Parte de la tripulación dormía junto a la escotilla número uno; al alcance de la mano —comenzó Jim de nuevo. Conviene que sepan que en aquel barco hacían las guardias siguiendo el sistema *Kalashee:* los marineros de a pie dormían toda la noche y sólo se llamaba a los relevos a los contramaestres y los vigías. Estuvo tentado de agarrar por el hombro y despertar al *lascar* más cercano, pero no lo hizo. Algo le retuvo los brazos colgando junto a los costados. No tenía miedo —¡no!, es sólo que no pudo—, eso es todo. Quizá no tuviera miedo de morir, pero les diré una cosa: tenía miedo de la emergencia. Aquella maldita imaginación suya le había mostrado todos los horrores de un pánico general: las estampidas, los gritos de lamento, los botes hundidos; todos los espantosos incidentes de una catástrofe en el mar, la peor de la que hubiese oído hablar. Puede que se hubiera resignado a morir, pero sospecho que quería hacerlo sin terrores añadidos, en una especie de tránsito pacífico. Una cierta disposición ante la muerte no es tan rara; lo infrecuente es encontrar a hombres cuyas almas, reforzadas por la impenetrable armadura de la resolución, estén dispuestas a pelear hasta el final en una batalla perdida de antemano. El deseo de paz va haciéndose más fuerte según decae la esperanza, hasta que, al final, acaba por vencer al mismísimo deseo de vivir. ¿Quién de entre nosotros no ha observado esto, o tal vez ha experimentado parte de ese sentimiento en su propia carne: esa fatiga extrema de las emociones, lo vano del esfuerzo, la añoranza de descanso? Los que se baten contra fuerzas desproporcionadamente superiores lo saben muy bien: los náufragos en botes, los caminantes perdidos en el desierto, los hombres que luchan contra las irracionales fuerzas de la naturaleza o contra la estúpida brutalidad de las multitudes.

Capítulo VIII

No sabría decirles cuánto tiempo estuvo completamente inmóvil junto a la escotilla, esperando sentir de un momento a otro cómo se sumergía el barco bajo sus pies y la subsiguiente riada lo alcanzaba por detrás, arrastrándolo como un corcho. Acaso no pasara mucho tiempo; tal vez un par de minutos. Dos hombres a los que no podía distinguir comenzaron a conversar adormilados, y también, no sabía de dónde, le llegó un ruido curioso, como de pies que se arrastraban. Por encima de aquellos tenues sonidos se elevaba la terrible quietud que precede a la catástrofe, el silencio que nos pone a prueba en el momento previo al choque; entonces se le ocurrió que quizá tuviera tiempo para ir corriendo a cortar los acolladores de las bozas de los botes, de modo que éstos flotasen cuando el barco se hundiera.

El *Patna* tenía un puente amplio, y los botes estaban todos allí, cuatro en una banda y tres en la otra, el más pequeño de los cuales estaba a babor, casi tocando el gobernalle. Me aseguró, con un empeño evidente en que lo creyera, que había puesto el máximo cuidado en tenerlos listos para su uso inmediato. Conocía bien su deber. Yo diría que era un piloto más que bueno en lo que a eso se refería.

—Siempre he creído que hay que estar preparado para lo peor —comentó mirándome con ansiedad a los ojos.

Asentí dando mi aprobación a un principio tan sensato, y aparté la vista ante la sutil insensatez de aquel hombre.

Comenzó a correr a trancas y barrancas. Tenía que saltar piernas y evitar tropezar contra las cabezas. De repente, alguien le agarró del abrigo desde el suelo, y una voz acongojada le habló desde algún punto bajo su codo. La luz de la lámpara que llevaba en la mano derecha fue a dar contra un rostro oscuro que le miraba con unos ojos que se unieron a la voz. Entendía lo suficiente el idioma como para comprender la palabra agua, repetida varias veces en un tono insistente, de plegaria, casi de desesperación. Dio un tirón para zafarse y sintió cómo un brazo le sujetaba por la pierna.

—El maldito se me agarraba como si se estuviera ahogando —dijo con impresionante acento—. «¡Agua, agua!» ¿A qué agua se refería? ¿Sabía algo? Con toda la tranquilidad de la que fui capaz le dije que me soltara. Me tenía allí parado y la falta de tiempo era apremiante, otro hombre comenzó a revolverse; yo necesitaba tiempo... tiempo para dejar los botes a la deriva. Entonces me agarró de la mano y presentí que iba a comenzar a gritar. Me vino a la mente la idea de que eso bastaría para dar pie a un pánico generalizado; me solté con el brazo libre y le golpeé con la lámpara en el rostro. El cristal resonó, se apagó la luz, pero el golpe le obligó a soltarme, y salí corriendo... quería llegar hasta los botes... hasta los botes. Saltó detrás de mí. Me di la vuelta para encararme con él. No se quería callar; intentó gritar. Ya lo había estrangulado a medias cuando pude descubrir qué quería. Quería agua... agua para beber; estaban severamente racionados, ¿sabe?, y llevaba a un niño de corta edad en el que yo había reparado en varias ocasiones. El niño estaba enfermo... y sediento. Me había visto según pasaba y me estaba rogando que le diera un poco de agua. Eso era todo. Estábamos debajo del puente, en la oscuridad. No paraba de tirarme de las muñecas; no había manera de librarse de él. Entré corriendo en mi cabina, cogí la cantimplora que estaba en la litera y se la entregué. Desapareció. Hasta entonces no me había dado cuenta de la falta que me hacía beber también a mí.

Se apoyó en un codo poniéndose una mano sobre los ojos, a modo de visera. Yo sentí un hormigueo que me recorría la columna vertebral; había algo extraño en todo aquello. Los dedos de la mano que le sombreaban el entrecejo temblaron ligeramente. Por fin rompió aquel breve silencio:

—Estas cosas sólo le pasan a uno una vez en la vida y... ¡Bah! Cuando por fin llegué al puente aquellos miserables estaban sacando uno de los botes de los calzos. ¡Un bote! Cuando subía corriendo la escalera recibí un fuerte golpe en el hombro que me pasó rozando la cabeza. Aquello no me detuvo y el jefe de máquinas, a esas alturas ya lo habían sacado de la litera, volvió a levantar el travesaño de apoyo del bote. Por alguna razón ya nada me sorprendía. Lo que estaba pasando me parecía natural y espantoso, sí, espantoso. Esquivé a aquel canalla maníaco, lo levanté en el aire como si fuera un niño y, entonces, comenzó a susurrar entre mis brazos: «¡No!, ¡no!, pensaba que eras uno de los negros». Lo arrojé a un lado y se deslizó por el puente hasta tropezar con las piernas del pequeñajo —el segundo—, y tirarlo al suelo. El capitán, que estaba ocupado soltando el bote, se dio la vuelta y vino a por mí, con la cabeza por delante, gruñendo como una bestia salvaje. Yo permanecí tan impasible como una estatua. Estaba de pie, esperándole, con la misma firmeza que esto —y dio unos golpecitos indicando la pared que tenía junto a la silla—. Era como si ya lo hubiese oído todo, visto todo; como si ya hubiese vivido aquello veinte veces. No les tenía miedo. Eché el brazo para atrás, preparando el puño; él se paró en seco y murmuró: «¡Ah!, es usted. Échenos una mano aquí, rápido». Eso dijo. ¡Rápido! Como si se pudiera ser suficientemente rápido. «¿Es que no va a hacer nada?», le pregunté. «Sí. Tomar el portante.» Me gruñó por encima del hombro. Creo que entonces no entendí lo que quería decir. Los otros dos se habían levantado ya y se fueron corriendo juntos hacia el bote. Se revolvían, resollaban, empujaban, maldecían el bote, el barco, los unos a los otros... y a mí. Siempre entre susurros. Yo no me movía, no hablaba. Me fijé en la inclinación del barco. Estaba tan quieto como si lo hubieran puesto en seco sobre calzos... sólo que así —levantó la mano mostrándomela, con el dorso arriba y las puntas de los dedos inclinadas hacia abajo—. Así —repitió—. Veía la línea del horizonte frente a mí, clara como la luz del día, por encima de la cabeza de la roda; veía también el agua a lo lejos, negra y espejeante; y quieta, quieta como en un estanque, mortalmente quieta, más quieta de lo que nunca lo estuvo un mar, más quieta de lo que yo era capaz de soportar. ¿Ha visto alguna vez un barco flotando con la proa semihundida, cuyo único freno para irse a pique es un mamparo de hierro viejo demasiado podrido para aguantar un intento de apuntalarlo? ¿Ha visto alguna vez un barco así? Sí, apuntalarlo. También pensé en eso; pensé en todo lo posible y lo imposible; pero ¿se puede apuntalar un mamparo en cinco minutos?, ¿o incluso en cincuenta, ya que vamos a ello? ¿De dónde iba a sacar hombres que bajaran conmigo? Y los maderos... ¡los maderos! ¿Hubiera usted tenido valor para blandir el mazo y dar el primer golpe viendo el estado de aquel mamparo? No diga que sí; usted no lo ha visto; nadie lo haría. ¡Al diablo! Para hacer algo así hay que creer que existe una oportunidad; y usted no hubiera creído que la hubiera. Cree que soy un perro por quedarme allí parado, pero ¿qué hubiese hecho usted? ¿Qué? No sabría decirme... nadie podría decírmelo. Hace falta tiempo para revolverse siquiera. ¿Qué quería que hiciese? ¿Dónde estaba la decencia en volver locos del susto a toda aquella gente a la que no podía salvar yo solo... a la que nada podía salvar? ¡Escuche! Tan cierto como que estoy aquí sentado frente a usted...

Respiraba afanosamente entre frase y frase, y me dirigía rápidas miradas, como si, a pesar de su angustia, observara atentamente el efecto de sus palabras. No me estaba hablando a mí, sino sólo ante mí, manteniendo el debate con una personalidad invisible, con un compañero de su existencia antagónico e inseparable —otro propietario de su alma—. Se trataba de cuestiones que trascendían a una sala haciendo su investigación: era una pelea sutil y de gran importancia en cuanto a la verdadera esencia de la vida, y no precisaba de juez alguno. Él buscaba un aliado, un ayudante, un cómplice. Yo sentía el riesgo de ser embaucado, cegado, seducido, forzado, quizá, a jugar un papel activo en una disputa imposible de decidir, si se quería ser justo con todos los fantasmas que tomaban parte en ella: con el respetable que presentaba sus derechos, y con el de mala reputación que aducía sus exigencias. No me veo capaz de explicarles la naturaleza contradictoria de mis sentimientos a ustedes, que no lo vieron y que sólo pueden escuchar sus palabras de segunda mano. Me parecía que se me estaba haciendo comprender lo inconcebible —y no conozco nada que se pueda comparar al malestar provocado por esa sensación—. Se me estaba obligando a contemplar la convención que se oculta tras toda verdad y también lo esencialmente sincero de la falsedad. Apelaba a ambos bandos al mismo tiempo: al bando orientado perpetuamente hacia la luz del día, y al que, como el otro hemisferio de la luna, existe a hurtadillas, en perpetua oscuridad, dejando ver tan sólo en ocasiones una temerosa luz cenicienta que se asoma por el borde. Me hacía tambalearme. Lo reconozco, lo confieso. El caso era oscuro, insignificante —como ustedes quieran llamarlo: un joven perdido, uno entre un millón—, pero éste era uno de los nuestros; se trataba de un incidente tan absolutamente sin importancia como la inundación de un hormiguero, y, sin embargo, el misterio de su actitud se apoderó de mí como si hubiera sido un individuo a la vanguardia de los de su clase, como si la oscura verdad implícita en el asunto fuese suficientemente trascendental como para afectar a la concepción que la humanidad tiene de sí misma...

Marlow hizo una pausa para reavivar la brasa de su puro, pareció olvidar la historia y, abruptamente, comenzó de nuevo:

—Fue culpa mía, por supuesto. Uno no debe coger velas en los entierros ajenos. Se trata de una debilidad muy característica en mí. La suya era de otro tipo. Mi debilidad consiste en no ser capaz de distinguir lo accesorio —lo exterior—; no soy capaz de distinguir el capazo del trapero o el lino de primera calidad que viste el hombre que haya al lado. El hombre de al lado... eso es. He conocido a tantos hombres —continuó hablando, repentinamente triste—, y a algunos los he conocido con un cierto... un cierto impacto, digamos; como a éste, por ejemplo; y en todos y cada uno de los casos sólo era capaz de ver al ser humano. Una maldita cualidad democrática de mi visión que quizá sea mejor que una ceguera absoluta, pero que no me ha reportado ventaja alguna, se lo puedo asegurar. La gente espera que uno tome en cuenta el lino de primera con el que visten. Pero nunca fui capaz de mostrar ningún entusiasmo por ese tipo de cosas. ¡Ah! Es un problema, un verdadero problema; y luego, llega una noche suave, un montón de hombres demasiado indolentes para echar una partidita, y una historia...

Hizo una nueva pausa, esperando quizá una observación que lo animase a continuar su relato; pero no habló nadie; finalmente, el anfitrión, como cumpliendo un deber a regañadientes, murmuró:

—Es usted tan sutil, Marlow.

—¿Quién, yo? —dijo Marlow en voz baja—. ¡No, en absoluto! Pero *él* sí que lo era, y por mucho que lo intente, en aras del éxito de toda esta retahíla, me estoy dejando innumerables matices; eran tan delicados, tan difíciles de transmitir con unas palabras que carecen de color. Porque él complicaba las cosas a fuerza de ser tan simple; ¡era el pobre desgraciado más simple del mundo...! ¡Por todos los...!, era increíble. Allí estaba sentado, contando delante de mí que no tuviera miedo de nada... y creyéndoselo además. Les digo que aquello era fantásticamente inocente, colosal, ¡era colosal! Yo lo observaba a hurtadillas, como si sospechase que tuviera intención de reírse un buen rato a mi costa. Creía sinceramente que sin traición de por medio, cara a cara, «cara a cara», ¿eh?, no había nada a lo que no pudiera enfrentarse. Desde que «no levantaba más que así del suelo», «desde que era un enanito», se había estado preparando para todas las dificultades que le pueden asaltar a uno tanto en tierra como en el mar. Me confesó con orgullo aquella previsión suya. Se había dedicado a elaborar mentalmente peligros y defensas, imaginando siempre lo peor, ensayando la mejor respuesta posible. Debió llevar una vida de lo más arrebatadora. ¿No se la imaginan? ¡Una sucesión de aventuras, con tanta gloria, con tantos progresos victoriosos!, y una profunda conciencia de su propia sagacidad coronando todos y cada uno de los días de su vida interior. Se abstraía, le brillaban los ojos; y a cada palabra, mi corazón, al que buscaba con la luz de un absurdo, se me hacía más y más pesado en el pecho. No tenía intenciones de reírme, y, para no sonreír, adopté una máscara de impasibilidad. Empezó a mostrar señales de irritación:

—Siempre sucede lo inesperado —dije en un tono conciliador.

Mi estupidez sólo provocó un desdeñoso «¡bah!». Imagino que quería decir que lo inesperado a él no podía ni rozarlo; sólo lo inconcebible, y nada más, podía superar a su perfecto estado de preparación. Aquello le había cogido por sorpresa —y murmuró para sí una maldición sobre las aguas y sobre el firmamento, sobre el barco y sobre los hombres—. ¡Todo le había traicionado! Lo habían engañado para que sintiera ese tipo de resignación de altos vuelos que le había impedido mover ni un dedo, mientras los otros, que tenían una percepción muy clara de las necesidades reales, se dedicaban a echarse el uno encima del otro y a hacer esfuerzos desesperados en su obsesión con el bote. Algo debió salirles mal en el último momento. Parece ser que, en su frenesí, se las habían apañado para, de alguna misteriosa manera, atascar el pestillo corredizo del calzo de proa del bote, y, consiguientemente, habían perdido lo poco que les quedaba de cordura debido a la naturaleza mortal de aquel contratiempo. Debe haber sido todo un espectáculo: los feroces esfuerzos de aquellos granujas sudando la gota gorda en un barco inmóvil que flotaba tranquilamente en el silencio de un mundo dormido, luchando contra el tiempo para liberar aquel bote, arrastrándose a cuatro patas, levantándose desesperados, tirando, empujando, ladrándose malévolamente los unos a los otros; dispuestos a matarse entre sí, dispuestos a romper a llorar; y lo único que les impedía lanzarse a la garganta del que tenían al lado era el miedo a la muerte, que estaba silenciosa, a sus espaldas, igual que un inflexible capataz de fría mirada. ¡Sí! Debe haber sido todo un espectáculo. Él lo vio todo. Podía contarlo con mordacidad y amargura; poseía un conocimiento detallado de todo el episodio gracias a un sexto sentido, imagino, porque me juró que se había quedado aparte, sin dirigirles una sola mirada ni a ellos ni al bote —ni una sola mirada—. Y yo le creo. Pienso que debía estar demasiado ocupado observando la amenazadora inclinación del barco, el peligro inminente que cabía descubrir en medio de la más perfecta seguridad: estaba fascinado por la espada de Damocles que colgaba sobre su cabeza.

Nada se movía en el mundo ante sus ojos. Sin embargo, él era capaz de describir sin problemas la repentina elevación de la oscura línea del horizonte, el repentino vuelco de la vasta llanura que era el mar, la rápida y silenciosa subida del agua, su empuje brutal, la garra del abismo, la lucha sin esperanzas, la luz de las estrellas cerrándose para siempre sobre su cabeza como la lápida de una tumba, la sublevación contra todo aquello de su vida, una vida joven; y el negro, oscuro final. ¡Se lo podía describir a sí mismo! ¡Por todos los...! ¿Y quién no podría? Y conviene que recuerden que era un artista consumado en ese sentido tan especial, tenía un don, el pobre desgraciado, para ver rápidamente el futuro. Los espectáculos que este don le mostraba le habían convertido en piedra de pies a cabeza; pero en el cerebro tenía una continua agitación de pensamientos, de pensamientos cojos, ciegos, mudos: un torbellino de lisiados espantosos. No les he dicho que se me confesaba como si yo tuviera poder para atar y desatar tanto en la Tierra como en el Cielo. Penetró hasta lo más profundo con la esperanza de obtener mi absolución, que no le hubiera servido de nada. Se trataba de uno de esos casos que no se pueden paliar con ningún engaño solemne, en los que ningún hombre puede prestar ayuda; en los que el mismísimo Sumo Hacedor parece abandonar al pecador a sus propios recursos.

Estaba en la parte de estribor del puente, tan lejos como podía de la lucha que se desarrollaba en torno al bote, que continuaba con la agitación de la locura y el sigilo de una conspiración. Los dos malayos, mientras tanto, habían permanecido a la rueda. Imagínense a los actores de ese —¡gracias a Dios!— episodio único en el mar: cuatro hombres fuera de sí efectuando feroces y secretos esfuerzos, y otros tres mirando desde una total inmovilidad, y por encima de las toldillas, que cubrían la profunda ignorancia de cientos de seres humanos, con sus fatigas, con sus sueños, con sus esperanzas; pendientes, sostenidos todos por una mano invisible al borde de la aniquilación. Pues ésa era sin duda su situación; dado el estado del barco, era el accidente más mortal de necesidad que les podía acaecer. Aquellos granujas del bote tenían todas las razones del mundo para perder la cabeza de puro miedo. Con franqueza, si yo hubiera estado allí no hubiese dado ni un céntimo falso por las posibilidades que tenía el barco de permanecer a flote a cada instante que pasaba. ¡Y seguía flotando a pesar de todo! Aquellos peregrinos dormidos estaban destinados a culminar su peregrinación para mayor amargura de otros.

Era como si el Ser Omnipotente cuya piedad proclamaban hubiese precisado de su humilde testimonio en la Tierra durante algún tiempo más, y por ello mirase hacia abajo para hacerle una señal al océano: «No has de hacerlo». Su salvación me resultaría un acontecimiento prodigioso e inexplicable si no supiera lo duro que puede ser el hierro viejo —tan duro a veces como el alma de algunos hombres que nos encontramos, de vez en cuando, gastados hasta ser casi una sombra, pero arrastrando el peso de la vida—. Por otra parte, pienso yo, el comportamiento de los dos timoneles durante aquellos veinte minutos no constituye una maravilla de menor magnitud. Formaban parte del grupo de nativos de todas clases que se trajeron desde Adén para prestar declaración durante la investigación. Uno de ellos, al que le costaba hablar por su extrema timidez, era muy joven, y con su semblante suave, amarillo y alegre parecía aún más joven de lo que era. Recuerdo perfectamente que Brierly le preguntó, a través del intérprete, qué pensó en aquellos momentos; y el intérprete, tras un breve coloquio, girándose para encarar al tribunal con aires de importancia declaró: «Dice que no pensó nada».

El otro, de mansa mirada y ojos que no cesaban de parpadear, con un pañuelo de algodón azul, desteñido a fuerza de lavarlo y atado con un elegante nudo alrededor de un montón de mechones de canas, con las mejillas hundidas de modo que tenía un aire sombrío y con la piel morena oscurecida por una maraña de arrugas, explicó que era consciente de que al barco le sucedía algo malo, pero que no había recibido órdenes, que no podía recordar orden alguna; ¿por qué iban a abandonar la rueda entonces? Ante nuevas preguntas echó hacia atrás sus delgados hombros y declaró que no se le ocurrió en ningún momento que los hombres blancos estuvieran a punto de abandonar el barco por miedo a morir. Aún ahora seguía sin creerlo. Podrían haber existido razones de naturaleza secreta. Movió de un lado a otro su vieja barbilla con aires del que está enterado de todo. ¡Sí! Motivaciones secretas. Era hombre de mucha experiencia, y quería que aquel *Tuan* blanco supiera —se volvió para mirar a Brierly, el cual ni siquiera giró la cabeza— que había llegado a saber muchas cosas sirviendo a hombres blancos en el mar durante gran número de años —y, de repente, con temblorosa excitación, fue desgranando ante nuestra hechizada atención una serie de nombres de extrañas resonancias, nombres de capitanes muertos y enterrados, nombres de barcos del país ya olvidados, nombres que resultaban familiares pero distorsionados, como si la mano de un tiempo mudo los hubiera ido transformando durante décadas—. Finalmente, le interrumpieron. El silencio cayó sobre la sala —un silencio que duró al menos un minuto, y que se convirtió suavemente en un profundo murmullo—. Aquel episodio fue *la* sensación del segundo día del proceso, y afectó a toda la audiencia, a todo el mundo excepto a Jim, que estaba sentado con aspecto de mal humor al extremo del primer banco, y que en ningún momento le dirigió la mirada a aquel extraordinario testigo de cargo que parecía poseer una misteriosa teoría para su defensa.

Así pues, los dos *láscares* aguantaron al pie de la rueda de un barco que carecía de la inercia necesaria para que el timón sirviera de nada, un lugar en el que les hubiese encontrado la muerte si tal hubiera sido su destino. Los blancos no les dedicaron ni una ojeada; probablemente se habían olvidado incluso de su existencia.

Con seguridad, ése era el caso de Jim. Recordaba que no podía hacer nada, nada en absoluto ahora que estaba solo. Únicamente le restaba hundirse con el barco. No tenía mayor sentido armar un escándalo, ¿verdad? Esperó erguido, sin hacer el menor ruido, sacando valor de la idea de una suerte de discreción heroica. El primer maquinista atravesó el puente corriendo con gran sigilo y le tiró de la manga.

—¡Venga a ayudarnos! ¡Por el amor de Dios, venga a ayudarnos!

Volvió corriendo de puntillas hasta el bote, para regresar al momento y seguir tirándole de la manga, rogándole y maldiciendo a un tiempo.

—Creo que me hubiera besado las manos de haber servido de algo —dijo Jim con un tono brutal— y, al momento siguiente, se puso a soltar espumarajos y a susurrarme en la cara: «Si tuviera tiempo me gustaría romperte la crisma». Lo aparté de un empujón. De repente me agarró por el cuello. ¡Que el diablo se lo lleve! Le golpeé. Lancé un puñetazo al bulto. «¿Es que no quieres salvar la vida... cobarde asqueroso?» —gimoteó—. ¡Cobarde! ¡Me llamó cobarde asqueroso! ¡Ja, ja, ja! Me llamó... ¡Ja, ja, ja!...

Se había echado hacia atrás y temblaba de pies a cabeza con las carcajadas. En toda mi vida no he oído nunca algo tan amargo como aquel ruido. Cayó como una plaga mortal sobre toda aquella charla insustancial en torno a burros, pirámides, bazares y toda la parafernalia propia de los turistas. Las voces decayeron a lo largo de la oscura galería, las pálidas manchas que eran rostros se giraron hacia nosotros, de común acuerdo, y el silencio se hizo tan profundo que el límpido tintineo de una cucharilla que cayó sobre el suelo de mosaico de la terraza resonó como un pequeño y plateado chillido.

—No debe reírse así con toda esa gente por aquí —le reproché—. Es sumamente desagradable para ellos, ¿comprende?

Al principio no dio señales de haberme oído, pero al cabo de un rato, con una fija mirada que, dirigida más allá de mí, parecía penetrar en el corazón de una visión espantosa, murmuró con indiferencia: —¡Bah! Creerán que estoy borracho.

Y después de aquello, uno hubiera pensado por su apariencia que ya no iba a volver a abrir la boca nunca más. Pero... ¡ni en broma! Ya no era más capaz de interrumpir la narración de lo que podría serlo para morirse mediante un mero acto de voluntad.

Capítulo IX

—Yo me decía a mí mismo: «¡Húndete..., maldito seas!, ¡húndete!».
Ésas fueron las palabras con las que reanudó la narración. Quería que aquello se acabase. Se había quedado terriblemente solo, y, al mismo tiempo que formulaba mentalmente esta imprecación contra el barco, disfrutaba del privilegio de ser testigo de escenas de lo que —en mi opinión— no era sino un melodrama barato. Seguían todavía enzarzados con el pestillo. El capitán daba órdenes:

—Poneos debajo e intentad levantarlo.

Los otros, evidentemente, escurrían el bulto. Es fácilmente comprensible que estar aplastado bajo la quilla de un bote no era la mejor posición en la que podía uno encontrarse si el barco se iba a pique de repente.

—¿Por qué no usted... usted, que es el más fuerte? —gemía el maquinista pequeñajo.

—*Gott-for-dam!*[1] Yo estoy demasiado gordo —contestó el patrón, escupiendo las palabras en su desesperación.

Era tan gracioso como para matar de risa a cualquiera. Se quedaron parados un momento y, de repente, el jefe de máquinas fue corriendo de nuevo hasta donde estaba Jim.

—¡Ven a echar una mano, hombre! ¿Tan loco estás como para desperdiciar así tu única oportunidad? ¡Venga, hombre! Fíjate en eso... ¡mira!

---

[1] *Gott-for-dam!*: transcripción del alemán «¡maldita sea!» *(N. del T.)*

Y, finalmente, Jim dirigió la mirada a popa, hacia donde señalaba el otro con una insistencia digna de un maníaco. Vio un silencioso chubasco negro que había invadido ya un tercio del cielo. Ya saben cómo aparecen los chubascos por allí en esa época del año. Al principio no se ve más que un oscurecimiento en el horizonte; luego se eleva una nube, sólida como un muro. Desde el suroeste llega volando un recto filo de vapor punteado por unos reflejos asquerosamente blanquecinos que va devorando las estrellas por constelaciones enteras; la sombra de los nubarrones sobrevuela las aguas y revuelve mar y cielo hasta fundirlos en un abismo de oscuridad. Y todo está tranquilo. No hay truenos, ni viento, ni ruidos; ni siquiera el parpadeo de un relámpago. Entonces, en medio de la tenebrosa inmensidad, aparece un arco lívido; pasa y desaparece una ligera marejada, como si se tratara de ondulaciones de la oscuridad y, de pronto, el viento y la lluvia lanzan su ataque conjunto con un ímpetu muy especial, como si hubieran estallado al atravesar una barrera sólida. El nubarrón que había surgido sin que hasta entonces se dieran cuenta era uno de éstos. Acababan de verlo, y tenían todas las razones del mundo para suponer que, si en una quietud absoluta el barco tenía posibilidades de seguir a flote durante unos minutos, la menor agitación del mar pondría un fin inmediato a sus días de navegación. La primera cabezada que diera al llegar la marejada que precede al estallido de la tormenta sería también la última, se convertiría en una zambullida; se prolongaría, por así decirlo, en una larga inmersión, cada vez más profunda, hasta alcanzar el fondo. Ello dio lugar a nuevas cabriolas hijas de un miedo renovado, a aquellas grotescas sacudidas en las que mostraban su extremada aversión a la muerte.

—Era negra, negrísima —continuó Jim, con taciturna firmeza—. Nos había alcanzado a hurtadillas por detrás. ¡Aquella cosa infernal! Creo que en el fondo había conservado algunas esperanzas. No sé. Pero, en cualquier caso, ahora estaba todo muy claro. Verme cogido así me estaba volviendo loco. Estaba furioso, como si me hubieran atrapado. Y, *de hecho*, estaba atrapado. Hacía, además, un tremendo calor aquella noche. No corría ni una brizna de aire.

Lo recordaba tan bien que, respirando afanosamente allí sentado, parecía sudar y asfixiarse delante de mí. No es de extrañar que estuviera a punto de enloquecer; aquello le supuso un durísimo golpe que lo dejó anonadado de nuevo —por así decirlo—, pero le hizo recordar también el importante propósito que lo había llevado corriendo hasta el puente, propósito que había olvidado totalmente una vez allí. Había ido con la intención de cortar las amarras que retenían a los botes, para que éstos flotaran cuando el barco se hundiese. Sacó el cuchillo con un rápido movimiento y se puso a cortar a diestro y siniestro, como si no hubiera visto ni oído nada, como si nada supiera de los que con él estaban a bordo. Lo creyeron completamente ido y loco, pero no se atrevieron a protestar en voz alta contra aquella inútil pérdida de tiempo. Una vez que hubo acabado regresó al punto exacto en el que estaba antes de empezar. El jefe de máquinas estaba allí, preparado para ponerle la garra encima y susurrarle al oído, rabiosamente, como si fuera a morderle:

—¡Imbécil! ¿Acaso crees que vas a tener la más mínima oportunidad cuando todos esos animales estén en el agua? ¡Venga, hombre! Te van a machacar la cabeza desde los botes.

Y se retorcía las manos junto a Jim, que no le hacía el menor caso. El capitán, por su parte, seguía en el mismo sitio, en plena agitación nerviosa, y mascullaba entre dientes:

—¡Un martillo!, ¡un martillo! *Mein Gott!*[1] ¡Que alguien traiga un martillo!

El maquinista pequeñajo gemía como un niño, pero, a pesar del brazo roto, resultó ser el menos cobarde de aquel lote y, sorprendentemente, consiguió reunir el valor suficiente para ir a hacer el recado a la sala de máquinas. Un recado que no era pan comido ni mucho menos; algo que hay que reconocer si queremos ser justos. Jim me contó que lanzaba miradas desesperadas en todas las direcciones, como si estuviera acorralado, luego emitió un lamento en voz baja y salió corriendo. Estuvo de vuelta al instante, gateando por la escala, martillo en mano, y, sin hacer ni una pequeña pausa, se lanzó desesperado sobre el pestillo. Los otros se olvidaron de Jim en seguida y fueron corriendo a ayudarle. Oyó el martilleo y el ruido que hizo el calzo al caer, por fin suelto. El bote estaba listo. Sólo entonces se dio la vuelta para mirar; sólo entonces. Pero mantuvo las distancias... las mantuvo. Quería que yo supiera que las había mantenido, que no había nada en común entre él y aquellos hombres que tenían el martillo. Nada en absoluto. Es más que probable que se sintiera separado de ellos por un espacio imposible de atravesar, por un obstáculo insuperable, por un abismo sin fondo. Estaba a la mayor distancia posible de ellos: toda la anchura del barco.

Tenía los pies pegados a aquel punto remoto y la mirada fija en

---

[1] *Mein Gott!:* en alemán, «¡Dios mío!». *(N. del T.)*

el confuso grupo de cuerpos encorvados que se balanceaban de un modo extraño al ritmo de su tormento común: el miedo. Una lámpara de mano que estaba trincada a un candelero encima de una mesita que habían asegurado en el puente —el *Patna* carecía de sala destinada a las cartas de navegación en la parte central del barco— daba con su luz de pleno sobre aquellos hombres en tensión, sobre aquellas espaldas arqueadas que se estremecían por el esfuerzo. Empujaban por la proa del bote, empujaban con la idea de lanzarlo hacia la noche; empujaban una y otra vez, y ya ni siquiera se giraban para mirarle. Lo habían dado por imposible, igual que si realmente estuviese demasiado lejos, separado de ellos sin posibilidad de enmienda, de tal modo que no valía la pena intentar una llamada, una mirada o un ademán para atraerlo. Carecían de tiempo para volver la vista hacia su heroísmo pasivo, para sentir el aguijón del remordimiento a causa de su falta de colaboración. El bote era pesado. Empujaban por la proa con todas sus fuerzas, sin aliento para animarse los unos a los otros; pero el torbellino de terror que había desbaratado su dominio de sí mismos, como briznas de paja dispersadas por el viento, convertía sus denodados esfuerzos en una farsa más propia, en mi opinión, de unos cuantos payasos que se zarandean mutuamente. Empujaban con las manos, con las cabezas —empujar era para ellos una cuestión de vida o muerte—: empujaban con todo el cuerpo, incluso con el alma... pero en cuanto conseguían desprender parcialmente la proa del bote del pescante dejaban de empujar todos a una y se sumían en un gran desorden. Como es natural, entonces el bote se balanceaba efectuando un brusco retroceso y volvía a su posición anterior, depositándolos de nuevo sobre el barco, impotentes y chocando los unos con los otros. Entonces se quedaban un rato allí parados, perplejos, intercambiando con furiosos susurros todos los insultos que se les ocurrían, y, finalmente, se lanzaban a la tarea de nuevo. Tres veces les pasó lo mismo. Jim me lo describió con un tono pensativo y malhumorado. No se había perdido ni un solo gesto de aquella comedia.

—Me resultaban detestables, odiosos. Y, sin embargo, tuve que estar mirándolos —dijo sin énfasis, dirigiéndome una mirada sombría y vigilante—. ¿Hubo jamás alguien a quien pusieran a prueba de un modo tan vergonzoso?

Se llevó las manos a la cabeza y estuvo así unos segundos, como aturdido por un ultraje indescriptible. Se trataba de cosas que no podría explicarle al tribunal —ni a mí tampoco—; y yo mismo hubiera sido capaz de entender bien poco de no haber podido interpretar las pausas que iba haciendo. En aquel asalto en toda regla a su entereza existían propósitos de burla, de una venganza llena de rencor y vileza; en la prueba a que se le sometía había un elemento de mofa; era degradación lo que mostraba con aquellas muecas burlonas en su modo de enfocar la muerte o el deshonor.

Me iba contando hechos que no he olvidado, pero tras todo este tiempo no soy ya capaz de recordar sus palabras exactas: sólo recuerdo que se las arreglaba a la perfección para introducir el rencor que le dominaba en una desnuda narración de los hechos. Dos veces, me dijo, llegó a cerrar los ojos con la certidumbre de que el fin estaba ya allí; y dos veces los tuvo que volver a abrir, y en ambas ocasiones notó una mayor oscuridad en medio de la enorme quietud. La sombra del silencioso nubarrón había caído sobre el barco desde el cenit, y parecía haber aniquilado todo sonido de la abundante vida de a bordo. Ya no oía las voces bajo los toldos. Me dijo que cada vez que cerraba los ojos le venía a la mente con una claridad meridiana la imagen de una multitud de cuerpos yacentes, listos para recibir a la muerte. Cuando los abría, la imagen pasaba a ser la de cuatro hombres que se debatían como locos en torno a un bote obstinado.

—El bote los echaba para atrás una y otra vez; entonces se quedaban parados insultándose entre sí, y de repente ponían manos a la obra todos a una de nuevo... Era para morirse de risa —comentó con la mirada baja; luego la levantó y me miró a los ojos con una triste sonrisa—. Debería ser suficiente para estarme riendo toda la vida, ¡vaya si no!, porque todavía veré muchas veces esa ridícula escena antes de morirme —bajó la mirada hasta el suelo de nuevo—. La veré y la oiré... la veré y la oiré —repitió dos veces, con una gran pausa en medio que sólo llenaba una mirada vacía y ausente.

Pareció animarse.

—Decidí mantener los ojos cerrados —dijo—, pero no podía. No podía, y no me importa que se sepa. Al que se le ocurriera decir algo debería pasar primero por una experiencia así. Sí, que pasaran por algo así, y luego a ver si eran capaces de salir más airosos; con eso ya está dicho todo. La segunda vez que abrí los ojos también se me abrió la boca. Había sentido moverse el barco. Había cabeceado metiendo la proa para levantarla suavemente... ¡y tan despacio!, interminablemente despacio, y eso que no fue apenas nada. Pero llevaba días navegando y no había cabeceado ni un tanto así. El nubarrón nos había adelantado ya y la marejada previa parecía viajar sobre un mar de plomo. Era una agitación sin vida. Fue, sin embargo, capaz de echar abajo algo que había en mi cabeza. ¿Qué hubiera hecho usted? Está usted seguro de sí mismo, ¿verdad? ¿Qué haría si ahora, en este preciso instante, se echara a temblar este edificio, sólo un pequeño temblor bajo la silla en la que está sentado? ¡Saltaría! ¡Vaya si no!, pegaría un salto desde donde está y aterrizaría directamente entre esos arbustos de allí.

Alargó el brazo hacia la noche, señalando más allá de la balaustrada de piedra. Yo no dije nada. Me miró muy fijamente, con gran severidad. No había error posible: se me estaba tratando de intimidar, y la única respuesta que me correspondía era no hacer señal alguna, no fuera que, mediante un ademán o una palabra, se me obligase a admitir algo terrible sobre mí mismo, algo que pudiera tener repercusiones en su caso. Y no estaba dispuesto a correr riesgos de ese tipo. Conviene que no olviden que lo tenía delante de mí, y realmente se parecía demasiado a uno de los nuestros como para no suponer un serio peligro. Pero, por si les interesa, no tengo inconveniente en decirles que, con una rápida ojeada, calculé la distancia que habría hasta la masa más oscura que se recortaba en medio del cuadro de césped que estaba frente a la galería. Y vi que había exagerado. Yo no hubiese sido capaz de cubrir ni la mitad de la distancia de un solo salto... y eso es lo único de lo que estoy razonablemente seguro.

Había llegado el final —pensaba él—, pero siguió sin moverse. Continuaba con los pies pegados a los tablones del suelo a pesar de que en la cabeza todo le daba vueltas. Fue también en aquel momento cuando vio que uno de los hombres que estaban alrededor del bote daba un paso hacia atrás de repente, extendía las manos como para intentar agarrar algo inexistente en el aire, se tambaleaba y, finalmente, se desplomaba. La impresión que daba no era exactamente de haberse caído; fue como si se deslizara suavemente hasta sentarse, todo encogido y con los hombros apoyados contra el tambucho de la sala de máquinas.

—Era el encargado de la caldera auxiliar. Un hombre ojeroso, pálido, que llevaba un bigote muy descuidado. Tenía categoría de tercer maquinista —me explicó.

—Estaba muerto —dije (pues algo de eso se había dicho en la sala).

—Eso dicen —afirmó con sombría indiferencia—. Por supuesto, yo ni me enteré. Tenía problemas de corazón. Llevaba ya algún tiempo quejándose de cierta indisposición. La emoción. Un esfuerzo excesivo. Sólo el diablo sabe por qué. ¡Ja, ja, ja! Era obvio que él tampoco tenía ni el más mínimo deseo de morirse. Es divertido, ¿verdad? ¡Que me trague la tierra si no es verdad que le embaucaron para que se matara a sí mismo! Lo embaucaron, ni más ni menos. Embaucado, ¡por Dios bendito!, exactamente igual que él... ¡Ah! Si se hubiera quedado quieto; ¡si se hubiera limitado a mandarlos al infierno cuando vinieron corriendo a sacarlo de la litera porque el barco se estaba hundiendo! Si se hubiera limitado a quedarse allí de pie, con las manos en los bolsillos e insultándolos.

Entonces se levantó, agitó un puño en el aire, me miró furioso y se volvió a sentar.

—Una oportunidad desperdiciada, ¿eh? —murmuré.

—¿Por qué no se ríe? —preguntó—. Es un chiste digno del mismísimo demonio. ¡Problemas de corazón!... A veces desearía que me hubiese pasado a mí.

Aquello me irritó.

—¿De verdad? —exclamé con una profunda ironía.

—¡Sí! ¿Es que ni siquiera *usted* lo puede entender? —gritó.

—No se me ocurren más cosas que pudiera desear usted —dije con enfado.

Me dirigió una mirada que indicaba una incomprensión absoluta. Aquel dardo había salido también muy desviado del blanco, y él no era de los que se preocupan por los flechazos que se quedan cortos. Les aseguro que era demasiado ingenuo; no podía uno atacarle con la conciencia tranquila. Me alegré de que mi dardo no le hubiera alcanzado, de que ni siquiera hubiese oído el zumbido de la cuerda del arco al tensarse.

Evidentemente, en aquel momento no podía saber que aquel hombre estaba muerto. El minuto siguiente —el último que pasó a bordo— estuvo repleto de una serie de acontecimientos y sensaciones tumultuosos que estallaban a su alrededor como lo hacen las olas sobre una roca. Utilizo ese símil a propósito, porque por lo que él me contaba me veo obligado a pensar que a través de todo el episodio había preservado una extraña ilusión de pasividad, como si no hubiera actuado, sino que hubiera permitido que lo manejara un poder infernal que lo había elegido como víctima de una broma pesada.

Lo primero que oyó fue el chirrido de los pesados pescantes, que por fin llegaban hasta el final en su giro; un chirrido que pareció penetrarle desde la cubierta, a través de la planta de los pies, para ir subiéndole por la columna vertebral hasta llegar a la coronilla. Luego, con el chubasco ya casi echándoseles encima, llegó otra serie de olas, esta vez mayores, que levantaron aquel pasivo casco con un empujón amenazador que lo dejó sin aliento, mientras que el corazón y el cerebro los tenía atravesados por los gritos de pánico que le llegaban como puñaladas.

—¡Arriad! ¡Por el amor de Dios! ¡Arriad, que se va a pique!

Tras esto vino el tirón de los cabos que se soltaban de los motones, y una gran cantidad de personas comenzaron a hablar con gran sobresalto debajo de las toldillas.

—Cuando aquellos pobres desgraciados empezaron su cantinela por fin, dieron unos alaridos capaces de despertar hasta a los muertos —dijo.

Después, tras el fuerte chapoteo del bote que habían dejado, literalmente, caer en el agua, le llegaron los ruidos sordos de los que se echaban dentro mezclados con gritos confusos:

—¡Desenganchad! ¡Desenganchad! ¡Empujad! ¡Desenganchad! ¡Por lo más sagrado, empujad! El chubasco se nos echa encima...

Oía, muy por encima de su cabeza, el tenue murmullo del viento, y por debajo de sus pies un grito de dolor. Una voz que se perdía a su lado comenzó a maldecir un gancho giratorio. El barco comenzó a llenarse de zumbidos en proa y en popa, como un enjambre agitado y, con la misma tranquilidad con que me estaba contando aquello —pues en aquel momento era la imagen de la tranquilidad tanto en su rostro como en su voz—, continuó hablando y me dijo, sin el más mínimo signo de aviso:

—Tropecé con sus piernas.

Era la primera vez que reconocía haberse movido. No pude reprimir un gruñido de sorpresa. Algo le había hecho ponerse, finalmente, en movimiento, pero en cuanto al momento exacto, en cuanto al motivo que lo arrancó de su pasividad, no sabía más de lo que sabe el árbol caído del vendaval que lo ha derribado. Todo le había venido de fuera: los sonidos, las visiones, las piernas del hombre muerto... ¡por todos los...! Le estaban haciendo tragar a la fuerza aquella broma diabólica; estaba claro que él no iba a admitir ninguna predisposición por su parte a comulgar con lo que pasó. Su capacidad para envolverte con el espíritu de su ilusión era extraordinaria. Yo le escuchaba como si me estuviese contando una historia de magia negra aplicada a un cadáver.

—El cuerpo se venció de lado, muy suavemente, y eso es lo último que recuerdo haber visto a bordo —continuó—. No me importaba lo que hiciera. Parecía como si se fuese a levantar, eso es lo que yo pensé, por supuesto; esperaba que pasara junto a mí como una exhalación y que trepara por la barandilla para dejarse caer al bote y unirse a los otros. Desde donde estaba podía oírles moverse allí abajo. Entonces me llegó una voz, como desde el fondo de un pozo: «¡George!». Luego fueron tres juntas, en pleno alarido. Me llegaban por separado: una balaba, otra chillaba y la tercera era un aullido. ¡Aj!

Se estremeció ligeramente y lo contemplé levantarse lentamente, como si una mano firme estuviera tirándole del pelo desde arriba. Se levantó, lentamente, hasta aparecer cuan grande era; y cuando juntó las rodillas rígidamente, la mano le soltó y se balanceó un poco. En el rostro, en los movimientos, incluso en la voz se percibía la sombra de una espantosa quietud cuando dijo:

—Gritaban.

Agucé involuntariamente el oído para escuchar el eco de aquel grito, algo que era posible hacer entre los falsos efectos del silencio.

—Había ochocientas personas en el barco —dijo, clavándome contra el respaldo del asiento con una terrible mirada en blanco—. Ochocientas personas vivas, y chillaban llamando al único muerto para que bajara y se salvase. «¡Salta, George! ¡Salta! ¡Venga, salta!» Yo me quedé quieto con la mano sobre el pescante. Me sentía muy tranquilo. La oscuridad era ahora absoluta. Ya no se podía distinguir ni el cielo ni el mar. Oía cómo chocaba el bote suavemente contra el casco, y ése fue el único ruido que vino de allá abajo durante un rato, pero el barco estaba lleno de voces que hablaban. De repente el capitán aulló: «*Mein Gott!* ¡El chubasco! ¡El chubasco! ¡Separaos!». Cuando llegó el primer silbido de la lluvia y la primera racha de viento chillaron: «¡Salta, George! ¡Nosotros te recogeremos! ¡Salta!». El barco comenzó a cabecear levemente; la lluvia lo barría como si se tratara del mar rompiendo por encima de él; el viento me voló la gorra; tenía el aliento totalmente cortado. Escuché, como desde lo alto de una torre, otro chillido desquiciado: «¡Geoo-o-orge! ¡Venga, salta!». Se estaba hundiendo, poco a poco, primero la proa, bajo mis pies...

Se llevó la mano deliberadamente al rostro e hizo ademán de coger algo con los dedos, como si tuviera telarañas y le molestaran; después se miró la palma de la mano durante un instante dilatado, y entonces dijo:

—Había saltado... —se interrumpió, desvió la mirada—. O eso parece —añadió.

Aquellos ojos azul celeste me dirigieron una mirada patética. Al verlo allí, de pie, frente a mí, dolido y sin habla, sentí que me oprimía el pecho una triste sensación de sabia resignación, mezclada con la piedad profunda y divertida del viejo impotente ante una tropelía cometida por un niño.

—Ésa es la impresión que da —murmuré.

—No supe que lo había hecho hasta que miré hacia arriba —me explicó apresuradamente.

Y también eso es posiblemente cierto. Uno tenía que escucharle como si fuera un niño pequeño con problemas. Él no lo entendía. Había sucedido de algún modo. No volvería a suceder. Había aterrizado parcialmente encima de alguien y luego había rodado hasta una bancada. Creyó que se había roto todas las costillas del lado izquierdo; luego se dio la vuelta, y vio elevarse vagamente ante él el barco del que había desertado, con la luz roja de babor brillando claramente en la lluvia como un fuego que se viera a través de la niebla en la cima de una colina.

—Parecía más alto que una torre; se perfilaba como un acantilado por encima del bote... Quise morirme allí mismo —gimió—. No había vuelta posible. Era como si hubiera saltado a un pozo... a un abismo sin fondo...

Capítulo X

Unió los dedos de ambas manos y luego volvió a separarlos. No podía ser más cierto: realmente había saltado a un abismo sin fondo. Había caído desde una altura que jamás podría volver a escalar. Para cuando se dio cuenta, el bote ya había pasado por delante de la proa del navío. Estaba demasiado oscuro para distinguir las facciones de los ocupantes del bote y, además, estaban cegados, y casi ahogados, a causa de la lluvia. Me dijo que la sensación era como si una riada pasara por encima de ti en una caverna. Le dieron la espalda a la tormenta; el patrón, según parece, colocó un remo por la popa para mantenerla encarando el chubasco, y durante dos o tres minutos aquello fue como si hubiera llegado el fin del mundo en forma de diluvio y una oscuridad absoluta. El mar silbaba «como mil teteras juntas». El símil es suyo. Me imagino que no habría demasiado viento después de la primera racha; él mismo admitió ante el tribunal que aquella noche la marejada no llegó a ser seria en ningún momento. Se agachó en la proa y lanzó una mirada furtiva hacia atrás. Sólo vio el brillo amarillento de la luz de tope de palo, borroso como una estrella a punto de disolverse.

—Me aterrorizaba seguir viéndola allí —dijo.

Eso fue lo que dijo. Lo que le aterrorizaba era que el hundimiento no se hubiera consumado aún. Sin duda quería que aquella abominación acabara lo antes posible. En el bote nadie hizo ni el más mínimo ruido. En la oscuridad parecía volar sobre las aguas, pero, por supuesto, debía llevar más bien poca velocidad. Entonces la cortina de lluvia los dejó atrás, y el enorme y turbador silbido del mar siguió a la lluvia alejándose en la distancia hasta cesar. Ya no se oía nada más que un ligero chapoteo a los costados del bote. Los dientes de alguien castañetearon violentamente. Una mano le tocó la espalda. Una voz tenue le preguntó: «¿Estás ahí?»; otra gritó temblorosa: «¡Se ha hundido!», y todos se levantaron para mirar hacia popa. No vieron luz alguna. Todo era negra oscuridad. Una fría llovizna les golpeaba en los rostros. El bote dio una ligera guiñada. Los dientes castañetearon con un ritmo más rápido; lo hicieron otras dos veces antes de que el hombre pudiera dominar su temblor lo suficiente para decir: «Jus... to a tiempo... Brrr». Reconoció la voz del primer maquinista que decía con un tono desabrido: «Lo he visto hundirse. Ha sido en un momento en que giré la cabeza casualmente». El viento había caído casi por completo.

Se mantuvieron vigilantes en la oscuridad, con las cabezas dirigidas oblicuamente hacia barlovento, como si esperaran oír gritos. Al principio le supuso un alivio que la noche le hubiese impedido ver la escena, pero después le pareció que saberlo sin haber visto ni oído nada era el punto culminante de una desgracia espantosa.

—Es extraño, ¿verdad? —dijo, interrumpiendo su ya inconexa narración.

A mí no me pareció tan extraño. Debió tener el inconsciente convencimiento de que la realidad no podía ser tan mala y angustiosa, tan horrible y vengativa como el terror que él mismo creara en su imaginación. Creo que, en un primer momento, tenía el corazón transido de sufrimiento, que en el alma tenía el conocimiento acumulado de todo el miedo, de todo el horror y la desesperación de ochocientas personas sobre las que se había abalanzado en la noche una muerte súbita y violenta; ¿por qué si no iba a decir: «Pensé que tenía que saltar de aquel maldito bote y volver nadando para verlo con mis propios ojos, media milla, quizá más, lo que hiciera falta, hasta llegar al punto exacto...»? ¿Por qué si no este impulso? ¿No comprenden su significado? ¿Por qué al punto exacto? ¿Por qué no ahogarse allí mismo, si era eso lo que quería decir? ¿Por qué al punto exacto para ver con sus propios ojos, como si tuviera que aplacar su imaginación con la confirmación de que todo había concluido antes de buscar alivio en la muerte? Reto a cualquiera de ustedes a que me ofrezcan otra explicación. Fue uno de esos extraños y emocionantes atisbos que se tienen a través de la niebla. Fue una revelación extraordinaria. Lo dijo como si fuese la cosa más natural del mundo. Luchó contra aquel impulso y entonces se dio cuenta del silencio que le rodeaba. Fue él quien lo mencionó. El silencio del mar, del cielo, fundidos en una inmensidad sin límites que rodeaba, con la quietud de la muerte, a aquellas vidas salvadas, palpitantes.

—Se podía haber oído el ruido de un alfiler al caer en el bote —dijo, con una extraña mueca, como tratando de dominar sus emociones mientras me contaba un hecho extremadamente conmovedor.

¡Menudo silencio! Sólo Dios, que lo había hecho tal como era, puede saber cómo lo vivió en su corazón.

—No creía que pudiera existir ningún lugar tan absolutamente quieto y silencioso en toda la Tierra —dijo—. No se podía distinguir el cielo del mar; no se oía ni se veía nada. Ni un reflejo, ni una figura, ni siquiera un sonido. Era como para pensar que hasta el último pedacito de tierra se hubiera ido al fondo; que todos los habitantes del mundo, salvo yo y aquellos canallas del bote, se hubiesen ahogado.

Se apoyó en la mesa, con los nudillos entre las tazas de café, copas de licor y colillas.

—Ésa era la sensación que tenía. Todo había desaparecido y... todo había tocado a su fin... —suspiró profundamente—, en lo que a mí se refería.

Marlow se irguió bruscamente en el asiento y lanzó el puro con fuerza lejos de sí. La brasa voló trazando un rojo sendero, como un pequeño cohete disparado a través de las cortinas de enredaderas. Nadie movió ni un solo músculo.

—¿Qué les parece, eh? —preguntó, alzando la voz con repentina animación—. ¿Verdad que fue fiel a sí mismo?, ¿no? La vida que había salvado ya había tocado a su fin por falta de tierra bajo sus pies, por falta de visiones para su mirada, por falta de voces para sus oídos. Aniquilación... ¡Sí! Y en realidad no se trataba más que de un cielo cubierto, un mar sin olas y un aire inmóvil. Nada más que la noche, el silencio.

La quietud duró unos minutos, y luego, de repente, se vieron impulsados unánimemente a comentar la huida: «Supe desde el primer momento que se iba a hundir». «En el último momento.» «Por los pelos, ¡bien lo sabe Dios!» Él no dijo nada, pero la brisa hizo nuevo acto de presencia, una racha suave que fue refrescando paulatinamente, y, con ella, el mar unió su murmullo a la reacción parlanchina que siguió a los mudos momentos de espanto. ¡Se había hundido! ¡Se había hundido! No había duda alguna. No se hubiera podido hacer nada por salvarlo. Repitieron las mismas palabras una y otra vez, como si no pudieran evitarlo. No dudé ni por un momento que se fuera a hundir. Las luces habían desaparecido. ¿Qué otra cosa cabía esperar? Al final, tenía que hundirse... Se dio cuenta de que hablaban como si no hubieran abandonado más que un barco vacío. Llegaron a la conclusión de que no debió haber durado mucho una vez que empezara a hundirse. Eso parecía darles una satisfacción añadida. Se aseguraron los unos a los otros que no pudo tardar mucho: «Se fue al fondo como un plomo». El primer maquinista afirmó que la luz de tope, cuando se hundió, parecía caer «como cuando tiras al suelo una cerilla encendida». El segundo maquinista se rió como un histérico ante aquella imagen. «Me alegro, me alegro tanto.» Le seguían castañeteando los dientes, «como el golpeteo de un timbre eléctrico», dijo Jim:

—Y de repente, se echó a llorar. Sollozaba y gimoteaba como un niño pequeño; se le cortaba el aliento mientras se lamentaba: «¡Ay, Dios! ¡Ay, Dios!». Luego se callaba durante un rato y volvía a empezar de repente: «¡Ay, mi pobre brazo!, ¡ay, mi pobre bra... a... zo!». Me entraron ganas de pegarle un puñetazo. Parte de ellos estaban sentados entre la popa y el primer banco. Apenas podía distinguir los perfiles de las figuras. Me llegaban voces, como murmullos y gruñidos. Me resultaba difícil de soportar. Además, tenía frío. Y no podía hacer nada. Pensé que si me movía tendría que saltar por la borda y...

Inició un tanteo a hurtadillas con la mano, llegó hasta la copa de licor y la retiró bruscamente, como si hubiera tocado un carbón al rojo vivo. Yo le acerqué ligeramente la botella. «¿No quiere un poco más?», pregunté. Me miró con enfado:

—¿No me cree capaz de decirle lo que tenga que contarle sin necesidad de sacar valor del alcohol? —preguntó.

El pelotón de trotamundos se había ido a la cama. Estábamos solos a excepción de una borrosa figura blanca, erguida entre las sombras, la cual, si se le dirigía la mirada, se vencía hacia delante, luego vacilaba y, finalmente, retrocedía en silencio. Se estaba haciendo tarde, pero no quise meterle prisas a mi huésped.

En pleno estado de desesperación oyó que sus compañeros comenzaban a lanzarle pullas a alguien: «¿Por qué no saltabas, loco?», dijo una voz con tono de reproche. El primer maquinista dejó la popa y se podía oír cómo avanzaba hacia proa, como con intenciones hostiles contra el «mayor idiota del mundo». El patrón gritaba con una voz tensa y ronca epítetos insultantes desde donde estaba sentado con el remo. Levantó la cabeza ante el tumulto, y oyó que alguien le decía «George» mientras una mano que surgía de la oscuridad le golpeaba en el pecho. «¿Qué excusa tienes, estúpido?», le preguntó alguien con una suerte de furia virtuosa.

—Se metían conmigo —dijo—. Me insultaba, a mí... bajo el nombre de George.

Se interrumpió para mirarme, intentó sonreír, desvió los ojos y continuó hablando:

—El segundo maquinista, el pequeñajo, me puso la cabeza justo debajo de la nariz: «¡No, pero si es el maldito piloto!» «¿Cómo?», ruge el capitán desde el otro extremo del bote. «¡No puede ser!», chilla el primer maquinista, que se echó también hacia adelante para verme la cara.

El viento había cesado de repente. La lluvia empezó a caer de nuevo, y el sonido suave, ininterrumpido y un poco misterioso con el que el mar recibe a la lluvia surgió desde todos los flancos de la noche.

—Estaban demasiado sorprendidos para poder decir nada más al principio —me contó con voz firme—, y yo ¿qué podía decirles a ellos?

Le falló la voz un instante, e hizo un esfuerzo para continuar:

—Me insultaron con las palabras más horribles.

Su voz, que había caído hasta convertirse casi en un susurro, se alzaba repentinamente de vez en cuando, endurecida por un desprecio vehemente, como si hubiera estado hablando de perversiones secretas.

—No importa lo que me llamaran —dijo con un tono sombrío—. Pude percibir odio en sus voces. Y me vino bien. No me podían perdonar que estuviese en aquel bote. La idea les revolvía las tripas. Los hacía enloquecer... —lanzó una breve risa—. Pero a mí me salvó de... ¡Fíjese! ¡Yo estaba sentado, con los brazos cruzados, sobre la regala del bote!

Se aupó ágilmente para sentarse en el borde de la mesa y cruzó los brazos.

—Así... ¿Lo ve? Un ligero impulso hacia atrás, y fuera, igual que los otros. Sólo un ligero impulso, el mínimo posible, el mínimo.

Frunció el ceño y se dio unos golpecitos en la frente con la punta del dedo corazón:

—Estaba ahí metida todo el tiempo —dijo con impresionante acento—, todo el tiempo... la idea. Y, luego, la lluvia, fría, densa, fría como nieve fundida, o aún más fría, empapando la fina ropa de algodón que llevaba. En la vida volveré a tener tanto frío, estoy seguro. Y, además, el cielo negro, como la boca del lobo. Ni una sola estrella, ni una sola luz en ninguna parte. Nada fuera del maldito bote, y aquellos dos ladrándome como un par de perros callejeros ante un ladrón acorralado. *¡Guau, guau!* «¿Qué haces tú aquí? ¡Menudo eres tú! Demasiado señorito para echar una mano. Ya has salido del trance, ¿verdad? Para colarte aquí, ¿no?» *¡Guau, guau!* «¡No eres digno de seguir vivo!» *¡Guau, guau, guau!* Los dos ladraban al mismo tiempo, intentando cada uno superar al otro. El tercero me ladraba desde detrás de la cortina de lluvia. No podía verlo, ni lo entendía tampoco; sucias palabrotas en todo caso. *¡Guau, guau!* Me sentaba bien oírles. Fue lo que me mantuvo vivo, se lo aseguro. Me salvaron la vida. Y no paraban, ¡como si me quisieran echar por la borda con el ruido!... «Me sorprende que tuvieras redaños para saltar. No te queremos aquí. Si hubiera sabido quién eras te hubiese empujado para tirarte, ¡canalla! ¿Qué le has hecho al otro? ¿De dónde sacaste los redaños para saltar?, ¿eh?, ¡cobarde! ¿Y qué es lo que nos va a impedir a los tres tirarte por la borda?...» Se quedaron sin aliento. La cortina de lluvia se alejó mar adelante. Y luego nada. No había nada alrededor del bote, ni un solo sonido siquiera. Me querían ver fuera, ¿verdad? ¡Tendría que ser por encima de mi cadáver! Creo que se hubieran salido con la suya con sólo callarse. ¡Tirarme por la borda! ¿Ellos? «Intentadlo», dije. «No vales el esfuerzo.» «No me mancharía las manos tocándote», chillaron al unísono. Estaba tan oscuro que sólo estaba seguro de verlos cuando se movían. ¡Por Dios! Ojalá lo hubieran intentado.

—¡Qué increíble! —no pude dejar de exclamar.

—No está nada mal, ¿verdad? —me dijo, como asombrado—. Ellos fingían creer que me había deshecho del encargado de la caldera auxiliar por alguna razón. ¿Por qué iba a hacerlo? ¿Y cómo demonios iba a saber yo qué había sido de él? ¿Es que acaso no había entrado, no sé cómo, en el bote, en aquel bote? Yo...

Se le contrajeron los músculos de alrededor de los labios formando una mueca inconsciente que se abrió paso desgarrando la máscara que constituía su expresión habitual... Fue algo violento, breve y dotado de luz propia, como un relámpago que abre el camino para que la mirada vea por un instante las circunvoluciones secretas de una nube.

—Y lo hice. Allí estaba, claramente con ellos, ¿verdad? ¿No es espantoso que un hombre se vea obligado a hacer algo así y que luego tenga que asumir la responsabilidad por ello? ¿Qué sabía yo de aquel George por el que tanto clamaban? Recordaba haberlo visto tumbado, encogido sobre la cubierta. «¡Asesino, cobarde!», me decía una y otra vez el primer maquinista. No parecía capaz de pronunciar otras palabras. No me importaba en absoluto, pero el ruido empezó a molestarme. «Cierra el pico», le dije. Ante aquello reunió nuevas fuerzas para lanzarme un tremendo chillido: «¡Lo has matado! ¡Lo has matado!» «No —grité yo—, pero a ti sí que te voy a matar ahora mismo.» Me levanté de un salto, y él cayó hacia atrás golpeándose contra uno de los bancos y haciendo un ruido muy fuerte. No sé por qué. Tal vez por la oscuridad. Intentó dar un paso atrás, supongo. Yo me quedé quieto, de pie, mirando hacia popa. El pequeñajo miserable, el segundo maquinista, empezó a gimotear: «No le irás a pegar a un tipo con un brazo roto... y dices ser un caballero, encima». Oí una fuerte pisada, otra, y luego una respiración jadeante. La tercera bestia se me estaba echando encima, haciendo sonar con estrépito el remo sobre la popa. Lo vi moverse, grande, enorme... como se ve a los hombres en la niebla y en los sueños. «Venga, ven», exclamé. Lo hubiera tirado por la borda como si fuese un saco vacío. Se detuvo, murmuró para sí y regresó a la popa. Quizá oyera el viento. Yo no. Fue la última racha fuerte que tuvimos. Él volvió al remo que usaba como timón. Lo lamenté. Hubiera intentado... hubiese...

Abrió y cerró sus dedos encorvados, e hizo un aleteo ansioso y cruel con las manos.

—Calma, tranquilo —murmuré.

—¿Qué? No estoy nervioso —me replicó tremendamente dolido, y al instante volcó la botella del coñac con un codazo compulsivo.

Yo me eché para delante corriendo la silla con un chirrido. Él pegó un salto alejándose de la mesa, como si hubiera explotado una mina a sus espaldas, y se giró a medias antes de aterrizar, casi en cuclillas, con una mirada de enorme sobresalto y una gran palidez en torno a la nariz. A esto le siguió un intenso fastidio:

—Lo siento muchísimo. ¡Qué torpe! —masculló con gran embarazo, mientras el acre aroma del licor derramado nos envolvió de repente, creando la atmósfera de una francachela alcohólica en medio de la fresca y pura oscuridad de la noche.

Habían apagado las luces del comedor, nuestra bujía ardía en solitario en la larga terraza, y las columnas se habían vuelto negras de la base al capitel. La alta esquina de la oficina del puerto, al otro lado de la explanada, se recortaba con claridad contra la luz de las estrellas, como si aquel lúgubre edificio se hubiera deslizado acercándose a nosotros para ver y oír.

Jim adoptó un aire de indiferencia.

—Me atrevería a decir que ahora estoy menos tranquilo que en aquel momento. Estaba listo para lo que se presentase. Eran tonterías...

—Lo del bote fue toda una experiencia —observé.

—Estaba listo —repitió—. Tras desaparecer las luces del navío, en aquel bote podía haber pasado cualquier cosa, absolutamente cualquiera, y nadie se hubiera enterado. Yo lo sabía, y la idea me gustaba. Era, además, lo bastante oscuro todavía. Éramos como hombres rápidamente enterrados en una tumba espaciosa. Ninguna conexión con nada externo. Nadie que pudiese opinar. Nada que importase lo más mínimo.

Por tercera vez durante la conversación, soltó una áspera risotada, pero no había nadie por allí que pudiera creerlo borracho.

—No había ni miedos, ni leyes, ni ruidos, ni ojos... ni siquiera los nuestros, hasta... hasta el amanecer por lo menos.

Me sorprendió lo sugerente de la verdad que subyacía bajo sus palabras. Hay algo de especial en un bote pequeño abandonado en medio de un ancho mar. Sobre las vidas arrancadas a la sombra de la muerte parece cernirse la sombra de la locura. Cuando te falla tu barco, parece como si te fallara todo tu mundo: el mundo que te hizo, que te frenó, que te cuidó. Es como si las almas, en vuelo sobre un abismo y en contacto con la inmensidad, se hubieran liberado de cualquier exceso derivado del heroísmo, del absurdo o de la abominación. Por supuesto, igual que sucede con las creencias, los pensamientos, el amor, el odio, las convicciones e incluso con la apariencia visual de los objetos materiales, hay tantos náufragos como hombres, cada uno con sus diferencias, y en este caso existía algo vil que hacía el aislamiento aún más completo —había una bajeza en las circunstancias que apartaba de un modo más absoluto a aquellos hombres del resto de la humanidad, cuyo ideal de conducta no había tenido que sufrir nunca verse puesto a prueba con una broma tan diabólica y espantosa—. Tenían los ánimos exacerbados en su contra porque compartía su cobardía sólo a medias; él enfocó en ellos el odio que sentía hacia todo el asunto, le hubiera gustado tomarse una venganza simbólica por la aborrecible oportunidad que le habían ofrecido. Nada como un bote en alta mar para hacer aflorar lo que de irracional se oculta en el fondo de cada pensamiento, sentimiento, sensación o emoción. El hecho de que no llegaran a las manos formaba parte de la mezquindad burlesca que caracterizaba a aquel desastre en el mar. Todo se volvían amenazas, un fingir terriblemente efectivo, un farol de principio a fin, planeado por el tremendo desdén de los Poderes Oscuros, cuyos verdaderos terrores, siempre a punto de triunfar, se ven perpetuamente frustrados por la firmeza de los hombres. Tras esperar un poco, le pregunté:

—Bueno, ¿y qué pasó?

Una pregunta fútil. Yo ya sabía demasiado de aquella historia como para esperar ni un solo detalle de dignidad, algo que me permitiera concebir una sombra de locura, de terror oculto.

—No pasó nada —dijo—. Yo iba en serio, pero ellos sólo querían armar ruido. No pasó nada

El amanecer lo encontró exactamente en la misma posición que cuando saltó a la proa del bote. ¡Qué persistencia en su capacidad para mantenerse en guardia! Además, había estado toda la noche con la caña del timón en la mano. La pala del timón se les había caído al agua cuando intentaban colocarla, y supongo que la caña acabó en proa empujada por el pie de alguien cuando corrían de un lado a otro del bote intentando hacer todo tipo de cosas al mismo tiempo para apartarlo del costado del buque. Era un largo trozo de madera dura y pesada, y según parece, la había estado agarrando fuertemente durante unas seis horas. ¡Si a eso no se le llama estar preparado ya me contarán ustedes! ¿No se lo pueden imaginar, silencioso y de pie media noche, recibiendo en el rostro los intermitentes chaparrones, mirando fijamente hacia unas figuras oscuras, vigilando el más mínimo movimiento, aguzando los oídos para captar unos infrecuentes y bajos murmullos provenientes de la popa? ¿La firmeza del valor o el esfuerzo hijo del miedo? ¿Qué les parece a ustedes? Y la capacidad de resistencia es también innegable. Seis horas más o menos a la defensiva, seis horas de alerta inmovilidad mientras el bote avanzaba lentamente o flotaba parado, según el capricho del viento; mientras el mar, tranquilo, dormía por fin; mientras las nubes pasaban por encima de su cabeza; mientras el cielo se iba transformando de una inmensidad negra y sin brillo a una bóveda sombría y lustrosa, para luego centellear con mucha mayor brillantez, aclararse por el este, y, finalmente, palidecer por el cenit; mientras las oscuras formas que había a popa, y que tapaban a las estrellas bajas, iban adquiriendo perfiles y relieves, iban convirtiéndose en hombros, cabezas, rostros, rasgos; personas que le mostraban miradas tristes, que tenían el pelo desordenado, las ropas hechas jirones; personas que guiñaban sus enrojecidos párpados ante el blanco amanecer.

—Tenían aspecto de llevar una semana seguida de borrachera en cualquier antro asqueroso —me describió, gráficamente.

Luego murmuró algo de que el amanecer era de los que prometen buen tiempo ese día. Ya conocen la costumbre de los marinos de relacionarlo todo con el tiempo. Y en lo que a mí respecta, aquellas escasas palabras dichas en un murmullo bastaron para imaginarme el extremo inferior del sol salvando la línea del horizonte, el temblor de una ligera ondulación que cubría toda la extensión visible del mar, como si las aguas se hubieran estremecido al dar a luz al globo luminoso, mientras el último soplo de la brisa nocturna agitaba el aire con un suspiro de alivio.

—Estaban sentados a popa, hombro con hombro, el capitán en medio, como tres sucios búhos, y me miraban fijamente.

Le oía contarlo con una voluntad de odio que imprimía a aquellas palabras normales una virtud corrosiva, como una gota de un poderoso veneno que cayese en un vaso de agua; pero yo tenía el pensamiento centrado en aquel amanecer. Bajo el translúcido vacío del cielo me podía imaginar a los cuatro hombres cautivos en la soledad del mar, al solitario sol, indiferente ante aquella motita de vida, ascendiendo por la clara curva del cielo, como con la intención de contemplar ardientemente, desde una mayor altura, su propio esplendor reflejado en las quietas aguas del océano.

—Me hablaron desde la popa —dijo Jim—, como si fuéramos los mejores amigos del mundo. Les oía perfectamente. Me rogaban que fuera sensato y soltase aquel «maldito pedazo de madera». ¿Por qué seguía con mi actitud? No me habían hecho daño alguno, ¿verdad? No me habían hecho ningún daño... ¡Ningún daño!

Se le enrojeció la cara, como si no pudiera hacer salir el aire de los pulmones.

—¡Ningún daño! —exclamó—. Lo dejo a su juicio. Usted puede entenderlo, ¿verdad? Lo ve... ¿no? ¡Ningún daño! ¡Dios Santo! ¿Qué más me podían hacer? Ah, sí, ya lo sé... salté. Por supuesto. ¡Salté! Ya le he dicho que lo hice; pero le aseguro que era más de lo que cualquiera hubiera sido capaz de resistir. Fue obra de ellos tan claramente como si me hubiesen enganchado con el bichero y me hubieran metido en el bote a la fuerza. ¿No lo ve? Tiene que verlo. Venga. Hable... diga lo que sea.

Sus ojos inquietos se centraron en los míos, preguntando, rogando, desafiando, suplicando. Les juro que no pude dejar de murmurar:

—Le han puesto a prueba, de un modo excesivo, injusto.

Se agarró rápidamente a mis palabras:

—No tuve ni la más mínima oportunidad, con una chusma como aquélla. Pero ahora todo eran sonrisas, ¡asquerosas sonrisas! Éramos amigos, compañeros del barco. Todos en el mismo bote. Había que ser constructivos. Cuando me insultaron no lo hacían en serio. George no les importaba un pimiento. George había vuelto a su litera en el último momento, para recoger algo, y ya no le dio tiempo de saltar. Era un necio. Aunque resultaba lamentable, por supuesto... Me miraban, movían los labios, balanceaban la cabeza, al otro extremo del bote, tres tipos intentando atraerme a su grupo. ¿Y por qué no? ¿Acaso no había saltado? Yo no dije nada. No existen palabras para lo que quería decir. Si hubiese despegado los labios en aquel momento sólo podría haber aullado como un animal. Me preguntaba a mí mismo cuándo iba a despertar. Ellos me pedían que fuera a popa y escuchase tranquilamente lo que iba a decir el capitán. Era seguro que nos recogerían antes de que llegase la noche —estábamos en el centro de la ruta que sigue todo el tráfico del canal—; de hecho, en aquel momento ya se veía humo por el noroeste. Me sobresaltó muchísimo ver aquella mancha tan tenue, aquella baja línea de niebla oscura a través de la que se podía ver la frontera que dividía al mar del cielo. Les dije que les oía perfectamente desde donde estaba. El capitán comenzó a blasfemar, con una voz áspera como la de un cuervo. No estaba dispuesto a hablar a gritos por un capricho mío. «¿Tiene miedo de que le oigan desde tierra?», le pregunté. Él me lanzó una mirada furiosa, como si le hubiera gustado poder despedazarme allí mismo. El primer maquinista le aconsejó que me siguiera la corriente. Le dijo que lo que me pasaba era que aún no había recuperado el sentido común. El otro se puso en pie en la popa, como una gruesa columna de carne, y comenzó a hablar, y a hablar, y a hablar...

Jim se quedó pensativo.

—¿Y bien? —dije yo.

—¿Qué me importaba la historia que quisieran inventar? —gritó a lo loco—. Por mí podían contar lo que les diera la real gana. Era su problema. Yo sabía lo que había pasado. Lo que hicieran creer a la gente no iba a cambiar eso. Le dejé hablar y explicar. Parecía que no iba a acabar nunca. De repente sentí que me fallaban las piernas. Tenía náuseas, estaba cansado, mortalmente cansado. Solté la caña del timón, les di la espalda, y me senté en el banco que estaba más a proa. Ya había tenido suficiente de aquello. Me llamaron para preguntarme si lo había entendido, si no era todo cierto, absolutamente todo. Y era cierto, ¡por Dios!, pero a su manera. No giré la cabeza. Les oí discutir. «Ese imbécil no dirá nada.» «Lo entiende perfectamente». «Déjelo estar, no nos va a contradecir.» ¿Qué podía hacer yo? ¿Acaso no estábamos todos en el mismo bote? Intenté no oírles. El humo había desaparecido por el norte. Había una calma chicha. Bebieron agua del barril, y yo hice lo mismo. Después hicieron una gran alharaca tendiendo la vela del bote sobre la regala. ¿Podría yo actuar de vigía? Se metieron debajo de la vela, fuera de mi vista, ¡gracias a Dios! Estaba cansado, agotado, como si no hubiera dormido ni una hora desde el día en que nací. Me era imposible ver el agua a causa del reflejo del sol. De vez en cuando salía uno de ellos, se ponía en pie y echaba un vistazo alrededor, para volver a meterse bajo la vela en seguida. A ratos, escuché ronquidos allá abajo. Se ve que alguno de ellos podía dormir. Uno por lo menos seguro que podía. Yo era incapaz. La luz lo llenaba todo, y el bote parecía estar cayendo a través de ella. De vez en cuando me sentía sorprendido de estar sentado en un banco.

Comenzó a caminar con pasos regulares, de un lado a otro ante mi silla, con una mano en el bolsillo del pantalón, con la cabeza inclinada en actitud de reflexión y levantando a largos intervalos el brazo derecho con un ademán que parecía apartar a un intruso invisible.

—Supongo que creerá que estaba enloqueciendo —comenzó de nuevo con un tono distinto—. Y tiene buenas razones para pensarlo si recuerda que había perdido la gorra. El sol se arrastró por todo su camino, de este a oeste, por encima de mi cabeza descubierta, pero parece que aquel día nada podía hacerme daño. El sol no me pudo volver loco... —apartó con el brazo derecho la idea de la locura—. Eso era algo que me tocó decidir a mí.

—¿En serio? —dije, con un asombro inexpresable ante el nuevo giro que había tomado su narración.

Le miré con el mismo tipo de sensación que seguramente hubiera experimentado si al darse la vuelta para mirarme me hubiese mostrado un rostro absolutamente distinto.

—No tuve insolación. Y no me caí muerto tampoco —prosiguió—. No le hice ni el menor caso al sol que tenía encima. Pensaba con tanta frialdad como cualquiera que estuviese sentado pensando a la sombra. Aquella bestia grasienta que era el capitán sacó su cabeza rapada de debajo de la toldilla y me clavó sus ojos de besugo: «*Donnerwetter!*[1] Vas a morir», me gruñó, y se volvió a meter como si fuera una tortuga. Lo había visto y oído. Pero no me interrumpió. Precisamente en aquel momento estaba pensando que no iba a ser así.

Trató de sondearme el pensamiento con una mirada atenta que me dirigió al pasar por delante de mí.

—¿Quiere decir que había estado reflexionando sobre si iba a morir o no? —pregunté con el acento más impenetrable que me fue posible.

Él asintió sin dejar de caminar.

—Sí, así estaban las cosas mientras estuve sentado allí solo —dijo.

Anduvo unos pocos pasos más hasta el final imaginario de su ronda, y cuando se dio la vuelta para regresar llevaba ambas manos metidas profundamente en los bolsillos. Se paró en seco frente a mi silla y bajó la mirada hacia mí.

—¿Es que no me cree? —preguntó con una tensa curiosidad.

Me vi incitado a efectuar una solemne declaración sobre mi disposición a creer absolutamente cualquier cosa que considerase adecuado contarme.

Capítulo XI

Me escuchó con la cabeza ladeada, y pude tener otro ligero atisbo a través de un desgarrón de la niebla en la que se movía y en la que habitaba su ser. La pálida luz de la vela chisporroteaba dentro del globo de cristal, y ésa era la única luz con la que lo podía ver. Detrás de él había una noche negra punteada de claras estrellas, cuyo brillo distante, ordenado en planos sucesivos, engañaba a la mirada introduciéndola en las profundidades de una mayor oscuridad; y, sin embargo, había una luz misteriosa que parecía mostrarme su cabeza juvenil, como si por un instante la juventud que llevaba dentro hubiese brillado para volver a apagarse.

[1] *Donnerwetter!*: en alemán, «¡rayos y truenos!». *(N. del T.)*

—Es usted un gran tipo al escucharme como lo hace —dijo—. Me hace mucho bien. No puede saber lo que eso significa para mí. No puede...

Parecían faltarle las palabras. Fue un atisbo claro y nítido. Era un joven de los que a uno le gusta ver a su alrededor, de aquellos cuyo aspecto reafirma la comunión con esas ilusiones que uno creía perdidas, extinguidas, frías, y que, si se reavivan por la proximidad de otra llama, provocan como un aleteo dentro, muy dentro de uno, provocan un aleteo de luz... ¡de calor...! Sí; tuve un atisbo de él en ese momento... y no fue el último que tuve...

—No sabe lo que significa para alguien en mi situación que le crean, poder desahogarse sinceramente ante un hombre mayor que yo. Es tan difícil, tan terriblemente injusto, tan difícil de entender.

La niebla se cerraba de nuevo. No sé lo mayor que le podía parecer, ni lo sabio. En todo caso, ni la mitad de viejo que me sentía yo en ese momento, y ni la mitad de lo inútilmente sabio que yo me sabía. No hay duda de que en ningún oficio como en el del mar salen los corazones de los que ya han entrado en él, para hundirse o flotar, hacia el joven que está en la orilla y que ve con ojos brillantes el reflejo que tiene esa inmensa superficie, un reflejo que no es sino el de su propia mirada, llena de fuego. Existe una ambigüedad magnífica en las expectativas que nos han llevado hasta el mar a cada uno de nosotros; se trata de una indefinición gloriosa, de una hermosa ambición de aventuras que son un premio en sí mismas, el único premio. Lo que sacamos... bueno, no vamos a hablar de eso; pero ¿podemos reprimir una sonrisa al pensarlo? No hay otro modo de vida en el que la ilusión esté más alejada de la realidad, en el que el principio sea *todo* ilusión, el desencanto sea más rápido, ni en el que el sojuzgamiento sea más absoluto. ¿Acaso no hemos comenzado todos con el mismo deseo, acabado con el mismo conocimiento, llevado el recuerdo del mismo atractivo amado en los sórdidos días de las imprecaciones? No es pues sorprendente que cuando nos alcanza un golpe fuerte nos demos cuenta de que el vínculo está cerrado, de que, además del compañerismo profesional, percibimos la fuerza de un sentimiento más amplio —el sentimiento que vincula a un hombre con un niño—. Estaba allí, ante mí, creyendo que la edad y la sabiduría pueden proporcionar un remedio contra el dolor hijo de la verdad, permitiéndome tener un atisbo de él en cuanto joven que se ha metido en un apuro, el más terrible de los apuros, el tipo de apuros ante los que las personas con la barba gris mueven solemnemente la cabeza mientras esconden una sonrisa. Y había estado reflexionando sobre la muerte, ¡Dios lo confunda! La había descubierto como tema de meditación porque pensaba que había salvado la vida, pero que todo su encanto se había quedado en el barco aquella noche. ¿Qué podría ser más natural? Era lo suficientemente trágico y gracioso como para, en conciencia, pedir compasión a gritos; ¿y en qué era yo mejor que los demás para negarle mi piedad? Y mientras le estaba mirando, la niebla volvió a ocupar el desgarrón y su voz sonó de nuevo:

—Estaba tan perdido, ¿sabe? Fue el tipo de cosa que uno no se espera que le suceda. No fue como una pelea, por ejemplo.

—No, no lo fue —le concedí.

Parecía cambiado, como si hubiera madurado repentinamente.

—No había modo de estar seguro —murmuró.

—¡Ah! No estaba seguro —dije, y me aplacó el sonido de un tenue suspiro que pasó entre nosotros con la suavidad del aleteo de un pájaro en la noche.

—No, no lo estaba —dijo valerosamente—. Era algo parecido a esa maldita historia que se inventaron. No era mentira... pero seguía sin ser cierta a pesar de todo. Era algo... No es difícil reconocer una mentira manifiesta. En este asunto, la división entre el bien y el mal no tiene el grosor de un papel.

—¿Y qué más seguridad quería? —pregunté.

Pero creo que hablé tan bajo que no llegó a entender lo que dije. Me había expuesto sus argumentos como si la vida fuese una red de senderos separados por abismos. Hablaba con una voz razonable.

—Suponga que no lo hubiera hecho... Quiero decir, suponga que me hubiese quedado en el barco. Bien. ¿Durante cuánto tiempo más? Digamos que un minuto, o medio minuto. Vamos. Treinta segundos más tarde, tal y como parecía evidente en aquel momento, hubiera tenido que saltar por la borda; ¿y no cree que me hubiese agarrado a lo primero que encontrara, un remo, una boya de salvamento o un enjaretado, a cualquier cosa? ¿No hubiera hecho usted lo mismo?

—Y salvarse —intercalé.

—Ésa hubiera sido mi intención —replicó—. Y es más de lo que me proponía cuando... —se estremeció como si estuviese a punto de tragar un jarabe nauseabundo— cuando salté —pronunció la última palabra con un esfuerzo convulsivo, cuyo énfasis, como propagado por las ondas del aire, me hizo agitarme ligeramente en la silla.

Me miró fijamente desde arriba—. ¿No me cree? —gritó—. ¡Se lo juro...! ¡Maldita sea! Me ha traído hasta aquí para hablar y... ¡Debe creerme! Me ha dicho que me creería.

—Por supuesto que le creo —protesté con un tono de voz natural que tuvo un efecto tranquilizador.

—Perdóneme —dijo—. Es obvio que no le hubiese hablado de todo esto si no fuera usted un caballero. Debería haberlo pensado... Yo... yo soy también un caballero...

—Sí, sí —me apresuré a decir.

Me estaba mirando a los ojos y entonces desvió la mirada lentamente.

—Ahora puede comprender por qué al final no... al final no me quité de en medio de ese modo. No iba a asustarme por lo que había hecho. Y, en cualquier caso, si me hubiera quedado en el barco habría hecho todo lo posible por salvarme. Se sabe de personas que han resistido a flote durante horas enteras, en mar abierto, y que han sido recogidas con vida. Yo podría haber aguantado mejor que muchos. Yo no tengo problemas de corazón.

Sacó el puño derecho del bolsillo y el golpe que se dio en el pecho resonó en la noche como una detonación amortiguada.

—No —dije yo.

Estuvo un rato meditando con las piernas ligeramente separadas y la barbilla apoyada en el pecho.

—Ni de un cabello —murmuró—. La línea divisoria entre una cosa y otra no tiene ni el grosor de un cabello. Pero al mismo tiempo...

—Es difícil distinguir un cabello a medianoche —dije metiendo baza, con cierta mala intención, me temo.

¿Entienden ahora a lo que me refiero cuando hablo de la solidaridad dentro de nuestro oficio? Me sentía agraviado por él, como si me hubiese privado con engaños —¡a mí!— de una oportunidad espléndida para conservar las ilusiones de mis comienzos, como si le hubiera robado a la vida que compartimos su última chispa de encanto.

—De modo que por eso lo abandonó... en el primer momento.

—Salté —me corrigió incisivo—. Salté, ¡no lo olvide! —repitió, mientras yo me preguntaba por la evidente y al tiempo oscura razón de todo ello—. ¡Pues sí! Quizá no lo pude ver entonces. Pero luego en el bote me sobró tiempo y luz para ver. Y además estaba en condiciones para pensar. Nadie habría de saberlo, claro, pero eso no me ponía a mí las cosas más fáciles. Tiene que creer eso también. Yo no he buscado esta conversación... No... Sí... No debo mentirle... Sí la deseaba; es exactamente lo que quería... Ahí tiene. ¿Acaso cree que usted, o cualquier otro, podrían haberme obligado a reconocerlo si yo...? Yo no... no tengo miedo de contarlo. Y tampoco tuve miedo de pensar en ello. Me enfrenté a la cuestión cara a cara. No iba a huir. Al principio, por la noche, si no hubiera sido por aquellos tipos quizá habría podido... ¡No! ¡Por todos los cielos! No iba a darles esa satisfacción. Ya habían hecho suficiente. Se inventaron una historia y, por lo que yo sé, se la creyeron también. Pero yo conocía la verdad y yo tendría que vivir con ella, sólo yo, sin nadie más. No iba a rendirme ante algo tan brutalmente injusto. ¿Qué es lo que probaba a fin de cuentas? Estaba herido profundamente. Harto de vivir, si quiere que le diga la verdad; pero, ¿de qué hubiera servido escaparse... de... de esa manera? Ése no era el camino adecuado. Creo... creo que no hubiera puesto punto final a... a nada.

Había estado andando de un lado a otro, pero con la última palabra se giró bruscamente para mirarme.

—¿A usted qué le parece? —preguntó con gran vehemencia.

Entonces se hizo una pausa, y de repente me sentí invadido por una profunda y desesperada fatiga, como si su voz me hubiera sacado con un sobresalto de un sueño en el que vagaba por espacios vacíos cuya inmensidad me hubiese atormentado el alma y agotado el cuerpo.

—... No hubiera puesto punto final a nada —murmuró por encima de mí, con obstinación, tras un rato de silencio—. ¡No! Lo apropiado era enfrentarse a ello solo, por mí mismo, y esperar otra oportunidad... y averiguar...

Capítulo XII

Nuestros oídos no captaban más que silencio a nuestro alrededor. La niebla de sus sentimientos iba adquiriendo distintas formas entre nosotros, como agitada por su lucha interior, y en los claros que se abrían en aquel velo privado de materia aparecía ante mi mirada atenta con una forma nítida e impregnado de una ambigua significación, como la figura simbólica de un cuadro. El frío aire de la noche parecía aposentarse sobre mis miembros tan pesado como una lápida de mármol.

—Entiendo —murmuré, más que nada para probarme que era capaz de romper aquel estado de entumecimiento.

—El *Avondale* nos recogió justo antes de que se pusiera el sol —observó malhumorado—. Venía echando humo directo hacia nosotros. Sólo tuvimos que quedarnos sentados esperando.

Tras un largo intervalo volvió a hablar:

—Contaron su historia.

Y de nuevo se hizo un silencio agobiante.

—Fue sólo entonces cuando mi decisión se hizo definitiva —añadió.

—No dijo usted nada —susurré.

—¿Qué podía decir? —me preguntó, hablando bajo también—. «Una ligera colisión. Se procedió a parar las máquinas. Comprobación de los daños sufridos. Se tomaron medidas para la evacuación con los botes sin crear un pánico generalizado. Al botar la primera lancha el barco se fue a pique a causa de un chubasco. Se hundió como un plomo...» ¿Acaso podía estar más claro... —dejó caer la cabeza— o ser más terrible? —Le temblaron los labios mientras me miró directamente a los ojos—. ¿Había saltado, no? —me preguntó con tono desolado—. Ése era el hecho con el que tenía que vivir a partir de entonces. Su cuento carecía de importancia... —se retorció las manos un instante y miró a izquierda y derecha en la oscuridad—. Era como engañar a los muertos —balbuceó.

—Pero no había muertos —dije.

En aquel momento se alejó de mí. Es la única forma en que puedo describir la sensación. Al instante siguiente le vi la espalda cerca de la balaustrada. Se quedó allí de pie durante algún tiempo, como admirando la pureza y la paz de la noche. Un arbusto en flor extendía desde el jardín su poderoso aroma a través del aire húmedo. Volvió hacia mí con pasos apresurados.

—Pero eso carecía de importancia —dijo, con toda la obstinación que sean ustedes capaces de imaginar.

—Tal vez —admití.

Empezó a apoderarse de mí la idea de que era más de lo que yo podía abarcar. Al fin y al cabo, ¿qué sabía yo realmente?

—Con muertos o sin ellos, la mancha seguía dentro de mí —dijo—. Tenía que vivir, ¿no?

—Bueno, sí... si se lo toma de ese modo —dije entre dientes.

—Me alegré, claro —soltó, sin darle mayor importancia, con la mente ocupada en otra cosa—. El escándalo... —dijo, pronunciando lentamente y levantando la cabeza—. ¿Sabe qué fue lo primero que pensé cuando me enteré? Sentí alivio. Alivio de saber que aquellos gritos... ¿Le he dicho que oí gritos? ¿No? Bueno, pues los oí. Gritos de socorro... perdidos entre la llovizna. Imaginaciones mías, supongo. Y sin embargo casi no puedo... Qué estúpido... Los otros no los oyeron. Se lo pregunté después. Todos me contestaron que no. ¿No? ¡Y yo los seguía escuchando todavía! Debería haberme dado cuenta, pero no se me ocurrió... me limité a escuchar. Gritos extremadamente débiles, día tras día. Luego vino el mestizo pequeñajo y me dijo: «El *Patna*... una cañonera francesa... lo pudo remolcar hasta Adén... habrá una investigación... la Oficina del Puerto... el Hogar del Marino... se han hecho gestiones para su alojamiento». Fui caminando con él, disfrutando del silencio. De modo que no había habido gritos. Imaginaciones mías. Tenía que creer a aquel tipo. Ya no podía oír nada más. Me pregunto durante cuánto tiempo hubiese podido soportarlo. Y cada vez era peor, además... quiero decir, cada vez más fuertes.

Se quedó pensativo.

—¡Así que no había oído nada! Bueno, sea. ¡Pero las luces! ¡Esas sí que se apagaron! No las vimos; no estaban. Si hubieran estado habría vuelto a nado, hubiese regresado y habría gritado al costado del barco, les hubiera rogado que me dejaran subir a bordo... Habría tenido mi oportunidad... ¿Lo duda...? ¿Cómo sabe lo que yo sentía...? ¿Qué derecho tiene a dudar...? Casi lo hice de todos modos, ¿me entiende? —la voz se hizo más débil—. No se veía ni un reflejo, ni un miserable reflejo —se lamentó—. ¿No comprende que si lo hubiera habido no me estaría viendo usted aquí? Pero me ve... y duda.

Denegué con la cabeza. La cuestión de que no hubiesen visto las luces cuando el bote no podía estar a más de un cuarto de milla del barco era de lo más polémica. Jim insistía en que no había nada a la vista tras el primer chaparrón; y los otros les dijeron lo mismo a los oficiales del *Avondale*. Obviamente, todos movían maliciosamente la cabeza y sonreían al oírlo. Un viejo capitán, que se sentó cerca de mí en la sala, me hizo cosquillas en la oreja cuando me susurró: «Está claro que tienen que mentir». El hecho es que nadie mentía; ni siquiera el primer maquinista con su historia de luz de tope que caía como una cerilla encendida. Al menos, no mentían conscientemente. Un hombre con el hígado en ese estado podría perfectamente haber visto flotando una chispa con el rabillo del ojo mientras lanzaba una rápida mirada por encima del hombro.

No habían visto luz alguna a pesar de que estaban claramente dentro del alcance de las del barco; y era un hecho que sólo se pudieron explicar de una manera: el barco se había hundido. Era evidente y reconfortante. Que aquel hecho previsto hubiera acaecido con tanta rapidez justificaba sus prisas. No es sorprendente que no buscasen ninguna otra explicación. Y, sin embargo, la verdadera era bien sencilla, y, tan pronto como la sugirió Brierly, la sala dejó de preocuparse por el tema. Quizá recuerden que el buque estaba parado y con la proa apuntando al rumbo que había estado llevando durante toda la noche; tenía, además, la popa levantada y la proa semisumergida a causa del agua que había llenado el pañol de proa. Con aquel desequilibrio, cuando el chubasco cayó sobre el navío desde una de las bandas, el barco orzó con la misma brusquedad que si hubiera estado fondeado. Con aquel cambio de posición las luces pasaron en muy breves instantes a ser invisibles desde el bote, que estaba a sotavento. Podría haber sucedido que, de haberlas seguido viendo, hubiesen actuado como muda llamada de socorro; que su brillo, perdido en la oscuridad del nubarrón, hubiera tenido el misterioso poder de la mirada, con su capacidad para despertar el remordimiento y la piedad. Les habría dicho: «Estoy aquí... todavía aquí», ¿y qué más puede decir la mirada del más abandonado de los seres humanos? Pero el navío les dio la espalda, como con desprecio hacia el destino que les esperaba a ellos; había virado, medio inundado, para mirar airadamente y con obstinación hacia el nuevo peligro que se manifestaba en mar abierto, un peligro al que tan extrañamente sobrevivió para acabar sus días en el desguace, como si hubiera estado escrito que su destino era morir oscuramente bajo el impacto de los martillos. En cuanto a los diversos fines que el destino les tuviera preparados a los peregrinos, nada puedo decirles; pero el futuro inmediato les trajo, a eso de las nueve de la mañana del día siguiente, ante una cañonera francesa que volvía a casa desde la isla Reunión. El informe que elaboró su capitán era de conocimiento público. Se había desviado un poco de su rumbo para comprobar qué le sucedía a aquel vapor que flotaba con la proa semisumergida en un mar tranquilo y brumoso. Había una enseña, la bandera inglesa amorronada, en uno de los palos (el *serang* había tenido el buen sentido de izar aquella señal de socorro en cuanto se hizo de día); pero los cocineros estaban preparando la comida en sus fogones de proa, como si todo fuera normal. Las cubiertas estaban atestadas, como sardinas en lata; había gente subida a todo lo largo de las barandillas y otros llenaban el puente formando casi una masa sólida; había cientos de ojos mirando fijamente, pero no se oía ni un solo sonido cuando la cañonera se acercó a su costado, como si toda aquella multitud de labios hubieran sido sellados por un hechizo.

El capitán francés llamó con la bocina, pero no obtuvo una respuesta comprensible, y tras asegurarse con los prismáticos de que la muchedumbre que había en cubierta no parecía ser víctima de ninguna epidemia, decidió enviar un bote. Dos oficiales subieron al buque, escucharon al *serang,* intentaron hablar con el árabe y acabaron con la impresión de que aquello no tenía ni pies ni cabeza; pero, por supuesto, la naturaleza de la emergencia era del todo evidente. Les sorprendió también enormemente el descubrimiento de un hombre blanco, muerto y pacíficamente acurrucado en el puente. *«Fort intrigués par ce cadavre»,* tal y como me lo contó mucho tiempo después un teniente francés, entrado en años, con el que me encontré una tarde en Sidney —un encuentro totalmente fortuito— en una especie de café, y que recordaba perfectamente el asunto. De hecho, este asunto, si se me permite comentarlo de pasada, tenía un extraordinario poder para desafiar a lo efímero de los recuerdos y al paso del tiempo; parecía vivir, con una suerte de misteriosa vitalidad, en la mente y en la punta de la lengua de todo el mundo. He disfrutado del dudoso placer de encontrármelo a menudo, años después de que sucediera, a miles de millas de distancia, surgiendo de la conversación más opuesta posible al tema y aflorando a partir de la más lejana de las alusiones. ¿Acaso no ha aparecido esta noche entre nosotros? Y yo soy el único marino entre los presentes. Soy el único para el que constituye un recuerdo personal. ¡Y, sin embargo, se ha abierto paso hasta aquí! Si dos hombres que supieran del asunto, sin conocerse previamente, se encontraran accidentalmente en cualquier lugar de la Tierra, el tema acabaría por salir entre ellos, con tanta seguridad como que estoy aquí sentado, antes de que se despidieran. Yo no había visto al francés en mi vida, y en una hora nos separábamos para no volvernos a ver nunca más; tampoco parecía especialmente comunicativo; era un tipo tranquilo y enorme que llevaba un uniforme arrugado y que estaba sentado, con aspecto somnoliento, ante un vasito medio lleno de un líquido oscuro. Tenía las charreteras un poco deslucidas y unas mejillas grandes y cetrinas que llevaba bien afeitadas; parecía un hombre dado a tomar rapé, ¿saben? No les aseguro que lo hiciese, pero se trata de un hábito que hubiera encajado con aquel tipo de persona. Todo empezó porque me ofreció un número del *Home News*,[1] que no me interesaba leer, desde el otro lado de la mesa de mármol. Yo dije «*Merci*». Intercambiamos unas cuantas observaciones, en apariencia inocentes, y, de repente, antes de poder enterarme de dónde había salido, ya estábamos metidos en plena faena, y él me contaba cuánto les había «intrigado aquel cadáver». Resultó ser uno de los oficiales que habían subido a bordo del *Patna*.

En el establecimiento en que nos encontrábamos se podía tomar una gran variedad de bebidas extranjeras, que tenían para el consumo de los oficiales de las distintas armadas de visita en aquel puerto; él estaba tomando a sorbos un líquido oscuro con aspecto de jarabe, que probablemente no era otra cosa que *cassis á l'eau*, y movió ligeramente la cabeza al tiempo que contemplaba el contenido del vaso con un solo ojo. «*Impossible de comprendre... vous concevez*», dijo con una curiosa mezcla de despreocupación y reflexión. Yo sí podía concebir muy fácilmente su imposibilidad para comprender. No había en la cañonera nadie que tuviera suficientes conocimientos de inglés como para poder captar la historia tal como la contaba el *serang*. Había, además, un gran alboroto en torno a los dos oficiales.

—Una gran muchedumbre se agrupó a nuestro alrededor. Había un círculo en torno al hombre muerto *(autour de ce mort)* —me iba describiendo—. Hubo de atender a lo más urgente. Aquella gente estaba comenzando a agitarse... *Parbleu!* Una multitud así... ¿me entiende? —intercaló con filosófica indulgencia.

En cuanto al mamparo, le había aconsejado a su capitán que lo más sensato era no tocarlo, de tan infame que era su aspecto. Rápidamente, subieron dos guindalezas a bordo *(en toute hâte)* y empezaron a remolcar al *Patna* —con la popa por delante, por cierto—, lo que, dadas las circunstancias, no era tan tonto como pueda parecer, puesto que el timón estaba demasiado fuera del agua como para ser de mucha utilidad, y la maniobra disminuía la tensión que soportaba el mamparo, cuyo estado, tal como lo expuso él con gran facundia, exigía el mayor de los cuidados (*exigeait les plus grands ménagements*). No pude dejar de pensar que el hombre al que acababa de conocer había tenido voz y voto en la mayor parte de aquellas disposiciones: parecía un oficial en el que se podía depositar la confianza, aunque ya no fuera demasiado activo, pero mantenía un aspecto aún, en cierto modo, muy marinero, si bien, por el modo en que estaba sentado allí, con sus gor-

---

[1] *Home News*: «Noticias de Casa». (*N. del T.*)

dos dedos entrelazados ligeramente sobre el estómago, te recordaba a uno de esos curas de pueblo, tranquilos y aficionados al rapé, en cuyos oídos se derraman los pecados, sufrimientos y remordimientos de generaciones enteras de campesinos, en cuyos rostros esa plácida y sencilla expresión es como un velo que oculta el dolor y la desgracia. Debía haber llevado una raída *soutane* negra abotonada cuidadosamente hasta su gruesa barbilla, en lugar de la levita con charreteras y botones de latón. Su ancho pecho se alzaba con un movimiento regular mientras continuaba contándome que había sido un asunto endiablado, tal y como, sin duda *(sans doute)*, me podría imaginar yo en mi calidad de marino *(en votre qualité de marin)*. Al final de la frase inclinó ligeramente el cuerpo hacia mí y, apretando los labios, dejó escapar el aire con un suave silbido:

—Afortunadamente —continuó—, el mar estaba como un plato, y no había más viento que el que hay aquí dentro ahora mismo...

El lugar me pareció intolerablemente mal ventilado y muy caliente; me ardía el rostro como si fuera aún lo suficientemente joven como para sonrojarme con embarazo. Habían puesto rumbo, prosiguió, hacia el puerto inglés más cercano *«naturallement»*, donde cesaría su responsabilidad, *«Dieu merci»*. E infló un poco sus gruesas mejillas:

—Porque, fíjese bien *(notez bien)*, durante todo el tiempo que lo estuvimos remolcando teníamos a dos contramaestres preparados con hachas, listos para cortar los cabos en caso de que el navío se... —pestañeó con sus pesados párpados indicando hacia abajo y dando a entender lo que quería decir del modo más claro posible—. ¡Y qué quería! Uno hace lo que puede *(on fait ce qu'on peut)* —y por un instante se las arregló para imprimir a su pesada inmovilidad un aire de resignación—. Dos contramaestres, durante treinta horas, siempre listos. ¡Dos! —repitió, levantando un poco la mano derecha y exhibiendo dos dedos.

Se trataba del primer gesto que le veía hacer. Me dio la oportunidad de observar una cicatriz con forma de estrella en el dorso de su mano —claramente como consecuencia de un disparo—; y, como si se me hubiera aguzado la vista a causa de este descubrimiento, percibí también la huella de una antigua herida que comenzaba un poco por debajo de la sien y se perdía de vista bajo el corto pelo cano en uno de los lados de la cabeza —el roce de una lanza o un corte de sable—. Volvió a juntar las manos sobre el vientre.

—Yo permanecí a bordo de aquel... de aquel... me falla la me-

moria *(s'en va)*. *Ah! Patt-nà. C'est bien ça. Patt-nà. Merci.* Es curioso
cómo se olvida uno. Yo permanecí en aquel barco treinta horas...

—¿En serio? —exclamé.

Continuaba mirándose las manos y apretó ligeramente los labios, pero en esta ocasión sin emitir sonido alguno.

—Se juzgó adecuado —dijo, alzando las cejas sin vehemencia—
que uno de los oficiales permaneciera allí para tener un ojo puesto
en todo *(pour ouvrir l'oeil)* —suspiró perezosamente— ... y para co-
municarse mediante señales con el barco que actuaba como remol-
cador, ¿me entiende?, y todas esas cosas necesarias. Por lo demás, yo
estaba de acuerdo. Dejamos nuestras lanchas listas para ser bota-
das... y además en aquel barco también tomé medidas... *Enfin!* Uno
ha hecho lo que ha podido. La situación era delicada. ¡Treinta horas!
Me prepararon algo de comida. En cuanto al vino, ya podía pedirlo
a gritos, ni una gota.

De alguna extraña manera, sin ningún cambio notable ni en su
actitud pasiva, ni en la placidez de la expresión de su semblante, se
las arreglaba para transmitir la idea de una profunda repugnancia.

—Yo, ¿sabe usted?, si tengo que comer sin mi vaso de vino... no
soy nadie.

Tuve miedo de que ampliara los comentarios en torno a aquel
agravio, pues aunque no movió un dedo ni pestañeó siquiera, conseguía que uno se diera cuenta de lo mucho que lo irritaba aquel recuerdo. Pero pareció olvidarlo todo. Entregaron su carga a las «autoridades del puerto», tal como él lo expresó. Y le sorprendió la calma
con la que fue recibida.

—Casi se podría pensar que tenían hallazgos tan curiosos *(drôle
de trouvaille)* todos los días. Son ustedes extraordinarios... ustedes,
los distintos —comentó, con la espalda apoyada contra la pared y
con aspecto de ser tan incapaz de mostrar emociones como un
muerto.

Resultó que en aquel momento en el puerto había un barco de
guerra y un vapor pertenecientes a la Marina india, y no ocultaba su
admiración ante la eficiencia con la que los botes de aquellos dos
barcos evacuaron a los pasajeros del *Patna*. En realidad, su apático
semblante no ocultaba nada; tenía un poder misterioso, casi milagroso, para producir unos efectos sorprendentes por unos medios
imposibles de detectar, lo que supone la culminación de la forma
más elevada del arte.

—Veinticinco minutos, contados con el reloj en la mano, veinticinco, y ni uno más...

Separó y volvió a entrecruzar los dedos sin levantar las manos del vientre, y logró un efecto mucho mayor que si hubiese levantado los brazos al cielo en señal de asombro...

—Toda aquella gente *(tout ce monde)* en la orilla, con sus escasas pertenencias, nadie a bordo excepto una guardia de marinos *(marins de Petat)* y aquel interesante cadáver *(cet intéressant cadavre)*. ¡Veinticinco minutos!...

Con la mirada baja y la cabeza ligeramente ladeada pareció paladear, como entendido en la materia, el sabor de un trabajo bien hecho. Me persuadió, sin mayores demostraciones, de que su aprobación era algo que bien valía la pena tener, y, retornando su casi ininterrumpida inmovilidad, continuó diciéndome que, teniendo órdenes de llegar lo antes posible a Tolón, zarparon de nuevo a las dos horas.

—De modo que *(de sorte que)* existen muchos elementos en este episodio de mi vida *(dans cet episode de ma vie)* que han permanecido oscuros.

Capítulo XIII

Tras decir aquellas palabras, y sin cambiar de actitud, se sometió pasivamente, por así decirlo, a un estado de silencio. Yo le acompañé en él; de repente, pero no bruscamente, como si hubiera llegado el momento señalado para que su voz, ronca y comedida, abandonara su inmovilidad, dijo:

—*Mon Dieu!* ¡Cómo pasa el tiempo!

Pocas observaciones podrían haber sido más tópicas que aquélla; sin embargo, la frase coincidió con una visión momentánea mía. Es extraordinario el modo en que vamos por la vida con los ojos medio cerrados, con oídos insensibles, con el pensamiento adormecido. Quizá sea para mejor; y tal vez sea esta misma insensibilidad la que permita a una incalculable mayoría que la vida resulte tan soportable y bien acogida. Sin embargo, debemos ser pocos los que no hemos experimentado nunca uno de esos raros momentos de despertar; cuando vemos, oímos y comprendemos tantísimo —todo— en un instante como un relámpago, antes de recaer en nuestra agradable somnolencia. Cuando habló, levanté la mirada, y lo vi como si fuera la primera vez. Vi la barbilla hundida en el pecho, los torpes pliegues de su levita, las manos entrelazadas, la postura de inmovili-

dad; todo él sugiriendo de un modo tan curioso que sencillamente
había sido abandonado allí. El tiempo había pasado, sin duda; le había alcanzado y adelantado. Le había dejado atrás, definitivamente,
con unos pocos y pobres dones como recuerdo: el cabello canoso y
metálico, la pesada fatiga de aquel rostro bronceado, dos cicatrices,
un par de charreteras deslucidas; era uno de esos hombres firmes, en
los que se puede confiar, aquellos que son la materia prima sobre la
que se basan las grandes reputaciones, era una de esas vidas que no
cuentan y que acaban enterradas, sin tambores ni trompetas, bajo
los cimientos de los éxitos monumentales.

—Ahora soy tercer teniente del *Victorieuse* —dijo, separando los
hombros un par de pulgadas de la pared para presentarse.

Se trataba del buque insignia de la flota francesa del Pacífico en
aquel tiempo. Yo, por mi parte, me incliné ligeramente en mi extremo de la mesa y le dije que tenía el mando de un mercante fondeado a la sazón en la bahía de Rushcutters. Ya había «reparado» en él;
un bonito y acogedor navío. Fue muy amable en sus comentarios,
de aquella forma suya, tan impasible. Creo recordar incluso que llegó hasta el extremo de ladear la cabeza apreciativamente cuando repitió, mientras respiraba pesadamente:

—Ah, sí. Un pequeño barco pintado de negro, muy bonito...
muy bonito *(très coquet)*.

Al rato, retorció ligeramente el cuerpo para encarar la puerta de
cristal que estaba a nuestra derecha.

—Una ciudad triste *(triste ville)* —observó, mientras miraba hacia la calle.

Hacía un día esplendoroso; rugía el viento del sur y veíamos
cómo los paseantes, hombres y mujeres, eran zarandeados por el
viento en las aceras, y las fachadas de las casas del otro lado de la calle aparecían borrosas a causa de los altos remolinos de polvo.

—He bajado a tierra —dijo— para estirar un poco las piernas,
pero...

No acabó la frase, y se hundió en las profundidades de su reposo.

—Si fuese tan amable de contarme —habló de nuevo, irguién-
dose laboriosamente— ¿qué había detrás de todo este asunto... exactamente *(au juste)*? Es curioso. El hombre muerto, por ejemplo, y
todo lo demás.

—Hubo hombres vivos también —dije— y mucho más curiosos.

—Sin duda, sin duda —concedió, casi inaudible, y luego, tras
reflexionar concienzudamente, murmuró—: Evidentemente.

No tuve ninguna dificultad para transmitirle lo que me había interesado más en el asunto. Me pareció que tenía derecho a saberlo; ¿acaso no había estado treinta horas a bordo del *Patna?*, ¿no había sido él el sustituto y sucesor en el mando, por así decirlo?, ¿no había hecho «todo lo que estaba en sus manos»? Me escuchó con un aire todavía más clerical que antes, y con lo que —probablemente a causa de su mirada baja— tenía apariencia de devota concentración. En una o dos ocasiones alzó las cejas (pero sin levantar las pestañas), como si dijera «¡Diablos!». En una ocasión exclamó para sí «¡Ah, bah!», y, cuando hube acabado mi narración apretó los labios lentamente y emitió una especie de triste silbido.

En cualquier otra persona aquel gesto podría haber indicado aburrimiento, indiferencia; pero él, de un modo difícil de desentrañar, lograba que su inmovilidad pareciese profundamente receptiva, y tan llena de valiosos pensamientos como lo está un huevo de sustancioso alimento. Al final no me dijo más que un «muy interesante», expresado con amabilidad, y escasamente por encima de un susurro. Antes de que pudiera superar mi desilusión añadió, como si hablara para sí: «Eso es, eso es, sí». Pareció que la barbilla se hundía aún más en su pecho, que el cuerpo aumentaba de peso en el asiento. Estaba a punto de preguntarle a qué se refería cuando una especie de estremecimiento lo recorrió de arriba abajo, como una ligera ondulación que se ve en el agua estancada antes de sentir el viento, un temblor que indicaba que iba a hablar:

—De modo que ese pobre joven salió corriendo junto con los otros —dijo, con grave tranquilidad.

No sé qué fue lo que me hizo sonreír; se trata de la única sonrisa auténtica que puedo recordar haber experimentado en relación con el tema de Jim. Pero, de alguna manera, aquel simple planteamiento de la cuestión sonaba gracioso en francés... *«S'est enfui avec les autres»*, había dicho el teniente. Y, de repente, comencé a admirar la capacidad de discriminación que tenía aquel hombre. Había ido al grano de inmediato: había comprendido perfectamente cuál era la única cosa que me interesaba. Me sentí como si estuviera consultándole el caso a un profesional. Su madura e imperturbable tranquilidad era la de un experto en posesión de los hechos, y para el cual las perplejidades que le atormentan a uno no son más que cosas de niños.

—¡Ah! Los jóvenes, los jóvenes —dijo con indulgencia—. Y, al fin y al cabo, no es algo de lo que nadie se muera.

—¿Morirse de qué? —pregunté rápidamente.

—Del miedo —aclaró, e inmediatamente dio un sorbo a su bebida.

Noté que los tres últimos dedos de la mano que tenía herida estaban rígidos y que no los podía mover independientemente, de tal forma que agarraba el vaso con cierta torpeza.

—Siempre se tiene miedo. Por mucho que uno diga...

Dejó desmañadamente el vaso sobre la mesa:

—El miedo, el miedo, no lo olvide, está siempre ahí...

Se tocó el pecho rozando uno de los botones de latón, en el mismo punto en el que Jim se había dado un golpe cuando afirmaba que no tenía problemas de corazón. Supongo que debí mostrar alguna señal de desacuerdo, porque insistió:

—¡Sí! ¡sí! Uno habla y habla sin parar; todo eso está muy bien; pero al final del razonamiento no eres más listo que el hombre de al lado... ni más valiente tampoco. ¡Valiente! Eso es algo que hay que comprobar a cada momento. Me he ido dejando caer por todo el mundo *(roulé ma bosse)* —dijo, usando una expresión familiar con imperturbable seriedad—; he conocido a hombres valerosos, ¡incluso famosos! *Allez!*

Bebió otro trago descuidadamente.

—El valor, bien se lo puede imaginar usted, en el servicio, es algo necesario, la profesión lo exige *(le métier veut ça)*. ¿No le parece? —me inquirió con un tono muy sensato—. *Eh bien!* Todos y cada uno de ellos, se lo repito, todos ellos, si eran hombres sinceros, *bien entendu,* confesarían que existe un instante, incluso para el mejor de nosotros, un instante y un lugar en los que uno se abandona *(vous lâchez tout).* Y se tiene que vivir con la verdad. ¿Me entiende? Dada una cierta combinación de circunstancias, la aparición del miedo es segura. Un canguelo abominable *(un trac épouvantable).* E incluso para aquellos que no creen en esta verdad, el miedo está ahí de todas formas; el miedo de sí mismos. Con absoluta seguridad. Créame. Sí. Sí... A mi edad se sabe bien de lo que se está hablando... *que diable!*

Había dicho todo aquello con la misma imperturbabilidad que si hubiera sido el portavoz de una sabiduría abstracta, y en aquel momento incrementó el efecto de distanciamiento con un lento giro continuado de los pulgares.

—Es evidente... *parbleu!* —prosiguió—; pues, por muy firme que sea la resolución, incluso un sencillo dolor de cabeza o una indigestión *(un dérangement d'estomac)* bastan para... Míreme a mí, por ejemplo; ya he tenido ocasión de demostrar valor en varias ocasio-

nes. *Eh bien!* Yo, que le estoy hablando aquí, ahora, en una ocasión...
Apuró la bebida y reanudó el movimiento circular de los dedos.

—No, no; uno no se muere de eso —declaró finalmente.

Cuando me di cuenta de que no iba a contarme su anécdota personal me sentí extremadamente desilusionado; más aún considerando que no se trataba del tipo de historia, como comprenderán, en cuya narración pudiera insistir uno. Me quedé sentado en silencio, al igual que él, que parecía sentirse a las mil maravillas así. Incluso los pulgares habían cesado en su movimiento. De repente despegó los labios de nuevo:

—Así es —dijo, reanudando plácidamente su discurso—. El hombre nace cobarde *(l'homme est né poltron).* Eso supone una dificultad... *parbleu!* De lo contrario todo sería demasiado fácil. Pero el hábito... el hábito... la necesidad, ¿me entiende?, la mirada de los demás... *voilà.* Uno acaba por aceptarlo. Y luego está el ejemplo de otros que no son mejores que uno mismo, y que sin embargo ponen buena cara...

Cesó de hablar.

—Ese joven, como habrá observado usted, careció de todos esos estímulos, por lo menos en el último momento —le señalé.

Alzó las cejas con aire indulgente:

—No, no digo yo lo contrario. Ese joven en cuestión puede haber tenido la mejor de las disposiciones, la mejor —repitió, un poco jadeante.

—Me alegro de que su punto de vista sea clemente —dije—. La forma en la que él mismo veía el asunto era, ¡ah!, con esperanza y...

El ruido de sus pies arrastrándose bajo la mesa me interrumpió. Se arremangó los pesados párpados. Digo que se los arremangó porque ninguna otra expresión puede describir lo consciente y deliberado de aquel acto, y por fin se descubrió ante mí por completo. Frente a mí tenía dos estrechos circulillos grises, como dos pequeños anillos de acero alrededor de la profunda negrura de sus pupilas. La aguda mirada que procedía de aquel enorme corpachón indicaba una eficiencia extrema, como el afilado borde de un hacha de guerra.

—Perdón —dijo puntilloso.

Levantó la mano derecha y balanceó el cuerpo hacia adelante.

—Permítame decirle... He afirmado que uno puede vivir sabiendo perfectamente que el propio valor no se nutre de sí mismo *(ne vient pas tout seul).* En realidad, la idea no es tan insoportable. Una verdad más no debería hacer la vida imposible... Pero el honor... ¡El honor, señor mío!... El honor... eso sí es real, ¡eso sí que lo es! Y en cuanto a lo que valga la vida cuando —se puso en pie con laborioso ímpetu, igual que un buey cuando se levanta, sobresaltado, de la hierba—... cuando se pierde el honor, *ah ça! par exemple*, de eso no puedo ofrecerle ninguna opinión, porque, mi querido señor, nada sé de esa situación.

Yo me había levantado también, y, tratando de imprimir una amabilidad infinita a nuestras actitudes, nos miramos sin decir nada, como dos perros de porcelana en una vitrina. ¡Al diablo con aquel tipo!, acababa de romper el hechizo. La plaga de lo fútil, que subyace a la espera bajo los discursos, había caído sobre nuestra conversación convirtiéndola en algo lleno de sonidos vacíos.

—Muy bien —dije, con una sonrisa desconcertada—, pero ¿no es posible que se reduzca a no verse descubierto?

Hizo como que iba a replicar rápidamente, pero cuando habló había cambiado de idea.

—Eso, mi querido señor, es demasiado sutil para mí, está muy por encima de mí; no le doy vueltas a esa cuestión.

Hizo una profunda reverencia con la gorra sostenida por la visera, entre el pulgar y el índice de la mano herida. Yo también me incliné. Nos inclinamos juntos y arrastramos los pies ceremoniosamente, el uno frente al otro, mientras un sucio espécimen de camarero nos contemplaba con una curiosidad crítica, como si hubiese pagado por ver aquella escena.

—*Serviteur* —llamó el francés.

Hubo un nuevo arrastre de pies.

—*Monsieur... Monsieur...*

La puerta de cristal giró detrás de sus anchas espaldas. Vi cómo el fuerte viento del sur se apoderaba de él y lo empujaba por detrás, con las manos en la cabeza, los hombros en tensión y los faldones de la levita apretándosele fuertemente contra las piernas.

Me quedé sentado, solo y desanimado; un desánimo que giraba en torno al caso de Jim. Si les sorprende que después de más de tres años hubiera conservado un interés real para mí, convendría que supieran que lo había visto hacía poco. Había venido directamente desde Samarang, donde había tomado una carga para Sidney: un negocio absolutamente carente de interés —lo que aquí Charley llamaría una de mis transacciones racionales—, y en Samarang había visto un poco a Jim. En ese momento estaba trabajando para De Jongh, por recomendación mía. Trabajaba de corredor. «Mi representante en el agua», tal como De Jongh lo llamaba. No se pueden imaginar un modo de vida más desprovisto de consuelo, menos susceptible de contar ni con una chispa de encanto, con la posible salvedad del oficio de agente de seguros. El pequeño Bob Stanton —Charley lo conocía muy bien— había pasado por esa experiencia. Sí, el mismo que se ahogó después intentando salvar a la doncella de una señora en el desastre del *Sephora*. Una colisión en una mañana brumosa frente a la costa española, si lo recuerdan. Ya habían evacuado ordenadamente hacia los botes a todos los pasajeros, y estaban ya a cierta distancia del barco, cuando Bob viró para ponerse a un costado y trepó hasta la cubierta para recoger a la muchacha. No puedo entender cómo se la pudieron dejar atrás; en cualquier caso, se había vuelto completamente loca —se negaba a abandonar el barco— y se agarraba a la barandilla con una fuerza sobrehumana. El combate entre ambos se podía ver claramente desde los botes, pero el pobre Bob era el piloto más pequeño de toda la marina mercante, y la mujer medía cinco pies y diez pulgadas y era fuerte como un toro, según me contaron. Y así les fue, tira tú, tiro yo, aquella estúpida muchacha chillando sin parar, y Bob lanzando un grito de vez en cuando para ordenar a su bote que se mantuviese a distancia del navío. Uno de los marineros me dijo, ocultando una sonrisa ante el recuerdo:

—Cualquiera hubiese pensado, señor, que se trataba de un niño malo peleándose con su madre. Al final nos dimos cuenta de que el señor Stanton había renunciado a intentar tirar de la muchacha, y simplemente se quedó junto a ella, como vigilándola. Después pensamos que debió creer que, quizá, la avalancha de agua la arrancaría de la barandilla más tarde y tendría entonces una oportunidad de salvarla. Nosotros no nos atrevimos a acercarnos al costado del buque, y, al poco rato, se fue a pique de repente con un bandazo a estribor. El remolino que se formó fue espantoso. Nada, ni vivo ni muerto, salió a la superficie.

La temporada que el pobre Bob pasó en tierra había sido, creo, una de las complicaciones derivadas de una aventura amorosa. Estaba ilusionado con la idea de que sus días en el mar habían terminado para siempre, y confiaba en que se había hecho poseedor de toda la felicidad posible en la Tierra; pero, al final, la cosa se redujo a la búsqueda de clientes y pedidos. Un primo suyo de Liverpool fue el que le consiguió el trabajo. Solía contarnos los avatares del oficio. Nos hacía reír hasta que se nos saltaban las lágrimas, mientras él, en absoluto disgustado por el efecto de sus palabras, andaba de puntillas entre nosotros, con aquella barba que le llegaba hasta la cintura de su pequeño cuerpo de gnomo y nos decía:

—No me extraña que os riáis, granujas, pero tras una semana de trabajo tenía ya mi alma inmortal encogida y del tamaño de un guisante reseco.

No sé cómo se adaptaría el alma de Jim a sus nuevas condiciones de vida —yo estaba demasiado ocupado en conseguirle una ocupación que le permitiera mantenerse de una sola pieza—, pero estoy bastante seguro de que su fantasía aventurera estaba sufriendo todas las punzadas del hambre. No hay duda de que en su nuevo oficio carecía por completo de cualquier cosa con la que alimentarla. Resultaba penoso verlo en aquel trabajo, aunque se entregaba a él con una serenidad obstinada que hay que apreciar en toda su justa medida. Cuando contemplaba su monótono trasiego, me venía a la mente una especie de idea: que se trataba de un castigo a sus fantasías heroicas, una expiación por ambicionar una gloria harto superior a lo que sus hombros eran capaces de soportar. Se había dejado llevar en exceso por el encanto de imaginarse un maravilloso pura sangre, y ahora se veía condenado a esforzarse sin gloria alguna, como el jamelgo de un trapero. Por otra parte, lo hacía muy bien. Se concentraba en el trabajo, bajaba la cabeza y nunca despegaba los labios para quejarse. Lo hacía bien, realmente bien... salvo por ciertas explosiones fantásticas y violentas que sufría en las lamentables ocasiones en que salía a la luz el irreprimible caso del *Patna*. Y, desgraciadamente, se trataba de un escándalo de los mares de Oriente que se negaba a pasar al olvido. Y ésa es la razón por la que nunca he podido pensar que mi relación con Jim hubiese tocado a su fin.

Me quedé sentado, pensando en él, después de que se hubo marchado el teniente francés; pero no en relación con la fresca y sombría trastienda de De Jongh, de la que se había despedido con un apresurado apretón de manos no hacía mucho, sino tal como lo había visto hacía años, a la luz de los últimos parpadeos de una vela, solos los dos en la larga galería del Hotel Malabar, con el frío y la oscuridad de la noche a su espalda. La respetable espada de la ley de su país estaba suspendida sobre su cabeza. Al día siguiente —¿o era ya aquel mismo día?, pues la medianoche había quedado ya muy atrás cuando nos despedimos—, el magistrado de rostro marmóreo, tras distribuir multas y condenas de prisión en el caso de asalto con agresión, tomaría aquella espantosa arma y la precipitaría sobre su nuca ofrecida. La comunión que tuvimos esa noche fue tan rara como la última vigilia con un condenado. Además, era culpable. Lo era —como me repetía a mí mismo una y otra vez—; un hombre culpable y acabado; sin embargo, deseaba librarlo de los meros detalles de una ejecución formal. No voy a intentar explicar las razones de ese deseo —no creo que pudiese—, pero, si a estas alturas, no son capaces de hacerse una especie de idea de los motivos, entonces es que he sido muy oscuro en mi narración, o bien han estado ustedes demasiado adormilados como para captar el sentido de mis palabras. No voy a defender mi moral en este caso. No hubo moral alguna en el impulso que me indujo a presentarle el plan de huida de Brierly —por llamarlo de algún modo— en toda su primitiva sencillez. Estaban las rupias —que tenía absolutamente preparadas en el bolsillo y completamente a su disposición. ¡Ah!, un préstamo; claro, un préstamo—, y si aceptaba una carta de presentación para un hombre (en Rangún) que podría darle un trabajo... ¡Cómo! Con el mayor de los placeres. Tenía pluma, papel y tinta en mi habitación, en el primer piso. Y ya mientras estaba hablando me sentía impaciente por empezar la carta: día, mes, año, 2.30 de la mañana... por nuestra amistad le ruego que le consiga un trabajo al señor James Tal y Tal, del cual, etc., etc... Estaba dispuesto, incluso, a escribir sobre él utilizando ese tipo de palabras. Aunque no hubiese despertado mis simpatías, había logrado algo mejor: había alcanzado el origen y la raíz de ese sentimiento, había llegado hasta la sensibilidad secreta de mi egoísmo. No les oculto nada, porque, si lo hiciera, este acto mío resultaría más ininteligible de lo que tiene derecho a serlo cualquier acto humano, y, por otra parte, mañana habrán olvidado mi sinceridad junto con otras lecciones del pasado. En aquella transacción, por decirlo de un modo vulgar y preciso, yo jugaba el papel de hombre irreprochable; pero las sutiles intenciones de mi inmoralidad se vieron derrotadas por la simpleza moral del criminal. No pongo en duda su propio egoísmo, pero el suyo era de un origen más alto, tenía unos propósitos más elevados. Me di cuenta de que, dijera yo lo que dijese, él estaba ansioso por someterse a la ceremonia de la ejecución; y tampoco dije gran cosa, porque presentí que, en un debate, su juventud pesaría mucho contra mis argumentos: él comenzaba a creer a partir del punto en que yo había cesado de dudar. Había algo hermoso en lo descabellado de su esperanza inarticulada, apenas formulada:

—¡Tomar el portante! Ni pensarlo —dijo, denegando con la cabeza.

—Le estoy haciendo una oferta por la que ni exijo ni espero ninguna gratitud —dije—, me devolverá el dinero cuando lo estime conveniente, y...

—Es usted muy amable —murmuró, sin levantar la vista.

Lo vigilé atentamente; el futuro debía aparecer horriblemente incierto ante él, pero no vaciló, como si, realmente, no hubiese tenido problemas de corazón. Me invadió la ira, y no por primera vez esa noche.

—Todo el maldito asunto —dije— ya es lo suficientemente amargo, creo, para un hombre de su clase...

—Lo es, sí, lo es —susurró dos veces, con la mirada fija en el suelo.

Era para partirle el corazón a uno. Lo tenía de pie ante mí, alto, por encima de la luz; podía verle el vello en las mejillas, el enrojecimiento progresivo bajo la suave piel de su rostro. Me crean o no, les aseguro que era tan intolerable que le partía el corazón a uno. Aquello provocó en mí un estallido de brutalidad:

—Sí —dije—, y permítame que me confiese completamente incapaz de imaginar qué ventaja espera que le traiga apurar el cáliz hasta las heces.

—¡Ventajas! —murmuró desde su quietud.

—Que me aspen si lo entiendo —dije, furioso.

—He intentado contarle todo lo que hay en ello —continuó lentamente, como meditando sobre algo sin respuesta posible—. Pero, al fin y al cabo, es *mi* problema.

Abrí la boca para replicar y, de repente, descubrí que había perdido toda la confianza en mí mismo; y parecía también que él me hubiera dado por imposible, pues dijo entre dientes, casi como un hombre que está pensando en voz alta:

—Se marcharon... ingresaron en un hospital... Ni uno solo se quiso enfrentar a las consecuencias... ¡Ellos...! —agitó ligeramente la mano indicando desprecio—. Pero yo tengo que superar todo esto, y no debo escapar de ello, o si no... No pienso escapar.

Se quedó en silencio. Tenía una mirada como de hechizado. Su rostro reflejaba, inconsciente, expresiones pasajeras de desprecio, desesperación, resolución; y las reflejaba sucesivamente, como mostraría un espejo mágico el paso de formas sobrenaturales que se deslizaran por él. Vivía rodeado de fantasmas engañosos y de adustas sombras.

—No diga tonterías, amigo mío —comencé.

Se agitó con impaciencia.

—No parece entenderlo —dijo cortante; y luego, mirándome sin pestañear—. Puede que haya saltado, pero no voy a salir corriendo.

—No pretendía ofenderle —dije, y añadí estúpidamente—:

Hombres mejores que usted han creído oportuno salir corriendo en alguna ocasión.

El rostro se le puso rojo hasta la raíz de los cabellos, mientras, en mi confusión, casi me mordí la lengua.

—Quizá sea como usted dice —dijo, finalmente—, yo no soy lo bastante bueno; no me lo puedo permitir. Estoy obligado a luchar con esto hasta el final; eso es lo que estoy haciendo *ahora*.

Me puse en pie y sentí todos los miembros entumecidos. El silencio nos llenaba de embarazo, y, para romperlo, no se me ocurrió nada mejor que observar:

—No tenía ni idea de lo tarde que es —dije, en un tono airado.

—Yo diría que ya está cansado de toda esta charla —afirmó con brusquedad— y si quiere que le diga la verdad —y se puso a buscar el sombrero—... yo también.

¡Bueno! Había rechazado una oferta única. Había ignorado mi mano tendida en actitud de ayuda. Ya estaba preparado para irse, y, más allá de la balaustrada, la noche parecía esperarle, muy quieta, como si lo hubieran señalado como presa suya. Oí su voz.

—¡Ah! Aquí está.

Había encontrado el sombrero. Durante unos instantes nos quedamos parados, sintiendo la brisa sobre nosotros.

—¿Qué piensa hacer después... después de...? —pregunté en voz muy baja.

—Irme al garete, probablemente —respondió, con un ronco murmullo.

Yo ya había recuperado las luces, en cierta medida, y creí mejor tomármelo a la ligera.

—Le ruego que recuerde —dije— que me gustaría mucho volver a verle antes de que se marche.

—No veo nada que pueda impedírselo. Todo este maldito asunto no me va a hacer invisible —dijo, con una intensa amargura—, no caerá esa suerte.

Y entonces, en el momento de la despedida, me hizo una escena llena de balbuceos y movimientos llenos de confusión, un terrible despliegue de vacilaciones. ¡Dios le perdone... y a mí también! Se le había metido en su fantasiosa cabeza que yo iba a poner reparos ante la idea de darle la mano. La situación fue demasiado terrible para poder describirla con palabras. Recuerdo que le grité de repente, como se le gritaría a todo pulmón a un hombre al que se ve a punto de saltar por un acantilado; recuerdo las voces que dimos, la aparición de una triste sonrisa en su rostro, un apretón fortísimo en mi mano, una risa nerviosa. La vela se extinguió con un último chispazo y la escena se acabó por fin, con un gemido que me llegó flotando en la oscuridad. Desapareció de algún modo. La noche se lo tragó. Era un chapucero terrible. Terrible. Oí el rápido crujido que hacía la gravilla bajo sus botas. Estaba corriendo. Literalmente corriendo, sin ningún sitio al que ir. Y ni siquiera había cumplido aún los veinticuatro.

Capítulo XIV

Dormí poco, desayuné apresuradamente, y, tras una ligera vacilación, renuncié a efectuar la visita que solía hacer a mi barco a primeras horas de la mañana. En realidad, hacía mal, porque, aunque mi primer piloto era un hombre excelente de pies a cabeza, era víctima de una imaginación tan terrible que, si no recibía una carta de su mujer en la fecha prevista, enloquecía de ira y celos, perdía totalmente el sentido del deber, se peleaba con todos los marineros, y, o bien se encerraba a sollozar en su cabina, o bien se ponía de un humor tan feroz que prácticamente llevaba a la tripulación al borde del motín. Era algo que siempre me había resultado inexplicable: llevaban casados trece años; en una ocasión la pude ver un momento y, francamente, no podía imaginarme a nadie lo suficientemente perdido como para lanzarse al pecado por una mujer tan poco atractiva. No sé si no habré hecho mal al renunciar a exponerle este punto de vista al pobre Selvin; aquel hombre lograba construirse su propio infierno sobre la Tierra, y a mí también me tocaba sufrirlo indirectamente, pero una especie de, sin duda, falsa delicadeza, me impedía decírselo. Las relaciones conyugales de los marinos constituirían un tópico de lo más interesante, y les podría poner ejemplos... Sin embargo, no es éste el lugar ni el tiempo adecuados, y nuestra atención estaba centrada en Jim, que era soltero. Si su carácter fantasioso y su orgullo, si todos los fantasmas extravagantes y las adustas sombras que constituían los desastrosos seres íntimos asociados a su juventud, le impedían huir del cadalso, yo, de quien por supuesto no se pueden sospechar tales compañeros íntimos, me vi irresistiblemente impulsado a ir a ver cómo rodaba su cabeza. Así pues, dirigí mis pasos hacia el tribunal. No tenía esperanzas de que fuera demasiado impresionante o edificante, ni interesante, ni siquiera esperaba que me produjera miedo, aunque, mientras quede algo de vida por delante, un buen susto de vez en cuando es la máxima de una disciplina muy saludable. Pero tampoco esperaba que aquello me deprimiera tan espantosamente. Lo amargo de su castigo estuvo en la gélida y mezquina atmósfera. La verdadera significación de un crimen está en su condición de ruptura de la fe con la comunidad humana, y desde ese punto de vista él no era un traidor de poca monta; pero su ejecución fue casi clandestina. No hubo ni un alto patíbulo ni una tela púrpura (¿tenían telas escarlatas en Tower Hill? Deberían haber tenido), ni una asombrada multitud que se horrorizara ante la magnitud de su culpa y que llorase ante la de su destino: no había aires de sombría retribución. Allí estaba, según iba yo andando, la clara luz del sol, un brillo demasiado apasionado como para proporcionar consuelo; las calles estaban repletas de abigarrados pedacitos de color, como un caleidoscopio estropeado: amarillo, verde, azul, un blanco cegador, la desnudez morena de un hombro descubierto, un carro con un toldo rojo tirado por un buey; una compañía de infantería nativa, formando un conjunto pardo de oscuras cabezas y marcando el paso con unas polvorientas botas de lazo; un policía indígena con un oscuro uniforme muy corto y con un cinto de charol, que me miraba con esos lastimeros ojos orientales, como si su espíritu migratorio estuviera sufriendo terriblemente a causa de ese imprevisto —¿cómo se llamaba?—... avatar, encarnación. Bajo la sombra de un árbol solitario que había en el patio, estaban sentados formando un grupo pintoresco los aldeanos relacionados con el caso de asalto, como la cromolitografía de un campamento sacada de un libro de viajes a Oriente. Se echaba de menos el obligatorio hililllo de humo en primer plano y a los animales de carga pastando. Detrás, se alzaba por encima del árbol un muro amarillo y sin adornos, que reflejaba el deslumbrante resplandor del día. La sala del juzgado estaba oscura y parecía más amplia. Arriba, en el estrecho espacio que les correspondía, los *punkahs* efectuaban su corto balanceo, de arriba abajo, de arriba abajo, de arriba abajo. Aquí y allá, una figura tapada, empequeñecida por las paredes desnudas, permanecía inmóvil entre las filas de bancos vacíos, como absorta en una piadosa meditación. El demandante, el que había recibido la paliza —un hombre obeso con la piel del color del chocolate, la cabeza rapada, desnudo un lado del grueso pecho, y una marca de casta, amarillo claro, sobre el puente de la nariz—, esperaba sentado en pomposa impasibilidad: sólo le brillaban los ojos, que giraban en la oscuridad, y la nariz se le dilataba y contraía violentamente al ritmo de la respiración. Brierly se dejó caer en su asiento con aspecto de enorme fatiga, como si se hubiera pasado la noche corriendo sobre una pista de ceniza. El piadoso patrón del velero parecía excitado y se revolvía inquieto, como si reprimiera el impulso de levantarse y exhortarnos seriamente a rezar y arrepentirnos. La cabeza del magistrado, delicadamente pálida bajo un pelo cuidadosamente arreglado, parecía la cabeza de un inválido de por vida después de haberse lavado, peinado y metido en la cama. Apartó el jarrón de flores —un ramo violeta con unos cuantos capullos rosas de largo tallo— y, cogiendo con ambas manos un largo folio de papel azulado, lo recorrió con la mirada, puso los antebrazos sobre el borde de la mesa y comenzó a leer en voz alta, de un modo equilibrado, nítido e indiferente.

¡Por todos los...! Toda mi charla sobre cadalsos y cabezas rodando no eran más que tonterías... Les aseguro que fue mucho peor que una decapitación. Había un pesado sentido de irrevocabilidad en todo aquello, sin el alivio de la esperanza de descanso y seguridad que sigue a la caída del hacha. Fueron unos procedimientos con toda la frialdad rencorosa de una sentencia de muerte y toda la crueldad de una condena al exilio. Así es como lo vi aquella mañana, y aún ahora me parece descubrir un innegable vestigio de verdad en esa exagerada visión de un acontecimiento bastante común. Se pueden imaginar cuánto me afectó en aquel momento. Tal vez sea por ello por lo que no podía hacerme a la idea de admitir su propósito. Llevaba el asunto siempre conmigo, no dejaba de estar ansioso por definir mi opinión en torno a él, como si no hubiese estado ya prácticamente decidido: la opinión individual, la internacional... ¡por todos los...! La del francés, por ejemplo. Los pronunciamientos de su propio país se vieron expresados con la fraseología desapasionada y lapidaria que podría usar una máquina, si las máquinas hablaran. La cabeza del magistrado estaba medio oculta tras el papel; su frente era como de alabastro.

El tribunal tenía planteadas varias cuestiones. La primera giraba en torno a si el barco estaba preparado en todos los sentidos y si era lo suficientemente marinero para aquel viaje. El tribunal falló que no. El siguiente punto, recuerdo, fue si hasta el momento del accidente se había navegado con los cuidados adecuados y marineros. Dijeron que sí a eso, Dios sabe por qué, y luego declararon que no existían pruebas que mostrasen la causa exacta del accidente. El resto flotante de una nave, probablemente. Recuerdo que una barca noruega con un cargamento de resina había sido dada por desaparecida por aquella época, y era exactamente el tipo de navío que podría volcar en una tormenta para mantenerse flotando, con la quilla hacia arriba durante meses —una especie de espíritu necrófago marino rondando a los barcos para aniquilarlos en la oscuridad—. Ese tipo de cadáveres vagabundos no son demasiado raros en el Atlántico Norte, que está habitado y hechizado por todos los terrores del mar: niebla, *icebergs,* barcos muertos empeñados en hacer daño, y largos y siniestros temporales que se pegan como vampiros hasta robarte la fuerza, el ánimo e incluso las esperanzas, hasta que te sientes como el envoltorio vacío de un hombre. Pero allí —en esos mares—, el incidente era raro, lo suficiente como para asemejarse a algo preparado por una providencia malévola, la cual, a menos que tuviera por objeto matar al encargado de la caldera auxiliar e imponerle algo peor que la muerte a Jim, parecía causante de un acto diabólico absolutamente sin sentido. Estos pensamientos me distrajeron. Durante un rato la voz del magistrado no fue para mí más que un sonido; pero en un momento dado pasó a configurar palabras nítidas e inteligibles.

—... faltando por completo al más evidente sentido del deber —dijo. La frase siguiente se me volvió a escapar por alguna razón; y luego— ... abandonando en el momento del peligro las vidas y propiedades confiadas a su cargo... —continuó aquella voz con un tono equilibrado; y luego se detuvo.

Un par de ojos lanzaron desde debajo de la blanca frente una rápida mirada por encima del borde del papel. Yo levanté la vista apresuradamente buscando a Jim, como si no me hubiese extrañado verlo desaparecer. Estaba muy quieto... pero ahí estaba. Se le veía sentado, con un ligero sonrojo, rubio y extremadamente atento.

—Por consiguiente... —comenzó la voz con énfasis.

Jim miraba fijamente, con los labios ligeramente separados, pendiente de las palabras del hombre de detrás de la mesa. Éstas afloraban en la quietud de la sala, eran transportadas por el viento que producían los *punkahs,* y yo, que observaba el efecto que tenían sobre él, sólo capté fragmentos de aquel lenguaje oficial...

—La corte... Gustav de Tal y Tal... capitán... ciudadano alemán... James de Tal y Tal... piloto... nombramientos cancelados.

Cayó el silencio. El magistrado había dejado caer el papel e, inclinándose a un lado sobre el brazo de un sillón, comenzó a hablar tranquilamente con Brierly. La gente empezó a abandonar la sala; otros empujaban para entrar, y yo también me dirigí hacia la puerta. Una vez fuera, me quedé parado, y cuando Jim me pasó camino de la verja, lo cogí del brazo y lo detuve. La mirada que me lanzó me turbó profundamente; era como si yo hubiese sido responsable de su estado: me miró como si yo fuera el demonio encarnado de la vida.

—Ya terminó todo —balbuceé.

—Sí —dijo, articulando difícilmente la palabra—. Y ahora que nadie...

Se liberó de mi mano dando un tirón. Contemplé su espalda según se iba alejando. Era una calle larga y permaneció a la vista durante algún tiempo. Caminaba con bastante lentitud, y separando un poco las piernas, como si le resultase difícil hacerlo en línea recta. Justo antes de que se perdiera de vista tuve la impresión de que se tambaleaba ligeramente.

—Hombre al agua —dijo una voz grave a mi espalda.

Cuando me giré vi a un tipo al que conocía de pasada, un australiano de la parte oeste, de nombre Chester. Él también había estado observando a Jim. Era un hombre con un pecho de unas dimensiones inmensas, un rostro afeitado de facciones duras y de un color caoba, y, sobre el labio superior, dos contundentes mechones de un gris como el del hierro, densos y tiesos. Había sido buscador de perlas, provocador de naufragios, comerciante, incluso ballenero, creo; según sus propias palabras: todas y cada una de las cosas que se pueden ser en el mar, excepto pirata. El Pacífico, norte y sur, era su verdadero coto de caza, pero se había desviado mucho en busca de un vapor barato. Recientemente había descubierto, según decía, una isla de guano en alguna parte, pero los accesos eran peligrosos y el fondeadero, si es que lo había, no se podía considerar seguro, por decirlo de la forma más suave.

—Es una mina de oro —solía exclamar—. En el mismo corazón de los arrecifes de Walpole, y si bien es cierto que no existe un fondo donde agarre el ancla a menos de cuarenta brazas de profundidad, es algo que carece de importancia. Están, además, los huracanes. Pero es un asunto de primera. Como una mina de oro... ¡mejor aún! Y, sin embargo, ni uno solo de esos necios es capaz de entenderlo. No puedo conseguir que ningún capitán ni armador se acerque al lugar. Así que he decidido transportar yo mismo ese bendito material.

Ése es el motivo por el que necesitaba un vapor, y yo sabía que en esos momentos estaba en plenas y entusiastas negociaciones con una firma *parsi* que tenía un viejo anacronismo marino, con aparejo de bergantín y noventa caballos de potencia. Nos habíamos encontrado y hablado en varias ocasiones. Miró astutamente a Jim.

—¿Se lo toma muy a pecho, eh? —preguntó mordazmente.

—Mucho —dije.

—Entonces es que no vale para nada —opinó él—. ¿A qué viene tanta alharaca? No es más que un trozo de pergamino. No es de eso de lo que están hechos los hombres. Hay que ver las cosas exactamente como son; si no, lo mejor es rendirse en seguida, porque nunca se conseguirá nada en este mundo. Fíjese en mí. Mi máxima es no tomarme nunca nada a pecho.

—Sí —dije—, usted ve las cosas tal como son.

—Me gustaría poder ver a mi socio ahora; eso es lo que me gustaría —dijo—. ¿Conoce a mi socio? El viejo Robinson. Sí, *ese* Robinson. ¿No lo sabía usted? El famoso Robinson. El hombre que en su época pasó de contrabando más opio y se hizo con más focas que cualquiera de esos don nadies que andan sueltos por ahí. Cuentan que abordaba las goletas que volvían de cazar focas en Alaska cuando la niebla era tan espesa que sólo y únicamente el buen Dios era capaz de distinguir a un hombre de otro. Robinson, el Santo Terror de los mares. Ése es. Está conmigo en lo del guano. La mejor oportunidad que ha tenido en la vida —me pegó los labios al oído—, ¿Caníbal? ... Bueno, solían llamarlo así hace muchísimos años. ¿Recuerda la historia? Un naufragio en el lado oeste de la isla Stewart; eso es, siete pudieron llegar a tierra, y, según parece, no se llevaban demasiado bien entre ellos. Hay gente por ahí demasiado irritable; no saben poner buena cara ante la desgracia, ni tampoco ven las cosas tal como son; ¡tal como realmente son, mi querido amigo! ¿Y cuáles son entonces las consecuencias? ¡Obvias! Problemas y más problemas, casi seguro un buen golpe en la cabeza, y bien merecido que se lo tendrán, por otra parte. Esa clase de tipos adquiere su mayor utilidad cuando están muertos. Según cuentan, un bote del *Wolverine,* un barco de la armada de Su Majestad, se lo encontró de rodillas sobre las algas, desnudo como vino al mundo, y canturreando la melodía de un salmo mientras caía un poco de nieve. Esperó hasta que el bote llegara a una distancia de menos de un remo de la playa, y entonces se levantó y salió corriendo. Lo estuvieron persiguiendo durante una hora por los peñascos, hasta que un infante de marina le arrojó una piedra que le golpeó providencialmente detrás de la oreja y lo dejó sin sentido. ¿Que si estaba solo? Claro que sí. Pero eso es como la historia de las goletas y las focas; sólo Nuestro Señor puede distinguir el bien del mal en ese episodio. El cúter no investigó demasiado. Lo envolvieron en un capote y se lo llevaron tan rápidamente como pudieron, pues la noche se les estaba echando encima y el tiempo amenazaba con empeorar, mientras el barco disparaba cañonazos de llamada cada cinco minutos. Tres semanas más tarde volvía a estar perfectamente. No permitió que las habladurías de tierra le afectaran en lo más mínimo; sencillamente apretó los dientes y dejó que la gente chillara. Ya era suficiente desgracia haber perdido el barco y todo lo que poseía, como para encima prestar atención a los insultos que le dedicaban. Ése es el hombre que yo necesito.

Levantó un brazo llamando a alguien que estaba al extremo de la calle.

—Tiene un poco de dinero, así que tuve que darle una participación en mi negocio. ¡No me quedó más remedio! Hubiera sido pecaminoso dejar pasar una ocasión así, y yo estaba en bancarrota. Me resultó doloroso, pero fui capaz de ver el asunto tal como era; y si me veo *obligado* a compartir con alguien, pensé yo, que sea Robinson. Lo dejé desayunando en el hotel para venirme al juzgado, porque se me ha ocurrido una idea... ¡Ah! Buenos días, capitán Robinson... Un amigo mío... el capitán Robinson.

Tras cruzar la calle en una especie de trote y arrastrar de pies, se nos unió un patriarca demacrado que llevaba un traje de dril blanco y un casco de nito con visera verde sobre una cabeza que temblaba con la edad; y allí se quedó, apoyado con ambas manos sobre el puño de un paraguas. Tenía una barba blanca con mechones de color ámbar que le colgaba, hecha una sola masa, hasta la cintura. Me guiñó unos párpados arrugados como si estuviera aturdido.

—¿Qué tal?, ¿qué tal? —dijo con voz aflautada, mientras se tambaleaba.

—Está un poco sordo —dijo Chester, en un aparte.

—¿Y se lo ha traído a rastras a lo largo de más de seis mil millas para conseguir un vapor barato? —pregunté.

—Le hubiera hecho dar dos veces la vuelta al mundo en un abrir y cerrar de ojos —dijo Chester con enorme energía—. Ese vapor nos hará ricos, amigo mío. ¿Tengo yo la culpa de que todos los patrones y armadores de toda esta bendita Australasia resulten ser unos malditos imbéciles? En una ocasión estuve hablando durante tres horas con un tipo en Auckland. «Envíe un barco —le decía yo—, envíe un barco. Le daré la mitad del primer cargamento, de balde, gratis, para usted solo, únicamente para que tenga un buen comienzo». Y él me contestó: «No lo haría aunque fuese el único lugar del mundo al que pudiera enviar un barco». Un idiota redomado, como puede ver. Que si las rocas, las corrientes, la falta de fondeadero, que si los cantiles cortados a pico, que ninguna compañía de seguros aceptaría el riesgo... era incapaz de entender que se iba a forrar en menos de tres años. ¡Idiota! Casi me puse de rodillas delante de él. «Pero mírelo tal como es —le dije—. Al diablo con las rocas y los huracanes. Mírelo tal como es. Allí hay guano. Los plantadores de azúcar de Queensland se pelearían... se pelearían en el mismo muelle, se lo aseguro...» Pero ¿qué se puede hacer con un necio...? «Es una de tus bromas, Chester», me dice... ¡Broma! Me entraron ganas de echarme a llorar allí mismo. Pregúntele al capitán Robinson... Y luego había otro armador, un gordo con un chaleco blanco que estaba en Wellington, que parecía pensar que lo quería estafar de algún modo. «No sé qué clase de necio está usted buscando —me dice—, pero en estos momentos estoy muy ocupado. Buenos días.» Me entraron ganas de agarrarlo con las manos y tirarlo a través del cristal de la ventana de su propia oficina. Pero no lo hice. Fui manso como un párroco. «Piénselo —le dije—. Piénselo en serio. Vendré a verle mañana.» Gruñó algo referente a que iba a estar «todo el día fuera». Ya en las escaleras lo que quería era darme cabezazos contra la pared de puro fastidio. El capitán Robinson se lo puede confirmar. Era terrible pensar en todo ese maravilloso material desperdiciado allí, bajo el sol... un material que haría crecer la caña de azúcar hasta el cielo. Sería la prosperidad de Queensland. ¡La riqueza para Queensland! Y en Brisbane, donde hice el último intento, me llamaron lunático. ¡Idiotas! El único hombre sensato que me encontré fue el cochero que me llevaba de aquí para allá. Un tipo fenomenal venido a menos, creo. ¡Eh! ¡Capitán Robinson! Recuerda lo que le conté de mi cochero de Brisbane, ¿verdad? Aquel tipo sí que sabía comprender las cosas. Se hacía cargo de todo en un abrir y cerrar de ojos. Daba gusto hablar con él. Una noche, tras una jornada terrible entre armadores, me sentía tan mal que le dije: «Tengo que emborracharme. Vamos; tengo que emborracharme o me volveré loco». «Soy su hombre —me dice—; vamos allá». No sé qué hubiera hecho sin él. ¡Eh! Capitán Robinson...

Le metió los dedos entre las costillas a su socio.

—¡Ji, ji, ji! —se rió el vejete.

Miró sin objeto hacia la calle, y luego me escudriñó a mí con cierta inseguridad reflejada en sus tristes y apagadas pupilas...

—¡Ji, ji, ji!

Se apoyó aún más en el paraguas y bajó la vista al suelo. No hace falta que les diga que había tratado de marcharme varias veces, pero Chester había frustrado todos mis intentos mediante el sencillo procedimiento de agarrarme del abrigo.

—Un segundo. Tengo una idea.

—¿Cuál es esa maldita idea? —pregunté, explotando finalmente—. Si cree que voy a unirme a ustedes...

—No, no, mi querido amigo. Es demasiado tarde por mucho que lo deseara. Ya tenemos un vapor.

—Lo que tienen es la caricatura de un vapor —dije.

—A nosotros nos basta para empezar... Carecemos de esos estúpidos sentimientos de superioridad. ¿Verdad, capitán Robinson?

—¡Sí! ¡Sí! —croó el viejo sin levantar la mirada, y el temblor senil de su cabeza se hizo casi feroz por la determinación que mostraba.

—Tengo entendido que conoce usted a ese joven —dijo Chester, señalando con la cabeza hacia la calle por la que Jim había desaparecido hacía ya mucho tiempo.

—Estuvo cebándose con usted en el Malabar ayer por la noche, según me han dicho.

Dije que era cierto, y tras observar él que también le gustaba vivir bien y con lujos, sólo que de momento tenía que ahorrar hasta el último penique —«¡Nunca hay bastante para el negocio!, ¿verdad, capitán Robinson?»—, irguió los hombros y se acarició su grueso bigote, mientras que el famoso Robinson, tosiendo a su lado, se agarraba más que nunca al puño del paraguas y parecía dispuesto a dejarse caer al suelo convertido en un montón de huesos viejos.

—Verá, es que el viejo es el que tiene todo el dinero —me susurró Chester confidencialmente—. Yo me he quedado sin blanca intentando poner en marcha este maldito asunto. Pero espere un poco y verá; ya verá, ya. Las vacas gordas están a punto de llegar...

De repente pareció asombrado ante mis señales de impaciencia.

—¡Pero, hombre! —exclamó—. Le estoy hablando del mejor negocio del mundo, y usted...

—Tengo una cita —me excusé humildemente.

—¿Y qué? —preguntó con auténtica sorpresa—. Que espere.

—Eso es exactamente lo que está sucediendo en este momento —señalé—. ¿No sería mejor si me dijese qué quiere?

—Comprar veinte hoteles como ése —gruñó para sí—, y a todos los payasos que se hospeden en ellos... o veinte veces veinte...

Levantó bruscamente la cabeza.

—Necesito a ese tipo.

—No le entiendo —dije.

—No vale para nada, ¿verdad? —dijo Chester tajante.

—No sé de qué me está hablando —afirmé.

—¡Cómo! Usted mismo me dijo que el muchacho se lo estaba

tomando muy a pecho —argumentó Chester—. Bueno, en mi opinión, un tipo que... En fin, no puede valer para mucho; pero resulta que yo estoy buscando a una persona; y tengo algo que le irá bien. Le voy a dar trabajo en mi isla —asintió significativamente—. Voy a meter a cuarenta *culis*[1] allí, aunque tenga que robarlos. Alguien tiene que trabajar el material. ¡Ah! Voy a ser justo: un barracón de madera, techo de uralita, sé de un hombre en Hobart que me dará crédito a seis meses para las herramientas y demás, se lo aseguro. Soy un tipo con honor. Luego está la cuestión del aprovisionamiento de agua. Tendré que buscar a alguien que me otorgue su confianza y media docena de depósitos de hierro de segunda mano. Para recoger agua de lluvia, ¿entiende? Quiero que él se haga cargo. Nombrarle jefe supremo de los *culis*. Es una buena idea, ¿no? ¿Qué le parece?

—A veces pasan años enteros sin que caiga una gota de agua en Walpole —dije, demasiado asombrado para poder reírme.

Se mordió el labio y pareció preocupado.

—Bueno, ya organizaré algo para solucionarlo... o les llevaré un suministro. ¡Qué más da! No es eso lo que le he preguntado.

Yo no dije nada. Tuve una rápida visión de Jim encumbrado sobre una roca sin sombras, metido en guano hasta las rodillas, con los chillidos de las aves marinas resonándole en los oídos, la bola incandescente del sol sobre la cabeza, y el cielo y el océano vacíos temblando ligeramente en una lenta ebullición provocada por el calor; todo igual hasta donde alcanzara la vista.

—No se lo aconsejaría ni a mi peor enemigo... —comencé.

—Pero ¿qué le pasa? —exclamó Chester—. Pensaba darle un buen trozo de la tarta; eso es, una vez que la cosa esté consolidada, claro. Es tan fácil que lo podría hacer con una mano atada a la espalda. No tiene que hacer absolutamente nada; le basta con dos revólveres colgando del cinturón... No es posible que tuviera miedo de lo que pudiesen hacer cuarenta *culis*, ¡no con dos revólveres y siendo él el único hombre armado! Es mucho mejor de lo que parece. Quiero que me ayude a convencerlo.

—¡No! —grité.

El viejo Robinson levantó tristemente sus ojos nublados un instante. Chester me lanzó una mirada de infinito desprecio.

—¿Así que no se lo aconsejaría? —dijo, pronunciando lentamente.

---

[1] *Culi*: nombre dado a los trabajadores nativos. *(N. del T.)*

—Por supuesto que no —repliqué, con la misma indignación que si me hubiese pedido ayuda para matar a alguien—. Además, estoy seguro de que él no querría hacerlo. Está muy mal, pero no está loco, que yo sepa.

—No vale absolutamente para nada —musitó Chester en voz alta—. A mí me hubiera venido como anillo al dedo. Si usted fuese capaz de ver las cosas como son, se daría cuenta de que es exactamente lo que él necesita. Y, además... ¡Vaya! Es la oportunidad más maravillosa y segura... —de repente, se enfadó—. Debo tener a alguien, ¡allí!... —dio un taconazo en el suelo y sonrió desagradablemente—. En cualquier caso, le podría garantizar que la isla no se le iba a hundir bajo los pies... y creo que es un poco especial en lo que a eso se refiere.

—Buenos días —dije tajante.

Me miró como si me hubiese comportado como un necio incomprensible...

—Tenemos que marcharnos, capitán Robinson —gritó de repente al oído del anciano—. Esos *parsis* nos esperan para cerrar el trato.

Agarró a su socio por debajo del brazo con dedos firmes, le hizo girar e, inesperadamente, me miró de reojo por encima del hombro.

—Estaba intentando hacerle un favor a ese joven —afirmó, con un tono y un aire que me hizo hervir la sangre.

—Gracias por nada... en su nombre —repliqué.

—¡Ah! Es usted diabólicamente astuto —dijo con una risita burlona—. Pero es igual que los demás. Viven en las nubes. Ya veremos qué hace usted con él.

—No tengo intenciones de hacer nada con él.

—¿No? —dijo como escupiendo la palabra.

El bigote gris se le erizaba de rabia y, junto a él, el famoso Robinson, apoyado en el paraguas, esperaba dándome la espalda, paciente e inmóvil como un exhausto caballo de tiro.

—Yo no he encontrado ninguna isla de guano —dije.

—En mi opinión, no sería capaz de hacerlo aunque le llevaran de la mano y se la pusieran delante de las narices —replicó rápidamente—, y en este mundo hay que ver una cosa antes de poder hacer uso de ella. Hay que conocerla hasta la médula, ni más ni menos.

—Y conseguir que otros la vean también —le insinué, con una mirada hacia la espalda encorvada que tenía a su lado.

Chester me lanzó un bufido.

—Tiene una vista perfecta, no se preocupe. No es un cachorro.

—¡No, por Dios! —dije.

—Vámonos, capitán Robinson —gritó, con una suerte de mezcla de respeto y mando, bajo el ala del sombrero del anciano.

El Santo Terror de los mares dio un saltito denotando obediencia. ¡Les estaba esperando la caricatura de un vapor y la fortuna de aquella hermosa isla! Hacían una curiosa pareja de argonautas. Chester andaba pausadamente, erguido, con elegancia y con aires de conquistador; el otro, alargado, gastado por la edad, vencido hacia adelante y enganchado a su brazo, arrastraba sus marchitas piernas con una prisa desesperada.

Capítulo XV

No fui inmediatamente a buscar a Jim por la sencilla razón de que tenía realmente una cita a la que no podía faltar. Luego, como suele pasar cuando la desgracia se ceba en uno, en la oficina de mi agente me atrapó un tipo recién llegado de Madagascar que tenía una idea para hacer un negocio fabuloso. Tenía algo que ver con ganado, cartuchos y un tal príncipe Ravonalo, pero el eje de todo el asunto era la estupidez de un almirante —el almirante Pierre, creo recordar—. Todo giraba en torno a eso, y aquel tipo no era capaz de encontrar palabras lo suficientemente fuertes como para expresar toda su confianza. Tenía unos ojos como globos sobresalientes, con un brillo escamoso, presentaba también bultos en la frente, y llevaba una larga melena cepillada hacia atrás y sin raya. Tenía una expresión favorita que no dejaba de repetir con aire de triunfador: «El mínimo de riesgos y el máximo de beneficios, he ahí mi máxima. ¿No?». Me dio dolor de cabeza y me amargó la comida, pero él tampoco salió ileso del encuentro; tan pronto como me lo hube quitado de encima, me encaminé directamente hacia el puerto. Vi a Jim inclinado sobre el parapeto del muelle. A su lado estaban tres barqueros nativos armando un escándalo terrible por cinco *annas*.[1] No me oyó acercarme, pero se dio la vuelta de un salto, como si el ligero contacto de mi dedo hubiera hecho saltar un resorte.

—Estaba mirando —balbuceó.

---

[1] *Anna:* moneda india de muy bajo valor. *(N. del T.)*

No recuerdo lo que dije yo; en todo caso no demasiadas cosas, pero no puso ningún reparo en venirse conmigo al hotel.

Me siguió con la docilidad de un niño, con un aspecto general de obediencia, sin ninguna clase de expresión, como si hubiese estado esperándome allí para que lo recogiera. No debería haberme sorprendido tanto su docilidad. En todo el mundo —que a algunos les parece tan enorme y otros fingen considerar más pequeño que un grano de mostaza—, carecía de lugar alguno al que pudiese —¿cómo decirlo?—, al que pudiese retirarse. ¡Eso es! Retirarse: quedarse solo con su soledad. Caminaba junto a mí, muy tranquilo, mirando aquí y allá, y en una ocasión giró la cabeza para ver mejor a un bombero *sidiboy*,[1] vestido con una especie de chaqué y unos pantalones amarillentos, cuyo negro rostro tenía reflejos sedosos, igual que un trozo de antracita. Dudo, sin embargo, que pudiese ver nada; no sé siquiera si sería en todo momento consciente de mi compañía, porque si no lo hubiese conducido hacia la izquierda aquí, o tirado de él hacia la derecha allá, creo que hubiera seguido andando recto en cualquier dirección hasta toparse con una pared o cualquier otro obstáculo. Lo llevé a mi habitación y me senté en seguida a escribir cartas. Éste era el único lugar del mundo (excepto, quizá, el arrecife de Walpole, pero ése no estaba tan a mano) en el que podía estar a solas consigo mismo sin que le molestara el resto del universo. Aquel maldito asunto —como él mismo lo había expresado— no le hizo invisible, pero yo me comporté exactamente como si lo fuese. Tan pronto como me instalé en la silla me incliné sobre el escritorio como lo haría un escriba medieval, y, salvo por el movimiento de la mano que sostenía la pluma, permanecí ansiosamente quieto. No podría decir que tuviese miedo, pero ciertamente me quedé tan inmóvil como si hubiera algo peligroso en la habitación, algo que a la menor insinuación de movimiento por mi parte se sentiría provocado y saltaría sobre mí. La habitación estaba escasamente amueblada —ya saben cómo son los cuartos de los hoteles—: una especie de cama con dosel y mosquitero, dos o tres sillas, la mesa en la que estaba escribiendo y un suelo desnudo. Había una puerta de cristal que daba a una terraza alta, frente a la cual estaba Jim, pasándolo mal con toda la intimidad posible. Cayó el ocaso; encendí una vela con la máxima economía de movimientos y con tanta prudencia como si estuviera realizando un acto ilegal. No hay duda de que lo estaba

[1] *Sidiboy*: trabajador o marinero musulmán de procedencia africana. *(N. del T.)*

pasando realmente mal, pero a mí me pasaba lo mismo, incluso hasta el punto de que, debo confesarlo, tuve deseos de que se lo tragara la tierra, o de que, al menos, se fuera al arrecife de Walpole. Un par de ocasiones llegué a pensar que, al fin y al cabo, Chester podría ser, tal vez, el hombre apropiado para dar solución a un desastre tan absoluto. Aquel extraño idealista había dado en seguida con una salida práctica para la situación, y acertadamente, además. Era suficiente para sospechar que, quizá, pudiese ver realmente el verdadero aspecto de las cosas que les parecían misteriosas o totalmente insolubles a personas menos imaginativas. Yo escribía sin parar; liquidé toda mi correspondencia atrasada, y luego seguí escribiéndole a gente que carecía por completo de razones para esperar de mí una carta llena de chismes intrascendentes y vacíos de contenido. A veces le lanzaba a Jim una mirada de reojo. Estaba clavado al suelo, pero sufría estremecimientos que le recorrían la espalda, mientras los hombros se le agitaban violentamente de un modo convulsivo. Estaba luchando; estaba luchando... sobre todo por seguir respirando, según parecía. Había unas sombras enormes, todas en la misma dirección, procedentes de la recta llama de la vela, que parecían poseídas de una tétrica conciencia; el mobiliario inmóvil presentaba, ante mi mirada furtiva, un aire vigilante. La imaginación me estaba desbordando en medio de mi laboriosa actividad epistolar; y aunque, en un momento en que la pluma dejó de rozar con el papel, la habitación estaba en el más completo silencio y quietud, sentí que se apoderaba de mí esa profunda turbación y confusión mental que provoca un tumulto violento y amenazador —el de un fuerte temporal en el mar, por ejemplo—. Puede que algunos de ustedes sepan a qué me refiero: esa ansiedad desordenada, la congoja y la irritación contra una especie de sensación de acobardamiento que entra arrastrándose en uno; algo que no resulta agradable reconocer, pero que otorga un mérito especial a la resistencia que sea capaz de oponer. No pretendo ser digno de mérito por soportar la tensión provocada por las emociones de Jim; me pude refugiar en las cartas, y hubiera escrito incluso a desconocidos de ser necesario. De repente, según estaba cogiendo una nueva hoja de papel, oí un sonido tenue, el primer ruido que, desde que nos encerráramos juntos, había llegado a mis oídos en la tenebrosa quietud de la habitación. Permanecí inmóvil, con la cabeza baja y la mano en el aire. Los que hayan velado a un enfermo habrán oído sonidos tenues de este tipo en medio de la quietud de las guardias nocturnas, sonidos entre los que se retuerce un cuerpo atormentado, un alma fatigada. Empujó la puerta de cristal con tanta fuerza que temblaron todos los vidrios; salió afuera y yo contuve la respiración mientras aguzaba los oídos sin saber qué más esperaba oír. Realmente, se estaba tomando demasiado a pecho una formalidad vacía que, según el rígido criterio de Chester, debería ser despreciable para alguien capaz de ver las cosas tal como realmente son. Una formalidad vacía: un trozo de pergamino. Bueno. En cuanto a un inaccesible yacimiento de guano; eso ya es otro cantar. Ésa ya sería una cuestión que tomarse razonablemente a pecho. Desde el comedor del piso inferior me llegó un suave estallido de voces mezcladas con el tintineo de la plata y la cristalería; a través de la puerta abierta, el extremo del campo luminoso de la vela caía suavemente sobre la espalda de Jim; más allá, todo era negro; se le veía de pie, al borde de una vasta oscuridad, igual que una solitaria figura en la orilla de un tenebroso océano de desesperación. El arrecife de Walpole ocupaba, cómo no, un punto central en ese mar, un puntito en medio del negro vacío, un clavo ardiendo al que agarrarse. La compasión que sentía por él me llevó a pensar que no me hubiera gustado que su familia lo viese en aquel momento. Incluso para mí resultaba muy duro. La espalda ya no se le estremecía por los jadeos anteriores; estaba erguido como una lanza, inmóvil y apenas visible; y lo que significaba aquella inmovilidad me atravesó el alma, hundiéndose hasta el fondo, como plomo en el agua, y era una carga tan pesada que por un instante llegué a desear de todo corazón que lo único que me quedara por hacer fuese pagarle el funeral. Hasta la ley había terminado con él. ¡Enterrarlo hubiese sido un acto tan bondadoso y tan fácil! Hubiera estado totalmente en consonancia con la sabiduría de la vida, que consiste en alejar de la vista todos los recuerdos de nuestra necedad, de nuestra debilidad, de nuestra condición de mortales; de todo lo que conspira contra nuestra utilidad: el recuerdo de nuestros fracasos, las insinuaciones de nuestros inacabables temores, los cuerpos de nuestros amigos muertos. Quizá fuese cierto que se lo tomaba demasiado a pecho. Y si eso fuera así, entonces, la oferta de Chester... En ese momento cogí una nueva hoja y me puse a escribir con gran determinación. Yo era lo único que había entre él y el oscuro océano. Y yo tenía un sentido de la responsabilidad. Si hablaba, ¿saltaría aquel inmóvil y doliente joven a la oscuridad, se agarraría al clavo ardiendo? Me di cuenta de lo difícil que resulta a veces emitir un sonido. La palabra hablada tiene un poder extraño. ¿Y por qué diablos no?, me preguntaba una y otra vez a mí mismo mientras seguía escribiendo. Bruscamente, aparecían en la página en blanco, bajo el extremo de la pluma, las figuras de Chester y su anciano socio, nítidos y completos, con sus propios pasos y gestos. ¡No! Eran demasiado fantasmales y extravagantes para entrar en el destino de nadie. Y una palabra puede empujar lejos, muy lejos; puede repartir la destrucción a través del tiempo como lo hacen las balas a través del espacio. No dije nada; y él, allá afuera, con la espalda vuelta hacia la luz, como esposado y amordazado por todos los enemigos invisibles del hombre, no movía un músculo ni hacía un solo ruido.

Capítulo XVI

Habría de llegar el momento en que viera cómo lo amaban, admiraban y confiaban en él, el momento en que se formara a su alrededor una leyenda de fortaleza y valor, como si hubiese estado hecho de la misma materia que los héroes. Es cierto; se lo aseguro; tan cierto como que estoy aquí sentado hablando de él en vano. Él, por su parte, tenía la facultad de descubrir, ante una mera insinuación, el semblante de su deseo y la forma de su sueño, una facultad sin la cual la Tierra carecería de amantes y aventureros. Se supo ganar un honor intachable y una felicidad arcádica (nada diré sobre la inocencia) en la jungla: y tenía tanto valor para él como la felicidad arcádica de las calles para cualquier otro. La felicidad, la felicidad —¿cómo se lo podría decir?— se bebe de una copa dorada a grandes tragos en cualquier latitud: el sabor es tuyo, sólo tuyo, y puede ser tan embriagador como uno quiera. Era del tipo de hombre que apuraba los tragos, como pueden imaginar por lo que pasó antes. Cuando lo vi, no estaba exactamente embriagado, pero sí cuando menos con las mejillas ruborizadas y el elixir en los labios. No se lo ganó en seguida. Había habido, como bien saben, un período de prueba entre infernales proveedores de barcos, durante el cual él había sufrido y yo me había preocupado por... por mi confianza, por así llamarla. Y ni siquiera ahora es mi seguridad absoluta, después de verlo en todo su esplendor. Así fue como lo vi la última vez —bajo una luz fuerte—, dominador, y, sin embargo, en completa armonía con sus alrededores: la vida de la jungla y la de los hombres. Confieso que me impresionó, pero debo reconocerme a mí mismo que, después de todo, no se trata de una visión perdurable. Estaba protegido por su aislamiento, era el único de su propia y superior clase, en íntimo contacto con la Naturaleza, que se mantiene fiel a sus amantes con tan pocas condiciones. Pero no consigo que la imagen de su seguridad se fije en mi mirada interior. Siempre lo recordaré tal como lo vi a través de la puerta abierta de mi habitación tomándose, quizá, demasiado a pecho las meras consecuencias de su fracaso. Me alegro, por supuesto, de que mis esfuerzos dieran como resultado algún bien, e incluso cierto esplendor; pero a veces me parece que hubiera sido mejor para mi tranquilidad de conciencia si no me hubiese interpuesto entre él y la asquerosamente generosa oferta de Chester. Me pregunto qué hubiera sacado su exuberante imaginación del islote de Walpole, el trozo de tierra seca más absolutamente abandonado de la mano de Dios que pueda haber sobre las aguas. Lo más probable es que nunca lo hubiese sabido, porque debo decirles que Chester, tras recalar en un puerto australiano para reparar su anacronismo marino con aparejo de bergantín, puso las calderas a funcionar internándose por el Pacífico con una tripulación que sumaba veintiún hombres en total, y la única noticia que hubo relacionada con el misterio que rodea a su destino fue la de un huracán que se supone que pasó por encima de los arrecifes de Walpole un mes o así después de que él zarpase de Australia. No ha habido nunca ni un solo vestigio de aquellos argonautas, no nos ha llegado ni un sonido por encima de la desierta extensión del mar. *¡Finis!* El Pacífico es el más discreto de los océanos con un humor vivo y una ira rápida: el gélido Antártico es también capaz de guardar un secreto, pero más al modo de una tumba.

Y hay un cierto sentido de bendita finalidad en una discreción así, que es algo que todos, más o menos sinceramente, estamos dispuestos a admitir; pues, ¿qué si no hace soportable la idea de la muerte? ¡Término! *¡Finis!,* el poderoso exorcismo que arroja del templo de la vida a la hechizadora sombra del destino. Es eso lo que —sin menospreciar el testimonio de mis ojos y sus vehementes confirmaciones— echo de menos cuando pienso en el éxito de Jim. Mientras haya vida hay esperanza; es cierto; pero también hay miedo. No quiero decir que me arrepienta de mi acción, ni voy a fingir que tenga dificultades para conciliar el sueño como consecuencia de ella; con todo, se apodera de mí la idea de que dio demasiada importancia a su desgracia cuando lo único que importa es la culpa. Era una persona que no me resultaba —por decirlo de algún modo— nada clara. No era claro. Y tengo la sospecha de que no era claro consigo mismo tampoco. Tenía su gran sensibilidad, sus inmejorables sentimientos, sus magníficas añoranzas —una suerte de egoísmo sublimado e idealizado—. Era, si me permiten que lo diga, grande, inmejorable y magnífico... y muy desgraciado. Una naturaleza un poco más basta no hubiera soportado la tensión, hubiese tenido que llegar a un acuerdo consigo misma —con un suspiro, gruñido o incluso con una risotada—; una aún más basta hubiera permanecido invulnerable en su ignorancia y por completo carente de interés.

Pero era demasiado interesante o demasiado desgraciado para dejarle irse al garete, o incluso con Chester. Supe eso mientras estaba sentado con la cabeza inclinada sobre el papel; mientras él luchaba y jadeaba, esforzándose por seguir respirando, de aquel modo terriblemente furtivo, en mi habitación; lo supe cuando salió corriendo a la terraza, como si se fuera a tirar por ella... y no lo hizo; lo supe cada vez mejor durante todo el tiempo que él permaneció fuera, tenuemente iluminado y con la noche como fondo, como si estuviera de pie, a la orilla de un tenebroso océano de desesperación.

Un estruendo brusco y fuerte me hizo levantar la cabeza. El ruido pareció alejarse y, de repente, un brillo penetrante y violento cayó sobre el rostro ciego de la noche. Los parpadeos sostenidos y deslumbrantes parecieron durar un tiempo inconcebiblemente largo. El gruñido del trueno iba aumentando firmemente su intensidad mientras yo le miraba a él, negro y bien perfilado, sólidamente plantado en la orilla de un mar de luz. En el momento de mayor brillantez la oscuridad se retiró de un salto con un retumbar culminante, y él se desvaneció ante mis ojos deslumbrados de un modo tan absoluto como si se hubiera desintegrado. Luego hubo un violento suspiro; unas manos furiosas parecieron tirar de los arbustos, agitar las copas de los árboles allá abajo, cerrar puertas violentamente, romper cristales a lo largo de toda la fachada del edificio. Jim entró, cerrando la puerta tras él, y me encontró inclinado sobre la mesa; mi repentina ansiedad en cuanto a lo que me pudiera decir era enorme, muy afín al miedo.

—¿Puede darme un cigarrillo? —me preguntó.

Le acerqué la caja sin levantar la cabeza.

—Necesito... necesito... tabaco —murmuró.

Me sentí entonces extremadamente animado.

—Un minuto —dijo con un alegre gruñido.

Él dio unos cuantos pasos sin dirección precisa.

—Se acabó —le oí decir.

Desde el mar nos llegó un único trueno, como un cañonazo en petición de auxilio.

—El monzón empieza pronto este año —observó en un tono de conversación ligera, desde algún lugar a mi espalda.

Aquello me animó a darme la vuelta, lo que hice tan pronto como hube escrito la dirección en el último sobre. Estaba fumando con delectación en medio del cuarto, y aunque escuchó el ruido que hice al girarme, me siguió dando la espalda durante un cierto tiempo.

—Bueno... no lo he llevado tan mal —dijo, dándose la vuelta de repente—. He pagado una parte del precio por lo que hice, aunque no demasiado. Me gustaría saber qué va a pasar ahora.

Su rostro no reflejaba emoción alguna; tan sólo mostraba un ligero oscurecimiento e hinchazón, como si hubiera estado conteniendo el aliento. Sonrió forzadamente, y siguió hablando mientras yo le miraba sin decir palabra.

—Gracias, de todos modos... por su habitación... es de lo más indicado para un tipo... con la moral por los suelos...

La lluvia repiqueteaba y susurraba en el jardín; una tubería (debía tener un agujero) efectuaba, justo al lado de la ventana, la parodia de un desconsolado lloriqueo con ridículos sollozos y lamentaciones guturales que se interrumpían con bruscos espasmos de silencio.

—Un poco de cobijo —dijo entre dientes, para volver a callar luego.

Por los negros marcos de las ventanas penetró la luz amortiguada de un relámpago, que se retiró en silencio. Estaba pensando en la mejor forma de abordarlo (no quería que me rechazara de nuevo) cuando soltó una risita:

—Ya no soy más que un vagabundo —la colilla del cigarro humeaba entre sus dedos— sin un solo... un solo —hablaba pronunciando con lentitud—... y sin embargo... —hizo una pausa; la lluvia caía con violencia redoblada—. Un día daré con alguna clase de oportunidad para recuperarlo todo de nuevo. ¡No puede ser de otro modo! —susurró, marcando bien las palabras y mirando al suelo con fiereza.

Yo ni siquiera sabía qué era lo que tanto deseaba reconquistar, lo que tanto echaba de menos. Tal vez fuesen tantas cosas que resultaba imposible decirlo. Un trozo de pergamino, según Chester... Jim me dirigió una mirada inquisitiva.

—Quizá. Si la vida es lo suficientemente larga para hacerlo

—murmuré entre dientes con una agresividad sin sentido—. Pero no confíe demasiado en que así sea.

—¡Dios! Me siento como si nada pudiera alcanzarme nunca —dijo, con un tono de convicción sombría—. Si este asunto no ha podido conmigo, entonces no hay temor de que falte tiempo para... salir trepando del agujero y... —levantó la vista.

Me vino a la mente la idea de que es con personas como él con las que se nutre el gran ejército de forajidos y vagabundos, el ejército que marca el paso en continuo descenso, hasta penetrar en todas las cloacas de la Tierra. Tan pronto como abandonara mi cuarto, ese «poco de cobijo», ocuparía su lugar en las filas y comenzaría el viaje hacia el abismo sin fondo. Yo, al menos, no me hacía ilusiones, pero era yo mismo, también, el que sólo hacía un momento había estado tan seguro del poder de las palabras, mientras que ahora tenía miedo de hablar, del mismo modo en que uno no se atreve a moverse por miedo a perder un asidero resbaladizo. Cuando tratamos de resolver una necesidad íntima de otra persona, nos damos cuenta de lo incomprensibles, vacilantes y brumosos que son los seres que comparten con nosotros la contemplación de las estrellas y el calor del sol. Es como si la soledad fuese una dura pero absoluta condición de la existencia; el envoltorio de carne y hueso en que tenemos centrada la mirada se derrite ante una mano tendida, y lo único que queda es un espíritu caprichoso, inconsolable y evasivo al que ninguna mirada puede seguir ni ninguna mano estrechar. El miedo de perderle era lo que me mantenía callado, porque de repente supe que si le dejaba deslizarse en la oscuridad nunca podría perdonármelo a mí mismo.

—Bien. Gracias... una vez más. Ha sido usted... eh... extraordinariamente... realmente no hay palabras para... ¡Extraordinario! No sé por qué, pero en realidad me temo que no siento tanto agradecimiento como experimentaría si todo el asunto no se me hubiera impuesto brutalmente. Porque, en el fondo... usted, usted mismo... —y se le trabó la lengua.

—Es posible —intercalé.

Frunció el ceño.

—Sea como fuere, mi responsabilidad es innegable.

Y entonces me miró como un halcón a su presa.

—Eso también es cierto —dije.

—Bueno. Lo he soportado hasta el final, y no pienso permitir que nadie me lo eche en cara sin... sin tomármelo a mal.

Apretó el puño.

—¿Y si lo hace usted mismo? —dije, con una sonrisa sin asomo de burla, Dios es testigo.

Pero él me miró amenazador.

—Eso es asunto mío —dijo.

En el rostro se le dibujó por un instante, como una sombra vana y pasajera, una expresión de resolución invencible. Al momento siguiente parecía un buen muchacho en apuros, igual que antes. Arrojó el cigarrillo lejos de sí.

—Adiós —dijo, con la prisa repentina del que se ha entretenido demasiado mientras una tarea urgente le está esperando.

Luego, durante unos segundos, no hizo ni el menor movimiento. El chaparrón caía como la fuerte e ininterrumpida riada de una inundación catastrófica; hacía un ruido de furia abrumadora y sin control que traía a la mente imágenes de puentes que se derrumban, árboles arrancados de cuajo y montañas horadadas. Era imposible que nadie pudiera arrostrar el empuje de aquel colosal y devastador torrente, que parecía romper y formar remolinos alrededor de la tenebrosa quietud en la que teníamos un refugio precario, como si estuviéramos en una isla. La tubería agujereada seguía borboteando, ahogándose, escupiendo, como alguien que chapoteara en el agua, parodia ridícula y detestable de un nadador que lucha por salvar la vida.

—Está lloviendo —protesté—, y yo...

—Llueva, o truene, o salga el sol... —comenzó a decir con brusquedad, pero se controló, y caminó hasta la ventana—. Todo un diluvio —murmuró al rato; luego apoyó la frente contra el cristal—. Y además está oscuro.

—Sí, muy oscuro —dije.

Giró sobre los talones, atravesó la habitación, y ya había abierto la puerta del pasillo antes de que pudiera levantarme de la silla de un salto.

—Espere —exclamé—, quiero que...

—No puedo cenar con usted otra vez esta noche —me replicó con agresividad y con medio cuerpo fuera de la habitación.

—No tengo la menor intención de pedírselo —exclamé.

Ante aquello, retiró el pie que tenía fuera, pero permaneció, desconfiado, en el mismo umbral de la puerta. Yo no perdí ni un segundo en rogarle con gran empeño que no fuera absurdo, y que entrara y cerrara la puerta.

Capítulo XVII

Finalmente, entró; pero creo que fue sobre todo a causa de la lluvia; en aquel momento estaba cayendo con una violencia devastadora que fue disminuyendo gradualmente mientras hablábamos. Su actitud era sobria y rígida; su aspecto general, el de alguien taciturno por naturaleza que está obsesionado con una idea. Mi conversación giraba en torno al aspecto material de su situación; tenía como único propósito salvarlo de la degradación, la ruina y la desesperación que en el mundo exterior se ceban tan rápidamente en los hombres sin amigos y sin hogar. Le supliqué que aceptase mi ayuda; aduje argumentos razonables, y cada vez que miraba hacia aquel rostro terso y absorto tenía la molesta impresión de que no era de ninguna ayuda, sino, por el contrario, un obstáculo para la lucha misteriosa, inexplicable e impalpable que sostenía su alma herida.

—Supongo que tiene intención de comer, beber y dormir bajo techo, como suele ser habitual —recuerdo haber dicho con irritación—. Me dice que no piensa tocar el dinero que le deben...

Hizo un gesto tan cercano al horror como puede ser capaz de hacerlo una persona de su clase. (Le debían la paga de tres semanas y cinco días como piloto del *Patna*.)

—Bueno, es una cantidad demasiado pequeña como para que tenga importancia de todos modos; pero, ¿qué va a hacer mañana? ¿A quién se va a dirigir? Tiene que vivir de algo...

—Ésa no es la cuestión —fue el comentario que se le escapó entre dientes.

Fingí no oírlo y continué combatiendo lo que atribuí a escrúpulos derivados de una delicadeza exagerada.

—Por todas las razones imaginables —dije a modo de conclusión—, debe permitirme que le ayude.

—No podría usted hacerlo —dijo, sencilla y suavemente.

Se estaba agarrando con todas sus fuerzas a una idea profundamente arraigada que yo podía sentir brillar, como un estanque en la oscuridad, pero ante la que no tenía ninguna esperanza de acercarme lo suficiente como para comprenderla. Observé su bien proporcionada figura.

—Sea como fuere —dije—, sí soy capaz de ayudarle en lo que veo de usted. No pretendo hacer nada más.

Denegó escépticamente con la cabeza sin mirarme. A mí se me caldearon los ánimos.

—Pero es que es cierto —insistí—. Puedo hacer más aún. Estoy haciendo más aún. Estoy depositando mi confianza en usted...

—El dinero... —comenzó a decir él.

—Le aseguro que se merece que lo manden al diablo —exclamé— exagerando el tono de indignación.

Él se sobresaltó y sonrió, mientras yo aprovechaba para penetrar sus barreras.

—No se trata, en absoluto, de una cuestión de dinero. Es usted demasiado superficial —dije, y mientras tanto, estaba pensando para mí: «Bueno, ¡allá vamos! Aunque quizá lo sea realmente»—. Lea la carta que quiero que se lleve. Está dirigida a un hombre al que nunca le había pedido ningún favor, y hablo de usted en unos términos que uno sólo se atreve a usar cuando describe a un amigo íntimo. Me hago absolutamente responsable de usted. Absolutamente. Y, con franqueza, si me hiciera el favor de pararse a pensar en lo que eso significa...

Levantó la cabeza. La lluvia había cesado; sólo la tubería continuaba derramando lagrimitas con un goteo absurdo junto a la ventana. La habitación estaba muy silenciosa, y las sombras se apiñaban en los rincones, lejos de la recta llama de la vela que ardía erguida semejante a una daga; tras un rato pareció que el rostro se le cubría con el reflejo de una luz suave, como si ya hubiera llegado el alba.

—¡Cielos! —exclamó jadeante—. ¡Es usted muy noble!

No me habría sentido más humillado aunque me hubiese sacado la lengua de repente en señal de burla. Pensé para mis adentros: «Me lo tengo bien empleado por ser un entrometido engañabobos...». Le brillaban los ojos mientras me miraba directamente al rostro, pero me di cuenta de que no se trataba de un brillo burlón. De repente comenzó a agitarse convulsivamente, como una de esas figuras planas de madera que se mueven con hilos. Los brazos se elevaron y luego cayeron con un chasquido. Pareció cambiar completamente de personalidad.

—¡Y yo sin darme cuenta...! —gritó, y luego, bruscamente, se mordió el labio y frunció el ceño—. Pero qué burro que he sido —dijo muy lentamente con un tono de asombro—. ¡Es usted un gran tipo! —fue lo siguiente que exclamó con la voz velada.

Me cogió fuertemente la mano, como si fuese la primera vez que la veía, y la soltó en seguida.

—¡Vaya! Esto es lo que yo... usted... yo... —balbuceó, y luego, retomando su vieja actitud de impasibilidad, casi podría decir que de impavidez como la de una mula, volvió a hablar grave y pausada-

mente—. No sería más que un animal si después de esto yo no...
—y entonces pareció quebrársele la voz.

—No es nada —dije.

Me sentía casi alarmado por aquel despliegue de emociones, a
través del cual se filtraba cierto júbilo. El hecho era que había tirado
fortuitamente del hilo adecuado; pero no acababa de comprender el
funcionamiento del juguete.

—Ahora tengo que irme —dijo—. ¡Cielos! Sí que me ha ayudado. No me puedo estar quieto aquí sentado. Es exactamente lo
que... —me miró con una confusa admiración—. Es exactamente
lo que...

Por supuesto que era exactamente lo que necesitaba. Se podía
apostar diez contra uno a que lo había salvado de morir de inanición
—la de esa clase especial que está casi invariablemente asociada a la
bebida—. Eso era todo. No me forjaba ninguna ilusión en ese terreno; pero al verlo, me permití preguntarme cuál sería la naturaleza de
lo que, de forma tan evidente, llevaba acariciando en su imaginación
durante los últimos tres minutos. Le había obligado a aceptar los
medios para conducirse decentemente en lo que es el serio negocio
de la vida: conseguir comida, bebida y un cobijo al uso; mientras
tanto, dejaba que su alma herida, como un pájaro con un ala rota,
permaneciera saltando y aleteando en un agujero donde morir silenciosamente de inanición. Eso era lo que había puesto a su alcance:
algo indudablemente ínfimo; y —fíjense— por la forma en que lo
recibió, aquello se perfilaba contra la tenue luz de la vela como si
fuera una sombra enorme, borrosa y tal vez llena de peligros.

—No se moleste porque no diga nada adecuado —dijo, como
en un arrebato—. No existen palabras para expresarme. Ayer por la
noche ya me hizo usted un sinfín de bien. Escuchándome... ya sabe.
Le doy mi palabra de que más de una vez he creído que iba a esta-
llarme la cabeza...

Se movía como un rayo —exactamente tal como suena— de un
lado a otro; se metía las manos en los bolsillos, las volvía a sacar convulsivamente, se echaba la gorra a la cabeza... No había sospechado
siquiera que fuese capaz de mostrarse tan alegre y lleno de vida. Me
hizo pensar en una hoja seca atrapada en una corriente de aire, al
tiempo que una misteriosa aprensión, una carga de peso indefinido,
me tenía hundido en la silla. Entonces se quedó completamente inmóvil, como si un descubrimiento repentino lo hubiera dejado sin
fuerza motriz.

—Me ha dado confianza —declaró con seriedad.

—¡Por Dios Santo, mi querido amigo, no siga! —le supliqué, como si sus palabras me hubieran herido.

—Está bien. Me callaré, ahora y siempre. Sin embargo, no me puede impedir que piense... ¡No importa!... Aún puedo demostrar...

Se dirigió apresuradamente hacia la puerta, se detuvo con la cabeza baja y volvió, caminando con paso firme.

—Siempre he pensado que si le dejan a alguien empezar de cero... Y ahora, usted... en cierta medida... sí... de cero.

Hice ademán de quitarle importancia, y él salió sin volver la vista atrás; el sonido de sus pisadas se extinguió progresivamente detrás de la puerta cerrada —el paso sin vacilaciones de un hombre que camina bajo la plena luz del día—.

Pero en cuanto a mí, solo con aquella única vela, me sentí extrañamente a oscuras. Ya no era lo suficientemente joven como para contemplar a cada momento la magnificencia que rodea a nuestros insignificantes pasos, tanto en el camino del bien como en el del mal. Sonreí al pensar que, después de todo, era realmente él, de entre nosotros dos, el que llevaba la luz consigo. Y me sentí triste. ¿Había dicho que de cero? Como si en realidad la palabra inicial de nuestro destino no estuviera ya grabada con caracteres indelebles sobre la superficie de una roca.

Capítulo XVIII

Seis meses después recibí una carta de mi amigo (se trataba de un cínico solterón, bien entrado en años, con fama de excéntrico y propietario de un molino arrocero), y pensando, a tenor de lo cálido de mi recomendación, que me gustaría oírlo, se extendió bastante en la relación de las excelencias de Jim, las cuales, según parecía, tenían un carácter tranquilo y marcado por la eficiencia.

«Al no haberme sido posible nunca hasta ahora descubrir en mi corazón más que una tolerancia resignada hacia los individuos de mi misma especie, he estado viviendo solo en una casa que, incluso en este clima agobiante, cabría considerar demasiado grande para un solo hombre. Me lo he traído a vivir conmigo desde hace algún tiempo. Y parece que no he cometido un error.»

Lo que yo pensé al leer la carta fue que mi amigo había descubierto en su corazón algo más que tolerancia para con Jim; que de hecho lo que sentía eran los principios de un afecto real. Por supuesto, describía sus razones de un modo característico en él. Por un lado, Jim se mantenía fresco en aquel clima. Si hubiese sido una chica —escribía mi amigo— se podría haber dicho que estaba floreciente —de una manera modesta—, como una violeta, no como una de esas chillonas flores tropicales. Llevaba seis semanas en la casa y aún no había tratado de darle ninguna palmadita en la espalda, ni le había llamado con nombres excesivamente familiares, y ni siquiera había intentado hacerle sentirse un fósil jubilado. Carecía por completo de esa charlatanería exasperante propia de los jóvenes. Tenía buena disposición, no hablaba demasiado de sí mismo, no era listo en ningún sentido —gracias a Dios, según escribía mi amigo—. Parecía, sin embargo, que Jim sí era lo bastante listo como para apreciar sin exageraciones el ingenio de mi amigo, al tiempo que, por otra parte, le resultaba entretenido por su ingenuidad.

«Conserva en su persona el rocío de la mañana, y desde que tuve la brillante idea de darle una habitación en mi casa y tenerle como compañía en las comidas, me siento menos marchito. El otro día se le metió en la cabeza cruzar la habitación con el único propósito de abrirme la puerta; hace años que no me sentía tan cercano a la humanidad. Es ridículo, ¿verdad? Por supuesto, me imagino que hay algo oculto —algún asuntillo terrible— que usted conoce perfectamente, pero aunque estuviera seguro de que fuese atroz, me imagino que debe ser posible perdonarle por ello. Por mi parte, me declaro incapaz de imaginarlo culpable de cualquier cosa peor que robar en un huerto. ¿Acaso es mucho peor? Quizá debió habérmelo contado; pero hace tanto que nos hemos convertido en santos que quizá haya olvidado usted que también nosotros pecamos en nuestros tiempos. Pudiera suceder que un día se lo tenga que preguntar, y entonces confío en que se me dé una respuesta. No deseo preguntárselo yo mismo hasta tener una idea de la naturaleza de la cuestión. Por lo demás, es demasiado pronto todavía. Cuando me abra la puerta unas cuantas veces más...»

Así escribía mi amigo. Me sentía triplemente contento: por la excelente adaptación de Jim, por el tono de la carta, y por mi propia inteligencia. Evidentemente sabía lo que me hacía cuando recomendé a Jim. Había sido capaz de interpretar correctamente los signos, etcétera. A lo mejor salía algo inesperado y maravilloso de toda aquella historia. Aquella noche, reposando en una silla de cubierta bajo mi propia toldilla de popa (estaba en el puerto de Hong Kong), coloqué, en nombre de Jim, la piedra de un castillo en el aire.

Realicé una travesía hacia el norte y cuando regresé me encontré con una nueva carta de mi amigo. Es el primer sobre que he rasgado para abrir una carta.

«Por lo que sé no falta ninguna cuchara», rezaba la primera línea, «tampoco me he preocupado mucho por averiguarlo. Se ha marchado, dejando sobre la mesa del comedor una notita formal pidiendo excusas, una nota que indica que o bien es tonto o bien un desalmado. Probablemente sea ambas cosas... que para mí es una sola. Permítame decirle, por si acaso tiene más jóvenes misteriosos en reserva, que he cerrado la tienda, de un modo definitivo e irrevocable. No piense ni por un instante que todo esto me importe un pimiento; pero se le echa mucho de menos en las reuniones para jugar al tenis y, por mi bien, he dicho una mentira plausible en el club...»

Arrojé la carta a un lado y comencé a buscar entre el montón de correspondencia que había sobre mi mesa, hasta que di con la caligrafía de Jim. Era increíble. ¡Una oportunidad entre cien! ¡Pero al final siempre acaba haciéndose realidad lo peor! El segundo maquinista del *Patna*, el pequeñajo, había aparecido en un estado rayano en la indigencia y había conseguido un trabajo provisional al cuidado de la maquinaria del molino.

«No pude soportar la familiaridad con que me trataba aquella alimaña pequeñaja», me escribía Jim desde un puerto que estaba setecientas millas al sur del lugar en el que debía haber estado viviendo a cuerpo de rey. «Ahora trabajo de momento con Egström & Blake, proveedores de barcos, en calidad de, bueno, de corredor, por llamarlo por su verdadero nombre. Les he dado su nombre como referencia, el cual les es, por supuesto, conocido, y si pudiera escribir unas letras en mi favor el empleo pasaría a definitivo.»

Me sentí terriblemente aplastado bajo las ruinas de mi castillo, pero, evidentemente, escribí la carta que me pedía. Antes de fin de año, un nuevo contrato me llevó a aquel puerto y tuve la oportunidad de verle.

Seguía aún con Egström & Blake, y nos encontramos en lo que llamaban «nuestro salón», un cuarto que daba al almacén. En aquel momento acababa de volver de hacerle una visita a un barco y me recibió con la cabeza baja, dispuesto a sostener una pelea.

—¿Qué puede decir en su defensa? —comencé, tan pronto como nos hubimos dado la mano.

—Lo que le escribí, nada más —dijo con tono obstinado.

—¿Acaso aquel tipo se fue de la lengua, o qué? —pregunté.

Me miró con una sonrisa de turbación.

—¡No! En absoluto. Lo convirtió en una especie de secreto entre nosotros dos. Se comportaba de una forma asquerosamente misteriosa cada vez que yo aparecía por el molino; me guiñaba un ojo respetuosamente, viniendo a decir algo así como «los dos sabemos lo que sabemos». Siempre diabólicamente servil y familiar, y era algo que yo no...

Se dejó caer en una silla y dirigió la mirada hacia abajo.

—Un día en que dio la casualidad de que nos quedamos solos tuvo el descaro de decirme: «Bueno, señor James», allí me llamaban señor James, como si fuera el hijo del dueño, «aquí estamos, juntos de nuevo. Se está bastante mejor que en el viejo barco, ¿verdad?». ¿No le parece a usted espantoso? Lo miré y me contestó con una mirada de complicidad. «No se inquiete, señor», me dijo, «sé distinguir a un caballero cuando lo veo, y sé cómo se siente un caballero. Espero, sin embargo, que me mantenga en este trabajo. Yo también lo pasé bastante mal cuando se armó todo aquel escándalo por lo del *Patna*.» ¡Cielos! Fue espantoso. No sé lo que hubiera dicho o hecho si en aquel preciso instante no hubiese oído al señor Denver llamándome desde el pasillo. Era la hora de comer, y cruzamos juntos el patio y el jardín hasta llegar al *bungalow*. Él empezó a tomarme el pelo de aquel modo bondadoso que le era característico... Creo que yo le agradaba...

Jim permaneció en silencio durante un rato.

—Sé que le agradaba. Eso es lo que lo hizo tan difícil. ¡Un hombre tan maravilloso!... Aquella mañana me cogió del brazo... Él también se mostraba familiar conmigo —lanzó una breve risa y hundió la barbilla en el pecho—. ¡Bah! Cuando recordé cómo me había estado hablando aquella miserable alimaña pequeñaja —dijo de repente, con una voz temblorosa—, no podía soportar la idea de que yo... me imagino que lo entiende...

Asentí con la cabeza.

—Era casi como un padre para mí —exclamó; luego se le quebró la voz—. Se lo hubiera tenido que contar. No podía dejar que las cosas siguieran de aquel modo, ¿verdad?

—¿Y bien? —murmuré tras esperar unos instantes.

—Preferí marcharme —dijo lentamente—, este asunto tiene que permanecer enterrado.

Desde el almacén nos llegaba la voz de Blake reprendiendo a Egström en un tono injurioso y tenso. Llevaban asociados muchos años, y todos los días, desde el momento en que abrían las puertas hasta un minuto antes del cierre, Blake, el hombrecillo de pelo lustroso y negro como el azabache, y unos ojos redondos de triste brillo, le armaba incesantemente escándalos a su socio, con una especie de furia quejumbrosa y mordaz. El sonido de aquellos interminables reproches formaba parte del lugar, exactamente igual que los chismes que almacenaban; incluso los extraños conseguían muy pronto ignorarlos por completo, salvo, tal vez, para murmurar «¡qué fastidio!», o bien para levantarse bruscamente a cerrar la puerta del «salón». El propio Egström, un escandinavo corpulento de inmensos bigotes rubios y aspecto atareado, continuaba dando instrucciones a sus empleados, comprobando paquetes, haciendo facturas o escribiendo cartas en un pupitre alto que había en la tienda, comportándose en pleno escándalo exactamente igual que si hubiera estado más sordo que una tapia. De vez en cuando dejaba escapar un somero «¡chist!», que ni producía, ni se esperaba que produjese, el más mínimo efecto.

—Aquí se portan muy bien conmigo —dijo Jim—. Blake es un poco sinvergüenza, pero Egström es un buen tipo.

Se levantó rápidamente, y, dirigiéndose con paso reposado hasta un telescopio que había sobre un trípode en una ventana que daba a la rada del puerto, se puso a mirar por él.

—Hay un barco que lleva encalmado fuera toda la mañana; ahora le ha llegado un poco de brisa y está entrando —señaló pacientemente—, debo ir a abordarlo.

Nos estrechamos la mano en silencio y él se dio la vuelta para marcharse.

—¡Jim! —exclamé.

Giró la cabeza con la mano en el pomo de la puerta.

—Ha... ha despreciado usted algo así como una fortuna.

—Un anciano tan maravilloso —dijo—, ¿cómo pude hacerlo?, ¿cómo? —le temblaron los labios—. *Aquí* eso no importa.

—Es usted... es... —comencé a decir, y me interrumpí buscando una palabra adecuada.

Pero antes de darme cuenta de que no existía un adjetivo que pudiese servir, Jim se había marchado ya. Fuera oí la voz profunda y amable de Egström que decía alegremente:

—Ése es el *Sarah W. Granger*, Jimmy. Tienes que arreglártelas para ser el primero en abordarlo.

E, inmediatamente, intervino Blake, chillando a la manera de una cacatúa ofendida.

—Dile al capitán que tenemos parte de su correo aquí. Eso hará que venga. ¿Me escucha, señor como se llame?

Y entonces me llegó la voz de Jim contestándole a Egström con un tono ligeramente infantil.

—De acuerdo. Voy volando.

Parecía refugiarse en la faceta de regata que tenía su triste labor.

No lo volví a ver en aquel viaje, pero en el siguiente (tenía un contrato de seis meses para aquella ruta) fui hasta el almacén. A diez *yardas*[1] de la puerta ya me llegaron los reproches de Blake, y cuando entré me dirigió una mirada absolutamente terrible; Egström, todo sonrisas por el contrario, caminó hacia mí con su mano huesuda extendida.

—Me alegro de verle, capitán... ¡chist!... Estaba pensando que ya le tocaba estar de vuelta. ¿Qué dice?... ¡chist!... ¡Ah! ¡Él! Nos ha dejado. Pase al salón.

Tras cerrar de un portazo, la voz tensa de Blake se hizo muy tenue, como la de alguien lanzando reproches desesperados en medio de la jungla.

—Nos puso en un verdadero apuro, además. Se ha portado mal con nosotros, todo hay que decirlo...

¿Adónde ha ido? ¿Lo sabe usted? —pregunté.

—No. Y de nada le va a servir preguntar por ahí —dijo Egström, que estaba ante mí, con sus grandes bigotes, solícito, con los brazos caídos torpemente a los costados y la delgada cadena de plata de su reloj formando un bucle en la parte inferior de un chaleco arrugado de sarga azul—. Un hombre así no va a ningún sitio en concreto.

Me sentía demasiado preocupado por la noticia para pedirle que me aclarase aquella última afirmación; él continuó hablando:

—Se marchó, vamos a ver, el mismo día que arribó, tras haber perdido dos palas de la hélice, un vapor que traía peregrinos de vuelta del mar Rojo. Hará ahora unas tres semanas.

—¿Se dijo algo del caso del *Patna*? —pregunté, temiéndome lo peor.

Se sobresaltó y me miró como si yo fuera un adivino.

—¡Vaya, sí! ¿Cómo lo sabe usted? Hubo algunas personas que hablaron del tema aquí. Había uno o dos capitanes, el gerente del taller mecánico de Vanlo, el del puerto, dos o tres más y yo mismo. Jim estaba presente también, tomándose un bocadillo y un vaso de cerveza. Cuando estamos ocupados, como comprenderá usted, capitán, no hay tiempo para una comida como Dios manda. Estaba de pie junto a esta mesa tomándose los bocadillos, y los demás es-

---

[1] *Yarda*: medida de longitud. Equivalente a tres pies o 91,44 cm. *(N. del T.)*

tábamos alrededor del telescopio, viendo cómo entraba el vapor; en un momento dado, el gerente de Vanlo comenzó a hablar del jefe de máquinas del *Patna,* al que había hecho unas reparaciones en una ocasión; y de eso pasó a contarnos que el barco era una pura ruina y cuánto dinero le habían sacado a pesar de eso. Finalmente, mencionó su última travesía, y entonces intervinimos todos. Cada uno decía una cosa —comentarios breves—, lo que usted u otro cualquiera podrían haber dicho, y hubo algunas risas. El capitán O'Brien, del *Sarah W. Granger,* un hombretón ruidoso que lleva un bastón (estaba sentado escuchándonos desde ese sillón de ahí) golpeó repentinamente el suelo con el bastón y chilló: «¡Canallas!»... Nos dio un buen sobresalto a todos. El gerente de Vanlo nos guiñó un ojo y va y le pregunta: «¿Qué le pasa, capitán O'Brien?». «¡Pasarme, qué me va a pasar!», comenzó a gritar aquel viejo. «¿De qué se ríen, salvajes? No es cosa de risa. Es una desgracia para la raza humana; eso es lo que es. Me daría vergüenza que me vieran en la misma habitación que uno de aquellos hombres. ¡Sí, señor!» Pareció desafiarme con la mirada, y tuve que decir algo por cortesía: «¡Canallas!», dije, «claro que sí, capitán O'Brien, y yo tampoco permitiría que estuvieran aquí, de modo que se puede sentir tranquilo, capitán O'Brien. ¿Por qué no se bebe algo fresco?». «Al diablo con su bebida, Egström», dijo él con los ojos brillantes, «cuando quiera beber algo ya lo pediré a gritos. Y me marcho. Aquí dentro apesta.» Ante aquello, los demás soltaron grandes risotadas mientras se marchaban detrás del viejo. Y entonces, capitán, ese maldito Jim va y deja en la mesa el bocadillo que tenía en la mano, da la vuelta a la mesa para acercárseme (aún tenía el vaso de cerveza casi lleno), y me dice: «Me marcho», exactamente con esas palabras. «Todavía no es la una y media», le digo. «Fúmese un cigarrillo antes de irse, si quiere.» Yo pensaba que quería decir que ya era hora para irse a hacer su trabajo. Al comprender lo que pretendía hacer, se me cayeron los brazos... ¡así! No se consigue un empleado como ése todos los días, bien lo sabe usted; era la persona más audaz que conozco cuando se subía a un bote de vela; estaba dispuesto a salir varias millas mar adentro, sea cual fuese el tiempo, para abordar a los barcos. En más de una ocasión llegaba su capitán aquí, reventando de ganas de contarlo, y decía: «Su corredor es una especie de lunático temerario, Egström. Yo estaba entrando casi a tientas con el trapo reducido esta mañana cuando surge volando de entre la niebla, justo bajo el pie de la roda, un bote semisumergido, con el agua salpicando por encima de su tope de palo, dos negros aterrorizados sobre las tablas del fondo y un diablo al timón que me chilla: «¡Eh! ¡Eh! ¡Ah del barco! ¡Eh! ¡Capitán! ¡Eh! ¡Soy de Egström & Blake, el primero en abordarle! ¡Eh! ¡Egström & Blake! ¡Hola! ¡Eh! ¡Vosotros, los de arriba!». «Entonces les da un puntapié a los negros, largan los rizos (estábamos en pleno chubasco en ese momento), y sale disparado delante de nosotros, gritándome y chillándome que aumentara el trapo y que él me guiaría... parecía más un demonio que un ser humano. En toda mi vida había visto nunca a nadie manejar así un bote. ¿No estaba borracho, verdad? Un tipo tan tranquilo y modesto, además... se sonrojó igual que una muchacha cuando subió a bordo...» Le aseguro, capitán Marlow, que nadie tenía la más mínima oportunidad de llegar antes que nosotros a un barco nuevo cuando Jim estaba en su bote. Los otros proveedores se limitaban a conservar a sus antiguos clientes, y...

Al decir esto, Egström parecía completamente desbordado por la emoción.

—Es que, señor mío, casi se podría decir que no le hubiera importado salir cien millas mar adentro navegando en un zapato viejo con tal de conseguir un barco para la firma. Aunque el negocio hubiera sido suyo, y estuviera todavía por consolidar, no podría haberse esforzado más de lo que lo hacía. Y ahora... tan de repente... ¡y de este modo! Yo pensé para mis adentros: «¡Ajá!, una subida de la paga, he ahí el problema, seguro». «Está bien», dije, «no hace falta que hagas teatro conmigo, Jimmy. Simplemente dime cuánto quieres. Estoy dispuesto a llegar a cualquier cifra razonable.» Entonces, él va y me mira como si tuviera algo atravesado en la garganta. «No me puedo quedar con ustedes.» «¿Me está usted tomando el pelo?», le pregunté. Me lo niega con la cabeza, y entonces pude ver en su mirada que nada podría impedirle marcharse. Así que me encaré con él y lo puse verde hasta que me zumbaron los oídos. «¿De qué huye?», le pregunté. «¿Quién se ha estado metiendo con usted? ¿Qué le ha asustado? No tiene más sentido común que un niño de dos años; uno no abandona un buen barco. ¿Dónde espera conseguir una acomodación mejor que ésta?... es usted un tal y un cual.» Tanto le dije que al final pareció ponerse malo, se lo aseguro. «Este negocio no se va a hundir», dije. Y él entonces pegó un salto. «Adiós», me dice, saludándome con una inclinación de la cabeza, como si fuera un lord: «No es usted mal tipo, Egström. Le doy mi palabra de que si conociera mis razones, usted mismo no querría que me quedase». «Ésa es la mayor mentira que haya usted dicho jamás», dije, «nadie mejor que yo sabe lo que quiero». Me estaba desquiciando tanto con su actitud que sentí necesidad de reírme. «¿No se va a quedar el tiempo suficiente ni para beber ese vaso de cerveza, eh, pobre desgraciado?» No sé qué le dio entonces; no parecía capaz de encontrar la puerta; fue algo cómico, se lo puedo asegurar, capitán Marlow. La cerveza acabé por bebérmela yo. «Bueno, si tiene tanta prisa, brindaré con su propia bebida por que tenga suerte», dije, «pero, fíjese en lo que le digo, si continúa con este juego, se va a dar cuenta muy pronto de que la Tierra no es lo suficientemente grande para usted; es todo lo que tengo que decirle». Me dirigió una mirada furiosa, y se marchó corriendo, con una expresión en el rostro que aterrorizaría a cualquier niño.

Egström lanzó un bufido amargo, y se atusó sus bigotes rubios con aquellos dedos huesudos.

—No he sido capaz de dar con nadie que fuera ni la mitad de bueno. Un negocio no da más que quebraderos de cabeza. ¿Y dónde le conoció usted, capitán, si me permite preguntárselo?

—Era el piloto del *Patna* en aquella travesía —dije, creyendo que le debía una explicación.

Egström se quedó muy quieto durante unos instantes, con los dedos hundidos en los cabellos, y luego estalló:

—¿Y eso a quién narices le importa?

—Yo diría que a nadie —comencé a decir...

—¿Y quién narices se cree que es, de todos modos, para actuar de esa manera?

De repente, se metió la patilla izquierda en la boca y se quedó un momento quieto, como asombrado.

—¡Vaya! —exclamó—, y le dije que la Tierra no era lo suficientemente grande para dar cabida a su continuo trasiego.

Capítulo XIX

Les he contado estos dos episodios con detalle para mostrarles la forma que tenía de comportarse bajo las nuevas condiciones en que se desarrollaba su vida. Hubo muchos más sucesos en la misma línea, más de los que se pueden contar con los dedos de las dos manos. Todos estaban igualmente impregnados con una actitud absurda de elevadas miras que convertía su inutilidad en algo profundo y conmovedor. Despreciar el pan de cada día con el propósito de tener las manos libres para luchar cuerpo a cuerpo con un fantasma constituye un acto de heroísmo prosaico. Otros hombres lo han hecho antes (aunque nosotros, los que hemos vivido, sabemos perfectamente que no es el alma visionaria sino un cuerpo hambriento lo que hace de alguien un paria), y son personas que han comido, y que han tenido intención de comer todos los días los que han aplaudido ante una locura tan digna de elogio. A Jim no le acompañaba la fortuna en absoluto, pues toda su temeridad no era capaz de arrancarlo de debajo de aquella sombra. Siempre existían dudas en cuanto a su valor. La verdad parece ser que resulta imposible derribar al fantasma de un hecho. Sólo cabe enfrentarse a él cara a cara o huir de su presencia. Y he conocido a una o dos personas que eran capaces de guiñarles un ojo a sus espectros familiares. Es obvio que Jim no era de los que guiñan el ojo; pero sobre lo que nunca pude decidirme es en cuanto a si su conducta consistía en huir de su fantasma o enfrentársele cara a cara.

Forcé mi perspicacia mental para descubrir tan sólo que, al igual que sucede con la complejidad de nuestras acciones, el matiz que formaba la línea divisoria era tan sutil que resultaba imposible saberlo. Puede que se hubiera tratado de una huida, pero quizá se tratase de una modalidad de combate. Los hombres de mentalidad ordinaria acabaron por considerarlo una especie de trotamundos, porque, y eso era lo más gracioso, pasado un cierto período acabó por ser perfectamente conocido, e incluso famoso, dentro del círculo que formaban sus vagabundeos (que tenía un diámetro de, digamos, unas tres mil millas), y su notoriedad era de la misma clase que la de un tipo excéntrico al que conocen en toda una comarca. Por ejemplo, en Bangkok, donde encontró colocación en la firma de los Hermanos Yucker, fletadores de barcos y comerciantes de madera de teca, resultaba casi patético verle caminar bajo el sol, aferrándose a su secreto, que conocían hasta los mismísimos troncos río arriba. Schomberg, el dueño del hotel en que se alojaba, un hirsuto alsaciano de porte viril y eco irreprimible de todo el cotilleo escandaloso de la población, solía, con ambos codos sobre la mesa, ofrecerle una versión adornada de la historia a cualquier huésped que deseara absorber conocimientos junto con otros tónicos algo más caros. «Y, sin embargo, fíjese, es el tipo más agradable del mundo», sería su generosa conclusión; «de los mejores». El hecho de que Jim se las apañase para aguantar seis meses en Bangkok dice mucho a favor de los numerosos visitantes ocasionales del establecimiento de Schomberg. Observé que a la gente, perfectos desconocidos, les gustaba, del mismo modo que le gusta a uno un niño agradable. Era reservado, pero daba la impresión de que su aspecto físico: el cabello, los ojos, la sonrisa, le granjeaban amigos dondequiera que fuese. Y, por supuesto, no era ningún tonto. Cuando vi a Siegmund Yucker (nacido en Suiza), una gentil criatura destrozada por una dispepsia cruel, y tan terriblemente cojo que la cabeza le daba un giro de noventa grados a cada paso que daba, le oí afirmar, con aprecio, que para ser tan joven tenía «una enorme *gapacidad*», como si hubiera sido, meramente, cuestión de capacidad cúbica. «¿Por qué no lo envían río arriba?», sugerí con ansiedad. (Los Hermanos Yucker tenían concesiones y bosques de teca en el interior.) «Si tiene capacidad, como usted dice, pronto dominará las técnicas del trabajo. Y, físicamente, está en perfectas condiciones. Tiene una salud de hierro.» «¡*Ach!* Es una *grran* cosa en este país estar libre de la dispepsia», suspiró con envidia el pobre Yucker mientras lanzaba una mirada furtiva a la boca de su estómago, completamente destrozado. Lo dejé pensativo, tamborileando con los dedos sobre el pupitre y murmurando: «*Es ist ein' Idee. Es ist ein' Idee*».[1] Desgraciadamente, esa misma noche tuvo lugar un desagradable suceso en el hotel.

No le echo toda la culpa a Jim, pero fue ciertamente un incidente en extremo desagradable. Se inscribió en la lamentable categoría de las riñas de taberna, el adversario fue una especie de danés bizco, en cuya tarjeta se podía leer, bajo un falso nombre, que era «primer teniente de la Real Armada de Siam». Aquel tipo era, por supuesto, un absoluto desastre jugando al billar, pero no le gustaba que le ganasen, supongo. Al acabar la sexta partida ya había bebido lo bastante para ponerse desagradable, e hizo una observación enojosa a costa de Jim. La mayor parte de los que estaban allí no escucharon lo que dijo, y los que sí lo escucharon son incapaces de recordarlo con precisión ante el susto que les dio la espantosa naturaleza de las consecuencias a que inmediatamente dio lugar el comentario. El danés tuvo mucha suerte de saber nadar, porque el cuarto daba a una terraza, y el Menam fluía bajo ésta, muy ancho y negro. Un bote lleno de chinos, que probablemente habían organizado su expedición con el propósito de robar algo, recogió al oficial del rey de Siam, y Jim apareció sin sombrero en mi barco a eso de la medianoche.

—Parecía que todos los que estaban en el cuarto lo sabían —dijo, aún jadeante a causa de la pelea.

---

[1] *Es ist ein' Idee:* en alemán, «Es toda una idea». *(N. del T.)*

Lamentaba bastante lo sucedido, por cuestión de principios, en un sentido general, pero en aquel caso no había habido, según decía, «ninguna opción». Pero lo que lo llenaba de consternación era que todo el mundo conociera tan bien la naturaleza de su carga, casi como si la hubiera estado llevando sobre los hombros a la vista de todos durante aquel tiempo. Naturalmente, después de algo así ya no podía permanecer en la población. Recibió una condena generalizada por hacer uso de una violencia tan brutal, algo que no le venía nada bien a alguien en una situación tan delicada como la suya; unos decían que estaba vergonzosamente borracho, otros criticaban su falta de tacto. Hasta el propio Schomberg estaba muy molesto:

—Es un joven muy agradable —dijo, razonando ante mí—, pero el teniente es también un tipo de primera. Cena todas las noches en mi *table d'hôte*,[1] ¿sabe? Y hay un taco de billar roto. No lo puedo permitir. A primera hora de la mañana fui a ofrecerle mis excusas al teniente, y creo que he podido arreglarlo en lo que a mí respecta; pero, ¡imagínese, capitán, lo que pasaría si todos hicieran lo mismo! ¡Vaya, si hasta podría haberse ahogado! Y aquí no puedo ir a la calle de al lado para comprar un taco nuevo. Tengo que escribir a Europa para que me lo manden. ¡No, no! ¡No se puede tener un carácter así...!

Estaba realmente dolido por aquel episodio.

Ése fue el peor incidente a que dio lugar su... su retirada. Nadie lo deploraba más que él mismo; pues aunque, como dijo una vez alguien al oír mencionar su nombre, «¡Ah, sí!, lo conozco. Lleva bastante tiempo dando tumbos de aquí para allá», sin embargo, de algún modo había conseguido evitar el desgaste y los golpes durante el proceso. Este último episodio, por el contrario, me preocupaba seriamente, porque si su exquisita sensibilidad le iba a llevar hasta el punto de verse envuelto en reyertas de taberna, acabaría por perder su reputación de loco inofensivo, aunque irritante, para adquirir otra de vulgar camorrista. A pesar de mi inmensa confianza en él, no podía dejar de pensar que en este tipo de casos, del calificativo al hecho no hay más que un paso. Supongo que comprenderán que a esas alturas ya no podía ni pensar en lavarme las manos en lo que a él concernía. Lo saqué de Bangkok en mi barco y tuvimos una travesía algo larga. Resultaba penoso ver cómo se encerraba en sí mismo. Un marino, incluso un simple pasajero, se interesa por el barco y con-

---

[1] *Table d'hôte*: del francés, mesa común para los clientes de un hotel o casa de comidas. *(N. del T.)*

templa la actividad marinera que le rodea con el goce crítico propio de un pintor viendo trabajar a otro hombre, por ejemplo. Está «en cubierta» en el más amplio sentido de la expresión; pero Jim, durante la mayor parte del tiempo, se dedicaba a esconderse abajo, como si fuera un polizón. Me contagió su actitud de tal modo que evité hablar de cuestiones del oficio, algo que se da de forma natural entre dos marinos que comparten una singladura. Estuvimos días enteros sin cruzar palabra; me sentía extremadamente contrario a dar órdenes a mis oficiales en su presencia. Frecuentemente, cuando estábamos solos en cubierta o en la cabina, no sabíamos a dónde dirigir la mirada.

Le conseguí una colocación con De Jongh, como ya saben, aliviado por haber sido capaz de deshacerme de él de alguna manera, pero convencido de que su situación se estaba haciendo intolerable. Había perdido ya parte de aquella elasticidad que le permitía rebotar, volviendo a su actitud inflexible, después de cada derrota. Un día, cuando bajaba a tierra, lo vi de pie junto al muelle; el agua de la rada y el mar en lontananza se fundían en un solo plano liso y ascendente, y los barcos que estaban fondeados más lejos parecían flotar, inmóviles, en el aire. Estaba esperando a tener el bote listo, pues lo estaban cargando allí mismo con pequeños paquetes destinados a un navío a punto de zarpar. Tras intercambiar un saludo, nos quedamos callados, hombro con hombro.

—¡Dios! —dijo, de repente—, este trabajo es mortalmente agotador.

Me sonrió; debo decirles que, habitualmente, se las arreglaba para sonreír. No dije nada. Sabía perfectamente que no se estaba refiriendo a sus obligaciones; el trabajo era muy relajado con De Jongh. Sin embargo, tan pronto como lo hubo dicho me sentí completamente seguro de que el trabajo era mortalmente agotador. No le miré siquiera.

—¿Le gustaría abandonar definitivamente esta parte del mundo; intentarlo en California o en la costa oeste? Veré lo que puedo hacer...

Me interrumpió, ligeramente mordaz.

—¿Cuál sería la diferencia?

Tuve inmediatamente la certidumbre de que él tenía razón. No habría ninguna diferencia; lo que él quería no era consuelo; me pareció comprender vagamente que lo que necesitaba, lo que, de hecho, estaba esperando era algo difícil de definir... algo que tuviera carácter de oportunidad. Yo le había proporcionado muchas oportunidades, pero se limitaban meramente a darle la posibilidad de ganarse el pan. Y, sin embargo, ¿qué más podría nadie hacer? La situación me pareció desesperada, y recordé la frase del pobre Brierly: «¡Que se esconda a veinte pies bajo tierra y que se quede ahí!». Sería mejor, pensé, que aquella espera de lo imposible al aire libre. Y, sin embargo, no se podía estar seguro ni de eso siquiera. Allí mismo, y en aquel preciso instante, antes de que su bote estuviera a más de tres brazadas del muelle, tomé la decisión de ir aquella noche a consultar el asunto con Stein.

Stein era un comerciante rico y respetado. Su «casa» (porque era una casa, Stein & Co., y existía una especie de socio que, como decía Stein, «cuidaba de las Molucas») gestionaba un enorme comercio interinsular, con muchas factorías establecidas en los lugares más recónditos con el fin de recoger los productos. Su riqueza y respetabilidad no constituían, exactamente, las razones por las que estaba empeñado en pedirle consejo. Deseaba confiarle mis dificultades porque era uno de los hombres más dignos de confianza que haya conocido jamás. La suave luz de una sencilla e incansable inteligencia iluminaba su alargado rostro barbilampiño, el cual estaba surcado por profundas arrugas de arriba abajo y presentaba la palidez de alguien que siempre ha llevado una vida sedentaria —lo que distaba mucho de ser cierto—. El cabello, escaso, se lo peinaba hacia atrás partiendo de una enorme y alta frente. Le hacía pensar a uno que a los veinte debía tener un aspecto muy parecido al actual, ya con sesenta años. Era el rostro de un erudito; sólo las cejas, casi enteramente blancas, junto con una mirada decidida y penetrante que surgía de debajo de ellas estaban en desacuerdo con esa, debo decirlo, apariencia de sabio. Era alto y desgarbado; algo cargado de espaldas y su sonrisa era de inocencia; parecía benevolentemente dispuesto a escucharte. Sus largos brazos, acabados en unas manos grandes y pálidas adoptaban extraños y laboriosos ademanes de naturaleza indicadora y demostrativa. Lo describo con detalle, porque bajo esta envoltura, y en conjunción con un carácter recto e indulgente, aquel hombre poseía una intrepidez de espíritu y un valor físico que habrían podido calificarse de temerarios de no ser porque constituían algo parecido a una función natural del cuerpo —digamos que como la buena digestión, por ejemplo— del todo ignorante de su propia existencia. A veces se dice de algunos hombres que llevan la vida en la mano, dispuestos a entregarla. Hubiera sido inapropiado aplicarle ese dicho a él, que durante la primera parte de su existencia en Oriente, se había dedicado a jugar a la pelota con ella. Todo eso pertenecía ya al pasado, pero yo conocía la historia de su vida y el origen de su fortuna. Era, además, un naturalista de cierta reputación, o quizá debería llamarlo un coleccionista erudito. La entomología era su especialidad. Su colección de *Buprestidae* y de *Longicornios* (todos ellos escarabajos), horribles monstruos en miniatura, con un aspecto malévolo en su muerte e inmovilidad, y su vitrina de mariposas, hermosas y suspendidas de alas sin vida bajo el cristal de las cajas, habían extendido su reputación por muchos rincones de la Tierra. El nombre de aquel comerciante, aventurero, y en otro tiempo consejero de un sultán malayo (al que nunca se refería sino como «mi pobre Mohamed Bonso»), había llegado, gracias a unos cuantos centenares de insectos muertos, a oídos de algunos sabios de Europa, los cuales no podían haber tenido ninguna idea, ni, sin duda, hubieran mostrado interés por tenerla, en cuanto a su vida y su carácter. Yo, que sí lo conocía, lo consideraba una persona especialmente adecuada para recibir mis confidencias en lo referente a las dificultades de Jim, y también a las mías propias.

Capítulo XX

Ya declinaba la tarde cuando entré en su estudio, tras atravesar un imponente aunque vacío comedor muy escasamente iluminado. La casa estaba en silencio. Me precedió un solemne criado javanés entrado en años que vestía una especie de librea, compuesta por una chaqueta blanca y un *sarong*[1] amarillo, el cual, tras abrir la puerta de par en par, exclamó en voz baja: «¡Oh, mi amo!» y, haciéndose a un lado, se desvaneció de un modo misterioso, igual que un fantasma que se hubiera materializado momentánea y únicamente para aquel servicio concreto. Stein se giró en la silla y, con el mismo movimiento, pareció como si se le subieran las gafas a la frente. Me dio la bienvenida con su voz pausada y alegre. Sólo estaba potentemente iluminado un rincón de la enorme habitación, el rincón en el que estaba su escritorio, que tenía una lámpara de mesa provista de pantalla; el resto del espacioso cuarto se confundía en una lobreguez sin formas definidas, como una caverna. Unos estrechos estantes, ocupados por unas cajas oscuras, de forma

---

[1] *Sarong*: especie de túnica javanesa; se ciñe alrededor de la cintura o bajo las axilas. (N. del T.)

y color uniformes, llenaban las paredes, no desde el suelo hasta el techo, sino componiendo un tenebroso cinturón de unos cuatro pies de ancho; eran las catacumbas de los escarabajos. Encima, estaban colgadas a espacios irregulares unas tablillas de madera. La luz daba en una de ellas, y la palabra *Coleoptera,* escrita en letras doradas, brillaba misteriosamente sobre un vasto espacio de tinieblas. Las cajas de cristal que contenían la colección de mariposas estaban ordenadas formando tres largas filas sobre unas mesitas de esbeltas patas. Una de las cajas había sido sacada del sitio y reposaba sobre el escritorio, el cual estaba sembrado de trozos de papel de forma oblonga llenos de una diminuta letra manuscrita.

—Así que me ve... así —dijo.

Señaló con la mano hacia la caja en la que una mariposa, en solitaria grandeza, desplegaba sus alas de color bronce oscuro, de siete o más pulgadas de punta a punta, con unos exquisitos veteados en blanco y un magnífico borde de puntitos amarillos.

—Sólo hay otro espécimen como éste en *su* Londres, y... pare usted de contar. A la pequeña ciudad que me vio nacer, esta colección mía legaré. Algo que forma parte de mí. Lo mejor.

Se inclinó hacia delante sin levantarse y miró fijamente, con la barbilla sobre la parte delantera de la caja. Yo estaba en pie, detrás de él.

—Maravillosa —susurró, y pareció olvidarse de mi presencia.

Su historia era curiosa. Nació en Baviera, y con veintidós años había jugado un papel relevante en el movimiento revolucionario de 1848. Seriamente involucrado en él, logró escapar y, en un primer momento, encontró refugio en casa de un pobre relojero republicano de Trieste. Desde allí dirigió sus pasos hacia Trípoli, con un surtido de relojes baratos para ganarse la vida como pudiera; no se trataba, ciertamente, de un comienzo prometedor, pero resultó ser muy afortunado, porque fue allí donde dio con un viajero holandés, un hombre bastante famoso, según creo, pero no soy capaz de recordar su nombre. Se trataba de un naturalista que, tras contratarlo como una especie de asistente, lo trajo a Oriente. Durante cuatro años o más, juntos o por separado, estuvieron viajando por el archipiélago, coleccionando pájaros e insectos. Luego, el naturalista volvió a su país, y Stein, que no tenía país al que volver, se quedó con un viejo comerciante al que se había encontrado en sus viajes por el interior de Célebes —si es que puede decirse que Célebes tenga un interior—. Se trataba de un viejo escocés, el único hombre blanco al que se le permitía residir en la zona en aquellos tiempos, y era gran amigo del jefe principal de los estados de Wajo, que era una mujer. He podido escuchar frecuentemente cómo cuenta Stein la ocasión en la que aquel tipo, que tenía ligeramente paralizado uno de los costados, le había presentado ante la corte indígena poco tiempo antes de que otro ataque acabara con él. Era un hombre corpulento dotado de una barba blanca y patriarcal y de una estatura imponente. Entró en la sala del consejo, donde estaban reunidos todos los rajás, *pangerans*[1] y demás jefes con la reina, una mujer gorda y llena de arrugas (muy libre en el lenguaje que usaba, según decía Stein) que estaba reclinada sobre un alto diván con dosel. El escocés arrastraba la pierna e iba dando golpes con su bastón mientras, agarrando a Stein del brazo, lo llevó hasta delante mismo del diván.

—Mirad, reina, y vosotros, rajás, éste es mi hijo —proclamó con voz estentórea—. Yo he comerciado con vuestros padres, y cuando muera, él comerciará con vosotros y con vuestros hijos.

Por medio de esta sencilla formalidad, Stein heredó la privilegiada posición del escocés, junto con todos sus depósitos de mercancías y una casa fortificada a orillas del único río navegable de la región. Poco después murió la vieja reina que era tan libre en el uso del lenguaje, y a su muerte siguieron numerosos disturbios provocados por los diversos aspirantes al trono. Stein se unió al partido de uno de los hijos menores, aquél al cual, treinta años más tarde, nunca llamaba de otro modo que no fuera «mi pobre Mohamed Bonso». Juntos se convirtieron en héroes de numerosas hazañas y vivieron aventuras maravillosas, y en una ocasión resistieron sitiados durante un mes en la casa del escocés, siendo ellos sólo veinte frente a todo un ejército. Creo que los nativos siguen, hoy día, hablando de aquella guerra. Mientras tanto, según parece, Stein no desperdiciaba ocasión para hacerse con toda mariposa o escarabajo sobre los que pudiera poner las manos. Tras unos ocho años de guerra, negociaciones, falsas treguas, repentinas rupturas de hostilidades, reconciliaciones, traiciones y demás, y justo cuando la paz parecía establecida permanentemente, asesinaron a su «pobre Mohamed Bonso» a la puerta de su propia residencia real mientras desmontaba de su caballo con el mejor de los humores posibles tras una cacería de ciervos coronada por el éxito. Aquel acontecimiento hizo que la situación de Stein pasara a ser extremadamente insegura, pero tal vez se hubiese quedado de no ser porque poco

---

[1] *Pangeran:* páncipe, regente o jefe. *(N. del T.)*

tiempo después perdió a la hermana de Mohamed («mi querida esposa, la princesa», solía decir solemnemente), de la que había tenido una hija —ambas, madre e hija, murieron con tres días de diferencia aquejadas de una fiebre contagiosa—. Dejó aquella región, que se le había hecho insoportable por tanta cruel pérdida. Así terminó la primera parte de su existencia, la aventurera. Lo que siguió fue tan diferente que, de no ser por lo real de la tristeza que le quedó, aquel extraño pasado suyo se hubiera asemejado a un sueño. Tenía un poco de dinero. Reanudó su vida partiendo de cero y, con el paso de los años, llegó a adquirir una fortuna considerable. Al principio viajó mucho por las islas, pero los años se le habían echado encima, y, últimamente, era raro que abandonara su espaciosa casa, a tres millas de la población, con su extenso jardín y rodeada de establos, oficinas y chozas de bambú en las que vivían los criados y personas a su cargo, de las que tenía muchas. Todas las mañanas iba en su calesa hasta la ciudad, donde tenía una oficina con empleados chinos y blancos. Era propietario de una pequeña flota de goletas y embarcaciones nativas, y comerciaba a gran escala con los productos de las islas. Por lo demás, vivía solo, sin ser un misántropo, con sus libros y su colección, clasificando y ordenando los especímenes, manteniendo correspondencia con otros entomólogos europeos, y redactando un catálogo descriptivo de sus tesoros. Ésta era la historia del hombre con el que había venido a consultar el caso de Jim sin esperanzas definidas. Sencillamente oír lo que me pudiera decir ya sería un consuelo. Me sentía bastante ansioso, pero respeté el interés intenso, casi apasionado, con que contemplaba la mariposa, como si en el brillo broncíneo de aquellas alas frágiles, en los surcos blancos, en el magnífico punteado, pudiera ver otras cosas, una imagen de algo tan efímero y desafiante de la destrucción como aquellos delicados tejidos sin vida que mostraban un esplendor no mancillado por la muerte.

—¡Maravillosa! —repitió, levantando la vista hacia mí—. ¡Fíjese! La belleza... pero eso no es nada, fíjese en la precisión, en la armonía. ¡Y tan frágil! ¡Y tan fuerte! ¡Y tan exacta! Así es la Naturaleza: el equilibrio de fuerzas colosales. Todas las estrellas son así... y cada hoja de hierba se sostiene *así*... y el poderoso cosmos, en perfecto equilibrio, produce... esto. Esta maravilla, esta obra maestra de la Naturaleza... la gran artista.

—Nunca había oído a un entomólogo hablar de ese modo —observé alegremente—. ¡Obra maestra! ¿Y qué hay del hombre?

—El hombre es asombroso pero no es una obra maestra —dijo,

manteniendo los ojos fijos en la caja de cristal—. Quizá el artista estuviera un poco loco. ¿ Eh? ¿Qué le parece a usted? A veces pienso que el hombre ha venido a un lugar donde no se le necesita, donde no tiene un lugar que ocupar; pues si no, ¿por qué iba a andar correteando por aquí y por allá armando un enorme escándalo sobre sí mismo, hablando de las estrellas, molestando a las hojas de hierba...?

—Cazando mariposas —dije, como apoyándole.

Sonrió, se repantigó en el asiento y estiró las piernas.

—Siéntese —dijo—. Capturé este raro espécimen yo mismo una mañana radiante. Y me emocioné enormemente. Usted no sabe lo que significa para un coleccionista capturar un espécimen tan raro. No puede saberlo.

Sonreí a mis anchas desde una mecedora. Sus ojos parecían mirar mucho más allá de la pared en la que estaban fijos; y me contó cómo, una noche, llegó un mensajero de parte de su «pobre Mohamed», pidiéndole que se presentara en la *«residenz»*,[1] como él la llamaba, que distaba unas nueve o diez millas, y a la que conducía un angosto sendero que cruzaba una llanura cultivada y alguna que otra mancha boscosa. Salió a primera hora de la mañana de su casa fortificada tras abrazar a su pequeña Emma y dejar a la «princesa», su mujer, al mando de todo. Me describió cómo ella le acompañó hasta la puerta exterior, caminando con una mano sobre el cuello del caballo; ella llevaba una chaqueta blanca, alfileres de oro en el pelo y un cinturón de cuero marrón con un revólver sobre el hombro izquierdo.

—Habló como suelen hacerlo las mujeres —dijo—, pidiéndome que tuviera cuidado, y que tratara de estar de vuelta antes del anochecer, y cómo era un malvado por ir sin compañía. Estábamos en guerra, y la región era insegura; mis hombres estaban instalando en la casa contraventanas a prueba de balas y cargaban los rifles; finalmente, me rogó que no tuviera ningún temor por ella. Podía defender la casa contra cualquiera hasta que yo regresara. Y yo me reí un poco, muy contento. Me gustaba verla, tan valiente, joven y fuerte. Yo también era joven entonces. Al llegar al portón exterior, me cogió la mano, la apretó y se apartó quedándose atrás. Aguardé afuera, con el caballo parado, hasta que oí cómo colocaban de nuevo las barras que cerraban el portón. Un gran enemigo mío, un gran noble —y un tremendo granuja, además— andaba rondando por las cercanías con una banda de gente armada. Cabalgué a me-

---

[1] *Residenz:* en alemán, residencia. *(N. del T.)*

dio galope durante cuatro o cinco millas; aquella noche había llovido, pero ya se había levantado la niebla por completo; y la faz de la tierra estaba limpia y me sonreía, fresca e inocente, como un niño pequeño. De repente se oyó una salva de disparos, veinte al menos, según me pareció. Oí el silbido de las balas muy cerca, y se me voló el sombrero cayendo sobre mi nuca. Era una pequeña conspiración, como puede imaginar. Hicieron que mi pobre Mohamed me llamara, y entonces prepararon una emboscada. Me di cuenta de todo en un instante y pensé: «Esto precisa de un poco de teatro». Mi jaca resopla, da un brinco y luego se queda quieta; yo me dejo caer lentamente hacia delante, hasta reposar la cabeza sobre las crines del animal. Éste comienza a caminar, y con un ojo pude ver por encima de su cuello una pálida nube de humo que flotaba frente a un grupo de bambúes, a mi izquierda. Pienso: «¡Ajá!, amigos míos, ¿por qué no esperáis tiempo suficiente antes de vosotros disparar? Esto no está aún *gelungen*.[1] ¡De ningún modo!». Cojo mi revólver con la mano derecha, despacio... muy despacio. Al fin y al cabo, aquellos granujas no eran más que siete. Se levantan de la hierba y empiezan a correr con los *sarongs* levantados, blandiendo las lanzas por encima de la cabeza, y gritándose los unos a los otros que anduvieran listos y cogieran el caballo, porque yo ya estaba muerto. Les dejo acercarse a tanta distancia como la puerta de ahí, y entonces, *¡pum, pum, pum!*, y apunto cuidadosamente cada vez. El último disparo ya es a la espalda de uno, pero fallo. Demasiado lejos ya. Y entonces me quedo solo, sobre mi caballo, y la tierra limpia me sonríe mientras yacen tres hombres muertos a mi alrededor. Uno estaba encogido, igual que un perro; otro, boca arriba, tenía un brazo sobre los ojos, como para protegerlos del sol; y el tercero dobla una pierna muy lentamente para estirarla por completo de una sola sacudida. Lo observo muy cuidadosamente desde el caballo, pero ya se acabó —*bleibt ganz ruhig* (se queda totalmente quieto)—. Y mientras le miraba a la cara para buscar algún signo de vida, descubrí algo parecido a una tenue sombra que le pasaba por la frente. Era la sombra de esta mariposa. Fíjese en la forma del ala. Esta especie vuela alto, con un poderoso aleteo. Levanté la vista y la vi alejarse revoloteando. Pienso: «¿Es posible?». Y entonces la perdí de vista. Desmonté y seguí andando, muy despacio, conduciendo el caballo, revólver en mano y lanzando la mirada hacia arriba y hacia abajo, a derecha e izquier-

[1] *Gelungen:* en alemán, «culminado con éxito». *(N. del T.)*

da, ¡en todas las direcciones! Por fin la vi, posada sobre un montoncito de polvo a unos diez pies de distancia. El corazón me comenzó a latir a toda velocidad en seguida. Solté el caballo, continué sosteniendo el revólver en una mano, y con la otra me arranco de la cabeza un sombrero blando de fieltro que llevaba. Un paso. Quieto. Otro paso. ¡Zas! ¡Ya la tengo! Cuando me incorporé, temblaba como un flan, de pura emoción; y cuando abrí esas maravillosas alas y me aseguré de lo raro, extraordinario y perfecto que era el espécimen que tenía entre las manos, la cabeza empezó a darme vueltas y la emoción me debilitó tanto las piernas que tuve que sentarme en el suelo. Había deseado enormemente hacerme con un ejemplar de esta especie cuando coleccionaba para el profesor. Hice largos viajes y sufrí grandes privaciones; había soñado con ella, y allí, de repente, la tenía entre los dedos... ¡para mí solo! Como dice el poeta —lo pronunció «boeta»—:

«*So halt' ich's endlich in meinem Händen,*
Und nenn' es in gewissem Sinne mein»[1]

A la última palabra le dio énfasis bajando repentinamente la voz, y luego retiró lentamente la mirada de mi rostro. Comenzó a llenar una larga pipa, concentrado y en silencio; después, con el pulgar sobre el cuenco, me miró de nuevo, con gran expresividad.

—Sí, mi buen amigo. Aquel día no me quedaba nada por desear en el mundo; había fastidiado a mi mayor enemigo; era joven y fuerte; tenía amistad; tenía el amor —dijo «amorr»— de una mujer; una hija tenía, para henchirme el corazón absolutamente... ¡e incluso lo que en una ocasión había soñado lo tenía entre las manos también!

Rascó una cerilla, que se encendió bruscamente. Su pensativo y plácido rostro se contrajo un momento, en súbita tensión.

—Amigo, esposa, hija —dijo lentamente mientras contemplaba la llamita—, ¡*fu!*

Apagó la cerilla de un soplo. Suspiró y dirigió su atención de nuevo a la caja de cristal. Aquellas frágiles y hermosas alas se estremecieron casi imperceptiblemente, como si su aliento hubiera devuelto la vida por un instante a aquel glorioso objeto de sus sueños.

—La obra —comenzó a decir de repente, mientras señalaba hacia los desperdigados trozos de papel, volviendo a usar su tono alegre

[1] *So halt' ichs ... /... Sinne mein:* «Así, pues, por fin, lo sostengo entre las manos. Y sin ambigüedad lo llamo mío». (Goethe; *Torquatto Tasso*, I. iii. 393-4.) *(N. del T.)*

habitual—, está progresando enormemente. He estado a este raro espécimen describiendo... ¡Bah! ¿Y cuál es su buena noticia?

—Si he de serle sincero, Stein —dije con un esfuerzo que me sorprendió—, he venido a describirle un espécimen...

—¿Una mariposa? —dijo, con un anhelo impaciente y lleno de humor.

—Nada tan perfecto —contesté, sintiéndome súbitamente desanimado y lleno de toda clase de dudas—. ¡Un hombre!

—Ach so![1] —murmuró, y su semblante sonriente, enfocado hacia mí, se tornó grave. Luego me miró durante un rato y dijo lentamente—: Bueno... yo también soy un hombre.

Ahí le pueden ver tal como era; sabía cómo dar ánimos de un modo tan generoso que obligaba a alguien con escrúpulos a vacilar al borde de la confidencia; pero si tuve dudas, no fue durante mucho tiempo.

Me escuchó hasta el final sentado con las piernas cruzadas. A veces desaparecía completamente su cabeza entre una gran erupción de humo, y de la nube surgía un gruñido de interés y apoyo. Cuando acabé mi narración, descruzó las piernas, dejó la pipa, se inclinó hacia mí con expresión de gran seriedad y puso los codos sobre los brazos de su sillón juntando las yemas de los dedos de ambas manos.

—Le comprendo perfectamente. Se trata de un romántico.

Me había dado el diagnóstico del caso; al principio me sobresaltó descubrir lo sencillo que era; y, en realidad, nuestra conversación se asemejaba tanto a una consulta médica (Stein, con aspecto de sabio, sentado en un sillón frente a su escritorio; yo, ansioso, en otro sillón, encarándole pero un poco hacia un lado), que parecía natural preguntar:

—¿Y qué cura tiene?

Levantó su largo dedo índice.

—¡Sólo existe un remedio! ¡Una sola cosa puede de nosotros mismos curarnos!

El dedo cayó sobre el escritorio con un golpe seco. El caso, que él había conseguido hacer parecer tan sencillo, se tornó más sencillo si cabe... y absolutamente sin esperanzas. Hubo una pausa.

—Sí —dije—, hablando con propiedad, la cuestión no reside en cómo curarse, sino en cómo vivir.

Asintió con la cabeza, aparentemente con una ligera tristeza.

[1] Ach so!: en alemán, «¡Ajá!» (N. del T.)

—*Ja, ja!*[1] En general, parafraseando a su gran poeta: He ahí la cuestión... —continuó asintiendo en señal de apoyo—. ¡Cómo ser! *Ach!* Cómo ser.

Se puso en pie, apoyando las yemas de los dedos en el escritorio.

—Buscamos de formas tan distintas ser —comenzó a decir de nuevo—. Esta magnífica mariposa encuentra un montoncito de polvo y se aposenta sobre él; pero el hombre nunca en su montón de barro se quedará quieto. Quiere ser así, y luego quiere ser así... —movió la mano de arriba abajo—. Quiere ser un santo y quiere ser un demonio, y siempre que cierra los ojos se ve a sí mismo como a un tipo excelente, tan excelente que es imposible... En un sueño...

Bajó la tapa de cristal, el cierre automático cayó con un seco chasquido, y, sosteniendo la caja con ambas manos, la transportó con religioso respeto hasta su lugar, pasando del círculo más brillante de la lámpara al anillo de luz más difusa, para acabar en la oscuridad sin formas. Aquello tuvo un extraño efecto, como si esos pocos pasos lo hubieran sacado de este mundo concreto y perplejo. Su alta figura, como desprovista de su sustancia, revoloteaba sin ruido por encima de objetos invisibles entre inclinaciones y otros movimientos indefinidos; su voz, que llegaba desde aquel alejamiento en el que se le podía atisbar misteriosamente ocupado en unas tareas inmateriales, ya no era incisiva, sino que pareció retumbar voluminosa y grave, suavizada por la distancia.

—Y porque no es posible mantener los ojos siempre cerrados, es por lo que llegan los verdaderos problemas, el dolor del corazón, el dolor del mundo. Le aseguro, amigo mío, que no es bueno descubrirse incapaz de llevar el propio sueño a la realidad, por la razón de que suficientemente fuerte no se es, o no lo bastante listo. *Ja!* ¡Y sin dejar de ser en ningún momento un tipo tan maravilloso! *Wie? Was? Gott in Himmel!*[2] ¿Cómo es posible? ¡Je, je, je!

La sombra que rondaba entre las tumbas de las mariposas lanzó una ruidosa carcajada.

—¡Sí! Muy graciosa esta cosa terrible sí lo es. Un hombre que nace cae en un sueño igual que alguien que cae al mar. Si trata de emerger al aire libre, del modo en que intentan hacerlo las personas sin experiencia, se ahoga... *nicht wahr?*[3]... ¡No! ¡Se lo aseguro! La so-

---

[1] *Ja:* en alemán, «sí».
[2] *Wie? Was? Gott in Himmell:* en alemán, «¿cómo?, ¿qué?, ¡Dios del cielo!». *(N. del T.)*
[3] *Nicht wahr?:* en alemán, «¿no es cierto?». *(N. del T.)*

lución es someterse al elemento destructivo, y con el esfuerzo de manos y pies lograr que el mar profundo, el más profundo, te mantenga a flote. De forma que, si me lo pregunta... ¿cómo ser?

Su voz se elevó con extraordinaria potencia, como si allá fuera, en el crepúsculo, hubiera recibido un susurro de sabiduría a manera de inspiración.

—¡Se lo voy a decir! También para eso sólo hay una solución.

Con un apresurado arrastrar de las zapatillas atravesó la zona de luz difusa e irrumpió en el cerco luminoso de la lámpara. Su mano extendida señalaba mi pecho como si se tratara de una pistola; sus ojos hundidos parecieron atravesarme, pero sus labios temblorosos no emitieron ni un solo sonido; y la austera exaltación producto de la certidumbre que se veía en la penumbra se desvaneció de su rostro. Cayó la mano que me había estado señalando al pecho, y poco a poco, acercándose un paso, la puso suavemente sobre mi hombro. Había cosas, dijo tristemente, que tal vez no se podían decir nunca; pero llevaba tanto tiempo viviendo solo que a veces se olvidaba... se olvidaba. La luz había destruido la seguridad que había sido su inspiración en las lejanas sombras. Se sentó y, con ambos codos apoyados en el escritorio, se pasó la mano por la frente.

—Y, sin embargo, es cierto, es cierto. En el elemento destructivo sumergirse...

Hablaba en voz baja, sin mirarme, con las manos a ambos lados de la cara.

—Ésa era la solución. Ir en pos del sueño, una y otra vez, ir en pos del sueño, una y otra vez... *ewig*[1]... *usque ad finem*[2]...

El susurro con el que expresaba su convicción pareció abrir ante mí un espacio enorme y lleno de incertidumbre, como el de un horizonte crepuscular visto en una llanura al amanecer... ¿o quizá fuese, posiblemente, a la llegada de la noche? Uno no tenía el valor de decidir cuál de las dos; pero se trataba de una luz plena de atractivo y engaño, una luz que lanzaba la impalpable poesía de su penumbra por encima de las trampas... por encima de las tumbas. Su vida había comenzado con el sacrificio, con el entusiasmo volcado sobre ideas generosas; había viajado hasta muy lejos, siguiendo caminos diversos, sendas extrañas, y, lo que quiera que siguiese, lo hizo sin vacilar, y, por consiguiente, sin vergüenza ni arrepentimientos. En ese sentido tenía razón. Ésa era la solución, sin duda. Y a pesar de

---

[1] *Ewig*: en alemán, «eternamente». *(N. del T.)*
[2] *Usque ad finem*: en latín, «hasta el mismo fin». *(N. del T.)*

todo, la gran llanura por la que vagan los hombres entre tumbas y trampas conservaba su gran desolación bajo la impalpable poesía de su luz crepuscular, con un exceso de sombras en el centro, un círculo de luz brillante formando su borde, rodeado éste último por una suerte de abismo en llamas. Cuando, finalmente, rompí el silencio, fue para expresar la opinión de que nadie podía ser más romántico de lo que lo era él.

Movió la cabeza lentamente de lado a lado y después me miró con unos ojos pacientes e inquisitivos. Era una vergüenza, me dijo. Allí estábamos sentados, hablando como chiquillos, en lugar de juntar las cabezas para dar con algo práctico —un remedio práctico— para el mal —el gran mal—, repitió, con una sonrisa alegre e indulgente. Con todo, nuestra conversación no se hizo más práctica. Evitamos pronunciar el nombre de Jim, como si tratásemos de mantener la carne y el hueso apartados de la discusión, o como si no fuera más que un espíritu vagabundo, una sombra doliente y sin nombre.

—¡Bah! —dijo Stein, mientras se levantaba—. Duerma aquí esta noche, y por la mañana haremos algo práctico... práctico...

Encendió un candelabro de dos brazos y echó a andar indicándome el camino. Cruzamos habitaciones vacías y a oscuras escoltados por los reflejos de las luces que llevaba Stein. Éstas se deslizaban por suelos encerados, barrían aquí y allá por encima de la superficie pulida de una mesa, saltaban sobre un fragmento curvado de algún mueble, o brillaban perpendiculares entrando y saliendo de distantes espejos, al tiempo que se podían distinguir las formas de dos hombres y el brillo de dos llamas que cruzaban silenciosamente, por un instante, las profundidades del vacío cristalino. Él caminaba lentamente, un paso por delante de mí, cortés y ligeramente inclinado. En su rostro había una quietud profunda, como si estuviera escuchando. Sobre su nuca, ligeramente inclinada también, se esparcían unos cuantos largos mechones rubios mezclados ya con canas.

—Es un romántico, un romántico —repitió—. Y eso es muy malo, mucho... Y muy bueno, también —añadió.

—Pero ¿lo es realmente? —inquirí.

—*Gewiss*[1] —dijo, y se quedó parado sosteniendo el candelabro, pero sin mirarme—. ¡Es evidente! ¿Qué es lo que, mediante el dolor interior, le hace conocerse? ¿Qué es lo que, tanto para usted como para mí, le hace... existir?

[1] *Gewiss*: en alemán, «ciertamente». (*N. del T.*)

En aquel momento resultaba difícil creer en la existencia de Jim —con sus orígenes de parroquia rural, difuminados por las muchedumbres igual que si fueran nubes de polvo, silenciados por las exigencias contradictorias de la vida y la muerte en un mundo material—, ¡pero su realidad imperecedera me penetró con una fuerza convincente e irresistible! La veía con viveza, como si durante nuestra progresión a través de las silenciosas habitaciones de altos techos, entre fugitivos reflejos de luz y repentinas revelaciones de figuras humanas que se deslizan, con llamas parpadeantes, dentro de insondables abismos translúcidos, nos hubiéramos acercado más a la Verdad absoluta, la cual, al igual que la Belleza misma, flota evasiva, oscura, semisumergida, en las silenciosas y quietas aguas del misterio.

—Él quizá lo sea —admití con una ligera risa, cuyas sorprendentes y fuertes reverberaciones me hicieron bajar la voz inmediatamente—; pero de lo que sí estoy seguro es de que lo es usted.

Él reanudó la marcha, con la cabeza caída sobre el pecho y la luz sostenida muy en alto.

—Bueno... yo también existo —dijo.

Él me precedía. Seguía sus movimientos con la mirada, pero lo que realmente vi no fue al jefe de una firma, al huésped bienvenido en las recepciones de las tardes, al corresponsal de sociedades de sabios, al anfitrión de naturalistas descarriados; sólo vi la realidad de su destino, el que había sabido seguir con paso firme, esa vida que comenzó en un ambiente humilde, que fue rica en generosos entusiasmos, en la amistad, en el amor, en la guerra: en todos los elementos exaltados de la aventura. En la puerta de mi habitación se giró para mirarme.

—Sí —dije, como continuando una conversación— y, entre otras cosas, soñó descabelladamente con cierta mariposa; pero cuando, en una mañana radiante, ese sueño se puso a su alcance, no permitió que aquella espléndida oportunidad se le escapara. ¿Verdad? Mientras que él...

Stein levantó una mano.

—¿Y sabe usted cuántas oportunidades he dejado escapar; cuántos sueños he perdido de los que se han puesto a mi alcance? —movió la cabeza de lado a lado con pesar—. Creo que algunos hubieran sido maravillosos... si los hubiera hecho realidad. ¿Se hace usted idea de cuántos? Tal vez no lo sepa ni yo mismo.

—Fueran o no maravillosos los suyos —dije—, él sabe de uno que ciertamente se le escapó.

—Todos sabemos de uno o dos como ése —dijo Stein—; y el problema radica ahí, el enorme problema...

Me estrechó la mano en el umbral y examinó la habitación por debajo de su brazo levantado.

—Que duerma bien. Y mañana tenemos que hacer algo práctico, sí, práctico...

Aunque su habitación estaba junto a la mía, lo vi regresar por el camino por el que habíamos venido. Volvía a sus mariposas.

Capítulo XXI

Me imagino que nunca han oído hablar de Patusan —dijo Marlow, reanudando la narración tras un silencio que destinó a encender cuidadosamente un puro—. No importa; hay muchos cuerpos celestes de entre el montón que se apiña sobre nosotros en la noche de los que la humanidad jamás ha oído hablar por ser ajenos a la esfera de sus actividades, y por no tener ninguna importancia para nadie excepto para los astrónomos, a los que se paga por hablar sabiamente sobre su composición: peso, curso, las irregularidades de su conducta, las aberraciones de su luz... una suerte de cotilleo científico en torno a escándalos astrales. Con Patusan ocurre exactamente lo mismo. Los enterados de los círculos más altos del gobierno de Batavia se referían a aquel lugar especialmente para citar sus irregularidades y aberraciones, y unos pocos, muy pocos, en el mundo mercantil, lo conocían de nombre. Nadie, sin embargo, había estado allí, y sospecho que nadie deseaba hacerlo personalmente —exactamente igual que un astrónomo, supongo, se negaría tajantemente a ser transportado a un cuerpo celeste distante, desde donde, separado de sus emolumentos terrenales, se sentiría aturdido ante la contemplación de un cielo desconocido. En cualquier caso, ni los cuerpos celestes ni los astrónomos tienen nada que ver con Patusan. Fue Jim el que marchó para allá. Lo único que pretendía era que comprendiesen que aunque Stein hubiese hecho arreglos para enviarlo a una estrella de magnitud cinco, el cambio no hubiera podido ser mayor. Dejó atrás sus carencias terrenales junto con la especie de reputación que tenía, y ante él se abrió un conjunto de condiciones totalmente nuevo sobre el que podían operar sus dotes imaginativas. Absolutamente nuevo y absolutamente especial. Y logró dominar aquellas nuevas circunstancias de un modo igualmente especial.

Stein era la persona que más sabía de Patusan. Bastante más de lo que sabían en los círculos oficiales de gobierno, según creo. Es indudable que había estado allí, bien en su época de cazador de mariposas, o bien más tarde, cuando intentaba, a su incorregible manera, sazonar con una pizca de aventura los indigestos platos de su cocina comercial. Existían muy pocos lugares en el archipiélago que no hubiera conocido en la penumbra original de su ser, antes de que la luz (incluida la luz eléctrica) hubiese sido introducida en ellos en nombre de una moral más elevada y... bueno... en el del mayor beneficio también. Mencionó el lugar mientras desayunábamos en la mañana que siguió a nuestra charla sobre Jim, después de que yo hubiese citado la observación del pobre Brierly: «Que se esconda a veinte pies bajo tierra y que se quede ahí». Me miró con gran atención, como si tuviera un raro insecto ante él.

—Es algo que se podría hacer —observó, mientras tomaba un sorbo de café.

—Enterrarlo de alguna forma —expliqué—. No es que sea agradable hacerlo, claro, pero sería lo mejor, a la vista de cómo es él.

—Sí, es joven —dijo Stein entre dientes.

—El ser humano más joven que exista en estos momentos —afirmé.

—*Schön*.[1] Ahí tenemos Patusan —continuó en el mismo tono—, y la mujer ya ha muerto —añadió crípticamente.

Por supuesto, no conozco esa historia; sólo puedo suponer que en otro tiempo Patusan había sido usado como tumba de algún pecado, trasgresión o desgracia. Resulta imposible sospechar de Stein. La única mujer que había existido en su vida fue la muchacha malaya a la que llamaba «mi esposa, la princesa», o, más raramente, en los momentos en que se sentía más comunicativo, «la madre de mi Emma». No puedo decirles quién era la mujer que había mencionado en referencia a Patusan, pero por sus alusiones creo que se trataba de una muchacha culta, muy bonita y mestiza de holandés y malaya, con una historia trágica, o tal vez sólo desgraciada, cuyo episodio más doloroso fue sin duda su matrimonio con un portugués de Malaca que había sido escribiente de una firma comercial de las colonias holandesas. Por Stein supe que aquel hombre era una persona nada satisfactoria por varias razones, todas de índole más o menos indefinido y repugnante. Lo había nombrado gerente de la sucursal en Patusan de Stein y Cía. sólo

---

[1] *Schön*: en alemán, «muy bien». *(N. del T.)*

por consideración a su esposa, pero, comercialmente, el nombramiento no constituyó ningún éxito, al menos para la firma, y ahora que la mujer había muerto, Stein estaba dispuesto a probar a otro agente en aquel puesto. El portugués, que se llamaba Cornelius, se consideraba hombre de grandes merecimientos pero injustamente tratado, así como capacitado por sus excelencias para ocupar una posición mejor. Era a ese hombre a quien tenía que relevar Jim.

—Pero no creo que quiera abandonar el lugar —señaló Stein—. En eso nada tengo que ver. Fue sólo por consideración a la mujer por lo que yo... Pero, como tengo entendido que queda una hija, le permitiré, si desea quedarse, conservar la vieja casa.

Patusan es un distrito remoto de un estado nativo independiente, y la población principal tiene el mismo nombre. En un punto del río, a unas cuarenta millas del mar, donde se ven las primeras casas, se pueden contemplar, por encima de las áreas boscosas, las cimas de dos escarpadas colinas muy cercanas entre sí, separadas por lo que parece una profunda fisura, la hendidura producto de un poderoso golpe. En realidad, el valle intermedio no es más que un estrecho barranco. El aspecto que presenta visto desde la población es el de un cerro con forma de cono irregular y partido en dos mitades con orientaciones ligeramente separadas. Al tercer día después de llena, la luna, tal como se veía desde la explanada frente a la casa de Jim (tenía una preciosa casa de estilo indígena cuando le visité), se elevaba exactamente por detrás de aquellas colinas, y su luz difusa mostraba al principio aquellas dos masas con un relieve intensamente negro, para aparecer luego el disco casi perfecto, con un brillo rojizo, deslizándose hacia arriba, entre las paredes del abismo, hasta que se alejaba de las cumbres flotando, como si se escapara, gentilmente victorioso, de una profunda sepultura.

—Un espectáculo maravilloso —dijo Jim a mi lado—. Vale la pena contemplarlo, ¿verdad?

Una pregunta planteada con un acento de orgullo personal que me hizo sonreír. Era como si él interviniera en la regulación de aquella visión única. Y es que había regulado tantas cosas en Patusan... cosas que habrían parecido tan superiores a su capacidad de control como los movimientos de la luna y las estrellas.

Era inconcebible. Ésa era la característica distintiva del papel en el que Stein y yo lo habíamos metido inconscientemente, sin otra pretensión que sacarlo de en medio, de en medio de su propio camino, entiéndanme bien. Ése era nuestro objetivo principal, aunque, lo reconozco, es posible que yo tuviera otro motivo que me influyese también un poco. Estaba a punto de volver a casa para una temporada y podría ser que, más de lo que yo mismo era consciente, deseara disponer de él... disponer de él, como comprenderán, antes de marcharme. Yo me iba a casa, y él había llegado hasta mí desde allí, con su desgraciado problema y sus oscuras exigencias, igual que alguien que va jadeando en la niebla bajo el peso de una carga. No puedo decirles que le haya visto nunca con nitidez, ni siquiera ahora, tras haber estado con él por última vez; pero tenía la impresión de que cuanto menos lo entendía, más ligado me sentía a él en nombre de esa duda que forma parte inseparable de nuestros conocimientos. Tampoco sabía mucho más de mí mismo. Y además, repito, volvía a casa, a aquella casa que está lo bastante lejos para que todas sus chimeneas sean como una sola, junto a la cual tiene derecho a sentarse el más humilde de nosotros. Vagamos a miles sobre la faz de la Tierra, los ilustres y los oscuros, ganándonos allende los mares nuestra fama, nuestro dinero, o sólo una corteza de pan; pero creo que, para todos nosotros, ir a casa debe ser como acudir a rendir cuentas. Regresamos para un encuentro con nuestros superiores, con nuestra familia, con nuestros amigos —aquéllos a los que obedecemos y aquéllos a los que amamos—, pero incluso los que carecen de lo uno y de lo otro, los más libres, solitarios, sin responsabilidades y carentes de vínculos —incluso para los que el hogar patrio no contiene ningún rostro querido ni voz familiar alguna—, incluso ellos tienen que encontrarse con el espíritu que habita dentro de la Tierra, bajo su cielo, en su aire, en sus valles y elevaciones, en sus campos, aguas y árboles: un amigo, juez e inspirador mudos. Se diga lo que se quiera, para obtener su alegría, para respirar su paz, para enfrentarse a su verdad, hay que volver con la conciencia limpia. Todo esto les puede parecer puro sentimentalismo; y, realmente, pocos tenemos la voluntad o la capacidad necesarias para examinar conscientemente lo que subyace en los sentimientos normales. ¡Vemos a las muchachas amadas, a los hombres a los que admiramos, la ternura, las amistades, las oportunidades, los placeres! Pero continúa incólume el hecho de que uno debe tocar su recompensa con manos limpias, no sea que se convierta en hojas muertas, en espinas, entre los dedos. Creo que son los solitarios, los que carecen de una chimenea y de un afecto al que puedan llamar suyo, los que regresan no a un hogar sino a la tierra misma para encontrarse con su descarnado, eterno e inmutable espíritu; son éstos los que mejor comprenden su severidad, su capacidad de salvación, la gracia de su derecho secular a contar con nuestra fidelidad y obediencia. ¡Sí!, pocos lo entendemos, pero todos lo sentimos, sin embargo, y digo *todos*, sin excepción, porque los que no son capaces de sentir no cuentan. Cada hoja de hierba posee un punto en la tierra del que extrae la vida, la fuerza; del mismo modo está el hombre enraizado en la tierra de la que extrae su fe junto con su vida. No sé cuánto de esto llegaba a comprender Jim, pero sí sé que sentía, que sentía confusa pero poderosamente la necesidad de una verdad o de una ilusión de este tipo; no me importa qué nombre quieran darle; son tan pequeñas las diferencias, y significan tan poco. El hecho es que por la virtud de su sentimiento él sí era importante. Nunca regresaría a casa. No. Nunca. Había sido capaz de realizar algunos actos pintorescos ante cuya sola idea se hubiera estremecido, igual que ustedes. Pero él no era de ésos, aunque sí era más que expresivo a su manera. Ante la idea de volver a casa se apoderaban de él una rigidez y una inmovilidad desesperadas, bajaba la barbilla y hacía pucheros con los labios, y aquellos cándidos ojos azules suyos brillaban oscuramente bajo un ceño fruncido, como si se enfrentara a algo insoportable, a algo repugnante. Había una gran dosis de imaginación debajo de aquella dura cabezota sobre la que su denso y apiñado cabello se ajustaba tan bien. En cuanto a mí, carezco de imaginación (ahora tendría una idea mucho más clara de él si la tuviera), y no pretendo insinuar que me inventara una visión del espíritu de la tierra alzándose sobre los blancos acantilados de Dover para preguntarme qué había hecho —yo, que regresaba sin ningún hueso roto, por así decirlo— por mi jovencísimo hermano. Yo no podía cometer un error así. Sabía perfectamente que él era de aquéllos sobre los que nadie hace preguntas; había visto desaparecer a hombres mejores que él, desvanecerse por completo, sin provocar ni un solo comentario de curiosidad o tristeza. El espíritu de la tierra, como corresponde al dirigente de grandes empresas, no da importancia a las vidas innumerables. ¡Ay del rezagado! Existimos sólo en tanto en cuanto permanezcamos unidos. Él se había rezagado en cierto sentido; no había mantenido el ritmo; pero era consciente de eso con una intensidad que lo hacía conmovedor, al igual que el hecho de que la vida de una persona sea más intensa hace que su muerte sea más conmovedora que la de un árbol. Resultó que yo estaba a mano, y resultó que me sentí conmovido. Eso es todo. Me preocupaba el camino que fuese a tomar. Me hubiera dolido, por ejemplo, que se hubiese entregado a la bebida. El mundo es tan pequeño que tenía miedo de que, un día, me abordara un vagabundo legañoso, de rostro tumefacto y sucio, sin suelas en sus zapatos de lona y con un revoloteo de harapos a la altura del codo que, invocando una vieja amistad, me pidiera cinco dólares prestados. Ya conocen el horrible aire de desenvoltura de esos espantapájaros que le llegan a uno procedentes de un pasado digno; esa voz ronca e indiferente, esas miradas insolentes de medio lado; esos encuentros más duros para alguien que cree en la solidaridad de nuestras vidas de lo que lo sería para un sacerdote ver a un impenitente en su lecho de muerte. Ése, para ser sincero, era el único peligro que podía imaginar para ambos; pero tampoco entonces me fíe de mi falta de imaginación. Podría tener un desenlace aún peor que, por alguna razón, no pudiese adivinar por mi escasa capacidad de imaginación. No me dio ninguna oportunidad para olvidar lo imaginativo que él era, y las personas imaginativas van mucho más lejos en cualquier dirección, como si les diesen una longitud de cadena mucho mayor en el inseguro fondeadero de la vida. Se lo puedo asegurar. Y también se entregan a la bebida. Aunque tal vez lo esté infravalorando con un temor así. ¿Cómo saberlo? El propio Stein no podía conocer más que su condición de romántico. Yo sólo sabía que era uno de los nuestros. ¿Y a santo de qué le daba por ser un romántico? Les estoy contando tanto de mis propios sentimientos instintivos y sesudas reflexiones porque queda muy poco que decir de él. Existió para mí, y, al fin y al cabo, existe para ustedes sólo a través de mí. Lo he estado llevando de la mano; lo he hecho desfilar ante ustedes. ¿Eran injustos mis vulgares temores? No les puedo responder... ni siquiera ahora. Quizá ustedes lo sepan mejor que yo, puesto que el dicho afirma que son los espectadores los que mejor ven el partido. En cualquier caso, fueron temores superfluos. No se desvió del camino, ni lo más mínimo; salió maravillosamente adelante, recto como una flecha y en perfecta forma; lo que demostraba que estaba dotado tanto de resistencia como de empuje. Debería haberme encantado, porque se trata de una victoria en la que yo había tomado parte; pero no estoy tan contento como había esperado. Me pregunto si su arrebato lo había sacado realmente de esa bruma en la que se alzaba si no grande, sí interesante, con sus perfiles a flote: un rezagado que añoraba inconsolable su humilde puesto en las filas. Y, además, aún no se ha dicho la última palabra, probablemente no se diga nunca. ¿Acaso no son nuestras vidas demasiado cortas para decir esa frase completa, la que, en medio de todos nuestros balbuceos, es, por supuesto, nuestra única intención duradera? He renunciado a esperar esas últimas palabras, cuyo sonido, si fuera posible pronunciarlas, haría temblar tierra y cielo. Nunca queda tiempo para decir nuestra última palabra: la última palabra de nuestro amor, de nuestro deseo, fe, remordimiento, sumisión o revuelta. No se debe hacer temblar a tierra y cielo, supongo; al menos, no debemos hacerlo nosotros, los que conocemos tantas verdades sobre ambos. Mis últimas palabras sobre Jim serán breves. Afirmo que había alcanzado la grandeza; pero el hecho quedaría minimizado en su narración, o más bien en la recepción de ésta. Con franqueza, de lo que dudo no es de mis palabras, sino de sus mentes. Podría ser elocuente si no tuviera miedo de que ustedes hubieran matado de inanición a su imaginación para alimentar a su cuerpo. No tengo intención de ofender a nadie; no tener ilusiones es perfectamente respetable, y seguro, y rentable... y aburrido. Sin embargo, también ustedes, en sus tiempos, deben haber conocido la vida en toda su intensidad, esa luz que lanza el atractivo a que da lugar el choque entre naderías, algo tan asombroso como el brillo de las chispas que se producen golpeando una fría piedra... pero, ¡ay!, igual de breve también.

Capítulo XXII

La conquista del amor, del honor, de la confianza de los hombres; el orgullo y el poder que provocan, son materiales adecuados para una narración heroica; pero lo que hace reaccionar a las mentes son los elementos externos de un éxito de esta naturaleza, y en los éxitos de Jim no había elementos externos. Treinta millas de jungla lo aislaban de la vista de un mundo indiferente, y el ruido de las blancas rompientes que bordeaban la costa acallaban la voz de la fama. El río de la civilización, como si se dividiera en un promontorio a cien millas al norte de Patusan, se extiende formando dos brazos, al este y al sudeste, dejando abandonados y aislados sus prados y valles, sus viejos árboles y su vieja humanidad, como si se tratara de un insignificante islote que se va desintegrando entre los dos brazos de un poderoso y devorador río. El nombre de la región aparece a menudo en las obras que se refieren a los antiguos viajes. Los comerciantes del siglo XVII iban allí a por pimienta porque la pasión por la pimienta parecía quemarles como la llama del amor en el pecho a los aventureros holandeses e ingleses aproximadamente en la época de Jaime I. ¿Adónde no irían aquellos hombres a encontrar pimienta?

Por una bolsa de pimienta estaban dispuestos, sin dudarlo ni un instante, a cortarse el pescuezo los unos a los otros y a vender el alma, con la que tenían tanto cuidado por lo demás: la extraña obstinación que caracterizaba aquel deseo les hacía desafiar a la muerte, que se presentaba bajo mil formas distintas —los mares desconocidos, las repugnantes y raras enfermedades, las heridas, la cautividad, el hambre, la pestilencia y la desesperación—. Se convertían en héroes, pero aquello los hacía también patéticos en su anhelo comercial frente a una muerte inflexible que se cobraba su tributo entre jóvenes y viejos. Parece imposible suponer que la pura avaricia pudiera dotar a los hombres de tal firmeza de propósito, de tal ciega persistencia en sus esfuerzos y sacrificios. Y, en efecto, los que así aventuraban persona y vida arriesgaban todo lo que tenían a cambio de una escasa recompensa. Se dejaban los huesos blanqueándose en costas lejanas para que la riqueza pudiera fluir hasta los vivos que quedaban en sus países. Ante nosotros, sus sucesores, mucho menos esforzados, aparecen agigantados, no en calidad de agentes comerciales, sino como instrumentos de un destino escrito, abriéndose paso hacia lo desconocido por obediencia a una voz interior, a un impulso que les latía en la sangre, a un sueño de futuro. Eran maravillosos; y hay que reconocer que estaban preparados para lo maravilloso. Lo dejaron grabado con complacencia en sus sufrimientos, en el aspecto de los mares, en las costumbres de extrañas naciones y en la gloria de espléndidos gobernantes.

En Patusan habían encontrado montones de pimienta, y habían quedado impresionados por la magnificencia y sabiduría del sultán, pero, de algún modo, tras un siglo de variadas relaciones comerciales, la región pareció salirse progresivamente de las rutas de intercambio. Tal vez se acabara la pimienta. Sea como fuere, a nadie le importa ya; la gloria ha desaparecido, el sultán es un joven idiota con dos pulgares en la mano izquierda y unos ingresos inciertos e ínfimos que arranca a la fuerza a una población paupérrima y que a él le roban sus numerosos tíos.

Todo esto, por supuesto, lo sé por Stein. Fue él quien me proporcionó los nombres y un breve esbozo del carácter y la vida de cada uno. Estaba tan repleto de información sobre los estados con autogobierno como un informe oficial, pero resultaba inmensamente más interesante. Él *tenía* que saberlo, puesto que comerciaba con tantos, y en algunos distritos —como Patusan, por ejemplo—, su agencia era la única que tenía una sucursal, por permiso especial de las autoridades holandesas. El gobierno confiaba en su discreción y quedaba entendido que él corría con todos los riesgos. Las personas que trabajaban para él lo entendían así también, pero, aparentemente, conseguía hacer que les mereciera la pena. Fue absolutamente franco conmigo mientras desayunábamos aquella mañana. Por lo que él sabía (las últimas noticias eran de trece meses atrás, según declaró con exactitud), las condiciones normales allí eran de absoluta inseguridad para la vida y las propiedades. En Patusan existían fuerzas antagónicas, y una de ellas estaba encabezada por el rajá Allang, el peor de los tíos del sultán, que era el gobernante del río y el que efectuaba las extorsiones y los robos, y el que aplastaba, hasta el punto de la posible extinción, a los malayos nacidos allí, los cuales, totalmente indefensos, no tenían ni siquiera el recurso de la emigración. «Pues realmente», como señalaba Stein, «¿adónde podrían marchar y cómo iban a lograr salir?» Sin duda, ni siquiera deseaban salir de allí. El mundo (que está circunscrito por unas altas e infranqueables montañas) había sido entregado en manos de los nacidos en alta cuna, y *éste* era su rajá: era de su propia casa real. Tuve el placer de conocer al caballero en cuestión más tarde. Era un hombrecillo sucio y gastado, con ojos malévolos y una boca débil, que se tragaba una pastilla de opio cada dos horas y, en desafío a un sentido generalizado de la decencia, llevaba el pelo descubierto y desordenadamente caído en mechones enmarañados alrededor de un rostro marchito y mugriento. Cuando concedía una audiencia, se encaramaba a una especie de estrecha plataforma colocada en una sala que parecía un granero en ruinas dotada de un suelo de bambúes podridos, a través de las grietas de los cuales se podían ver, doce o quince pies más abajo, los montones de desechos y basura de todas clases que había esparcidos bajo la casa. Así y allí nos recibió cuando, acompañado de Jim, le hice una visita de cortesía. Había unas cuarenta personas en la habitación y quizá el triple en el gran patio de debajo. El movimiento era allí constante, idas y venidas, empujones y murmullos, siempre a nuestras espaldas. Unos cuantos jóvenes vestidos con alegres sedas nos miraban airadamente desde lejos; la mayoría, esclavos y humildes criados, estaban medio desnudos, envueltos en *sarongs* hechos jirones y sucios de cenizas y manchas de barro. Nunca había visto a Jim con una expresión tan seria, con tanto dominio de sí mismo, de una forma impenetrable e impresionante. En medio de aquellas personas de rostro oscuro, su robusta figura vestida de blanco, los brillantes mechones de su cabello rubio, parecían atrapar todo el sol que se escurría por las grietas de las contraventanas cerradas de la oscura sala, que tenía las paredes cubiertas de esterillas y el techo de paja. Aparecía ante la vista como criatura no sólo de otra especie, sino con una esencia distinta. Si no lo hubieran visto llegar en una canoa, podrían haber pensado que había descendido sobre ellos procedente de las nubes. Llegó, sin embargo, en una desvencijada piragua (muy quieto y con las rodillas juntas por temor a que volcara aquel cascarón), sentado sobre una caja de latón —que yo le había prestado— y acariciando en su regazo un revólver de los de la marina —que yo le regalé en nuestra despedida—, el cual, por intervención de la Providencia, o por alguna otra razón descabellada, absolutamente propia de él, o bien por pura sagacidad instintiva, había decidido llevar descargado. Así subió por el río de Patusan. Nada podría haber sido más prosaico ni más inseguro, ni más extravagante, ni más informal, ni más solitario. Era extraña esa fatalidad que otorgaba una apariencia de huida a todos sus actos, un aspecto de deserción impulsiva e irreflexiva, de salto a lo desconocido.

Es precisamente esa despreocupación lo que me sorprende más. Ni Stein ni yo teníamos una idea clara de lo que podría haber al otro lado cuando, metafóricamente hablando, lo izamos y arrojamos por encima de la pared con escasas ceremonias. En aquel momento yo deseaba únicamente conseguir que desapareciese; Stein, de modo característico en él, tenía motivos de índole sentimental. En cierto sentido creía estar pagando (en especies, supongo) la vieja deuda que nunca había olvidado. De hecho, durante toda su vida había sido especialmente amistoso hacia cualquiera que procediese de las Islas Británicas. Su difunto benefactor era escocés, bien es verdad —incluso hasta el extremo de llamarse Alexander McNeil—, y Jim provenía de un lugar muy al sur del *Tweed*;[1] pero a una distancia de seis o siete mil millas, Gran Bretaña, aunque no empequeñecida, sí aparece en escorzo incluso para sus propios hijos, lo suficiente como para que esos detalles carezcan de importancia. Se podía perdonar a Stein por ignorarlos. Las intenciones que medio me insinuaba eran de una índole tan generosa que le rogué muy en serio que las mantuviera en secreto durante un tiempo. Creía que ninguna consideración en cuanto a ventajas materiales debía influir en Jim; que no debíamos siquiera correr el riesgo de que actuara bajo una influencia de ese tipo. Nos las veíamos ante otra clase de realidad. Necesitaba un refugio, y un refugio por el que tuviera que pagar un precio en términos de peligro sería lo que le habíamos de ofrecer... y nada más.

---

[1] *Tweed*: río que separa a la región de Inglaterra de la de Escocia. *(N. del T.)*

En todo lo demás fui absolutamente franco con él, e incluso (tal y como yo creía en aquel momento) exageré el peligro de la empresa. Lo cierto es que me quedé corto; su primer día en Patusan casi fue también el último —hubiera sido el último de no ser él tan temerario o tan duro consigo mismo, y hubiese condescendido a cargar el revólver—. Recuerdo, según iba yo desarrollando nuestro maravilloso plan para su retirada, cómo su obstinada pero fatigada resignación se iba transformando progresivamente en sorpresa, interés, asombro y en infantil anhelo. Era la oportunidad con la que había soñado. No podía creer que él hubiera merecido que yo... Que lo tragara la tierra si llegaba a comprender a qué debía... Y era Stein. Stein, el comerciante, el que... pero claro, era a mí a quien tenía que... Lo corté en seco. No era capaz de expresarse, y a mí su gratitud me causaba un dolor inexplicable. Le dije que si le debía aquella oportunidad a alguien en especial era a un viejo escocés del cual nunca había oído hablar, y que había muerto hacía muchos años, del cual quedaban pocos recuerdos, aparte de una voz que era un rugido y una suerte de ruda honestidad. No había, pues, en realidad, nadie que pudiera recibir su gratitud. Stein estaba traspasando a un joven la ayuda que él mismo recibiera en su juventud, y yo no había hecho más que mencionar su nombre. Ante todo aquello enrojeció y, mientras retorcía un trozo de papel entre los dedos, observó tímidamente que yo siempre había confiado en él.

Admití que así era y añadí, tras una pausa, que deseaba que él hubiera sido capaz de seguir mi ejemplo.

—¿Cree que no lo hago? —preguntó inquieto.

Luego observó en un murmullo que a uno le tenían que dar algún tipo de oportunidad antes, y luego, iluminándosele el rostro y en voz alta protestó diciéndome que no me daría ocasión de arrepentirme de mi confianza, la cual... la cual...

—No se haga una falsa idea —le interrumpí—. Lograr que me arrepienta de nada no es algo que esté en sus manos.

No habría arrepentimientos; pero si los hubiera, serían únicamente cosa mía; por otra parte, quería que comprendiese con claridad que aquella propuesta, que aquel... experimento era obra suya; él y solamente él era responsable de lo que sucediera.

—¿Cómo? ¿Cómo? —balbuceó—, pero si es exactamente lo que yo...

Le rogué que no fuera tan cerrado de mollera, y pareció aún más confuso que antes. Se había lanzado a tumba abierta para hacerse la vida intolerable...

—¿Eso cree usted? —preguntó, preocupado, pero al instante añadió irradiando confianza—: Pero, a pesar de todo, seguí adelante, ¿no?

Era imposible enfadarse con él; no pude reprimir una sonrisa, y le dije que en otro tiempo, la gente que seguía adelante de aquel modo es que estaba en camino para convertirse en ermitaña en un país salvaje.

—¡Que se vayan al diablo los ermitaños! —comentó con una vehemencia contagiosa.

Por supuesto que a él no le importaba lo del país salvaje. Dije que me alegraba. Porque iba a ir a uno de ellos. Pero lo encontraría lleno de vida y acontecimientos; eso me atrevía a prometérselo.

—Sí, sí —dijo con avidez.

Había manifestado un deseo, continué inflexible; el de marcharse y cerrar la puerta tras de sí...

—¿Eso he hecho? —me interrumpió, con un extraño acceso de tristeza que pareció envolverlo de pies a cabeza como si fuera la sombra de una nube pasajera.

Era, realmente, de una expresividad excepcional. ¡Excepcional!

—¿Eso he hecho? —repitió amargamente—. Pero no puede decir que haya armado mucho ruido. Y, además, sería capaz de seguir en ello... pero, ¡maldita sea!, me está mostrando usted una puerta abierta...

—Muy bien. Crúcela —le interrumpí.

Le podía prometer solemnemente que quedaría cerrada tras él con un portazo rencoroso. Su destino, cualquiera que fuese, quedaría ignorado, porque nadie iba a considerar a aquel país, a pesar de su vergonzosa situación, maduro para una intervención. Una vez dentro, para el mundo exterior sería como si nunca hubiese existido. Lo único que tendría iban a ser las plantas de los pies para seguir en pie, y en ese sentido tendría que conseguir encontrar antes un trozo de tierra que le permitiera mantener el equilibrio.

—Como si nunca hubiese existido... eso es, ¡por todos los cielos! —murmuró para sí.

Sus ojos, clavados en mis labios, brillaban. Si había entendido completamente las condiciones, dije a modo de conclusión, lo mejor sería que subiera rápidamente al primer carruaje nativo que viese y acudiera a casa de Stein a recibir las últimas instrucciones. Salió disparado de la habitación prácticamente sin darme tiempo a acabar la frase.

Capítulo XXIII

No regresó hasta la mañana siguiente. Lo habían invitado a cenar y a dormir. Nunca había habido un hombre tan maravilloso como Stein. Llevaba en el bolsillo una carta para Cornelius («el tipo que se va a quedar en la calle», me explicó, rebajando por un instante su alegre vehemencia), y me mostró con regocijo un anillo de plata, como los que usan los nativos, gastado hasta el punto de haberse quedado reducido de tamaño y con borrosas huellas de un grabado.

Era la contraseña de presentación para un tipo que se llamaba Doramín, una de las personas más importantes del lugar —un pez gordo—, que había sido amigo del señor Stein en ese país en el que corrió tantas aventuras. El señor Stein lo llamaba «camarada de guerra». No estaba nada mal eso de camarada de guerra, ¿verdad? ¿Y no era cierto que el señor Stein hablaba maravillosamente bien el inglés? Decía que lo había aprendido en la isla de Célebes... ¡menudo sitio para aprenderlo! Eso era enormemente gracioso, ¿verdad? Sí que tenía cierto acento, como un gangueo, ¿lo había notado yo? Aquel tipo, Doramín, le había dado el anillo. Habían hecho un intercambio de regalos cuando se despidieron definitivamente. Algo así como una promesa de amistad eterna. A él le parecía muy bonito... ¿a mí no? Tuvieron que salir volando del país para salvar la vida cuando mataron a aquel Mohamed... Mohamed no sé qué. Yo ya conocía la historia, claro. Era una verdadera vergüenza, ¿verdad?

Siguió en la misma línea, olvidado de su plato, sosteniendo los cubiertos en el aire (cuando llegó, yo estaba comiendo), ligeramente sonrojado, y con las pupilas mucho más oscuras, lo que en él era señal de excitación. El anillo era una suerte de credencial («Es como lo que sale en los libros», dijo mostrando gran admiración), y Doramín haría todo lo posible por ayudarle. El señor Stein le había salvado la vida a aquel tipo en una ocasión; algo puramente accidental, había dicho el señor Stein; pero él —Jim— se había formado una opinión propia en cuanto al episodio. El señor Stein era exactamente la clase de persona que provoca esos «accidentes». Tampoco importaba realmente. Fuera un accidente o algo hecho a propósito, a él le haría un gran servicio. Le pedía al cielo que aquel buen hombre no hubiera estirado la pata todavía. El señor Stein no lo sabía. Llevaba más de un año sin recibir noticias; estaban en continuas riñas a todo trapo entre ellos, y el río estaba cerrado. Era todo un problema, pero tranquilo, ya se las arreglaría para encontrar una grieta por la que colarse.

Me impresionó, y casi me asustó, con su cháchara exaltada. Se le veía voluble como a un jovenzuelo en vísperas de unas largas vacaciones que prometían líos maravillosos; y una actitud de ese tipo en un adulto y en esa situación resultaba notablemente anormal; tenía algo de descabellado, de peligroso, de temible. Estaba a punto de pedirle que se tomara las cosas en serio cuando dejó caer los cubiertos (había comenzado inconscientemente a comer, o más bien a engullir comida) y se puso a buscar algo alrededor del plato. ¡El anillo! ¡El anillo! ¿Dónde diablos?... ¡Ah! Ahí estaba... Lo tomó en su manaza y lo fue introduciendo en todos los bolsillos sucesivamente. ¡Dios! No estaría nada bien perderlo. Meditó gravemente con la barbilla sobre el puño. ¿Entonces? ¡Se colgaría el maldito chisme del cuello! Y procedió a hacerlo inmediatamente tras sacar un cordel (que se asemejaba a un lazo de algodón de los de los zapatos) para ese fin. ¡Ya está! ¡Eso debería solucionar el problema! Sería terrible si... Pareció verme la cara por primera vez, y eso lo calmó un poco. Probablemente yo no me daba cuenta, dijo con una ingenua seriedad, de cuánta importancia le daba él a aquel recuerdo. Significaba amistad; y es bueno tener un amigo. Y ya tenía cierta experiencia sobre el asunto. Agitó la cabeza señalándome de forma harto expresiva, pero ante mi ademán de negación apoyó la cabeza en la mano y guardó silencio durante un rato, mientras jugueteaba, pensativo, con las migas de pan que había sobre el mantel...

—Un portazo... eso lo expresa a la perfección.

Se puso en pie de un salto y comenzó a caminar por el cuarto, de arriba abajo, haciéndome recordar, por la colocación de los hombros, la orientación de la cabeza y la larga e irregular zancada, la noche en que caminó del mismo modo mientras se me confesaba, me explicaba —como quieran ustedes llamarlo—, pero, en última instancia, viviendo, viviendo ante mí, envuelto en sus propias sombras, con toda su inconsciente sutileza, que era capaz de extraer consuelo de la propia fuente de la tristeza. Era el mismo estado de ánimo, igual y diferente a un tiempo, como un veleidoso compañero que hoy te guía por el buen camino, y que con la misma mirada, la misma zancada, el mismo impulso, te conducirá mañana por la vía de una irremediable perdición. Su forma de caminar mostraba firmeza, la mirada extraviada de aquellos ojos oscurecidos parecía buscar algo en la habitación. De algún modo, parecía que uno de sus pasos resonaba con mayor fuerza que el otro —probablemente era culpa de sus botas— y daba la curiosa impresión de una invisible cojera en sus andares. Tenía una de las manos metida profundamente en el bolsillo del pantalón; la otra se agitó repentinamente por encima de la cabeza.

—¡Un portazo! —gritó—. Es lo que he estado esperando. Ya verán cómo les demuestro... Voy a... Estoy preparado para cualquier maldita cosa que se presente... He estado soñando con eso... ¡Cielos! Salir de esto. ¡Cielos! Por fin tengo suerte... Espere y verá. Voy a...

Agitó la cabeza desafiante, y confieso que, por primera y única vez desde que nos conocimos, me sentí inesperadamente harto de su presencia. ¿A qué venía tanta fanfarronada? Se dedicaba a renquear por la habitación blandiendo el brazo de una forma absurda, mientras, de vez en cuando, se palpaba el pecho en busca del anillo que llevaba bajo la ropa. ¿Qué sentido tenía tanta exaltación para una persona que había sido nombrada agente comercial, y en un lugar en el que no había comercio, ya que vamos a eso? Aquélla no era la actitud adecuada no sólo para él, sino para cualquiera. Se quedó quieto, frente a mí. ¿Eso pensaba?, me preguntó, de ningún modo apabullado y con una sonrisa en la que creí detectar de repente cierta insolencia. Pero soy veinte años mayor que él. Y la juventud *es* insolente; es su derecho —su necesidad—, tiene que afirmarse, y toda afirmación en este mundo de dudas constituye un reto, es una insolencia. Se alejó hasta alcanzar un rincón apartado para luego volver hacia mí y, figurativamente hablando, se dispuso a destrozarme. Había hablado así porque yo, incluso yo, que había sido infinitamente amable con él, incluso yo recordaba y le echaba en cara lo que... lo que había sucedido. ¿Y qué quedaba por decir de los demás... del... del mundo? Pues sí que era extraño que quisiera salirse, que estuviera decidido a salirse y a quedarse fuera... ¡por todos los cielos! ¡Y a mí se me ocurría hablar de actitudes adecuadas!

—No soy yo, ni el mundo, el que recuerda —le grité—. Es usted, usted, el que lo hace.

Ni siquiera pestañeó y continuó hablando con vehemencia.

—Olvidarlo todo, a todo el mundo, a todo el mundo... —bajó la voz—. Menos a usted —añadió.

—Sí... a mí también, si eso sirve de algo —dije, igualmente en voz baja.

Luego permanecimos en un silencio melancólico durante un tiempo, como si estuviéramos agotados. Después, comenzó a hablar de nuevo, con serenidad, y me contó que el señor Stein le había ordenado que esperase un mes o así, para comprobar si le iba a ser posible quedarse allí, antes de comenzar a construirse una casa, para evitar «gastos vanos». La verdad es que sí utilizaba expresiones graciosas el señor Stein. «Gastos vanos» no estaba nada mal... ¿Quedarse? ¡Cómo!, por supuesto. Aguantaría allí. Lo único que necesitaba era poder entrar, eso era todo; ya se comprometía él a quedarse. No iba a salir nunca. Quedarse no iba a resultar difícil.

—No sea temerario —le dije, intranquilo por su tono de amenaza—. Si consigue vivir lo suficiente, querrá volver.

—¿Volver a qué? —preguntó con aire ausente, con los ojos fijos en la esfera de un reloj de pared.

Tardé unos instantes antes de contestar.

—¿Va a ser para siempre, entonces? —dije.

—Para siempre —repitió con tono de ensoñación pero sin mirarme, para de repente comenzar una frenética actividad—. ¡Dios mío! Las dos, y zarpo a las cuatro.

Era cierto. Un bergantín de Stein salía con rumbo hacia el oeste aquella misma tarde, y había recibido instrucciones de embarcar en él, pero no se le habían dado al barco órdenes para retrasar la partida. Supongo que se le pasaría por alto a Stein. Jim salió corriendo para recoger sus cosas mientras yo me dirigí a mi barco, por donde prometió pasar de camino hacia la rada exterior. Apareció tal como había dicho, con muchas prisas y una pequeña maleta de cuero en la mano. Aquello no podía ser, y le ofrecí un viejo baúl mío de latón que supuestamente era impermeable o, cuando menos, a prueba de la humedad. Efectuó el traslado mediante el sencillo método de sacar a puñados el contenido de su maleta como quien vacía un saco de trigo. Vi tres libros en el montón: dos pequeños, de tapas negras, y un volumen grueso de color verde y oro —unas obras completas de Shakespeare en edición barata.

—¿Usted lee eso? —le pregunté.

—Sí. Lo mejor que existe para levantarle los ánimos a uno —dijo rápidamente.

Me sorprendió su gusto, pero no había tiempo para disquisiciones sobre Shakespeare. Sobre la mesa del camarote había un pesado revólver y dos pequeñas cajas de munición.

—Le ruego que se lo lleve —dije—. Quizá le ayude a quedarse.

Tan pronto como lo hube dicho me di cuenta del sombrío significado que podían transmitir aquellas palabras.

—Puede que le ayude a entrar —me corregí arrepentido.

A él, sin embargo, no le preocupaban los segundos y oscuros sentidos de las palabras; me lo agradeció efusivamente y salió disparado, mientras se despedía a gritos por encima del hombro. Escuché su voz a través del barco cuando incitaba a sus remeros para que se pusieran en marcha rápidamente y, cuando miré por la aleta de babor, vi el bote rodeando la bovedilla del barco. Estaba sentado, inclinado hacia adelante, animando a sus hombres con la voz y con ademanes, y, si les digo que había conservado el revólver en la mano y parecía apuntar con él a sus cabezas, comprenderán que nunca podré olvidar los rostros asustados de los cuatro javaneses y el frenético esfuerzo con el que hundían los remos en el agua, con lo que muy pronto dejé de verlos. Luego, cuando me di la vuelta, lo primero que vi fueron las dos cajas de munición sobre la mesa del camarote. Se las había dejado olvidadas.

Ordené que se preparase mi lancha de inmediato, pero los remeros de Jim, bajo la impresión de que sus vidas colgaban de un hilo mientras aquel loco siguiera en su bote, consiguieron llegar en tan poco tiempo que, antes de que yo hubiera podido cubrir la mitad de la distancia que había entre ambos navíos, vi a Jim trepando por la barandilla y el baúl que izaban tras él. El trapo del bergantín estaba ya largado, la mayor estaba izada y el molinete del ancla acababa de empezar a girar en el momento en que puse el pie en cubierta; su capitán, un atildado hombrecillo mestizo de unos cuarenta años, con un traje de franela azul, ojos vivaces, una cara redonda del color de la piel del limón, y un delgado bigotillo negro que le caía a ambos lados de unos labios gruesos oscuros, se me acercó sonriendo con afectación. Al final, a pesar de su aspecto exterior alegre y de satisfacción consigo mismo, resultó ser fácil presa de inquietudes y agobios. En respuesta a una observación mía (mientras Jim había bajado un momento) dijo:

—¡Ah!, sí, Patusan.

Iba a llevar al caballero hasta la desembocadura del río, pero de ningún modo pensaba «ascenderlo». Su inglés fluido parecía proceder de un diccionario compilado por un lunático. Si el señor Stein hubiera deseado que «ascendiese», él, «reverencialmente» (creo que quería decir «respetuosamente», pero sólo el diablo lo sabe), «reverencialmente hubiera elevado objeciones para la mayor seguridad de las propiedades». Si no se le hubiera hecho caso, hubiera presentado su «dimisión para ponerse de patitas en la calle». Hacía doce meses que había efectuado su última visita a aquel lugar, y aunque el señor Cornelius «propició muchos ofertorios» al señor rajá Allang y a la «población principal», en unas condiciones que convertían al comercio en «una trampa y en cenizas en boca», a pesar de todo eso, habían disparado sobre su barco desde los árboles «por parte de grupos de insensibles» a lo largo de todo el descenso del río, lo que obligó a su tripulación «a causa de la exposición de los miembros y otras anatomías a permanecer silencioso en escondites»; el bergantín casi embarrancó en un banco de arena en la desembocadura, donde «hubiera sido perecedero más allá de los actos humanos». El furioso rechazo que le provocaba el recuerdo, y el orgullo que sentía ante su propia fluidez lingüística, a la que prestaba él mismo un oído atento, luchaban entre sí por la posesión de su amplio rostro simplón. Fruncía el ceño y sonreía radiante casi a un tiempo, mientras observaba con satisfacción el innegable efecto que producía su fraseología. El plácido mar presentaba de vez en cuando oscuros estremecimientos, y el bergantín, con la gavia del trinquete contra el viento, y la verga mayor en medio del buque, parecía aturdido ante aquellos soplos irregulares de brisa. Me dijo también, entrechocando los dientes, que el rajá era una «hiena risible» (no puedo ni imaginar de dónde sacó lo de las hienas); mientras que otro tipo era muchas veces más falso que las «armas de un cocodrilo». Con un ojo puesto en las evoluciones de su tripulación en proa, dio rienda suelta a su locuacidad comparando el lugar con «una jaula de bestias hechas voraces por una prolongada impenitencia». Me imagino que quería decir impunidad. No tenía la más mínima intención, gritó, de «exhibirse a ser vinculado a propósito con un latrocinio». Los prolongados gritos, casi gemidos, con los que, rítmicamente, se animaban los marineros entre sí mientras levaban las anclas hasta la serviola, tocaron a su fin, y él dijo, bajando la voz: «Mucho, demasiado más de la cuenta de Patusan», lo que constituyó su vehemente conclusión.

Después, supe que su indiscreción lo había llevado hasta el punto de acabar atado con una soga de junco de Indias a un poste clavado en medio de un agujero lleno de barro frente a la casa del rajá. Pasó la mayor parte de un día y una noche entera en esa nada saludable posición, pero todo apuntaba a que se había tratado de una especie de broma. Estuvo un rato ceñudo, reflexionando, creo, sobre aquel horrible recuerdo, y luego se dirigió en un tono pendenciero al hombre que venía a popa para hacerse cargo del timón. Cuando se giró en mi dirección de nuevo el tono pasó a ser juicioso, desapasionado. Llevaría al caballero hasta la desembocadura del río en Batu Kring (la ciudad de Patusan estaba «sita internamente treinta millas», según me señaló). Pero en su opinión, continuó diciendo —con un tono de convicción monótona y cansina que sustituyó a su anterior locuacidad—, el caballero estaba ya «en la similitud de un cadáver».

—¿Qué?, ¿cómo dice? —le pregunté.

Adoptó, para sorpresa mía, un semblante feroz, e imitó a la perfección a alguien dando una puñalada por la espalda.

—Ya es como el cuerpo de un deportado —me explicó, con ese aire de insufrible suficiencia que muestra esa clase de gente cuando cree haber realizado todo un despliegue de inteligencia.

Entonces me percaté de la presencia de Jim, detrás de él, que me sonreía silenciosamente y levantaba una mano cortando la exclamación que yo ya tenía en la punta de la lengua.

Luego, mientras el mestizo, reventando casi de importancia, gritaba las órdenes, mientras las velas se orientaban entre chirridos y el pesado botalón resbalaba hacia fuera, Jim y yo, prácticamente solos a sotavento de la mayor, nos estrechamos la mano e intercambiamos las últimas y apresuradas palabras. Sentí cómo mi corazón se liberaba del triste resentimiento que existía codo con codo con el interés que tenía en su destino. La cháchara absurda del mestizo había otorgado una mayor realidad a los desgraciados peligros de que estaba sembrado su camino que los cuidadosos informes de Stein. En aquella ocasión desapareció de nuestras palabras esa especie de formalismo que había estado siempre presente en nuestras conversaciones; creo que lo llamé «querido muchacho», y él añadió «mi viejo amigo» como coletilla de una expresión inacabada de gratitud, como si los riesgos que corría hubieran hecho de contrapeso a mis años igualándonos en edad y sentimientos. Hubo un momento de real y profunda intimidad, sorprendente y efímera como el atisbo de una verdad eterna y salvadora. Se esforzó por consolarme, como si hubiera sido el más maduro de los dos:

—Está bien, de acuerdo —dijo rápidamente y con sinceridad—. Prometo tener cuidado. Sí; no voy a correr ningún riesgo. Ni un solo bendito riesgo. Claro que no. Pienso quedarme allí. No se preocupe. ¡Cielos! Me siento como si nada pudiera conmigo. ¡Bueno!, esto sí que es suerte desde el pistoletazo de salida. ¡No podría echar a perder una oportunidad tan magnífica!

¡Una oportunidad magnífica! Bueno, lo cierto es que *resultó* magnífica, pero las oportunidades acaban siendo lo que los hombres hagan con ellas, ¿y cómo iba a saber eso yo? Tal como él mismo había dicho, incluso yo... incluso yo recordaba y le echaba en cara su... su desgracia. Era verdad. Y lo mejor que podía hacer era marcharse.

Mi lancha estaba en la estela del bergantín, y lo vi en popa, destacado contra la luz del sol poniente, saludándome con la gorra en alto.

—Ya... tendrá... noticias... de... mí.

De mí o mías, no sé muy bien qué dijo. Creo que debió ser «de mí». Tenía los ojos cegados por el reflejo del sol bajo sus pies, y no lo podía ver con claridad; estoy condenado a no verle nunca con claridad; pero les aseguro que nadie podía haber tenido un aspecto más alejado de «la similitud de un cadáver», por decirlo con las mismas palabras de aquel pájaro mestizo de mal agüero. Pude ver también el rostro de aquel pillo, que tenía la forma y el color de una calabaza madura, y que estiraba el cuello por debajo del codo de Jim. Él también levantaba el brazo, como si fuera a golpear hacia abajo. *Absit omen!*[1]

Capítulo XXIV

La costa de Patusan (la vi casi dos años después) es rectilínea y sombría, y se extiende frente a un brumoso océano. Presenta surcos rojizos, como cataratas de herrumbre, que fluyen bajo el follaje de oscuro verdor constituido por los arbustos y enredaderas que tapizan los bajos acantilados. Hay llanuras pantanosas que se extienden desde las desembocaduras de los ríos, y acaban en un espectáculo de dentados picos azules más allá de la vasta jungla. En la distancia, se destaca una cadena de islas, formas oscuras y tambaleantes, recortadas contra la eterna neblina iluminada por el sol, como los restos de una pared horadada por el mar.

Hay una aldea de pescadores en la desembocadura del Batu Kring, uno de los brazos del estuario. El río, que llevaba tanto tiempo cerrado, estaba ya abierto al tránsito, y la pequeña goleta de Stein, en la que me había embarcado, remontó la corriente a lo largo de tres mareas, sin verse expuesta a salvas de disparos procedentes de «grupos de insensibles». Aquel estado de cosas pertenecía ya a la historia antigua, si debía creer al anciano jefe de la aldea de pescadores, que subió a bordo para actuar como una especie de piloto. Me habló (a mí, el segundo hombre blanco que veía en toda su vida) con confianza, y la mayor parte de su discurso giraba en torno al primer hombre blanco que había visto. Lo llamaba *Tuan* Jim, y el tono de sus comentarios resultaba notable por una extraña mezcla de familiaridad y asombro. Ellos, los de la aldea, contaban con la protec-

---

[1] *Absit omen!*: en latín, «¡Ojalá se disipen los malos augurios!». *(N. del T.)*

ción especial de aquel lord, lo que demostraba que Jim no les guardaba ningún rencor. Cuando me advirtió que habría de oír hablar de él, no decía más que la verdad. Estaba oyendo hablar de él. Ya circulaba una historia según la cual la marea había empezado a subir dos horas antes de tiempo para ayudarle en su viaje río arriba. El propio anciano parlanchín era el que había gobernado la canoa, y se había quedado maravillado ante el fenómeno. Además, toda la gloria pertenecía a su familia. Su hijo y su yerno habían sido los remeros; pero no eran más que jóvenes sin experiencia, y no habían notado la velocidad de la canoa hasta que él les señaló aquel asombroso hecho.

La llegada de Jim a la aldea de pescadores había sido una bendición, pero para ellos, como para muchos de nosotros, la bendición había sido anunciada por un terror previo. Habían transcurrido tantas generaciones desde la visita del último hombre blanco que hasta la misma tradición se había perdido. La aparición del ser que descendió sobre ellos y exigía inflexiblemente ser llevado hasta Patusan resultaba desconcertante; su insistencia, alarmante, y su generosidad, más que sospechosa. Se trataba de una petición inaudita. No había precedentes. ¿Qué iba a decir el rajá de todo aquello? ¿Qué les haría a ellos? Pasaron la mayor parte de la noche entre consultas; pero el riesgo inmediato que representaba la furia de aquel hombre extraño parecía tan enorme que finalmente prepararon una desvencijada piragua. Las mujeres chillaban en señal de duelo cuando partieron. Una vieja y temeraria bruja maldijo al extranjero.

Él iba sentado, como ya les he dicho, sobre la caja de latón y acariciaba el revólver en su regazo. Mantenía el equilibrio con cuidado, y hay pocas cosas más fatigosas que eso. Y así entró en la región a la que estaba destinado a cubrir con la fama de sus virtudes, desde los azulados picachos del interior hasta la blanca cinta de rompientes que bordeaba la costa. Tras la primera curva del río perdió de vista el mar, con sus esforzadas olas en continuo ascenso, hundimiento y desaparición, para ascender de nuevo —la propia imagen de la lucha de la humanidad—, y pasó a contemplar la jungla inmóvil, profundamente enraizada en la tierra, remontándose hacia el sol, eterna en el sombrío poder de su tradición, como la vida misma. Y su oportunidad estaba sentada junto a él, con un velo cubriéndole el rostro, igual que una novia oriental que espera la mano de su señor para que la descubra. ¡También él era heredero de una sombría y poderosa tradición! Jim me dijo, sin embargo, que nunca se había sentido tan deprimido y cansado como en aquella canoa. El único movimiento que osaba permitirse era el de estirar el brazo para coger, casi furtivamente, media cáscara de coco que flotaba entre sus pies para poder achicar el agua con un cuidado y lentitud extremos. Descubrió lo dura que era la tapa del baúl de hojalata para sentarse. Su salud había sido siempre heroica, pero en varias ocasiones a lo largo del viaje sintió mareos, y en los intervalos sin vértigos se preguntaba cómo sería de grande la ampolla que el sol le estaba produciendo en la espalda. Para entretenerse, se dedicó a adivinar si los objetos marrones que iba viendo por delante eran troncos o caimanes. Tuvo que abandonar el juego muy pronto. No tenía ningún interés. Eran siempre caimanes. Uno de ellos se lanzó al río y casi volcó la canoa. Pero aquella diversión se acabó rápidamente. Más adelante, en un extenso tramo vacío, lo distrajo una turba de monos que llegaron hasta la orilla y armaron un escándalo de mil demonios, como insultándolo a su paso. Así era como se aproximaba a una grandeza tan genuina como la del mejor de los hombres. Lo que deseaba, por encima de todo, era que se pusiese el sol; y mientras tanto, sus tres remeros se preparaban para ejecutar el plan que habían urdido para entregarlo en manos del rajá.

—Creo que debía estar medio idiota del cansancio, o quizá me quedara adormilado durante unos instantes —dijo.

De repente, sin saber cómo, la canoa estaba llegando a la orilla. Se dio cuenta inmediatamente de que la jungla había quedado atrás, vio las primeras casas a cierta altura, una empalizada a su izquierda y a sus barqueros saltando a un tiempo a una punta baja de tierra para salir corriendo a escape. Instintivamente, saltó detrás de ellos. Al principio creyó que lo habían abandonado por alguna razón inconcebible, pero oyó gritos de alarma y se abrió un portón por el que salió una muchedumbre en tropel que se dirigió hacia él. Al mismo tiempo, apareció en el río un bote lleno de gente armada que se situó junto a su canoa, ya vacía, con lo que le cortaron la retirada.

—El sobresalto fue tan grande que no me mantuve totalmente frío, ¿sabe?, y si el revólver hubiera estado cargado habría matado a alguien —quizá a dos o tres— y ése hubiera sido mi fin. Pero no lo fue...

—¿Por qué no? —pregunté.

—Bueno, no podía pelearme contra todo el pueblo, y en ningún momento di señales de temer por mi vida —dijo, apenas con una tenue huella de su obstinación y mal humor en la mirada que me dirigió.

Reprimí el impulso de indicarle que no podía haber sabido si la recámara estaba realmente vacía. Debía encontrar sus justificaciones a su modo.

—En cualquier caso, el revólver estaba vacío —repitió de buen humor—, así que sencillamente me quedé parado y les pregunté si había algún problema. Eso pareció hacerles enmudecer. Vi cómo algunos de aquellos ladronzuelos se llevaban mi baúl. Ese viejo canalla patilargo, Kassim (ya se lo enseñaré mañana) apareció corriendo y me dijo que el rajá quería verme. Yo dije: «De acuerdo». Yo también quería ver al rajá, de modo que simplemente crucé el portón andando y... y aquí estoy —se rió y luego dijo con un énfasis inesperado—: ¿Y sabe usted lo mejor de todo? —me preguntó—. Se lo voy a decir. Es saber que si me hubieran borrado del mapa aquí, el que hubiera salido perdiendo hubiese sido el propio lugar.

Así fue como me habló frente a su casa durante la noche que ya les he mencionado, después de haber contemplado la luna alejarse flotando, como un espíritu que sale de una tumba, del abismo que había entre las colinas; mientras que en aquel momento su brillo descendía, frío y pálido, como el fantasma de la luz de un sol muerto. Hay algo de hechicero en la luz de la luna; tiene toda la falta de pasión de un alma desencarnada y parte de su inconcebible misterio. Es a nuestro sol, que —digáse lo que se quiera— es cuanto nos mantiene vivos, lo que el eco al sonido: portador de engaño y confusión, ya sea el tono que repita triste o burlón. Priva a todas las formas de su materia —la cual, al fin y a la postre, es nuestro dominio— y de su sustancia, confiriéndoles una realidad siniestra sólo a las sombras. Y las sombras a nuestro alrededor eran muy reales, pero Jim, a mi lado, parecía muy firme, como si nada, ni siquiera el poder oculto de la luz de la luna, le pudiera privar de realidad ante mis ojos. Tal vez fuera cierto y nada pudiese con él, puesto que había sobrevivido al ataque de los poderes oscuros. Todo estaba en silencio, todo en suspenso; incluso en el río los rayos que dejaba caer la luna dormían como sobre un estanque. Era la pleamar, un momento de inmovilidad que acentuaba el aislamiento absoluto de aquel rincón perdido de la Tierra. Las casas, amontonándose a lo largo de la amplia curva de un río sin ondulaciones ni reflejos, adelantándose hasta el agua en una hilera de formas que se empujaban, vagas, grises, plateadas, mezcladas con negras masas de sombra, eran como una manada espectral de criaturas sin forma que se empujaban entre sí para beber en un arroyo espectral y sin vida. Aquí y allá parpadeaba un reflejo rojizo dentro de unas paredes de bambú, cálido, como una chispa viva, transmisor de afectos humanos, de cobijo y reposo.

Me confesó que a menudo observaba cómo esos pequeños reflejos cálidos se iban extinguiendo, uno a uno; que le encantaba ver a la gente yéndose a dormir ante sus ojos, confiados en un mañana seguro.

—Es pacífico esto, ¿eh? —me preguntó.

No era elocuente, pero en las palabras que siguieron latía un significado profundo.

—Fíjese en esas casas; no hay ni una sola en la que no confíen en mí. ¡Cielos! Le dije que aguantaría. Pregúntele a cualquier hombre, o mujer, o niño... —Hizo una pausa—. En fin, en cualquier caso no soy tan terrible.

Señalé rápidamente que era él quien lo había descubierto al final. Yo había estado siempre seguro de ello, añadí. Movió la cabeza dubitativo.

—¿Sí?

Me apretó ligeramente el brazo por encima del codo.

—Bueno, entonces... tenía usted razón.

Había júbilo y orgullo, casi asombro, en aquella exclamación en voz baja:

—¡Cielos! —gritó—, imagínese lo que esto significa para mí.

Me volvió a apretar el brazo.

—Y me preguntó usted si había pensado en marcharme. ¡Dios mío! ¡Querer irme! Especialmente ahora, después de lo que me ha contado del señor Stein... ¡Marcharme! ¡Cómo! Pero si es de eso de lo que tenía miedo. Hubiera sido... hubiera sido peor que la muerte. No... le doy mi palabra. No se ría. Tengo que sentir, todos los días, cada vez que abro los ojos, que confían en mí... que nadie tiene derecho a... ¿No me entiende? ¡Marcharme! ¿Adónde? ¿Para qué? ¿Para obtener qué?

Le había contado (de hecho, ése era el objeto principal de mi visita) que Stein tenía intención de regalarle la casa y todas las mercancías almacenadas, bajo ciertas cómodas condiciones que harían normal y válida la transacción. Al principio gruñó y bufó diciendo que no podía aceptarlo.

—¡Al diablo con su delicadeza! —grité—. No es cosa de Stein en absoluto. Se trata de darle lo que se ha ganado por sí mismo. Y en cualquier caso, guárdese sus comentarios para McNeil, cuando se lo encuentre en el otro mundo, lo que espero que no suceda pronto.

Tuvo que ceder ante mis argumentos porque todas sus conquistas, la confianza, la fama, las amistades, el amor, lo habían hecho señor y cautivo al mismo tiempo. Contemplaba con mirada de propietario la paz de la noche, el río, las casas, la vida eterna de la jungla, la vida de la humanidad antigua, los secretos de la tierra y el orgullo que habitaba en su corazón; pero eran ellos los que le poseían a él y lo hacían suyo hasta el más íntimo de los pensamientos, hasta el más recóndito latido de su sangre, hasta su último aliento.

Era algo de lo que estar orgulloso. Yo también lo estaba... por él, aunque no tan seguro del fabuloso valor del trato que había cerrado. Era maravilloso. En lo que yo pensaba no era tanto en su temeridad. Es extraña la poca importancia que le di, como si hubiera sido algo demasiado convencional para estar en la raíz del asunto. No. Me sorprendió más por los otros dones que había desarrollado. Había demostrado su capacidad para comprender una situación nada familiar, su lucidez en ese terreno del pensamiento. ¡Además estaban su disposición y capacidad de respuesta! Asombrosas. Y todo aquello le había llegado a la manera en que le llega el olor de un rastro a un perro cazador de pura raza. No era elocuente, pero había dignidad en su reticencia innata, había una seriedad de altas miras en sus balbuceos. Conservaba aún su viejo truco de sonrojarse indicando obstinación. De vez en cuando, con todo, se le escapaba una frase que mostraba la profundidad y solemnidad con que se tomaba el trabajo que le había dado la certidumbre de la rehabilitación. Ésa es la razón por la que parecía amar a la tierra y a sus gentes con una suerte de feroz egoísmo, con una desdeñosa ternura.

Capítulo XXV

Aquí es donde estuve preso tres días —me dijo en un murmullo.

Esto sucedía durante la visita que le hicimos al rajá, mientras nos abríamos paso lentamente a través de una especie de turba de servidores amedrentados que llenaban el patio de la casa de Tunku Allang.

—Sucio lugar, ¿verdad? Y no me daban de comer a menos que armara un escándalo, e incluso entonces no recibía más que un pequeño plato de arroz y un pescado seco apenas del tamaño de un picón... ¡Dios los confunda! ¡El hambre que he pasado dando vueltas dentro de este apestoso cercado mientras esos holgazanes me metían sus tazones debajo de las narices! Les entregué ese famoso revólver de usted nada más pedírmelo. Me alegré de librarme del maldito chisme. Parecía un idiota, andando por ahí con un arma de fuego descargada en la mano.

En aquel momento llegamos a presencia de su reciente carcelero, y Jim se transformó adoptando un aire de gravedad imperturbable y obsequiosa. ¡Ah, fue magnífico! Todavía me río cuando lo recuerdo. Pero también me impresionó. Aquel viejo bandido de Tunku Allang no podía disimular el miedo que le embargaba (no era ningún héroe, a pesar de todas las historias que le encantaba contar de su juventud); y, al mismo tiempo, mostraba una confianza reflexiva en su trato con el que había sido hacía poco su prisionero. ¡Fíjense! Incluso los que más le odiaban seguían confiando en él. Jim —por lo que pude sacar en limpio de la conversación— estaba aprovechando el momento para leerle la cartilla al rajá. Habían emboscado y robado a unos pobres aldeanos que se dirigían a casa de Doramín con unos pedazos de goma o de cera que querían cambiar por arroz.

—Doramín sí que es un ladrón —estalló el rajá.

Una especie de furia temblorosa pareció apoderarse de aquel viejo y frágil cuerpo. Se retorcía de un modo extraño sobre su esterilla, gesticulaba con pies y manos, sacudía las enmarañadas greñas de su melena: la encarnación impotente de la ira. A nuestro alrededor todo eran miradas fijas y bocas abiertas por la sorpresa y el temor. Jim comenzó a hablar, decidido, frío; durante un buen rato se extendió sobre el tópico de que no se le debía impedir a nadie ganarse honradamente su pan y el de sus hijos. El otro estaba sentado como un sastre ante su mesa de trabajo: las palmas sobre las rodillas, la cabeza baja y midiendo a Jim a través de las canas que le colgaban hasta cubrirle los ojos. Cuando Jim hubo acabado reinó un gran silencio en la habitación. Parecía incluso como si todos contuvieran la respiración; nadie hizo un solo ruido hasta que el rajá suspiró levemente, para luego levantar la vista con un enérgico movimiento de la cabeza y decir rápidamente:

—¡Ya lo habéis oído, mi pueblo! Se terminaron estos jueguecitos.

El decreto se recibió en profundo silencio. Apareció entonces un hombre muy corpulento, con un cargo claramente de confianza, mirada despierta, rostro huesudo, ancho y muy oscuro, y unos modales alegremente cortesanos (supe después que se trataba del verdugo), el cual nos ofreció dos tazas de café en una bandeja de latón, que tomó a su vez de manos de un vulgar criado.

—No es necesario que beba usted —me dijo Jim con un rápido murmullo.

Al principio no entendí lo que me quería decir y me limité a mirarle con sorpresa. Bebió un buen sorbo y siguió sentado, muy tranquilo, sosteniendo el platito del café en la mano izquierda. Al momento siguiente sentí el más vivo enojo.

—¿Por qué diablos —susurré sin dejar de sonreírle amigablemente—, me expone a un riesgo tan estúpido?

Bebí, por supuesto; no tenía alternativa. Él no dio señal ni de haberme oído y, casi inmediatamente después, nos despedimos. Mientras cruzábamos el patio, camino del bote, escoltados por el alegre y despierto verdugo, Jim se disculpó diciéndome cuánto lo sentía. El peligro, por supuesto, era casi inexistente. A él, personalmente, ni se le ocurría que intentaran envenenarlo. Era una posibilidad muy remota. Se le consideraba —según me aseguró— mucho más útil que peligroso, y por lo tanto...

—Pero el rajá le tiene un miedo terrible. Es algo que salta a la vista.

Mis argumentos, lo reconozco, estaban teñidos de una cierta irritación, mientras no dejaba de observarme ansiosamente a la espera del primer retortijón provocado por un espantoso cólico. Estaba profundamente enojado.

—Si he de servir de algo aquí y preservar mi posición —dijo, mientras se sentaba junto a mí en el bote—, debo correr el riesgo; lo hago una vez al mes, por lo menos. Hay mucha gente que confía en mí por hacer eso... por ellos. ¡Miedo de mí! Eso es exactamente lo que pasa. Es muy probable que me tenga ese miedo porque yo no se lo tengo a su café.

Luego, me señaló un lugar de la empalizada en el que estaban rotas las puntas afiladas de algunas estacas.

—Por ahí salté al tercer día de mi llegada a Patusan. Todavía no han puesto estacas nuevas. No fue un mal salto, ¿eh?

Un momento después pasamos frente a la desembocadura de un arroyo cenagoso.

—Aquí es donde di el segundo salto. Éste lo cogí de carrerilla, pero me quedé corto. Pensé que me iba a dejar la piel. Hasta perdí los zapatos en la lucha por salir. Y sin dejar de pensar en ningún momento en lo horrible que sería recibir un pinchazo con una de esas malditas lanzas alargadas mientras estaba atrapado en el barro.

Recuerdo las náuseas que me entraron mientras me retorcía en el cieno. Náuseas de verdad, como si hubiera mordido un alimento podrido.

Así fue la cosa... y, en todo momento, la oportunidad corría a su lado, saltó el arroyo, y se debatió con él en el barro... sin quitarse el velo en ningún momento. Lo inesperado de su llegada fue lo único, como comprenderán, que lo salvó de ser enviado inmediatamente al otro mundo con sus crises,[1] para arrojarlo al río después. Lo tenían en su poder, pero era como tener una aparición, un espectro, un portento. ¿Qué significado tenía? ¿Qué hacer con él? ¿Era demasiado tarde para aplacarlo? ¿No sería lo mejor matarlo sin más tardanza? Pero ¿qué podría pasar después? El despreciable del viejo Allang casi se volvió loco de aprensión por lo difícil que le resultaba tomar una decisión. En varias ocasiones se disolvió el consejo y los cortesanos tuvieron que salir por pies hacia la galería. Uno —según cuentan— incluso saltó al suelo... que está a unos quince pies, calculo yo, y se rompió una pierna. El noble gobernador de Patusan tenía unos modales muy extraños, y uno de ellos consistía en introducir violentas fanfarronadas en las deliberaciones: cuando se excitaba en extremo acababa saltando de su estrado con un cris en la mano. Pero, interrupciones aparte, las discusiones en torno al destino de Jim continuaban día y noche.

Mientras tanto, Jim vagaba por el patio, rehuido por unos, desafiado con la mirada por otros, pero observado por todos y, prácticamente, a merced del primer golfo que pasara casualmente con un hacha en la mano. Tomó posesión de una caseta desvencijada en la que dormía; los efluvios de la suciedad y de la materia en descomposición le incomodaban enormemente; parece, sin embargo, que no había perdido el apetito, porque —tal como él me dijo— había pasado hambre todo el maldito tiempo que estuvo allí. De vez en cuando, un «imbécil quisquilloso», enviado por la sala del consejo se le acercaba corriendo y, con un tono meloso, lo sometía a unos interrogatorios asombrosos:

—¿Iban los holandeses a venir a apoderarse del país? ¿Le gustaría al hombre blanco regresar río abajo? ¿Qué propósito tenía, viniendo a un país tan pobre? ¿Sería capaz de arreglar un reloj? Al rajá le gustaría saberlo.

Y, de hecho, le trajeron un despertador barato fabricado en Nueva Inglaterra, y, de puro e insoportable aburrimiento, probó a hacer-

[1]   *Cris:* puñal malayo, de hoja habitualmente serpenteada. *(N. del T.)*

lo sonar. Parece ser que estando ocupado en ello dentro de su barracón le vino a la mente la conciencia del extremo peligro en que se encontraba. Dejó caer el chisme —según dice él— como si fuera «una patata caliente», y salió rápidamente de la caseta, sin la menor idea de lo que iba, o, en realidad, podría hacer. Sólo sabía que la situación era intolerable. Caminó sin rumbo hasta llegar más allá de una especie de desvencijado granero que estaba sobre unos postes, y, de pronto, vio las estacas rotas en la empalizada; entonces, me dijo, inmediatamente, casi sin pensarlo siquiera, sin excitarse lo más mínimo, se dispuso a escapar, como si ejecutara un plan madurado durante más de un mes. Se alejó andando con indolencia para tener un buen trecho de carrerilla, y, cuando miró a su alrededor, vio a un dignatario escoltado por dos lanceros, justo a su lado y con una pregunta preparada. Echó a correr «delante de sus mismas narices», pasó por encima de la empalizada «como un pájaro», y aterrizó en el otro lado con una caída en la que creyó haberse roto todos los huesos y que se le partía la cabeza del golpe. Se puso en pie al instante. No pensó en nada en ningún momento; lo único que recordaba, según me dijo, era un gran chillido. Las primeras casas de Patusan estaban frente a él, a unas cuatrocientas yardas; vio el arroyo, y, casi automáticamente, aceleró el paso. La tierra parecía volar hacia atrás bajo sus pies. Despegó desde el último trocito sin barro, se sintió volar por el aire, y luego se sintió, sin conmoción alguna, aterrizar de pie en un banco de barro extremadamente blando y pegajoso. Según sus propias palabras, sólo «volvió en sí» cuando intentó mover las piernas y se dio cuenta de que no podía. Comenzó entonces a pensar en las «malditas lanzas largas». En realidad, teniendo en cuenta que sus perseguidores tenían que ir corriendo hasta el portón del cercado, bajar hasta el lugar que servía de embarcadero, meterse en los botes y rodear la punta de tierra, les llevaba más ventaja de la que él creía. Además, al estar la marea baja, el arroyo no llevaba agua —aunque no se pudiera decir que estuviese seco—, y, en la práctica, estaba a salvo de todo durante un tiempo, excepto, quizá, de un lanzazo arrojado desde muy lejos. La tierra firme, un poco más elevada, estaba a unos seis pies delante de él.

—Pensé que, al final, iba a morir allí de todas formas —dijo.

Extendía los brazos agarrándose desesperado a todo, y sólo consiguió reunir un horrible y brillante montón de frío cieno que se le subía por el pecho, hasta la misma barbilla. Creyó que iba a acabar enterrado vivo, y entonces comenzó a dar golpes a tontas y a locas, salpicándose de barro por entero. Le caía en la cabeza, en el rostro, sobre los ojos, en la boca. Me dijo que se acordó de repente del patio del cercado como quien recuerda un lugar en el que ha sido muy feliz hace muchos años. Deseaba —eso me dijo— estar allí de nuevo arreglando el reloj. Arreglar el reloj, ésa era la idea. Hizo verdaderos esfuerzos; enormes, jadeantes, anhelantes esfuerzos que parecían que iban a arrancarle los ojos de las órbitas y dejarlo ciego; y, finalmente, hizo un último, poderoso, supremo esfuerzo, en plena oscuridad, intentando deshacer la tierra en pedazos, intentando arrancar de ella los miembros aprisionados... y se sintió ascender muy débilmente hacia la orilla. Se encontró tumbado, cuan largo era, sobre tierra firme, y vio la luz, el cielo. Entonces, le vino a la mente una idea feliz; se le ocurrió dormir. Afirma que de hecho se durmió; que durmió —quizá un minuto, quizá veinte segundos, o sólo uno—, pero recuerda con nitidez el brusco sobresalto que sufrió al despertar. Permaneció tumbado, quieto, durante un rato, y luego se incorporó, enfangado de pies a cabeza, se quedó parado, pensando que era el único de los de su clase a cientos de millas a la redonda, que es taba solo, donde no cabía esperar ayuda, ni comprensión, ni piedad por parte de nadie, igual que un animal acorralado. Las primeras casas estaban a menos de veinte yardas; y lo que le hizo ponerse en marcha de nuevo fue el grito desesperado de una mujer asustada que trataba de huir arrastrando a un chiquillo. Salió corriendo en línea recta, sin más que los calcetines en los pies, recubierto de tal cantidad de cieno que había perdido toda semejanza con un ser humano. Atravesó más de la mitad de la población. Las mujeres, más ágiles, huían a derecha e izquierda, los hombres, más lentos, simplemente dejaban caer lo que tuvieran en las manos y se quedaban petrificados y boquiabiertos. Jim era un terror ambulante. Dice que se dio cuenta de que los niños pequeños intentaban huir corriendo aterrados y que se caían boca abajo y así permanecían, pataleando. Giró entre dos casas y subió una cuesta, trepó desesperado, a gatas, por una barricada de árboles caídos (en aquella época no pasaba una semana sin que hubiera una pelea en Patusan), derribó una valla y entró en un huerto con maíz —donde un muchacho asustado le arrojó un palo—, se encontró sin saber cómo en un sendero, y, corriendo, fue a parar a brazos de varios hombres temerosos. Le quedaba justo el aliento necesario para gritar entre jadeos: «¡Doramín, Doramín!». Recuerda que medio lo transportaron, medio le hicieron correr hasta el extremo de la cuesta, y que luego, en un enorme cercado con palmeras y frutales, se le hizo llegar corriendo hasta donde estaba sentado pesadamente un hombre enorme en medio de la mayor conmoción de gentes. Tanteó entre el barro y las ropas en busca del anillo y, al encontrarse de repente tumbado boca arriba, se preguntó quién le había derribado. Sencillamente lo habían soltado, ¿saben?, y no se podía mantener en pie. Desde donde comenzaba la cuesta le llegó el ruido de unos tiros disparados como al azar, y por encima de los tejados de la población se elevó un sordo vocerío de asombro. Pero estaba a salvo. Los hombres de Doramín estaban colocando una barricada a través del portón y saciaban su sed vertiéndole agua por la garganta. La anciana esposa de Doramín, toda eficiencia y piedad, les gritaba órdenes a sus criadas con voz aguda.

—La anciana —dijo suavemente— armó tal alboroto conmigo que parecía que fuese su hijo. Me metieron en una cama inmensa, su lecho matrimonial, y no paraba de entrar y salir para darme palmaditas en la espalda sin dejar de enjugarse los ojos continuamente. Supongo que mi estado debía ser lamentable. Me quedé allí tumbado, dormido e inmóvil como un tronco, durante no sé cuánto tiempo.

Parecía sentir un gran afecto por la anciana esposa de Doramín. Ella, por su parte, le profesaba un afecto maternal. Tenía un rostro redondo, de color castaño y suave, lleno de finas arrugas, con unos labios gruesos y de un color rojo brillante (masticaba betel con asiduidad), y unos ojos entornados, parpadeantes y con un mirar benevolente. Estaba en continuo movimiento, regañando y dando órdenes sin cesar a todo un batallón de muchachas de color moreno claro y grandes ojos de expresión grave: sus hijas, criadas y esclavas. Ya saben cómo funcionan ese tipo de casas; habitualmente es imposible distinguir a unas muchachas de las otras. Era muy frugal, e incluso sus amplios vestidos, que se ceñían por delante con broches enjoyados, daban en cierto sentido una impresión de mezquindad. Llevaba los pies, desnudos y morenos, enfundados en unas chancletas de paja amarilla de fabricación china. Yo la he visto trasteando por ahí con su espesa, larga y canosa melena caída sobre los hombros. Solía repetir sabios dichos hogareños, era de alta cuna y se señalaba por su excentricidad y arbitrariedad. Por las tardes, se sentaba en un espacioso sillón, frente a su marido, y contemplaba con fijeza la extensa vista del río y la población que tenía a través de una amplia abertura de la pared.

Cuando se sentaba, metía invariablemente los pies bajo el vestido, pero el viejo Doramín se sentaba erguido, imponente, como una montaña en medio de una llanura. No era más que un miembro de la *nakhoda,* o clase de los comerciantes, pero el respeto que todos le mostraban y la dignidad de su porte eran muy sorprendentes. Era el jefe del segundo grupo de poder de Patusan. Los inmigrantes de Célebes (unas sesenta familias que, con los criados y demás, podían reunir a unos doscientos hombres «blandiendo el cris») lo habían nombrado jefe hacía años. Los miembros de esa raza son inteligentes, emprendedores, vengativos, pero con un coraje más abierto que el de los otros malayos, y, finalmente, son también incapaces de soportar cualquier opresión. Constituían el grupo de oposición al rajá. Por supuesto, las razones del conflicto radicaban en el comercio. Ése era el motivo principal de las luchas entre facciones, de las repentinas rupturas de hostilidades que llenaban de humo, llamas, ruido de disparos y chillidos ora éste, ora aquel rincón de la población. Se quemaban aldeas enteras, se arrastraba a los hombres hasta la empalizada del rajá para ser torturados o asesinados por el crimen de comerciar con cualquier otro que no fuera él mismo. Sólo uno o dos días antes de la llegada de Jim, un grupo de lanceros del rajá habían obligado a saltar por el acantilado, por sospechas de haber recogido huevos comestibles para un comerciante de las Célebes, a unos cuantos cabezas de familia de la misma aldea de pescadores a la que Jim había otorgado después su protección especial. El rajá Allang deseaba ser el único comerciante del país, y el castigo por no respetar el monopolio era la muerte; pero su idea del comercio era imposible de distinguir de las más vulgares modalidades de robo. Los únicos límites de su crueldad y rapacidad eran su cobardía, y tenía miedo del poder organizado de los hombres de Célebes, pero —hasta la llegada de Jim—, no tenía el miedo suficiente para estarse quieto. Los atacaba a través de sus súbditos, y estaba convencido, de una forma patética, de tener razón. La situación se complicaba aún más por la existencia de un forastero errante, un mestizo árabe que, según creo, por motivos puramente religiosos, había incitado a la rebelión a las tribus del interior (el pueblo de la selva, tal como los llamaba el propio Jim), y se había instalado en un campamento fortificado sobre la cumbre de una de las colinas gemelas. Se alzaba sobre la población de Patusan igual que un halcón sobre un gallinero, pero sus correrías tenían lugar siempre en campo abierto. Aldeas enteras, desiertas, iban pudriéndose sobre los ennegrecidos postes que las sostenían a la orilla de claros arroyos, e iban dejando caer en el agua, a pedazos, la hierba con que estaban construidas sus paredes y la hojarasca de sus techos, produciendo, curiosamente, el efecto de una decadencia natural, como si hubieran sido una forma de vegetación aniquilada de raíz por una plaga. Ninguno de los dos grupos de

Patusan estaba seguro de a cuál de ellos hubiera preferido saquear aquel bandido. El rajá hacía tímidos intentos de conspirar con él. Y una parte de los colonos *buguis*,[1] hartos de aquella inseguridad permanente, eran partidarios a medias de aliarse con él. Los más jóvenes de entre ellos, entre burlas, aconsejaban «llamar al jerife Alí para que, con sus hombres salvajes, arrojara del país al rajá Allang». Doramín los frenaba con dificultad. Se estaba haciendo viejo y, aunque su influencia no había disminuido, la situación estaba empezando a desbordarle. Ése era el estado de cosas cuando Jim, huyendo de la empalizada del rajá, apareció ante el jefe de los buguis, mostró el anillo y fue recibido, por así decirlo, en el corazón de la comunidad.

Capítulo XXVI

Doramín era uno de los hombres más notables de su raza que yo haya conocido. Para ser un malayo, su corpulencia era formidable, pero su apariencia no era de simple obesidad; tenía un aspecto imponente, colosal. Aquel cuerpo inmóvil, enfundado en ricas telas —sedas de colores y bordados de oro—; aquella enorme cabeza, cubierta con un pañuelo rojo con dorados; aquel rostro aplastado y grande, lleno de surcos y arrugas, con dos pesados pliegues semicirculares que partían de ambos lados de su ancha y exagerada nariz y enmarcaban una boca de gruesos labios; aquel cuello de toro; aquel amplio y fruncido ceño que colgaba sobre unos ojos de mirada orgullosa... todo ello constituía un conjunto que, una vez contemplado, resultaba imposible de olvidar. Su modo impasible de estar en reposo (era muy raro que moviera ni un dedo una vez que se había sentado) se asemejaba a un despliegue de dignidad. Nadie le había oído nunca levantar la voz. Ésta surgía como un ronco y poderoso murmullo, amortiguado ligeramente, como si llegara desde la lejanía. Cuando caminaba, le sujetaban por los codos dos jóvenes bajos pero corpulentos, desnudos hasta la cintura, cubiertos con *sarongs* blancos y unos negros casquetes echados hacia atrás; también le ayudaban a sentarse, y, luego se quedaban en pie, detrás de su silla, hasta que él se quisiera levantar, para in-

---

[1] *Bugui*: etnia procedente del sur de la isla de Célebes, que, a su vez, forma parte de la actual Indonesia. (*N. del T.*)

dicar lo cual movía la cabeza lentamente, como si le resultara difícil, a derecha e izquierda, tras lo que lo sujetaban por debajo de los sobacos y le ayudaban a incorporarse. A pesar de todo eso, no tenía ninguno de los rasgos de un inválido; por el contrario, cada uno de sus laboriosos movimientos era como la manifestación de una fuerza poderosa y deliberada. Era opinión generalizada que consultaba con su esposa en lo referente a los asuntos públicos, pero nadie, por lo que yo sé, les había oído jamás intercambiar ni una sola palabra. Cuando se sentaban en público, lo hacían en silencio, frente a un gran espacio abierto. Frente a ellos, podían contemplar, a la luz crepuscular, la vasta extensión de la jungla, un mar oscuro y adormilado de un lóbrego verdor que se alejaba ondulante hasta topar con la cadena montañosa, violeta y purpúrea; veían también la brillante sinuosidad del río, como una inmensa letra *ese* de plata forjada; así como la parda cinta que constituían las casas en su adaptación a la curva de ambas orillas; y, finalmente, las colinas gemelas que se elevaban por encima de estas últimas y que nacían sobre las copas de los árboles más cercanos. La pareja ofrecía un increíble contraste: ella, ligera, delicada, frugal, ágil, con cierto aspecto de brujita, con una traza de solicitud maternal en su reposo; él, frente a ella, inmenso y pesado, como la figura de un hombre esculpido rudamente en roca, con algo de magnánimo y temerario en su inmovilidad. El hijo de ambos era un joven muy notable.

Lo tuvieron siendo ya mayores. Tal vez no fuera tan joven como parecía. Veinticuatro o veinticinco años no son pocos considerando que allí un hombre es ya padre de familia a los dieciocho. Cuando entraba en la amplia habitación, de paredes y suelo cubiertos por ricas esterillas y un alto techo blanqueado, en el que la pareja se sentaba ofreciendo audiencia y rodeada de un séquito extremadamente respetuoso, se dirigía directamente hacia Doramín y le besaba la mano —que el otro extendía, como abandonándola, mayestático— y luego se apartaba a un lado para quedarse en pie junto al sillón de su madre. Creo que puedo afirmar que ambos lo idolatraban, pero nunca los pude sorprender ni siquiera dirigiéndole una mirada de reojo. Se trataba, es cierto, de recepciones públicas. La habitación solía estar atestada de gente. La solemne formalidad de los saludos y despedidas, el profundo respeto que se expresaba con cada gesto —en los rostros, en los tenues susurros— son sencillamente indescriptibles.

—Realmente merece la pena verlo —me había asegurado Jim,

mientras cruzábamos el río ya de regreso tras la visita—. Son como los personajes de los libros, ¿verdad? —dijo con aire de triunfo—. Y Dain Waris, su hijo, es el mejor amigo (exceptuándole a usted) que yo haya tenido en toda mi vida. Lo que el señor Stein llamaría un buen «camarada de guerra». Tuve suerte. ¡Cielos! Tuve suerte cuando fui a parar entre ellos ya sin aliento.

Hizo una pausa, meditando con la cabeza baja, y luego, incorporándose, añadió:

—Por supuesto, no me he dormido en los laureles, pero... —hizo una nueva pausa—. Fue como si todo me sobreviniera —murmuró—. De repente supe lo que tenía que hacer...

No hay duda de que le había llegado su hora; y había sucedido a través de la guerra además, como es natural, puesto que el poder que le había sobrevenido consistía en hacer la paz. Éste es el único terreno en el que tan a menudo es correcto el uso de la fuerza. No deben creer que supiera desde el principio el camino a tomar. Cuando llegó, la comunidad bugui se encontraba en una situación extremadamente crítica.

—Todos tenían miedo —me dijo—. Todos y cada uno; miedo de sí mismos; mientras yo comprendía con claridad meridiana que tenían que hacer algo de inmediato si no querían ir cayendo uno detrás de otro, un final inevitable dada la presencia del rajá y de aquel vagabundo del jerife.

Pero con comprenderlo no se lograba nada. Cuando se le ocurrió la idea, tuvo que hacerla entrar en sus mentes remisas, tuvo que hacerla traspasar los baluartes del miedo y el egoísmo. Lo consiguió por fin. Y con eso seguía sin haber logrado nada. Tuvo que concebir los medios para actuar. Y los concibió: un plan audaz; y, aún entonces, la empresa no estaba más que a medio camino. Tuvo que animar con su propia confianza a muchas personas que tenían ocultas y absurdas razones para mantenerse al margen; tuvo que combatir celos idiotas y que argumentar en contra de desconfianzas sin sentido. Sin el peso de la autoridad de Doramín y el ardoroso entusiasmo de su hijo hubiera fracasado. Dain Waris, aquel notable joven, fue el primero en creer en él; la suya era una de esas extrañas, profundas y escasas amistades entre un hombre de color y un blanco en las que la propia diferencia de color parece acercar aún más a los dos seres humanos por un elemento místico de empatía. De Dain Waris decía su propia gente con orgullo que sabía luchar como los blancos. Era cierto; poseía esa clase de bravura —la valentía en campo abierto, por llamarla de algún modo—, pero tenía también una mentalidad europea, De vez en cuando es posible encontrarse con uno así, y entonces nos sorprende descubrir inesperadamente una idea familiar, una lucidez sin barreras, una voluntad tenaz y un toque de altruismo, De pequeña estatura, pero admirablemente bien proporcionado, Dain Waris tenía un porte orgulloso, unos modales serenos y pulidos y un temperamento claro y vivo como una llama. Su rostro oscuro, de grandes ojos negros, resultaba expresivo en la acción y reflexivo en el reposo. Era de talante callado; pero una mirada firme, una sonrisa irónica o una cortés laboriosidad en los modales parecían sugerir la existencia de grandes reservas de inteligencia y poder. Los seres como él abren ante la mirada del occidental, tan frecuentemente preocupada por las apariencias, las posibilidades ocultas de razas y tierras sobre las que cuelga el misterio de tiempos inmemoriales. No sólo confiaba en Jim, sino que le comprendía, según creo firmemente. Hablo de él porque me cautivó su personalidad. Su —si puedo decirlo así—, su cáustica placidez y, al mismo tiempo, su inteligente compromiso con las aspiraciones de Jim me llegaron hasta lo más hondo. Creo que alcancé a vislumbrar el mismo origen de su amistad. Aunque Jim asumiera el liderazgo, el otro había cautivado a su líder. De hecho, Jim, el guía, era un cautivo en todos los sentidos. La tierra, las gentes, la amistad, el amor, eran como los celosos guardianes de su cuerpo. Cada día añadía un eslabón a los grilletes de aquella extraña libertad. Me sentí cada vez más seguro de ello según, día a día, iba conociendo más aspectos de su historia.

¡La historia! ¡Cuántas veces la he oído! Me la han contado en marcha y estando acampados (me hizo recorrer la región en busca de una caza invisible); he escuchado una buena parte de ella sobre una de las colinas gemelas, tras ascender durante los últimos cien pies o así sobre manos y pies. Nuestra escolta (teníamos seguidores voluntarios entre aldea y aldea) había acampado mientras tanto en un trozo de terreno llano, a mitad de la cuesta; y en la tranquila tarde, sin un soplo de brisa, el olor de la fogata de leña nos llegaba desde abajo con la delicadeza penetrante del más escogido perfume. También nos llegaban las voces, maravillosas en su nítida y etérea claridad. Jim se sentó en el tronco de un árbol caído y, sacando su pipa, comenzó a fumar. Sobre la cumbre crecía una nueva vegetación de hierba y arbustos, y había huellas de movimientos de tierras bajo un grupo de ramas espinosas.

—Todo empezó aquí —me dijo tras un prolongado y meditabundo silencio.

Sobre la otra colina, a unas doscientas yardas de distancia por encima de un sombrío precipicio, vi una hilera de altas y ennegrecidas estacas que se alzaban aquí y allá entre ruinas; eran los restos del campamento inexpugnable del jerife Alí.

Pero lo habían tomado, a pesar de todo. En eso había consistido su plan. Había montado la vieja artillería de Doramín sobre la cumbre de la colina: dos herrumbrosos cañones del siete y muchos otros, más pequeños, de bronce, cañones de los que se funden para hacer monedas. Pero aunque los cañones de bronce representan riquezas, pueden también, cuando se cargan temerariamente hasta la misma boca, enviar una buena andanada de corto alcance. La cuestión era cómo subirlos hasta allí. Me mostró los lugares donde había afianzado los cables, me explicó cómo había improvisado un cabestrante de fortuna con un tronco hueco que giraba en torno a una estaca afilada, me indicó con el cuerpo de su pipa el trazado del movimiento de tierras. Los últimos cien pies de ascensión habían sido los más problemáticos. Se había responsabilizado del éxito de la empresa ofreciendo su propia cabeza como garantía. Había animado a su tropa a que trabajara duro toda la noche. Había grandes fogatas encendidas a intervalos regulares que iluminaban vivamente toda la cuesta...

—Excepto aquí —me explicó—. En la cumbre los que tiraban de los cañones tuvieron que trabajar a oscuras.

Desde la cima veía a los hombres moverse a lo largo de la colina como si fueran hormigas trabajando. Durante aquella noche, él mismo había estado corriendo de arriba abajo, trepando como una ardilla, impartiendo órdenes, dando ánimos, vigilándolo todo en aquella cadena humana. El viejo Doramín se hizo transportar colina arriba en su sillón. Lo colocaron en el trozo llano a mitad de la cuesta, y allí se quedó sentado, a la luz de una de las grandes fogatas...

—Un anciano asombroso, un verdadero jefe guerrero de los de antes —dijo Jim—, allí estaba, con una mirada feroz en sus pequeños ojos y un par de inmensos pistolones de chispas sobre las rodillas. Unos chismes magníficos, de ébano, con montura de plata, hermosas llaves y el calibre de un trabuco. Eran regalo de Stein, según parece... a cambio del anillo, ¿sabe? Pertenecieron al bueno de McNeil. Sólo Dios sabe cómo éste último se hizo con ellas. Allí estaba sentado, sin mover ni un dedo, con una fogata de leña seca detrás de él y montones de personas corriendo, gritando y trajinando a su alrededor... el anciano más solemne e impresionante que pueda imaginarse. No hubiera tenido muchas posibilidades de salvarse si el jerife Alí se nos hubiera echado encima con su banda infernal pasando como una estampida por encima de los míos, ¿eh? En fin, había venido hasta aquí para morir si algo salía mal. ¿Qué duda cabe? ¡Cielos! Me emocionaba verlo allí... igual que una roca. Pero el jerife debió pensar que estábamos locos y ni siquiera se preocupó de venir a ver qué tal nos iba. Nadie creía que se pudiera hacer. ¡Vaya!, si creo que hasta los tipos que tiraban y empujaban y sudaban la gota gorda intentándolo no creían que se pudiera hacer. Le doy mi palabra de que pienso que no lo creían...

Estaba erguido, con la pipa de brezo encendida en la mano, una sonrisa en los labios y un brillo en sus ojos de niño. Yo estaba sentado sobre un tocón a sus pies, y bajo nosotros se extendía la tierra, la enorme extensión de la jungla, sombría bajo el sol, ondulante como el mar, con reflejos de los sinuosos ríos, manchas grises de aldeas y, aquí y allá, un claro, como un islote de luz entre las oscuras olas formadas por la masa continuada de las copas de los árboles. Sobre este enorme y monótono paisaje caía una tristeza latente; la luz daba en él como en un abismo. La tierra devoraba la luz del sol; sólo en la lejanía, a lo largo de la costa, el océano vacío, suave y pulido bajo la tenue neblina, parecía elevarse hacia el cielo como una pared de acero.

Y allí estaba yo con él, en las alturas, al sol, sobre la cima de aquella histórica colina suya. Ante mis ojos aparecía dominando la jungla, la oscuridad secular, la humanidad antigua. Era como una figura colocada sobre un pedestal para representar a través de su persistente juventud el poder y, quizá, las virtudes de las razas que nunca envejecen, que han emergido de la oscuridad. No sé por qué siempre aparecía simbólico ante mí. Tal vez ésa sea la causa real de mi interés por su destino. No sé si fui del todo justo con él al recordar el incidente que había dado un nuevo rumbo a su vida, pero en aquel preciso instante lo recordé con gran nitidez. Era como una sombra en medio de la luz.

Capítulo XXVII

Existía ya una leyenda que le confería a Jim poderes sobrenaturales. Sí, decían, había dispuesto astutamente muchas cuerdas, y una extraña invención que giraba mediante el esfuerzo combinado de muchos hombres; y los cañones ascendieron la cuesta arrastrándose lentamente entre los arbustos, igual que un cerdo salvaje que fuera abriéndose paso entre la maleza, pero... y en este punto los más sabios movían la cabeza demostrando su mayor conocimiento, había algo oculto en todo aquello, sin duda; porque, ¿qué fuerza tienen verdaderamente las cuerdas y los brazos de los hombres? Las cosas tienen un alma rebelde que debe ser sometida mediante poderosos hechizos y encantamientos. Así se expresaba, por ejemplo, el viejo Sura —un cabeza de familia muy respetable de Patusan—, con el cual mantuve una tranquila charla una noche. Sin embargo, Sura era también un hechicero profesional, y asistía a la siembra y recolección del arroz a millas a la redonda con el propósito de someter el espíritu obstinado de las cosas. Según parece, aquella ocupación era de lo más ardua, y, tal vez, el espíritu de las cosas sea realmente más testarudo que el de los hombres. En cuanto a la gente sencilla de las aldeas de los alrededores, creían y afirmaban (como si fuera la cosa más natural del mundo) que Jim había transportado los cañones a cuestas colina arriba... de dos en dos.

Cuando Jim oía aquello golpeaba con el pie en el suelo, irritado, y exclamaba con una risita llena de exasperación:

—¿Qué se puede hacer con unos granujas tan tontos? Se quedan sentados hasta bien entrada la madrugada contándose las mayores idioteces, y cuanto mayor es la mentira, más parece gustarles.

No era difícil captar la sutil influencia del ambiente en su irritación. Formaba parte de su cautividad. El empeño que ponía en desmentir todo aquello era divertido, y al final le dije:

—Mi querido amigo, no irá a pensar que *yo* me lo creo.

Me miró sorprendido.

—Bueno, ¡no! Supongo que no —dijo, y prorrumpió en una risotada homérica—. En fin, sea como fuere, los cañones llegaron hasta arriba y los disparamos todos juntos al amanecer. ¡Cielos! Tenía que haber visto cómo volaba la metralla —exclamó.

A su lado estaba Dain Waris, el cual escuchaba con una sonrisa serena; bajó los párpados y movió los pies arrastrándolos un poco.

Parece ser que el éxito de la instalación de los cañones había dado tal confianza a los hombres de Jim, que se atrevió a dejar la batería a cargo de dos viejos buguis que habían estado en más de una guerra en sus tiempos, y fue a unirse a Dain Waris y su tropa de asalto, que estaba escondida en el barranco. Comenzaron la ascensión de madrugada, y, cuando ya habían cubierto dos tercios del camino, se tumbaron sobre la húmeda hierba esperando la aparición del sol, que era la señal convenida. Me describió la sensación de impaciencia y angustia con que observó la rápida llegada del amanecer; cómo, acalorado tras tanto trabajo y subidas, sintió que el gélido rocío le calaba hasta los huesos; me explicó: también el miedo que tenía de empezar a temblar y agitarse como un flan antes de que llegara el momento de avanzar.

—Fue la media hora más lenta de mi vida —afirmó.

La silenciosa empalizada se fue recortando progresivamente contra el cielo. Los hombres, desperdigados por toda la cuesta, se ocultaban detrás de las oscuras piedras y los arbustos mojados. Dain Waris yacía pegado a tierra a su lado.

—Nos miramos el uno al otro —dijo Jim, mientras ponía suavemente la mano sobre el hombro de su amigo—. Me sonrió con toda la alegría del mundo, pero yo no me atreví a mover los labios por miedo a ponerme a temblar de pies a cabeza. ¡Le doy mi palabra de que es verdad! Cuando nos pusimos a cubierto sudaba a chorros, así que se puede imaginar...

Afirmó, y yo le creo, que no albergaba temores en cuanto al resultado. Su ansiedad se centraba únicamente en su capacidad para reprimir los temblores. El desenlace no le preocupaba en absoluto. Estaba obligado a llegar hasta la cumbre de la colina y a quedarse allí, pasara lo que pasara. No había vuelta atrás posible. Aquella gente le había otorgado toda su callada confianza. ¡A él nada más! Su simple palabra...

Recuerdo que en ese momento hizo una pausa y me clavó la mirada.

—Que yo sepa todavía no les he dado ocasión de arrepentirse —dijo—. Nunca. Y le pido a Dios no dársela nunca. Mientras tanto, ¡mala suerte!, han adquirido el hábito de aceptar mi palabra para todo absolutamente. ¡No se puede hacer usted ni idea! ¡Vaya!, pero si el otro día un viejo chiflado al que no había visto en mi vida vino desde una aldea a varias millas de distancia para decidir si debía divorciarse de su esposa. Es un hecho. Le doy mi palabra de honor. Es el tipo de cosa que...

A él le hubiera resultado increíble. ¿Qué me parecía a mí?

—Allí estaba, sentado en cuclillas en la terraza y mascando betel, suspirando y escupiendo por todas partes durante más de una hora, y tan sombrío como un enterrador hasta que me salió con esa especie de maldito trabalenguas. Es el tipo de cosa que no resulta tan graciosa como puede parecer. ¿Qué le podía decir? ¿Era una buena esposa? «Sí, una buena esposa, aunque ya vieja.» Empezó a contarme una historia endiabladamente larga sobre unas ollas de cobre. Habían estado viviendo juntos durante quince años, quizá veinte, no sabría decirme. Mucho, muchísimo tiempo. Una buena esposa. Le pegaba un poco, no demasiado, lo justo, cuando era joven. Tenía que hacerlo... para preservar su honor. De repente, cuando ya es vieja, va y le presta tres ollas de cobre a la hermana de la esposa de su hijo, y comienza a insultarle a él todos los días en voz bien alta. Sus enemigos se burlaban de él; su reputación estaba por los suelos. Las ollas, perdidas del todo. Se sentía terriblemente dolido. Resultaba imposible comprender una historia así. Le dije que se marchara a casa y le prometí acudir yo mismo a arreglar las cosas de una vez por todas. ¡Es muy fácil sonreír, pero era un engorro de tomo y lomo! Un día de viaje a través de la jungla, otro perdido intentando convencer a un montón de aldeanos idiotas para que fueran a la raíz del asunto. La cosa era de las que da origen a un derramamiento de sangre. Todos aquellos malditos idiotas tomaron partido por una de las dos familias, y media aldea estaba dispuesta a echarse encima de la otra media con cualquier cosa que estuviera a mano. ¡Cuestión de honor! ¡En serio!... En vez de preocuparse por sus malditas cosechas. Conseguí que le devolvieran las ollas de las narices, por supuesto, e hice las paces entre todos. Sin problemas. Claro que no. Podría acabar con la pelea más enconada de todo el país con sólo mover el dedo pequeño. El problema radica en llegar a la verdad de las cosas. Todavía no estoy seguro de haber sido justo con todos. Es algo para preocuparse. ¡Y la cháchara! ¡Cielos! Aquello no tenía ni pies ni cabeza. Prefiero asaltar una empalizada de veinte pies de alto todos los días. ¡Mucho mejor! Sería un juego de niños comparado con esto otro. Y tardaría menos, además. Bueno, un episodio gracioso en conjunto. Y aquel viejo chiflado era lo bastante anciano para ser mi abuelo. Pero, desde otro punto de vista, no es ninguna broma. Mi palabra lo decide todo desde que acabamos con el jerife Alí. Es una responsabilidad tremenda —repitió—. No, de verdad, bromas aparte, si se hubiera tratado de tres vidas en lugar de tres ollas hubiese dado exactamente lo mismo...

Así ilustró el efecto moral derivado de su victoria en la guerra. Era verdaderamente inmenso. Lo había conducido del combate a la paz, y, pasando por la muerte, a la faceta más íntima de la vida de su gente; pero la oscuridad de la tierra, desplegada bajo la luz del sol, preservaba una apariencia de inescrutable y secular reposo. El sonido de su voz, joven y fresca —era extraordinario las pocas señales de desgaste que mostraba— flotaba con ligereza, y se alejaba por encima de la inmutable faz de la jungla, igual que el ruido de los cañonazos aquella mañana impregnada de rocío, cuando su sola preocupación en el mundo consistía en el adecuado control de los escalofríos a los que se veía sometido su cuerpo. Con el primer rayo de luz del sol que cayó sobre las inamovibles copas de los árboles, la cima de una de las colinas se amortajó, entre grandes explosiones, con blancas nubes de humo, mientras la otra estallaba en un asombroso escándalo de alaridos y gritos de guerra, furor, sorpresa o espanto. Jim y Dain Waris fueron los primeros en alcanzar la empalizada. La narración popular afirmaba que Jim, había echado abajo el portón con el simple contacto de un dedo. Él, por su parte, por supuesto negaba tal hazaña con ahínco. La empalizada en su conjunto —insistía él en explicar— era muy defectuosa (el jerife Alí confiaba sobre todo en lo inaccesible de la posición); y, en cualquier caso, ya tenía mil agujeros y seguía en pie de puro milagro. Se echó encima de ella, como un estúpido, con el hombro por delante y entró rodando. ¡Cielos! Si no llega a ser por Dain Waris, uno de aquellos vagabundos, lleno de marcas de viruela y tatuajes, lo hubiera atravesado con su lanza clavándolo contra una viga de madera, igual que uno de los escarabajos de Stein. El tercero en entrar, según parece, fue Tamb'Itam, el sirviente de Jim. Se trataba de un malayo procedente del norte, un forastero que había llegado vagando hasta Patusan, y que había sido obligado por el rajá Allang a quedarse como remero de uno de sus botes. Se había escapado a la primera ocasión que se le presentó, y tras encontrar asilo (pero muy poca comida) entre los colonos bugui, había acabado por ponerse al servicio particular de Jim. Era de complexión muy oscura, rostro aplastado y ojos saltones e inyectados de bilis. Había algo de excesivo, casi de fanatismo en su devoción hacia su «señor blanco». Era tan inseparable de Jim como una sombra taciturna. Durante las recepciones y funciones de estado se pegaba a los talones de su señor, con una mano en el mango de su cris, y mantenía alejada a la gente normal lanzándoles sombrías y truculentas miradas. Jim lo había nombrado jefe de su casa, y todo Patusan lo respetaba y adulaba considerándolo persona de gran influencia. En la toma de la empalizada se había distinguido enormemente por la metódica ferocidad que imprimía al combate. La tropa de asalto había entrado de un modo tan rápido e imprevisto que —decía Jim—, aparte del pánico en que se sumieron los defensores, la cosa consistió en «cinco minutos de dura lucha cuerpo a cuerpo dentro de la empalizada, hasta que a algún redomado idiota se le ocurrió prender fuego a los almacenes de leña y yerba seca, con lo que todos tuvimos que salir corriendo para salvar la vida».

La desbandada, según parece, fue general. Doramín, que continuaba inamoviblemente sentado esperando a mitad de la cuesta, mientras el humo de los cañonazos se dispersaba lentamente por encima de su cabeza, recibió la noticia con un profundo gruñido. Cuando se le informó de que su hijo estaba sano y salvo y conducía el grupo perseguidor, sin emitir ni un solo sonido más, efectuó un poderoso esfuerzo para levantarse; sus servidores se apresuraron a ayudarle y, sostenido con gran reverencia, fue arrastrando los pies con enorme dignidad hasta encontrar un poco de sombra, donde se echó a dormir cubierto con una especie de sábana blanca. En Patusan la excitación era intensa. Jim me dijo que, desde la colina y dándole la espalda a la empalizada con sus brasas encendidas, la negra ceniza y los cadáveres medio quemados, pudo contemplar una y otra vez cómo las multitudes hormigueantes llenaban y desalojaban sucesivamente los espacios vacíos que había entre las casas, a ambos lados del río. Pudo oír débilmente el tremendo estrépito de gongs y tambores, los gritos salvajes de la multitud que le llegaban a estallidos de tenue retumbar. Había montones de serpentinas que revoloteaban como pajaritos rojos, blancos y amarillos entre las ondulaciones marrones de los techos.

—Debe haber disfrutado mucho —murmuré sintiéndome conmovido solidariamente.

—Fue... ¡fue grandioso! ¡Grandioso! —gritó fuertemente, abriendo los brazos de golpe.

Aquel súbito movimiento me sobresaltó; era como si le hubiera visto confiar todos los secretos que guardaba en su pecho a los oídos de la luz del sol, de la jungla sombría, del mar acerado. Debajo de nosotros, la población reposaba sus suaves curvas sobre las orillas de un río cuya corriente parecía dormir.

—¡Grandioso! —repitió por tercera vez, casi en un susurro, hablando para sí.

¡Grandioso! Sin duda que lo fue: el sello del éxito sobre sus palabras, el suelo conquistado para las suelas de sus zapatos, la confianza ciega de los hombres, la que tenía él en sí mismo, arrancaba del fuego, la soledad de su hazaña. Todo esto, como ya les he advertido, queda empequeñecido en la narración. No puedo, con meras palabras, transmitirles su total y absoluto aislamiento. Sé, por supuesto, que era el único de su clase que había allí, pero las cualidades insospechadas de su naturaleza lo habían puesto en un contacto tan íntimo con lo que le rodeaba que su aislamiento parecía consecuencia únicamente de su poder. Su soledad le hacía crecer de tamaño.

No había nada a la vista con lo que se le pudiera comparar, como si fuera uno de esos hombres excepcionales a los que sólo cabe medir por las dimensiones de su gloria; y la suya, recuérdenlo, era la mayor posible en un área que llevaría muchos días de viaje cruzar. Habría que remar, vadear o marchar mucho, hacer un largo y fatigoso camino a través de la jungla antes de traspasar los umbrales entre los que reinaba el eco de su fama. Un eco que no era el trompeteo de esa diosa lamentable que todos conocemos... no era ni estridente ni descarado. Armonizaba con la quietud y la oscuridad de aquella tierra sin pasado, en la que su palabra era la única verdad de cada día. Compartía algo de la naturaleza de aquel silencio a través del cual lo acompañaba a uno por profundidades inexploradas; era un eco que oías continuamente a tu lado, penetrante, de largo alcance... teñido de maravilla y misterio cuando salía entre susurros de los labios de los hombres.

Capítulo XXVIII

El jerife Alí, derrotado, huyó del país sin que hubiera más enfrentamientos, y cuando los desgraciados y acosados aldeanos comenzaron a emerger de la jungla, de vuelta a las casas que se habían estado cayendo a pedazos, fue Jim, aconsejado por Dain Waris, el que nombró a sus jefes. De ese modo, se convirtió virtualmente en el gobernante del país. En cuanto al viejo Tunku Allang, su temor no había conocido límites al principio. Se dice que cuando supo del éxito del ataque a la empalizada se arrojó boca abajo sobre el suelo de bambú de su sala de audiencias, y allí se quedó, inmóvil, durante un día y una noche enteros, sin cesar de emitir sonidos ahogados de una naturaleza tan espantosa que nadie se atrevió a aproximarse a aquella figura postrada a menos de lo que mide una lanza de distancia. Ya se imaginaba a sí mismo arrojado ignominiosamente de Patusan, vagabundo, abandonado, privado de todos sus bienes, sin opio, sin mujeres, sin seguidores: una presa ideal para que lo matara el primero que pasase junto a él. Después del jerife Alí le tocaría a él el turno, ¿y quién podría rechazar el ataque de un demonio así? Y, de hecho, le debía la vida y la autoridad que aún le quedaba en la época de mi visita pura y únicamente a la concepción que tenía Jim de la justicia. Los buguis se habían mostrado extremadamente ansiosos de saldar antiguas deudas, y el impasible Doramín acariciaba la esperanza de ver con sus ojos a su hijo instalado en el puesto de gobernador de Patusan. Durante una de nuestras entrevistas me permitió deliberadamente tener un atisbo de aquella secreta ambición. Nada había más sutil, a su manera, que la alerta dignidad de sus insinuaciones. Él mismo —afirmó— había hecho uso de su fuerza de joven, pero ahora se había hecho viejo y estaba cansado... Con su figura imponente y aquellos ojitos arrogantes que lanzaban miradas inquisitivas y sagaces me hacía pensar inevitablemente en un viejo y astuto elefante; el lento subir y bajar de su pecho se mantenía poderoso y regular, como las ondulaciones de un mar en calma. Él también, según insistía, tenía una confianza ilimitada en la sabiduría del *Tuan* Jim. ¡Si pudiera obtener simplemente una promesa! ¡Con una palabra bastaría!... Sus silencios, llenos del ruido de su respiración, el grave retumbar de su voz, evocaban los últimos esfuerzos de una tormenta ya casi acabada.

Intenté dejar el tema a un lado. Resultaba difícil hacerlo, puesto que no había duda de que Jim ostentaba el poder; en su nueva esfera de actuación no parecía haber nada que no fuese capaz de dar o negar. Pero eso, repito, no era nada en comparación con la idea que se me ocurrió, mientras fingía escuchar con gran atención, de que casi había conseguido hacerse por fin dueño de su propio destino. Doramín estaba ansioso por el futuro del país, y me sorprendió el giro que imprimió a su argumentación. La tierra se quedaba donde Dios la había colocado, pero los hombres blancos —decía él— vienen a nosotros y al poco tiempo se marchan. Desaparecen. Los que quedan atrás no saben cuándo esperar su regreso. Se marchan a su propia tierra, con su gente y, del mismo modo, este hombre blanco... No sé qué me indujo a comprometerme en aquel momento con un vigoroso «No, no». El alcance de aquella indiscreción quedó claro cuando Doramín, mirándome de frente con una expresión que, enmarcada entre profundos y arrugados pliegues, permaneció inalterable, igual que una enorme máscara oscura, dijo con un tono reflexivo que ésa si era una noticia estupenda; para luego preguntarme la razón de que fuera así.

La brujita maternal que era su esposa estaba sentada al otro lado, con la cabeza cubierta y los pies metidos bajo el vestido, mirando a través de la enorme abertura de un postigo. Sólo le veía un mechón gris suelto, un alto pómulo y el ligero movimiento de masticación que tenía su aguda barbilla. Sin apartar los ojos de la enorme perspectiva de la jungla que llegaba hasta las colinas, me preguntó con una voz compasiva que cómo era que alguien tan joven se había alejado de su hogar, llegando hasta un lugar tan lejano y tras atravesar tantos peligros. ¿Acaso carecía de casa, de familia en su propio país? ¿No tenía una anciana madre que siempre recordaría su rostro?...

Me cogieron absolutamente desprevenido. Sólo pude murmurar y mover la cabeza ambiguamente. Después, soy perfectamente consciente de que hice un pobre papel al intentar salir de aquel lío. A partir de aquel momento, sin embargo, el viejo *nakhoda* adoptó un aire taciturno. No estaba, me temo, muy complacido, y, evidentemente, le había proporcionado materia para sus pensamientos. Por extraña coincidencia, en la noche de aquel mismo día (que fue el último que pasé en Patusan) me vi enfrentado a la misma pregunta, al inexplicable porqué del destino de Jim. Y eso me lleva a la historia de su amor.

Supongo que creerán que se trata de una historia que bien pueden imaginar por sí mismos. Hemos escuchado ya tantas, y la mayoría de nosotros no cree que se trate en ningún sentido de historias de amor. En su mayor parte las consideramos historias de oportunidades; episodios de pasión en el mejor de los casos o, tal vez, simplemente de juventud y tentaciones, condenadas al olvido final, incluso aunque pasen por la realidad de la ternura y el arrepentimiento. Es un punto de vista generalmente acertado, y quizá lo sea también en este caso... pero no estoy seguro. Relatar esta historia no es de ningún modo tan fácil como debería serlo —si el punto de partida fuera el adecuado—. En apariencia es una historia muy semejante a las demás; para mí, sin embargo, en el trasfondo está claramente visible la figura melancólica de una mujer, la sombra de una sabiduría cruel enterrada en una solitaria sepultura que observa con tristeza, impotente, con los labios sellados. La sepultura propiamente dicha, cuando yo la vi durante un temprano paseo matinal, era un pardo montículo más bien informe, con un nítido borde de adorno en la base formado por trocitos de coral blanco, y todo ello encerrado dentro de una valla circular hecha de arbolitos partidos que aún conservaban la corteza. Había una guirnalda de hojas y flores que iba de uno a otro de aquellos delgados postes... las flores eran frescas.

Así pues, sea o no la sombra hija de mi imaginación, puedo señalar en todo caso el hecho significativo de una sepultura que no había caído en el olvido. Si les digo, además, que Jim había elaborado con sus propias manos aquella rústica valla, podrán percibir inmediatamente la diferencia, el aspecto único de la historia. En su solidaridad con el recuerdo y el afecto de otro ser humano hay un elemento característico de su seriedad. Jim tenía conciencia, aunque fuera una conciencia romántica. Durante toda su vida, la esposa del inefable Cornelius no tuvo otra compañía, confidente ni amiga que su hija. Cómo había llegado aquella pobre mujer a casarse con aquel pequeño portugués de Malaca —tras la separación del padre de su hija— y cómo había tenido lugar dicha separación, bien por la muerte —que a veces puede ser misericordiosa—, bien por la presión inmisericorde de las convenciones sociales, es algo que sigue constituyendo un misterio para mí. Por lo poco que Stein (que sabía tantas historias) había dejado caer, estoy convencido de que no se trataba de una mujer vulgar. Su propio padre había sido un blanco; un alto funcionario, uno de esos hombres brillantes que no son lo suficientemente grises como para detenerse viviendo de las rentas de un éxito, y cuyas carreras acaban tan a menudo envueltas entre sombras. Supongo que a ella también le faltaría esa naturaleza gris y salvadora... y su carrera acabó con Patusan. Nuestro destino común... porque, ¿dónde está el hombre —me refiero a un hombre verdaderamente sensible— que no recuerde vagamente haberse visto abandonado en la plenitud de la posesión por alguien o algo más precioso que la vida?... Nuestro destino común gira en torno a las mujeres con una crueldad especial. No castiga como un amo, sino que nos inflige un tormento persistente, como si deseara complacer a un rencor secreto e insaciable. Se podría pensar que, designado para gobernar en la Tierra, busca vengarse en los seres que más se aproximan a la superación de los obstáculos impuestos por una prudencia terrenal; puesto que son sólo las mujeres las que logran en ocasiones incorporar a su amor un elemento apenas lo bastante palpable para asustarlo a uno, se trataría de cierto elemento extraterrenal. A veces me pregunto con asombro cuál será el aspecto del mundo para ellas... ¡Si acaso tendrá la forma y la esencia que *nosotros* conocemos, el aire que *nosotros* respiramos! A veces me imagino que debe de ser una región de elementos sublimes y exorbitantes que sus almas aventureras hacen bullir con su excitación, una región iluminada por la gloria de todos los riesgos y renuncias posibles. Sin embargo, sospecho que hay muy pocas mujeres en el mundo, aunque, por supuesto, soy consciente de que la humanidad se cuenta por multitudes así como de la igualdad de los sexos... en cuanto a su número, quiero decir. Pero estoy seguro de que la madre fue tan mujer como parecía serlo la hija. No puedo dejar de imaginarme a las dos; al principio, la mujer joven y una niña; luego, la anciana y una joven; la espantosa monotonía, el paso rápido de los años, la barrera establecida por la jungla, la soledad y la agitación alrededor de aquellas dos vidas aisladas, y la triste significación de que estarían teñidas todas las palabras pronunciadas entre ellas. Debió haber confidencias, no tanto en torno a hechos, creo, sino en torno a sentimientos íntimos: arrepentimientos, temores, advertencias; estas últimas, sin duda, advertencias que la más joven de las dos no pudo comprender por completo hasta que la madre estuvo muerta... y Jim se cruzó en su camino. En ese momento, estoy seguro de que comprendió mucho —pero no todo—; principalmente el miedo, según parece. Jim, la llamaba con un nombre que significaba preciosa, en el sentido de piedra preciosa... la llamaba Joya. Bonito nombre, ¿verdad? Pero es que él era capaz de todo. Había sabido ponerse a la altura de su fortuna, del mismo modo que, al fin y al cabo, había sabido estar a la altura de su desgracia. La llamaba Joya; y lo decía con el mismo tono con el que podría haber dicho «Jane»,[1] ¿saben ustedes?, con un significado marital, hogareño, pacífico. Oí pronunciar el nombre por primera vez a los diez minutos de haber llegado al patio de su casa. Después de casi arrancarme el brazo estrechándome la mano, salió disparado escaleras arriba y armó el más infantil y gozoso alboroto ante la puerta, bajo el pesado alero.

—¡Joya! ¡Joya! ¡Rápido! Ha llegado un amigo mío...

Y de pronto, tras escrutarme a la penumbra de la terraza, dijo entre dientes con tono serio:

—¿Sabe?... Esto... no voy a decir ninguna maldita estupidez... no le podría explicar cuánto le debo a ella... así que... como comprenderá usted... yo... es exactamente como si estuviésemos...

Los apresurados y ansiosos susurros se vieron interrumpidos en seco por el revoloteo de una figura blanca dentro de la casa, se oyó una tenue exclamación y apareció una carita infantil pero enérgica de delicados rasgos y una profunda y atenta mirada que me dirigió tímidamente desde la oscuridad del interior de la casa, igual que un pájaro que sale de su apartado nido. El nombre me sorprendió, por supuesto, pero no lo asocié hasta mucho después con un rumor asombroso que me había llegado durante el viaje, en un pequeño lugar de la costa, a unas doscientas treinta millas al sur del río de Patusan. La goleta de Stein, en la que yo había tomado un pasaje, recaló allí para cargar unos productos, y, al bajar a tierra, descubría para mi gran sorpresa que aquella población dejada de la mano de Dios podía presumir de tener un agente delegado de tercera clase que residía

---

[1] *Jane*: en inglés, «Juana». *(N. del T.)*

allí; un sujeto grande, gordo, grasiento, que no cesaba de pestañear; un mestizo de labios brillantes y caídos. Lo encontré tendido de espaldas sobre un sillón de caña, repulsivamente desabrochado, con una gran hoja verde sobre su humeante cabeza y otra en la mano que usaba negligentemente a modo de abanico... ¿Iba a Patusan? Ah, sí, la Compañía de Comercio de Stein. La conocía. ¿Tenía permiso? No era asunto suyo. Las cosas no estaban tan mal ahora en aquel lugar, observó perezosamente, y continuó diciendo sin dejar de arrastrar las palabras:

—Una especie de vagabundo blanco ha conseguido entrar allí, según tengo entendido... ¿Eh? ¿Qué dice? ¿Amigo suyo? ¡Ajá!... Entonces es cierto que había uno de esos *verdammte*... ¿Qué pretende sacar de allí? Se las ha arreglado para meterse, el granuja. ¿Eh? No estaba seguro. Patusan, ahí le cortan el pescuezo a la gente, no es asunto nuestro —hizo una pausa para gemir—: ¡Uf! ¡Dios todopoderoso! ¡Qué calor! ¡Qué calor! Bueno, entonces puede que al final resulte haber algo de cierto en la historia y... —cerró uno de sus repugnantes ojos vidriosos (el párpado siguió temblando) mientras me lanzaba una mirada atroz y maliciosa con el otro—. Mire —me dijo con tono misterioso—, si... ¿me entiende?, si realmente le ha puesto las manos encima a algo razonablemente bueno... no uno de esos trocitos de cristal verde... ¿me entiende?... Yo soy funcionario del gobierno... dígaselo a ese granuja... ¿Eh? ¿Qué? ¿Amigo suyo?... —continuó revolcándose tranquilamente en un sillón—. Ya me lo dijo antes, sí; y me alegro de darle la oportunidad a usted. Supongo que usted también querría sacar tajada. No me interrumpa. Dígale simplemente que me he enterado de la historia, pero no he enviado ningún informe a mi gobierno. Todavía no. ¿Comprende? ¿Para qué hacer un informe? ¿Eh? Dígale que venga a verme si le dejan salir vivo del país. Será mejor que se cuide bien. ¿Eh? Prometo no hacer preguntas. Todo bajo mano... ¿Me entiende? Usted también... yo le daré algo. Una pequeña comisión por las molestias que se haya tomado. No me interrumpa. Soy un funcionario del gobierno y no voy a elaborar un informe. Son los negocios. ¿Comprende? Conozco a una buena gente que está dispuesta a comprar cualquier cosa que valga la pena, y le pueden dar más dinero del que haya visto junto en su vida ese sinvergüenza. Conozco a los de su clase.

Me miró fijamente con los dos ojos abiertos, mientras yo, en pie junto a él, no podía reprimir un enorme asombro y me preguntaba si aquel tipo estaría loco o borracho. Sudaba y resoplaba mientras gemía débilmente y se rascaba con una tranquilidad tan horrible que no pude soportar su presencia el tiempo necesario para averiguarlo. Al día siguiente, en una charla casual con los miembros de la pequeña corte nativa del lugar, me enteré de que se iba extendiendo lentamente a lo largo de la costa una historia sobre un hombre blanco que vivía en Patusan y se había apoderado de una enorme piedra preciosa, en concreto una esmeralda de tamaño descomunal y de un incalculable valor. La esmeralda parece excitar la imaginación de los orientales más que cualquier otra piedra preciosa. El hombre blanco se había hecho con ella, me dijeron en parte gracias al uso de su fuerza extraordinaria y en parte con astucia, quitándosela al gobernante de un lejano país, del que había huido inmediatamente después, llegando a Patusan en las peores condiciones posibles, pero asustando a sus habitantes con su extremada ferocidad, aparentemente indómita. La mayoría de mis informantes compartían la opinión de que la piedra traía probablemente mala suerte, como la famosa gema del sultán de Succadana, que en los viejos tiempos había provocado guerras y calamidades sin fin en aquel país. Tal vez fuera la misma piedra... no había modo de saberlo. En realidad, la historia de una esmeralda de fantástico tamaño se remite a la llegada de los primeros hombres blancos al archipiélago; y la creencia en ella es tan persistente que hace menos de cuarenta años los holandeses realizaron una investigación oficial para determinar la verdad del asunto. Una joya así —me explicó el anciano por el que supe de aquel asombroso mito relacionado con Jim (y que era una especie de escribano del pobre rajá de aquel pequeño lugar)—, una joya así, me dijo, levantando hacia mí sus ojos medio ciegos (se había sentado sobre el suelo de la cabina por respeto), se guarda mejor ocultándola en el cuerpo de una mujer. Sin embargo, no servía cualquier mujer. Debía ser joven —y en ese momento suspiró profundamente— e insensible a la seducción del amor. Movió la cabeza con escepticismo. Pero parecía que sí existía realmente una mujer así. Le habían hablado de una muchacha alta a la que el hombre blanco trataba con gran respeto y cuidado, y que nunca salía de la casa sola. La gente comentaba que se la podía ver con el hombre blanco casi todos los días; caminaban hombro con hombro, abiertamente, cogiéndola él del brazo... muy pegado a ella —así—, del modo más extraordinario. Eso podría ser mentira, concedió, pues era en efecto una cosa muy extraña para cualquiera; por otra parte, no podía haber dudas de que llevaba la joya del hombre blanco oculta en su pecho.

Capítulo XXIX

Esa era la teoría que explicaba los paseos conyugales y vespertinos de Jim. Yo fui el tercero en más de una ocasión, siempre desagradablemente consciente de Cornelius, que reivindicaba agraviado su paternidad legal arrastrándose por las cercanías con aquella mueca en los labios tan peculiar en él, como si estuviera constantemente a punto de rechinar los dientes. Pero ¿se dan cuenta de que, a trescientas millas más allá del final de las líneas telegráficas y las rutas regulares de los buques correo, las macilentas y utilitarias mentiras de nuestra civilización se marchitan y mueren para ser sustituidas por el puro ejercicio de la imaginación, algo que contiene lo fútil, a menudo el encanto, y, a veces, la profunda y oculta verdad de una obra de arte? La aventura había señalado a Jim como súbdito propio, y ésa era la verdad de la historia, que, por lo demás, se contaba de una forma completamente errónea. Jim no escondía su joya. De hecho, se sentía extremadamente orgulloso de ella.

Me doy cuenta ahora de que, en conjunto, la vi muy poco. Lo que mejor recuerdo es la palidez uniforme y aceitunada de su cutis y los intensos reflejos negro azulados de su cabello, que caía abundante desde un pequeño gorro de color púrpura que llevaba echado hacia atrás sobre su bien formada cabeza. Sus movimientos eran espontáneos, seguros, y cuando se sonrojaba adoptaba un color rojo oscuro. Mientras hablábamos Jim y yo, ella iba y venía dirigiéndonos rápidas miradas, dejando a su paso una impresión de gracia y encanto, así como claras insinuaciones de una actitud vigilante. Sus modales constituían una curiosa mezcla de timidez y audacia. Cada sonrisa bonita era seguida inmediatamente por una mirada de silenciosa y reprimida angustia, como si la primera huyese ante el recuerdo de un peligro permanente. A veces se sentaba con nosotros y, con los nudillos de su manita formando un hoyuelo en su tersa mejilla, nos escuchaba hablar; sus grandes ojos claros permanecían fijos en nuestros labios, como si cada palabra pronunciada tuviera una forma visible. Su madre le había enseñado a leer y escribir; había aprendido bastante inglés con Jim y lo hablaba de un modo muy gracioso utilizando su misma entonación, cortante e infantil. Su ternura revoloteaba sobre él como si tuviera alas. Vivía en una contemplación tan absorta de él, que había adquirido parte de su aspecto exterior; había algo en los movimientos de ella que recordaba a Jim... en la forma en que extendía el brazo, giraba la cabeza, dirigía la mirada. Su cariño vigilante tenía una intensidad que lo hacía casi perceptible a los sentidos; parecía existir realmente entre la materia del espacio, lo envolvía como un aroma especial, vivía a la luz del sol como si se tratara de una nota trémula, suave y apasionada. Supongo que pensarán que yo también soy un romántico, pero no es así. Les estoy describiendo las impresiones sobrias a que daba lugar un poco de juventud, un romance extraño e inquieto que se había cruzado en mi camino. Yo observaba con interés el resultado de su, en fin, de su buena fortuna. Lo amaba celosamente, pero desconozco la causa y el objeto de sus celos. La tierra, las gentes, la jungla eran cómplices suyos y lo guardaban con vigilante armonía, con un aire de reclusión, de misterio, de posesión invencible. En realidad no había mandato alguno; su prisión radicaba en la misma libertad del poder que había adquirido, y ella, aunque estaba dispuesta a servirle de taburete con la cabeza, guardaba su conquista de una forma inflexible... como si fuera difícil de conservar. El mismísimo Tamb'Itam, que marchaba en nuestros viajes pegado a los talones de su señor blanco, con la cabeza echada hacia atrás, truculento y armado como un jenízaro, con su cris, el hacha y la lanza (además de llevar el rifle de Jim); incluso Tamb'Itam se permitía adoptar aires de vigilancia sin concesiones, igual que un ceñudo y devoto guardián que está dispuesto a dar la vida por su cautivo. Por las noches, cuando nos quedábamos hablando hasta muy tarde, su figura silenciosa y apenas visible pasaba una y otra vez bajo la terraza, con sus pasos sin ruido; o, si no, otras veces, al levantar la cabeza, lo veía rígido, erguido entre las sombras. Como norma general, solía desaparecer tras cierto tiempo, sin un solo ruido; pero cuando nos levantábamos aparecía de un salto a nuestro lado, como si hubiera surgido de la tierra, listo para recibir las órdenes que Jim tuviese a bien impartirle. La muchacha tampoco se iba nunca a dormir, creo, hasta que nos hubiésemos dado las buenas noches Jim y yo. En más de una ocasión los vi, a ella y a Jim, a través de la ventana de mi habitación salir juntos en silencio y apoyarse contra la balaustrada, dos figuras blancas muy pegadas, él, abrazándola por la cintura; ella, dejando caer la cabeza sobre su hombro. Sus débiles murmullos llegaban hasta donde yo estaba, penetrantes, tiernos, con un matiz tranquilo y triste en medio de la quietud de la noche, como la comunión de una sola persona consigo misma llevada a cabo en dos tonos. Más tarde, mientras me revolvía en mi cama bajo el mosquitero, oía siempre unos ligeros crujidos, una suave respiración, un carraspeo cuidadosamente sofocado... y entonces sabía que Tamb'Itam continuaba realizando su ronda. Aunque tenía (por concesión del señor blanco) una casa dentro del

cercado, había «tomado mujer» y se había visto bendecido recientemente con el nacimiento de un hijo, creo que, en cualquier caso durante mi estancia, dormía todas las noches en la terraza. Era muy difícil hacer hablar a aquel fiel y ceñudo criado. Incluso el propio Jim
sólo recibía como respuestas cortas y espasmódicas frases, casi como
arrancadas a la fuerza. Hablar, parecía querer decir, no era cosa suya.
El discurso más largo que le escuché pronunciar voluntariamente
fue una mañana cuando, de pronto, extendiendo la mano hacia el
patio, señaló a Cornelius y dijo:

—Por ahí viene el *nazareno*.[1]

No creo que me estuviese hablando a mí, aunque yo estaba a su
lado; su propósito parecía ser más bien el de despertar la indignada
atención del universo. Unas alusiones que murmuró después, refe-
rentes a perros y el olor a carne quemada, me parecieron especialmente afortunadas. El patio, un amplio espacio cuadrado, era una
tórrida hoguera calentada por el sol y, bañado por la intensa luz,
Cornelius lo cruzaba, como arrastrándose, a plena vista, pero con
una indescriptible apariencia de hacerlo furtivamente, de avanzar a
escondidas protegido por la oscuridad. Evocaba todo lo repugnante. Su lento y laborioso andar se asemejaba al de un repulsivo escarabajo; las piernas se movían solas con horrible trabajo, mientras
que el resto del cuerpo se deslizaba firmemente. Supongo que se
dirigió directamente hacia el lugar al que quería ir, pero su progresión, con un hombro por delante, parecía realizarse en diagonal. Se
le podía ver a menudo dando vueltas en torno a las cabañas, como
si siguiera la pista de un olor, pasaba bajo la terraza con miradas
furtivas hacia arriba y desaparecía finalmente, sin prisa, tras algunos de los cobertizos. La libertad de movimiento de que disfrutaba
en aquella casa demostraba el descuido de Jim, o su infinito desdén, pues Cornelius había jugado un papel muy dudoso (por decirlo de la manera más suave) en cierto episodio que podía haber
acabado fatalmente para Jim. En realidad había redundado en beneficio de su gloria. Pero todo redundaba en beneficio de su gloria;
y la ironía de su buena fortuna era que él, que la había protegido
con demasiado esmero en una ocasión, ahora parecía llevar una
vida como de encantamiento.

Conviene que sepan que había abandonado la casa de Doramín muy poco tiempo después de su llegada —demasiado pronto,
de hecho, para su seguridad, y, por supuesto, mucho antes de la

---

[1] *Nazareno*: «cristiano». (N. del T.)

guerra—. En esto se vio influido por su sentido del deber; tenía que hacerse cargo del negocio de Stein, decía. ¿Y no era cierto? Con ese propósito, y con absoluto desprecio hacia su seguridad personal, cruzó el río y se instaló junto a Cornelius. No soy capaz de explicarme cómo pudo este último sobrevivir a unos tiempos tan problemáticos. En tanto que agente de Stein, al fin y al cabo, debió contar hasta cierto punto con la protección de Doramín; y, de un modo u otro, se las había arreglado para escabullirse a través de todas las complicaciones mortales que fueran surgiendo, aunque no me cabe duda de que su conducta, sea cual fuera el tipo de acciones que se viera obligado a adoptar, estaría marcada por esa bajeza que era como el sello personal de aquel hombre. Eso era lo que lo caracterizaba: era esencial y exteriormente un ser abyecto, de la misma forma en que otros hombres tienen claramente una apariencia generosa, distinguida o venerable. Aquél era el elemento de su naturaleza que impregnaba todos sus actos, pasiones y emociones; se enfurecía de una manera abyecta, sonreía de un modo abyecto, su tristeza era abyecta y sus cortesías e indignación eran igualmente abyectas. Estoy convencido de que su amor debió haber sido el más abyecto de los sentimientos... pero ¿acaso es posible imaginar a un insecto repugnante enamorado? Y hasta su aspecto repugnante era también abyecto, de tal modo que una persona meramente repulsiva hubiera parecido noble a su lado. No tiene un papel definido ni en un primer plano ni en el trasfondo de la historia; sencillamente se le ve escurriendo el bulto en las afueras de ella, enigmático y sucio, mancillando la fragancia de la juventud y su ingenuidad.

Su situación no podía ser, en cualquier caso, más que extremadamente desgraciada, y, sin embargo, podría suceder perfectamente que él encontrara ciertas ventajas en ella. Jim me contó que al principio fue recibido con un abyecto despliegue de los más amistosos sentimientos.

—El hombre, aparentemente, estaba a punto de reventar de alegría —dijo Jim con cierta repugnancia—. Me saltaba encima todas las mañanas para estrecharme las dos manos, ¡Dios lo confunda!, pero nunca había modo de saber si iba a haber desayuno. Si conseguía tres comidas en dos días me podía considerar muy afortunado, y me obligaba a firmarle un pagaré por diez dólares cada semana. Decía que estaba seguro de que el señor Stein no querría que él me mantuviese de balde. Bueno... pues por lo menos trataba de hacerlo con todas sus fuerzas. Lo achacaba a los disturbios que afligían al país y hacía como que iba a arrancarse el pelo a tirones mientras me pedía perdón veinte veces al día, de modo que al final tuve que rogarle que no se preocupara. Me daba náuseas. La mitad del techado de su casa estaba caído, y el sitio entero tenía un aspecto ruinoso, con manojos de hierba seca sobresaliendo por todas partes y las esquinas de esterillas rotas golpeteando sobre las paredes. Hizo todo lo posible para demostrar que el señor Stein le debía dinero por el comercio de los últimos tres años, pero tenía los libros hechos jirones y algunos incluso los había perdido. Intentó insinuar que la culpa de ello la tenía su difunta esposa. ¡Canalla repugnante! Al final tuve que prohibirle que hiciera ninguna mención de su malograda esposa. Hacía llorar a Joya. No pude averiguar qué había sido de todos los productos comerciales; en el almacén no había más que ratas pasándoselo en grande entre antiguos desperdicios de sacos y papel marrón de envolver. Todos me aseguraban que tenía un montón de dinero enterrado en alguna parte, pero, por supuesto, no hubo manera de sacarle nada en claro. Llevé una vida extremadamente miserable en aquella maldita casa. Intenté cumplir con mi deber para con Stein, pero tenía también otros asuntos en los que pensar. Cuando me escapé a casa de Doramín, el viejo Tunku Allang se asustó y me devolvió todas mis cosas. Lo hizo de una forma tremendamente complicada y con un sinfín de misterio, a través de un chino que tiene una tiendecita aquí; pero en cuanto dejé el barrio de los buguis y me fui a vivir con Cornelius comenzó a correr el rumor de que el rajá había decidido asesinarme pronto. Agradable, ¿verdad? Y no había nada que se lo impidiera, si realmente *había* tomado esa decisión. Lo peor era que no podía dejar de pensar que no estaba haciendo nada positivo, ni para Stein, ni para mí mismo. ¡Ah! Fueron horribles... todas y cada una de las seis semanas que pasé allí.

Capítulo XXX

Me dijo también que no sabía qué le había impulsado a aguantar en la casa; pero, por supuesto, nosotros nos lo podemos imaginar. Simpatizaba de una forma profunda con aquella muchacha indefensa, a merced de aquel «mezquino y cobarde sinvergüenza». Al parecer, Cornelius la hacía llevar una vida espantosa, al borde mismo de los malos tratos físicos, algo para lo que no debía tener los redaños necesarios, supongo. Insistía en que le llamara padre —«y con respeto, además, con respeto»—, le chillaba, mientras agitaba un pequeño puño amarillento muy cerca del rostro de ella.

—Yo soy un hombre respetable, ¿y tú, qué eres? Dime... ¿tú qué eres? ¿Piensas que voy a criar a la hija de otro y permitir que no se me trate con respeto? Deberías estar contenta de que te permita estar conmigo. Venga... di: Sí, padre... ¿No?... Espera un poco y verás.

Y entonces empezaba a insultar a la nuera muerta, hasta que la muchacha huía a toda prisa tras echarse las manos a la cabeza. Él la perseguía, corriendo de una a otra habitación, y alrededor de la casa, y entre los cobertizos, hasta que la acorralaba en un rincón, donde ella caía de rodillas, tapándose los oídos, y entonces él se quedaba de pie a unos pasos de distancia y comenzaba a recitar sucios insultos durante media hora seguida.

—Tu madre era un demonio, tan falsa como un demonio... y tú también eres un demonio —aullaba en su estallido final.

Luego, cogía un poco de tierra o un puñado de barro (había montones de barro alrededor de la casa) y se lo arrojaba a la cabeza, entre el cabello. Otras veces, sin embargo, ella se mostraba capaz de soportarlo haciendo acopio de todo su desprecio, enfrentándosele en silencio, el rostro sombrío y contraído, y pronunciando a grandes intervalos una o dos palabras que provocaban en el otro un ataque de saltitos y retorcimientos, profundamente herido por su aguijón. Jim me dijo que aquellas escenas eran terribles. Era realmente una cosa muy extraña allí, prácticamente en medio de la selva. Lo interminable de una situación tan sutilmente cruel era espantoso, si uno se para a pensarlo. El respetable Cornelius (*Inchi*[1] 'Nelius, le llamaban los malayos con una mueca que tenía múltiples lecturas) era un hombre muy amargado. No sé qué ventajas personales había esperado obtener en pago por su matrimonio; pero, evidentemente, el derecho a robar, desfalcar y apropiarse durante muchos años, y del modo que mejor le pareciese, de los bienes de la Compañía de Comercio de Stein (éste continuó sistemáticamente el suministro mientras pudo conseguir capitanes que lo llevaran hasta allí) no le parecía una compensación justa por el sacrificio de su respetable apellido. A Jim le hubiera complacido en extremo darle una paliza a

---

[1] *Inchi*: «señor». *(N. del T.)*

Cornelius y no dejarle un hueso sano; pero, por otra parte, las escenas eran de un carácter tan doloroso, tan abominable, que su tendencia era a alejarse hasta donde no pudiera oírles, con la idea de no herir los sentimientos de la joven. Estos episodios la dejaban agitada, sin habla, llevándose las manos al pecho de vez en cuando con una expresión glacial y desesperada; y entonces Jim se le acercaba lentamente y le decía con voz triste:

—Bueno... venga... de verdad... ¿de qué sirve ponerse así?... debe tratar de comer un poco —o daba cualquier otra señal similar de apoyo y consuelo.

Cornelius continuaba arrastrándose furtivamente, cruzando umbrales, recorriendo la terraza de arriba abajo, tan silencioso como una tumba, lanzando miradas de reojo, malévolas, llenas de desconfianza.

—Puedo acabar con este juego —le dijo una vez Jim a la muchacha—. Basta con una sola palabra suya.

¿Y saben lo que le contestó ella? Dijo —me contó Jim impresionado— que si no hubiera estado segura de que él también era inmensamente desgraciado, ya hubiera hecho acopio del coraje necesario para matarlo con sus propias manos.

—¡Imagínese! Aquella pobre chica, casi una niña... ¡y verse obligada a hablar de esa manera! —exclamó con horror.

Parecía imposible salvarla, no sólo de aquel miserable canalla, ¡sino incluso de sí misma! No era tanto que le diese mucha pena, afirmó Jim; era algo más que compasión; era como si él tuviera una cuenta pendiente en la conciencia mientras durara aquella vida. Abandonar la casa hubiera sido una vil deserción. Había acabado por comprender que no cabía esperar nada de una estancia más dilatada, ni cuentas, ni dinero, ni verdades de ninguna clase; pero aguantó allí, exasperando a Cornelius hasta el borde de —no diré de la locura—, pero sí de la valentía. Mientras tanto, presentía que todo tipo de peligros se iban apiñando oscuramente a su alrededor. Doramín le había enviado en dos ocasiones a un criado de confianza para informarle muy en serio de que no podría hacer nada por su seguridad a menos que volviera a cruzar el río y se instalase entre los buguis, como al principio. Le visitaban personas de todas las condiciones, a menudo en plena noche, con el propósito de hacerle partícipe de conspiraciones para su asesinato. Lo iban a envenenar. Lo iban a apuñalar en la casa de baños. Se estaban haciendo preparativos para matarlo a tiros desde un bote en el río. Todos y cada uno de sus informantes se declaraba gran amigo suyo. Bastaba —me dijo—

para estropearle eternamente el sueño al más pintado. Que pasara algo así era en extremo posible —no: probable—, pero las falsas advertencias sólo le daban la impresión de un continuo entretejer de planes mortales a su alrededor, desde todos los flancos, en la oscuridad. Nada podía estar mejor calculado para destrozarle los nervios al más tranquilo. Finalmente, una noche, el propio Cornelius, con aparatosos gestos de alarma y secreto, le explicó, con un tono solemne y zalamero, un pequeño plan gracias al cual, y por cien dólares —«o incluso por ochenta, dejémoslo en ochenta»—, él, Cornelius, le conseguiría un hombre de confianza para permitirle a Jim escapar río abajo, hacia la salvación. Era el único camino que le quedaba abierto a Jim... si es que valoraba en algo su propia vida. ¿Qué eran ochenta dólares? Una nadería. Una suma insignificante. Mientras que él, Cornelius, que se tendría que quedar atrás, estaba tentando a la muerte del modo más absoluto como prueba de su devoción por el joven amigo del señor Stein. El espectáculo que ofrecía con sus muecas abyectas —me dijo Jim— era muy difícil de soportar: se tiraba del pelo, se golpeaba el pecho, se balanceaba hacia adelante y hacia atrás con las manos apretadas contra la barriga y, de hecho, fingió enjugarse unas lágrimas.

—Sólo usted será responsable de su propia sangre derramada —dijo, finalmente, con un chillidito, para salir corriendo inmediatamente.

Resultaría interesante saber hasta qué punto fue sincero Cornelius en su actuación. Jim me confesó que no pudo pegar ojo tras la marcha de aquel tipo. Permaneció tendido de espaldas sobre una delgada esterilla extendida sobre el suelo de bambú, e intentó inútilmente distinguir las desnudas vigas del techo, prestando oído, al mismo tiempo, a los crujidos que se escuchaban sobre el roto techado de paja. De pronto, parpadeó una estrella a través de un agujero del techo. Tenía la mente hecha un torbellino de ideas; pero, sin embargo, fue aquella misma noche cuando maduró su plan para desbancar al jerife Alí. Ése había sido el pensamiento que le dominaba durante todos los ratos libres que no tenía que dedicar a la imposible investigación del estado de los asuntos de Stein, pero la idea —dice Jim— le vino de repente, en aquel momento. Prácticamente podía ver ya los cañones montados en la cumbre de la colina. Se acaloró y emocionó mucho allí tumbado; la idea de dormir le pareció más fuera de lugar que nunca. Se levantó de un salto y saltó descalzo a la terraza. Caminando sin hacer ruido se topó con la muchacha, que estaba inmóvil, apoyada contra la pared, como haciendo guardia. En el estado mental en que se encontraba no le sorprendió verla levantada, ni siquiera oírle preguntar con un susurro ansioso sobre el paradero de Cornelius. Le contestó sencillamente que no lo sabía. Ella gimió ligeramente y aguzó la vista dirigiéndola hacia el *campong*.[1] Reinaba un silencio absoluto. Él estaba absorto con su nueva idea, tanto que no pudo evitar explicársela a la joven en seguida. Ella le escuchó, aplaudió muy bajito, le expresó su admiración en un suave susurro, pero mantuvo de un modo evidente su actitud de vigilancia en todo momento. Según parece, ella llevaba siendo su confidente desde el principio, y no hay duda de que podía darle —y así lo hizo— muchas pistas de gran utilidad sobre el estado de las cosas de Patusan. Jim me aseguró en más de una ocasión que todavía no se había visto perjudicado ni por uno sólo de sus consejos. En cualquier caso, estaba procediendo a explicarle su plan allí mismo cuando ella le dio un apretón en el brazo y desapareció de su lado. Entonces apareció Cornelius, sin saber muy bien de dónde, y, al darse él cuenta de la presencia de Jim, se echó bruscamente a un lado, como si le hubieran disparado, y se quedó inmóvil entre las sombras. Por fin, avanzó con suma cautela, igual que un gato lleno de recelos.

—Había unos pescadores... con pescado —dijo con voz temblorosa—. Vendían pescado, ¿sabe?...

Debían ser las dos de la madrugada... ¡una hora de lo más apropiada para andar por ahí vendiendo pescado!

Jim, sin embargo, no puso en duda su afirmación, y ni siquiera le dedicó un solo pensamiento. Había otros asuntos que ocupaban su mente, y, además, no había visto ni oído nada. Se limitó a decir «¡Ah!», con voz ausente, bebió un poco de agua de un cántaro que había por allí y dejó a Cornelius presa de una inexplicable emoción —que le hizo cogerse con ambos brazos a la carcomida barandilla de la terraza, como si le fallaran las piernas—, luego volvió a entrar y se tendió en su esterilla para seguir pensando. Al poco tiempo oyó unos pasos furtivos. Luego se detuvieron. Una voz susurró trémula a través de la pared:

—¿Está dormido?

—¡No! ¿Qué pasa? —contestó vivamente.

Fuera hubo un movimiento brusco, y luego retornó el silencio de nuevo, como si hubiera sobresaltado al autor de los susurros. Jim, extremadamente enojado, salió impetuosamente del cuarto, y Cor-

---

[1] *Campong*: aldea nativa, en ocasiones fortificada con una empalizada. *(N. del T.)*

nelius, con un débil chillido, huyó corriendo por la terraza, hasta alcanzar los escalones, donde se agarró al balaustre roto. Sumamente intrigado, Jim lo llamó desde donde estaba para saber qué diablos quería.

—¿Ha tomado en consideración lo que le he dicho? —preguntó Cornelius, pronunciando con dificultad, como si fuera víctima de los temblores de un ataque de fiebre.

—¡No! —gritó Jim con rabia—. Ni lo he hecho, ni pretendo hacerlo. Voy a vivir aquí, en Patusan.

—Lo que va es a mmm... mo... morir aa... aquí —contestó Cornelius, aún entre violentos estremecimientos y con una voz como la de un agonizante.

La escena entera resultaba tan absurda y provocativa que Jim no sabía muy bien si sonreír o enfadarse.

—No antes de que le haya visto a usted salir por delante, de eso puede estar seguro —exclamó, exasperado y sin embargo a punto de reírse.

Medio en serio, medio en broma, continuó gritando (impulsado también por sus propios pensamientos, como comprenderán):

—¡No hay nada que pueda conmigo! Puede usted inventar todas las maldades que quiera.

De algún modo, la figura de Cornelius, embutida en las distantes sombras, parecía ser la encarnación odiosa de todas las molestias y dificultades que se interponían en su camino. Se dejó ir —llevaba muchos días con los nervios sometidos a un exceso de tensión— y le llamó muchos feos nombres: estafador, mentiroso, pobre granuja; en fin, que se comportó de una forma extraordinaria. Admite que sobrepasó todos los límites, que estaba fuera de sí; desafió a todo Patusan a que intentara asustarlo y echarlo de allí, declaró que ya verían cómo acababan bailando al son de su música, y mucho más por el estilo, todo de una índole amenazadora y fanfarrona. Absolutamente pomposo y ridículo, según me dijo. Enrojecía de sólo recordarlo. Debía estar ido de alguna manera... La joven, que estaba sentada con nosotros, asintió rápidamente con su cabecita indicándome que así fue, luego frunció ligeramente el entrecejo y afirmó:

—Yo le oí —dijo con una solemnidad infantil.

Jim se rió y sonrojó. Lo que le hizo parar finalmente, me dijo, fue el silencio, el absoluto silencio, como de muerte, de la figura borrosa que tenía delante, a lo lejos, un cuerpo que parecía colgar sin fuerzas, doblado en dos sobre la barandilla en una extraña inmovilidad. Volvió en sí y, tras callarse de repente, se quedó enormemente sorprendido de sí mismo. Lo estuvo observando un rato. Ni el más mínimo movimiento, ni un solo sonido.

—Exactamente igual que si el tipo se hubiera muerto mientras yo armaba todo aquel escándalo —dijo.

Estaba tan avergonzado de sí mismo que entró de nuevo, apresuradamente, en la casa, sin pronunciar ni una palabra más, y se arrojó sobre la esterilla. Con todo, el alboroto pareció haberle sentado bien, porque durmió como un tronco durante el resto de la noche. Llevaba semanas sin dormir así.

—Pero *yo* no me dormí —intercaló la muchacha, con un codo sobre la mesa mientras se acariciaba la mejilla—. Yo vigilaba.

Sus grandes ojos lanzaron un destello moviéndose de un lado a otro; luego los clavó intensamente en mi rostro.

Capítulo XXXI

Se pueden imaginar con cuánto interés les escuchaba. Todos aquellos detalles cobraron un claro significado veinticuatro horas después. Por la mañana, Cornelius no hizo alusión alguna a los acontecimientos de la noche.

—Supongo que regresará a mi humilde casa —murmuró arisco, tras aparecer de repente, mientras Jim embarcaba en la canoa para dirigirse al *campong* de Doramín.

Jim sólo asintió, sin mirarle siquiera.

—Se lo está pasando en grande, sin duda —murmuró de nuevo el otro, en un tono agrio.

Jim pasó el día con el viejo *nakhoda,* predicando la necesidad de emprender vigorosas acciones ante los principales personajes de la comunidad bugui, que habían sido convocados para una importante conferencia. Recordó con agrado lo elocuente y persuasivo que había resultado.

—Esa vez me las arreglé para insuflarles un poco de carácter, sin lugar a dudas —dijo.

El último ataque del jerife Alí había arrasado las afueras de la población, y se había llevado a algunas de las mujeres a su empalizada. Los emisarios del jerife Alí habían sido vistos en la plaza del mercado el día anterior, pavoneándose con arrogancia enfundados en sus túnicas blancas, y alardeando de la amistad entre el rajá y su señor. Uno de ellos se separó del resto y, apoyado sobre el largo cañón de un rifle y a la sombra de un árbol, exhortó a todos a la oración y el arrepentimiento, aconsejándoles también que mataran a los extranjeros que se habían introducido en su seno, algunos de los cuales, dijo, eran infieles, y otros aún peores: hijos de Satán disfrazados de musulmanes. Se decía que varios de los hombres del rajá que estaban entre los oyentes habían expresado su aprobación en voz alta. El terror que se había apoderado de la gente común era intenso. Jim, inmensamente complacido con lo que había adelantado ese día, volvió a cruzar el río antes de la puesta de sol.

Tras haber impulsado a los buguis irrevocablemente a la acción, y haberse responsabilizado del éxito de la empresa ofreciendo su propia cabeza como garantía, se sintió tan alegre y ligero de corazón que intentó con todas sus fuerzas mostrarse cortés con Cornelius. Pero éste adoptó una jovialidad desquiciada en respuesta; y le resultó casi insoportable, dice Jim, tener que escuchar sus estallidos de falsa risa, o verlo retorcerse y pestañear para, de pronto, cogerse la barbilla y agacharse, casi doblado en dos, sobre la mesa con una mirada en blanco. La joven no hizo acto de presencia y Jim se retiró temprano. Cuando se levantó para darle las buenas noches, Cornelius se incorporó de un salto derribando la silla con su brusquedad, para, inmediatamente, arrojarse al suelo, fuera de su vista, como si quisiera recoger algo que se le hubiese caído. Sus buenas noches le llegaron a Jim dichas con una voz ronca desde debajo de la mesa. Luego se quedó asombrado de verlo reaparecer boquiabierto y dirigiéndole una mirada estúpida y desencajada. Después, lo vio agarrarse al borde de la mesa.

—¿Qué le sucede? ¿Se siente indispuesto? —preguntó Jim.

—Sí, sí. Tengo un cólico tremendo —dijo el otro; y, según cree Jim, era absolutamente cierto.

En caso de que lo fuera, constituía, a la vista de lo que había de suceder, una abyecta señal de una insensibilidad todavía imperfecta por la que deberíamos concederle todo el mérito que se merece.

Como quiera que fuese, el profundo sueño de Jim se vio interrumpido por la pesadilla de un cielo de cobre en el que resonaba una voz potente que lo llamaba diciéndole «¡Despierta! ¡Despierta!» tan a voz en grito que, a pesar de su desesperada voluntad de seguir durmiendo, acabó por despertarse en la realidad. Sus ojos se abrieron ante el brillo deslumbrante de una conflagración roja y de continuos chisporroteos que tenía lugar en el aire, a media altura. Vio espirales de negro y denso humo que se curvaban alrededor de la cabeza de una aparición, un ser sobrenatural, vestido de blanco de arriba abajo y con un rostro severo, ansioso y con el ceño fruncido. Tras uno o dos segundos reconoció a la joven. Ésta sostenía una antorcha de *dammar*[1] con el brazo extendido, y, con monótona y urgente persistencia, repetía una y otra vez:

—¡Levántese! ¡Levántese! ¡Levántese!

De repente, se puso en pie de un salto; al instante siguiente ella le puso un revólver en la mano, su propio revólver, que estaba colgado de un clavo, pero cargado esta vez. Él lo agarró en silencio, confuso, guiñando los ojos ante el exceso de luz. Se preguntó qué querría que hiciese por ella.

Ella le preguntó rápidamente en voz muy baja:

—¿Puede enfrentarse a cuatro hombres con él?

Jim se reía al relatar esta parte ante el recuerdo de su cortés diligencia. Según parece, la desplegó en grado sumo:

—Ciertamente... por supuesto... ciertamente... sus palabras son órdenes.

No estaba despierto del todo, y tenía la vaga impresión de estar mostrándose muy amable dado lo extraordinario de las circunstancias; estaba demostrando su devota e incondicional disposición. Ella salió de la habitación y él la siguió; en el pasillo se tropezaron con una vieja bruja que se encargaba de cocinar las comidas ocasionales de que disfrutaban en la casa, aunque su decrepitud era tan absoluta que apenas era capaz de comprender las palabras que le dirigían. Ella también se levantó y les siguió renqueante, balbuceando incoherencias que surgían de su boca sin dientes. En la terraza, se balanceó ligeramente, al tocarla Jim con el codo, una hamaca de lona de vela que pertenecía a Cornelius. Estaba vacía.

La factoría de Patusan, como todas las sucursales de la Compañía de Comercio de Stein, había estado compuesta originalmente de cuatro edificios. Dos de ellos quedaban representados por sendos montones de palos, bambúes rotos y paja podrida, por encima de los cuales se inclinaban tristemente, formando diferentes ángulos, los cuatro postes de madera dura de las esquinas; el almacén principal, sin embargo, continuaba en pie, frente a la casa del agente comercial. Se trataba de un cobertizo de forma ovalada, hecho con barro y arcilla; en uno de sus extremos tenía una amplia puerta de recios tablones que, de momento, aún no se había salido de las bisa-

---

[1] *Dammar*: se trata de una resina inflamable. *(N. del T.)*

gras, y en una de las paredes laterales había una abertura cuadrada, una especie de ventana, con tres barrotes de madera. Antes de descender los pocos escalones que marcaban el final de la casa, la muchacha volvió la cabeza y dijo rápidamente:

—Iban a arrojarse sobre usted mientras dormía.

Jim me dijo que se sintió desilusionado. Era lo de siempre. Estaba harto de aquellos atentados contra su vida. Estaba hasta la coronilla de falsas alarmas. Le daban náuseas. Me aseguró que se enfadó con la joven por engañarle. La había seguido con la idea de que era ella la que necesitaba su ayuda, y ahora ya había decidido prácticamente darse la vuelta y volver a la casa, completamente disgustado.

—¿Sabe? —me dijo, efectuando un comentario de cierta profundidad—, creo que por aquella época no fui realmente yo mismo durante varias semanas.

—¡Ah, sí! Sí que lo era —no pude evitar contradecirle.

Pero la muchacha continuó andando con rapidez, y él la siguió al patio. Hacía mucho tiempo que se habían caído todas las vallas; los búfalos de los vecinos pastaban por las mañanas en aquel espacio abierto lanzando sus profundos resoplidos, sin prisas; la misma jungla estaba ya iniciando su invasión. Jim y la muchacha se detuvieron en medio de la tupida hierba. La luz con que se alumbraban dejaba una zona de profunda negrura a su alrededor; mientras la abundante luz de las estrellas parpadeaba únicamente sobre sus cabezas. Me dijo que la noche era hermosa y fresca, con un ligero soplo de brisa procedente del río. Al parecer, la sintió como una hermosura amistosa. Deben recordar que lo que les estoy relatando ahora es una historia de amor. Era una noche maravillosa cuyo aliento sentían como una caricia. La llama de la antorcha ondeaba de vez en cuando con un chisporroteo, igual que una bandera, y, durante un rato, aquél fue el único sonido.

—Están esperando en el almacén —susurró la joven—; esperan una señal.

—¿Quién se la va a dar? —preguntó él.

Ella cogió la antorcha, que comenzó a arder con una fuerte llamarada tras lanzar una lluvia de chispas.

—Pero dormía usted con un sueño tan intranquilo —continuó diciendo ella con un murmullo—; también he estado vigilando su sueño.

—¡Qué! —exclamó, mientras estiraba el cuello para mirar a su alrededor.

—¿Acaso cree que sólo he vigilado esta noche? —dijo ella, con una especie de desesperada indignación.

Dijo que fue como si le hubieran golpeado en el pecho. Jadeó. Pensó que, de algún modo, se había comportado como un absoluto insensible, y se sintió lleno de remordimientos, conmovido, feliz, exaltado. Se trata, permítanme que se lo recuerde de nuevo, de una historia de amor; lo pueden comprobar a través de la imbecilidad —no una imbecilidad repulsiva, sino plena de exaltación— inherente a su forma de actuar: aquella inmovilidad a la luz de la antorcha, como si se hubieran situado allí a propósito, como si pretendieran decirlo todo para edificación de los asesinos escondidos. Si los emisarios del jerife Alí hubieran poseído —como señaló Jim— una pizca de agallas, aquél hubiera sido el momento para arrojarse sobre él. El corazón le latía violentamente —no de miedo—, pero creyó oír un crujido sobre la hierba, y se apartó ágilmente del círculo de luz. Un ser oscuro, entrevisto apenas, huyó con rapidez fuera de la vista. Jim gritó con voz potente:

—¡Cornelius! ¡Eh, Cornelius!

Su voz fue seguida por un profundo silencio; no parecía posible que se le hubiese oído a más de veinte pies. La muchacha apareció de nuevo a su lado.

—¡Huya! —dijo ella.

La vieja se estaba acercando; su figura rota trastabillaba con pequeños saltos renqueantes al borde de la luz; oyeron su balbuceo y un débil gemido.

—¡Huya! —repitió la joven muy excitada—. Ahora están asustados... la luz... las voces. Saben que ahora está despierto... saben que es grande, fuerte y que no conoce el miedo...

—Si soy todas esas cosas... —comenzó él a decir.

Pero ella le interrumpió.

—¡Sí... esta noche! Pero ¿qué hay de mañana por la noche? ¿Y de pasado por la noche? ¿Y de la noche siguiente... de las muchas, muchísimas noches? ¿Acaso podré estar vigilando siempre?

Percibió una suerte de roto sollozo en su voz que le afectó más allá de lo que cabe expresar con palabras.

Me dijo que nunca se había sentido tan pequeño, tan impotente... y, en cuanto al valor, ¿de qué servía?, pensó. Se sentía tan impotente que incluso la huida parecía inútil, y aunque ella susurraba una y otra vez con febril insistencia: «Váyase con Doramín, váyase con Doramín», él se dio cuenta de que para él no existía un refugio contra aquella soledad que centuplicaba todos sus peligros... salvo con la joven.

—Pensé —me dijo— que si la abandonaba, supondría, de algún modo, el final de todo.

Pero, como no se podían quedar eternamente en medio del patio, tomó la decisión de ir a inspeccionar el almacén. Le permitió que lo siguiera sin pensar en oponerse, como si estuvieran indisolublemente unidos.

—No conozco el miedo... ¿eh? —murmuró entre dientes.

Ella lo cogió del brazo haciéndole detenerse.

—Espere a oír mi voz —dijo ella.

Y, antorcha en mano, dobló la esquina del almacén con paso ligero. Él se quedó solo en la oscuridad, encarando la puerta; del otro lado no surgía ni un solo rumor de respiración. La vieja bruja lanzó un triste gemido desde un punto indeterminado a su espalda. Oyó la aguda llamada, casi un chillido, de la joven:

—¡Ahora! ¡Empuje!

Se arrojó violentamente sobre la puerta; ésta se abrió con un crujido y un portazo final, y, para su tremendo asombro, vio que el angosto interior, como de mazmorra, estaba iluminado por una llama pálida y vacilante. Una nube de humo se arremolinaba alrededor de una caja vacía de madera que estaba en medio del cuarto; un montón de trapos y paja se agitó, como tratando de remontar el vuelo, pero apenas se estremeció débilmente, movido por la corriente de aire. La joven había introducido la antorcha entre los barrotes de la ventana. Vio su brazo desnudo, extendido y rígido, que sostenía la luz con la firmeza de una argolla de hierro. Un montículo cónico de viejas esterillas hechas jirones se alzaba hasta el techo de uno de los rincones más alejados de él. Y eso era todo.

Me explicó que se sintió amargamente decepcionado. Su fortaleza de ánimo había sido puesta a prueba por tantas advertencias, se había visto rodeado durante semanas enteras por tantas insinuaciones de peligro, que necesitaba el alivio que le supondría su materialización, la existencia de algo tangible a lo que pudiera enfrentarse.

—Hubiera respirado un aire más puro durante un par de horas por lo menos; no sé si me entiende —me dijo—. ¡Cielos! Llevaba días viviendo con un nudo en el estómago.

Ahora, por fin, había creído que podría echarle mano a algo real, pero... ¡nada! Ni una huella, ni una señal de la presencia de nadie. Había levantado el arma al tiempo que la puerta se abría de par en par, pero ahora dejó caer el brazo.

—¡Dispare! ¡Defiéndase! —gritó la muchacha desde fuera con una voz dominada por la angustia.

Al estar a oscuras y con el brazo metido hasta el hombro por aquel pequeño agujero, no podía ver lo que sucedía dentro, y tampoco se atrevía a retirar la antorcha en ese momento para dar la vuelta corriendo.

—¡Aquí no hay nadie! —chilló Jim con desdén.

Pero el impulso de estallar en una carcajada rencorosa y exasperada se vio frustrado sin llegar a emitir ni un sonido; justo en el momento en que estaba dándose la vuelta se dio cuenta de que estaba intercambiando la mirada con un par de ojos escondidos entre el montículo de esterillas. Vio, de repente, el brillo del blanco de esos ojos.

—¡Sal de ahí! —gritó furioso, aunque todavía dudando.

Entre la basura fue adquiriendo forma una cabeza de rostro oscuro, una cabeza sin cuerpo, extraña, autónoma, que le dirigió una mirada ceñuda. Al instante, se agitó el montículo, y, con un débil gruñido, surgió rápidamente de él un hombre que se lanzó a por Jim a la carrera. Detrás de él las esterillas parecían saltar y salir volando. Llevaba el brazo derecho levantado, el codo formando ángulo, y de su puño sobresalía, ligeramente por encima de su cabeza, la tosca hoja de un cris. Vestía un ceñido taparrabos que aparecía de un blanco cegador en contraste con su piel oscura. Su cuerpo desnudo relucía como si estuviera mojado.

Jim lo observó todo. Me dijo que experimentaba un sentimiento de alivio indescriptible, de vengativa exaltación. Retrasó su disparo, me dijo, deliberadamente. Lo retrasó durante una décima de segundo, durante tres zancadas de aquel hombre... un tiempo fuera de toda conciencia. Lo retrasó por el placer de decirse a sí mismo: «¡Ése es hombre muerto!». Estaba seguro de ello de un modo claro y absoluto. Le dejó acercarse porque no importaba que lo hiciera. Era hombre muerto, como quiera que se mirase. Percibió las ventanillas de la nariz dilatadas, los ojos muy abiertos, la intensa y ansiosa quietud del rostro; y, entonces, disparó.

La explosión en aquel espacio cerrado fue ensordecedora. Dio un paso hacia atrás. Vio cómo el hombre alzaba bruscamente la cabeza, echaba los brazos hacia delante y dejaba caer el cris. Después comprobaría que la bala le había entrado por la boca, con una trayectoria ligeramente ascendente, y salió por la parte superior del cráneo. A causa de la inercia que llevaba en su carrera, el hombre siguió avanzando, con una expresión repentinamente en blanco, el rostro desfigurado, las manos extendidas tanteando el aire, como si estuviera ciego. Cayó con un golpe terrible sobre la frente, tocando casi los pies desnudos de Jim. Él afirma que no se perdió detalle. Se sintió tranquilo, aplacado, sin rencor ni inquietud algunos, como si la muerte de aquel hombre fuera la compensación de todo lo demás. El lugar se estaba llenando en exceso del humo negro procedente de la antorcha, en la que la firme llama ardía con el color rojo de la sangre sin un solo parpadeo. Penetró resueltamente en el cuarto, pasando por encima del cadáver, y apuntó con su revólver hacia otra figura desnuda que se perfilaba borrosa en el otro extremo del almacén. Cuando estaba a punto de apretar el gatillo, el hombre tiró a un lado, con fuerza, una lanza corta y pesada, para ponerse después sumisamente en cuclillas, con la espalda contra la pared y las manos entrelazadas entre las piernas.

—¿Quieres vivir? —dijo Jim.

El otro no contestó.

—¿Cuántos más quedan? —preguntó Jim de nuevo.

—Dos más, *Tuan* —dijo el hombre en voz muy baja, con sus grandes y fascinados ojos clavados en el cañón del revólver.

Y, efectivamente, de las esterillas salieron a rastras otros dos que mostraban ostentosamente las manos vacías.

Capítulo XXXII

Tras situarse en una posición adecuada para dominarlos a los tres, Jim los condujo agrupados fuera del almacén. La antorcha no había dejado en ningún momento de estar vertical, sostenida por aquella manita sin el más ligero temblor. Los tres hombres le obedecían en completo silencio y con movimientos automáticos. Los colocó en fila.

—¡Cogeos del brazo! —ordenó.

Ellos así lo hicieron.

—El primero que se suelte o gire la cabeza es hombre muerto —dijo—. ¡En marcha!

Comenzaron a marcar el paso, los tres a un tiempo, rígidamente. Él iba detrás, al lado de la muchacha, que arrastraba una larga bata blanca y que, con el pelo negro caído hasta la cintura, llevaba la luz. Erguida y balanceándose ligeramente, parecía deslizarse sin tocar el suelo; el único sonido era el sedoso crujir y susurrar de la alta hierba.

—¡Alto! —exclamó Jim.

La orilla del río era escarpada, y de él ascendía un enorme frescor; la luz caía sobre el borde de la oscura y lisa superficie del agua, que corría cubierta de espuma, pero sin una sola ondulación. A derecha e izquierda, se recortaban las formas de las casas bajo los marcados perfiles de sus tejados.

—Dadle mis recuerdos al jerife Alí... hasta que vaya a dárselos yo mismo —dijo Jim.

No se movió ninguna de las tres cabezas.

—¡Saltad! —gritó atronador.

Los tres chapoteos se unieron en uno solo; el agua saltó hacia arriba en lluvia ascendente; las tres cabezas negras se agitaron convulsivamente y desaparecieron; pero se continuó oyendo, cada vez más débil, un gran resoplar y chapotear, pues se esforzaban en cruzar el río buceando por temor a un último disparo de despedida. Jim se volvió hacia la muchacha que se había limitado al papel de silenciosa y atenta espectadora. Sintió que el corazón no le cabía en el pecho y que se le formaba un nudo en la garganta que le impedía tragar saliva. Aquello lo dejó sin habla durante mucho rato; ella, tras devolverle la mirada, arrojó la encendida antorcha al río formando un amplio arco con el movimiento del brazo. El rojizo y fogoso resplandor, después de efectuar un largo vuelo a través de la noche, se hundió con un violento silbido, y la luz calma y suave de las estrellas cayó sobre ellos, ahora sin obstáculos.

No me contó lo que dijo cuando por fin pudo recuperar la voz. No creo que pudiera ser muy elocuente. El mundo estaba en silencio, la noche les arrojaba su aliento; era una de esas noches que parecen creadas para dar cobijo a la ternura; y hay momentos en que nuestras almas, como liberadas de su oscuro envoltorio, brillan con una sensibilidad exquisita que hace que ciertos silencios sean más lúcidos que los discursos. En cuanto a la joven, Jim me dijo:

—Tuvo una pequeña crisis. La excitación... ¿sabe? La reacción. Debía estar terriblemente cansada... y todo eso. Y... y... ¡diablos!... yo le gustaba, ¿entiende?... ella a mí también... yo no lo sabía, por supuesto... ni se me había ocurrido...

Entonces se levantó y comenzó a pasear de arriba abajo con cierta agitación.

—Yo... Yo la amo enormemente. Más de lo que podría explicarle. Claro que uno no puede explicar eso. Las cosas que uno hace se ven bajo una luz distinta cuando llegas a comprender, cuando te *hacen* comprender cada día que tu existencia es necesaria, entiéndame, absolutamente necesaria, para otra persona. A mí me han hecho sentir eso. ¡Es maravilloso! Pero, párese a pensar un momento en la vida que ella ha llevado. ¡Es demasiado extravagantemente espantosa!,

¿verdad? Y encontrármela yo aquí, y así, como quien se va a dar un paseo y da de repente con alguien que se está ahogando en un lugar solitario y oscuro. ¡Cielos! No hay tiempo que perder. En fin, también es una gran responsabilidad, por la confianza depositada... Creo estar a la altura de las exigencias...

Conviene que les diga que la joven nos había dejado solos hacía ya algún tiempo. Jim se dio una palmada en el pecho.

—¡Sí! ¡Siento que las cosas son así, pero creo dar la talla correspondiente a mi suerte!

Tenía el don de encontrarle un significado especial a todo lo que le sucedía. Ésta era la concepción que tenía de su aventura amorosa: era idílica, un poco solemne, y también verdadera, puesto que su creencia poseía toda la imperturbable seriedad de la juventud. Algún tiempo después, en otra ocasión, me dijo:

—Sólo llevo dos años aquí, pero ahora, le doy mi palabra, me resultaría inconcebible la idea de poder vivir en cualquier otro lugar. El mero pensar en el mundo exterior basta para asustarme, porque... ¿no lo entiende? —continuó diciendo con la mirada baja, concentrado en la actividad de su bota, que se dedicaba a aplastar metódicamente un trocito de barro seco (estábamos paseando por la orilla del río)—, porque no he olvidado la razón por la que vine aquí. ¡Todavía no!

Evité mirarlo, pero creí oír un breve suspiro. Dimos una o dos vueltas en silencio.

—Le digo por mi alma y mi conciencia —comenzó a hablar de nuevo—, que si una cosa así se puede olvidar, entonces creo que yo tengo derecho a alejarla de mi mente. Pregúntele a cualquiera de los de aquí... —en este punto le cambió la voz—. ¿No es extraño —continuó diciendo con un tono amable, casi tierno—, que toda esta gente, toda esta gente que estaría dispuesta a hacer cualquier cosa por mí, nunca podría comprenderlo? ¡Nunca! Si usted no me creyese, no podría yo apelar a su testimonio. Parece duro, de algún modo. Soy un estúpido, ¿verdad? ¿Qué más podía desear? Si les pregunta quién es valiente... quién sincero... quién justo... a quién le confiarían su vida, todos le contestarían: «Al *Tuan* Jim». Y sin embargo, nunca podrán conocer la auténtica, la absoluta verdad...

Eso es lo que me dijo el último día que pasé con él. No me permití ni siquiera un murmullo, porque pensé que sólo le haría seguir hablando sin acercarse más a la raíz de la cuestión. El Sol, cuya luz deslumbrante y concentrada empequeñece la Tierra hasta convertirla en una inquieta mota de polvo, se había hundido por detrás de la jungla, y la luz difusa procedente de un cielo opalino parecía derramar sobre el mundo sin sombras ni brillo la ilusión de una grandeza tranquila y pensativa. No sé por qué, mientras le escuchaba, noté de un modo tan nítido el progresivo oscurecimiento del río, del aire; la irresistible y lenta labor de la noche cuando se instala silenciosamente sobre todas las formas visibles, borrando los perfiles, enterrando las figuras cada vez a mayor profundidad, igual que la firme caída de un polvo impalpable y negro.

—¡Cielos! —comenzó él a decir de pronto—, hay días en que uno está demasiado absurdo para dar una a derechas; pero sé que puedo decirle lo que quiera. Hablo de haber acabado con ello... con el maldito asunto, en el fondo de mi mente... Olvidar... ¡Que me cuelguen si sé hacerlo! Pero soy capaz de pensar en ello con tranquilidad. Al fin y al cabo, ¿qué es lo que ha demostrado? Nada. Supongo que usted creerá lo contrario...

Yo emití un murmullo de desacuerdo.

—No importa —dijo—. Estoy satisfecho... casi. Me basta con mirar a la cara del primer hombre con el que me cruce para recuperar la confianza en mí mismo. No se les puede hacer comprender lo que sucede en mi interior. Bueno, ¿y qué? ¡Vamos! No lo he hecho tan mal.

—No demasiado mal —dije yo.

—Pero de todas formas no le gustaría tenerme a bordo de su propio barco... ¿eh?

—¡Váyase al infierno! —grité—. Ya está bien de eso.

—¡Ajá! ¿Ve usted? —dijo él, como si se jactara plácidamente ante mí—. Pero —continuó diciendo—, intente simplemente decirle eso a cualquier persona de aquí. Creerían que es usted un loco, un mentiroso, o algo peor. Y por eso lo puedo soportar. Yo les he hecho un par de favores, pero esto es lo que ellos han hecho por mí.

—Mi querido amigo —exclamé yo—, usted siempre será para ellos un misterio insoluble.

Una vez hube dicho aquello, permanecimos callados durante un tiempo.

—Misterio —repitió antes de levantar la vista—. Bien, entonces me quedaré aquí para siempre.

Después de ponerse el sol, la oscuridad pareció precipitarse sobre nosotros, como si flotara en cada débil soplo de la brisa. En medio de un sendero flanqueado por un seto vi la silueta inmóvil, feroz, vigilante y, en apariencia, con una sola pierna, de Tamb'Itam; y, más allá de un espacio en penumbra, detecté algo blanco que se movía de un lado a otro detrás de los soportales del techo. Tan pronto como Jim, con Tamb'Itam pegado a sus talones, comenzó sus rondas vespertinas, me dirigí solo hacia la casa e, inesperadamente, me vi emboscado por la muchacha, que había estado claramente esperando esa oportunidad.

Sería difícil explicarles qué era exactamente lo que me quería sonsacar. Obviamente, tenía que ser algo muy sencillo... la imposibilidad más sencilla del mundo; tal como, por ejemplo, la descripción exacta de una nube. Quería una garantía, una declaración, una promesa, una explicación... no sabría cómo llamarla, porque tal cosa no tiene nombre. Bajo aquel tejado sobresaliente reinaba la oscuridad, y todo lo que yo podía ver eran los fluidos pliegues de su largo vestido, el pequeño y pálido óvalo de su rostro —dominado por el blanco reflejo de los dientes— y, enfocadas hacia mí, las grandes y sombrías órbitas de sus ojos, en las que parecía existir un leve temblor, igual que el que uno imagina cuando zambulle la mirada buscando el fondo de un pozo de enorme profundidad. ¿Qué es lo que se mueve allá, al final?, se pregunta uno. ¿Se trata de un monstruo ciego, o acaso sólo de un reflejo perdido del universo? Se me ocurrió —no se rían— que, aun siendo todas las cosas distintas, ella resultaba más inescrutable en su ignorancia infantil que la Esfinge cuando les proponía adivinanzas infantiles a los viajeros. La habían llevado a Patusan antes incluso de que se le abrieran los ojos. Se había criado allí; no había visto nada, no había conocido nada, no tenía ni idea de nada. A veces me pregunto si estaba segura de la existencia de algo más allá de Patusan. Las ideas que se pudiera haber formado del mundo exterior son para mí inconcebibles: la única representación que conocía de sus habitantes era una mujer traicionada y un siniestro bufón. Su amante procedía también de allá fuera y estaba dotado de unos atractivos irresistibles; pero ¿qué sería de ella si él regresaba a aquellas regiones inconcebibles que parecían acabar siempre por llamar de vuelta a los suyos? Su madre se lo había advertido entre lágrimas antes de morir...

Me había cogido fuertemente por el brazo, pero en cuanto me detuve, retiró apresuradamente la mano. Era audaz y recatada a un tiempo. No le temía a nada, pero se veía refrenada por una profunda incertidumbre y un extremado desconocimiento: era una persona valiente que va tanteando en la oscuridad. Yo pertenecía a aquel mundo desconocido que en cualquier momento podría llamar a Jim de vuelta haciendo valer sus derechos. Yo compartía, por así decirlo, el secreto de su naturaleza y de sus intenciones —era el confidente de un misterio amenazador—, ¡quizá incluso estuviera armado con su poder! Creo que ella pensaba que una sola palabra mía bastaría para arrancarle a Jim de entre los brazos; tengo la segura convicción de que mis largas charlas con Jim eran para ella una verdadera agonía, que en aquellas ocasiones sufría una angustia real e intolerable que la podría haber llevado, plausiblemente, a preparar mi asesinato, en el caso de que su ferocidad de espíritu hubiera estado a la altura de la tremenda situación que había creado para sí. Ésa es la impresión que yo saqué, y es todo lo que les puedo ofrecer; la cuestión fue tomando forma progresivamente en mi cerebro, y, a medida que cada vez era más claro, me acabé por sentir desbordado por un lento e incrédulo estupor. Consiguió que la creyera; pero carezco de palabras que pudieran reflejar el efecto de aquel impetuoso y vehemente susurrar, de aquella suave y apasionada entonación, de las repentinas pausas sin aliento y del conmovedor movimiento cuando extendía rápidamente aquellos blancos brazos. Finalmente, éstos cayeron; aquella figura fantasmagórica se balanceó como un fino árbol expuesto al viento, el pálido óvalo del rostro se inclinó hacia el suelo; era imposible distinguir sus rasgos; la oscuridad de sus ojos era insondable; en la oscuridad se alzaron dos amplias mangas, como alas que se abren; y permaneció así, en silencio, con la cabeza entre las manos.

Capítulo XXXIII

Me sentía inmensamente conmovido: su juventud, su ignorancia, su graciosa belleza, que tenía el encanto sencillo y el vigor delicado de una flor silvestre, su súplica patética, su indefensión; todo aquello me llegaba al alma casi con la fuerza de su propio irracional aunque natural temor. Tenía miedo de lo desconocido, al igual que todos nosotros; y su ignorancia dotaba a lo desconocido de una extensión casi infinita. Yo lo representaba: a mí mismo, a ustedes, amigos míos, a todo el mundo que ni le importaba ni necesitaba a Jim en lo más mínimo. Hubiera estado perfectamente dispuesto a confirmar la indiferencia de un mundo atestado y hormigueante, de no ser por la idea de que Jim también pertenecía a ese espacio misterioso y desconocido en el que se centraban sus miedos, y también porque, por muchas que fuesen las cosas que yo representara, no lo representaba a él. Eso me hacía vacilar. Un murmullo de dolor sin esperanzas despegó mis labios. Comencé por afirmar, a modo de protesta, que yo al menos había venido sin intención alguna de llevarme a Jim de su lado.

¿Por qué había venido entonces? Tras un ligero movimiento se quedó tan quieta como una estatua de mármol en medio de la noche. Intenté explicárselo brevemente: amistad, negocios; si es que tenía algún deseo propio en aquel asunto, éste sería el de que se quedara allí...

—Ellos nos abandonan siempre —murmuró la joven.

El aliento de la triste sabiduría procedente de la tumba que su piedad adornaba con flores pareció pasar entre nosotros emitiendo un débil suspiro... Nada, dije yo, podría hacer que Jim se separara de ella.

De eso sigo estando firmemente convencido, como lo estaba en el momento en que lo dije; puesto que era la única conclusión posible a partir de los hechos que conformaban aquel caso. Lo que me dijo a continuación, con el tono susurrante en que uno habla para sí, no me hizo estar más seguro.

—Él me lo ha jurado.

—¿Se lo pidió usted? —dije.

Avanzó un paso hacia mí.

—No. ¡Nunca!

Lo único que le había pedido era que se marchara. Sucedió aquella noche, en la orilla del río, después de que matara a aquel hombre... después de que ella arrojara la antorcha al agua debido a la manera en que él la miraba. Había demasiada luz, y el peligro había pasado ya —por poco tiempo, por poco tiempo—. Él dijo entonces que no la dejaría en manos de Cornelius. Ella insistió. Quería que la abandonara. Él dijo que no podría hacerlo... que era imposible. Se estremeció al decirlo. Ella le había sentido estremecerse... No es precisa una gran dosis de imaginación para ver la escena, casi para oír sus susurros. Tenía también miedo por él. Creo que en aquel momento ella lo consideraba tan sólo una víctima predestinada de unos peligros que podía comprender mejor que él mismo. A pesar de que únicamente con su mera presencia se había hecho dueño de su corazón, había ocupado todos sus pensamientos y se había apropiado de todo su afecto, infravaloraba las posibilidades que tenía Jim de salir airoso. Resulta obvio pensar que en ese momento todo el mundo infravaloraba esas posibilidades. Por decirlo con rigor, no parecía tener ninguna. Sé que ése era el punto de vista de Cornelius. Me lo llegó a confesar planteándolo como atenuante del oscuro papel que jugó en el plan del jerife Alí, que, tal y como parece obvio ahora, no sentía más que desdén hacia el hombre blanco. Jim iba a ser asesinado por razones de índole religiosa, según creo. Un sencillo acto de piedad (y, por ello, de un mérito infinito), pero, por lo demás, carecía de demasiada importancia. Al final de su disertación, Cornelius mostró su acuerdo con esa idea.

—Honorable señor —me dijo, razonando a su abyecta manera en la única ocasión en que pudo arreglárselas para que estuviéramos solos—, ¿cómo iba yo a saberlo? ¿Quién era él? ¿Qué podía hacer para que la gente le creyera? ¿Qué pretendía el señor Stein al enviar a un muchacho así para que le hablara, dándose importancia, a un viejo servidor? Estaba dispuesto a salvarle por ochenta dólares. Sólo ochenta dólares. ¿Por qué no se marchó el muy estúpido? ¿Acaso debía acabar apuñalado yo en nombre de un extranjero?

Se arrastró espiritualmente ante mí, con el cuerpo doblado en dos de un modo significativo, con las manos revoloteando alrededor de mis rodillas, como si estuviera dispuesto a abrazarme las piernas.

—¿Qué son ochenta dólares? Una suma insignificante que dar a un viejo indefenso, con la vida destrozada por una muerta diabólica.

En ese momento rompió en llanto. Pero me estoy adelantando a los acontecimientos. Mi encuentro con Cornelius aquella noche no tuvo lugar hasta después de mi conversación con la muchacha.

Cuando incitaba a Jim a que la abandonara, e incluso a que se marchara del país, sólo la impulsaba la generosidad. El peligro que él corría era su pensamiento principal —a pesar de que quisiera salvarse también a sí misma, quizá, inconscientemente—; pero fíjense en la advertencia que tenía; fíjense en la lección que cabía extraer de cada minuto de la vida recién extinguida en que se centraban todos sus recuerdos. Cayó a los pies de Jim —así me lo dijo ella— allí mismo, junto al río, a la discreta luz de las estrellas que no mostraba más que enormes masas de silenciosas sombras, espacios abiertos e indefinidos, una luz que, en su débil temblor sobre el ancho cauce, lo hacía aparecer tan grande como el mar. Él la levantó. Lo hizo, y ella ya no pudo seguir luchando. Por supuesto que no. Brazos fuertes, una voz que rezumaba ternura y unos hombros robustos en los que apoyar su pobre y solitaria cabecita. La necesidad —la necesidad infinita— que tenía de todo aquello en su corazón dolorido, en su mente confusa... los impulsos de la juventud... la necesidad del momento... ¿Qué quieren? Hay que comprenderlo... a menos que se sea incapaz de comprender nada de lo que ocurre sobre la faz de la Tierra. Así pues, le satisfizo que él la levantara... y que la sostuviera.

—¿Sabe?... ¡Cielos! Esto va en serio... ¡sin tonterías! —como me había susurrado Jim apresuradamente y con expresión preocupada en el umbral de su casa.

No sé si habría o no alguna tontería, pero su novelesca historia no dejaba espacio a la frivolidad; se habían reunido bajo la sombra de una vida catastrófica, igual que un caballero y una doncella que se encuentran e intercambian votos entre unas ruinas encantadas. La luz de las estrellas bastó para su historia, una luz tan tenue y remota que no es capaz de definir las formas de las sombras, ni de mostrar la orilla opuesta de un río. Yo contemplé ese cauce aquella noche y desde el mismo lugar; discurría en silencio y tan negro como el Estigio.[1] Me marché al día siguiente, pero no es probable que olvide aquello de lo que se quería salvar cuando le rogó que la abandonara mientras aún estaba a tiempo. Ella misma me lo dijo, con serenidad —estaba demasiado apasionadamente interesada para mostrar una mera excitación—, con una voz tan fundida en la oscuridad como lo estaba su blanca y medio invisible figura. Me dijo:

—No quería morir llorando.

Pensé que no la había oído bien.

—¿Que no quería morir llorando? —repetí tras ella.

—Igual que mi madre —añadió ella rápidamente.

Los perfiles de su blanca figura no se movieron en lo más mínimo.

—Mi madre lloró amargamente antes de morir —me explicó.

Del suelo de nuestro alrededor pareció ascender una calma inconcebible, imperceptible, como la callada subida de una inundación en la noche que borrara los puntos de referencia emocionales de siempre. De mí se apoderó un terror repentino, como si hubiera notado que ya no hacía pie en medio del mar, el terror a las profundidades desconocidas. Me dijo también que, durante los últimos momentos, estando a solas con su madre, tuvo que abandonar el borde del lecho para apoyar la espalda contra la puerta, con el fin de impedirle la entrada a Cornelius. Éste quería entrar, y golpeaba la puerta continuamente con ambos puños, desistiendo sólo de vez en cuando para gritar con voz ronca:

—¡Déjame entrar! ¡Déjame entrar! ¡Déjame entrar!

---

[1] *Estigio*: el río negro del Hades, la región subterránea de los muertos, según la mitología griega. *(N. del T.)*

En un rincón alejado de la puerta había unas cuantas esterillas sobre las que estaba la mujer agonizante, que, ya sin habla, e incapaz de levantar el brazo, movía la cabeza de un lado a otro y con un débil movimiento de la mano parecía ordenar «¡No! ¡No!», mientras la hija, obediente, apoyaba los hombros contra la puerta con todas sus fuerzas y continuaba contemplando a su madre.

—Rodaron unas lágrimas por su mejilla... y luego se murió —dijo la muchacha a modo de conclusión con una voz imperturbable y monótona, la cual, más que todo lo demás, más que la blanca inmovilidad de estatua de su cuerpo, más allá del poder de las palabras, me turbó hasta lo más hondo por el pasivo e irremediable horror de la escena.

Tenía el poder de desviarme de mi concepción de la existencia, del cobijo que todos nos creamos para poder escondernos en él cuando hay peligro, igual que una tortuga cuando se retira dentro de su concha. Durante un segundo, vi un mundo que parecía cubrirse con un enorme y sombrío aspecto de desorden, cuando, en realidad, gracias a nuestros incansables esfuerzos, constituye un luminoso ordenamiento de pequeñas conveniencias, del tipo que es capaz de concebir la mente humana. Pero, sin embargo... Fue sólo un segundo: me retiré inmediatamente a mi concha. Es *necesario*, ¿saben?, aunque parecía haber perdido las palabras en medio del oscuro caos de mis pensamientos, había podido contemplar, durante un segundo o dos, lo que hay más allá de los límites marcados por la sociedad. Las palabras, por otra parte, volvieron muy pronto, pues pertenecen a la noción protectora de luz y orden que constituye nuestro cobijo. Las tenía preparadas, a mi disposición, antes de que ella susurrara suavemente:

—¡Me juró que nunca me abandonaría mientras estábamos allí solos! ¡Me lo juró...!

—¿Y es posible que usted, ¡usted!, no le crea? —le pregunté reprochándole sinceramente su desconfianza, auténticamente sorprendido.

¿Por qué no podía creerle? ¿A qué se debía aquel anhelo de incertidumbre, aquel empeño en vivir atemorizada, como si la incertidumbre y el temor hubieran sido salvaguardas de su amor? Era monstruoso. Debería haberse construido un refugio de paz inexpugnable a partir de su afecto sincero. Pero carecía de los conocimientos para hacerlo... y, quizá, también de la habilidad. La noche había caído rápidamente; la oscuridad era como la de la boca del lobo donde nosotros estábamos, de tal modo que, sin moverse, se había desvanecido como si fuera la forma intangible de un espíritu melancólico y perverso. Y, de pronto, volví a escuchar su débil susurro.

—Otros hombres han jurado antes lo mismo.

Sonaba como un comentario especulativo en torno a unos pensamientos llenos de tristeza, de estupor. Luego añadió, aún más bajo, si cabe:

—Mi padre lo hizo.

Guardó silencio un instante para recobrar inaudiblemente el aliento.

—Y el padre de mi madre también...

¡Ésas eran las cosas que ella sabía! Yo dije en seguida:

—¡Ah! Pero él es distinto.

Una afirmación que, al parecer, no tenía intención de cuestionar; pero, al rato, me llegó a los oídos aquel extraño y callado susurro que vagaba por el aire como una ensoñación:

—¿Por qué es distinto? ¿Es mejor? ¿Es...?

—Le doy mi palabra de honor —intercalé yo— de que creo que lo es.

Bajamos la voz hasta adoptar un tono de misterio. Entre los cobertizos de los trabajadores de Jim (la mayoría eran esclavos liberados procedentes de la empalizada del jerife) alguien comenzó a cantar una canción de aguda y monótona melodía. Al otro lado del río había una gran fogata (creo que en casa de Doramín) que se veía como un globo incandescente completamente aislado de la noche.

—¿Es acaso más sincero? —murmuró ella.

—Sí —dije yo.

—Más sincero que los demás hombres —repitió ella arrastrando las palabras.

—Aquí nadie soñaría siquiera —dije—, en dudar de su palabra... nadie se atrevería a hacerlo... excepto usted.

Creo que se movió ligeramente al oír aquello.

—Y el más valiente —continuó diciendo ella con la voz cambiada.

—El miedo nunca lo apartará de usted —dije, ligeramente nervioso.

La canción se interrumpió en seco con una nota aguda, y fue seguida por varias voces que hablaban a lo lejos; entre ellas, la de Jim. Me sorprendió el silencio de la muchacha.

—¿Qué le ha estado contando? ¿Le ha estado contando algo? —pregunté.

No hubo respuesta.

—¿Qué le ha contado? —insistí.

—¿Cree que se lo puedo decir? ¿Cómo voy a saberlo? ¿Cómo voy a poder comprenderlo? —gritó ella por fin.

Hubo un movimiento. Creo que se estaba retorciendo las manos.

—Hay algo que no es capaz de olvidar.

—Tanto mejor para usted —dije yo con un tono sombrío.

—¿Qué es? ¿De qué se trata? —le imprimió una fuerza de convicción extraordinaria a su tono de súplica—. Dice que tuvo miedo. ¿Cómo puedo creer algo así? ¿Acaso estoy tan loca como para creérmelo? ¡Los dos recuerdan algo! Los dos vuelven a lo mismo. ¿Qué es? ¡Dígamelo! ¿Qué es esa cosa? ¿Está viva?... ¿Está muerta? La odio. Es cruel. ¿Tiene rostro, tiene voz esa... calamidad? ¿La va a ver... la va a oír? Tal vez en sueños, cuando no me pueda ver a mí... para luego levantarse y marchar. ¡Ah! Yo nunca le perdonaré. Mi madre logró perdonar... pero yo, ¡nunca! ¿Será una señal... una llamada?

Fue una experiencia maravillosa. Desconfiaba hasta de sus sueños... ¡y parecía creer que yo se lo iba a poder explicar! Hubiera sido igual que si un pobre mortal, seducido por el encanto de una aparición, hubiese intentado sonsacarle a otro fantasma el tremendo secreto del poder que tiene el otro mundo sobre un alma descarnada y perdida entre las pasiones de este mundo. Hasta la tierra sobre la que estaba pareció fundirse bajo mis pies. Pero es que, además, era tan sencillo... pero si los espíritus evocados por nuestros miedos e inquietudes tienen que responsabilizarse los unos por la constancia de los otros ante nosotros, magos infelices; yo, sin embargo... yo sólo de entre nosotros, los mortales, me he estremecido ante la gélida imposibilidad de llevar a cabo esa tarea. ¡Una señal, una llamada! Qué reveladora se hacía su ignorancia a través de sus expresiones. ¡Unas pocas palabras! No puedo ni imaginarme cómo llegó a conocerlas, a pronunciarlas. Las mujeres encuentran su inspiración en la tensión de unos momentos que para nosotros son puramente espantosos, absurdos o fútiles. El mero descubrimiento de que ella tenía voz bastaba para espantar al corazón. Que una piedra a la que se diera una patada gritase dolorida no me hubiera parecido mayor milagro, ni me hubiese causado mayor pena. Aquellos pocos sonidos que vagaban por la oscuridad habían convertido para mí en trágicas las vidas crepusculares de ambos. Era imposible hacérselo comprender a la muchacha. Me sentí silenciosamente furioso ante mi impotencia. Y luego estaba Jim... ¡Pobre diablo! ¿Quién lo necesitaba? ¿Quién se iba a acordar de él? Tenía lo que quería. Su misma existencia había pasado ya probablemente al olvido a estas alturas. Habían conseguido adueñarse de sus destinos. Eran dos seres trágicos.

Resultaba evidente que su inmovilidad era expectante, y que mi papel consistía en hablar a favor de mi hermano desde el reino de las sombras olvidadizas. Me sentí profundamente conmovido ante mi responsabilidad y su desgraciada situación. Lo hubiera dado todo a cambio del poder de llevar consuelo a su alma vulnerable, que se atormentaba a sí misma en su invencible ignorancia, igual que un pajarillo golpeándose contra los crueles barrotes de su jaula. Nada podía ser más fácil que decir: «¡No tenga miedo!». Nada podía ser más difícil. Me gustaría saber cómo se mata al miedo. ¿Cómo atravesarle de un disparo el corazón a un espectro, cómo cortarle de una cuchillada su cabeza espectral, cómo atenazarle su cuello espectral? Es una de esas empresas con las que uno se topa en sueños, y de las que uno se alegra de escapar con el cabello húmedo y todos los miembros temblando. Aún no se ha fundido la bala, ni forjado la espada, ni ha nacido el hombre capaz de llevar a cabo esa tarea; incluso las palabras aladas de la verdad caen a nuestros pies como pedazos de plomo. Para un enfrentamiento tan desesperado hace falta un dardo encantado o envenenado, impregnado de una mentira demasiado sutil para que sea posible encontrarla sobre la faz de la Tierra. ¡Se trata de una empresa de ensueño, señores míos!

Comencé mi exorcismo, pesaroso e incluso con una suerte de sorda cólera. La voz de Jim, repentinamente más fuerte y con un tono severo, nos llegó a través del patio, reprochándole un descuido a algún mudo pecador junto al río. Nada —dije yo, pronunciando con claridad pero en un murmullo—, no podía haber nada en aquel mundo desconocido que ella creía tan ansioso de robarle su felicidad, no había nada, ni vivo ni muerto, no había rostro, ni voz, ni poder que pudiera arrancarle a Jim de su lado. Hice una pausa para recuperar el aliento y ella susurró suavemente:

—Eso me dijo él.

—Le ha dicho la verdad —dije yo.

—Nada —suspiró la muchacha, y se giró bruscamente para mirarme y preguntar con un volumen apenas audible—: ¿Por qué ha venido usted a vernos desde allá fuera? Jim habla de usted demasiado a menudo. Usted me da miedo. ¿Acaso... acaso lo necesita?

En nuestros apresurados murmullos se había introducido una especie de furtiva violencia.

—No volveré a venir aquí nunca más —dije con amargura—. Y no lo necesito. Nadie lo necesita.

—Nadie —repitió ella con un tono de duda.

—Nadie —afirmé, sintiéndome dominado por una extraña vehemencia—. Usted lo cree fuerte, sabio, valeroso, grande... ¿por qué no ha de creerle también sincero? Me marcharé mañana... y habré terminado para usted. Ya nunca la volverá a molestar otra voz desde allá afuera. Ese mundo que usted desconoce es demasiado grande para echarle en falta. ¿Me entiende? Demasiado grande. El corazón de él está en sus manos. Debe sentir eso. Debe saberlo.

—Sí, lo sé —dijo exhalando el aliento, dura e inmóvil, como si la autora del susurro fuese una estatua.

Presentí que no había conseguido nada. Pero ¿qué es lo que había deseado conseguir? Ya no estoy seguro. En aquel momento me sentí impulsado por un ardor inexplicable, como enfrentado ante una empresa enorme y necesaria... la influencia del momento sobre mi estado mental y emocional. En todas nuestras vidas existen momentos así, influencias así, que proceden de fuera, por así decirlo, irresistibles, incomprensibles... como urdidas por una misteriosa conjunción de los planetas. Ella poseía, tal como yo lo había dicho, su corazón. Era dueña de él y de todo lo demás... con que sólo fuera capaz de creerlo. Lo que yo tenía que decirle era que en todo el mundo no había nadie que fuera a necesitar nunca ni su corazón, ni su mente, ni su mano. Se trata de un destino común a todos, y, sin embargo, parecía espantoso afirmarlo de cualquiera. Ella me escuchó sin pronunciar una palabra, y su inmovilidad se había convertido en una forma de protesta ante una incredulidad invencible. ¿Por qué había de preocuparse por el mundo más allá de la jungla?, le pregunté. De todas las multitudes que poblaban la enormidad de aquel mundo desconocido no habría de llegar, le aseguré, en toda la vida de él, ni una señal ni una llamada que lo convocaran. Nunca. Me dejé llevar por la excitación. ¡Nunca! ¡Nunca! Recuerdo con asombro la especie de obstinada ferocidad de que hice uso. Tuve la ilusión de haber conseguido atenazarle por fin el cuello al espectro. En realidad, todo este episodio real me ha dejado la detallada y aturdida impresión propia de un sueño. ¿Por qué habría de tener miedo la joven? Ella sabía que él era fuerte, sincero, sabio, valeroso. Lo era. Sin lugar a dudas. Era más que eso. Era grande... invencible... y el mundo no le necesitaba, le había olvidado, no lo hubiese reconocido siquiera.

Dejé de hablar; el silencio que reinaba sobre Patusan era profundo, y el débil y sordo sonido de un remo que golpeó sobre el costado de una canoa en medio del río pareció elevar ese silencio hasta el infinito.

—¿Por qué? —murmuró la muchacha.

Sentí ese tipo de ira que se apodera de uno en una acalorada pelea. El espectro trataba de escurrírseme de entre las manos.

—¿Por qué? —repitió con voz más fuerte—; ¡dígamelo!

Y mientras yo me debatía en mi confusión, ella, igual que una niña malcriada, golpeó con el pie en el suelo.

—¿Por qué? Hable.

—¿Quiere saberlo? —pregunté lleno de ira.

—¡Sí! —gritó ella.

—Porque no es lo suficientemente bueno —dije yo, brutal.

Durante la pausa de un momento que se creó, observé que la fogata de la otra orilla del río ardía con renovado vigor, incrementando el círculo de su luz hasta convertirlo casi en una mirada de asombro, para contraerse de repente hasta adquirir el tamaño de la punta de un alfiler al rojo vivo. Sólo supe lo cerca que había estado de mí cuando sentí la presión de sus dedos sobre mi antebrazo. Sin levantar la voz, la llenó de un infinito y cáustico desdén, amargura y desesperación.

—Es exactamente lo mismo que dijo él... ¡Están mintiendo!

Las últimas dos palabras me las gritó en el dialecto nativo.

—¡Déjeme acabar de hablar! —le rogué.

Ella contuvo el aliento, temblorosa, y me soltó bruscamente el brazo.

—Nadie, absolutamente nadie es lo suficientemente bueno —comencé a decir con la mayor seriedad.

Pude escuchar el laborioso sollozo con el que ella acompañaba a la respiración, alarmantemente acelerada. Dejé caer la cabeza. ¿De qué servía todo aquello? Oí el rumor de pasos que se acercaban; me alejé sigilosamente sin pronunciar ni una palabra más...

Capítulo XXXIV

Marlow estiró las piernas, se levantó rápidamente y se tambaleó un poco, como si acabara de aterrizar tras un largo paseo por el espacio. Apoyó la espalda contra la balaustrada y dirigió la mirada hacia un desordenado conjunto de amplios sillones de mimbre. Los cuerpos tendidos en ellos parecieron salir bruscamente de su sopor agitados por su movimiento. Uno o dos se incorporaron en sus asientos, como alarmados; aquí y allá se continuaba viendo la brasa de un puro; Marlow los miró a todos con los ojos del que regresa de la lejanía extrema propia de un sueño. Carraspeó una garganta; una voz tranquila le dio ánimos negligentemente:

—¿Y bien?

—Nada —dijo Marlow, como recién despertado—. Él se lo había dicho... eso es todo. Ella no le creyó... y nada más. En cuanto a mí, no sé si lo justo, apropiado o decente sería que me alegrase o lo lamentara. Por mi parte, no sabría decirles lo que yo creía... en realidad sigo sin saberlo, y probablemente nunca lo sepa. Pero, ¿qué creía el pobre diablo de Jim? La verdad triunfará, ya saben. *Magna est veritas et...*[1] Sí, cuando le den una oportunidad de hacerlo. Existe una ley, sin duda... del mismo modo que existe una ley que regula la suerte en el juego de dados. La servidora de los hombres no es la justicia, sino que es lo accidental, la azarosa Fortuna, la aliada del paciente Tiempo, la que mantiene un equilibrio nivelado y escrupuloso. Los dos habíamos dicho exactamente lo mismo. ¿Decíamos la verdad los dos, o sólo uno, o ninguno?

Marlow hizo una pausa, cruzó los brazos sobre el pecho y, con una voz cambiada, dijo:

—Ella decía que mentíamos. ¡Pobrecilla! En fin... dejémosle la decisión a la casualidad, cuyo aliado es el Tiempo, al que no se le puede meter prisa, y cuyo enemigo es la Muerte, que no conoce la espera. Yo me había retirado... un poco acobardado... debo reconocerlo. Había intentado desafiar al mismísimo miedo, y sólo había conseguido un buen tirón de orejas... por supuesto. Lo único que había hecho era añadir a su angustia la insinuación de una misteriosa conclusión, de una inexplicable e incomprensible conspiración designada para que ella estuviera siempre a oscuras. Y todo había sucedido con sencillez, con naturalidad, de forma inevitable a causa de la actuación de él, ¡a causa de la actuación de ella! Era como si se me hubiera mostrado el funcionamiento de un destino implacable del que somos víctimas... e instrumentos. Era espantoso pensar en la muchacha a la que había dejado allí, de pie, inmóvil; el sonido de las pisadas de Jim me pareció fatídico cuando pasó a mi lado, sin verme, calzado con sus recias botas.

—¿Cómo? ¡No hay luces! —dijo con voz fuerte y sorprendida—. ¿Qué hacéis en la oscuridad... vosotros dos?

[1] *Magna est veritas et...*: en latín, de la biblia vulgata: «Magna es la verdad y...» (prevalecerá). *(N. del T.)*

Al momento siguiente la reconoció a ella, supongo.

—¡Hola, chiquilla! —exclamó alegremente.

—¡Hola, chiquillo! —contestó ella de inmediato, con un asombroso aplomo.

Ése era el saludo habitual entre ellos, y el ligero descaro que ella le imprimía a su voz, algo aguada pero dulce, resultaba muy gracioso, lindo e infantil. A Jim le gustaba enormemente. Ésa fue la última ocasión en que les escuché intercambiar aquel saludo familiar, que me heló el corazón. La voz era aguada y dulce; el esfuerzo, bonito; estaba también presente el ligero descaro; pero todo pareció terminar prematuramente, y aquella invocación juguetona sonó como un gemido. Era demasiado espantoso y terrible.

—¿Qué has hecho con Marlow? —preguntó Jim; y luego dijo—: Ha salido, ¿eh? Es extraño que no me lo haya encontrado... ¿Está usted ahí, Marlow?

No contesté. No tenía la menor intención de entrar... no por el momento, al menos. Mientras él me llamaba, yo estaba ocupado en escaparme por un pequeño portón que daba a un terreno recién roturado. No; todavía no estaba en condiciones de enfrentarme a ellos. Caminé rápidamente, con la cabeza baja, por un sendero muy transitado de día. La tierra se iba elevando en suave pendiente, los pocos árboles grandes habían sido derribados; la maleza, cortada a ras de suelo, y la hierba, quemada. Tenía en mente probar a convertir aquello en un cafetal. La alta colina, que alzaba su doble cumbre, negra como el carbón, contra el claro brillo amarillento de una luna que salía, parecía dejar caer su sombra encima de la tierra preparada para aquel experimento. Iba a ensayar tantísimos experimentos...; yo había admirado su energía, su iniciativa y su astucia. Nada podía parecer ahora menos real que sus planes, su energía, su entusiasmo; y, levantando la mirada, vi una parte de la luna, que brillaba entre los arbustos desde el fondo del barranco. Durante un segundo pareció como si el suave disco, tras caer sobre la tierra desde su lugar en el cielo, hubiera rodado hasta el fondo del precipicio; su movimiento ascendente fue como un lento rebote; se desenganchó de la madeja de ramas que lo enmarcaban, y el desnudo y retorcido miembro de un árbol que crecía sobre la pendiente perfiló una grieta negra que lo atravesaba de parte a parte. Lanzó sus paralelos rayos a lo lejos, como desde una caverna, y bajo aquella luz triste de eclipse, se alzaban, muy oscuros, los tocones de los árboles derribados; sus pesadas sombras caían a mis pies desde todos los flancos mezcladas con mi propia sombra inquieta, así como con la sombra de la tumba solitaria, eternamente engalanada con flores, que estaba en mi camino. Bajo la amortiguada luz de la luna, las flores entrelazadas adoptaban formas ajenas al recuerdo y colores indefinibles para la vista, como si se hubiera tratado de flores especiales no recogidas por un hombre, no criadas en este mundo, y destinadas únicamente para el uso de los muertos. Su poderoso aroma flotaba en el aire cálido, haciéndolo denso y pesado como los humos del incienso. Los trozos de coral blanco brillaban alrededor del oscuro montículo igual que una guirnalda de cráneos blanqueados, y todo lo que había a su alrededor estaba en un estado de tal quietud, que cuando me paré, todos los sonidos y movimientos del mundo parecieron haber tocado a su fin.

Era una paz inmensa, como si toda la Tierra hubiera sido una tumba, y, durante un tiempo, me quedé allí, pensando sobre todo en los vivos que, enterrados en lugares remotos fuera de la vista de la humanidad, están a pesar de todo destinados a compartir sus trágicas o grotescas miserias. También sus nobles luchas... ¿quién sabe? El corazón humano es lo bastante amplio como para contener al mundo entero. Es lo suficientemente valeroso como para soportar su peso; pero ¿dónde está el valor para quitárselo de encima?

Supongo que me puse muy sentimental; sólo sé que permanecí allí el tiempo necesario para que se apoderase de mí una sensación de soledad tan absoluta que todo lo que había visto últimamente, todo lo que había oído, y hasta la misma palabra humana, parecían haber cesado de existir, para vivir, ya sólo durante un corto período de tiempo suplementario, en mi memoria, como si yo fuera el último ser humano. Era una ilusión extraña y melancólica elaborada semiconscientemente, como todas nuestras ilusiones, de las que sospecho que se tratan sencillamente de visiones de una verdad remota e inalcanzable apenas entrevista. Me encontraba, sin duda, en uno de los rincones perdidos, olvidados y desconocidos de la Tierra; había echado una mirada bajo su oscura superficie; y presentía que cuando, mañana, lo abandonara definitivamente, se deslizaría fuera de la existencia, para continuar viviendo tan sólo en mi memoria, hasta que yo mismo pasara al olvido. Es lo mismo que siento sobre mí en este momento; quizá sea ése el sentimiento que me ha impulsado a relatarles la historia, a intentar hacerles entrega, por así decirlo, de su mismísima existencia y realidad... la verdad desvelada en un momento de ilusión.

Cornelius irrumpió en ese ensueño. Surgió de repente, igual que un gusano, de entre la alta hierba que crecía en una depresión del terreno. Creo que cerca de allí era donde se estaba pudriendo lentamente su casa; aunque nunca la llegué a ver, por no haberme alejado nunca lo suficiente en aquella dirección. Corrió hacia mí por el sendero; sus pies, calzados con unos sucios zapatos blancos, resaltaban sobre la tierra oscura; se irguió, y comenzó a gemir y comportarse servilmente bajo un alto sombrero de copa. Llevaba un traje negro de paño fino, dentro del cual su cuerpo reseco y enjuto se perdía, desaparecía por completo. Era su traje para fiestas y ceremonias solemnes lo que me hizo recordar que aquél era el cuarto domingo que yo pasaba en Patusan. Durante toda mi estancia había tenido el vago presentimiento de que aquel tipo tenía intenciones de hacerme objeto de sus confidencias en el momento en que pudiera estar conmigo a solas. Se dedicaba a revolotear a mi alrededor con una mirada intensa y anhelante que sobresalía en su rostro amargado y amarillento, pero su timidez lo había refrenado tanto como mi repugnancia visceral a tener trato alguno con una criatura tan desagradable. Lo hubiera logrado, de todos modos, de no haber tenido aquella tendencia a escurrir el bulto tan pronto como se le miraba a la cara. Escurría el bulto ante la severa mirada de Jim, ante la mía propia, que trataba de ser indiferente, e incluso ante la mirada ceñuda y desdeñosa de Tamb'Itam. Siempre estaba escurriendo el bulto; verlo significaba contemplar cómo se alejaba con paso furtivo, el rostro mirando por encima del hombro, bien con un gruñido de desconfianza, bien con un aspecto de lamentable y mudo desconsuelo; pero, fuera cual fuese la expresión que adoptara, ninguna podía ocultar el carácter innato e irremediablemente abyecto de su naturaleza, del mismo modo que ninguna combinación de vestimentas es capaz de ocultar una monstruosa deformidad del cuerpo.

No sé si sería a causa de la desmoralización que me produjo mi absoluta derrota en la lucha contra un espectro del miedo hacía menos de una hora, pero lo cierto es que le permití atraparme sin oponer la más mínima resistencia. Estaba condenado a ser receptor de confidencias y a verme acosado por preguntas sin respuesta posible. Era realmente penoso, pero el desprecio, el desprecio irracional a que daba lugar la apariencia de aquel hombre, lo hacía más fácil de soportar. No podía tener mayor importancia. Nada importaba demasiado una vez que había llegado a la conclusión de que Jim, el único que me importaba de verdad, se había hecho con las riendas de su destino. Me había dicho que estaba satisfecho... o casi. Decir eso es ir bastante más lejos de lo que osaríamos la mayoría de nosotros. Yo —que tengo derecho a considerarme lo suficientemente bueno— no me atrevería a decirlo. Y supongo que les sucederá lo mismo a todos ustedes, ¿no?...

Marlow hizo una pausa, como esperando una respuesta. Nadie dijo nada.

—Perfectamente —comenzó a decir de nuevo—. Nadie ha de saberlo, pues sólo se nos puede arrancar la verdad por medio de una cruel, pequeña y espantosa catástrofe. Pero él es de los nuestros, y podía afirmar que estaba satisfecho... o casi. ¡Imagínense! Casi satisfecho. Casi daban ganas de envidiar su catástrofe particular. Casi satisfecho. Después de algo así, ya nada tenía importancia. No importaba quién sospechara de él, quién confiara en él, quién lo amara o quién lo odiara... especialmente si tenemos en cuenta que el que le odiaba era Cornelius.

Y sin embargo, al fin y al cabo, este último sentimiento constituía una especie de reconocimiento. Se puede juzgar a un hombre tanto por sus enemigos como por sus amigos; y este enemigo de Jim era de los que ningún hombre honrado se avergonzaría de reconocer, sin, por otra parte, darle mayor importancia. Ése era el punto de vista de Jim, que yo compartía; pero Jim lo despreciaba por razones de carácter genérico.

—Mi querido Marlow —decía—, creo que si procedo con rectitud nada podrá conmigo. Ya lleva usted el tiempo suficiente aquí como para haber echado un buen vistazo... y, con franqueza, ¿no cree usted que estoy perfectamente a salvo? Todo depende de mí, y, ¡por todos los cielos!, tengo toneladas de confianza depositada en mí mismo. Lo peor que podría hacerme es matarme, supongo. No podría creer ni por un segundo que lo fuera a hacer. No sería capaz, como usted bien sabe... ni aunque yo mismo le entregara un rifle cargado para hacerlo y luego le ofreciera la espalda. El tipo es así. Y supongamos que lo hiciera... supongamos que fuese capaz. Bueno... ¿y qué? No vine aquí huyendo para salvar la vida... ¿verdad? Vine para ponerme entre la espada y la pared, y aquí me voy a quedar...

—Hasta que esté satisfecho del *todo* —intercalé.

En aquella ocasión estábamos sentados bajo techo, en la popa de su bote; había veinte remos lanzando reflejos todos a una, diez a cada lado, penetrando en el agua con un solo chapoteo, mientras, a nuestra espalda, Tamb'Itam movía la caña ligeramente a derecha e izquierda siempre con la mirada fija río abajo, atento a su tarea de mantener la larga canoa enfilada en la dirección en que era más fuerte la corriente. Jim bajó la cabeza y nuestra última charla pareció haber llegado a su fin. En aquel momento me estaba acompañando hasta la desembocadura del río para despedirse de mí. La goleta había zarpado el día anterior, bajando laboriosamente el río impulsada por la corriente mientras yo prolongaba mi estancia una noche más. Y ahora me acompañaba para despedirse de mí.

Jim se había enfadado un poco conmigo por haber mencionado a Cornelius. Lo cierto es que lo hice muy de pasada. Aquel tipo era demasiado insignificante para resultar peligroso, aunque estaba repleto de todo el odio que era capaz de sentir. Me había llamado «honorable señor» a cada segunda frase, y había estado gimiendo sin cesar con el rostro pegado a mi codo durante todo el tiempo que me siguió, desde la tumba de su «difunta esposa» hasta la puerta del cercado de Jim. Se proclamó el más infeliz de los hombres, una víctima, aplastada igual que un gusano; me rogó que le mirase. Yo me negaba a girar la cabeza para hacerlo; pero podía ver por el rabillo del ojo cómo se deslizaba su sombra servil detrás de la mía, mientras la luna, suspendida a nuestra derecha, parecía regodearse serenamente ante aquel espectáculo. Intentó explicarme —como ya les he dicho— su participación en los acontecimientos de aquella noche memorable. Fue una cuestión de conveniencia. ¿Cómo iba a saber él quién saldría ganando?

—¡Yo le quería salvar, honorable señor! Lo hubiera salvado por ochenta dólares —me explicó con un tono meloso, mientras se mantenía a un paso por detrás de mí.

—Ya se ha salvado él solo —dije—, y le ha perdonado.

Escuché una especie de risita disimulada y me di la vuelta para mirarle; al instante pareció dispuesto a salir por piernas.

—¿De qué se ríe usted? —pregunté, tras haberme detenido.

—¡No se deje engañar, honorable señor! —chilló, aparentemente perdiendo todo control sobre sus emociones—. ¡Él, salvarse solo! Él no entiende nada, honorable señor... nada en absoluto. ¿Quién es? ¿Qué ha venido a buscar aquí... ese enorme ladrón? ¿Qué ha venido a buscar aquí? Lanza puñados de polvo a todo el mundo para cegarlo; a usted también, honorable señor; pero a mí no es capaz de cegarme. Es un completo necio, honorable señor.

Yo me reí con desdén y tras darme la vuelta, reanudé la marcha. Él se acercó corriendo y me susurró con un tono enérgico:

—Aquí no es más que un niño pequeño... igual que un niño pequeño... un niño pequeño.

Por supuesto, no le presté ni la menor atención, y, al darse cuenta de que se le estaba acabando el tiempo, pues nos estábamos acercando a la valla de bambú, que brillaba por encima de la tierra ennegrecida en que se había quemado la hierba, fue al grano. Comenzó por ponerse abyectamente lacrimoso. Sus grandes desgracias le habían afectado al cerebro. Esperaba que yo tuviese la bondad de olvidar lo que nada, salvo sus problemas, le impulsaba a decir. En realidad, hablaba por hablar, pero es que el honorable señor no sabía lo que significaba estar arruinado, destrozado, pisoteado. Tras la introducción, pasó al asunto que le pesaba en el corazón, pero de un modo tan oblicuo, jaculatorio y cobarde, que tardé mucho tiempo hasta conseguir entender a dónde quería llegar. Pretendía que yo intercediese en su favor ante Jim. Daba también la impresión de que se trataba de una especie de cuestión de dinero. Le oí repetir una y otra vez las palabras: «Un subsidio moderado... un regalo apropiado». Creí comprender que reclamaba el valor de algo, y llegó incluso hasta el extremo de afirmar con cierta vehemencia que la vida no valía la pena si a un hombre se lo robaban todo. Yo no pronuncié ni una sola palabra, por supuesto, pero tampoco me tapé los oídos. La esencia de la cuestión, que pude ver con claridad poco a poco, era que se consideraba con derecho a percibir cierto dinero a cambio de la muchacha. Él la había criado. La hija de otra persona. Muchos problemas y sufrimientos —ahora se había hecho viejo—, un regalo adecuado. Si el honorable señor se dignara a decir unas palabras en su favor... Me detuve para mirarlo con curiosidad, y, temeroso de que yo pensara que lo que deseaba era una extorsión, supongo, pasó apresuradamente a hacer una concesión. En pago al «regalo adecuado» que se le habría de entregar en seguida, estaría dispuesto, afirmó, a hacerse cargo de la joven «sin necesidad de cualquier otra entrega... cuando al caballero le llegase la hora de regresar a casa». Su enjuto rostro amarillento, totalmente arrugado, como si alguien se lo hubiese aplastado, expresaba la más ansiosa e intensa avaricia. Su voz gimió melosa:

—Sin más problemas... el tutor natural... una suma de dinero...

Yo seguía en el mismo sitio, maravillado. Aquel tipo de cosas, en su caso, eran evidentemente cuestión vocacional. En su actitud servil descubrí de repente una especie de seguridad, como si llevara toda la vida negociando con certidumbres. Debió pensar que estaba considerando desapasionadamente su propuesta, porque el tono pasó a ser tan dulce como la miel.

—Todos los caballeros han dejado siempre una cantidad cuando les llega la hora de volver a casa —comenzó a decir, insinuante.

Le cerré en las narices la pequeña puerta del cercado.

—En este caso, señor Cornelius —dije—, esa hora no llegará nunca.

Tardó unos segundos en encajar aquello.

—¿Cómo? —chilló literalmente.

—Venga —continué diciendo desde el otro lado del cercado—, ¿no le ha oído usted decirlo a él mismo? No volverá nunca a casa.

—¡Ah! Esto ya es demasiado —exclamó.

Ya no se dirigía a mí como «honorable señor». Se quedó muy quieto durante un rato, y luego, sin la menor traza de humildad, comenzó a decir en voz muy baja:

—Que no se irá nunca... ¡Ay! Él... él... viene aquí, el diablo sabe de dónde... para pisotearme hasta que me muera... ¡ay!... para pisotearme —imitó la acción él mismo con los pies—, para pisotearme así... nadie sabe por qué... hasta que me muera...

La voz se apagó casi por completo; tosía ligeramente; se acercó al vallado y me dijo, adoptando un tono confidencial y quejumbroso, que a él *no* le iba a pisotear nadie.

—Paciencia, paciencia —murmuró mientras se daba golpes en el pecho.

Yo ya no podía reírme de él, pero, inesperadamente, fue él quien me dedicó una carcajada de loco.

—¡Ja, ja, ja! ¡Ya veremos! ¡Ya veremos! ¿Cómo? ¿Robarme a mí? ¡Robármelo todo! ¡Todo! ¡Todo!

Dejó caer la cabeza sobre un hombro; tenía las manos colgando y ligeramente entrelazadas. Se podría haber pensado que quería a la joven con un amor extremado, que le habían aplastado el espíritu y roto el corazón con el más cruel de los expolios. De pronto, levantó la cabeza y lanzó un infamante epíteto.

—Igual que su madre... es igual que la traidora de su madre. Exactamente igual. También en el rostro. En el rostro. ¡La muy bruja!

Apoyó la frente contra el vallado y desde esa postura fue ensartando a media voz todo tipo de amenazas y horribles blasfemias en portugués, mezcladas con tristes quejas y gemidos, que iba desgranando con un subir y bajar de hombros que le daba el aspecto de estar sufriendo el ataque mortal de una enfermedad. Fue una escena indescriptiblemente grotesca y vil, y yo me alejé rápidamente. Intentó gritarme algo. Algún insulto hacia Jim, creo... aunque no con una

voz demasiado potente —estábamos demasiado cerca de la casa—.
Lo único que pude entender fue:

—No es más que un niño pequeño... un niño pequeño.

Capítulo XXXV

A la mañana siguiente, tras el primer recodo del río que oculta
las casas de Patusan, todo aquello desapareció físicamente de mi vista: sus colores, forma y significado, igual que un cuadro creado por
la imaginación sobre un lienzo al que, tras una larga contemplación,
se le da la espalda por última vez. Perdura en mi memoria, inmóvil,
nítido, con su vida detenida, bajo una luz inmutable. Contiene también las ambiciones, los miedos, el odio, las esperanzas; y permane-
cen en mi mente exactamente igual que como los contemplé —intensos, como si se hubieran congelado en su expresión original—.
Le había dado la espalda al cuadro y regresaba al mundo en el que
los acontecimientos evolucionan, los hombres cambian, la luz par-
padea y la vida fluye formando un claro arroyo, sin importar que
éste discurra sobre un lecho de cieno o de piedras. No iba a zambu-
llirme en él; ya tendría bastante con mantener la cabeza por encima
de la superficie. Pero, en cuanto a lo que dejaba atrás, no me puedo
imaginar alteración alguna. El inmenso y magnánimo Doramín y la
pequeña brujita maternal que era su esposa contemplan juntos
la tierra y acarician en secreto sus sueños de ambición paternal; Tunku Allang, hecho una pasa y terriblemente perplejo; Dain Waris, inteligente y valeroso, con su fe en Jim, su mirada firme y su ironía
amistosa; la muchacha, absorta en su temerosa adoración repleta de
sospechas; Tamb'Itam, ceñudo y fiel; Cornelius, apoyando la frente
contra el vallado bajo la luz de la luna... todos esos seres a los que estoy seguro de conocer. Existen como sometidos a la varita de un
mago. Pero la figura alrededor de la cual están todos agrupados... ésa
vive, y yo no estoy seguro de conocerlo. No hay varita mágica que
pueda inmovilizarlo ante mi vista. Es uno de los nuestros.

Jim, como ya les he dicho, me acompañó en la primera etapa del
viaje de regreso al mundo al que él había renunciado, y por el camino había ocasiones en las que parecíamos pasar por el centro mismo
de una jungla virgen. Los vacíos tramos rectos del río brillaban bajo
el alto sol; entre las altas paredes de follaje el calor se desplomaba
adormecido sobre el agua, y el bote, vigorosamente impulsado, se

abría paso cortando un aire que parecía haberse aposentado, denso y cálido, bajo el abrigo de los altos árboles.

La sombra de la separación inminente había abierto ya una brecha inmensa entre nosotros dos, y cuando hablábamos era con esfuerzo, como si tratáramos de forzar la voz para que pudiera atravesar una distancia enorme y en aumento. El bote casi volaba; sudábamos a mares, hombro con hombro, en medio de aquella atmósfera estancada y excesivamente caliente; el olor del barro, del pantano, el olor primitivo de la tierra fértil, parecían aguijonearnos el rostro; hasta que de repente, en un recodo, dio la impresión de que una enorme mano había levantado una pesada cortina desde muy lejos, de que había abierto un inmenso portal de par en par. La luz misma pareció agitarse, el cielo se ensanchó por encima de nuestras cabezas, a los oídos nos llegó un murmullo lejano, una sensación de frescor nos envolvió, nos llenó los pulmones, aceleró el ritmo de nuestros pensamientos, del latido de nuestra sangre, de nuestra tristeza... y, directamente delante de nosotros, la jungla se hundió ante la cresta azul oscuro del mar.

Respiré profundamente, me deleité con la inmensidad del horizonte abierto, con la atmósfera diferente que parecía vibrar en los afanes de la vida, en la energía de un mundo impecable. Aquel cielo y aquel mar estaban abiertos para mí. La muchacha tenía razón —contenían una señal, una llamada—, algo a lo que yo respondía con todas las fibras de mi ser. Paseé la mirada por el espacio, igual que alguien que, liberado de unas ligaduras, estira sus miembros entumecidos, corre y brinca: responde a la exaltación impulsiva de la libertad.

—¡Es glorioso! —exclamé, y luego miré hacia el pecador que estaba junto a mí.

Estaba sentado, con la cabeza apoyada en el pecho, y, sin levantar la vista, como si temiera ver escrito con grandes letras sobre el claro cielo en lontananza el reproche que su conciencia romántica le dictaba, dijo:

—Sí.

Recuerdo hasta el menor detalle de aquella tarde. Desembarcamos en una cala de arena blanca. Detrás había un bajo acantilado con árboles en la cima y tapizado de enredaderas hasta la misma base. Bajo nosotros estaba la llanura del mar, de un azul sereno e intenso, que se extendía con una ligera pendiente en ascenso hasta el horizonte que, como un hilo, se perfilaba a la altura de nuestros ojos. Sobre la oscura superficie llena de hoyitos volaban con ligereza grandes oleadas de reflejos, tan rápidos como plumas perseguidas por la brisa. Una hilera de islas peñascosas, situada frente al ancho estuario del río, se extendía a lo largo de una capa de agua pálida y vidriosa que reflejaba fielmente el contorno de la costa. Muy alto, bajo la incolora luz del sol, planeaba un pájaro solitario, completamente negro, cayendo y remontándose en torno al mismo punto con un ligero balanceo de las alas. Como colgado sobre su propia imagen invertida aparecía un andrajoso y ennegrecido montón de desvencijadas chozas hechas de esterillas y apoyadas sobre un gran número de torcidos y altos puntales del color del ébano. Una pequeña canoa negra salió de entre ellas con dos hombrecillos en su interior, también negros, que se aplicaban con todas sus fuerzas en golpear el agua con sus remos; mientras que la canoa parecía deslizarse dolorosamente sobre un espejo. Aquel montón de chozas miserables era la aldea de pescadores que alardeaba de la protección especial del lord blanco, y los dos hombres que se nos acercaban eran el viejo jefe y su yerno. Desembarcaron y se nos aproximaron caminando, enjutos, con la piel de un color marrón oscuro, como si estuviera ahumada, y con lunares cenicientos sobre la piel de sus hombros y pechos desnudos. Llevaban envuelta la cabeza en un pañuelo sucio pero cuidadosamente doblado, y el viejo comenzó de inmediato a formular una queja con gran volubilidad, extendiendo un brazo enjuto, clavando con confianza sus viejos ojos en Jim. Los hombres del rajá no los dejaban en paz; había habido problemas en torno a un montón de huevos de tortuga que su gente había recolectado en los islotes de allí enfrente... y, apoyándose sobre su remo a corta distancia, señaló con su mano huesuda y oscura hacia el mar. Jim le estuvo escuchando durante un rato sin levantar la vista; y finalmente le dijo con amabilidad que esperara. Le prestaría oídos más tarde. Obedientemente, se retiraron algo más lejos, y permanecieron sentados en cuclillas con los remos frente a ellos, sobre la arena; los reflejos plateados de sus ojos seguían nuestros movimientos con paciencia; y la inmensidad del mar extendido, la quietud de la costa, que se perdía al norte y al sur más allá de los límites de mi vista, constituían en conjunto una colosal Presencia que nos observaba a los cuatro: enanos aislados en un pedazo de arena resplandeciente.

—El problema reside —observó Jim malhumorado—, en que durante generaciones los desgraciados pescadores de esa aldea han recibido la consideración de esclavos personales del rajá... y el viejo bribón no parece capaz de meterse en la cabeza que...

Hizo una pausa.

—Que usted ha cambiado todo eso —dije yo.

—Sí. He cambiado todo eso —murmuró con una voz sombría.

—Ha tenido su oportunidad —proseguí diciendo.

—¿Sí? —dijo—. Sí, bueno, supongo que es así. Sí. He recuperado la confianza en mí mismo, el buen nombre... y, sin embargo, a veces desearía... ¡No! Conservaré lo que tengo. No puedo pretender nada más —extendió bruscamente el brazo hacia el mar—. Al menos no ahí afuera —dio un fuerte pisotón en la arena—. Éste es mi límite, porque no me puede bastar nada que sea menos que esto.

Continuamos paseando por la playa.

—Sí, he cambiado todo eso —prosiguió diciendo, mientras lanzaba una mirada de reojo a los dos pacientes pescadores que esperaban en cuclillas—, pero intente pararse a pensar en lo que pasaría si yo me marchara. ¡Por Dios! ¿No lo ve? Sería el infierno. ¡No! Mañana iré y correré el riesgo de beber el café de ese viejo idiota de Tunku Allang, y armaré la de Dios es Cristo por lo de esos asquerosos huevos de tortuga. No. No puedo decir... basta. Nunca. Debo continuar. Continuar para siempre en la brecha, para estar seguro de que nada puede conmigo. Debo mantener su creencia en mí para sentirme seguro y para... para...

Buscó la palabra adecuada, y pareció mirar hacia el mar para encontrarla.

—... Para mantenerme en contacto con... —su voz cayó de repente hasta convertirse en un murmullo—... con aquellos a los que, tal vez, no vuelva a ver nunca más. Con... con... usted, por ejemplo.

Me sentí profundamente abatido por sus palabras.

—Por Dios santo —dije—, no me diga eso, amigo mío, piense en sí mismo.

Sentí gratitud y afecto hacia aquel rezagado que me distinguía entre tantos como somos los que mantenemos nuestro puesto en las filas de una multitud insignificante. ¡No era mucho de lo que alardear, al fin y al cabo! Giré el rostro sonrojado de tal manera que no me viese. Bajo el sol que se ponía, brillante, oscurecido y carmesí, como una brasa arrancada del fuego, se veía el mar extendido, ofreciendo toda su inmensa quietud a la llegada del ígneo globo. Estuvo a punto de romper el silencio en dos ocasiones, pero se reprimió; finalmente, como si hubiera encontrado una fórmula, dijo con voz suave:

—Seré fiel. Seré fiel —repitió, sin mirarme, sino dejando por vez primera que su mirada vagase sobre las aguas cuyo azul se había tornado en un sombrío púrpura bajo la luz de las llamas del ocaso.

¡Ah!, sí que era un romántico, un verdadero romántico. Recordé unas palabras de Stein: «¡En el elemento destructivo sumergirse!... Ir en pos del sueño, una y otra vez, ir en pos del sueño, una y otra vez... siempre así... *usque ad finem...*». Era un romántico, pero no por ello menos auténtico y sincero. ¡Cómo saber qué formas, qué visiones, qué rostros, qué perdón podría ver en el resplandor que se hundía por el oeste...! De la goleta había salido un pequeño bote que se acercaba lentamente a la cala de arena para recogerme.

—Y, además, está Joya —dijo, rompiendo el enorme silencio que reinaba en tierra, cielo y mar y que se había apoderado de mis pensamientos de tal forma que su voz me sobresaltó.

—Está Joya. Sí —murmuré.

—No hace falta que le diga lo que significa para mí —continuó diciendo—. Lo ha comprobado usted mismo. Con el tiempo llegará a comprender...

—Espero que sí —le interrumpí.

—Ella también confía en mí —dijo pensativo, para luego cambiar de tono—. ¿Cuándo nos volveremos a ver?

—Nunca... a menos que salga usted de aquí —contesté, evitando su mirada.

No pareció muy sorprendido; guardó silencio durante un rato.

—Adiós, entonces —dijo, tras una pausa—. Quizá sea para mejor.

Nos dimos la mano y yo me encaminé hacia el bote, que aguardaba con la proa sobre la arena. La goleta, con la mayor izada y el foque a barlovento, caracoleaba en el mar de púrpura; las velas reflejaban la luz con un matiz rosado.

—¿Volverá a casa pronto? —preguntó Jim en el momento en que yo pasaba una pierna por encima de la regala del bote.

—Dentro de un año o así, si Dios quiere —dije.

La roda rascó la arena, el bote volvió a flotar, los remos, mojados, relampaguearon y se hundieron en el agua una vez, dos... Jim, desde la orilla, levantó la voz:

—Dígales... —comenzó a decir.

Les indiqué a los hombres que cesaran de remar y aguardé, sorprendido, a que siguiera hablando. ¿Decirle a quién? El sol, semihundido, estaba frente a él; pude ver su rojo reflejo en aquellos ojos que me miraban en silencio...

—No... nada —dijo.

Con un pequeño ademán les indicó a los del bote que reanudaran la marcha. No volví a mirar hacia la orilla hasta que me hube encaramado a la goleta.

En ese momento el sol ya se había puesto. El este ya había sido invadido por la penumbra, y la costa, ya negra, extendía hasta el infinito su forma de sombrío muro que parecía el mismísimo baluarte de la noche; el horizonte, al oeste, era un enorme resplandor dorado y carmesí, en medio del cual flotaba, negra e inmóvil, una gran nube solitaria, que arrojaba sobre el agua una nube de color pizarra. Vi a Jim en la playa observando cómo la goleta ponía rumbo y comenzaba a ganar velocidad.

Los dos pescadores medio desnudos se habían levantado tan pronto como me hube ido; en aquel momento, estaban, sin duda, desgranando en los oídos del lord blanco las quejas derivadas de unas vidas irrelevantes y desgraciadas que transcurrían en la opresión, y él, sin duda, les estaría escuchando, haciéndolo todo suyo; porque, ¿no formaban acaso parte de su suerte —la suerte «desde el primer momento»— la suerte de la que me había asegurado ser absolutamente merecedor? Ellos también, según creo, estaban de suerte, y estoy seguro de que su pertinacia les haría merecedores de ella. Sus cuerpos de piel oscura desaparecieron en el fondo negro mucho antes de que perdiera de vista a su protector. Vestía de blanco de pies a cabeza, y continuaba persistentemente visible recortado contra el baluarte de la noche, que estaba a su espalda, contra el mar, que estaba a sus pies y contra su oportunidad, junto a él... que llevaba todavía puesto el velo. ¿Qué les parece a ustedes? ¿Lo llevaba puesto aún? No lo sé. Para mí, aquella figura blanca, de pie en medio de la quietud de la costa y el mar parecía ocupar el centro de un enorme enigma. La penumbra le caía rápidamente encima, la cala de arena se había hundido ya bajo sus pies, él mismo no parecía de un tamaño mayor que un niño... luego, tan sólo un punto, un puntito blanco, que parecía atrapar toda la luz que quedaba en un mundo oscurecido... Y, de repente, lo perdí...

Capítulo XXXVI

Marlow dio fin a su relato con aquellas palabras; y su audiencia comenzó a dispersarse bajo su mirada abstraída y pensativa. Caminaban lentamente hacia la terraza, en parejas o solos, sin perder el tiempo, sin hacer comentario alguno, como si la última imagen de aquella historia incompleta —su propia condición de relato incompleto— y el mismo tono del narrador hubieran hecho vana la discusión e imposible el comentario. Todos parecieron llevarse consigo su propia impresión, llevársela consigo como si se tratara de un secreto; pero sólo uno de sus oyentes iba a ser partícipe del desenlace de la historia. Le llegó a su casa, en Inglaterra, más de dos años después, y lo recibió bajo la forma de un grueso paquete cuyas señas mostraban la letra recta y angulosa de Marlow.

Aquel hombre privilegiado abrió el paquete y examinó su interior; luego, tras volver a dejarlo, caminó hasta una ventana. Sus habitaciones estaban en el piso superior de un alto edificio, y su mirada podía llegar lejos a través de los cristales, como si estuviera mirando por el de la linterna de un faro. Los tejados en pendiente relucían; sus cimas, oscuras y quebradas, se sucedían sin fin, como olas sombrías y sin cresta; y desde las profundidades de la población que yacía a sus pies le llegaba un murmullo confuso e incesante. Las agujas de las iglesias, numerosas, esparcidas al azar, se alzaban como balizas en un laberinto de bajos carente de un canal; la lluvia torrencial se mezclaba con la penumbra progresiva propia de un anochecer invernal; y las campanadas de un gran reloj que daba la hora desde una torre retumbaron con voluminosos y austeros estallidos de sonido, con un grito agudo y vibrante latiendo en cada una de ellas. Corrió las pesadas cortinas.

La luz de su lámpara de mesa con pantalla caía adormilada, igual que un estanque abrigado; sus pasos no hicieron ruido sobre la alfombra; sus días de vagabundeo habían tocado a su fin. Se acabaron los horizontes tan ilimitados como la esperanza; ya no más penumbras sumidas en unas junglas solemnes como templos en la febril búsqueda del País-Nunca-Descubierto que pudiera estar detrás de aquella colina, al otro lado de ese río, más allá de esta ola. ¡Resonaban las campanadas dando la hora! ¡Nunca más! ¡Nunca más!... pero el paquete abierto que yacía iluminado por la lámpara le trajo los sonidos, las visiones, el sabor mismo del pasado: una multitud de rostros que se desvanecían poco a poco, un tumulto de voces suaves, que se iban apagando sobre las costas de mares lejanos, bajo una luz solar apasionada y sin consuelo. Suspiró y se sentó disponiéndose a comenzar la lectura.

A primera vista distinguió tres textos diferentes. Un buen número de páginas escritas con letra pequeña y cosidas para formar un solo grupo; un folio cuadrado suelto, de un papel grisáceo, escrito con una letra que no había visto nunca y una carta aclaratoria de Marlow. De esta última cayó aún otra carta, amarillenta ya por los años y raída en los pliegues. La recogió y, dejándola a un lado, pasó a leer el mensaje de Marlow; ojeó rápidamente las líneas de introducción y, controlándose, comenzó desde ese momento a leer con una lentitud deliberada, como quien se acerca con paso lento y mirada atenta a lo que puede ser un país aún sin descubrir.

«... supongo que no lo habrá olvidado —proseguía la carta—. Usted ha sido el único que mostró un interés en él más allá de la narración de su historia, aunque recuerdo perfectamente que no estaba usted dispuesto a admitir que se hubiera hecho dueño de su destino. Le profetizó el desastre a causa del cansancio y la repugnancia ante los honores adquiridos, la tarea autoimpuesta y el amor nacido de la piedad y la juventud. Dijo que conocía tan bien "ese tipo de cosas", su satisfacción ilusoria, su inevitable decepción. Dijo también —creo recordar— que "entregarles la vida a ellos" (*ellos* significaba toda la humanidad de piel parda, amarilla o negra) "era como venderle el alma a una bestia". Afirmaba usted que "ese tipo de cosas" eran soportables y perdurables sólo cuando se basaban en una firme creencia en la verdad de las ideas que son racialmente las nuestras, y en cuyo nombre se establece el orden y la moralidad de un progreso ético. "Necesitamos tener en la retaguardia la fuerza que nos dan", dijo usted. "Precisamos de una creencia en su necesidad y su justicia para poder ofrecer nuestras vidas en un sacrificio válido y consciente. Sin esa creencia, el sacrificio será tan sólo olvido, y el camino de la entrega no es mejor que el de la perdición." Dicho de otro modo, afirmaba usted que si no luchamos integrados en las filas, nuestras vidas no cuentan. ¡Tal vez! Usted debería saberlo bien, dicho sea sin malicia; usted que ha penetrado solo en uno o dos lugares y ha logrado, astutamente, salir sin quemarse las alas. La cuestión, sin embargo, reside en que, de toda la humanidad, Jim no tenía tratos más que consigo mismo, y la pregunta sería si, finalmente, no se había unido a una fe mucho más poderosa que las leyes del orden y el progreso.

»Yo no me decanto en ningún sentido. Quizá sea usted capaz de pronunciarse... una vez haya leído esto. Al fin y al cabo, hay mucho de verdad en la expresión: "entre sombras". Es imposible verle con claridad... especialmente si tenemos en cuenta que nuestra última visión de él es a través de la mirada de terceras personas. No he vacilado en transmitirle a usted todo lo que sé del último episodio que, como él solía decir, "le había sobrevenido". Cabe preguntarse si ésta fue, tal vez, la oportunidad suprema, la prueba definitiva y satisfactoria que siempre sospeché que Jim estaba aguardando antes de poder elaborar su mensaje para el mundo impecable. Recordará que cuando nos despedimos por última vez me preguntó si iba a regresar pronto a casa, y que luego, súbitamente, me gritó, "¡dígales...!". Aguardé a que siguiera —por curiosidad, lo reconozco, pero esperanzado también—, sólo para oírle decir: "No... nada". Eso fue todo lo que hubo entonces... y no habrá nada más; no habrá mensaje alguno, salvo el que cada uno de nosotros sea capaz de elaborar para su propio uso a partir del lenguaje de los hechos, que con tanta frecuencia son más enigmáticos que la más hábil combinación de palabras. Hizo, bien es cierto, un ulterior intento de desahogarse; pero fracasó de nuevo, como podrá percibir si le echa una mirada a la hoja adjunta de papel grisáceo. Trató de escribir; ¿observa usted la vulgaridad de la letra? El encabezamiento es "El Fuerte. Patusan". Supongo que había llevado a cabo su idea de convertir su casa en una posición defensiva. El plan era excelente: un foso profundo, un terraplén coronado por una empalizada y, en las esquinas, cañones montados sobre plataformas de modo que pudieran barrer todos los flancos de la plaza fuerte. Doramín había accedido a suministrarle los cañones; y de ese modo todos los miembros de su grupo sabrían que había un lugar seguro al que todos los combatientes fieles podían acudir en caso de un peligro repentino. Todo aquello era una muestra de su juiciosa previsión, de su fe en el futuro. Lo que él llamaba "mi propia gente" —los cautivos a los que liberó el jerife— iba a instalarse en un barrio propio de Patusan, con sus chozas y sus pequeños huertos, a los pies del fuerte. Dentro de éste se convertiría en un ejército invencible por sí mismo. "El Fuerte. Patusan". Sin fecha, como puede observar. ¿Qué significa un número o un nombre aplicado a un día entre otros muchos días? Es igualmente imposible saber a quién tenía en mente cuando tomó la pluma: ¿Stein, yo mismo, el mundo entero, o se trataba tan sólo del grito preocupado y sin destinatario de un hombre solo enfrentado a su destino? "Ha sucedido una cosa terrible", escribió antes de arrojar la pluma por primera vez; fíjese en la mancha de tinta semejante a la punta de una flecha que hay bajo esas palabras. Al rato lo volvió a intentar, con una letra que era un puro garabato, como si tuviera la mano muerta; y escribió otra línea: "Ahora debo, de inmediato..." La pluma llenó el papel de salpicaduras de tinta, y en ese momento abandonó totalmente la idea de escribir. No hay nada más en la hoja. Jim había contemplado un gran abismo que ni la vista ni la voz pueden atravesar. Puedo comprenderlo. Estaba desbordado por lo inexplicable; desbordado por su propia personalidad... el don de ese destino del que había tratado de adueñarse con todas sus fuerzas.

»Le adjunto también una carta vieja... muy vieja. La encontraron cuidadosamente conservada en su estuche de correspondencia y útiles para escribir. Es de su padre, y por la fecha podrá ver que la debió recibir unos pocos días antes de enrolarse en el *Patna*. Por consiguiente, se debe tratar de la última carta que recibió de su casa. La había atesorado durante todos estos años. El bueno del viejo párroco le tenía un cariño especial a su hijo marino. Me he fijado en alguna que otra frase. En la carta no hay nada más que afecto. Le dice a su "querido James" que la última carta larga que recibió de él era muy "sincera y divertida". No deseaba que "juzgara a los hombres ni con dureza ni con precipitación". Son cuatro páginas de moral práctica y noticias de la familia. Tom "se había ordenado". El marido de Carrie tenía "pérdidas pecuniarias". El anciano continuaba confiando por igual en la Providencia y en el orden establecido en el universo, pero, al tiempo, era consciente de sus pequeños peligros y sus pequeñas mercedes. Casi se le puede ver, el cabello cano y sereno en el inviolable refugio que es su cómodo y desvaído despacho con las paredes forradas de libros, en donde, durante cuarenta años, ha estado dándole vueltas concienzudamente a una limitada serie de pensamientos sobre la fe y la virtud, sobre la forma de comportarse en la vida y la única manera adecuada de morir; un lugar en donde habría escrito tantos sermones, desde donde se sienta para hablar con su chico, que está allá, al otro lado de la Tierra. Pero ¿qué importa la distancia? La virtud es sólo una en el mundo entero; y sólo existe una fe, una manera de comportarse en la vida, una forma de morir. Espera que su "querido James" nunca olvide que "aquel que una sola vez le cede el paso a la tentación, se pone en ese mismo instante en peligro de acabar en una depravación total y una condenación entera. Por consiguiente, toma la firme decisión de que nunca, sean cuales fueran los motivos, harás nada que creas incorrecto". Hay también noticias de un perro favorito y una jaquita "que solíais montar todos los chicos", que se había quedado ciega por la edad y habían tenido que sacrificarla de un disparo. El anciano pide que el Cielo bendiga a Jim y, luego, la madre y todas las chicas que quedan en casa le mandan su amor... No, no hay muchas cosas de interés en esa carta amarilla y raída que se escapa de unas manos que la atesoraron durante tantos años. Nunca escribió una respuesta, pero quién sabe qué conversaciones podrá haber mantenido con todas esas plácidas e incoloras formas de hombres y mujeres que habitan en ese tranquilo rincón del mundo, tan libre como una tumba de peligros y luchas y que respira igualmente el aire de una rectitud imperturbable. Resulta asombrosa la idea de que él perteneciera a esa comunidad; él, a quien tantas cosas "le sobrevinieron". A ellos nunca les sobrevino nada; nunca los cogerían desprevenidos y nunca se verían obligados a luchar cuerpo a cuerpo con el destino. Aquí están todos, evocados por el tranquilo chismorreo del padre: todos sus hermanos y hermanas, carne de su carne y sangre de su sangre; miran con unos ojos claros e inconscientes, mientras que yo creo verlo, por fin de vuelta, ya no un mero punto blanco en el centro de un misterio inmenso, sino de tamaño natural, sin sobresalir entre sus formas serenas, con un aspecto severo y romántico, pero siempre mudo, oscuro... entre sombras.

»Encontrará la historia de los últimos acontecimientos en las páginas que le adjunto. Tendrá que admitir que resultan románticos más allá de los sueños más descabellados de su infancia, y, sin embargo, en mi mente creo encontrar una suerte de profunda y aterradora lógica en todo ello, como si nuestra imaginación pudiera por sí sola arrojar sobre nosotros mismos el poder de un destino que nos desborda. La imprudencia de nuestros pensamientos recae sobre nuestras cabezas; quien a hierro mata, a hierro muere. Esta pasmosa aventura, de la que lo más pasmoso es que sea auténtica, llega bajo la forma de una consecuencia inevitable. Tenía que pasar algo así. Uno se lo repite a sí mismo mientras se maravilla de que algo así pudiera suceder dos años antes del actual año de gracia. Pero ha sucedido... y no tiene sentido disputarle su lógica.

»Lo he escrito para usted como si hubiera sido testigo ocular. Mi información es fragmentaria, pero he encajado todas las piezas, y hay las suficientes para elaborar una imagen inteligible. Me pregunto cómo lo hubiera contado él mismo. Me ha hecho partícipe de tantas confidencias que a veces pienso que debe estar al llegar para relatarlo con sus propias palabras, con su voz tan descuidada como llena de sentimiento, con sus modales espontáneos, un poco confuso, un poco preocupado, un poco dolido, pero, de vez en cuando, con una palabra o una expresión, permitiendo uno de esos atisbos de su verdadero ser, los cuales nunca fueron de demasiada utilidad en lo que a orientarse con respecto a él se refiere. Es difícil creer que no vaya a venir nunca. Nunca volveré a oír su voz, ni veré su terso rostro, bronceado y rosáceo, y con una línea blanca en la frente, ni sus jóvenes ojos oscurecidos a causa de la emoción hasta adquirir la tonalidad de un azul profundo e insondable.»

Capítulo XXXVII

Todo comienza con una notable proeza llevada a cabo por un hombre llamado Brown, que robó con éxito una goleta española en una pequeña bahía cerca de Zamboanga. Hasta que di con aquel tipo, mi información era incompleta, pero, de la forma más inesperada, me tropecé con él unas pocas horas antes de que entregara su arrogante espíritu. Afortunadamente, se sentía propenso y capaz de hablar en medio de los ataques de tos que le producía el asma, mientras su cuerpo atormentado se retorcía con maliciosa exaltación sólo de pensar en Jim. Lo que le producía un gran júbilo era que «al final se la había devuelto a aquel monigote endiosado». Se regodeaba con lo que había hecho. Tuve que soportar el relampagueo hundido de sus feroces ojos llenos de patas de gallo para poder enterarme de lo que quería saber; y por ello lo aguanté, mientras pensaba en cómo ciertas formas de la maldad están emparentadas con la locura, derivada de un intenso egoísmo e inflamada por la resistencia hasta dejar el alma hecha jirones y conferir un vigor artificial al cuerpo. El relato nos revela también una insospechada y profunda astucia por parte del despreciable Cornelius, cuyo abyecto e intenso odio actúa como sutil inspiración indicándole a Brown un camino sin pérdida hacia la venganza.

«—Tan pronto como le puse los ojos encima me di cuenta de qué clase de necio era —dijo entre jadeos el agonizante Brown—. ¡Él un hombre! ¡Narices! Era un impostor completamente hueco. Como si no hubiera podido decir directamente: "¡Las manos fuera de mi botín!". ¡Maldito sea! ¡Ése sí hubiera sido un hombre! ¡Que se vaya al diablo su espíritu superior! Me tenía allí acorralado... pero no tenía las agallas suficientes para acabar conmigo. ¡No era capaz! ¡Un ser de esa calaña, dejarme marchar a mí como si yo no mereciera ni el esfuerzo de darme un puntapié...!

»Brown luchó desesperadamente por poder respirar.

»—Un fraude... Dejarme marchar... Así que acabé con él después de todo...

»Volvió a ahogarse.

»—Supongo que esto me va a matar, pero ya me puedo morir tranquilo. Usted... sí, usted.. no sé cómo se llama... Le daría un billete de cinco libras si... si lo tuviera... por haberme traído esas noticias, como que me llamo Brown... —sonrió con una mueca horrible—. El caballero Brown.

»Dijo todo aquello entre profundos jadeos, mirándome con unos ojos amarillentos enmarcados en un rostro moreno, alargado y deshecho. Movía convulsivamente el brazo izquierdo. Tenía una barba entrecana que le colgaba casi hasta la cintura y se cubría las piernas con una manta sucia y andrajosa. Lo había encontrado en Bangkok, gracias al entrometido de Schomberg, el hotelero, el cual, confidencialmente, me había indicado dónde podía dar con él. Parece ser que un haragán borracho —un hombre blanco que vivía entre los nativos con una mujer siamesa— había considerado un gran privilegio dar cobijo a los últimos días del famoso caballero Brown. Mientras éste me hablaba en aquella desvencijada choza y, prácticamente a cada minuto, luchaba por no morir ahogado, la mujer siamesa, con sus grandes piernas desnudas y una cara estúpida y basta, estaba sentada en un rincón oscuro masticando betel impasiblemente. Se levantaba de vez en cuando con el objeto de ahuyentar a un pollo que pretendía entrar. La choza entera temblaba cuando ella caminaba. A los pies del lecho había un sucio niño de piel amarillenta, desnudo y con el vientre redondo e hinchado —igual que un pequeño dios pagano—, que, con un dedo metido en la boca, estaba absorto en una profunda y tranquila contemplación del hombre que agonizaba.

»Hablaba febrilmente, pero en medio de una palabra, a veces, una mano invisible lo agarraba del cuello y entonces me miraba en silencio con una expresión de duda y angustia. Parecía temer que yo me cansara de esperar y me marchase, dejándole con la historia a medio contar, sin posibilidad de dar rienda suelta a su exaltación. Murió durante la noche, creo, pero para entonces ya no me quedaba nada por oír.

»Y eso es todo en cuanto a Brown, de momento.

»Ocho meses antes, habiendo recalado en Samarang, fui, como de costumbre, a visitar a Stein. Cuando atravesaba el jardín de la casa me saludó tímidamente un malayo, y recordé que lo había visto antes en Patusan, en casa de Jim, entre otros buguis que solían reunirse allí por las noches para hablar interminablemente de sus recuerdos de guerra y discutir cuestiones de estado. Jim lo había señalado en una ocasión indicándome que era un respetable comerciante a pequeña escala y que poseía una embarcación nativa, pequeña pero capaz de aventurarse en alta mar, afirmando también que había resultado ser "uno de los mejores en la toma de la empalizada". No me sorprendió demasiado verle, puesto que cualquier comerciante de Patusan que se alejara tanto como para llegar a Samarang acabaría necesariamente en casa de Stein. Le devolví el saludo y continué andando. Frente a la puerta del cuarto de Stein me topé con otro malayo al que reconocí; era Tamb'Itam.

»Le pregunté inmediatamente qué estaba haciendo allí; se me ocurrió que Jim podría haber venido de visita. Reconozco que la idea me complacía y emocionaba. Tamb'Itam parecía no saber qué decir.

»—¿Está dentro *Tuan* Jim? —pregunté con impaciencia.

»—No —masculló, dejando caer la cabeza a un lado por un instante, para luego decir con repentina intensidad—: Se negó a luchar. Se negó a luchar —repitió.

»Dado que parecía incapaz de decir otra cosa, lo empujé a un lado y entré en la habitación.

»Stein, alto y encorvado, estaba de pie, solo en medio de la habitación, entre las filas de cajas de mariposas.

»—*Ach!*, ¿es usted, amigo mío? —dijo con tristeza mientras me escudriñaba desde detrás de sus gafas.

»Llevaba un abrigo pardo de arpillera, desabrochado, que le colgaba hasta las rodillas, y un sombrero jipijapa. Sus pálidas mejillas estaban surcadas por profundas arrugas.

»—¿Qué sucede aquí? —pregunté, nervioso—. Tamb'Itam está ahí fuera...

»—Venga a ver a la muchacha. Venga a verla. Está aquí —dijo, haciendo un esfuerzo para hablar y parecer activo.

»Intenté retenerle, pero, con una obstinación cortés, se negaba a prestar atención a mis ansiosas preguntas.

»—Ella está aquí. Está aquí —repitió, muy turbado—. Llegaron hace dos días. Un viejo como yo, un extraño... *sehen Sie*[1]... no puede hacer mucho... Acompáñeme... Los corazones jóvenes no perdonan...

»Me di cuenta de que se sentía profundamente desgraciado.

»—La tensión de la vida se les echa encima, la cruel tensión de la vida... —masculló, mientras me conducía alrededor de la casa.

---

[1] *Sehen Sie*: en alemán, «como comprenderá usted». *(N. del T.)*

»Le seguí, absorto en tristes y furiosas conjeturas. Se interpuso entre mí y la puerta del salón.

»—Él la amaba mucho —dijo en un tono inquisitivo.

»Yo sólo asentí; me sentía tan amargamente desilusionado que no me atrevía a hablar.

»—Es muy terrible —murmuró—. Ella no me puede comprender. Sólo soy un hombre viejo y extraño. Quizá usted... ella le conoce. Háblele. No podemos dejar las cosas así. Dígale que le perdone. Fue muy terrible.

»—Sin duda —dije, mostrando mi exasperación por continuar en la más absoluta ignorancia—. Pero ¿le ha perdonado *usted*?

»Me miró de una forma extraña.

»—Ahora lo oirá todo —dijo, y, tras abrir la puerta, me hizo entrar literalmente de un empujón.

»¿Conoce la gran casa de Stein y los dos inmensos cuartos de recibir que tiene, inhabitados e inhabitables, limpios, llenos de soledad y de objetos brillantes que dan la impresión de nunca haber sido contemplados por un ser humano? Son frescos hasta en los días más calurosos, y penetrar en ellos es como hacerlo en una cueva subterránea recién fregada. Tras atravesar uno, vi en el otro a la muchacha sentada al extremo de una gran mesa de caoba, sobre la cual apoyaba la cabeza con el rostro escondido entre los brazos. El suelo encerado la reflejaba débilmente, como lo hubiera hecho una capa de agua helada. Las persianas de junco de Indias estaban bajadas, y a través de la extraña penumbra verdosa creada por el follaje de los árboles de fuera soplaba el viento a fuertes rachas, agitando las largas colgaduras de puertas y ventanas. Su blanca figura parecía hecha de nieve; las lágrimas de cristal de una enorme araña que había encima de ella chocaban entre sí con aspecto de refulgentes carámbanos de hielo. Levantó la vista y me observó mientras me acercaba. Me sentí helado, como si aquel inmenso cuarto hubiera sido la fría morada de la desesperación. Me reconoció en seguida, y, tan pronto como me detuve contemplándola, me dijo con voz suave:

»—Me ha abandonado; ustedes siempre nos abandonan... para cumplir sus propios fines.

»Tenía una expresión pétrea. Todo el calor de la vida parecía haberse retirado a un punto inaccesible de su pecho.

»—Hubiera sido fácil morir con él —prosiguió diciendo, mientras hacía un ligero gesto cansino, como renunciando a enfrentarse a lo incomprensible—. ¡Se negó! Estaba como ciego... y, sin embargo, era yo la que le hablaba; era yo la que estaba frente a él; ¡era a mí a quien estaba mirando todo el tiempo! ¡Ah! Son ustedes duros, traicioneros, falsos, inmisericordes. ¿Qué les hace tan malvados? ¿O es que están todos locos?

»Le cogí la mano; no hizo ningún ademán en respuesta; y cuando la solté, la dejó caer y quedó colgando. Aquella indiferencia, más espantosa que las lágrimas, los gritos y los reproches, parecía desafiar al tiempo y al consuelo. Uno presentía que nada de lo que pudiera decir iba a penetrar en la sede de aquel callado y entumecido dolor.

»—Ahora lo oirá todo —había dicho Stein.

»Lo oí. Lo oí todo; escuché con asombro, con espanto, atento a la entonación de su hastío inflexible. Ella era incapaz de captar el verdadero significado de lo que estaba contándome, y su resentimiento me hizo sentirme lleno de pena por ella... y también por él. Me quedé clavado en el sitio después de que acabara de hablar. Apoyada en un brazo, miraba hacia delante con ojos duros, y el viento pasaba a rachas, los cristales continuaban entrechocando en medio de la penumbra verdosa. Ella prosiguió susurrando para sí:

»—¡Y, sin embargo, me estaba mirando a mí! ¡Podía verme el rostro, oír mi voz, oír mi dolor! Cuando me sentaba a sus pies, con la mejilla sobre su rodilla y su mano sobre mi cabeza, la maldición de la crueldad y la locura ya estaba en su interior, esperando el día en que se tendría que mostrar. ¡Y el día llegó!... y antes de que se pusiera el sol ya no me podía ver, se tornó ciego, y sordo, e inmisericorde, igual que todos ustedes. No le entregaré mis lágrimas. Nunca, nunca. Ni una sola lágrima. ¡No lo haré! Me abandonó como si yo hubiera sido peor que la muerte. Huyó como empujado por una maldición que hubiera visto u oído en sueños...

»Pareció aguzar su firme mirada en un intento de divisar la figura de un hombre arrancado de entre sus brazos por la fuerza de un sueño. No respondió de ningún modo a mi silenciosa inclinación de despedida. Me alegré de escapar.

»La volví a ver aquella misma tarde. Tras dejarla había ido en busca de Stein, al que no pude encontrar dentro de la casa; de modo que dirigí mis pasos hacia fuera, perseguido por penosos pensamientos, hasta que me encontré vagando por los jardines, los famosos jardines de Stein, en los que es posible encontrar todas las plantas y árboles de los valles tropicales. Seguí el curso de un arroyo canalizado, y me senté durante largo tiempo en un banco sombreado próximo al estanque ornamental, en el que unas aves acuáticas con las alas recortadas se zambullían y chapoteaban ruidosamente. Las ramas de las casuarinas que tenía detrás se agitaban ligera e incesantemente, recordándome el murmullo de los abetos en Inglaterra.

»Aquel rumor triste e incansable era un compañero adecuado para mis meditaciones. Ella había dicho que lo que le había alejado de ella era un sueño —y nada se le podía responder a eso—; el perdón no parecía posible ante tamaña transgresión. Y, sin embargo, ¿no es eso lo que le sucede a la propia humanidad, que avanza a ciegas, impulsada por el sueño de su grandeza y de su poder sobre los senderos oscuros de una crueldad excesiva y una devoción excesiva? ¿Y qué es la búsqueda de la verdad, si no?

»Cuando me levanté para regresar a la casa, entreví el abrigo pardo de Stein a través de una grieta en el follaje, y muy pronto, en la curva de un sendero, me topé con él, que iba acompañado por la muchacha. La manita de ella estaba apoyada en el antebrazo de él, que, cubierta la cabeza bajo el ala amplia y aplastada de un sombrero jipijapa, canoso y paternal, se inclinaba hacia ella con compasiva y caballerosa deferencia. Yo me aparté, pero se detuvieron frente a mí. Él tenía la mirada fija entre sus propios pies; la muchacha, erguida y frágil, apoyada en su brazo, miraba fija y sombríamente más allá de mí, con unos ojos negros, claros e inmóviles.

»—*Schrecklich*[1] —murmuró él—. ¡Terrible! ¡Terrible! ¿Qué hacer?

»Parecía solicitar mi ayuda, pero su juventud, la larga serie de días suspendidos sobre su cabeza necesitaban mucho más de mi ayuda; y, de repente, al mismo tiempo que me daba cuenta de que no había nada que se pudiera decir, me encontré defendiendo la decisión de Jim para poder salvarla a ella.

»—Debe perdonarle —dije, a modo de conclusión, pero mi propia voz parecía ahogada, perdida en una inmensidad sorda y muda—. Todos necesitamos que se nos perdone —añadí al rato.

»—¿Qué he hecho yo? —preguntó ella, como si sus labios se movieran solos.

»—Siempre desconfió de él —dije.

»—Era como los demás —afirmó, pronunciando lentamente las palabras.

»—En absoluto como los demás —protesté.

»Pero ella continuó hablando, monótonamente, sin demostrar ningún sentimiento...

»—Era falso.

---

[1] *Schrecklich*: en alemán, «terrible». *(N. del T.)*

»Y, de repente, la interrumpió Stein.

»—¡No, no, no! ¡Mi pobre niña...! —le dio unas palmaditas en la mano que ella apoyaba pasivamente en el antebrazo de él—. ¡No, no! ¡No era falso! ¡Era auténtico! ¡Sincero y auténtico! —intentó penetrar con la mirada en la pétrea expresión de la joven—. No lo entiende. *Ach!* ¿Por qué usted no lo entiende...? Terrible —me dijo a mí—. Algún día lo entenderá.

»—¿Será *usted* el que se lo explique? —pregunté, mirándole con dureza.

»Ellos reanudaron su paseo.

»Los observé. Ella iba arrastrando el traje por el sendero, y llevaba suelto su pelo negro. Caminaba erguida y ligera junto a aquel hombre alto, cuyo largo y flotante abrigo le colgaba desde sus hombros encorvados formando pliegues verticales, y cuyos pies se movían con lentitud. Desaparecieron detrás de aquel soto (quizá lo recuerde usted) en el que crecen juntas dieciséis clases de bambú distintas, todas diferentes para quien tenga una base en la materia. Por mi parte, me fascinaban la gracia y belleza exquisitas de aquel bosquecillo aflautado, coronado de hojas puntiagudas y puntas plumosas; me fascinaban la ligereza, el vigor, el encanto, peculiar y propio como la voz de un individuo, que poseía aquel grupo de vida exuberante y libre de perplejidades. Recuerdo haberme quedado contemplándolo durante un largo tiempo, con la actitud de quien se detiene junto a un consolador murmullo. El cielo era de un color gris perla. Era uno de esos días nublados tan raros en los trópicos, en los que los recuerdos se agolpan alrededor de uno... los recuerdos de otras costas, de otros rostros.

»Regresé en un carruaje a la población aquella misma tarde, y me llevé conmigo a Tamb'Itam y al otro malayo, el que tenía la embarcación nativa en la que habían huido desolados, temerosos y confusos tras el desastre. La conmoción que sufrían parecía haberles cambiado el carácter. Había cambiado el apasionamiento de la muchacha en pura piedra, y había hecho del ceñudo y taciturno Tamb'Itam un ser casi locuaz. Incluso su faceta ceñuda parecía dominada por una especie de humildad nacida de la confusión, como si hubiera sido espectador del fallo de un poderoso hechizo en el momento culminante. El comerciante bugui, un hombre tímido y vacilante, fue muy claro en lo poco que tenía que decir. Ambos se sentían obviamente desbordados por una sensación de profundo e inexpresable asombro, por el contacto con un misterio inescrutable.»

En ese punto, con la firma de Marlow, acababa la carta propiamente dicha. El lector privilegiado subió algo más la mecha de su lámpara, y, solo, por encima del ondulante mar de tejados de la ciudad, igual que un farero desde su puesto sobre el océano, se entregó a la lectura de las páginas que relataban la historia.

Capítulo XXXVIII

«Todo comienza, como ya le he dicho, con un hombre llamado Brown», rezaba la primera frase del relato de Marlow. «Usted, que ha rodado por todo el Pacífico Occidental, debe haber oído hablar de él. Era el rufián de muestra de la costa de Australia, no porque se le viera a menudo por allí, sino porque siempre acababa entrando en las historias de la vida criminal que se le contaban a un visitante llegado de Inglaterra; y la más inocua de las historias que se contaban de él desde el cabo York hasta la bahía del Edén era más que suficiente para ahorcar a un hombre si se ponía en conocimiento de los oídos adecuados. Nunca se olvidaban de contarle a uno, tampoco, que se le suponía hijo de un baronet. Sea como fuere, lo cierto es que había desertado de un barco inglés en los primeros tiempos de la fiebre del oro, y que a los pocos años ya se hablaba de él en su condición del terror de éste o aquel grupo de islas de la Polinesia. Secuestraba nativos y robaba a algún que otro solitario comerciante blanco hasta dejarlo sólo con la ropa interior que llevara puesta, para, después de haber robado al pobre diablo, retarlo, con toda probabilidad, a un duelo con pistolas en la playa —lo que hubiera sido perfectamente justo tal como funcionan este tipo de cosas, de no ser porque a esas alturas el otro hombre estaría ya medio muerto de miedo—. Brown fue uno de los últimos bucaneros, de cualidades tan lamentables como las de los prototipos más famosos de la profesión; pero lo que le distinguía de sus colegas rufianes contemporáneos, como Bully Hayes, o el melifluo Pease, o ese granuja perfumado, patilludo y acicalado al que llamaban Dick el Sucio, era el carácter arrogante de sus maldades y el vehemente desprecio que mostraba hacia la humanidad en general y hacia sus víctimas en particular. Los otros no eran más que animales vulgares y codiciosos, pero él parecía impulsado por unas intenciones mucho más complejas. Cabría pensar que le robaba a alguien sólo para hacer patente su pobre opinión de aquel ser, y cuando mataba o hería en el duelo a un pacífico desconocido que en nada le había ofendido, lo hacía con un apasionamiento salvaje y rencoroso que acababa por aterrorizar al más temerario de los desesperados. En su época más gloriosa poseía una bricbarca tripulada por una mezcla de canacos y desertores de balleneros, y alardeaba, no sé con qué fundamento, de estar financiado clandestinamente por una firma absolutamente respetable que se dedicaba al comercio de la copra. Algún tiempo después, se escapó —o eso decían— con la esposa de un misionero, una chica muy joven procedente de Clapham,[1] que se había casado con aquel apacible sujeto sin sangre en las venas en un rapto de entusiasmo y que, trasplantada súbitamente a la Melanesia, perdió de algún modo todos sus puntos de referencia. Era una historia llena de sombras. Cuando se la llevó estaba enferma, y murió a bordo de su barco. Se cuenta —y ésta es la parte más maravillosa de la historia— que dio rienda suelta a un estallido de sombría y violenta pena sobre su cadáver. La suerte le abandonó, además, muy poco tiempo después. Perdió el barco en unas rocas junto a la costa de Malaita, y desapareció durante un tiempo dando la impresión de haber traspasado el umbral con ella. Las siguientes noticias que se tienen de él lo sitúan en Nuka-Hiva, donde compró una goleta francesa descartada para el servicio por el gobierno. No sé cuál sería la encomiable empresa que tendría en mente cuando compró el barco, pero resulta obvio que con los Altos Comisarios, cónsules, barcos de guerra y el control internacional, los Mares del Sur se habían convertido en una zona de clima agobiante para la gente de su calaña. Evidentemente, debió trasladar su teatro de operaciones más al oeste, porque un año después jugará un papel increíblemente audaz, aunque no demasiado rentable, en un asunto tragicómico en la bahía de Manila, en el que un gobernador metido en desfalcos y un tesorero fugado hacen papeles de protagonistas; a partir de entonces parece haberse dedicado a merodear por las Filipinas en su goleta medio podrida, combatiendo contra la mala suerte hasta que, finalmente, trazando un rumbo marcado por el destino, penetra navegando en la historia de Jim, actuando como cómplice inconsciente de los Poderes Infernales.

»Según cuenta él, cuando un cúter patrullero español lo capturó, lo único que hacía era intentar entregarles unas pocas armas a los insurgentes. Si es así, no puedo comprender qué hacía al sur de la costa de Mindanao. Mi opinión es, por el contrario, que se dedicaba a chantajear a las aldeas nativas de la costa. Lo importante

---

[1] *Clapham:* barrio deprimido al sur del río Támesis, en Londres. *(N. del T.)*

es que el cúter, tras colocar una guardia a bordo de su goleta, le obligó a seguirlo hacia Zamboanga. Por el camino, por una u otra razón, tuvieron que recalar en una de esas nuevas factorías de los españoles —todas las cuales acabaron en agua de borrajas— en la que no sólo había un funcionario civil al mando en tierra, sino también una recia goleta guardacostas que estaba fondeada en aquella pequeña ensenada; y Brown tomó la determinación de robar aquella nave, mucho mejor que la suya en todos los sentidos.

»La suerte le había dado la espalda —tal como me lo dijo él mismo—. El mundo, del que había abusado durante veinte años con un desdén feroz y agresivo, no le había reportado beneficio alguno, salvo una pequeña bolsa de dólares de plata que estaba escondida en su cabina de tal modo que "ni el mismo demonio sería capaz de dar con ella". Y eso era todo... y nada más. Estaba cansado de su vida, y no tenía miedo de morir. Pero aquel hombre, capaz de jugarse la vida por un capricho mostrando una temeridad amarga y burlona, tenía un miedo mortal ante la idea de verse encarcelado. Sentía un horror irracional, que le daba sudores fríos, le destrozaba los nervios y le helaba la sangre ante la mera posibilidad de acabar entre rejas —era el tipo de horror que sentiría alguien supersticioso ante la idea de que le abrazara un espectro—. Por consiguiente, el funcionario civil que subió a bordo para realizar una investigación preliminar, estuvo investigando arduamente durante todo el día, y no bajó a tierra hasta después del anochecer, enfundado en una capa y tomando todo tipo de precauciones para que el contenido de la bolsa, el "todo" de Brown, no tintineara. Después, por ser un hombre de palabra, se las apañó (a la tarde siguiente, según creo) para enviar al cúter del gobierno a realizar una tarea urgente. No pudiendo el capitán del cúter permitirse destinar parte de su tripulación a vigilar el barco de Brown, se limitó, antes de zarpar, a confiscarle todas las velas, hasta el último pedazo de trapo, preocupándose también de remolcar sus dos botes hasta la playa, a unas dos millas de distancia.

»Pero uno de los miembros de la tripulación de Brown era un nativo de las islas Salomón, secuestrado de joven, adicto a su capitán y el mejor de la banda. El tipo nadó hasta el guardacostas —unas quinientas yardas— llevando consigo el extremo de una cuerda que habían hecho empalmando todos los cabos de labor. El agua estaba tranquila y la bahía muy oscura, "como el estómago de una vaca", tal como la describió Brown. El nativo de las islas Salomón se encaramó por encima de la borda con el extremo de la cuerda entre los dientes. La tripulación del guardacostas —todos tagalos— se hallaba en tierra celebrando una fiesta en la aldea nativa. Las dos personas que se habían quedado de guardia a bordo se despertaron de repente y creyeron ver al demonio. Éste tenía unos ojos brillantes y daba saltos en cubierta con la rapidez del rayo. Cayeron de rodillas, paralizados por el miedo, haciéndose la señal de la cruz y mascullando plegarias. El nativo de las Salomón, con un largo cuchillo que encontró en la cocina y sin interrumpir sus oraciones, apuñaló a uno, y después al otro; con el mismo cuchillo se aplicó pacientemente a la tarea de cortar el cabo de fibra de codo, lo que consiguió finalmente cayendo el cabo al agua con un chapoteo. Luego, con gran precaución, lanzó un grito en medio del silencio que reinaba en la ensenada, y la banda de Brown, que había estado todo el tiempo aguzando la vista así como sus esperanzados oídos en la oscuridad, comenzó a tirar suavemente de su extremo de la cuerda. Las dos goletas se juntaron en menos de cinco minutos con un ligero choque y un crujido de las vergas.

»Los hombres de Brown realizaron el traslado sin perder un instante, llevándose consigo sus armas de fuego y una gran cantidad de munición. Eran dieciséis en total: dos desertores de la marina inglesa, otro, muy larguirucho, de un barco de guerra yanqui, un par de escandinavos rubios y simplones, una especie de mulato, un afable chino, que era el cocinero, y el resto pertenecían a la indescriptible prole de los Mares del Sur. A ninguno de ellos les importaba nada; Brown les imponía su voluntad, el mismo Brown que, indiferente a la idea del patíbulo, huía ahora de las prisiones españolas. No les dio tiempo de trasladar suficientes provisiones; el tiempo era bueno, el aire estaba cargado de gotas de rocío, y cuando soltaron los cabos y largaron las velas aprovechando una brisa de tierra, no hubo ni la menor agitación en el húmedo trapo, y su vieja goleta pareció separarse lentamente de la embarcación robada para desaparecer deslizándose silenciosamente en la noche junto con la negra forma de la costa.

»Consiguieron huir sin mayores problemas. Brown me relató con detalle su travesía por el estrecho de Macasar. Es una historia angustiosa y desesperada. Iban muy escasos de agua y comida; abordaron varias embarcaciones nativas y consiguieron un poco de cada una. Con un barco robado, Brown no se atrevía a entrar en ningún puerto, por supuesto. No tenía dinero para comprar nada, ni papeles que enseñar, ni ninguna mentira lo bastante plausible como para que le permitieran salir de un puerto. Una noche lograron sorprender a una bricbarca árabe, bajo pabellón holandés, que estaba fondeada frente a Pulo-Laut, y que les reportó un poco de arroz sucio, un racimo de plátanos y un barril de agua. Después, tres días de niebla y temporales del noreste contribuyeron a que la goleta cruzara volando el mar de Java. Las olas, amarillentas y cenagosas, calaron hasta los huesos a aquella tropa de rufianes hambrientos. Avistaron buques correo que discurrían por sus rutas habituales; pasaron junto a sólidos barcos ingleses con los costados llenos de herrumbre que estaban fondeados en aguas poco profundas a la espera de un cambio del tiempo o de la marea; una cañonera inglesa, blanca y esbelta, con dos finos mástiles, se cruzó un día por su proa a cierta distancia; y en otra ocasión, una corbeta holandesa, negra y de gran envergadura, surgió por uno de sus costados, echando humo al mínimo de velocidad en medio de la niebla. Se escurrieron sin que los vieran o sin que les prestaran atención; era un grupo de demacrados y cetrinos forajidos, absolutos marginados, enfurecidos por el hambre y perseguidos por el miedo. Brown tenía intención de dirigirse hacia Madagascar, donde esperaba, no totalmente sin fundamento, vender la goleta en Tamatave sin necesidad de responder a ninguna pregunta, o, si no, obtener unos papeles más o menos falsificados para el barco. Sin embargo, antes de poder encarar aquel largo viaje a través del Índico necesitaba comida... y agua también.

»Quizá hubiera oído hablar de Patusan —o tal vez sólo dio la casualidad de que vio el nombre escrito con letra pequeña en la carta de navegación—, y pensaría que se trataba de una aldea de cierto tamaño, en el interior pero a la orilla de un río y formando parte de un estado nativo, absolutamente indefensa, muy apartada de las rutas comerciales y del final de los cables telegráficos submarinos. Ya había hecho ese tipo de cosas en otras ocasiones —como negocio; mientras que ahora era una cuestión de absoluta necesidad, una cuestión de vida o muerte... o, más bien, de libertad—. ¡Libertad! Estaba seguro de conseguir provisiones: bueyes, arroz, batatas. Aquella mísera cuadrilla se relamía sólo de pensarlo. Quizá les pudieran arrancar un cargamento de productos del país... y, ¿quién sabe?, ¡una pequeña cantidad de dinero contante y sonante! A veces se podía conseguir que algunos de aquellos jefes y cabecillas de las aldeas se desprendieran voluntariamente de sus pertenencias. Me dijo que les hubiera puesto los pies en el fuego antes que permitir que lo engañaran. Y le creo. Sus hombres también le creían. No dieron rienda suelta a su alegría mediante aclamaciones por ser una manada bastante taciturna, pero se dispusieron a disfrutar del festín como lobos hambrientos.

»Tuvo suerte con el tiempo. Unos cuantos días de calma hubieran supuesto horrores inmencionables a bordo de la goleta, pero, con la ayuda de brisas marinas y de tierra, hizo la travesía en menos de una semana tras haber cruzado el estrecho de Sundra, y fondeó frente a la desembocadura del Batu Kring, a una distancia de menos de un disparo de la aldea de pescadores.

»Se apiñaron catorce en la chalupa más larga de la goleta (que era bastante grande, al haber sido pensada para transportar mercancías) y comenzaron a remontar el río, mientras dos se quedaron atrás al cuidado del barco con suficientes provisiones para resistir diez días. La marea y el viento les ayudaron, y un día, a primera hora de la tarde, el gran bote blanco con su vela andrajosa se abrió paso, impulsado por una brisa procedente del mar, hacia el brazo del río en el que se halla Patusan, y tripulado por catorce espantapájaros que miraban fija y hambrientamente hacia delante mientras acariciaban los obturadores de sus rifles baratos. Brown contaba con propinar una sorpresa aterradora con su aparición. Llegaron a su destino casi con el final de la marea; en la empalizada del rajá no había signos de vida: las primeras casas a ambos lados del río parecían desiertas. Se podían divisar unas cuantas canoas, al final del brazo del río, en plena huida. A Brown le asombró el tamaño de la población. Reinaba un profundo silencio. Al llegar entre las casas, cayó el viento; sacaron dos remos y mantuvieron la chalupa en medio de la corriente, pues su plan consistía en hacerse fuertes en el centro de la población antes de que sus habitantes tuvieran tiempo de organizar la resistencia.

»Parece, sin embargo, que el jefe de la aldea de pescadores de Batu Kring se las había arreglado para enviar un aviso a tiempo. Cuando la larga chalupa llegó a la altura de la mezquita (que había construido Doramín, y que era una estructura con los caballetes de los tejados y los remates de coral labrado) vieron que el espacio abierto que había frente a ella estaba lleno de gente. Resonó un grito, que fue seguido por el retumbar de gongs a todo lo largo del no. Desde un lugar a cierta altura se dispararon dos piezas de cobre del seis, y la descarga barrió el agua del desierto brazo del río, levantando verdaderos surtidores de agua que refulgían a la luz del sol. Desde el espacio frente a la mezquita un montón de hombres que gritaban comenzaron a disparar salvas que atravesaban el río de orilla a orilla; la chalupa comenzó a ser objeto de un fuego graneado desde ambas orillas, a lo que los hombres de Brown respondieron disparando rápidamente, pero al azar. Los remos volvían a estar dentro de la chalupa.

»La marea empieza a bajar muy rápidamente en ese río después de la pleamar, y el bote, en el centro de la corriente, casi oculto por el humo, comenzó a derivar con la popa por delante. El humo se hizo muy denso también a lo largo de ambas orillas, y se aposentó bajo los tejados formando una franja horizontal parecida a una de esas nubes alargadas que parecen cortar una montaña en dos. El tumulto de los gritos de guerra, el retumbar vibrante de los gongs, el profundo repiqueteo de los tambores, los aullidos de ira, los estampidos de las salvas... todo, en conjunto, armaba un escándalo espantoso, en medio del cual Brown estaba sentado, confuso, pero firme a la caña, acumulando al mismo tiempo un odio y una furia rabiosos contra aquella gente que se atrevía a defenderse. Habían herido a dos de sus hombres, y se dio cuenta de que tenía la retirada cortada río abajo por unos botes que acababan de salir de la empalizada de Tunku Allang. Eran seis, llenos de hombres. Estando así rodeado, descubrió la entrada del estrecho arroyo (el mismo que Jim había cruzado de un salto en bajamar). Ahora estaba lleno hasta arriba. Dirigió la chalupa hacia allí, desembarcaron y, por decirlo en pocas palabras, se instalaron sobre un montículo a unas novecientas yardas de la empalizada, la cual, por cierto, dominaban desde su posición. Las laderas del montículo estaban desnudas, pero sobre la cumbre había unos cuantos árboles. Se aplicaron a derribarlos para poder ponerse a cubierto, consiguiendo atrincherarse aceptablemente antes de que cayera la noche; mientras tanto, los botes del rajá permanecieron en el río, curiosamente neutrales. Al ponerse el sol, se encendieron muchas fogatas con maleza en la orilla del río y entre la doble hilera de casas del interior, haciendo que los tejados, los grupos de esbeltas palmeras y de pesados árboles frutales se recortaran en un negro relieve. Brown ordenó que quemaran la hierba en torno a su posición, y surgió un anillo de llamas de baja altura bajo un humo que ascendía lentamente y que fue recorriendo el montículo rápidamente cuesta abajo; aquí y allá se prendía un arbusto seco con un fuerte y violento rugido. La conflagración creó un campo de tiro diáfano para los miembros de la reducida banda de criminales, y expiró humeante al borde de la jungla y a lo largo de la cenagosa orilla del arroyo. Una franja de exuberante jungla que había en una depresión húmeda entre el montículo y la empalizada del rajá detuvo el incendio por aquel flanco entre enormes crujidos y detonaciones provocados por los tallos de los bambúes al estallar. El cielo estaba oscuro y aterciopelado y aparecía cuajado de estrellas. La tierra ennegrecida humeaba silenciosamente con volutas que se arrastraban a ras del suelo, hasta que se levantó una brisa que barrió el humo por completo. Brown esperaba un ataque tan pronto como hubiera vuelto a subir la marea lo suficiente para permitir entrar en el arroyo a los botes de guerra que le habían cortado la retirada. En todo caso, estaba seguro de que habría un intento de llevarse su chalupa, que estaba a los pies del montículo, un bulto oscuro y alto contra el débil brillo de una cuenca de barro húmedo. Pero los botes del río no hicieron movimientos de ninguna clase. Brown veía sus luces en el agua por encima de la empalizada y los edificios del cercado del rajá. Parecían estar fondeados a través del río. Había otras luces flotantes que se movían en el brazo de agua, cruzándolo una y otra vez. Había también luces que parpadeaban inmóviles sobre las largas paredes de las casas que estaban a lo largo de aquel brazo del río, hasta la curva, y aún más lejos, junto a otras luces que se divisaban, aisladas, tierra adentro. Al resplandor de las grandes fogatas se podían contemplar edificios, tejados, bultos negros hasta donde alcanzaba la vista. La población era inmensa. Los catorce invasores desesperados que yacían cuerpo a tierra detrás de los árboles caídos levantaron las barbillas para observar la agitación que reinaba en aquel lugar que parecía extenderse hasta varias millas río arriba, así como hormiguear con miles de hombres furiosos. No hablaban entre sí. De vez en cuando, oían un potente chillido, o un disparo aislado que resonaba desde muy lejos. Pero alrededor de su posición todo estaba tranquilo, oscuro, en silencio. Parecían haberles olvidado, como si la excitación que tenía a todos los habitantes de la aldea despiertos no tuviera nada que ver con ellos, como si ya hubieran estado muertos.»

Capítulo XXXIX

Todos los acontecimientos de aquella noche son de la máxima importancia, puesto que dieron lugar a la situación que permaneció inmutable hasta el regreso de Jim. Éste llevaba más de una semana en el interior, y quien dirigió la primera defensa fue Dain Waris. Este valeroso e inteligente joven («que sabía pelear a la manera de los hombres blancos») deseaba liquidar el asunto de una vez por todas, pero se vio desbordado por las reticencias de su gente. No tenía el prestigio racial de Jim ni su reputación de poder invencible y sobrenatural. No era la encarnación visible y tangible de la verdad y la victoria infalibles. Aunque lo amaban, confiaban en él y lo admiraban, seguía siendo uno de *ellos*, mientras que Jim era uno de los *nuestros*. Además, el hombre blanco, una torre de fortaleza por sí mismo, era invulnerable, mientras que a Dain Waris lo podían matar. Estos pensamientos no articulados eran los que guiaban las opiniones de los personajes principales de la población, que decidieron reunirse en el fuerte de Jim para deliberar sobre la emergencia, como si esperaran encontrar sabiduría y valor en la vivienda del hombre blanco ausente. En el intercambio de disparos con los rufianes de Brown les había ido bien, o habían tenido suerte, puesto que sólo habían sido alcanzados seis de los defensores. Los heridos estaban tendidos en la terraza cuidados por su parentela femenina. Las mujeres y los niños de la parte de la población más cercana al río habían sido enviados al fuerte a la primera señal de alarma. Allí era Joya la que estaba al mando, muy eficaz y con la moral alta, y obedecida por la «propia gente» de Jim, los cuales, tras abandonar como un solo hombre su pequeño barrio bajo la empalizada habían entrado en ella para convertirse en su guarnición. Los refugiados se apiñaban alrededor de la muchacha, y durante todo el asunto, hasta el mismísimo y desastroso desenlace, mostró un ardor marcial extraordinario. A ella había acudido Dain Waris a la primera señal de peligro, pues conviene que sepa que Jim era el único habitante de Patusan que poseía un polvorín. Stein, con el que había mantenido una íntima relación epistolar, había obtenido del gobierno holandés una autorización especial para exportar quinientos barrillitos a Patusan. El polvorín era una pequeña choza hecha de bastos troncos cubiertos completamente de tierra, y, en ausencia de Jim, era la muchacha quien guardaba la llave. En el consejo, que tuvo lugar a las once de la noche en el comedor de Jim, ella apoyó la propuesta de Waris en el sentido de pasar a una acción inmediata y fulminante. Según me han dicho, se quedó de pie junto a la silla vacía de Jim, en la cabecera de la mesa, y pronunció un apasionado discurso belicista, que en su momento arrancó murmullos de aprobación por parte de los cabecillas reunidos. El viejo Doramín, que llevaba más de un año sin salir de su propiedad, había sido transportado hasta allí con grandes dificultades. Era, por supuesto, el hombre más importante de la asamblea. El humor del consejo era muy rencoroso, y una palabra del anciano hubiera sido decisiva; pero yo pienso que, perfectamente consciente del fiero coraje de su hijo, no se atrevió a pronunciar esa palabra. Prevalecieron, pues, las opiniones más dilatorias. Un tal Haji Saman señaló que: «aquellos hombres tiránicos y feroces se habían entregado a una muerte segura en todo caso. Podrían hacerse fuertes en su colina y morir de inanición, o intentar volver al bote, para morir a tiros en medio de las emboscadas que se les habían tendido en el arroyo, o bien podían abrirse paso para huir a la jungla, en cuyo caso perecerían en ella por su propia cuenta y riesgo». Afirmó que, mediante el uso de las estratagemas adecuadas, podía destruirse a aquellos malvados extranjeros sin necesidad de correr el riesgo inherente de una batalla; y sus palabras tuvieron una gran audiencia, especialmente entre los representantes de Patusan propiamente dichos. Lo que inquietaba a los aldeanos era la no entrada en el combate de los botes del rajá en el momento oportuno. El muy diplomático Kassim era el representante del rajá en el consejo. Habló muy poco, escuchó sonriente, amistoso e impenetrable. Durante todo el tiempo que duró la reunión estuvieron apareciendo mensajeros casi cada cinco minutos con informes sobre los movimientos de los invasores. Los más descabellados y exagerados rumores corrían de boca en boca: había un barco enorme en la desembocadura del río con grandes cañones y muchos más hombres, algunos blancos y otros de piel negra y con aspecto de estar sedientos de sangre; venían con muchos más botes para exterminar a todo ser vivo de la población. Los aldeanos de a pie fueron presa de una sensación de miedo cercana e incomprensible. En un momento dado hubo un estallido de pánico generalizado entre las mujeres que había en el patio; hubo chillidos, carreras, niños que lloraban... Haji Saman salió a tranquilizarlos. Luego, un centinela del fuerte le disparó a algo que se movía por el río, y casi mató a un aldeano que traía a su parentela femenina en una canoa junto con lo más valioso de sus enseres domésticos y una docena de aves de corral. Aquello aumentó la confusión. Mientras tanto, continuaba la conferencia dentro de la casa de Jim, en presencia de la muchacha. Doramín estaba sentado, con un semblante feroz, mirando alternativamente a los que tomaban la palabra, y respirando laboriosamente, igual que un toro. No habló hasta el final, después de que Kassim declarara que los botes del rajá se iban a retirar porque sus tripulaciones eran necesarias para preparar la defensa de la empalizada de su señor. Dain Waris, en presencia de su padre, renunció a expresar sus opiniones, a pesar de que la muchacha le suplicó que lo hiciera en nombre de Jim. Le llegó a ofrecer a los propios hombres de Jim en su ansiedad por expulsar a los intrusos de inmediato. Él no hizo más que denegar con la cabeza después de dirigirle dos rápidas miradas a Doramín. Finalmente, cuando se disolvió el consejo, se tomó la decisión de ocupar las casas más cercanas al arroyo con muchos hombres armados para así dominar el bote del enemigo. En cuanto al bote mismo, nadie habría de tocarlo, de modo que los ladrones que estaban en el montículo se vieran tentados a intentar embarcar, momento en el que, sin duda, deberían poder acabar con la mayoría de ellos mediante una serie de disparos bien dirigidos. Para impedirles la huida a los que pudieran escapar y para evitar que llegaran refuerzos, Doramín le ordenó a Dain Waris que se trasladara río abajo, con un grupo armado de buguis, hasta cierto lugar a unas diez millas de Patusan, para levantar allí un campamento junto a la orilla y bloquear el río con canoas. Creo que Doramín no temió en ningún momento por la llegada de posibles refuerzos. Pienso que tomó aquella decisión guiado únicamente por el deseo de alejar a su hijo del peligro. Para evitar un ataque a la población iniciarían, con las primeras luces del día, la construcción de una empalizada en el extremo de la calle que daba a la orilla izquierda del río. El viejo *nakhoda* declaró su intención de tomar el mando allí personalmente. Después, se llevó a cabo la distribución de pólvora, balas y pistones bajo la supervisión de la muchacha. Iban también a enviar a varios mensajeros en diferentes direcciones para localizar a Jim, cuyo paradero exacto se desconocía. Dichos mensajeros salieron al amanecer, pero Kassim se las arregló para iniciar contactos con el sitiado Brown ya antes de que naciera el día.

»Aquel consumado diplomático y confidente del rajá, nada más dejar el fuerte para reunirse con su señor, se llevó en su bote a Cornelius, al cual había encontrado arrastrándose a hurtadillas entre la gente que había en el patio. Kassim tenía un pequeño plan de su propia cosecha y lo necesitaba para hacer de intérprete. Así pues, y con la mañana ya muy cercana, sucedió que a Brown, sumido entonces en profundas reflexiones sobre la naturaleza desesperada de su situación, le llegó desde la depresión arbolada y pantanosa una voz amistosa, tensa y temblorosa que gritaba —en inglés— pidiendo permiso para subir a fin de transmitir un mensaje de la máxima importancia, bajo garantía de salvaguarda personal. Brown se sintió desbordado por la alegría. Si querían hablarle significaba que había dejado de ser una alimaña acosada. Aquellas palabras amistosas tuvieron la virtud de hacer desaparecer de inmediato la terrible tensión derivada de la vigilancia atenta que tuvieron que desarrollar todos sus hombres, ciegos e ignorantes de dónde podía venir el golpe mortal. Fingió sentir grandes reparos hacia el diálogo. La voz se declaró como perteneciente a «un hombre blanco... un anciano pobre y enfermo que llevaba muchos años viviendo allí». Sobre la pendiente del montículo había una neblina, húmeda y fría, y, después de unos cuantos gritos más en una y otra dirección, Brown dijo:

»—¡Suba pues, pero tenga cuidado de venir sin compañía!

»En realidad, me dijo mientras se retorcía de rabia recordando su indefensión, daba lo mismo cómo viniera. No veían más allá de unas pocas yardas por delante de ellos, y ninguna traición podría empeorar las cosas aún más. Poco después vislumbraron vagamente a Cornelius, que llevaba su atuendo de entre semana, consistente en una camisa y unos pantalones sucios y andrajosos, ningún calzado y un sombrero de nito con el ala rota; iba ascendiendo oblicuamente hacia su posición, vacilante, parándose cada pocos pasos a escuchar en una postura que indicaba sus esfuerzos por divisar lo que hubiera delante de él.

»—¡Venga, siga! Está a salvo —gritó Brown, mientras sus hombres aguzaban la vista.

»Todas sus esperanzas de vida se habían centrado de repente en aquel hombre desharrapado y miserable, que en profundo silencio se encaramó torpemente por encima de uno de los troncos caídos y que, entre escalofríos, mostrando su desconfianza en la expresión de su rostro avinagrado, contempló el grupo de barbudos, ansiosos e insomnes desesperados.

»Media hora de conversación confidencial con Cornelius bastó para abrirle los ojos a Brown sobre el estado de las cosas en Patusan. Se hizo cargo de la situación en seguida. Había posibilidades, inmensas posibilidades; pero antes de discutir las propuestas de Cornelius, exigió que les fuera entregada un poco de comida como garantía de buena fe. Cornelius se marchó, arrastrándose lentamente colina abajo por el flanco que daba al palacio del rajá y, tras esperar un poco, subieron unos cuantos hombres de Tunku Allang con unas míseras raciones de arroz, ajíes y pescado seco. Aquello era incomparablemente mejor que nada. Más tarde, regresó Cornelius acompañado de Kassim, el cual se presentó con un aire de confianza absolutamente alegre y despreocupado, calzado con unas sandalias y enfundado de arriba abajo con una túnica azul oscuro. Le estrechó la mano a Brown con serenidad, y los tres se hicieron a un lado para conferenciar. Los hombres de Brown, habiendo recuperado su confianza, se daban palmaditas en la espalda y lanzaban miradas de complicidad hacia su capitán, al tiempo que se aplicaban a preparar la comida.

»A Kassim le disgustaban enormemente Doramín y sus buguis, pero lo que le resultaba mucho más odioso era el nuevo orden establecido. Se le había ocurrido que aquellos blancos, junto con los seguidores del rajá podrían atacar y derrotar a los buguis antes de la vuelta de Jim. Luego, razonaba él para sí, la deserción entre la gente del pueblo sería generalizada, y con ello tocaría a su fin el reinado de aquel hombre blanco que protegía a los pobres. Ya se ocuparían después de los nuevos extranjeros. No tenían amigos. Kassim era perfectamente capaz de percibir las diferencias de caracteres, y sabía lo suficiente de los hombres blancos para darse cuenta de que aquel grupo de recién llegados eran forajidos sin patria. Brown mantuvo en todo momento una expresión severa e inescrutable. Cuando oyó por primera vez la voz de Cornelius pidiendo ser admitido, pensó únicamente que podría suponer un agujero por el que escapar. En menos de una hora, su cerebro ya estaba bullendo con otro tipo de pensamientos. Urgido por unas necesidades extremas, había llegado hasta allí para robar comida, unas cuantas toneladas de caucho o quizá de goma, e incluso, tal vez, un puñado de dólares, y había acabado enredado en una trampa mortal. Ahora, con las insinuaciones de Kassim en la mente, empezaba a pensar en apoderarse de toda la región. Al parecer, un maldito había logrado algo parecido... y por sí solo, además. No debió haberlo podido hacer bien del todo, sin embargo. Quizá pudieran trabajar juntos... ordeñar la región hasta sus últimas gotas y luego tomar el portante sin que nadie se enterara. En el curso de las negociaciones con Kassim se dio cuenta de que se suponía que contaba con un gran barco lleno de hombres en la desembocadura del río. Kassim le rogaba ansiosamente que trajera aquel barco enorme con sus muchos cañones y hombres río arriba para ponerlo sin tardanza al servicio del rajá. Brown se declaró dispuesto a hacerlo, y sobre esa base continuaron las negociaciones enmarcadas en una desconfianza mutua. Durante aquella mañana, el cortés y activo Kassim bajó en tres ocasiones a efectuar consultas con el rajá y volvió a subir ágilmente con su larga zancada. Mientras negociaba, Brown sentía una especie de sombrío regocijo pensando en su mísera goleta, en cuya bodega no había más que un montón de suciedad, que resultaba ser un buque fuertemente artillado, sin dejar de recordar también al chino y al cojo ladronzuelo de Levuka, que encarnaban a sus muchos hombres. Por la tarde obtuvo un nuevo suministro de comida, la promesa de algún dinero y esterillas para que sus hombres se construyeran refugios. Se tumbaron y roncaron, protegidos del ardiente sol; excepto Brown, que, sentado a plena vista sobre uno de los árboles caídos, se recreaba con la mirada ante el espectáculo que ofrecían la población y el río. Había un gran botín allí. Cornelius, que se sentía como en casa en el campamento, le hablaba junto al codo señalándole los distintos lugares, dándole consejos, ofreciéndole su propia versión del carácter de Jim y comentando a su manera los acontecimientos de los últimos tres años. Brown, que fingía desinterés sin mirar a Cornelius en ningún momento, en realidad escuchaba atentamente todas y cada una de sus palabras, mientras seguía sin poder hacerse una idea clara de qué clase de tipo podía ser aquel Jim.

»—¿Cómo se llama? ¡Jim! ¡Jim! Eso no basta para nombrar a un hombre.

»—Aquí le llaman *Tuan* Jim —dijo Cornelius con tono sarcástico—. Lo que equivaldría a Lord Jim.

»—¿Qué es? ¿De dónde viene? —inquirió Brown—. ¿Qué clase de hombre es? ¿Es inglés?

»—Sí, sí, es inglés. Yo también soy inglés. De Malaca. Es un estúpido. Lo único que tiene que hacer es matarlo, y entonces se convertirá usted en el rey aquí. Todo le pertenece —explicó Cornelius.

»—Me da la impresión de que se va a ver obligado a compartirlo con alguien más a no tardar —comentó Brown a media voz.

»—No, no. Lo adecuado es matarlo a la primera oportunidad que tenga usted, y luego podrá hacer lo que le venga en gana —insistía Cornelius ansiosamente—. Llevo muchos años viviendo aquí y le estoy dando un consejo de amigo.

»Brown pasó la mayor parte de la tarde inmerso en esta conversación y regodeándose en la contemplación de Patusan, de la que había decidido que se había de convertir en presa suya; sus hombres, mientras tanto, pasaron el tiempo descansando. Aquel mismo día, la flotilla de canoas de Dain Waris se deslizó una a una junto a la orilla más alejada del arroyo y se alejó para bloquear el río impidiéndole la retirada a Brown. Éste no sabía nada de aquello, y Kassim, que acudió al montículo una hora antes de ponerse el sol, tuvo buen cuidado de no sacarlo de su ignorancia. Quería que viniera el barco del hombre blanco, y temía que una noticia así podría ser contraproducente. Presionó mucho a Brown para que enviara la «orden» ofreciendo al mismo tiempo un mensajero de confianza que, para preservar el secreto de la operación (según explicó), iría por tierra hasta la desembocadura del río y haría entrega de la «orden» a bordo del barco. Tras una cierta meditación, Brown creyó conveniente arrancar una página de su agenda, en la que escribió simplemente: «Las cosas van bien. Es un negocio redondo. Apresad al mensajero». El impasible joven que Kassim seleccionó para realizar aquel servicio, lo llevó a cabo fielmente, y su recompensa consistió en ser arrojado de cabeza, súbitamente, a la vacía bodega de la goleta por el chino y el ladronzuelo, que se apresuraron a cerrar las escotillas. Brown no me dijo lo que fue de él después.»

Capítulo XL

«El propósito de Brown consistía en ganar tiempo jugueteando con la diplomacia de Kassim. Para hacer negocios de verdad, no podía evitar pensar que el socio adecuado era el hombre blanco. No podía ni imaginarse que un tipo así (que debía ser condenadamente listo, al fin y al cabo, para hacerse con los nativos de aquel modo) rechazara una ayuda que acabaría con la necesidad de una estafa lenta, precavida y arriesgada, que era la que se imponía como única línea posible de conducta para un hombre solo. Él, Brown, le iba a ofrecer el poder. Nadie vacilaría ante tamaña propuesta. El meollo del asunto consistía en alcanzar un acuerdo claro. Era evidente que tenían que compartir. La idea de que hubiera un fuerte —totalmente dispuesto para su entrada—, un verdadero fuerte, con artillería (eso lo sabía por Cornelius), le excitaba. Que le dejara meterse en él y luego... Impondría sus modestas condiciones. No demasiado modestas, sin embargo. Aquel tipo no debía ser un estúpido, según parecía. Trabajarían como hermanos hasta... hasta que llegara la hora de la pelea y de un disparo que liquidaría todas las cuentas pendientes. Con una sombría impaciencia de pillaje, deseaba poder estar hablando con el hombre en aquel mismo instante. Ya le parecía que la región era suya para destrozarla, ordeñarla y abandonarla una vez exhausta. Mientras tanto, tenía que seguir engañando a Kassim, primero por la comida, y... para guardar un as en la manga. Pero lo fundamental era conseguir algo de comer cada día. Por otra parte, no sentía reparos ante la idea de comenzar la lucha por cuenta del rajá para así darles una lección a las gentes que le habían recibido a tiros. Se sentía sediento de sangre y batallas.

»Siento no poder transmitirle esta parte de la historia, de la que por supuesto tengo conocimiento sobre todo a través de Brown, con las palabras textuales de ese forajido. En el discurso quebrado y violento de aquel hombre, que desvelaba sus pensamientos ante mí, con la mismísima mano de la muerte atenazándole la garganta, existía una disposición cruel libre de toda máscara, una actitud extraña y rencorosa hacia su propio pasado, y una fe ciega en la justicia del intento de imponer su voluntad sobre la humanidad, algo parecido al sentimiento que pudo inducir al cabecilla de una horda de asesinos errantes al llamarse a sí mismo con orgullo el Azote de Dios. No hay duda de que la ferocidad insensata connatural en un personaje así se había visto exacerbada por el fracaso, la mala suerte y las privaciones recientes, así como por la posición desesperada en la que se encontraba; pero lo más notable de todo era que, mientras planeaba alianzas traicioneras, había decidido ya en su propia mente el destino del hombre blanco y se dedicaba a intrigar de una forma autoritaria y desenvuelta con Kassim; se podía percibir que lo que estaba deseando realmente, casi a pesar de sí mismo, era causar estragos en aquella población de la jungla que le había desafiado, verla llena de cadáveres esparcidos y consumida por las llamas. Mientras escuchaba su voz inmisericorde y jadeante, podía imaginarme cómo contemplaría la aldea desde su montículo, poblándola con imágenes de carnicerías y rapiña. La parte más cercana al arroyo tenía un aspecto abandonado, aunque, en realidad, cada casa ocultaba a unos cuantos hombres armados que estaban alerta. De pronto, más allá de la extensión de tierra baldía salpicada de pequeñas manchas de arbusto tupido y bajo, excavaciones y montones de basura separados por senderos muy transitados, apareció un hombre, solitario y muy pequeño por la distancia, que se dirigió caminando tranquilamente hacia la entrada desierta de la calle que había entre los edificios cerrados, oscuros y sin vida de esa esquina. Tal vez se tratara de uno de sus habitantes, que se habían refugiado en la otra orilla del río, que hubiera vuelto en busca de algún objeto de uso doméstico. Evidentemente, se creía perfectamente a salvo a aquella distancia del montículo, que estaba al otro lado del arroyo. A la vuelta de esa misma calle había una pequeña empalizada de apresurada construcción que estaba repleta de amigos suyos. El hombre se movía con toda tranquilidad. Brown lo vio e, inmediatamente, llamó al desertor yanqui, que era una especie de lugarteniente suyo. Aquel tipo larguirucho y desgarbado se acercó, con una expresión pétrea, arrastrando perezosamente su fusil. Cuando comprendió lo que se deseaba de él, se le descubrieron los dientes con una sonrisa homicida y de autosuficiencia, que formó dos profundos pliegues que le atravesaban las enjutas y correosas mejillas. Alardeaba de poner la bala donde ponía el ojo. Apoyó una rodilla en tierra y, tras apuntar colocando el arma en las ramas de uno de los árboles caídos y sin podar, disparó, y de inmediato se levantó para comprobar el resultado. El hombre, a lo lejos, volvió la cabeza en la dirección del disparo, dio otro paso adelante, pareció vacilar, y, bruscamente, cayó sobre manos y pies. En medio del silencio que siguió a la seca detonación del rifle, el gran tirador, con los ojos fijos en su presa, vaticinó que: «La salud de aquel negrito ya no iba a ser causa de inquietudes para sus amigos». Pudieron ver cómo los miembros del hombre se movían bajo su cuerpo en un intento de correr a gatas. De aquel espacio abierto surgió un grito multitudinario de consternación y sorpresa. El hombre cayó de bruces y no volvió a moverse.

»—Eso les demostró de lo que éramos capaces —me dijo Brown—. Les metió el miedo a una muerte repentina dentro del cuerpo. Y eso era lo que necesitábamos. Estábamos en una proporción de doscientos a uno, y aquello les iba a dar algo que consultar con la almohada. Ninguno de ellos podía imaginarse siquiera que fuese posible hacer blanco a semejante distancia. El imbécil aquél que estaba al servicio del rajá salió de estampida colina abajo con los ojos fuera de las órbitas.

»Mientras me contaba todo esto, intentaba apartar con una mano temblorosa la fina película de espuma que se formaba sobre sus labios azulados.

»—Doscientos a uno. Doscientos a uno... Implantar el terror... el terror... sí; le aseguro que...

»Sus propios ojos se le estaban saliendo de las órbitas. Cayó de espaldas, arañando el aire con sus dedos huesudos, se volvió a sentar, encorvado y greñudo, y me miró de reojo, igual que uno de esos hombres fiera de las leyendas populares, manteniendo la boca abierta en su miserable y espantosa agonía mientras esperaba a que se le pasara el ataque para poder recuperar el habla. Hay espectáculos imposibles de olvidar.

»Después, para atraer el fuego del enemigo y localizar los grupos que pudieran estar escondidos entre los arbustos que flanqueaban el arroyo, Brown le ordenó al nativo de las islas Salomón que fuera al bote para traer un remo, exactamente como quien manda a un perro faldero a que recoja un palo en el agua. La estratagema falló, y el tipo regresó sin que nadie le hubiera disparado ni un solo tiro desde ninguna parte.

»—No hay nadie —opinaron varios de los hombres.

»—No es «anatural» —observó el yanqui.

»Kassim ya se había marchado para entonces, muy impresionado, incluso complacido, pero también un poco inquieto. En aplicación de sus tortuosos métodos, le envió un mensaje a Dain Waris avisándole de la posible llegada del barco de los hombres blancos, que, según una información que había llegado a sus manos, estaba a punto de intentar remontar el río. Minimizó su fuerza y le rogó que se opusiera a su paso. Aquel doble juego servía a sus propósitos, que consistían en mantener divididas a las fuerzas de los buguis y debilitarlas obligándoles a entrar en combate. Por otro lado, aquel mismo día había enviado otro mensajero a los jefes buguis reunidos en la población para asegurarles que estaba tratando de inducir a los invasores a que se retiraran; en sus mensajes al fuerte pedía ansiosamente pólvora para los hombres del rajá. Hacía mucho tiempo que Tunku Allang había dejado de tener munición para la veintena de viejos mosquetes que se le estaban oxidando en los armeros de la sala de audiencias. Los visibles intercambios entre el montículo y el palacio llenaban de inquietud a la gente. Ya iba siendo hora de que todos tomaran partido, se empezó a decir. Pronto habría un gran derramamiento de sangre al que seguirían grandes problemas para muchas personas. El entramado social de una vida ordenada y pacífica, en el que todos estaban seguros del mañana, parecía aquella noche listo para derrumbarse rezumando sangre. Los más pobres estaban ya ocultándose en la jungla o huyendo río arriba. Una buena parte de los miembros de la clase superior consideraron necesario ir a prestar homenaje al rajá. Los jóvenes que estaban al servicio de éste les trataron con especial rudeza. El viejo Tunku Allang, casi fuera de sí entre el miedo y la indecisión, o bien mantenía un ceñudo silencio, o bien los insultaba violentamente por atreverse a presentarse ante él con las manos vacías; todos se marchaban muy asustados. Sólo el viejo Doramín mantuvo unida a su gente y prosiguió, inflexible, la estrategia decidida de antemano. Entronizado en un gran sillón tras la empalizada improvisada, impartía sus órdenes con voz ronca y profunda, impasible, igual que un hombre sordo en medio de los numerosos rumores que corrían de boca en boca.

»Cayó la noche, primero sobre el cuerpo del hombre muerto, al que habían dejado allí tendido, con los brazos extendidos como si estuviera clavado al suelo, y luego, la esfera giratoria de la noche rodó suavemente para detenerse sobre Patusan, mostrando el brillo parpadeante de los innumerables mundos que hay sobre la Tierra. Una vez más, en la parte expuesta de la población, llamearon grandes hogueras a lo largo de la única calle, iluminando de trecho en trecho las líneas rectas y en pendiente de los tejados y los fragmentos de zarzos de las paredes colocados en gran mezcolanza; aquí y allá se alzaba en el reflejo una choza entera sustentada sobre las negras franjas verticales de un grupo de altas estacadas; y toda aquella hilera de viviendas, revelada a trozos por las ondulantes llamas, parecía alejarse parpadeando tortuosamente río arriba hasta alcanzar la oscuridad que prevalecía en el corazón del país. Al pie de la colina, la oscuridad se veía acompañada por un enorme silencio en el que los reflejos de las sucesivas fogatas jugaban sin hacer ruido; pero desde la otra orilla del río, absolutamente a oscuras salvo por una hoguera solitaria situada entre la orilla y el fuerte, ascendía al aire de la noche un temblor en aumento que podría haber sido el pisar continuo de una multitud, el zumbido de muchas voces o el retumbar de una catarata inmensamente lejana. En aquel momento, me confesó Brown, mientras, con la espalda hacia sus hombres, estaba sentado observándolo todo, a pesar de su desprecio y de su implacable confianza en sí mismo, le sobrevino la sensación de que finalmente había dado de cabeza con una pared de piedra. Si su bote hubiera estado a flote en aquel instante, hubiese intentado escaparse sin ser visto, corriendo el riesgo de una larga persecución río abajo y de la muerte por inanición en el mar. Es muy dudoso que hubiera podido escapar con éxito. Sea como fuere, no lo intentó. En otro momento, se le ocurrió la idea pasajera de intentar atacar la población, pero se daba perfecta cuenta de que al final se encontrarían en la calle iluminada, donde los matarían a tiros desde las casas como perros. Eran doscientos a uno, pensó, mientras sus hombres, acurrucándose alrededor de dos montones de brasas, masticaban los últimos plátanos y asaban unos pocos ñames que debían a la diplomacia de Kassim. Cornelius estaba sentado entre ellos, ceñudo y adormilado.

»Luego, uno de los blancos de la banda recordó que quedaba un poco de tabaco en la chalupa e, incitado por la impunidad de que había disfrutado el nativo de las islas Salomón, dijo que iría a buscarlo, lo que bastó para levantarles el ánimo a los otros. Brown, al ser consultado, dijo con tono mordaz:

»—Ve, y que el diablo te lleve.

»No creyó que hubiera ningún peligro en bajar hasta el arroyo protegido por la oscuridad. El hombre pasó la pierna por encima de uno de los troncos y desapareció. Unos momentos después se le pudo oír entrando y saliendo de la chalupa.

»—¡Ya lo tengo! —exclamó.

»Sus palabras fueron seguidas por un resplandor y una detonación que tuvieron lugar en el mismo pie de la colina.

»—¡Me han dado! —chilló el hombre—. ¡Eh! ¡Eh!... Me han dado.

»Y al instante todos dispararon sus rifles. El montículo escupió fuego y ruido en la noche como si fuera un pequeño volcán, y cuando, entre golpes y maldiciones, Brown y el yanqui pudieron detener el fuego producto del pánico, les llegó un gemido ahogado procedente del arroyo, al que siguió un quejido tan desgarrador como un veneno capaz de congelar la sangre en las venas. Luego, una voz potente pronunció unas palabras, nítidas pero incomprensibles, desde algún punto situado más allá del arroyo.

»—¡Que nadie dispare! —gritó Brown—. ¿Qué dice?

»—¿Me oís los de la colina? ¿Me oís? ¿Me oís? —repitió tres veces la voz.

»Cornelius lo tradujo y luego le indicó la respuesta.

»—Habla —exclamó Brown—, te oímos.

»Entonces la voz, con la entonación sonora y engolada propia de un heraldo, y cambiando continuamente de procedencia en el borde de la borrosa tierra baldía, proclamó que entre el pueblo bugui que vivía en Patusan y los hombres blancos de la colina, así como con aquellos que les acompañaban, no habría ni fe, ni compasión, ni palabras, ni paz. Crujieron las ramas de un arbusto, a lo que siguió una salva disparada al azar.

»—Malditas idioteces —musitó el yanqui, mientras, exasperado, volvía a dejar la culata de su rifle en tierra.

»Cornelius hizo de intérprete de nuevo. El hombre herido al pie de la colina gritó dos veces: "¡Subidme! ¡Subidme!", y continuó gimiendo. Mientras permaneció sobre la tierra ennegrecida de la pendiente y, después, moviéndose agachado por la chalupa, no había corrido verdadero peligro. Parece ser que con la alegría que le produjo haber encontrado el tabaco se olvidó de las precauciones y saltó por lo que podríamos llamar el costado exterior de la chalupa. La figura del hombre se recortó claramente contra ella, blanca y en seco; el arroyo no tendría más de siete yardas de anchura en aquel punto, y resultó que había un hombre agazapado entre la maleza de la otra orilla.

»Era un bugui procedente de Tondano que había llegado a Patusan no hacía mucho, y era, además, pariente del hombre al que habían matado de un tiro aquella tarde. Aquel famoso disparo desde larga distancia había, ciertamente, espantado a los que lo contemplaron. Había caído un hombre que se creía completamente seguro, a plena vista de sus amigos, con una broma en los labios, y consideraron aquel acto una atrocidad que les había sublevado con un furor amargo. Este pariente suyo, de nombre Si-Lapa, estaba con Doramín en aquel momento, a tan sólo unos pocos pies del otro lado de la empalizada. Usted, que conoce a estos tipos, tendrá que admitir que ese hombre demostró tener unas agallas nada normales al presentarse voluntario para ser portador del mensaje, solo, en la oscuridad. Tras cruzar arrastrándose la extensión de tierra sin protección, se había desviado hacia la izquierda acabando frente a la chalupa. Cuando el hombre de Brown gritó se llevó un buen susto. Se sentó con el rifle al hombro y, cuando el blanco saltó poniéndose al descubierto, apretó el gatillo y le introdujo tres postas dentadas en el estómago a aquel desgraciado. Luego, tendido de bruces, se dio por hombre muerto, mientras una fina granizada de plomo silbaba y cortaba las ramas de los arbustos que había a su derecha; después pronunció su discurso a voz en grito, doblado en dos y sin parar de corretear buscando estar siempre a cubierto. Tras decir la última palabra saltó a un lado, permaneció un rato con el cuerpo pegado a tierra y, después, regresó hasta las casas, ileso, habiéndose hecho merecedor esa noche de un renombre que sus hijos no olvidarán fácilmente.

»En el montículo, la banda de hombres desolados dejó que los dos montoncitos de brasas se extinguieran bajo sus cabezas encorvadas. Estaban sentados en el suelo, descorazonados, apretando los dientes y con los ojos bajos, mientras escuchaban los gemidos que lanzaba su compañero desde el pie de la colina. Era un hombre fuerte y le costó morir, sin dejar de gemir en ningún momento, tan pronto con fuerza como ahogándose hasta adquirir un extraño tono confidencial de dolor. A veces chillaba, para, después de un período de silencio, volver a murmurar delirante su larga e incomprensible queja. No cesó de dolerse ni un sólo instante.

»—¿Para qué? —dijo Brown, impasible, al ver que el yanqui, que había estado lanzando juramentos para sí, se disponía a bajar.

»—Es verdad —asintió el desertor, desistiendo de su propósito de mala gana——. Aquí no hay consuelo para los heridos. Pero el alboroto que arma parece calculado para hacer que los demás piensen demasiado en el más allá, capitán.

»——¡Agua! ——gritó el herido con una voz extraordinariamente clara y vigorosa, para luego continuar gimiendo débilmente.

»——Sí, agua. El agua será la que acabe con esto ——murmuró el otro para sí, con tono resignado——. Tendrá mucha dentro de poco. La marea está subiendo.

»La marea subió finalmente, silenciando la queja y los gritos de dolor, y el amanecer estaba próximo cuando Brown, sentado ante Patusan con la barbilla en la palma de la mano, como si mirara fijamente la falda de una montaña imposible de escalar, oyó la detonación seca y metálica de un cañón de cobre del seis que se disparó en algún punto lejano de la población.

»——¿Qué pasa? ——le preguntó a Cornelius, que estaba siempre pegado a él.

»Cornelius aguzó el oído. Un griterío ronco y ahogado recorrió la población río abajo; un gran tambor comenzó a palpitar, a lo que respondieron otros, con un latido ronroneante. En la mitad oscura de la aldea comenzaron a parpadear lucecitas esparcidas, mientras que la parte iluminada por el resplandor de las hogueras hervía en profundos y prolongados murmullos.

»——Ya ha llegado ——dijo Cornelius.

»——¿Cómo? ¿Ya? ¿Está usted seguro? ——preguntó Brown.

»——¡Sí, sí! Seguro. Escuche el ruido.

»——¿Por qué arman tanto escándalo? ——prosiguió diciendo Brown.

»——Para manifestar su alegría ——dijo Cornelius con un bufido——; es un gran hombre, pero, a pesar de ello, no tiene más cerebro que un chiquillo, de modo que organizan ese alboroto para complacerle, porque ellos tampoco tienen ninguna inteligencia.

»——Oiga ——dijo Brown——, ¿cómo se puede establecer contacto con él?

»——Él vendrá a hablar con usted ——afirmó Cornelius.

»——¿Qué quiere decir? ¿Venir hasta aquí paseando como quien dice?

»Cornelius asintió enérgicamente con la cabeza en medio de la oscuridad.

»——Sí. Vendrá directamente hasta aquí para hablar con usted. Es exactamente así de necio. Ya verá lo necio que es.

»Brown se mostraba incrédulo.

»—Ya verá. Ya verá —repetía Cornelius—. No tiene miedo... de nada. Vendrá y le ordenará que deje en paz a su gente. Todos deben dejar en paz a su gente. Es igual que un chiquillo. Vendrá a verle directamente.

»¡Ay! Conocía bien a Jim... «aquel miserable canallita», tal como lo llamó Brown.

»—Sí. Sin duda —prosiguió diciendo con vehemencia—, y entonces, capitán, dígale a ese hombre alto del rifle que acabe con él de un disparo. Simplemente con matarlo conseguirá asustar tanto a todo el mundo que podrá hacer después con ellos absolutamente lo que le venga en gana... obtener lo que quiera... marcharse cuando quiera. ¡Ja, Ja, Ja! Maravilloso...

»Casi daba saltos de la impaciencia y ansiedad que se apoderaron de él; pero Brown, con la cabeza vuelta y mirando por encima del hombro de Cornelius, podía ver, iluminados por el inmisericorde amanecer, a sus hombres, calados hasta los huesos por el rocío, sentados entre las frías cenizas y los desperdicios del campamento, macilentos, acobardados y cubiertos con harapos.»

Capítulo XLI

«Las fogatas de la orilla oeste del río ardieron claras y brillantes hasta el último momento, hasta que la luz del día, en todo su esplendor, se abalanzó sobre ellas; fue entonces cuando Brown vio, entre un grupo de figuras de color, apiñadas e inmóviles en medio de las casas más adelantadas, a un hombre vestido con indumentaria europea y un casco, todo blanco.

»—¡Es él; mire, mire! —dijo Cornelius, presa de una gran excitación.

»Todos los hombres de Brown se habían levantado de un salto y se apelotonaron a su espalda lanzando unas miradas sin brillo. El grupo de vívidos colores y rostros oscuros, en el que la figura blanca ocupaba el centro, observaba el montículo. Brown podía ver cómo se levantaban la mitad de los brazos oscuros para resguardar los ojos del sol, mientras que la otra mitad señalaba hacia ellos. ¿Qué debía hacer? Miró a su alrededor, y vio una jungla que le rodeaba por todas partes formando en su centro un reñidero de gallos en el que la pelea sería desigual. Volvió a mirar a sus hombres. En su pecho se debatían el desprecio, el cansancio, el deseo de vivir, la intención de buscar una oportunidad más... la oportunidad de que la tumba fuera otra. Por el perfil que presentaba la figura le pareció que el hombre blanco, apoyado por todo el poder de la tierra, estaba examinando su posición defensiva a través de unos prismáticos. Brown saltó sobre un tronco y levantó los brazos con las palmas de las manos hacia fuera. El grupo de hombres de color se cerró en torno al hombre blanco y se volvió a retirar en dos ocasiones antes de que éste pudiera desembarazarse de ellos y siguiera caminando solo lentamente. Brown permaneció de pie sobre el tronco hasta que Jim, que aparecía y desaparecía entre los grupos de zarzas, hubo llegado casi hasta el arroyo; entonces, Brown se apeó de un salto del árbol caído y bajó a encontrarse con él desde su lado del arroyo.

»Se encontraron, creo, no muy lejos del lugar, quizá exactamente en el mismo punto, desde el que Jim dio el segundo salto desesperado de su vida... el salto por el que aterrizó en la vida de Patusan, en la confianza, el amor y el apoyo de sus gentes. Se miraron el uno al otro con el arroyo de por medio, y, con miradas firmes, trataron de comprenderse antes de despegar los labios. Su antagonismo debió quedar expresado en sus miradas; sé que Brown odió a Jim a primera vista. Cualesquiera que fuesen, las esperanzas que albergaba se desvanecieron al instante. Aquél no era el hombre que esperaba ver. Lo odió por ello. Y, con su camisa de franela a cuadros, con las mangas cortadas a la altura de los codos, con la barba gris y su rostro enjuto y ennegrecido por el sol, maldijo en su corazón la juventud y seguridad del otro, sus ojos claros y su porte despreocupado. ¡Aquel tipo le había sacado mucha ventaja! No parecía ser la clase de hombre dispuesto a dar algo a cambio de ayuda. Tenía todos los ases en la mano: posesión, seguridad, poder, ¡su bando en la batalla contaba con una fuerza abrumadoramente superior! No estaba ni hambriento ni desesperado, y no parecía sentir el más mínimo temor. Y había algo en la misma pulcritud de las ropas de Jim, desde el salacot blanco hasta los blanquísimos zapatos, pasando por las largas polainas de lona, que ante la mirada sombría e irritada de Brown aparecía como parte de lo que, en el corazón mismo del rumbo que había dado a su vida, siempre había despreciado y hecho objeto de sus burlas.

»—¿Quién es usted? —preguntó Jim finalmente, hablando con una voz normal.

»—Me llamo Brown —contestó el otro con voz potente—; capitán Brown. ¿Y usted, cómo se llama?

»Jim, tras hacer una pequeña pausa continuó hablando suavemente, como si no hubiera oído la pregunta.

»—¿Por qué ha venido hasta aquí?

»—Le gustaría saberlo, ¿eh? —dijo Brown con amargura—. Es fácil de explicar. El hambre. ¿Y usted?

»—El tipo pegó un brinco al oírme preguntar eso —dijo Brown, mientras me explicaba cómo había sido el inicio de aquella extraña conversación entre estos dos hombres, separados únicamente por el lecho cenagoso de un arroyo, pero en los extremos opuestos de la concepción de la vida que incluye a toda la humanidad—. El tipo pegó un brinco al oírme y se sonrojó muchísimo. Era demasiado importante para que le fueran con interrogatorios, supongo. Le dije que si me consideraba hombre muerto, por lo cual se podría tomar ciertas libertades, él mismo no estaba en una situación mucho mejor, en realidad. Yo tenía a un tipo allá arriba que tenía el punto de mira fijo en él todo el tiempo y que sólo esperaba una señal mía. No tenía por qué mostrar sorpresa por ello. Había acudido por su propia voluntad.

»—Convengamos —dije (continuó Brown)—, que los dos somos hombres muertos, y hablemos sobre esa base, como iguales. Todos somos iguales ante la muerte.

»—Admití —me dijo Brown—, que estaba encerrado en una trampa igual que una rata, pero no estábamos allí más que porque nos habían obligado a ello, e incluso una rata atrapada es capaz de pegar un mordisco. Él cogió al vuelo mis palabras:

»—No si uno no se acerca a la trampa hasta que la rata esté muerta.

»—Le dije que esa clase de jueguecitos estaban bien para sus amigos nativos, pero que yo creía que era demasiado blanco para hacerle eso incluso a una rata. Sí, había querido hablar con él. Pero no para suplicarle que me perdonara la vida. Mis hombres eran... bueno... lo que eran... hombres al igual que él. Lo único que le pedíamos era que atacase para acabar con el asunto de una maldita vez.

»—Dios bendito —le dije, mientras él seguía quieto como un poste de madera—, no querrá estar viniendo aquí todos los días para contar con sus prismáticos cuántos de nosotros se sostienen aún en pie. Vamos. O bien atáquenos con toda su tropa de demonios, o bien déjenos marchar para morir de hambre en mar abierto, ¡por Dios! En otro tiempo fue usted blanco, a pesar de toda esa charla sobre su propia gente y lo de ser uno de ellos. ¿Lo es de verdad? ¿Y qué diablos le saca; qué ha encontrado aquí que sea tan asquerosamente inapreciable, eh? ¿No querrá quizá que seamos nosotros los que bajemos a atacarles, verdad? Nos superan en una proporción de doscientos a uno. No querrá que bajemos nosotros a campo abierto. ¡Ah! Le prometo que les haremos divertirse antes de que hayan acabado con nosotros. ¿Y a mí qué me importa que no me hayan hecho nada, si yo me estoy muriendo de hambre por haber hecho menos que nada? Pero no soy un cobarde. No lo sea usted tampoco. Tráigalos a todos, o, por todos los diablos, ya verá cómo nos las arreglaremos para enviar a la mitad de su inocente población al cielo con nosotros... ¡y entre nubes de humo!

»El aspecto de Brown era terrible mientras me contaba todo esto; era el esqueleto torturado de un hombre hecho un ovillo, con el rostro sobre las rodillas, tendido en un lecho miserable en medio de aquella desvencijada chabola, y que levantaba la cabeza para mirarme con una expresión de malévolo triunfo en los ojos.

»—Eso es lo que le dije... sabía bien cómo hablarle —comenzó de nuevo, débilmente al principio, pero adoptando con una velocidad increíble una expresión de feroz desdén.

»—No vamos a ir a la jungla para vagar igual que una hilera de esqueletos vivientes, cayendo de uno en uno, para que las hormigas empiecen su trabajo antes de que estemos muertos del todo. ¡Ah, no...!

»—No se merecen un destino mejor —dijo.

»—¿Y qué se merece usted —le grité—, usted que se oculta aquí con la boca llena de su responsabilidad, las vidas inocentes y su condenado deber? ¿Qué sabe usted de mí que no sepa yo de usted? Vine aquí a buscar comida. ¿Me oye...?, comida para llenar la panza. ¿Y *usted,* a qué ha venido? ¿Qué pedía cuando vino aquí? Nosotros no pedimos nada más que un combate o el camino libre para regresar por donde vinimos...

»—Estoy dispuesto a luchar con usted en este momento —dijo, mientras se atusaba el bigote.

»—Y yo le permitiría que me matase de un tiro, y le daría las gracias encima —dije—. Éste es un lugar tan bueno como cualquiera para dar el último salto. Estoy harto de mi asquerosa mala suerte. Pero eso sería demasiado fácil. Mis hombres y yo estamos en el mismo barco... y, Dios sabe, que no soy de los que huyen de los problemas dejándoles en un maldito aprieto —dije.

»—Él estuvo reflexionando un rato, y luego quiso saber qué había hecho yo ("allá fuera" dijo, moviendo la cabeza para indicar la dirección del mar) para encontrarme tan en las últimas.

»—¿Acaso nos hemos reunido para contarnos nuestras vidas? —le pregunté—. ¿Por qué no empieza usted? ¿No? Bueno, le puedo

asegurar que no tengo ningún interés en conocer la suya. Guárdese-
la. Sé que no es mejor que la mía. He vivido lo mío... y usted también, aunque hable igual que uno de esos tipos que deberían tener
alas para poder ir por ahí sin tocar la tierra sucia. Bueno... pues es
sucia. Y yo no tengo alas. Estoy aquí porque una vez en mi vida tuve
miedo. ¿Quiere saber de qué? De una cárcel. Eso me da miedo, y no
me importa que lo sepa... si le sirve de algo. No le preguntaré qué le
dio el susto que le obligó a usted a enterrarse en este agujero infernal, donde parece haber conseguido sacar una buena tajada. He ahí
su suerte, mientras que la mía es... el privilegio de pedirle el favor de
recibir un tiro rápido, o, si no, de que se me arroje de aquí para poder marcharme libremente y morirme de hambre a mi manera...

»Su cuerpo debilitado se agitaba con una exaltación tan vehemente, tan confiada y tan malévola que parecía haber expulsado a la
muerte que le aguardaba en aquella choza. El cadáver de su descabellado amor propio se irguió de entre los andrajos y la indigencia del
mismo modo que lo haría de los oscuros horrores de una tumba. Es
imposible saber cuánto le mintió a Jim en aquel momento, o cuánto me mentía a mí entonces... y a sí mismo siempre. La vanidad le
pone trampas espeluznantes a la memoria, y la verdad de toda pasión precisa de cierto fingimiento para poder vivir. A las puertas del
otro mundo y disfrazado de mendigo, le había cruzado la cara al
mundo, le había escupido encima, había arrojado la inmensidad de
desprecio y rebeldía que latía en el fondo de sus maldades. Les había
vencido a todos: hombres, mujeres, salvajes, comerciantes, rufianes,
misioneros... y a Jim, "ese infeliz con cara de ternero". No le disputé
aquel triunfo *in articulo mortis*,[1] aquella ilusión casi póstuma de haber pisoteado a la Tierra entera. Mientras alardeaba de todo ello ante
mí, inmerso en su sórdida y repugnante agonía, no pude evitar el recuerdo de las conversaciones llenas de risitas que describían su época de mayor esplendor, cuando, durante un año o más, se podía ver
el barco del caballero Brown, durante muchos días seguidos, revoloteando frente a un verde islote en medio de un mar intensamente
azul, en el que se veía sobre una playa blanca el puntito negro correspondiente a la casa de un misionero; mientras que el propio caballero Brown, con los pies en tierra, tejía sus hechizos en torno a
una muchacha romántica para la que la Melanesia había resultado
una prueba excesiva, dándole al mismo tiempo esperanzas de una
notable conversión a su marido. Al pobre hombre se le había oído

---

[1]   *In articulo mortis*: en latín, «al borde de la muerte». *(N. del T.)*

expresar, en alguna ocasión, su intención de ganarse al "capitán Brown para una forma de vida mejor"... Como dijo una vez un holgazán de mirada maliciosa, quería "reclutar al caballero Brown para que engrosara las filas de los llamados a la Gloria, con el único objeto de que los de allá arriba pudiesen ver el aspecto que tiene un capitán de la marina mercante del Pacífico occidental". Y aquél era también el mismo hombre que había huido con una mujer agonizante, y que había derramado lágrimas sobre su cadáver.

»—Exactamente igual que un bebé grande —no se cansaba nunca de repetir su piloto de entonces—, y que me muelan a palos un montón de canacos enfermos si *yo* sé dónde le veía la gracia al asunto. ¿Cómo, caballeros? Si estaba ya tan acabada cuando la trajo a bordo que era incapaz de reconocerle; se limitó a estar tendida de espaldas allí, con la mirada fija en la viga y unos ojos espantosamente brillantes... y luego se murió. Una de esas fiebres asquerosas y mortales, supongo...

»Recordé todas esas historias mientras él, sin dejar de mesarse la enmarañada masa de su barba con una mano lívida, me contaba desde su repugnante lecho cómo engatusó, atravesó, dio en el blanco con aquel condenado e inmaculado tipo que parecía ser de los que se creen perfectos e intocables. Admitió que no había manera de asustarle, pero sí existía una vía «ancha como una entrada de carruajes por la que penetrar en su alma de dos perras gordas, revirársela, darle vuelta y media y ponerla patas arriba... ¡Como hay Dios!»

Capítulo XLII

«No creo que Brown fuera capaz de nada más que contemplar apenas aquel camino recto de penetración. Parecía haberse sentido desorientado ante lo que vio, porque interrumpió su narración más de una vez para exclamar:

»—Ahí casi se me escapa. No acababa de calarle del todo. ¿Quién era?

»Y, tras dirigirme una mirada fija y desquiciada, proseguía hablando, entre regocijos y sarcasmos. En mi opinión, la conversación de ambos con el arroyo de por medio aparece ahora como el duelo más mortal que haya contemplado el Destino con su gélida mirada conocedora del desenlace. No, no puso el alma de Jim patas arriba, pero, o mucho me equivoco, o el espíritu que estaba tan absolutamente fuera de su alcance no estaba hecho para saborear hasta las heces la amargura de aquel duelo. Aquellos eran los emisarios con los que el mundo al que había renunciado le perseguía hasta su retiro: hombres blancos procedentes de «allá fuera», el espacio en el que él no se consideraba digno de vivir. Eso era lo que le había sobrevenido: una amenaza, una conmoción, un peligro para su obra. Supongo que lo que desorientaba tanto a Brown en su intento de comprensión del carácter de Jim era el sentimiento triste, casi rencoroso, casi de resignación, del que estaban transidas las pocas palabras que Jim pronunciaba de vez en cuando. Algunos grandes hombres deben la mayor parte de su grandeza a la habilidad para detectar la cualidad exacta de la fuerza relevante para su obra en aquellos a los que usan como herramienta propia; y Brown, dando la impresión de haber sido realmente grande, poseía un don diabólico para descubrir el punto fuerte y el flaco de sus víctimas. Reconoció ante mí que Jim no era del tipo de personas a las que puede uno ganarse mostrándose servil, de modo que tuvo buen cuidado de presentarse como alguien que se enfrenta sin desmayo a la mala suerte, la censura y el desastre. Pasar de contrabando unas cuantas armas no era un crimen terrible, observó. En cuanto a su llegada a Patusan, ¿quién tenía derecho a decir que no había venido a mendigar? La maldita gente del lugar le había arrojado encima todo el fuego del infierno desde ambas orillas del río sin detenerse a hacer ninguna pregunta antes. Aquella afirmación estaba marcada por el más absoluto descaro, pues, en realidad, la enérgica acción llevada a cabo por Dain Waris había evitado el mayor de los desastres; porque Brown me dijo claramente que, al darse cuenta del tamaño de la población, había tomado inmediatamente la decisión de que tan pronto como pusiera pie en tierra prendería fuego a todo lo que encontrase en su camino y dispararía sobre cualquier ser vivo que se le pusiera a tiro, con el fin de acobardar y aterrorizar a los habitantes del lugar. La desproporción de ambas fuerzas era tan enorme que aquella era la única forma en que podría tener una posibilidad mínima de dar cumplimiento a sus propósitos, según razonó en medio de un ataque de tos. Pero eso no se lo contó a Jim. En cuanto a los padecimientos y hambre que habían sufrido, eran perfectamente reales; bastaba con echarle una ojeada a su banda. Lanzó un agudo silbido al que respondieron todos sus hombres poniéndose de pie y en fila sobre los troncos, a plena vista, de modo que Jim los pudiera contemplar. Con respecto a la muerte de aquel hombre, lo habían hecho... bueno, estaba hecho... pero, ¿acaso aquello no era una guerra, una guerra sangrienta... en la que ellos estaban arrinconados?, y lo habían matado limpiamente, con un disparo en el pecho, no como el pobre desgraciado suyo que estaba tendido allí, en el arroyo. Tuvieron que estar oyéndole agonizar durante seis horas, con las entrañas desgarradas por postas. En cualquier caso, habían pagado una vida con otra... Y todas estas cosas las dijo con un tono cansino, implacable, propio de alguien a quien la mala suerte aguijonea una y otra vez hasta que deja de importarle a dónde vaya a parar en su huida. Cuando le preguntó a Jim con una suerte de franqueza brusca y exenta de esperanzas si él mismo, en ese preciso instante, no comprendía que cuando «se trataba de salvarse uno mismo en medio de la oscuridad, no importaba quién cayera por el camino... ya fueran tres, treinta o trescientas personas», fue como si un demonio le hubiera aconsejado la frase al oído.

»—Le hice acusar el golpe —alardeó Brown, mientras me lo contaba—. Dejó bien pronto de mostrarse como la encarnación de la justicia frente a mí. Se limitó a permanecer en el sitio, sin decir nada, y con una mirada tormentosa, no dirigida hacia mí, sino hacia el suelo.

»Le preguntó a Jim si no podía recordar ningún episodio oscuro en su vida, ya que se mostraba tan condenadamente duro con un hombre que intentaba salir de una trampa mortal utilizando el primer medio que tuviera a mano, etcétera, etcétera. Y en el fondo de aquel rudo discurso latía una referencia sutil a su sangre común, una asunción de experiencias comunes; una insinuación nauseabunda de culpas comunes, de un secreto que actuaba de forma parecida a un vínculo entre sus dos mentes y corazones.

»Por fin, Brown se arrojó al suelo cuan largo era y observó a Jim por el rabillo del ojo. Éste, desde su orilla del arroyo, permaneció de pie golpeándose la pierna con una ramita mientras reflexionaba. Las casas que aparecían a la vista se hallaban silenciosas, como si una pestilencia hubiera barrido de ellas toda brizna de vida; pero había muchos ojos invisibles dentro que estaban enfocados en los dos hombres a los que separaba el arroyo, una chalupa blanca embarrancada y el cuerpo de un tercer hombre medio hundido en el barro. Las canoas volvían a transitar por el río, pues Patusan empezó a recobrar su fe en la estabilidad de las instituciones terrenales con la vuelta del lord blanco. La orilla derecha, las plataformas de las casas, las balsas atracadas a lo largo de las orillas, incluso los tejados de los cobertizos de baño, estaban cuajados de gente que, incapaz de oír nada y casi de ver debido a la distancia, aguzaban la vista en dirección al montículo que había más allá de la empalizada del rajá. En el interior del anillo irregular que formaba la jungla, roto en dos puntos por el brillo del río, reinaba el silencio.

»—¿Promete abandonar la costa? —preguntó Jim.

»Brown levantó y dejó caer la mano, como si renunciara a todo... como si aceptara lo inevitable.

»—¿Y entregará las armas? —continuó diciendo Jim.

»Brown se sentó erguido y miró ferozmente hacia el otro lado del arroyo.

»—¡Entregar nuestras armas! Eso sólo lo conseguirá pasando por encima de nuestros cadáveres. ¿Acaso cree que el canguelo me ha vuelto loco? ¡Ah, no! Las armas y los andrajos que llevo puestos son lo único que tengo en este mundo, aparte de unos cuantos rifles de retrocarga que hay a bordo; y espero venderlos todos en Madagascar, si es que algún día soy capaz de llegar hasta tan lejos... mendigando a todos los barcos para no morir de hambre durante la travesía.

»Jim no contestó. Por fin, tras arrojar al suelo la ramita que sostenía en la mano, dijo, como hablando para sí:

»—No sé si tengo poder para...

»—¡Que no lo sabe! ¡Y hace sólo un momento quería que le entregara mis armas! ¡Ésa sí que es buena! —exclamó Brown—. Supongamos entonces que a usted le dicen una cosa y a mí me hacen lo contrario —en ese momento se tranquilizó moderando notablemente su tono—. Yo diría que sí tiene ese poder, o, si no, ¿para qué estamos aquí hablando? —continuó diciendo—. ¿A qué ha venido usted hasta aquí? ¿Para matar el tiempo?

»—Muy bien —dijo Jim, mientras levantaba bruscamente la cabeza tras un largo lapso de silencio—. Tendrá un camino abierto o una pelea abierta.

»Y Jim giró sobre sus talones y se alejó caminando.

»Brown se incorporó en seguida, pero no regresó a la cima del montículo hasta que no lo vio desaparecer entre las primeras casas. Nunca volvió a posar la mirada sobre Jim. Mientras ascendía por la falda de la colina se topó con Cornelius, que bajaba arrastrando los pies y con los hombros y la cabeza caídos. Se detuvo frente a Brown.

»—¿Por qué no lo ha matado? —le reprochó con un tono agrio y disgustado.

»—Porque puedo hacer algo mucho mejor —dijo Brown con una alegre sonrisa.

»—¡Nunca! ¡Imposible! —protestó Cornelius con vehemencia—. Llevo muchos años viviendo aquí.

»Brown lo miró con curiosidad. Aquel lugar que se había alzado en armas contra él tenía muchas facetas; aspectos que él nunca podría desentrañar. Cornelius se escabulló con aire abatido en dirección al río. Estaba abandonando a sus nuevos amigos; aceptó el decepcionante curso de los acontecimientos con una obstinación ceñuda que parecía aplastarle aún más su carita amarillenta y avejentada; y, mientras bajaba la cuesta, miraba con recelo en todas las direcciones, sin renunciar en ningún momento a la idea que le obsesionaba.

»A partir de ese momento, los hechos transcurrieron rápidos y sin pausas, fluyendo desde el mismo corazón de las personas como lo haría un arroyo desde una fuente oscura, y podemos contemplar a Jim entre todas ellas, sobre todo a través de los ojos de Tamb'Itam. Los ojos de la muchacha le observaron también, pero su vida está demasiado entrelazada con la de él; no podemos olvidar su pasión, su asombro, su furia y, sobre todo, su miedo y su amor ignorante del perdón. Del criado fiel, que nada comprendió —al igual que los demás—, sólo entra en juego su misma fidelidad; una fidelidad y una fe en su señor que eran tan fuertes que incluso el asombro se ve sometido y reducido a una suerte de triste aceptación de un fracaso misterioso. No tiene ojos más que para una figura, y, a través de todos los laberintos de la confusión, preserva sus aires de protección vigilante, obediencia y solicitud.

»Su señor regresaba de haber hablado con los hombres blancos y lo vio caminando lentamente hacia la empalizada que había sido construida en la calle. Todos se alegraron de verlo volver, pues mientras estuvo fuera habían tenido miedo, no sólo de que lo mataran, sino también de lo que pasaría después. Jim entró en una de las casas, aquélla a la que se había retirado el viejo Doramín, y pasó largo tiempo a solas con el jefe de los colonos buguis. No hay dudas de que estuvo discutiendo con él el rumbo que debían seguir, pero no hubo nadie que presenciara la conversación. Sólo Tamb'Itam, que se colocó tan cerca como pudo de la puerta, oyó decir a su señor:

»—Sí, les haré saber a todos que tal es mi deseo; pero os he hablado a vos, Doramín, antes que a nadie y a solas; porque vos conocéis mi corazón tanto como yo conozco el vuestro así como el mayor deseo que éste alberga. Y también sabéis que no tengo más preocupación que el bien del pueblo.

»Luego, su señor, tras apartar la cortina que había en el umbral, salió, y él, Tamb'Itam, tuvo un atisbo del anciano Doramín, sentado con las manos sobre las rodillas y la mirada fija en el suelo, en un punto entre sus pies. Después, siguió a su señor hasta el fuerte, donde se había convocado para una conferencia a los principales personajes de la comunidad bugui y de la original de Patusan. Tamb'Itam confiaba en que fuera a haber combate.

»—¿Qué era, más que la toma de otra colina? —exclamó con tono de lamentación.

»Sin embargo, en la población, muchos esperaban que los rapaces forasteros se verían inducidos a marcharse ante la presencia de tantos hombres valientes dispuestos a luchar. Lo mejor sería que se fuesen. Desde que se había anunciado la llegada de Jim, antes del amanecer, por medio del cañonazo y el gran tambor que retumbaron en el fuerte, el miedo que se había cernido sobre Patusan se había quebrado y disipado como lo hace una ola al chocar contra una roca, dejando tras de sí la bullente espuma de la emoción, la curiosidad y las interminables especulaciones. La mitad de la población había sido expulsada de sus hogares por las necesidades de la defensa, y vivían en la calle de la orilla izquierda del río, apiñados en torno al fuerte y esperando a cada momento ver cómo estallaban en llamas sus viviendas abandonadas en la orilla amenazada. Casi todos estaban ansiosos por ver rápidamente solucionado el asunto. Gracias a los cuidados de Joya, se les había distribuido comida a los refugiados. Nadie sabía lo que iba a hacer su hombre blanco. Algunos señalaron que la situación era peor que en la guerra contra el jerife Alí. En aquel momento había mucha gente a la que nada le importaba; ahora todos tenían algo que perder. Los movimientos de las canoas que cruzaban de una a otra parte de la población se observaban con interés. Un par de botes de guerra buguis estaban fondeados en medio del río para protegerlo, y en la proa de ambos ascendía un hilillo de humo; sus tripulaciones estaban cociendo el arroz de mediodía cuando Jim, tras sus entrevistas con Brown y Doramín, cruzó el río y entró en su fuerte por la compuerta que éste tenía. La gente que había dentro se apiñó a su alrededor, de modo que apenas si podía abrirse camino hacia la casa. Aún no lo habían visto, porque, tras su llegada durante la noche, sólo había intercambiado unas pocas palabras con la muchacha, la cual había bajado hasta el embarcadero con ese propósito, e inmediatamente después había cruzado el río para unirse a los jefes y los combatientes, que estaban en la otra orilla. La gente le gritaba saludándo-

le a su paso. Una anciana provocó las risas de todos al abrirse paso
a empujones como una loca hasta alcanzar la primera fila, para or-
denarle con tono de reproche que tuviera buen cuidado de que sus
dos hijos, que estaban con Doramín, no sufrieran ningún daño a
manos de los ladrones. Varios de los espectadores trataron de sa-
carla de allí, pero ella se resistió mientras exclamaba:

»—¡Soltadme! ¿Qué pasa, oh musulmanes? Esas risas son impro-
pias. ¿Acaso no son crueles ladrones sedientos de sangre, ávidos de
muerte?

»—Soltadla —dijo Jim, y, tras imponerse un súbito silencio, afirmó pronunciando las palabras con lentitud—: Todos estáis a salvo.

»Entró en la casa antes de que se hubieran extinguido un enorme
suspiro y numerosos murmullos de satisfacción.

»No hay duda de que había tomado la decisión de que Brown
habría de disfrutar de vía libre para regresar al mar. Su destino, con
una suerte de sublevación, le estaba obligando a ello. Por primera
vez tuvo que imponer su voluntad frente a una oposición explícita.

»—Se dijeron muchas cosas, y al principio mi señor permaneció en silencio —dijo Tamb'Itam—. Cayó la noche, y entonces
encendí las velas que había sobre la larga mesa. Los jefes estaban
sentados a ambos lados, mientras que la dama permanecía a la
diestra de mi señor.

»Cuando comenzó a hablar, aquella dificultad desacostumbrada
pareció servir sólo para confirmar su decisión de un modo aún más
inmutable. Los hombres blancos estaban en aquel momento esperando su respuesta en la colina. Su jefe le había hablado en el lenguaje de su propia gente, dejando claras muchas cosas difíciles de explicar en cualquier otro idioma. Eran hombres errantes a los que los
padecimientos habían acabado por cegar en cuanto a lo que estaba
bien y lo que estaba mal. Era cierto que ya se habían perdido vidas,
pero, ¿por qué perder más? Les declaró a sus oyentes, los jefes reunidos del pueblo, que el bienestar de ellos era el suyo propio. Miró a su
alrededor, a los rostros graves de los que le escuchaban, y les dijo que
recordaran que habían luchado y trabajado hombro con hombro.
Conocían su valor... En ese punto le interrumpió un murmullo... Y
que nunca les había defraudado. Llevaban muchos años viviendo
juntos. Amaba la tierra y a las gentes que en ella vivían con gran pasión. Estaba dispuesto a pagar con su propia vida si ellos sufrían
cualquier daño al permitir retirarse a los hombres blancos que tenían barba. Eran seres portadores del mal, pero su destino también
había sido malvado. ¿Acaso él les había aconsejado mal alguna vez?

¿Habían traído sus palabras alguna vez sufrimientos para el pueblo? Él creía que lo mejor sería permitir que aquellos blancos y sus seguidores salvaran la vida. Él lo consideraría un pequeño regalo.

»—Yo, a quien habéis puesto a prueba y siempre os ha respondido con lealtad y sinceridad, os pido que les dejéis marchar.

»Se volvió hacia Doramín. El viejo *nakhoda* no hizo movimiento alguno.

»—Entonces —dijo Jim—, llamad a Dain Waris, vuestro hijo, amigo mío, pues en este asunto no seré yo quien esté al frente.

Capítulo XLIII

«Tamb'Itam, desde detrás de la silla de Jim, no daba crédito a su asombro. Las palabras de Jim causaron una inmensa conmoción.

»—Dejadles ir porque eso es lo mejor según mi criterio, el cual no os ha reportado nunca más que ventajas —insistió Jim.

»En la sala reinó el silencio. Desde la oscuridad del patio llegaban los susurros ahogados y el arrastrar de pies de muchas personas. Doramín levantó su pesada cabeza y afirmó que leer en los corazones era tan imposible como tocar el cielo con la mano, pero... dio su consentimiento. Los demás fueron dando su opinión sucesivamente: "Es lo mejor", "Dejémoslos marchar", etcétera. Pero la mayoría dijeron sencillamente que "creían en el *Tuan* Jim".

»El meollo del asunto radica en esa sencilla fórmula de asentimiento: la fe de ellos, la sinceridad de Jim, y aquel testimonio de fidelidad que, ante sus propios ojos, igualaba a Jim con los hombres impecables que nunca desertan de las filas. Las palabras de Stein, "¡Romántico...! ¡Romántico!" parecían resonar a través de esa distancia que ya nunca lo devolverá a un mundo indiferente ante sus fallos y virtudes, así como ante ese afecto apasionado y dependiente que le niega la limosna de las lágrimas en el extravío de un dolor enorme y la separación eterna. Desde el momento en que la absoluta autenticidad de sus tres últimos años de vida triunfa en toda la línea frente a la ignorancia, el miedo y la furia de los hombres, ya no aparece ante mí tal como lo vi la última vez —un punto blanco que atraía toda la luz macilenta que les restaba a una costa sombría y a un mar oscurecido— sino mucho más grande y más digno de compasión en la soledad de su alma, que perdura incluso para aquélla que más lo amó como un misterio cruel e insoluble.

»Es obvio que no desconfiaba de Brown; no había razón alguna para poner en duda su historia, cuya veracidad parecía garantizada por la ruda franqueza, por una suerte de sinceridad viril impresa en la aceptación de la moral y las consecuencias de sus actos. Pero Jim no sabía nada del casi inconcebible egotismo que llevaba a aquel hombre, cuando alguien resistía y desbarataba sus deseos, a enloquecer con la ira indignada y rencorosa de un autócrata contrariado. Pero aunque Jim no desconfiaba de Brown, sí estaba evidentemente ansioso de que no pudiera tener lugar ningún equívoco que pudiese, tal vez, acabar en el combate y el derramamiento de sangre. Por esta razón, tan pronto como los jefes malayos se hubieron marchado, le pidió a Joya que le sirviera algo de comer, pues iba a dejar el fuerte para tomar el mando en la población. Ante las protestas de ella, que aducía su fatiga, dijo que podría suceder algo que no se perdonaría nunca.

»—Soy responsable de todas las vidas de este país —dijo.

»Al principio estuvo taciturno. Le sirvió ella misma, tomando los platos y bandejas (de la vajilla que le regalara Stein) de manos de Tamb'Itam. Jim se animó al poco rato, y le dijo que ella tendría que estar al mando del fuerte otra noche más.

»—No podemos dormir, chiquilla —dijo—, mientras nuestra gente esté en peligro.

»Más tarde, le dijo en broma que ella era el mejor hombre de todos.

»—Si tú y Dain Waris hubieseis hecho lo que queríais, ahora no estaría vivo ni uno solo de esos pobres diablos.

»—¿Son muy malos? —preguntó ella, inclinándose sobre él.

»—Las personas actúan mal a veces sin ser mucho peor que otras —dijo, tras ciertas vacilaciones.

»Tamb'Itam acompañó a su señor hasta el embarcadero del fuerte. La noche era clara, pero sin luna, y el centro del río estaba a oscuras, mientras que el agua de ambas orillas reflejaba la luz de muchas hogueras.

»—Como en una noche de ramadán[1] —dijo Tamb'Itam.

»Los botes de guerra se deslizaban silenciosamente por el oscuro trecho central del río, o, los que estaban fondeados, flotaban inmóviles con un fuerte chapoteo del agua a su alrededor. Aquella noche Tamb'Itam tuvo que remar mucho en una canoa y caminar

---

[1] *Ramadán:* mes de ayuno musulmán en el que está prohibido ingerir alimentos de sol a sol. Así pues, por la noche se encienden muchas hogueras para cocinar. *(N. del T.)*

otro tanto pegado a los talones de su señor: desfilaron calle arriba y abajo, llegaron hasta donde ardían las hogueras, y al interior, en las afueras de la población, donde grupos reducidos de hombres hacían guardia en los campos. *Tuan* Jim impartía las órdenes y todos le obedecían. Por último, fue a la empalizada del rajá, ocupada esa noche por un destacamento de hombres de Jim. El viejo rajá había huido a primeras horas de la mañana, con la mayoría de sus mujeres, hasta una casita que tenía cerca de una aldea de la jungla que estaba a su vez al borde de un afluente del río. Kassim, que había quedado atrás, había asistido al consejo con sus característicos aires de diligente actividad para explicar satisfactoriamente su actividad diplomática del día anterior. Se le trató con una considerable frialdad, pero se las arregló para mantener su actitud sonriente y tranquilamente vigilante, y se declaró enormemente encantado cuando Jim le dijo con severidad que aquella noche tenía la intención de ocupar la empalizada con sus propios hombres. Tras la disolución del consejo, se le pudo oír afuera dirigiéndose a este o aquel jefe que ya se iba y hablando con voz potente y llena de gratitud de la protección de las propiedades del rajá en ausencia de éste.

»Los hombres de Jim ocuparon sus puestos a eso de las diez. La empalizada dominaba la entrada del arroyo, y Jim tenía la intención de permanecer allí hasta que Brown hubiera pasado de largo. Encendieron una pequeña fogata en un lugar llano y con mucha hierba que había fuera del muro de estacas, y Tamb'Itam dispuso un pequeño taburete plegable para su señor. Jim le dijo que intentara dormir. Tamb'Itam colocó una esterilla y se tendió a corta distancia; pero no podía pegar ojo, aunque sabía que tenía que salir para realizar un viaje importante antes de que acabase la noche. Su señor se paseaba de un lado a otro cerca de la fogata, con la cabeza inclinada y las manos a la espalda tenía una expresión apesadumbrada. Cuando se le acercaba su señor, Tamb'Itam fingía dormir, pues no quería que se supiese observado. Por fin, su señor se detuvo, dirigiendo la mirada a donde él estaba tendido, y le dijo suavemente:

»—Es la hora.

»Tamb'Itam se levantó inmediatamente y realizó sus preparativos. Su misión consistía en ir río abajo precediendo a la chalupa de Brown en una hora o más, para decirle final y formalmente a Dain Waris que no debía molestar a los blancos a su paso. Jim no confiaba en ningún otro para aquella tarea. Antes de salir, Tamb'Itam, más que nada por cuestión de formas (pues su posición con respecto a Jim lo hacía perfectamente conocido), pidió una señal.

»—Porque, *Tuan* —dijo—, el mensaje es importante, y son vuestras palabras mismas lo que llevo.

»Su señor se fue metiendo las manos en los diferentes bolsillos, hasta que, por fin, se quitó el anillo de plata de Stein, que solía llevar puesto, y se lo dio a Tamb'Itam. Cuando éste partió para desempeñar su misión, el campamento de Brown en la cima del montículo estaba a oscuras, salvo por un pequeño resplandor que brillaba a través de las ramas de uno de los árboles que habían derribado los hombres blancos.

»Al anochecer, Brown había recibido de parte de Jim un pedazo de papel plegado en el que se podía leer: «Tiene usted vía libre. Salga tan pronto como su bote flote con la marea de la mañana. Sus hombres habrán de ser cuidadosos. Los arbustos a ambos lados del arroyo y la empalizada de la entrada están repletos de hombres bien armados. No tendrían ni la más mínima oportunidad, aunque no creo que usted desee un derramamiento de sangre». Brown lo leyó, rompió el papel en pedazos y, volviéndose hacia Cornelius, que era quien lo había traído, le dijo con una risita burlona:

»—Adiós, mi gran amigo.

»Cornelius había estado rondando a escondidas la casa de Jim durante toda la tarde. Jim lo eligió para llevar la nota porque hablaba inglés, era conocido por Brown, y no era probable que le dispararan traicionados por los nervios, cosa que sí podría ocurrir si se les acercara un malayo en la penumbra.

»Cornelius no se marchó después de entregar el mensaje. Brown estaba sentado junto a una pequeña hoguera, y todos los demás estaban tendidos.

»—Le podría decir algo que le gustaría saber —masculló Cornelius con un tono irritado.

»Brown no le prestó atención.

»—No lo ha matado —continuó diciendo—, ¿y qué ha sacado? Podría haber obtenido dinero del rajá, además del botín de todas las casas de los buguis, y ahora no va a sacar nada.

»—Será mejor que tome el portante —gruñó Brown, sin dirigirle una mirada siquiera.

»Pero Cornelius se dejó caer a su lado y comenzó a susurrar muy rápidamente, dándole un golpecito en el codo de vez en cuando. Lo que dijo hizo que Brown se incorporara al instante mientras lanzaba un juramento. Le había informado, sencillamente, de la existencia del grupo de hombres armados que tenía Dain Waris río abajo. Al principio, Brown se creyó engañado y traicionado, pero un instante de reflexión le convenció de que no habían ideado ningún tipo de conspiración contra él. No dijo nada y, al rato, Cornelius señaló, con un tono de absoluta indiferencia, que había otra ruta río abajo que él conocía muy bien.

»—No sería mala cosa saberlo —dijo Brown, mientras aguzaba los oídos.

»Cornelius comenzó a hablar de lo que pasaba en la población y repitió todo lo que se había dicho en el consejo, hablando con un susurro monótono al oído de Brown, igual que alguien que hablara entre hombres dormidos a los que no deseara despertar.

»—Sí. Es un necio. Un niño pequeño. Vino aquí y me despojó —prosiguió ronroneando Cornelius—, y logró que todos creyeran en él. Pero, ¿si pasara algo de modo que ya no volvieran a creerle, qué sería de él? Y Dain, el bugui que le está esperando río abajo, era el mismísimo hombre que le obligó a refugiarse aquí cuando llegó usted, capitán.

»Brown señaló con calma que lo mejor sería evitar toparse con él y, con el mismo tono distanciado y pensativo, Cornelius afirmó conocer un meandro del río lo suficientemente ancho como para permitir a la chalupa pasar de largo por detrás del campamento de Waris.

»—Tendrán que guardar silencio —dijo, como si se le acabara de ocurrir—, porque hay un punto en el que se pasa muy cerca del campamento. Muy cerca. Están acampados en tierra y con los botes en seco.

»—¡Ah! Sabemos ser silenciosos como tumbas; no se preocupe por eso —dijo Brown.

»Cornelius puso como condición que si él hacía de piloto para Brown deberían remolcar su canoa.

»—Tendré que estar de vuelta rápidamente —explicó.

»Dos horas antes del amanecer los vigías del exterior hicieron correr la voz de que los ladrones blancos estaban descendiendo la colina para embarcarse en su chalupa. En muy poco tiempo estuvieron alerta todos los hombres armados de Patusan, de uno a otro extremo de la población, pero, sin embargo, en las orillas del río continuó reinando tal silencio que, de no ser por las fogatas que ardían con llamas repentinas y borrosas, se podría haber pensado que la población dormía, igual que en tiempo de paz. Había una densa niebla a ras de agua produciendo una especie de luz gris e ilusoria que no dejaba ver nada. Cuando la chalupa de Brown salió deslizándose del arroyo para entrar en el río, Jim estaba de pie en la punta de tierra baja que había frente a la empalizada del rajá... exactamente el mismo punto en que puso pie por primera vez en tierras de Patusan. Apareció una sombra que se movía sobre el fondo grisáceo, solitaria, muy voluminosa, y que sin embargo se hurtaba constantemente a la vista. De ella salió un murmullo en voz muy baja. Brown, que estaba a la caña, oyó las palabras tranquilas de Jim:

»—Vía libre. Tendrá que fiarse de la corriente mientras dure la niebla; pero se levantará dentro de poco.

»—Sí, dentro de poco lo veremos todo con claridad —replicó Brown.

»Los treinta o cuarenta hombres que tenían los mosquetes listos fuera de la empalizada contuvieron el aliento. El bugui que poseía el prao, al que vi en la terraza de Stein, y que era uno de aquellos hombres, me dijo que la chalupa, al doblar la punta de tierra casi rozándola, pareció, por un instante, agigantarse y quedarse suspendida sobre ella como si fuera una montaña.

»—Si cree que le vale la pena esperar fuera un día —gritó Jim—, intentaré enviarle algo, un buey, unos ñames... lo que pueda.

»La sombra siguió moviéndose.

»—Sí, hágalo —dijo una voz, inexpresiva y ahogada por la niebla.

»Ni uno solo de los atentos espectadores entendió el significado de las palabras. Brown y sus hombres se alejaron flotando, se desvanecieron como espectros sin hacer el menor ruido.

»Y, de ese modo, Brown, invisible en la niebla, sale de Patusan, codo con codo con Cornelius en la popa de la chalupa.

»—Quizá le dé un ternero —dijo Cornelius—. Ah, sí. Bueyes, ñames... Los tendrá si *él* lo dice. Siempre dice la verdad. Me robó todo lo que era mío. Supongo que usted preferirá un ternero al botín de muchas casas.

»—Le aconsejo que cierre el pico si no quiere que alguno de nosotros lo tire por la borda con esta maldita niebla —dijo Brown.

»El bote parecía estar inmóvil; no se veía nada, ni siquiera el río que tenían junto a ellos; la única sensación era la producida por las gotas de agua que volaban y goteaban, una vez condensadas, por sus rostros y sus barbas. Era todo muy extraño, me dijo Brown. Cada uno de ellos se creía a la deriva, solo en la chalupa, acosado por una sospecha casi imperceptible de fantasmas que suspiraban y susurraban.

»—¿Me tiraría por la borda, eh? Pero yo sabría dónde estaba —masculló Cornelius entre dientes—. Llevo muchos años viviendo aquí.

»—No los suficientes para poder ver en una niebla como ésta —dijo Brown, mientras se repantigaba hacia atrás y movía de un lado a otro la inútil caña del timón.

»—Sí. Los suficientes para poder hacerlo —replicó el otro con rabia.

»—Eso resulta muy útil —comentó Brown—. ¿Debo creer que sería capaz de encontrar el meandro del que me habló con los ojos vendados, tal como estamos?

»Cornelius le respondió con un gruñido.

»—¿Está demasiado cansado para remar? —preguntó tras un lapso de silencio.

»—¡No, por Dios! —gritó Brown de repente—. ¡Vosotros, sacad los remos!

»Hubo muchos roces y golpes en la niebla, que, tras un cierto tiempo, se convirtieron en un chirriar de remos invisibles de toletes igualmente invisibles. Por lo demás, todo permaneció igual, y de no ser por los ligeros chapoteos de las palas de los remos al entrar en el agua, hubiera sido como remar en un globo dentro de una nube, dijo Brown. A partir de ese momento, Cornelius no volvió a despegar los labios, salvo para pedir quejumbroso que alguien achicara su canoa, que llevaban remolcada detrás de la chalupa. La niebla fue adquiriendo un tono blanco, y comenzaron a ver luz delante de ellos. A su izquierda, Brown vio tal oscuridad que le pareció haber vislumbrado la espalda de la noche que acababa de pasar. De pronto, apareció sobre su cabeza una gran rama llena de hojas, mientras varios extremos de retoños, chorreando agua e inmóviles, se curvaban con delicadeza muy pegados al costado de la chalupa. Cornelius, sin pronunciar una palabra, lo sustituyó a la caña del timón.

Capítulo XLIV

»Creo que no volvieron a dirigirse la palabra. La embarcación entró en un estrecho canal lateral, donde la impulsaron apoyando las palas de los remos en la quebradiza tierra de las orillas. Había tal penumbra que parecía que se hubieran desplegado unas alas negras y enormes por encima de la niebla, que a su vez llegaba hasta las copas de los árboles. Las ramas superiores dejaban caer grandes gotas de agua a través de la lóbrega niebla. Al oír un murmullo de Cornelius, Brown les ordenó a sus hombres que cargaran las armas.

»—Os voy a dar una oportunidad de pagarles por lo que os han hecho, pandilla de zarrapastrosos —le dijo a su banda—. Y andad con cuidado de no desperdiciarla... animales.

»El discurso fue contestado con gruñidos en voz baja. Cornelius, por su parte, con grandes aspavientos, se mostró muy preocupado por la seguridad de su canoa.

»Mientras tanto, Tamb'Itam había llegado a su destino. La niebla lo había retrasado un poco, pero había remado con firmeza, manteniéndose pegado a la orilla sur. En seguida, llegó la luz del día, como filtrada a través de un globo de cristal deslustrado. Las dos orillas del río aparecían como una mancha oscura en la que se podían detectar insinuaciones de perfiles como de columna y las sombras de las ramas torcidas más altas. La niebla era aún densa a ras del agua, pero había una buena guardia montada, pues según se iba aproximando al campamento, emergieron de entre el blanco vapor las figuras de dos hombres, y escuchó voces que le hablaron con gran potencia. Respondió, y al poco rato apareció una canoa al lado de la suya e intercambió noticias con sus remeros. Todo iba bien. Se habían acabado los problemas. Luego, los hombres de la otra canoa soltaron la suya y se perdieron de vista involuntariamente. Él prosiguió su camino hasta que oyó voces que le llegaban suavemente por encima del agua y vio, bajo la niebla que ya empezaba a levantarse y arremolinarse, el resplandor de muchas pequeñas fogatas que ardían en una franja de terreno arenoso, a la que servían de fondo altos y delgados árboles y arbustos. También allí había vigilancia, pues alguien le dio el quién vive. Gritó su nombre y dos paladas más lo llevaron hasta la arena. Era un campamento grande. Los hombres se sentaban formando muchos grupitos sumidos en el amortiguado murmullo de la charla a primeras horas de la mañana. Vio muchos hilillos de humo que trazaban lentas curvas en la blanca niebla. Habían construido pequeños refugios, levantados por encima del suelo, para los jefes. Los mosquetes estaban apiñados formando pequeñas pirámides, y las largas lanzas estaban clavadas de una en una en la arena, cerca de las hogueras.

»Tamb'Itam, adoptando aires de suficiencia, exigió que lo condujeran a presencia de Dain Waris. Encontró al amigo de su señor blanco tendido sobre un lecho elevado construido con bambú y cobijado por una especie de cobertizo de palos cubierto con esterillas. Dain Waris estaba despierto, y frente a su refugio ardía un alegre fuego dándole el aspecto de un tosco lugar de culto. El único hijo varón del *nakhoda* Doramín contestó con amabilidad a su saludo. Tamb'Itam comenzó por entregarle el anillo que garantizaba la veracidad de las palabras del mensajero. Dain Waris, apoyado sobre un codo, le pidió que hablara y le contase todas las noticias. Tras comenzar con la fórmula consagrada —«Las noticias son buenas»—, Tamb'Itam reprodujo con exactitud las palabras de Jim. Los hombres blancos se marchaban, con el consentimiento de todos los jefes, y se les debía permitir el paso libre río abajo. Para responder a un par de preguntas, el mensajero pasó a informarle de lo acaecido en el último consejo. Dain Waris escuchó con atención hasta que acabó el relato, mientras jugueteaba con el anillo, que finalmente se puso en el dedo índice de la mano derecha. Tras escuchar todo lo que tenía que decir, le dio licencia a Tamb'Itam para que comiera algo y descansase. Se impartieron de inmediato órdenes para efectuar el regreso aquella tarde. Después, Dain Waris volvió a tumbarse, mientras sus servidores personales le preparaban la comida en la fogata, junto a la cual se sentaba también Tamb'Itam, hablando con los hombres que se acercaban para enterarse de las últimas nuevas de la población. El sol estaba devorando la niebla. Se mantuvo una buena guardia en un punto que dominaba el canal principal, por el que se esperaba que apareciera la chalupa de los hombres blancos en cualquier momento.

»Fue entonces cuando Brown se vengó del mundo, que, tras veinte años de desdenes e implacables abusos, le negaba el tributo del éxito propio de un ladronzuelo vulgar. Fue un acto de ferocidad a sangre fría, y le sirvió de consuelo en su lecho de muerte recordándolo como si de un acto de indomable desafío se tratara. Hizo desembarcar sigilosamente a sus hombres al otro lado de la isla que estaba enfrente del campamento de los buguis y los condujo hasta sus mismos bordes. Tras un breve pero bastante silencioso forcejeo, Cornelius, que había tratado de escabullirse durante el desembarco, se resignó a mostrar el camino por donde la maleza era menos tupida. Brown le aprisionó ambas huesudas manos detrás de la espalda en uno solo de sus enormes puños y, de vez en cuando, lo impulsaba hacia delante con un feroz empujón. Cornelius permaneció mudo como una tumba, abyecto pero fiel a sus propósitos, cuyo cumplimiento se avecinaba borrosamente. En el límite de la jungla, los hombres de Brown se desplegaron poniéndose a cubierto y esperaron. Desde allí veían claramente el campamento entero, de punta a punta, y nadie miraba en la dirección en que se encontraban ellos. No podía soñar siquiera que los hombres blancos pudieran tener ni idea de la existencia del estrecho canal que había detrás del islote. Cuando creyó llegado el momento, Brown chilló:

»—¡Dadles duro!

»Y los catorce disparos resonaron al unísono.

»Tamb'Itam me dijo que la sorpresa fue tan mayúscula que, salvo los que cayeron muertos o heridos, ni uno de ellos se movió durante un tiempo más que notable después de la primera descarga. Luego chilló un hombre, y tras ese chillido, salió de todas las gargantas otro enorme de asombro y temor. Un pánico generalizado y ciego impulsó a aquellos hombres formando una manada que iba y venía de un lado a otro de la orilla, como si fueran ganado temeroso del agua. Unos pocos saltaron al río en aquel momento, pero la mayoría lo hicieron sólo después de la última descarga. Los hombres de Brown dispararon tres veces a la multitud, mientras su capitán, el único que estaba a la vista, maldecía al tiempo que chillaba.

»—¡Apuntad bajo! ¡Apuntad bajo!

»Tamb'Itam dice que, en lo que a él respecta, se dio cuenta de lo sucedido desde la primera salva de disparos. Aunque no lo alcanzaron, cayó y se quedó tendido haciéndose el muerto, pero con los ojos abiertos. Al oír los primeros disparos, Dain Waris, que estaba tumbado en su lecho, se levantó de un salto y corrió hacia la orilla, justo a tiempo para recibir un disparo en la frente a la segunda descarga. Tamb'Itam le vio abrir los brazos de par en par antes de caer. Entonces, dice, se apoderó de él un enorme temor... No antes. Los hombres blancos se retiraron tal como llegaron: sin ser vistos.

»De ese modo saldó Brown sus cuentas pendientes con la malévola Fortuna. Observe que, incluso en esta espantosa acción, mantiene la superioridad de quien imprime su derecho —en un sentido abstracto— incluso a sus más vulgares deseos. No se trató de una masacre ordinaria y traicionera; fue una lección, una retribución..., la demostración de un oscuro y espantoso atributo de nuestra naturaleza que, mucho me temo, no se encuentra a tanta distancia de nuestra superficie como nos gustaría pensar.

»Después, los blancos se marchan, sin ser vistos por Tamb'Itam, y parecen desaparecer por completo de la vista de los seres humanos; y la goleta se desvanece igualmente, a la manera de los objetos robados. Pero se cuenta por ahí una historia de una chalupa blanca que fue recogida un mes más tarde por un mercante de vapor en pleno océano Índico. En ella iban dos amarillentos y apergaminados esqueletos de ojos vidriosos que apenas si podían susurrar y que reconocían la autoridad de un tercero que afirmó llamarse Brown. Su goleta, según declaró, se dirigía hacia el sur con un cargamento de azúcar de Java, había tenido una importante vía de agua y acabó por hundirse bajo sus pies. Él y sus compañeros eran los supervivientes de una tripulación de seis personas. Sus dos acompañantes murieron a bordo del vapor que los rescató. Brown vivió lo suficiente para verme, y yo soy testigo de que hasta el último momento actuó con fidelidad a las reglas marcadas por su papel.

»Parece ser, en todo caso, que al marcharse olvidaron soltar la canoa de Cornelius. A éste lo había dejado marchar Brown al comienzo del tiroteo, propinándole una patada como bendición de despedida. Tamb'Itam, tras levantarse de entre los muertos, vio al *nazareno* que corría de un lado a otro por la orilla, entre los cadáveres y las fogatas que se iban apagando. Iba lanzando grititos, y, de pronto, entró corriendo en el agua e hizo frenéticos esfuerzos para meter uno de los botes buguis en el río.

»—Después, hasta que me hubo visto —me contó Tamb'Itam—, se quedó de pie, con la mirada fija en la pesada canoa, mientras se rascaba la cabeza.

»—¿Qué fue de él? —pregunté.

»Tamb'Itam, mirándome con dureza, hizo un expresivo ademán con el brazo derecho.

»—Dos veces le di, *Tuan* —dijo—. Cuando se dio cuenta de que me acercaba, se arrojó de bruces al suelo y armó un gran escándalo, gritando y pataleando. Estuvo chillando como una gallina asustada hasta que sintió la punta del cuchillo; luego, se quedó quieto, tendido, con los ojos clavados en mí, mientras la vida iba extinguiéndose en su mirada.

»Una vez hecho aquello, Tamb'Itam no se entretuvo más. Comprendía perfectamente la importancia de ser el primero en llegar al fuerte con las espantosas nuevas. Hubo, por supuesto, muchos supervivientes entre los que formaban el grupo de Dain Waris; pero en la inmensidad de su pánico, algunos habían cruzado el río a nado y otros habían huido internándose en la jungla. Lo cierto es que no sabían realmente quién les había infligido aquel golpe... ni si había más ladrones blancos en camino, ni siquiera si no se habrían apoderado ya del país entero. Se imaginaron víctimas de una enorme traición y absolutamente condenados al aniquilamiento. Se dice que hubo algunos pequeños grupos que no aparecieron hasta tres días después. Sin embargo, unos cuantos intentaron regresar a Patusan de inmediato, y una de las canoas que patrullaba el río aquella mañana estaba a la vista del campamento en el instante justo del ataque. Es verdad que en un primer momento sus tripulantes saltaron por la borda y nadaron hasta la orilla opuesta; pero después regresaron a su embarcación e iniciaron temerosos la vuelta río arriba. Con respecto a estos últimos Tamb'Itam disponía de una hora de ventaja.

Capítulo XLV

»Cuando Tamb'Itam llegó, remando como un desesperado, a la vista de Patusan, observó que las mujeres, que abarrotaban las plataformas situadas delante de las casas, estaban esperando el regreso de la flotilla de botes de Dain Waris. La población tenía un aire festivo; aquí y allá se podía ver a los hombres que, todavía con las lanzas o los rifles en la mano, paseaban o permanecían estáticos formando grupos junto a la orilla. Los chinos habían abierto sus tiendas temprano, pero el mercado estaba vacío, y un centinela, apostado todavía en una de las esquinas del fuerte, divisó a Tamb'Itam y se lo comunicó a los de dentro con un grito. El portón de la entrada estaba abierto de par en par. Tamb'Itam saltó a tierra y entró corriendo con todas sus fuerzas. La primera persona a la que vio fue a la muchacha, que salía en aquel momento de la casa.

»Jadeante, desastrado, temblándole los labios y con una mirada enloquecida, se quedó parado unos momentos delante de ella, como bajo los efectos de un súbito hechizo. Luego, comenzó a hablar muy deprisa:

»—Han matado a Dain Waris y a muchos más.

»La joven entrelazó las manos, y las primeras palabras que dijo fueron:

»—Cierra el portón.

»La mayor parte de los miembros de la guarnición del fuerte había regresado a sus hogares, pero Tamb'Itam echó mano de los pocos que quedaban de guardia. La muchacha permaneció quieta en medio del patio mientras todos corrían de un lado a otro.

»—¡Doramín! —exclamó ella con tono desesperado en un momento en que Tamb'Itam pasó junto a ella.

»La vez siguiente que se le acercó le dio una rápida respuesta al pensamiento de la muchacha.

»—Sí. Pero nosotros tenemos toda la pólvora que hay en Patusan.

»Ella le cogió del brazo y, mientras señalaba hacia la casa, le susurró con voz temblorosa:

»—Llámalo.

»Tamb'Itam subió corriendo los escalones de entrada. Su señor estaba durmiendo.

»—Soy yo, Tamb'Itam —exclamó desde el umbral—, con nuevas que no pueden esperar.

»Vio que Jim giraba la cabeza sin despegarla de la almohada y que abría los ojos, y sin aguardar más, rompió a hablar de inmediato:

»—Hoy, *Tuan,* es un día malhadado, un día maldito.

»Su señor se incorporó, apoyándose en un codo para escucharle —exactamente igual que lo hiciera Dain Waris—. Y entonces comenzó a contar su historia, intentando narrarla de forma ordenada, y llamando *panglima*[1] a Dain Waris.

»—El *panglima* llamó entonces al jefe de sus propios barqueros, diciéndole: "Dale algo de comer a Tamb'Itam"...

»En ese instante su señor sacó los pies de la cama y lo miró con un semblante tan descompuesto que las palabras se le helaron en la garganta.

»—Habla de una vez —dijo Jim—. ¿Está muerto?

»—¡Así tengáis vos larga vida! —exclamó Tamb'Itam—. Fue una traición muy cruel. Él salió corriendo a los primeros disparos y cayó...

»Su señor fue caminando hasta la ventana y dio un puñetazo al postigo. Se hizo la luz en la habitación. Luego, con voz firme, pero pronunciando las palabras con rapidez, comenzó a darle órdenes: que reuniera una flotilla de botes para iniciar inmediatamente la persecución, que hablara con este hombre y con aquél... que enviara mensajeros...; y, mientras hablaba, se sentó en la cama incli-

[1] *Panglima:* en malayo, «jefe». *(N. del T.)*

nándose para atarse rápidamente las botas, cuando, de pronto, levantó la vista.

»—¿Por qué te quedas ahí parado? —le preguntó con el rostro echando fuego—. No pierdas el tiempo.

»Tamb'Itam no se movió.

»—Perdonadme, *Tuan,* pero, pero... —comenzó a balbucear.

»—¿Qué? —exclamó su señor en voz muy alta, con un aspecto terrible, inclinado hacia delante y agarrado con todas sus fuerzas al borde de la cama.

»—Que para vuestro criado no es seguro salir a mezclarse con la gente —dijo él, tras vacilar un momento.

»Fue entonces cuando Jim comprendió. Se había retirado de un mundo por un asuntillo relativo a un salto impulsivo, y ahora el otro, el que era obra de sus propias manos, se estaba cayendo en ruinas sobre su cabeza. ¡Ya no era seguro para su criado el mezclarse con su propia gente! Creo que en aquel mismo instante decidió plantar cara al desastre del único modo en que se le ocurrió que podría ser posible plantarle cara a un desastre de aquella naturaleza; pero todo lo que sé es que, sin pronunciar ni una palabra, salió de la habitación y fue a sentarse ante la gran mesa, a la cabecera de la cual acostumbraba a regular los asuntos que afectaban a su mundo, desde donde proclamaba a diario la verdad que sin duda habitaba en su corazón. Los poderes oscuros no le podrían robar dos veces su paz interior. Permanecía sentado como un convidado de piedra. Tamb'Itam, con profunda deferencia, insinuó algo sobre los preparativos para la defensa. La joven a la que amaba entró y le habló, pero él hizo un ademán y a ella le espantó la muda exigencia de silencio que indicó con él. La joven se dirigió hacia la galería y se sentó en el umbral de la puerta de la casa, como para protegerlo con su cuerpo de todos los peligros del exterior.

»¿Qué pensamientos cruzarían por su cerebro... qué recuerdos? ¿Cómo saberlo? Todo se había acabado, y él, que en una ocasión no había sido fiel a su deber, había vuelto a perder toda la confianza de los hombres. Fue entonces, creo, cuando intentó escribir —a alguien— para abandonar posteriormente la idea. La soledad estaba estrechando el cerco a su alrededor. Las gentes habían puesto sus vidas en manos de él... aunque sólo fuera por eso; y, sin embargo, nunca serían capaces, como dijera él mismo, nunca se les podría hacer comprenderle. Los que estaban fuera no le oyeron hacer ni un solo ruido. Más tarde, hacia el anochecer, fue hasta la puerta y llamó a Tamb'Itam.

»—¿Y bien? —preguntó.

»—Hay muchas lágrimas. Mucha ira también —dijo Tamb'Itam.

»Jim levantó la vista para mirarle.

»—Ya sabes... —murmuró.

»—Sí, *Tuan* —dijo Tamb'Itam—. Vuestro criado lo sabe, y el portón está cerrado. Tendremos que combatir.

»—¡Combatir! ¿Para qué? —preguntó.

»—Para salvar la vida.

»—Yo no tengo vida —dijo.

»Tamb'Itam oyó una exclamación procedente de la joven, que estaba junto a la puerta.

»—¿Quién sabe? —dijo el criado—. Mediante la audacia y la astucia es posible que podamos incluso escapar. El corazón de las gentes es morada de mucho miedo también.

»Salió de la estancia pensando vagamente en embarcaciones y en el mar abierto, y dejó a Jim y a la joven juntos.

»Me falta valor para dejar constancia aquí de los atisbos que ella me ofreció de la hora, o más, que pasó allí luchando con él por la posesión de su propia felicidad. Resulta imposible saber si él tenía esperanzas, o, sencillamente, lo que esperaba o imaginaba que iba a suceder. Se mostró inflexible, y, con la creciente soledad derivada de su obstinación, su alma pareció elevarse por encima de las ruinas de su existencia.

»—¡Lucha! —le gritaba ella al oído.

»La joven no podía entenderlo. No había nada por lo que luchar. Jim iba a demostrar su poder de otro modo, para derrotar al mismísimo y fatal destino. Salió al patio, y ella caminó tambaleante tras él, con el pelo suelto y desordenado, el rostro desencajado, sin aliento; se apoyó contra uno de los lados de la puerta.

»—Abrid el portón —ordenó él.

»Después, encarando a los hombres que había dentro del fuerte, les dio licencia para marcharse a sus hogares.

»—¿Durante cuánto tiempo, *Tuan*? —preguntó uno de ellos con timidez.

»—Para toda la vida —dijo él con tono sombrío.

»Tras el estallido de gemidos y lamentaciones que había barrido todo el río como una racha de viento procedente de la morada nuevamente abierta del sufrimiento, la quietud había caído ahora sobre la población. Pero los rumores corrían de boca en boca, entre susurros, llenando los corazones de consternación y dudas terribles. Los ladrones iban a regresar, trayendo a muchos más consigo en un barco enorme, y no habría refugio para nadie en todo el país. Una sensación de inseguridad absoluta, como la que se experimenta durante un terremoto, se apoderó de la mente de todos mientras susurraban sus sospechas, mirándose los unos a los otros como si estuvieran en presencia de un espantoso portento.

»El sol estaba ya sumergiéndose en la jungla cuando trajeron el cuerpo de Dain Waris al campamento de Doramín. Lo transportaban entre cuatro hombres, cubierto por decencia con una sábana blanca que su anciana madre había enviado hasta el portón para recibir al hijo a su regreso. Lo dejaron en el suelo a los pies de Doramín, y el anciano permaneció inmóvil en su asiento durante un largo rato, con las manos sobre las rodillas y la mirada fija hacia abajo. Las palmeras balanceaban suavemente sus hojas, y el follaje de los árboles frutales se mecía por encima de su cabeza. Todos y cada uno de sus hombres estaban allí, armados hasta los dientes, cuando el viejo *nakhoda* levantó por fin la vista. Fue recorriendo la multitud lentamente con la mirada, como si buscara un rostro que faltase. Volvió a dejar caer la barbilla sobre el pecho. Los murmullos de numerosos hombres se mezclaron con el ligero crujido de las hojas.

»El malayo que había traído a Tamb'Itam y a la joven a Samarang estaba allí.

»—No tan furioso como tantos otros —me dijo—, sino desbordado por el espanto y el asombro ante lo repentino del destino de los hombres, que está suspendido sobre sus cabezas igual que una nube repleta de truenos.

»Me dijo que cuando descubrieron el cuerpo de Dain Waris ante una indicación de Doramín, aquél a quien solían llamar el amigo del lord blanco, apareció igual que siempre, con los párpados entreabiertos, como si estuviera a punto de despertar. Doramín se inclinó un poco más hacia delante, como si buscara algo que se le hubiese caído al suelo. Examinó el cuerpo con la mirada de pies a cabeza; tal vez buscara la herida. Ésta era pequeña y se encontraba localizada en la frente; nadie pronunció ni una palabra mientras uno de los asistentes, tras inclinarse, le quitó un anillo de plata a aquella mano rígida y fría. Lo sostuvo ante Doramín en silencio. A la vista de la prenda de amistad tan conocida, hubo un murmullo de consternación y horror que recorrió a toda la multitud. El viejo *nakhoda* lo miraba con fijeza, y, de pronto, lanzó una potente exclamación llena de ira, surgida directamente del pecho, un rugido de dolor y de furia, tan poderoso como el mugir de un toro herido, hasta el punto de introducir un enorme temor en el corazón de sus hombres ante la magnitud de su ira y de su sufrimiento, que se percibía claramente sin necesidad de palabras. Después hubo una gran quietud durante un tiempo, mientras cuatro hombres apartaban el cadáver. Lo dejaron tendido bajo un árbol, y al instante, con un prolongado chillido, todas las mujeres de la casa comenzaron a gemir al unísono; todas mostraban su duelo con agudos gritos. El sol se estaba poniendo, y en los intervalos entre los chillidos de lamentación se oían sólo las voces agudas y monótonas de los ancianos que entonaban el Corán.

»Aproximadamente en ese mismo momento, Jim, apoyado sobre la cureña de un cañón y con la espalda vuelta hacia la casa, miraba hacia el río; mientras que la muchacha, de pie en el umbral y jadeando como si hubiera corrido hasta tener que detenerse, lo miraba a él desde el otro extremo del patio. Tamb'Itam permanecía a corta distancia de su señor, aguardando pacientemente lo que pudiera suceder. De repente, Jim, que parecía absorto en una tranquila reflexión, se volvió hacia él y le dijo:

»—Ya va siendo hora de acabar con esto.

»—¿Sí, *Tuan*? —dijo Tamb'Itam, acercándose con diligencia.

»No sabía lo que quería decir su señor, pero tan pronto como Jim hizo su primer movimiento, la joven salió también de su inmovilidad y echó a andar hacia el espacio abierto. Al parecer, no había nadie más de la casa a la vista. Iba tambaleándose ligeramente y, aproximadamente a medio camino, llamó a Jim, que aparentemente había reanudado su pacífica contemplación del río. Él se dio la vuelta, apoyando la espalda contra el cañón.

»—¿Vas a luchar? —exclamó ella.

»—No hay nada por lo que luchar —dijo—; no se ha perdido nada.

»Y, mientras decía esto, dio un paso hacia ella.

»—¿Huirás? —exclamó la joven de nuevo.

»—No hay huida posible —dijo, parándose en seco.

»Ella estaba quieta también, silenciosa, devorándolo con la mirada.

»—¿Te marcharás, entonces? —dijo la joven, pronunciando las palabras con lentitud.

»Jim inclinó la cabeza.

»—¡Ah! —exclamó ella, mirándolo de hito en hito—, estás loco o eres un falso. ¿Recuerdas la noche en que te rogué que me abandonaras y me dijiste que no podrías hacerlo? ¡Que era imposible!

¡Imposible! ¿Recuerdas que dijiste que nunca me abandonarías? ¿Por qué? Yo no te pedí promesas. Fuiste tú el que lo prometiste sin que nadie te lo pidiera... recuérdalo.

»—Ya basta, mi pobre chiquilla —dijo él—. No sería merecedor de que me tuvieras.

»Tamb'Itam dijo que mientras hablaban ella estallaba a veces en carcajadas sin sentido, como si tuviera una visión de Dios. Su señor se llevó las manos a la cabeza. Estaba completamente vestido, como para un día normal, a excepción del sombrero. Ella dejó de reírse de repente.

»—¡Por última vez! —gritó ella con tono amenazador—, ¿te vas a defender?

»—Nada puede conmigo —dijo Jim, en un último destello de soberbio egoísmo.

»Tamb'Itam la vio vencerse hacia delante sin moverse del sitio. Entonces abrió los brazos y corrió rápidamente hacia él, abrazándolo por el cuello.

»—¡Ah!, pero yo te retendré así —gritó la joven—. ¡Tú eres mío!

»Luego rompió a sollozar sobre su hombro. Sobre Patusan, el cielo era rojo como la sangre, inmenso, y fluía como una vena abierta. Un sol enorme se acurrucaba, carmesí, entre las copas de los árboles, y, debajo, la jungla mostraba un semblante negro e inhóspito.

»Tamb'Itam me dijo que aquel anochecer el cielo presentaba un aspecto furioso que resultaba aterrador. Me es fácil creerle, porque sé que aquel mismo día pasó un ciclón a menos de sesenta millas de la costa, aunque allí apenas si había una lánguida brisilla.

»De pronto, Tamb'Itam vio que Jim le cogía los brazos intentando separarle las manos. La joven estaba suspendida por ellas, con la cabeza echada hacia atrás y el cabello suelto que le llegaba hasta el suelo.

»—¡Ven aquí! —le llamó su señor.

»Y Tamb'Itam le ayudó a dejarla en tierra. Fue difícil hacerle separar los dedos. Jim, inclinado sobre ella, la miró con intensidad a los ojos y, súbitamente, echó a correr hacia el embarcadero. Tamb'Itam le siguió, pero, al girar la cabeza, vio que ella se había conseguido incorporar con gran esfuerzo. La joven dio unos pocos pasos corriendo tras ellos, y luego se desplomó cayendo de rodillas.

»—¡*Tuan, Tuan!* —gritó Tamb'Itam—, ¡mira aquí!

»Pero Jim estaba ya en la canoa, de pie y con el remo en la mano. No volvió la vista atrás. Tamb'Itam tuvo el tiempo justo para colocarse como pudo detrás de él en el momento en que la canoa se apartaba de la orilla. La muchacha estaba de rodillas, con las manos entrelazadas, junto a la compuerta del fuerte. Permaneció así un rato, en actitud de súplica, para luego levantarse de un salto.

»—¡Eres falso! —le chilló a un Jim que se alejaba.

»—¡Perdóname! —exclamó él.

»—¡Nunca! ¡Jamás! —le respondió.

»Tamb'Itam le quitó el remo de las manos a Jim, pues no era apropiado que él estuviera sentado mientras su señor remaba. Cuando alcanzaron la otra orilla su señor le prohibió que le siguiera ni un paso más; pero Tamb'Itam le siguió a cierta distancia, cuesta arriba, hacia el campamento de Doramín.

»Empezaba a oscurecer. Había ya antorchas que parpadeaban aquí y allí. Las personas con las que se cruzaban parecían quedarse atónitas, y se apresuraban a hacerse a un lado para dejar libre el paso a Jim. Desde arriba les llegaba el gemir de las mujeres. El patio estaba lleno de buguis armados acompañados por sus seguidores junto con muchos otros nativos de Patusan.

»No sé qué significaba realmente aquella reunión de gentes. ¿Se trataba de preparativos para la guerra, o para la venganza, o para rechazar una amenaza de invasión? Pasaron muchos días antes de que la gente dejara de estar vigilante, entre violentos temblores, ante el posible regreso de los andrajosos hombres blancos de largas barbas, cuya relación exacta con su propio hombre blanco jamás podrían comprender. Incluso para esos hombres de mente simple el pobre Jim permanece envuelto entre las sombras.

»Doramín, solo, inmenso y desolado, estaba sentado en su sillón, con su par de pistolas de chispa sobre las rodillas, y frente a él tenía una muchedumbre armada. Cuando apareció Jim, ante una exclamación de alguien, todas las cabezas se giraron a una, y, luego, la masa humana se dividió a derecha e izquierda, mientras él avanzaba caminando por un pasillo flanqueado de miradas oblicuas. A su paso se desgranaban susurros, murmullos.

»—Él es el causante de todos los males.

»—Es un hechicero...

»Jim les oyó... ¡quizá!

»Cuando llegó a la zona alumbrada por las antorchas, cesó de repente el gemir de las mujeres. Doramín no levantó la cabeza, y Jim permaneció ante él, en silencio, durante un rato. Luego dirigió la mirada hacia la izquierda, y avanzó en esa dirección con paso mesurado. La madre de Dain Waris estaba agachada junto a la cabeza del cadáver, y su cabello gris y desordenado le ocultaba el rostro. Jim se acercó lentamente, levantó la sábana para contemplar a su amigo muerto y luego la volvió a dejar caer sin pronunciar palabra. Regresó lentamente al lugar donde estaba antes.

»—¡Ha venido! ¡Ha venido! —corría de boca en boca, formando un murmullo al ritmo del cual se movía Jim.

»—Dijo que respondería de todo con su propia cabeza —afirmó alguien en voz alta.

»Jim lo oyó y se volvió hacia la multitud.

»—Sí. Con mi cabeza.

»Algunos retrocedieron. Jim aguardó unos momentos ante Doramín, y luego dijo con suavidad:

»—He venido impulsado por el dolor.

»Esperó unos segundos de nuevo.

»—He venido dispuesto y desarmado —repitió.

»Bajando su enorme frente, el corpulento anciano, como un buey bajo el yugo, hizo un esfuerzo para incorporarse, asiendo con todas sus fuerzas las pistolas de chispa que tenía sobre las rodillas. De su garganta surgían gorgoteos y ahogos, sonidos inhumanos, y sus dos criados le ayudaron desde atrás. La gente observó que el anillo, que había dejado sobre su regazo, cayó al suelo y rodó hasta chocar con un pie del hombre blanco, mientras el pobre Jim clavaba la mirada en el talismán que le había abierto las puertas de la fama, el amor y el éxito dentro de los muros de la jungla bordeada de blanca espuma, más allá de esa costa que bajo el sol poniente parece el mismísimo baluarte de la noche. Doramín, que se esforzaba por mantenerse en pie, se balanceaba junto a sus dos ayudantes formando un grupo tambaleante; mientras sus ojillos miraban con una expresión de dolor enloquecido, de ira, lanzando un brillo feroz que notaron los que allí estaban; y luego, con Jim de pie, rígido, con la cabeza descubierta a la luz de las antorchas, mirándole directamente a los ojos, Doramín se apoyó pesadamente echando su brazo izquierdo alrededor del cuello de un joven encorvado, y, alzando lenta y laboriosamente el brazo derecho, disparó al pecho del amigo de su hijo.

»La multitud, que se había retirado detrás de Jim tan pronto como Doramín alzó el brazo, se echó tumultuosamente hacia delante después del disparo. Vieron cómo el hombre blanco lanzaba a derecha e izquierda, a todos aquellos rostros, una mirada imperturbable y repleta de orgullo. Luego, con una mano sobre los labios, cayó hacia adelante, muerto.

* * *

»Y aquí termina todo. Jim se aleja envuelto entre las sombras, de corazón inescrutable, olvidado, sin perdón y excesivamente romántico. ¡Ni en los más exaltados días de sus ensoñaciones infantiles podría haber visto las formas seductoras de un triunfo tan extraordinario! Pues podría muy bien haber sucedido que, en el breve instante en que lanzó aquella mirada orgullosa e imperturbable, hubiera contemplado el rostro de la oportunidad que, igual que una novia oriental, había ido, cubierta con un velo, a ponerse a su lado.

»Pero nosotros lo podemos ver, un oscuro conquistador de la fama, arrancándose de entre los brazos del celoso amor ante la señal, la llamada procedente de su exaltado egoísmo. Se aparta de una mujer viva para celebrar su inmisericorde boda con un borroso ideal de conducta. Me pregunto si estará satisfecho... del todo, ahora. Nosotros deberíamos saberlo. Es uno de los nuestros... ¿no me alcé yo un día, como un espectro obediente a una llamada, para responder de su constancia eterna? ¿Tan errado estuve después de todo? Ahora que ya no está entre nosotros, hay días en que la realidad de su existencia se apodera de mí con una fuerza inmensa, insuperable; y, sin embargo, le doy mi palabra de honor, hay también momentos en los que se aparta de mi mirada como si fuera un espíritu desencarnado que vagase perdido entre las pasiones de esta Tierra, dispuesto a rendirse fielmente ante la llamada de su propio mundo de sombras.

»¿Quién sabe? Se ha ido, inescrutable de corazón, mientras la pobre chiquilla lleva una suerte de vida silenciosa e inerte en casa de Stein. Éste ha envejecido mucho últimamente. Él mismo se da cuenta, y dice a menudo que se está "preparando para abandonar todo esto; preparando la marcha..." mientras, con un triste ademán, se despide de sus mariposas.

Septiembre 1899 - Julio 1900

TÍTULOS PUBLICADOS

1. Miguel de Cervantes, *Don Quijote de la Mancha* (2 vols.)
2. F. Scott Fitzgerald, *El gran Gatsby*
3. William Shakespeare, *Hamlet*
4. Camilo José Cela, *La colmena*
5. Gabriel García Márquez, *Cien años de soledad*
6. Gustave Flaubert, *Madame Bovary*
7. Ernest Hemingway, *Adiós a las armas*
8. Aldous Huxley, *Un mundo feliz*
9. Vladimir Nabokov, *Lolita*
10. Oscar Wilde, *El retrato de Dorian Gray*
11. Honoré de Balzac, *Eugénie Grandet*
12. Fernando de Rojas, *La Celestina*
13. Henry Miller, *Trópico de Capricornio*
14. Bram Stoker, *Drácula*
15. Ernesto Sábato, *El túnel*
16. Fiódor Dostoievski, *El jugador*
17. Victor Hugo, *Los miserables* (2 vols.)
18. Mary Shelley, *Frankenstein*
19. Edgar Allan Poe, *Los extraordinarios casos de monsieur Dupin*
20. R. L. Stevenson, *Dr. Jekyll y Mr. Hyde*
21. Jane Austen, *Orgullo y prejuicio*
22. Miguel Ángel Asturias, *El Señor Presidente*
23. Luigi Pirandello, *Seis personajes en busca de autor*
24. Lope de Vega, *Fuente Ovejuna*
25. Joseph Conrad, *Lord Jim*